SCHWESTER
HERZ

Weltbild Taschenbuch

Die Autorin

Andrea Kane ist in den USA eine sehr erfolgreiche Autorin. Sie lebt mit ihrem Mann und ihrer Tochter in New Jersey.

ANDREA
KANE

SCHWESTER HERZ

Thriller

Aus dem Amerikanischen
von Barbara Ritterbach

Weltbild

Die englische Originalausgabe erschien 2000 unter dem Titel
Run for your life.

Besuchen Sie uns im Internet:
www.weltbild.de

Genehmigte Lizenzausgabe für Verlagsgruppe Weltbild GmbH,
Steinerne Furt, 86167 Augsburg

Übersetzung: Barbara Ritterbach
Umschlaggestaltung: zeichenpool, München
Umschlagmotiv: www.shutterstock.com (© 3dvin)
Gesamtherstellung: CPI Moravia Books s.r.o., Pohorelice
Printed in the EU
ISBN 978-3-86800-582-0

2014 2013 2012
Die letzte Jahreszahl gibt die aktuelle Lizenzausgabe an.

Für Brad,
der dem Wort »Partner«
eine neue Tiefe und Dimension gibt
– mit all meiner Liebe
und meinem Dank

Danksagungen

Viele Menschen haben mir bei der Beschaffung der Hintergrundinformationen geholfen, die nötig waren, um *Run for Your Life* so authentisch wie möglich zu machen. Für ihre Unterstützung bin ich ihnen zutiefst dankbar:

Der Society of Competitive Intelligence Professionals (SCIP),

(Anmerkung d. Übers.: Verband der Anbieter von Competitive Intelligence;

Competitive Intelligence: ein Prozess, der Informationen über Unternehmen, Industrien und Märkte in anwendbares Wissen über Positionierung, Leistungsfähigkeit und Absichten von Marktteilnehmern transformiert. Dieses Know-how ist Grundlage für strategische und operative Unternehmensführung und -planung),

insbesondere Mitchell Audritsh, dem Koordinator des Verbands von New Jersey, der mir geholfen hat, das spannende Fachgebiet der Competitive Intelligence in die Romanfigur Zach einzuarbeiten.

Dennis Homer, einem Experten auf dem Gebiet der Elektrotechnik, der mir sein ganzes Wissen jederzeit geduldig zur Verfügung gestellt hat.

IBM, für Informationen über die Smart-Card-Technologie und ihre Integration in einen Desktop-Computer.

Dem Personal des Plaza Athénée, für seine großzügige Gastfreundlichkeit.

John Malabre, mit Leib und Seele New Yorker und außergewöhnlicher Stadtführer, für seine Insider-Kenntnisse der tollsten Stadt der Welt.

Andrea Cirillo, meiner fachkundigen Begleiterin von der Idee bis zur Auslieferung dieses Buchs – die mich ermutigte, unterstützte und gelegentlich auch antrieb, dieses Buch zu schreiben, und die immer davon überzeugt war, dass ich es schaffen würde.

Caroline Tolley, seit mehr als einem Jahrzehnt mein größter Champion.

Wendi Kane für Modedesign, Brainstorming und emotionalen Input.

Und zuletzt, aber immer an erster Stelle – Brad, Wendi, Mom und Dad, für Unterstützung, Zuneigung und Verständnis. Meine Liebe und meine Dankbarkeit sind unermesslich.

1

Central Park, New York City
Samstag, 15. April – 6.15 Uhr

Sie kamen immer näher.
Sie konnte es spüren.

Wie ein gehetztes Tier fuhr sie herum, wich zurück vor der drohenden Gefahr. Sie kauerte sich in den Schatten der Bäume, suchte mit panischen Blicken den Weg ab, während die Angst in ihr tobte.

Nichts.

Sie rannte weiter. Ihr. Körper war schweißüberströmt. Sie stolperte und wäre fast gestürzt. Mühsam fand sie das Gleichgewicht, keuchend, weil ihre Lungen nicht genug Sauerstoff aufnahmen, um ihr rasendes Herz zu versorgen. Sie blieb stehen, unfähig noch einen Schritt zu tun, dann stolperte sie atemlos weiter den schmalen Fußpfad entlang.

Sie hatte keine Sekunde zu verlieren.

Das Tageslicht verdrängte allmählich die Nacht, die New Yorker Skyline wurde bereits sichtbar.

Bald würde man sie entdecken, so viel war gewiss.

Selbst der bevorstehende Regenschauer würde sie nicht schützen. Sie waren ihr gefolgt. Sie wussten genau, wo sie suchen mussten und wonach. Ihr hellgelber Kittel leuchtete von weitem. Sie würden sie finden. Sie würden sie bestrafen. Davor hatte sie Angst. Aber noch mehr Angst hatte sie vor dem, was mit ihr geschah.

Sie war verzweifelt. Sie brauchte Hilfe. Jetzt. Ehe es zu spät war.

Sie musste zu ihrer Schwester.

Die ersten Tropfen fielen, angenehme Kühle auf ihrer überhitzten Haut. Doch die Erleichterung war nur kurz. Die Tropfen gingen über in ein gleichmäßiges Nieseln, durchweichten ihr Hemd, bis es an ihrer Haut klebte.

Ihre Zähne schlugen aufeinander.

Ihre Glieder wurden schwer, ihre Knie gaben nach.

Taumelnd versuchte sie, an einem Baumstamm Halt zu finden. Sie kämpfte gegen die Übelkeit und gegen das Schwindelgefühl, kniff die Augen zusammen, um wieder einen klaren Kopf zu bekommen und neue Kraft.

Es war sinnlos. Ihr Körper verlor den Kampf. Ihr Herz zersprang fast. Sie hatte keine Energie, um weiterzurennen. Und sie wusste nicht, wo sie hinrennen sollte.

Ihre Schwester. Sie war ihre einzige Chance.

Wieso ist sie nicht hier?, dachte sie verzweifelt. Erneut suchte sie den Park ab, dabei konnten ihre Augen kaum noch etwas erkennen. *Wo ist sie bloß?*

Der Weg war verlassen. Der Regen fiel nun in einem dünnen stetigen Strom. Vielleicht war sie im Bett geblieben. Vielleicht hatte der Regen sie abgehalten. Vielleicht war dieser ganze verzweifelte Versuch sinnlos gewesen.

In dem Fall wäre alles vorbei. Es war leicht, sie in dem menschenleeren Park zu finden. Zu fangen. Endgültig einzusperren.

Sie würden jede Sekunde hier sein.

Panik erfüllte sie.

Blind vor Angst stolperte sie den Weg entlang, nicht sicher, wohin sie lief, nur getrieben von dem Willen zu überleben.

In der Ferne knackte ein Zweig.

Hinter der Biegung hörte sie rhythmische Schritte. *Tap. Tap.* Es waren Schritte, ganz sicher. Sie hatte sie sich nicht eingebildet. Nicht die raschen Schritte ihrer Verfolger, sondern das regelmäßige Traben eines Joggers. Die Schritte kamen näher – nicht hinter ihr, sondern von vorn. Sie wurden lauter, dann vernahm sie auch das Keuchen eines Läufers oder einer Läuferin.

Lieber Gott, lass sie es sein.

Schwarze Schatten tanzten vor ihren Augen. Ihr Herzschlag hatte sich inzwischen so weit beschleunigt, dass sie ihre Atmung nicht mehr beherrschen konnte. Sie zitterte am ganzen Körper. Bitte, flehte sie im Stillen. Bitte.

Ein Farbfleck.

Rot. Ein roter Jogging-Anzug mit weißen Streifen an den Beinen – ihr Geschenk für ihre Schwester an ihrem letzten Geburtstag.

Gott sei Dank.

Sie warf sich nach vorn, in dem verzweifelten Wunsch gesehen zu werden, aber ihre Glieder versagten. Der Boden kam ihr entgegen. Sie spürte ihn hart an der Schulter, dann am Rücken. Ein Stock stach ihr in den Arm.

Regentropfen schlugen ihr ins Gesicht. Eine Hand wischte sie sanft fort.

Wie aus großer Ferne hörte sie die vertraute Stimme ihren Namen rufen. Sie öffnete die Augen, aber so sehr sie sich auch bemühte, sie konnte nichts erkennen. Nur Schwärze.

Ihre Lippen bewegten sich, und sie hörte ihr eigenes zerrissenes Keuchen. Oder nicht? Sie sprach. Aber wieso konnte sie sich dann nicht hören?

Wieder versuchte sie es. Ihre Lippen formten die Ziffern.

Aber die Dunkelheit legte sich wie eine Decke über sie und erstickte jeden Laut.

2

Victoria Kensington hätte ihren Wecker an diesem Morgen fast ignoriert.

Sie hatte eine arbeitsreiche Woche hinter sich. Drei neue Mandantinnen, alles Scheidungsfälle, emotional aufgewühlte, von ihren Männern ausgebeutete Frauen.

Da war zum Beispiel Faye Larimore, Opfer der Trunkenheitsanfälle ihres Mannes. Oder Marlene Scallery, eine emotional missbrauchte 32-jährige Frau, die sich endlich ein Herz gefasst, ihre zwei Kinder genommen und ihren Mann verlassen hatte. Schließlich Doris Webster, der klassische Fall einer Frau in den besten Jahren, die sich fünfunddreißig Jahre für Mann und Kinder aufgeopfert hatte, ihre eigene Identität zu Gunsten ihres Mannes aufgegeben hatte, um ihn voll und ganz bei seiner erfolgreichen Karriere unterstützen zu können, nur damit er sie schließlich wie ein Stück Müll entsorgte und mit ihrem gemeinsamen Bankkonto sowie seiner 23-jährigen Assistentin durchbrannte.

Die Welt mochte wesentlich kultivierter sein, aber die Menschen änderten sich nicht. Vor allem solcher Abschaum wie diese Männer. Sie wurden nur noch schlimmer.

Victoria hatte bei jeder neuen Mandantin erst einmal Stunden gebraucht, um sie zu trösten und ihnen gut zuzureden, ehe sie überhaupt auf ihre gesetzlich verankerten Rechte zu sprechen kommen konnte. Es waren Stunden, die sie gern opferte und niemals in Rechnung stellen würde, so sehr ihre junge Anwaltskanzlei das Geld auch brauchen konnte. Sie, Megan Stone und Paul London waren sich da einig. Es war einer der Gründe, weshalb sie die Kanzlei gegründet hatten – um Menschen zu vertreten, deren Schicksal ihnen am Herzen lag, ungeachtet des möglichen finanziellen Gewinns. Sie hatten das jahrelang geplant, während ihres Jurastudiums und auch danach kaum von etwas anderem gesprochen. Selbst als zunächst jeder von ihnen einen Job in einer anderen Kanzlei angenommen und hart gearbeitet hatte, um sich einen Namen zu machen, hatten sie sich jede Woche zu einem Drink bei Hurley's getroffen und ihr gemeinsames Projekt auf einer Papierserviette entworfen.

Es war ein altruistischer Traum, das wussten sie nur zu gut. Aber sie waren fest entschlossen, diesen Traum zu verwirklichen.

Und nun hatten sie, nachdem sie sich drei Jahre lang angepasst hatten, genügend Geld gespart, sich einen guten Ruf erworben und genug Mandanten gesichert, um es alleine wagen zu können.

Die Anwaltskanzlei London, Kensington & Stone war im letzten Herbst gegründet worden. Die Büroräume waren bescheiden – eine Etage eines kleinen Backsteinhauses nördlich von Midtown, die sie zu einem Spottpreis hatten mieten können, nur weil sie zur richtigen Zeit am richtigen Ort gewesen waren. Bescheiden oder nicht – sie hatten eine durchaus respektable Anzahl Mandanten an Land gezogen. Das Unternehmen begann sich gerade zu tragen – ganz knapp, aber für jeden der Partner blieb am Ende des Monats ein kleines Sümmchen übrig, mit dem man sich über Wasser halten konnte.

Sie, Paul und Meg hatten sich jeder auf einen ganz speziellen Mandantentypen spezialisiert.

Paul kümmerte sich hauptsächlich um gefährdete Unternehmen, die von Leuten mit guten Ideen, aber leeren Geldbörsen geführt wurden.

Meg vertrat ältere Menschen, die mehr Ängste und Fragen hatten als Vermögen.

Und sie?

Sie war zuständig für emotional verstümmelte Frauen.

Und auch ohne Therapeut konnte man leicht erraten wieso.

Vor allem, wenn man wusste, wie sie aufgewachsen war.

Nach letzter Woche war es nicht verwunderlich, dass sie unruhig schlief und von unangenehmen Träumen verfolgt wurde. Sie war erschöpft und hatte den Kopf voll von den Sorgen und Nöten ihrer neuen Mandantinnen.

Zum Ausgleich hatte sie vor allem ihre regelmäßige Joggingrunde. Sie lief jeden Dienstag, Donnerstag und Samstag, schon seit ihrem Jura-Studium an der Columbia University. Joggen machte ihren Kopf frei, und hinterher fühlte sie sich wie neugeboren.

Andererseits brauchte sie dringend Schlaf. Endlich war Samstag. Die Kanzlei war geschlossen. Den hässlichen grauen Wolken vor ihrem Fenster nach zu urteilen, würde es innerhalb der nächsten Stunde ziemlich feucht draußen werden. Bis sie ihre drei Kilometer hinter sich hatte und wieder in ihrer Wohnung war, würde sie vermutlich völlig durchnässt sein.

Die Argumente, die dafür sprachen, einfach weiterzuschlafen, waren überwältigend.

Aber sie schlief ja nicht. Sie lag wach – hellwach – im Bett und überlegte hin und her, ob sie aufstehen sollte oder nicht.

Diese Energie konnte sie ebenso gut sinnvoll nutzen.

Also stellte sie den Wecker aus, zog sich ihre Joggingklamotten und Schuhe an und ging zur Tür.

Sie verließ das Haus um 5.45 Uhr, wie immer. Der kurze Weg zum Central Park war wie immer am frühen Samstagmorgen ruhig, wegen des schlechten Wetters vielleicht noch ruhiger als sonst. Auf der East 82. Straße tröpfelte der Verkehr vor sich hin. Nur vereinzelt waren Fußgänger unterwegs; sie hielten kurz an, um sich eine Zeitung zu kaufen, oder verschwanden auf einen ersten, dringend benötigten Kaffee in einem Coffeeshop. Ab und zu sah man ein paar Hundebesitzer, die ihre Vierbeiner ausführten. Ungeduldig traten sie von einem Fuß auf den anderen, während die Vierbeiner an jedem Baum, jedem Hydranten, jedem Straßenschild anhielten und schnüffelten. Niemand war nach Trödeln zu Mute; alle hatten es eilig, schnell wieder nach Hause zu kommen.

Aus gutem Grund.

Der Himmel würde seine Schleusen gleich öffnen.

Ein feiner Nieselregen hatte bereits eingesetzt, als Victoria den Parkeingang an der 79. Straße erreicht hatte. Sie verschwendete keine Zeit fürs Aufwärmen, dehnte bloß ein paar Muskeln, dann trabte sie los.

Es dauerte nicht lange, bis sie den Rhythmus gefunden hatte, der ihren Körper trainierte und ihren Kopf entspannte. Ganz allmählich fielen die Puzzleteile des gestrigen Termins, die sie geplagt hatten, an ihren Platz, und ihr wurde klar, was sie zu tun hatte. Ihre innere Anspannung löste sich und wurde mit den ersten dickeren Regentropfen weggespült.

Sie lief gerade um die erste Wegbiegung, als sie etwas Gelbes aufblitzen sah.

Überrascht blieb sie stehen, als eine Frau in einem zitronenfarbenen Krankenhaus-Hemd auf sie zuwankte und kurz vor ihr zusammenbrach. Das Haar hing ihr wirr ins Gesicht, mit einem schmerzerfüllten Laut bäumte sie sich auf und streckte den Arm nach Victoria aus, als wollte sie sich an ihr festklammern. Dann fiel ihr Arm herab, und sie blieb bewegungslos liegen.

Victoria bückte sich über die Gestalt, strich ihr das Haar aus dem Gesicht – und schrie auf, als sie sah, wer es war. »Audrey!«

Alles in Victoria wurde kalt und taub. Audrey – wie konnte das sein? Audrey war doch in Italien. Nein, diese Frau konnte nicht Audrey sein. Nicht nur weil sie hier in New York war, sondern weil sie gar nicht aussah wie Audrey. Diese Frau war merkwürdig aufgedunsen, ihre Haut war fahl, sie hatte die Augen weit aufgerissen, ohne dass sie etwas zu erkennen schien.

Victoria starrte in das Gesicht der Frau; dann dämmerte ihr die schreckliche Wahrheit, und ihr wurde übel. Die Züge dieser Frau waren verzerrt, ja. Aber es war ganz sicher Audrey. Irgendetwas stimmte nicht mit ihr, irgendetwas hatte ihr Äußeres völlig entstellt. Sie atmete rasselnd, ihre Brust hob und senkte sich mit jedem keuchenden Atemzug.

Victorias Kehle war vor Entsetzen wie zugeschnürt.

»Audrey!« Sie berührte die Wange ihrer Schwester, wischte den Regen von ihrer Haut.

Daraufhin bewegten sich zögernd Audreys Lippen. »Fü … fü … fünf … null … vier … null … null«, stammelte sie, und ihre Stimme war ebenso verzerrt wie ihr Gesicht. »Ge … fahr.«

Sie sank zurück, bewusstlos.

Panikerfüllt riss Victoria den Kopf hoch und sah sich um, in der verzweifelten Hoffnung, jemanden zu entdecken, der ihr helfen könnte.

Es war niemand da.

Leise fluchend unternahm sie zwei Versuche, ihre Schwester aufzuheben, die jedoch beide scheiterten. Nach Audreys stoßweisem Atmen zu urteilen, hatte sie keine Zeit zu verlieren. Sie brauchte dringend einen Arzt.

Victoria sprang auf, wölbte die Hände vor den Mund und schrie um Hilfe. Sie wartete, betete, dass jemand antworten möge. Aber nichts regte sich.

Sie taxierte ihre Umgebung, entschied dann, dass es am besten wäre, sich auf die Suche nach einem der Polizisten zu machen, die regelmäßig durch den Park patrouillierten. Es war schrecklich für sie, Audrey allein zu lassen, selbst für ein paar Minuten, aber sie musste einen Krankenwagen holen. Die öffentlichen Telefone waren zu weit weg, außerdem funktionierten sie nie.

Sie warf einen letzten besorgten Blick auf ihre Schwester, dann rannte sie los, um Hilfe zu holen.

Es dauerte zehn Minuten, bis sie einen Polizisten gefunden hatte, und weitere fünf – angesichts ihres aufgelösten Erscheinungsbildes und der abenteuerlichen Geschichte über eine Schwester, die angeblich aus dem Nichts aufgetaucht und dann vor ihren Füßen bewusstlos zusammengebrochen war –, um den Beamten davon zu überzeugen, dass sie nicht verrückt war oder völlig überspannt. Schließlich begleitete er sie an die Stelle, wo sie Audrey zurückgelassen hatte.

Ihre Schwester war nicht mehr da.

»Hier ist niemand«, stellte der Polizist mit Nachdruck fest, als würde Victoria das nichts selbst sehen. Doch sie war viel zu erstaunt und entsetzt, um etwas zu erwidern.

Wo war Audrey?

Sie rannte los, durchforstete die nähere Umgebung.

Nichts. Keinerlei Hinweis darauf, dass hier noch vor wenigen Minuten jemand gewesen war.

»Hören Sie, Lady, ich weiß nicht, wen Sie hier gesehen haben …«

»Sie war hier.« Victoria wirbelte herum, das Kinn energisch emporgereckt.

»Gut. Jetzt ist sie es aber nicht mehr. Also muss sie sich besser gefühlt haben, aufgestanden und nach Hause gegangen sein.«

»Sie war bewusstlos.« Victoria zog die Spange fester, mit der sie ihre schwarze Haarmähne zusammenhielt. Sie rieb sich den Nacken, ihr Blick glitt über den Boden, die Angst schnürte ihr die Kehle noch enger zu. »Es ist unmöglich, dass sie aufgestanden, geschweige denn nach Hause gegangen ist.«

Der Beamte kniff misstrauisch die Augen zusammen und sah sie mit einem Gesichtsausdruck an, den Victoria nur allzu gut kannte.

»Ich stehe nicht unter Drogen, Officer«, versicherte sie ihm mit fester Stimme. »Ich bin Anwältin. Mein Name ist Victoria Kensington. Und ich schwöre Ihnen, meine Schwester ist genau an dieser Stelle vor meinen Augen zusammengebrochen. Sie war bewusstlos, als ich losgelaufen bin, um Sie zu suchen.«

Offenbar war der Polizist mit dem ersten Teil ihrer Geschichte zufrieden, mit dem zweiten jedoch nicht. »Sind Sie denn sicher, dass das die richtige Stelle ist?«

»Absolut. Ich kenne den Central Park wie meine Westentasche. Ich jogge hier dreimal in der Woche – immer zur selben Zeit, immer dieselbe Strecke.«

»Mit Ihrer Schwester?«

»Nein. Allein. Aber sie wusste das. Sie muss hergekommen sein, um mich zu treffen.« Victoria kämpfte gegen die ansteigende Panik. Ich muss sie finden. Und wenn Sie mir nicht dabei helfen, dann werde ich den Park eben allein umkrempeln.«

Er kratzte sich am Kopf. »Wenn es Ihre Schwester war, warum sehen Sie nicht in ihrer Wohnung nach? Vielleicht ist sie ja doch nach Hause gegangen. Vor allem wenn es ihr so schlecht ging, wie Sie sagen.«

Victoria verkniff sich jegliche Erklärung. Es war sinnlos, ihm zu sagen, dass Audrey nicht zu Hause sein konnte, dass ihr Zuhause gar nicht in New York war, schon seit Jahren nicht mehr. Und es war ganz sicher auch sinnlos, ihm zu sagen, dass sie eine Art Krankenhaushemd getragen und dass sie aufgedunsen und entstellt ausgesehen hatte, nicht bloß krank. Das würde ihn nur in seiner Ansicht bestätigen, dass sie entweder log oder vollkommen durchgeknallt war.

Und sie würde Zeit verlieren. Kostbare Zeit, die sie dazu nutzen konnte, ihre Schwester zu suchen.

»Danke, Officer. Das werde ich tun.«

Sie drehte sich um und rannte davon.

Zweieinhalb Stunden später betrat Victoria ihre Wohnung. Sie war durchnässt bis auf die Haut, ihre Zähne schlugen vor Kälte aufeinander. Sie hatte ein riesiges Stück Central Park durchkämmt, aber keine Spur von Audrey gefunden. Danach war sie zum nächsten Polizeirevier gegangen und hatte dort um Hilfe gebeten.

Selbst die Beamten, die sie vom Gericht kannten, hatten sie misstrauisch angesehen. Zwei hatten ihr immerhin angeboten, die umliegenden Krankenhäuser anzurufen und später den Central Park noch einmal zu durchsuchen – *nachdem* sich das Wetter aufgeklärt hätte.

Der zweite Teil ihres Angebots war sinnlos. Sie hatte in einem Umkreis von ungefähr einem Kilometer jeden Meter des Parks selbst abgesucht. Und dann erst in ein paar Stunden? Bis dahin konnte Audrey sonst wo sein. Aber den ersten Teil ihres Angebots, die Krankenhäuser anzurufen, den hatte sie angenommen.

Sie hatten jede medizinische Einrichtung innerhalb von fünfzehn Kilometern um den Park herum überprüft. Bei keiner fand sich eine Patientin namens Audrey Kensington in den Akten.

Wohin war sie verschwunden? Was um alles in der Welt ging hier vor sich?

Victoria knallte die Wohnungstür zu und steuerte ihr Schlafzimmer an. Unterwegs zog sie sich ein Handtuch aus dem Wandschrank in der Diele und wickelte es sich um, um die Nässe aufzusaugen. Sie brauchte dringend ein Bad und trockene Kleider, aber das musste vorerst noch warten.

Sie ging sofort zum Telefon und wählte die Privatnummer ihrer Eltern in deren Haus in Greenwich, Connecticut.

Die schläfrige Stimme ihrer Mutter antwortete.

»Mutter, ich bin es.«

»Victoria?« Sie klang besorgt. Niemand rief diese Nummer je vor zehn Uhr morgens an. Als Victoria noch zu Hause gewohnt hatte, hatte sie immer den Klingelton leise gestellt, damit ihre Mutter nicht gestört wurde. Alle hatten geglaubt, Barbara Kensington wäre einfach nur eine leidenschaftliche Langschläferin, aber Victoria wusste es besser. Ihre Mutter schlief regelmäßig die Folgen eines spätabendlichen Streits aus und den Alkohol, den sie anschließend benötigt hatte, um den Schmerz zu dämpfen und die emotionale Leere, die ihr Ehemann verursacht hatte.

Die Trinkerei hatte nachgelassen. Der Schmerz und die Leere nicht.

»Victoria?«, wiederholte ihre Mutter. »Ist alles in Ordnung?«

»Ich weiß nicht«, antwortete sie. »Mutter, wo ist Audrey?«

»Was?« Barbara Kensington stutzte, und Victoria konnte förmlich sehen, wie sie verwundert die Augenbrauen hochzog. »Was ist das für eine Frage? Du weißt doch, wo Audrey ist. Sie ist in Florenz. Zum Malen.«

»Bist du sicher?«

»Victoria, jetzt machst du mir langsam Angst. Natürlich bin ich sicher. Was soll das alles? Es ist nicht mal halb neun. Hast du irgendwelche Nachrichten gehört, die dich beunruhigt haben? Ist das der Grund für deinen Anruf?«

»Nein, nichts dergleichen.« Victoria betrachtete die Pfützen, die sich um ihre Füße bildeten, während sie überlegte, wie viel sie ihrer Mutter erzählen sollte. Ihr erster Instinkt riet ihr, sie zu schützen, wie immer. Es hatte keinen Zweck, die arme Frau unnötig zu beunruhigen – zumal Victoria gar nichts Genaues wusste. Andererseits musste sie alles tun, um Audrey zu finden.

Sie entschied sich für einen unangenehmen Umweg.

»Ist Vater zu Hause?«, fragte sie und überlegte, wie lange es her war, seit sie tatsächlich ihren Vater sprechen *wollte*. Jahre vermutlich. Aber in diesem Fall ... wenn irgendwer wusste, wo Audrey steckte, dann er. Er war derjenige, der sie finanziell unterstützte, sich auf dem Laufenden hielt, ihr Geld schickte, wenn sie welches brauchte. Nicht aus Liebe. Da war sich Victoria sicher. Nein, es war eine der vielen Methoden ihres Vaters, andere zu kontrollieren, vorzugsweise Mitglieder seiner Familie. Diese Kunst beherrschte er meisterhaft.

»Mutter, ist Vater zu Hause?«, wiederholte sie. »Oder ist er im Büro?« Ein bisschen hoffte sie, es wäre so. Die Park Avenue, wo sich seine elitäre Rechtsanwaltskanzlei Waters, Kensington, Tatem & Calder befand, war wesentlich näher als Greenwich.

»Es ist Samstag, meine Liebe«, erinnerte Barbara sie. Walter Kensington verbrachte jeden Samstagmorgen auf dem Golfplatz.

»Er kann doch heute nicht ernsthaft abschlagen«, wandte Victoria ein. »Draußen gießt es in Strömen.«

»Tja, dann wird er sich wohl im Clubhaus aufhalten. Er wollte sich mit einem Mandanten treffen. Wenn die Partie ausfällt, werden sie wahrscheinlich zusammen frühstücken. Was hat das alles mit Audrey zu tun?«

Dieses Gespräch führte zu nichts. Offenbar hatte ihre Mutter keine Ahnung, dass Audrey in New York war, und schon gar nicht, dass sie krank und verschwunden war.

»Ich bin mir sicher, dass ich sie heute Morgen beim Joggen gesehen habe«, meinte Victoria vorsichtig. Keine Lüge, aber nur die halbe Wahrheit. »Das hat mich ziemlich überrascht.«

»Es kann nicht deine Schwester gewesen sein. Sie ist immer noch im Ausland.« Hoffnungsvolle Stille, wie bei einem Hündchen, das eine Leckerei erwartete. »Möchtest du eine Nachricht für deinen Vater hinterlassen? Ich bin mir sicher, dass er sich darüber freuen würde.«

Er sich darüber freuen? Nur wenn diese Nachricht bedeutete, dass sie endlich nachgab und dem zustimmte, was er von ihr wollte.

Victoria dachte angestrengt nach, dann hatte sie eine neue Idee – eine, bei der sie vielleicht nicht auf die Hilfe ihres Vaters angewiesen wäre. »Nein, Mutter, keine Nachricht. Zumindest im Moment nicht. Ich brauche nur ein paar Informationen. Aber mir ist noch eine weitere Quelle eingefallen, die ich probieren kann. Wenn ich da nicht weiterkomme, rufe ich später noch mal an.«

»Das wäre schön. Liebes. Ich werde es ihm sofort sagen, wenn er kommt.«

Victoria verzog das Gesicht. »Gut. Jetzt geh wieder ins Bett, Mutter. Es tut mir leid, dass ich dich geweckt habe.«

»Sei nicht albern. Dein Vater wird sich freuen, wenn er

erfährt, dass du nach ihm gefragt hast. Auf Wiederhören, Liebes.«

Das Klicken in der Leitung war ebenso schwach wie sie.

Victoria seufzte. Aber sie durfte sich jetzt nicht ablenken lassen. In der Sekunde, als das Freizeichen ertönte, zermarterte sie sich das Gehirn nach den richtigen Ziffern.

Fünf, fünf, fünf – null, vier, null, null. Das hatte Audrey versucht zu sagen. Offensichtlich eine Telefonnummer. Es war das Einzige, was einen Sinn ergab. Ihre Schwester wollte, dass sie diese Nummer anrief – wieso, das musste Victoria erst noch herausfinden.

Sie wählte.

Zwei Klingelzeichen später war die Verbindung hergestellt.

Stille.

»Hallo? Hallo, ist da jemand?«, rief sie.

Zehn Sekunden verstrichen. Dann antwortete eine Computer-Stimme: »Leider haben Sie eine falsche Rufnummer gewählt.«

Ein Klicken, dann das Freizeichen.

Victoria starrte das Telefon ungläubig an. Ohne zu zögern, wählte sie erneut. »Ich bin auf der Suche nach einer Information über Audrey Kensington«, platzte sie sofort heraus, als sie hörte, dass das Gespräch angenommen wurde. »Sie hat mir diese Nummer gegeben. Ich wäre Ihnen sehr verbunden, wenn Sie mir sagen könnten …«

Wieder schnarrte die Computerstimme: »Leider haben Sie eine falsche Rufnummer gewählt.«

Die Leitung war erneut tot.

Victoria befeuchtete ihre Lippen und umklammerte den Hörer fester. Irgendwer hatte das Gespräch angenommen und dann schnell aufgelegt.

Nun, das würde sie nicht einfach hinnehmen.

Sie wählte wieder die Nummer.

Diesmal begann sie: »Hören Sie, ich weiß, dass jemand am Apparat ist. Ich möchte Sie nicht nerven, ich möchte bloß Audrey Kensington finden. Sie ist krank. Sie hat mir diese Nummer genannt, und ich weiß nicht, an wen ich mich sonst wenden soll ...«

Die gleiche Nachricht drang hölzern an ihr Ohr. Dann – das Freizeichen.

Wütend wählte Victoria noch einmal. In der Sekunde, als die Verbindung stand, begann sie, auf die Tastatur zu hämmern, versuchte verzweifelt, sich an jede mögliche Zahlenkombination für den Zugriff auf Sprachspeichersysteme zu erinnern.

Nichts.

Sie machte einen letzten Versuch, wartete diesmal nur auf die Verbindung und hämmerte dann so schnell wie möglich auf irgendwelche Tasten.

Die unpersönliche Computerstimme unterbrach sie, teilte ihr gleichgültig mit, dass sie die falsche Nummer gewählt hätte. Dann ein Klicken.

Nein, dachte Victoria verzweifelt und legte auf. Ich habe die richtige Nummer. Aber ich weiß nicht, wie ich sie benutzen muss, um Audrey zu finden.

Sie sank auf die Bettkante und stützte den Kopf in die Hände. Irgendetwas war hier faul. Aber sie hatte keine Ahnung, wie sie herausbekommen konnte, was es war.

Audrey hatte ein Krankenhaushemd getragen. Sie war bewusstlos gewesen und brauchte dringend einen Arzt. Sie hatte niemandem sagen können, dass sie eine Schwester hatte und schon gar nicht, wie man Kontakt zu ihr aufnehmen konnte. Sie hatte etwas von Gefahr gesagt – Gott allein wusste, was das bedeutete. Versuchte jemand, ihr wehzutun? Hatte diese Person sie aus dem Park entführt? Wohin? Wieso? Um was mit ihr zu tun?

Victoria grub die Fingernägel in ihre Haut. Audrey brauchte sie, aber sie konnte nicht zu ihr, um ihr zu helfen. Sie konnte nicht mal einen Menschen an das andere Ende der Telefonleitung bekommen. Bloß einen gottverdammten Computer.

Im selben Moment übte an einem anderen Ort in Manhattan ein Computer seine programmierte Funktion aus.

Ein leises Surren. Zwei Piepstöne.

Information wurde verarbeitet.

Ein Warnsignal leuchtete auf einem Bildschirm auf. Ein Fenster öffnete sich und zeigte Victorias Namen, Adresse und Telefonnummer an.

Der Angestellte, der die Anlage überwachte, handelte unverzüglich.

Er hob den Telefonhörer ab und drückte die erforderlichen Tasten.

Minuten später war das Desinfektionsteam benachrichtigt.

3

Walter Kensington lehnte sich in seinem gepolsterten Ledersessel zurück, spreizte die Finger und betrachtete eingehend das detailgetreu nachgebildete Jaguarmodell auf seinem Schreibtisch.

Er erhob sich, ging zum Fenster und drehte an der Vorrichtung, mit der man die vertikalen Sichtblenden verstellen konnte. Er öffnete sie gerade so weit, dass er sein sorgfältig gepflegtes Greenwich-Grundstück überblicken konnte.

Er erinnerte sich noch gut daran, wie er es gekauft hatte, damals vor fünfundzwanzig Jahren. Er war gerade Sozius geworden. Mit achtunddreißig war er der jüngste Sozius der Kanzlei gewesen, die heute Waters, Kensington, Tatem & Calder hieß. Da war es nur angemessen gewesen, dass er in ein entsprechendes Haus zog. Der clevere Immobilienmakler, den die Kanzlei beauftragt hatte, hatte alle anderen Häuser auf seiner Liste übergangen und ihn mit blinkenden Dollarzeichen in den Augen direkt hierhergeführt.

Und er hatte das Haus auf der Stelle gekauft.

Er, Barbara und Victoria – damals drei Jahre alt – waren einen Monat später eingezogen. Audrey kam im Sommer darauf zur Welt.

Seither hatte er die Ställe hinzubauen lassen, die Größe des Swimmingpools verdoppelt und den Belag des Tennisplatzes ausgetauscht, Kunststoff statt Asche. Er hatte Asche nie gemocht. Zu viele Unebenheiten, die zu viel dem Zufall überließen.

Und Zufälle waren absolut unakzeptabel. Man musste sein Leben unter Kontrolle haben, nicht umgekehrt.

Das brachte ihn wieder zu Victoria. Sie hatte einen eisernen Willen, damit war sie geboren. Schon mit drei hatte sie sich seinen Respekt verdient. Sie hatte Rückgrat, Mut. Sie war die Tochter ihres Vaters. Audrey hingegen war schüchtern, unsicher, voll alberner Träume. Eine Künstlerseele, pflegte Barbara über sie zu sagen.

Nun, er konnte mit Künstlern und ihren Seelen wenig anfangen. Audreys Malkurse und ihre sonstigen unsinnigen Eskapaden waren etwas, worum Barbara sich kümmern musste, genauso wie sie sich um das Personal kümmerte, um die

Haushaltsführung und sämtliche gesellschaftlichen Verpflichtungen.

Er war für die wichtigen Dinge zuständig.

Er runzelte die Stirn, dachte über sein aktuelles Problem nach. Es zu lösen war nicht nur wichtig – es war entscheidend.

Ein Klopfen an der Tür unterbrach ihn in seinen Gedanken.

»Ja?«

»Entschuldige bitte, Schatz.« Barbara schob die Tür einen Spaltbreit auf und blieb unsicher auf der Schwelle stehen. »Ich wollte dir nur sagen, dass Victoria angerufen hat, als du unterwegs warst. Zweimal. Sie wollte dich sprechen. Es geht um irgendwelche Informationen, die sie braucht. Es klang dringend. Vielleicht arbeitet sie an einem Fall, bei dem sie deine Hilfe braucht.« Ein strahlendes Lächeln.

»Tatsächlich?« Walter drehte sich um, fuhr sich mit der Hand über sein sorgfältig gescheiteltes graues Haar. »Wann war das?«

»Das erste Mal sehr früh. Vor neun. Sie dachte, du würdest wegen des schlechten Wetters heute kein Golf spielen. Das zweite Mal um die Mittagszeit. Es ist offenbar sehr dringend ...«

»Das sagtest du bereits«, unterbrach Walter sie. »Hat sie sonst noch etwas gesagt?«

Barbara trat nervös von einem Fuß auf den anderen. Sie hasste es, wenn ihr Mann in diesen ungeduldigen Ton verfiel. Das bedeutete immer, dass er gereizt war. »Bei ihrem ersten Anruf erzählte sie etwas über eine Person, die sie an Audrey erinnert hätte. Aber ich schätze, das war nur ein Vorwand, um mit dir zu sprechen. Sie ist zu stolz, um zuzugeben, dass sie Hilfe braucht. Beim zweiten Mal war sie etwas direkter. Sie fragte einfach nur, ob du schon zurück wärst. Als ich verneinte, bat sie mich, dir auszurichten, du mögest sie bitte anrufen.«

Walter verzog die Lippen und verschränkte die Hände hinter dem Kopf. »Ist sie zu Hause oder an diesem Ort, den sie Kanzlei nennt?«

»Zu Hause.« Seine Frau sah ihn eindringlich an. »Walter, bitte, mach ihr Unternehmen nicht immer so schlecht. Ich weiß, dass es dir nicht gefällt, dass sie sich selbstständig gemacht hat. Aber sie wird irgendwann zu dir kommen. Wenn du nicht diplomatisch bist …«

»Genug.« Mit einer entschiedenen Handbewegung schickte Walter sie aus dem Zimmer. »Ich brauche von dir keine Ratschläge, wie ich mit meiner Tochter umgehen muss. Ich werde sie jetzt anrufen. Ungestört, wenn du nichts dagegen hast.«

Erleichterung machte sich in Barbaras Gesicht breit. »Natürlich.« Sie zögerte, lange genug, um zu sagen, was sie sagen musste. »Ehe ich gehe, nur noch eine kurze Erinnerung. Du hattest Clarissa und Jim auf einen Drink eingeladen. Sie kommen um sieben.«

Sein Bruder mit Frau. Das hatte er ganz vergessen.

Walter warf einen kurzen Blick auf seine Patek Philippe. Fünfzehn Uhr dreißig. Er entspannte. Damit blieb ihm noch mehr als genug Zeit, um Victoria anzurufen, seine Geschäfte zu erledigen, sich zu duschen, umzuziehen und die *Times* von heute zu lesen – denn das alles beabsichtigte er zu tun, ehe er Besuch bekam.

»Gut«, meinte er knapp. »Robert soll die Alkoholvorräte überprüfen.«

»Ist bereits geschehen. Robert hat eine neue Flasche Maker's Mark aus dem Keller heraufgeholt und zwei Flaschen von diesem ausgezeichneten Bordeaux – den 80er Lafite

Rothschild Pauillac, der Clarissa beim letzten Mal so gut geschmeckt hat. Und für den Fall, dass die zwei länger bleiben sollten, steht mariniertes Filet Mignon im Kühlschrank. Wir könnten grillen, wenn der Regen nachlässt.«

»Gute Idee.« Walter hörte gar nicht zu. Barbara war die perfekte Gastgeberin. Sie machte nie einen Fehler, wenn es um solche Dinge ging. Es war eine ihrer besseren Eigenschaften. Außerdem hatte er es eilig, sein Telefongespräch zu führen.

Barbara spürte die Ungeduld ihres Mannes, zog sich in die Diele zurück und schloss die Tür.

Walter setzte sich an seinen Schreibtisch und starrte das Telefon lange Zeit an. Dann hob er ab und wählte.

»Hallo?« Victorias Stimme klang angespannt.

»Hier ist dein Vater. Ich habe gehört, du wolltest mich sprechen?«

»Ja.«

»Es geht um einen juristischen Fall, sagte deine Mutter. Brauchst du einen Rat, oder willst du dir ein Nachschlagewerk ausleihen – eins, das deine Kanzlei sich nicht leisten kann?«

Victoria schluckte ihren Ärger herunter. »Weder noch. Ich habe diese Entschuldigung nur für Mutter benutzt. Mein Anruf hat nichts mit einem juristischen Problem zu tun.«

»Verstehe.« Walter gab ihr keine Gelegenheit zur Erklärung. Stattdessen lenkte er das Gespräch in die Richtung, in der er es haben wollte. »Heißt das, du hast noch einmal über mein Angebot nachgedacht? Bist du endlich zur Vernunft gekommen und trittst in meine Kanzlei ein? Du kannst sofort als meine Juniorpartnerin anfangen, Victoria. Es war nicht ganz einfach, das für dich zu managen, aber zufällig glaube ich, dass du eine verflucht gute Anwältin bist. Und deshalb …«

»Vater, hör bitte auf.« Victoria sprach ruhig und beherrscht, dabei umklammerten ihre Finger den Hörer so fest, dass ihre Knöchel weiß hervortraten. »Es geht nicht um meine berufliche Zukunft. Ich habe dir bereits Dutzende Male erklärt, dass ich zufrieden bin mit dem, was ich mache. Ich möchte nicht bei Waters, Kensington, Tatem and Calder arbeiten. Ich möchte nicht, dass du deinen Einfluss nutzt, um mir eine Partnerschaft zu ermöglichen, weder als Junior noch sonst wie. Ich möchte genau das weiter machen, was ich mache, mit genau den Partnern und genau den Mandanten, die ich habe. Offenbar verstehst du das nicht. Aber es ist meine Entscheidung, nicht deine.«

Walter ballte die Hand zur Faust. »Du bist töricht.«

»Das ist deine Ansicht. Zufällig teile ich sie nicht.« Sie atmete langsam ein. »Ich möchte mich jetzt nicht mit dir streiten. Der Grund meines Anrufs ist ein anderer. Ich wüsste gern, wann du das letzte Mal mit Audrey gesprochen hast.«

»Mit Audrey? Gestern Abend.«

»Gestern Abend?« Victorias Herz schlug schneller. »Wo war sie?«

»In Florenz, wo sie seit einem halben Jahr ist.« Eine Pause. »Gibt es einen besonderen Grund für deine Frage?«

Victoria begann, unruhig in ihrem Zimmer auf und ab zu gehen und die Telefonkordel zwischen ihren Fingern zu drehen. »Ja, einen guten Grund. Ich habe Audrey heute Morgen gesehen. Sie war im Central Park, nicht in Florenz.«

»Wie bitte?«

»Audrey. Sie ist hier in New York.«

Walter verstummte. Als er wieder sprach, klang seine Stimme ungeduldig. »Victoria, ich weiß nicht, wen du gesehen hast, aber es war nicht deine Schwester. Audrey hat mich gestern Abend ein oder zwei Stunden vor dem Abendessen angerufen, es war ein R-Gespräch. Sie brauchte Geld, wie üblich, und das habe ich ihr überwiesen, wie üblich. Nach unserem Gespräch wollte sie ins Bett gehen. Sie wollte am nächsten Morgen früh aufstehen, um den Sonnenaufgang zu malen – das Material hatte sie sich von meiner letzten Unterhaltszahlung gekauft.«

Gestern Abend? Victoria schüttelte den Kopf. Es konnte nicht sein, dass Audrey da noch in Italien gewesen war. Ihre Eltern aßen um acht Uhr zu Abend. Ein oder zwei Stunden vor dem Essen bedeutete demnach, dass der Anruf zwischen sechs und sieben erfolgt sein musste, also um Mitternacht in Florenz. Es gab keinen Direktflug aus Italien, mit dem Audrey so früh am Kennedy Airport hätte landen können, um bei Sonnenaufgang im Central Park zu sein.

Entweder hatte Audrey ihren Vater belogen, oder ihr Vater belog sie.

»Victoria?« Die Stimme ihres Vaters klang sehr genervt. »Bist du noch da?«

»Ja, Vater, ich bin noch da.« Sie biss die Zähne zusammen und rüstete sich für den Sturm, den sie gleich entfachen würde. »Ich bin noch da – und Audrey auch. Nicht in meiner Wohnung, aber in Manhattan. Ich habe niemanden gesehen, der Audrey ähnlich sah oder mich an sie erinnert hat. Ich habe *Audrey* gesehen. Sie trug eine Art Krankenhaushemd. Sie sah schrecklich aus, völlig aufgequollen und entstellt. Offenbar ist sie krank, sehr krank. Sie ist vor meinen Füßen zusammengebrochen, hat noch ein paar Worte hervorgestoßen und dann das Bewusstsein verloren. Ich bin sofort losgerannt, um Hilfe zu holen, und als ich zurückkam, war sie verschwunden.«

Victoria machte eine Pause, am anderen Ende der Leitung herrschte tiefes Schweigen. Entweder war ihr Vater zu dem

Schluss gekommen, dass sie den Verstand verloren hatte, oder er dachte krampfhaft über eine angemessene Antwort nach.

»Vater?«, drängte sie. »Bist du sicher, dass Audrey dich gestern angerufen hat? Und bist du sicher, dass sie aus Florenz angerufen hat? Kann es nicht sein, dass du einfach nur vorausgesetzt hast, dass sie dort war?«

»Nein, Victoria, das kann nicht sein.« Die Stimme ihres Vaters war eiskalt. »Der Übersee-Operator hat uns verbunden. Der Anruf kam aus Florenz. Und ich bin zwar schon dreiundsechzig, aber ich bin noch nicht senil. Audrey hat *gestern Abend* angerufen. Wer auch immer die arme Frau war, die du gesehen hast, es war nicht deine Schwester.«

»Du irrst dich.«

Erneutes Schweigen. »Ich glaube allmählich, die Arbeit in deiner Kanzlei lässt dich verdummen. Audrey war bisher diejenige, die ein bisschen zerstreut war, dich habe ich immer für sehr vernünftig gehalten.«

»Ich *bin* vernünftig. Und deshalb weiß ich genau, was ich gesehen habe. Und gehört.«

»Was hat diese Person denn zu dir gesagt?«

Victoria wünschte, ihr Vater wäre leichter zu durchschauen. Versuchte er jetzt, sie zu beruhigen oder Informationen aus ihr herauszupressen? Und wieso sollte er Informationen aus ihr herauspressen, es sei denn, er wusste, dass in dem, was sie sagte, ein Körnchen Wahrheit steckte?

»Sie sagte etwas von Gefahr«, antwortete Victoria und versuchte, seine Reaktion zu deuten. »Und sie hat ein paar Zahlen gemurmelt. So wie sie sie sagte – drei Ziffern, dann eine Pause, dann die anderen vier – würde ich wetten, dass es sich um eine Telefonnummer handelte.«

»Aha. Lass mich raten. So wie ich dich einschätze, hast du diese Telefonnummer bereits angerufen.«

»In der Tat.«

»Und? Hast du jemanden erreicht?«

»Nein. Nur eine Computerstimme. Ich habe nichts erfahren können, deshalb habe ich dich angerufen. Ich hatte gehofft, du könntest mir weiterhelfen.« Victoria hörte auf, durchs Zimmer zu laufen, und kam zur Sache. »Vater, ich weiß sehr wohl, wie Audrey ist, wenn sie Depressionen hat.« Sie lehnte sich gegen den Bettpfosten und umklammerte das Telefon fest mit beiden Händen. »Ich weiß auch, wie du darüber denkst. Aber sie ist meine Schwester. Ich liebe sie. Ich möchte ihr helfen. Wenn du mir also etwas verheimlichst, sag es mir bitte. Wenn Audrey dich aus New York angerufen hat, wenn du etwas über ihren Zustand weißt, muss ich es wissen. Ich werde es niemandem sonst erzählen, nicht mal Mutter. Aber Audrey steckt in Schwierigkeiten, da bin ich mir ganz sicher. Sie hat Angst, und sie ist krank – zu krank, um Kontakt zu uns aufzunehmen. Ich muss sie finden, muss wissen, wer sie verschleppt hat und wieso. Ich möchte mich gern selbst davon überzeugen, dass sich jemand um sie kümmert und dass es ihr gut geht. Also, bitte, sag mir die Wahrheit.«

»Ich habe dir die Wahrheit gesagt.« Ihr Vater sprach in abgehackten Silben, seine Worte waren ebenso unnachgiebig wie seine Stimme. »Victoria, ich habe dich noch nie so erlebt. Du bist völlig unvernünftig. Vielleicht solltest *du* mal zum Arzt gehen. Du hast rund um die Uhr gearbeitet, um deine Kanzlei ans Laufen zu bringen. Vielleicht bist du einfach ein wenig überfordert.«

Frust stieg in Victoria auf. »Es geht mir bestens – physisch und psychisch. Ich …« Sie brach ab, weil ihr klar wurde, dass sie mit dem Kopf gegen die Wand lief. Ihr Vater wollte oder konnte ihr nicht sagen, was sie wissen wollte. Gut. Dann würde sie die Wahrheit eben anders herauskriegen. Wie, wusste sie allerdings noch nicht. Ihre Möglichkeiten schienen sehr begrenzt, aber sie war fest entschlossen, ihre Schwester zu finden. »Welche Florenzer Nummer hast du von Audrey?«

»Keine. Sie hat mir seit drei Jahren keine ihrer Telefonnummern gegeben.« Abrupt wechselte ihr Vater das Thema. Versuchte sie auf eine Weise zu beschwichtigen, die sie noch mehr erzürnte als sein Ärger. »Onkel Jim und Tante Clarissa kommen heute Abend auf einen Drink zu uns. Sie würden sich sicher freuen, dich zu sehen.«

Er machte eine Pause, und Victoria war klar, dass er genau wusste, dass sie dieser Einladung nur schwer widerstehen konnte. Es war kein Geheimnis, dass sie den jüngeren Bruder ihres Vaters und dessen Frau sehr mochte. Das wiederum gefiel ihrem Vater nicht besonders. Deshalb war es umso verwunderlicher, dass er sie mit ihnen zusammen einlud. Offenbar war ihm jedes Mittel recht, mit dem er sie von ihrer Suche nach Audrey abbringen konnte.

Und das machte sie umso sicherer, dass er ihr etwas verheimlichte.

»Jim und Clarissa werden gegen sieben Uhr kommen«, fuhr ihr Vater fort. Offenbar schien er davon auszugehen, dass sie seine Einladung annahm. »Ich schicke dir einen Wagen, um dich abzuholen.«

»Ich würde gern kommen, aber es geht nicht.« Victoria bedauerte das wirklich, denn Jims und Clarissas Gesellschaft hätte ihr gutgetan. Andererseits würde sie die beiden viel lieber allein treffen als bei ihren Eltern. Denn wenn sie alle zusammen waren, war die Luft zwischen ihnen so dick, dass man sie mit dem Messer schneiden konnte.

»Ich bin heute Abend mit Meg zum Essen verabredet«, erklärte sie.

»Um eure umfangreiche Mandantenliste zu besprechen?«, fragte Walter spitz.

»Um sie zu entwickeln.«

»Ich weiß nicht, welches Restaurant lange genug geöffnet hat, um ein Projekt von einer solchen Größenordnung zu diskutieren.«

Victoria ignorierte seine unverschämte Bemerkung. »Auf Wiederhören, Vater. Liebe Grüße an Mutter.« Als sie den Hörer auflegte, hatte sich ihr Unbehagen eher noch verstärkt.

Ihr Vater war ihr ganz offensichtlich ausgewichen. Er konnte gestern Abend nicht mit Audrey telefoniert haben – zumindest war sie dabei nicht in Florenz gewesen. Das bedeutete, dass sie entweder in New York gewesen war, als er mit ihr gesprochen hatte – was wiederum hieß, dass er den Zustand seiner Tochter kannte und versuchte, ihn geheim zu halten, um seinen verdammten Ruf nicht zu beschädigen –, oder er hatte gar nicht mit ihr gesprochen und redete Victoria nun ein, sie hätte sie nicht gesehen, und zwar aus demselben Grund.

Jedenfalls versuchte er so oder so, Victoria daran zu hindern, die Wahrheit herauszufinden.

Und so oder so würde ihm das nicht gelingen.

4

Um 19.40 an diesem Abend ging Victoria die Third Avenue entlang. Ihre Gedanken drehten sich unablässig um Audrey.

Hätte sie nicht irgendwie spüren müssen, dass ihre Schwester in Schwierigkeiten steckte? Bloß wie? In der Vergangenheit waren den Rückschlägen in Audreys ständigem Kampf gegen die Bulimie immer Phasen von Depressionen und Selbstzweifeln vorausgegangen. Und in ihren letzten Briefen hatte sie nicht deprimiert geklungen. Andererseits war das schwer zu beurteilen. Audreys Briefe waren immer eine Mischung aus Verklärtheit und Melancholie – Ausdruck ihrer Künstlerseele, wie sie es selbst nannte. Eindrücke ihrer abenteuerlichen Reisen waren verwoben mit Begeisterungs- oder Missfallensbekundungen über den augenblicklichen Stand des Bildes, an dem sie gerade malte, sowie mit emotionalen Ausbrüchen über den Mann, der in ihrem Leben gerade eine Rolle spielte. Victoria hatte sich an die extremen Hochs und Tiefs im Leben ihrer Schwester gewöhnt. Deshalb wäre es ihr nie in den Sinn gekommen, dass ein neuer Rückschlag drohen könnte, zumal Audreys Zustand in letzter Zeit recht stabil gewesen war.

Ihre Schwester war so optimistisch gewesen, als Victoria sie vor fast drei Jahren zum letzten Mal gesehen hatte, an jenem feuchten Augustabend, als Audrey nach Europa aufgebrochen war.

»Bist du sicher, dass es wirklich das ist, was du möchtest?«, hatte Victoria sie bei einem chaotischen Abendessen am internationalen Terminal des Kennedy Airports gefragt.

»Absolut.« Audrey hatte ihre Schwester fest umarmt. »Ich muss unbedingt von ihm weg, Victoria. Du bist stark, ich nicht. Du kannst mich nicht ewig schützen – weder vor Vater noch vor mir selbst. Ich muss die sein, die ich bin, ich muss zu mir selbst finden. Ich muss malen, alleine leben. Außerdem geht es mir jetzt wieder viel besser. Vertrau mir, ich muss das tun.«

Victoria hatte genickt, die Angst und Sorge einer Mutter nachempfunden, die ihr jüngstes Kind ziehen ließ. »Aber wir bleiben in Kontakt, ja?«

»Ich werde dir schreiben. Telefonieren ist zu teuer. Vater bezahlt mir so viel, ich möchte ihn nicht verärgern. Außerdem …« Ein trauriges Lächeln. »Er wünscht einen klaren Bruch. Je weiter weg ich gehe, je länger ich dort bleibe, desto lohnender ist die Investition für ihn. Er braucht nicht zu befürchten, dass ihm meine Eskapaden in sechstausend Kilometer Entfernung in irgendeiner Weise schaden könnten.«

Victorias Magen hatte sich zusammengezogen. »Süße, wenn du mich brauchst …«

»Ich weiß, wo ich dich finden kann«, hatte Audrey ihr mit zitternden Lippen versichert. »Das habe ich immer gewusst.«

Als Victoria jetzt an diese Worte dachte, zuckte sie zusammen. Ja, Audrey hatte sie gefunden. Jetzt lag es an ihr, dasselbe zu tun.

Mit einem sorgenvollen Seufzer betrat sie den quirligen Wollensky's Grill. Sie suchte den gut gefüllten Gastraum ab, entdeckte Megan und ging zu ihr hinüber.

Sie nickte ihrer Freundin kurz zu, als sie sich auf einen Stuhl fallen ließ. »Tut mir leid, dass ich zu spät bin. Ich hatte einen ziemlich chaotischen Tag.«

»Du siehst schrecklich aus«, stellte Megan fest.

»Danke. So fühle ich mich auch.« Victoria bestellte ein Glas Cabernet und einen Hamburger und war froh, dass sie einen so zwanglosen Treffpunkt ausgesucht hatten. Nicht nur wegen ihres in letzter Zeit sehr begrenzten Budgets, sondern weil sie nicht die geringste Lust gehabt hätte, sich in Schale zu werfen, Stöckelschuhe anzuziehen und sich zu schminken. Hier konnte sie ganz lässig sitzen, in Jeans und Seidenbluse. Ihr Haar fiel offen und lockig auf die Schultern, und bis auf einen Hauch Mascara und einen Pinselstrich Rouge, der ihre Blässe ein wenig verdecken sollte, war sie vollkommen ungeschminkt.

»Lass mich raten.« Megan grinste, während sie an einem Stück Brot knabberte. »Du hattest mal wieder Krach mit deinem Vater. Diesmal hat er dir die Nationalgarde auf den Hals gehetzt, um dich persönlich an deinen neuen Arbeitsplatz in der Park Avenue zu begleiten.«

»Nicht schlecht.« Victoria wartete, bis ihr Glas Wein gebracht wurde, nahm einen kräftigen Schluck und antwortete erst dann. »Aber nur halb wahr. Ich habe mich mit meinem Vater gestritten, aber nicht darüber. Natürlich hat er die Sozietät erwähnt, wie immer. Aber unser Hauptthema war Audrey.«

Megan zog erstaunt die Augenbrauen hoch. »Warum? Hast du etwas von ihr gehört?«

Sofort sah Victoria wieder Audreys aufgequollenes Gesicht vor sich und ihren starren Blick. Sie musste vorsichtig antworten, ihre persönlichen Ängste für sich behalten, um ihre Schwester zu schützen. »Wenn ich es dir erzähle, musst du versprechen, mir zu glauben. Ich könnte es nicht ertragen, wenn mir noch jemand sagt, ich würde mir Dinge einbilden.«

»Klar verspreche ich dir das. Du bist die vernünftigste Person, die ich kenne. Zu vernünftig manchmal.«

»Diesmal nicht. Zumindest nicht in den Augen der Polizei und meines Vaters.«

»Der Polizei?« Megan atmete tief ein. »Erzähl.«

So nüchtern wie möglich schilderte Victoria ihr den Vorfall vom Morgen und alles, was danach geschehen war.

Als sie fertig war, waren Megans goldbraune Augen groß vor Staunen. »Wow«, meinte sie. Sie tat betont locker, weil sie die Angst im Gesicht ihrer Freundin ein wenig mindern wollte. »Und ich habe den ganzen Tag am Schreibtisch gesessen und Akten sortiert.«

»Meg, ich weiß ganz genau, dass es Audrey war.« Victoria sah sie eindringlich an. »Das Problem ist, ich weiß nicht, wo ich sie suchen soll. Du weißt ja, dass sie immer eine Einzelgängerin war. Die Einzige, die ihr nahestand, war ich. Ich habe in der kleinen Kunstgalerie in SoHo angerufen, für die sie früher mal gearbeitet hat, aber sie konnten mir nicht weiterhelfen, außer widerstrebend die Telefonnummern von einigen ihrer Bekannten herauszurücken. Keiner von ihnen hatte Kontakt zu ihr, seit sie nach Europa gegangen ist.«

»Du könntest versuchen, im Internet herauszufinden, wer hinter der Nummer steckt, die Audrey dir genannt hat – allerdings befürchte ich, dass sie nicht eingetragen ist. Du hast gesagt, du hättest schon alle Krankenhäuser angerufen?«

»Zweimal. Das erste Mal hat die Polizei es getan. Dann habe ich es noch einmal von zu Hause versucht. Aber Audrey ist nicht nur in keiner Klinik in Manhattan verzeichnet, sie benutzen auch alle keine gelben Kittel. Das ist doch seltsam, oder?«

»Und du glaubst, dein Vater wüsste etwas.«

»Ich bin mir ganz sicher.« Victoria senkte den Kopf. »Er hat alles getan, um meine Aufmerksamkeit von Audrey abzulenken. Er hat mich sogar zusammen mit meinem Onkel und meiner Tante für heute Abend zum Drink eingeladen.«

Ein schwaches Grinsen. »Das ist ja eine echte Premiere.«

»Genau. Hör zu, Meg, mein Vater kann Schwäche nicht leiden, und schon gar nicht bei Audrey. Wenn sie krank ist und diese Krankheit ihm irgendwie unangenehm werden könnte, würde er sie ignorieren – und auch ihre Hilferufe. Es ist kein Zufall, dass sie mir heute begegnet ist. Sie weiß, dass ich dreimal in der Woche dieselbe Strecke laufe. Sie hat mich gesucht. Mein Vater muss sie irgendwie vor den Kopf gestoßen haben. Und ich könnte jetzt herumirren und gar nichts tun oder meinen Instinkten folgen und meinen Vater als Ausgangspunkt benutzen.«

»Audreys Anrufe waren R-Gespräche gewesen?« Megan trommelte mit den Fingern auf den Tisch. »Wenn das stimmt, müsstest du an seiner Telefonrechnung sehen, von wo sie angerufen hat.«

»Du hast Recht.« Victoria nahm einen weiteren Schluck von ihrem Wein. »Irgendwann müsste Audreys Anruf auf seiner Rechnung erscheinen. Aber was hilft mir das jetzt?«

»Vielleicht mehr, als du denkst.« Megan sprach langsam und beobachtete genau, wie ihre Freundin reagierte. »Du nimmst an, Audrey wäre gerade erst nach New York gekommen, und ihr gestriges Telefongespräch mit deinem Vater wäre ihr erstes gewesen. Ich will dich nicht noch mehr verunsichern, aber wenn er dir etwas verschweigt, könnte es nicht sein, dass er dir noch viel mehr verheimlicht? Zum Beispiel die Tatsache, dass Audrey schon viel länger hier ist?«

»Daran habe ich noch nicht gedacht.« Victoria runzelte die Stirn. »Möglich ist natürlich alles. Audrey hätte sich ganz sicher zuerst an ihn gewandt. Er hat ihre Abhängigkeit seit ihrer Kindheit kultiviert. Sie läuft zwar vor ihm davon, aber sie wendet sich auch sofort an ihn, wenn sie in Schwierigkeiten steckt – in finanziellen oder sonstigen. Wenn sie also schon ein paar Tage oder sogar noch länger in New York ist, müsste mein Vater das eigentlich wissen.«

»Lass uns noch einmal genau überlegen. Hast du Audrey in Florenz angerufen? Hast du kontrolliert, ob sie da nicht mehr ist und seit wann?«

»Ich hatte ihre Telefonnummer in Florenz nie. Und mein Vater behauptet, er hätte sie auch nicht. Er hat ihr nur Geld überwiesen, wenn sie ihn darum bat, und ich habe keinen Grund daran zu zweifeln. Audrey ist nicht besonders sesshaft. Sie zieht ständig um, so wie es ihrer künstlerischen Neigung gerade passt. Sie war also nie lange an einem Ort. Ab und zu hat sie mir geschrieben, der letzte Brief wurde am 5. April abgestempelt. Und zwar definitiv in Florenz.«

»Gut. Dann fangen wir damit an. Audrey muss irgendwann in den letzten zehn Tagen in New York eingetroffen sein. Jetzt müssen wir herausfinden, wann genau.« Megan räusperte sich, ihr Vorschlag war ihr ein bisschen unangenehm. »Das bringt uns wieder zu den Telefonrechnungen deines Vaters. Hast du irgendeine Chance, dir die letzte Rechnung anzusehen, ohne dass er etwas davon merkt? Das Telefonat von gestern ist zwar noch nicht dabei, aber vielleicht stößt du auf etwas anderes Interessantes.«

Victoria sah sie an – offen und geradeaus. »Das ließe sich organisieren. Ich müsste sehr vorsichtig dabei sein, aber mit Roberts Kooperation müsste ich es schaffen.«

»Robert betet dich an. Er würde dir doch sicher helfen.«.

»Aber er würde meinen Vater nie wissentlich betrügen. Deshalb muss ich mir etwas einfallen lassen. Ich werde selbst nachsehen und Robert nur bitten, wegzuschauen.« Victoria registrierte den Kellner kaum, der ihr Essen vor sie auf den Tisch stellte. »Am Montagmorgen«, murmelte sie. »Mein Vater geht immer früh zur Arbeit. Vor sieben. Dann schläft meine Mutter noch tief und fest. Ich werde mit dem Frühzug nach Greenwich fahren. Und dann werde ich sehen, was ich herausfinden kann.«

Sie zog ihren Tagesplaner hervor und prüfte ihre Termine für Montag. »Meinen ersten Termin habe ich um zehn. Mit Faye Larimore. Würdest du für mich einspringen, falls ich mich verspäten sollte? Du müsstest ihr ein bisschen Händchen halten, falls dieses Schwein von ihrem Mann ihr am Wochenende wieder zugesetzt hat.«

»Kein Problem. Ich bin eine gute Ersatz-Händchenhalterin.« Megan wurde ganz still und schob ihre Zwiebelringe mit der Gabel auf dem Teller herum, ohne sie zu essen – was sehr untypisch für Megan war, da sie Zwiebelringe liebte.

»Okay, genug von mir«, verkündete Victoria und sah ihre Freundin an. »Dich belastet anscheinend auch etwas. Lass hören. Ist es etwas Privates oder Geschäftliches?«

»Weder noch. Das heißt, eigentlich ist es ein privates Problem, aber nicht meins. Zumindest nicht direkt. Allerdings belastet es mich schon irgendwie.«

»Jetzt verstehe ich gar nichts mehr.«

Meg legte die Gabel aus der Hand. »Victoria, du machst im Moment eine schwierige Zeit durch. Ich erzähle es dir ungern, aber du würdest es ohnehin früher oder später herausfinden. Das hättest du bereits getan, wenn du heute die Zeitung gelesen hättest ...«

Victoria kaute langsamer und sah ihre Freundin gespannt an.

»Nun komm schon«, drängte sie, als Meg immer noch zögerte. »Was ist es?«

»Zach ist in New York.« Sie öffnete ihre Handtasche und zog einen Zeitungsausschnitt hervor, den sie Victoria zuschob. »Er ist Gastredner auf einem Kongress, der übernächste Woche hier in New York stattfindet.«

Automatisch fiel Victorias Blick auf die Schlagzeile: »Zachary Hamilton konnte für den Jahreskongress der Society of Competitive Intelligence Professionals am Donnerstag, den 27. April, als Gastredner gewonnen werden.« Anschließend wurde Zachs Werdegang skizziert. Beruf: Geschäftsführender Gesellschafter bei Hamilton Enterprises, Inc., einem der renommiertesten Unternehmen auf der ganzen Welt im Bereich der Competitive Intelligence mit zahllosen nicht weniger renommierten Kunden. Ausbildung: Jurastudium und

Promotion in Harvard; Diplom in Elektrotechnik am Massachusetts Institute of Technology; Diplom in Betriebspsychologie am Massachusetts Institute of Technology.

In dem Artikel war weiterhin zu lesen, dass Hamilton am Dienstagabend nach längerem Aufenthalt in Europa in New York eingetroffen wäre. Er endete mit der stolzen Ankündigung, dass es sich bei Hamiltons Rede auf dem Kongress um seinen seit Jahren ersten öffentlichen Auftritt in den Vereinigten Staaten handelte.

Neben dem Artikel war ein Foto von Zach abgebildet – und es raubte ihr den Atem.

Fassungslos starrte Victoria auf das Bild. Eine endlose Minute lang kämpfte sie dagegen an, sich von einer Flut aus Erinnerungen überwältigen zu lassen.

Dann legte sie den Zeitungsausschnitt zur Seite. »Es musste irgendwann so kommen«, sagte sie und gab sich alle Mühe, ihre Stimme unter Kontrolle zu halten. »Er konnte nicht für ewig fortbleiben. Aber es gibt keinen Grund zur Sorge. New York ist eine große Stadt. Ich bezweifle, dass wir uns in die Arme laufen werden. Er ist wegen des Kongresses gekommen. Ich bin mir sicher, dass er in ein paar Wochen wieder woanders hinjettet. So ist Zach.«

Megan schob sich eine honigblonde Haarsträhne aus dem Gesicht. Sie ließ sich von Victorias unbeteiligtem Gesicht nicht eine Sekunde lang täuschen, wagte aber nicht, ihr das offen zu sagen. »Es macht dir also nichts aus?«

»Nicht im Geringsten. Danke für deine Anteilnahme und dafür, dass du es mir gesagt hast. Aber ich komme schon klar damit.«

»Tatsächlich?«

»Ja. Es ist vier Jahre her.«

»Ich weiß. Aber du bist immer noch nicht über ihn hinweg.«

Victoria starrte auf ihren Hamburger und fragte sich, wie sie bei dem Kloß in ihrem Hals je etwas davon herunterschlucken sollte. »Dieses Kapitel in meinem Leben ist schon lange, lange abgeschlossen.«

»Wirklich?« Megan machte einen verbotenen Schritt. »Hattest du deshalb in den letzten vier Jahren keine einzige Beziehung?«

Victoria sah Megan scharf an. »Du weißt sehr gut, dass ich dazu keine Zeit hatte. Ich habe gearbeitet. Erst habe ich gearbeitet, um mir einen Namen als Anwältin zu verschaffen, dann habe ich gearbeitet, um Mandanten an Land zu ziehen, damit ich mich mit dir und Paul selbstständig machen konnte. Und jetzt …«

»Arbeitest du, um Zach zu vergessen.«

Sie sagten beide nichts, sondern horchten auf das Stimmengewirr und das Geklapper des Geschirrs um sie herum. Offensichtlich schienen sich an diesem Samstagabend alle prächtig zu amüsieren.

»Meg, können wir dieses Thema jetzt lassen?«, bat Victoria. »Ich weiß, du meinst es gut, aber ich habe heute Abend keine Lust, mich über mein Privatleben ausfragen zu lassen. Genau genommen habe ich überhaupt keine Lust mehr zu einem ernsthaften Gespräch. Lass uns einfach essen, trinken und quatschen wie alle anderen auch.«

»Okay.« Meg begriff, dass sie ihre Freundin nicht länger bedrängen durfte. Grinsend reichte sie Victoria die Ketchupflasche. »Dann lass uns mit den Fritten anfangen. Danach bestellen wir uns noch ein paar Gläser Wein und lassen uns so richtig gehen, ja.«

Victoria musste ebenfalls lächeln. »Das klingt perfekt.«

Sie übergoss ihre Pommes frites mit einer dicken Schicht Ketchup, fest entschlossen, ihrem überforderten Gehirn eine Pause zu verschaffen. Keine Sorgen mehr, nicht heute Abend. Nicht über Audrey. Und schon gar nicht über Zach Hamilton.

Downtown, im Hauptquartier des FBI am Federal Plaza 26, lehnte Zachary Hamilton sich auf seinem Stuhl zurück und schaute das Material durch, das man ihm überreicht hatte.

»Ist das alles?«, fragte er Special Agent Meyer.

»Alles, was wir bisher haben. Der Rest hängt von Ihnen ab.« Meyer stützte sich mit den Ellbogen auf den Schreibtisch und sah den großen, kräftigen dunkelhaarigen Mann, der ihm gegenübersaß, aufmerksam an. Er hatte schon früher mit Hamilton zusammengearbeitet. Der Mann war hochintelligent, und er wusste, was er wollte. Sicher verfolgte er ein ganz persönliches Ziel, davon war Meyer überzeugt – er wusste genug über Hamiltons Vorgeschichte, um zu ahnen, um was es sich handeln konnte. Doch ganz gleich, welche persönlichen Motive ihn trieben, sie änderten nichts an seiner Qualifikation. Hamilton war gut. Verflucht gut. Und in einer so heiklen Angelegenheit wie dieser war er genau der Mann, den sie brauchten.

»Ich habe einige erste Videoaufzeichnungen«, fügte Meyer hinzu und fuhr sich mit der Hand über seinen zurückweichenden Haaransatz. »Sie müssten bis Montag hier sein. Ich werde Ihnen dann sofort Kopien in Ihre Hotelsuite schicken lassen.«

»Gut.« Hamilton erhob sich, steckte die Unterlagen in seine teure Ledertasche, ließ sie zuschnappen und verschloss sie. »In der Zwischenzeit werde ich mir das alles in Ruhe durchlesen und mir in etwa ein Bild darüber verschaffen, womit wir es zu tun haben. Wenn ich die Bänder gesehen habe, werde ich entscheiden, wie wir weiter vorgehen.«

»Okay.« Meyer stand ebenfalls auf. »Danke fürs Kommen. Tut mir leid dass ich Sie an einem Samstagabend herbitten musste. Aber das konnte einfach nicht warten.«

»Kein Problem.« Zach zuckte mit den Schultern. »Zumindest nicht für mich. Ich hatte ohnehin nichts vor. Aber Sie …« Ein fragender Blick. »Sie haben doch eine Frau und zwei Kinder, wenn ich mich recht erinnere.«

Meyers harte Züge wurden weich. »Ja, das ist richtig. Zwei Söhne. Neun und elf. Ihre Mom hat ein Video ausgeliehen, das wir uns heute Abend zusammen ansehen wollten. Wie ich sie kenne, hat sie bereits das Popcorn in der Mikrowelle stehen. Neben meinem Abendessen.« Er klopfte sich auf den leichten Bauchansatz.

»Dann sollten Sie jetzt schleunigst nach Hause fahren.«

»Das werde ich tun, sobald ich meinen Schreibtisch aufgeräumt habe. Ein Viertelstündchen noch.« Meyer streckte seine Hand aus und ergriff die Hamiltons mit festem Druck. »Bis Montag. Und, Hamilton, willkommen zurück in New York.«

Zachs Gesichtsausdruck veränderte sich nicht. »Danke. Es ist lange her.«

5

Vier Jahre. So lange war es her, seit sie sich zum letzten Mal gesehen hatten, so lange war es her, seit sie sich gegenseitig Adieu zugeschrien hatten und einen Schlussstrich gezogen hatten.

Victoria schlug die Decke zurück, setzte sich auf die Bettkante und fuhr sich mit den Händen durch ihre zerzausten

Haare. Sie brauchte nicht auf den Wecker zu sehen, um zu wissen, dass es mitten in der Nacht war. Sie war erschöpft. Unaufhörlich hatte sie sich von einer Seite auf die andere gewälzt und sich den Kopf zermartert, abwechselnd um Audrey und Zach.

Sie fragte sich, wo er wohl wohnte. Wahrscheinlich im Plaza Athénée. Es war sein Lieblingshotel, weil es den Charme des alten Europas mit dem Tempo und der Modernität New Yorks vereinigte. Die Zimmer waren groß und exklusiv ausgestattet, das Personal stets bemüht, ihm die Privatsphäre zu gewähren, die sein Job erforderte. Und die elegante und gediegene Umgebung genoss er ebenso wie eine gute Flasche Wein – ruhig und mit der beiläufigen Wertschätzung eines Mannes, der an die feinen Dinge des Lebens gewöhnt ist.

Obwohl, so hatte er oft gewitzelt, sie eigentlich diejenige war, die für das Plaza Athénée geboren war, nicht er. Bis Hamilton Enterprises richtig erfolgreich wurde, hatte sich seine Vorstellung von Luxus auf eine kleine Frühstückpension in Boston beschränkt.

Im Plaza Athénée hatten sie ihre erste gemeinsame Nacht verbracht.

Victoria konnte sich noch immer an jede kleinste Einzelheit erinnern: Ihre Lieblingsblumen, gelbe Rosen, standen auf jedem Tisch und in dem marmornen Bad; der Snack, der ihre gemeinsame Leidenschaft war und den sie häufig spät abends noch zu sich nahmen – eine Flasche Franciscan Oakville Estate Cabernet Sauvignon und eine große Schale Schoko-Haselnuss-Biscotti –, standen auf einem Tisch bereit, daneben ein Jack Russell-Terrier aus Plüsch, Jackson genannt und ein Ersatz für den echten Hund, den sie sich schon lange wünschte, sich aber erst dann kaufen würde, wenn sich ihr junges Unternehmen großzügigere Büroräume leisten konnte – Büroräume, in die sie einen Hund hineinschmuggeln konnte.

Und dann waren da noch die ganzen anderen wunderbaren Dinge gewesen.

Die unzähligen funkelnden Lichter der Stadt, die sich unter ihnen ausbreiteten wie ein Meer aus glitzernden Sternen.

Die endlosen Stunden im Bett.

Verdammt.

Mit einem schmerzerfüllten Blick auf Jackson, der auf ihrem Schaukelstuhl saß, sprang Victoria aus dem Bett, zog sich einen Bademantel über, machte Licht an und ging in die Küche. Sie würde sich einen Kamillentee kochen, vielleicht würde ihr das beim Einschlafen helfen. Und wenn nicht, würde es sie zumindest ein wenig von den Erinnerungen an längst Vergangenes ablenken.

Zehn Minuten später trug sie ihre Tasse Tee ins Schlafzimmer, trank ein paar Schlucke und sah den Stapel ungelesener Krimis auf ihrem Nachttisch durch. Heute wäre eine gute Gelegenheit, mit einem von ihnen anzufangen. Sie würde so lange lesen, bis ihr die Augen zufielen. Und morgen würde sie Onkel Jim anrufen, um zu hören, ob er und Clarissa diese Woche Zeit für ein gemeinsames Abendessen hätten. Sie würde sie zu sich einladen. Sie kochte zwar nicht gern, aber bei den Essensvorbereitungen konnte sie sich auf eine Aufgabe konzentrieren anstatt auf Emotionen. Außerdem könnte sie sich bei den beiden einen Rat in Sachen Audrey holen, ganz vorsichtig natürlich, ohne ihren Vater schlechtzumachen und ihren Verdacht gegen ihn offen auszusprechen. Dennoch war Victoria fest entschlossen, bis zu dem Abend, an dem ihr Onkel und ihre Tante zum Essen kommen würden, etwas Konkretes über Audreys Aufenthaltsort herauszufinden.

Sie entschied sich für ein Buch und warf es aufs Bett. Dann

stellte sie ihre Teetasse auf den Nachttisch, schlüpfte aus ihrem Bademantel und hängte ihn über eine Stuhllehne. Sie drehte sich um und suchte nach dem Schalter ihrer Leselampe.

Für den Bruchteil einer Sekunde streifte ihr Blick das Fenster.

Irgendetwas bewegte sich da draußen.

Sie sah nur eine schemenhafte Regung im Licht der Straßenlaterne, aber das genügte, um zu erkennen, dass auf der anderen Straßenseite, direkt gegenüber ihrem Haus, eine männliche Gestalt stand.

Wer immer es war, zog sich nun in den Schatten zurück.

Er setzte weder seinen Weg fort, noch verschwand er in einem Haus. Er blieb einfach, wo er war, eine schwache Silhouette in der Dunkelheit, die so still stand wie ein Wachposten, der seinen Dienst verrichtete.

Victoria trat vom Fenster zurück. Sicher war es nur jemand, der draußen eine Zigarette rauchte.

Aber wer? Sie kannte ihre Nachbarschaft. Keiner von ihnen ging um halb vier nachts vor die Tür, um zu rauchen. Außerdem hatte sie weder die Glut einer Zigarette noch das Aufflackern eines Streichholzes gesehen. Nur die Umrisse eines Mannes. Und in den Häusern ihrer Straße gab es keine Wachmänner.

Vorsichtig beugte sie sich noch einmal vor und spähte nach draußen.

Er war wieder aus dem Schatten herausgetreten.

Diesmal bemerkte er, dass er beobachtet wurde.

Innerhalb von Sekunden war er verschwunden.

Victoria spürte, wie ihr ein Schauer über den Rücken lief.

Gut, dies hier war New York. Aber ihr Haus lag in einer reinen Wohngegend, in der es nachts ziemlich ruhig war. Die paar Leute, die sich draußen aufhielten, gingen zügig vorbei, hatten es eilig, nach Hause zu kommen. Doch dieser Mann hatte wie angewurzelt auf der Stelle gestanden, ihr Haus angestarrt, als würde er etwas beobachten. Oder jemanden.

Victoria hatte das Gefühl, dass sie dieser Jemand war.

Aufgewühlt kletterte sie ins Bett. Sie zog die Decke hoch wie ein Kind, das Geborgenheit suchte – ein Kind, das schon sehr früh gelernt hatte, sich auf niemand anderen als sich selbst zu verlassen, um diese Geborgenheit zu finden.

Die Lust zu lesen war ihr vergangen.

Stattdessen starrte sie an die Decke und fragte sich, wieso sie sich so sicher war, dass sie diejenige war, die der Mann beobachtet hatte.

Wer war er? Wieso sollte er sie beobachten? Verfolgte er sie? Hatte dies irgendetwas mit Audrey zu tun? Oder ging jetzt ihre Fantasie völlig mit ihr durch?

Gefahr. Audreys gebrochener Ausruf kam ihr wieder in den Sinn.

Was hatte sie damit gemeint?

Verschwommene Bilder tauchten vor ihren Augen auf.

Weiße Hauben bewegten sich durch einen Raum, der behaglich wirken sollte, es aber nicht war. Ein hölzerner Deckenventilator bewegte sich im Uhrzeigersinn, schickte kühle Luftstöße zu ihr hinab. Unterdrückte Stimmen. Sonnenstrahlen fielen auf ihr Bett, wurden von weißen Hauben verdeckt, dann waren sie wieder da.

Sie stöhnte leise; wünschte sich, sie hätte genug Kraft, um aufzustehen. Es gab etwas, das sie dringend tun musste, aber sie wusste nicht mehr, was es war. Ihr Körper war schwer, ihr Kopf schmerzte zu sehr, um nachzudenken.

»Sie wacht auf.«

Die nüchterne Stimme gehörte zu einer der weißen Hauben.

»Aha.« Ein Mann. Einer, dessen Stimme sie kannte … gut kannte …

Es löste einen Fetzen Erinnerung aus – etwas Beängstigendes und Hässliches.

Aber was?

Ganz vorsichtig bewegte sie die Beine und zuckte zusammen bei den Schmerzen, die dies verursachte.

»Guten Morgen.« Die Haube hatte eine angenehme Stimme. »Wie fühlen Sie sich?«

»Bein … tut weh …«

»Das überrascht mich nicht. Es kommt vom Laufen. Das war nicht gut für Sie. Sie sind noch viel zu schwach.«

Laufen. Central Park. Victoria.

Mit einem weiteren Stöhnen richtete sie sich mühsam auf. »Vic … to … ri … a …«

»Sie regen sich schon wieder viel zu sehr auf.« Es war die Stimme eines weiteren Mannes – eine, die sie nicht erkannte. »Sie können nicht gesund werden, wenn Sie sich so aufregen.«

Er war direkt neben ihr, fummelte an einer Lampe neben ihrem Bett herum. Nein, keine Lampe. Ein silberner Stab, an dem ein Plastikbeutel hing. Ein Plastikbeutel, der sich bewegte, als er ihn anhob. In seiner Hand glitzerte etwas, etwas Langes, Spitzes, das er an den Beutel hielt, eine Ewigkeit, so schien es ihr.

»Sie muss etwas Anständiges essen«, murmelte die Haube.

»Das wird sie. Wenn sie das nächste Mal aufwacht. Dann wird sie ruhiger sein. Nicht wahr?« Der erste Mann beugte sich über sie.

Sie gab keine Antwort.

Sie konnte nicht.

Zwei schlaflose Nächte und einen Tag voller Anspannung später war Victoria mit ihren Nerven am Ende.

Der geheimnisvolle Mann, der sie beobachtet hatte, war nicht wieder aufgetaucht.

Und sie hatte nichts über Audrey in Erfahrung bringen können.

Sie hatte den ganzen Sonntag damit verbracht, Telefonate zu führen, erst mit sämtlichen Leuten, die Audrey seit der High School kannten, dann mit jeder verdammten Frühstückspension in Florenz. Und dann hatte sie schließlich ihrem schlimmsten Albtraum nachgegeben. Sie hatte im Leichenschauhaus angerufen. Ihre Hände hatten heftig gezittert, als sie ihre Schwester beschrieb; dann war sie nervös hin und her gelaufen, hatte gebetet, bis der Angestellte wieder ans Telefon gekommen war und ihr versichert hatte, dass keine Tote eingeliefert worden war, deren Beschreibung auf Audrey gepasst hätte.

Schwach vor Erleichterung und dennoch unwillig, sich eine Pause zu gönnen, war Victoria erneut zum Central Park gelaufen, um den Fußweg noch einmal Zentimeter für Zentimeter abzusuchen. Sie fand nicht mal einen gelben Faden.

Und auch von dem Mann, der Samstagnacht vor ihrem Haus gestanden hatte, entdeckte sie keine Spur.

Als sich schließlich der Montagmorgen näherte, war sie sich sicher, paranoid geworden zu sein.

Mit schmerzendem Kopf und neuer Entschlossenheit verließ Victoria ihre Wohnung. Sie war vor sechs an der Grand Central Station, zehn Minuten später saß sie im Schnellzug nach Greenwich.

Der Zug erreichte sein Ziel um 6.45, am Bahnhof kaufte sie sich einen Becher Kaffee, um noch ein paar Minuten verstreichen zu lassen und ganz sicher zu gehen. Sie wollte dem Chauffeur ihres Vaters genügend Zeit geben, Greenwich zu verlassen und den Highway zu erreichen. Aber nicht *zu viel*

Zeit. Sollte ihr Vater später Fragen stellen – falls er etwas von ihrem Besuch bemerkte –, wollte sie behaupten können, sie hätte versucht, ihn abzupassen, ehe er das Haus verließ, ihn jedoch knapp verfehlt.

Der zweite Teil wäre keine Lüge. Sie hätte ihn knapp verfehlt – allerdings mit Absicht.

Um 7.05 stieg sie in ein Taxi, das sie zum Haus ihrer Eltern brachte, um 7.15 fuhr es durch das schwere Eisentor.

Robert öffnete ihr die Tür, erstaunt über einen derart frühen Besucher. Noch erstaunter war er, als er sah, um welchen Besucher es sich handelte.

»Miss Victoria.« Er sprach sie noch immer so an. Aber da Robert schon seit Victorias Kindergartenzeit bei ihrer Familie angestellt war, wäre es absurd gewesen, wenn er nun zu einem förmlichen Miss Kensington wechseln würde. Also blieb er bei Miss Victoria.

»Hi, Robert.« Sie lächelte entschuldigend. »Es tut mir leid, dass ich so früh hier eindringe.«

»Unsinn. Kommen Sie herein.« Er öffnete die Tür ganz und ging zur Seite, um sie eintreten zu lassen.

Sie ging hinein und sah sich in der geschmackvoll eingerichteten Halle um. »Ist mein Vater noch zu Hause?«

»Sie haben ihn um zehn Minuten verpasst.« Robert sah sie besorgt an. »Ist etwas passiert?«

»Nein, nein, es ist alles okay.«

Seit Samstag hatte Victoria diesen Auftritt Dutzende Male durchgespielt. Gut, Robert war ihrem Vater gegenüber äußerst loyal. Aber er war auch ihr gegenüber loyal – und Audrey. Er würde nie zulassen, dass ihnen ein Haar gekrümmt würde. Ihn in diese Sache hineinzuziehen – ohne genau zu wissen, um *welche* Sache es sich eigentlich handelte –, wäre allerdings unfair. Es würde seine Integrität beschädigen, ihn unwissentlich zum Spielball zwischen ihr und ihrem Vater machen.

Später würde sie konkreter werden – wenn es sein musste. Im Moment war es das Beste, wenn Robert so wenig wie möglich erfuhr.

Dennoch würde sie ihm keine glatte Lüge auftischen. Nicht Robert. Er würde sie durchschauen. Sie musste bei der Wahrheit bleiben, diese aber so vage wie möglich halten. Sie würde ihm klarmachen, dass es sich um eine wichtige Angelegenheit handelte, ohne ihm Einzelheiten zu verraten.

»Ich brauche dringend eine Information aus den Akten meines Vaters«, erklärte Victoria. »Eine Information, nach der ich am Samstag am Telefon vergessen habe zu fragen.«

»Was für eine Art Information?«

»Das ist vertraulich. Aber ich brauche sie dringend.« Victoria sah Robert an. Mit einer raschen, entschlossenen Bewegung knöpfte sie ihren Leinenblazer auf, zog ihn aus und legte ihn über ihren Arm, eine Geste, die ihm signalisieren sollte, dass sie vorhatte zu bleiben. »Ich bin sicher, ich kann sie alleine finden. Ich brauche nur ein paar Minuten in Vaters Arbeitszimmer.«

Sie sah den Funken Verständnis – und Distanziertheit – in Roberts Augen. »Verstehe. Weiß Ihr Vater davon?«

»Ich sagte ja schon, wie haben am Samstag telefoniert. Und wir haben kurz über die Sache gesprochen, ja. Aber irgendwie wurden wir abgelenkt. Und die fehlenden Einzelheiten haben mich das ganze Wochenende beschäftigt.«

Robert betrachtete sie mitfühlend. »Sie sehen müde aus.«

»Bitte, Robert.« Victoria berührte ihn am Arm. »Es ist eine Familienangelegenheit. Eine *wichtige* Familienangelegenheit. Ich bitte Sie nicht, mir zu helfen. Nur wegzuschauen. Bitte.«

Das Wort ›Familie‹ wirkte sofort.

Robert räusperte sich und rieb sich einen unsichtbaren Flusen vom Ärmel. »Ihre Mutter steht seit der Zeitumstellung morgens früher auf. Gegen neun. Werden Sie einen Kaffee mit ihr trinken?«

Erleichterung überkam Victoria, als sie begriff, dass Robert ihr damit ein zeitliches Limit setzte. »Leider habe ich dazu keine Zeit. Ich werde bis dahin längst wieder weg sein.«

»Gut. Dann fülle ich Ihnen eine Thermoskanne, damit Sie auf der Rückfahrt im Zug einen anständigen Kaffee trinken können.«

»Danke«, sagte Victoria und meinte damit viel mehr als nur den Kaffee. »Ich weiß das mehr zu schätzen, als Sie sich vorstellen können.«

»Kann ich sonst noch etwas für Sie tun?«

Victoria zögerte, dann folgte sie ihrem Instinkt. »Sie kümmern sich immer noch um die privaten Rechnungen, oder?«

»Bis auf einige wenige, die Ihr Vater persönlich erledigt, ja. Ich bereite die Überweisungen vor, Ihr Vater unterschreibt sie.«

»Gilt das auch für die Telefonrechnungen?«

»Ja. Für die auch.«

Hoffnung flackerte in Victoria auf. »Denken Sie nach, Robert. Wann ist die letzte Rechnung bezahlt worden?«

»Da brauche ich nicht lange nachzudenken. Die Telefonrechnungen werden immer am einundzwanzigsten eines jeden Monats bezahlt.«

Am einundzwanzigsten. Heute war der siebzehnte.

»Die letzte Rechnung, also die, die Sie am Freitag bezahlen, befindet sie sich in Vaters Arbeitszimmer?«

Ein Nicken. »Ganz rechts auf seinem Schreibtisch, unter dem Porsche-Modell, zusammen mit den anderen Rechnungen, die ich diese Woche bezahlen werde.«

»Perfekt.« Victoria war schon unterwegs. »Dann bin ich noch schneller fertig, als ich dachte.«

»Gut.« Robert warf ihr einen bedeutungsvollen Blick zu. »Je weniger Zeit Sie benötigen, desto besser. Schließlich müssen Sie in die Stadt zurück. Ich nehme an, dort warten eine Menge Mandanten auf Sie.«

»Bestimmt.« Damit drehte Victoria sich um und lief zum Büro ihres Vaters.

Die Tür war zu, aber nicht verschlossen, wahrscheinlich damit die Putzfrau Staub wischen konnte.

Sie ging hinein und zog die Tür hinter sich zu.

Die Telefonrechnung lag, wie Robert es gesagt hatte, unter einem der kostbaren Modellautos ihres Vaters.

Sie warf einen kurzen Blick auf die Liste der Ortsgespräche, dann wandte sie sich den Ferngesprächen zu.

Neununddreißig. Das war die Vorwahl für Italien.

Victoria sah die Nummern durch, die mit dieser Zahl begannen. Es gab insgesamt sechs R-Gespräche, alle wurden von einem anderen Apparat geführt. Zwei von einem Florenzer Vorort. Eins von Genua. Zwei von irgendwelchen Städten dazwischen.

Der letzte Anruf war vor zwölf Tagen aus Florenz erfolgt.

Die Rechnungsperiode endete am zehnten – vor einer Woche also. Victoria fand also weder einen Beweis dafür noch dagegen, dass Audrey zum Zeitpunkt des fraglichen Anrufs in Florenz war.

Rasch schaute Victoria sich die letzten aufgelisteten Gespräche an – *alle* Anrufe, die am neunten und zehnten erfolgt waren. Nichts Ungewöhnliches. Zumindest nichts, was ihr sofort ins Auge gesprungen wäre. Aber die Liste war zu lang, um sie in Ruhe zu analysieren. Dazu fehlte ihr die Zeit.

Aber das war kein Problem.

Victoria ging um den Schreibtisch herum, schaltete den Kopierer ein und wartete ein paar Sekunden, bis er warm war. Dann kopierte sie die gesamte Rechnung. Sie stopfte das Duplikat in ihre Handtasche und schaltete das Gerät wieder aus. Anschließend ging sie zum Schreibtisch zurück, faltete die Originalrechnung zusammen und legte sie exakt an die Stelle unter den Porsche, wo sie sich befunden hatte.

Fertig.

Sie atmete erleichtert auf. Jetzt würde sie sich ihren Kaffee schnappen und von hier verschwinden, ehe ihre Mutter aufwachte und unangenehme Fragen stellte.

Die Rückfahrt im Taxi verbrachte sie damit, auf ihrem Handy alle aufgeführten Nummern in Italien anzurufen, um zu sehen, ob irgendjemand ihr etwas zu Audreys Aufenthaltsort sagen konnte. Ohne Erfolg. Im Zug sah sie sich die Telefonrechnung genauer an und kreiste die ihr unbekannten Nummern ein.

Mit der markierten Rechnung in den Händen betrat Victoria schließlich das Backsteinhaus an der Ecke Madison Avenue und 67. Straße, in dem sich ihre Kanzlei befand. Sie rannte die drei Stockwerke hinauf und stürmte durch die Bürotür mit der Aufschrift London, Kensington & Stone.

Es war 9.40 Uhr. Sie hatte noch zwanzig Minuten, bis Faye Larimore kam, und sie beabsichtigte, diese Zeit zu nutzen, um einige der eingekreisten Nummern zu überprüfen.

Victoria stöhnte leise, als sie Paige an der Rezeption die Post sortieren sah. Ihre Teilzeit-Sekretärin – die zwanzig Stunden in der Woche in der Kanzlei verbrachte und den Rest der Woche entweder an der New Yorker Universität, wo sie Theater studierte, im Büro ihres Agenten, wo sie für eine Rolle vorsprach, oder im angesagtesten Nachtclub der Stadt, wo sie ihren neuesten Freund umgarnte – kam sonst nie vor elf Uhr. Es sei denn, sie hatte eine besonders heiße Eroberung gemacht und brannte darauf, ihnen allen davon zu erzählen.

Offenbar war an diesem Wochenende etwas Erwähnenswertes passiert. Meg und Paul waren vermutlich schon genauestens im Bilde. Und das bedeutete, dass sie nun an der Reihe war – unglücklicherweise.

Oh, sie liebte Paige. Das taten sie alle.

Mit ihr wurde das Leben nie langweilig.

Aber ausgerechnet heute brauchte Victoria ihre Ruhe. Und sie musste die nächsten paar Minuten dringend nutzen.

Sie wappnete sich, um Paige notfalls zu enttäuschen.

Die neunzehnjährige supersüße Blondine sah von ihrem Schreibtisch auf, und ihre kornblumenblauen Augen strahlten vor Freude, als sie Victoria erblickte. »Hi Victoria. Du bist schon da? Megan meinte, du würdest heute später kommen.«

»Wie du siehst.« Victoria grinste und warf einen kurzen Blick in die Warteecke. »Mrs. Larimore ist noch nicht hier?«

»Nein.« Paige schob sich eine honigblonde Strähne hinters Ohr, hängte sich quer über ihren Schreibtisch und klopfte auf eine frisch geöffnete Box mit Papiertüchern. »Aber die habe ich schon bereitgestellt. Für den Fall, dass dieses Schwein von ihrem Ehemann sie am Wochenende wieder belästigt hat.« Sie runzelte die Stirn, ihr gewohnheitsmäßiger Optimismus wurde gedämpft von ihrem Mitgefühl. »Dieser Mann ist wirklich eine Bestie. Ich wünschte, sie würden ihn einsperren, damit er ihr nicht mehr wehtun kann.«

»Mrs. Larimore hat nichts dergleichen beantragt«, erinnerte Victoria sie. »Und sie hat es auch nicht vor. Alles, was sie will, ist ihre Freiheit.«

»Nun, ich hoffe, dass sie ihn bei der Scheidung ordentlich bluten lässt.« Damit war der Fall für Paige erledigt und ihrer

Entrüstung Genugtuung getan. »Ganz egal, warte, bis ich dir von Maurice erzähle.«

Victoria sah sie erstaunt an. »Maurice? Was ist denn mit Steve?«

»Steve?« Paige stöhnte dramatisch und machte eine wegwerfende Handbewegung. »Der ist *fini.* Ich habe ihm nach Samstagnacht *Adieu* gesagt. Da habe ich nämlich Maurice kennen gelernt. Er ist *très romantique.* Das heißt romantisch«, fügte sie hinzu.

»Ich weiß.«

»Er ist Franzose«, fuhr Paige fort und ignorierte den ironischen Ton in Victorias Stimme. »Weißt du, wie Maurice Chevalier. Nein, das weißt du wahrscheinlich nicht. Maurice Chevalier war ein Schauspieler, vor ungefähr einer Million Jahre. Du hast sicher noch nie etwas von ihm gehört.«

»Ich habe von ihm gehört.« Victoria biss sich auf die Lippen, um nicht laut aufzulachen. »Ich habe *Gigi* viermal gesehen.«

»Dann weißt du ja, was er für eine sexy Stimme hatte. So klingt auch Maurice, wenn er redet. Oh, und er ist ein Poet. Er schreibt ein Gedicht über mich. In Französisch. Er wird es ins Englische übersetzen und mir dann selber vorlesen. Mit dieser unglaublichen Stimme.« Sie stieß einen theatralischen Laut aus.

»Paige, ich will alles über Maurice wissen«, unterbrach Victoria sie und entfernte sich millimeterweise von Paiges Schreibtisch in Richtung ihres eigenen Büros. »Aber ich muss noch ein paar Anrufe erledigen, bevor Mrs. Larimore kommt. Sobald sie weg ist, bin ich ganz Ohr. Ich schwöre es. Okay?«

»Okay.« Ein verständnisvolles, wenn auch enttäuschtes Nicken. »Ich berichte dir jede Einzelheit.«

»Da bin ich mir ganz sicher.« Victoria drehte sich um und rannte los, um ihre Telefonate zu erledigen.

»Dieses Versprechen wirst du noch bereuen«, zischte Paul, als sie an seinem Büro vorbeistürmte. »Die Maurice-Geschichte ist noch härter als die Steve-Storys. Und du weißt, wie schrecklich die waren.«

»Allerdings.« Victoria kicherte und winkte Paul kurz zu. »Aber ich werde es überleben.« Sie zeigte auf ihr Zimmer. »Ich hab dringend etwas zu erledigen. Wir reden später.«

Ohne seine Antwort abzuwarten, hastete sie weiter, steckte kurz den Kopf zu Meg herein. »Bin wieder da«, rief sie. »Mission vollendet. Jetzt muss ich die Nummern nur schnell prüfen. Sollte ich noch telefonieren, wenn Mrs. Larimore auftaucht, könntest du sie dann übernehmen wie abgesprochen?«

»Klar.« Meg sah von dem Schriftsatz auf, an dem sie gerade arbeitete. In ihren Augen blitzte offene Neugier, Neugier, die sie mühsam unterdrückte. »Tu, was du tun musst. Du kannst mir dann später alles erzählen.« Sie verzog den Mund. »Nach der Geschichte über Maurice.« Ein prüfender Blick. »Ist alles okay?«

»Ich bin mir nicht sicher. Ich lasse es dich wissen.« Victoria lief weiter zu ihrem Büro und schloss die Tür hinter sich. Sie wartete nicht einmal ab, bis sie sich gesetzt hatte, sondern griff noch im Stehen nach dem Telefonhörer.

Die meisten der Nummern aus Manhattan und Greenwich hatte sie als die von alten Familienfreunden und Anwaltskollegen identifiziert. Onkel Jims Nummer tauchte ein paar Mal auf, ebenso die von Tante Clarissa im Mount Sinai-Hospital. Also nichts Ungewöhnliches.

Es gab ungefähr ein Dutzend New Yorker Nummern, die sie nicht zuordnen konnte. Die meisten, so stellte sich heraus, gehörten renommierten, wohlhabenden Personen, deren Namen Victoria sofort erkannte, als sie sie hörte – es waren Mandanten ihres Vaters.

Zwei der Nummern fielen jedoch nicht in diese Kategorien.

Außerdem entdeckte sie eine Übersee-Nummer, die sie zuvor nicht bemerkt hatte. Ein Anruf, der *nach* Italien geführt worden war und nicht *von dort* kam. Das war merkwürdig. Angeblich hatte ihr Vater Audreys Telefonnummer nicht gehabt. Niemand in der Familie hatte das.

Sie versuchte diese Nummer zuerst.

Ein weit entferntes Klopfen – das Summen einer Übersee-Verbindung. Dann war die Verbindung hergestellt.

Das Telefon klingelte zweimal, es klickte, dann kam jemand an den Apparat.

Eine energische weibliche Stimme am anderen Ende sagte: *»Ospedale di Firenze. Pronto!«*

Ein Krankenhaus in Florenz?

Victoria sank auf ihren Schreibtischstuhl. Sie sprach kaum Italienisch, aber so viel hatte sie verstanden. Wieso um alles in der Welt hatte ihr Vater dort angerufen?

»Ciao?«, wiederholte die Stimme am anderen Ende. *»È chiunque là?«*

»Si. Buongiorno.« Victoria dachte krampfhaft nach. *»Parlate inglese?«*

»Un minuto, per favore.«

Victoria wurde in die Warteschleife geschaltet, unendlich lange, so erschien es ihr.

Dann nahm eine andere Person ab. »Hallo?«, sagte sie mit unüberhörbarem italienischen Akzent. »Ich spreche Englisch. Kann ich Ihnen behilflich sein?«

»Ja. Bitte.« Victoria umklammerte den Hörer, bis ihre Fingerknöchel ganz weiß wurden. »Ich brauche eine Information über eine Patientin.«

»Wissen Sie, auf welcher Station sie sich befindet?«

»Ich bin nicht sicher. Vielleicht auf der Intensivstation oder in der Notaufnahme.«

Das Klappern einer Computertastatur. »Wann wurde sie eingeliefert?«

»Irgendwann letzte Woche.«

Erneutes Klappern. »Ihr Name?«

»Audrey Kensington.«

Einige weitere Tastenschläge – dann Stille.

»Es tut mir leid. Ich habe keine Informationen über eine Audrey Kensington.«

»Ganz sicher nicht?«, drängte Victoria. Sie fühlte sich, als müsste sie schreien, wenn sie abermals in eine Sackgasse geraten war. »Vielleicht habe ich eine falsche Angabe. Es wäre auch möglich, dass sie letzte Woche entlassen worden ist.«

»In diesem Fall sind ihre Daten nicht mehr verfügbar.«

»Könnten Sie nicht versuchen …«

»Tut mir leid, *Signora.* Alle weiteren Informationen sind streng vertraulich, und es verstößt gegen die Gepflogenheiten dieses Hauses, sie preiszugeben.«

»Aber …«

»Es tut mir leid, dass ich Ihnen nicht weiterhelfen kann. Guten Tag, *Signora.*«

Ein Freizeichen summte in Victorias Ohr.

Ganz langsam nahm sie den Hörer vom Ohr und starrte ihn an, als wäre er ein fremdes Objekt. Anscheinend wurde sie tatsächlich langsam paranoid. Sie hätte schwören können, dass die Frau so lange hilfsbereit gewesen war, bis sie erfuhr, nach welchem Patienten Victoria sich erkundigte.

Sie holte tief Luft und schaute auf die Uhr. Es war fast zehn. Sie musste vor ihrem Gespräch mit Faye Larimore noch unbedingt die beiden verbleibenden New Yorker Nummern überprüfen. Und das bedeutete, dass sämtliche Spekulationen warten mussten.

Sie begann zu wählen.

In dem Florenzer Krankenhaus suchte die englisch sprechende Angestellte die Nummer von Dr. Antonio Riazzi aus dem Telefonverzeichnis. Mit ruhiger Stimme informierte sie ihn über das, was gerade geschehen war und was die Anruferin gewollt hatte. Riazzi verzog den Mund zu einem grimmigen Lächeln, während er ihr zuhörte.

Dann hängte er ein und wählte unverzüglich eine Nummer in den Vereinigten Staaten.

6

Die erste Ortsverbindung war hergestellt.

Victoria war noch nicht ganz bei der Sache. Ihre Gedanken kreisten weiterhin um das Gespräch, das sie gerade mit Florenz geführt hatte. Sie rechnete ohnehin nicht damit, dass diese beiden Manhattan-Nummern sie weiterbringen würden. Wahrscheinlich handelte es sich um irgendwelche Kollegen ihres Vaters.

Sie zuckte völlig überrascht zusammen, als am anderen Ende eine autoritäre männliche Stimme antwortete. »Hope Institute, Abteilung Lufttransport.«

Hastig legte Victoria auf, um ihre Überraschung zu verarbeiten und ihre Gedanken zu sammeln. Das war das Letzte, was sie erwartet hatte – die Lufttransportabteilung eines Privatunternehmens. Was bedeutete das? Was sollte sie jetzt sagen, um nicht irgendwelches Misstrauen zu erregen? Oder noch wichtiger, wozu um alles in der Welt hatte ihr Vater Kontakt mit ihnen aufgenommen?

Sie überprüfte die Länge seines Anrufs. Sechs Minuten. Er konnte sich nicht verwählt haben, nicht bei dieser Gesprächsdauer. Und selbst wenn er für dieses Hope Institute arbeitete, wieso sollte er Kontakt zu ihrer Lufttransportabteilung haben?

Um einen Flug zu buchen? Victoria zermarterte sich den Kopf. Dieser Name. Hope Institute. Das klang irgendwie nach einer medizinischen Einrichtung.

Eine medizinische Einrichtung, in der Audrey Patientin war?

Das Telefonat war am 8. April geführt worden, einen Tag nach dem Anruf in diesem Florenzer Krankenhaus. Wurde Audrey an diesem Tag nach New York geflogen?

Sie würde das überprüfen – sobald Faye Larimore wieder weg war. Im Augenblick blieb ihr nur noch Zeit, die letzte New Yorker Telefonnummer zu überprüfen. Eine Nummer, die am 10. April gewählt worden war.

Victoria drückte die entsprechenden Tasten.

Sie wäre fast aufgesprungen, als sich eine kühle weibliche Stimme meldete. »Hope Institute. Was kann ich für Sie tun?«

Zwei Anrufe an das Hope Institute? Das war ja interessant.

Diesmal legte Victoria nicht gleich wieder auf. Stattdessen handelte sie instinktiv.

»Spreche ich mit der medizinischen Einrichtung Hope Institute?«, fragte sie so sachlich wie möglich.

Der Trick funktionierte.

»Ja«, versicherte ihr die Frau an der Rezeption. »Mit wem darf ich Sie verbinden?«

Endlich.

»Ich versuche Audrey Kensington zu erreichen. Ich bin ihre Schwester Victoria.«

»Einen Moment bitte.«

Das Erklingen einer Melodie signalisierte Victoria, dass sie in der Warteschleife gelandet war. Gut. Das gab ihr Zeit zum Nachdenken.

Sie setzte sich auf die Schreibtischkante. Ihre Erleichterung, Audrey endlich gefunden zu haben, mischte sich mit der Sorge über die möglichen Folgen dieser Entdeckung. Ihre Schwester war offenbar so krank, wie sie befürchtet hatte. Schlimmer noch, ihr Vater hatte sie in irgendeiner Privatklinik versteckt. Versteckt nicht nur vor Außenstehenden, sondern auch vor ihrer Familie.

Warum?

»Hallo?« Die Telefonistin war wieder am Apparat.

»Ja?« Victoria hielt den Atem an.

»Es tut mir leid, aber Ihr Name steht nicht auf meiner Liste. Ich bin weder befugt, Ihnen Auskunft zu geben, noch Sie weiterzuverbinden.«

»Nicht auf Ihrer Liste?« Victoria verlor allmählich die Geduld. »Hier spricht Victoria Kensington. Ich habe Ihnen doch gesagt, dass ich Audreys Schwester bin. Stellen Sie mich sofort durch.«

»Wie ich bereits sagte, Miss Kensington, ich darf Ihnen keine Auskunft geben.«

»Dann verbinden Sie mich bitte mit ihrem behandelnden Arzt.«

»Ich wiederhole, Sie stehen nicht auf meiner Liste.«

Victorias Magen krümmte sich, als sie die Endgültigkeit in der Stimme der Frau registrierte. »Legen Sie nicht auf. Bitte. Bestätigen Sie mir wenigstens, dass meine Schwester Patientin bei Ihnen ist.«

»Das kann ich nicht.« Im Hintergrund klingelte ein Telefon. »Ich möchte nicht unhöflich sein, aber ich muss ein Gespräch in der anderen Leitung annehmen. Mehr habe ich Ihnen nicht zu sagen. Einen schönen Tag noch.«

Ein entschiedenes Klicken.

Wie betäubt legte Victoria den Hörer auf. Eine Paranoia stand nun nicht mehr zur Debatte. Nicht nach der Art und Weise, wie diese Frau sie am Telefon abgewimmelt hatte. Sie wurde an der Nase herumgeführt – erst von ihrem Vater, dann von dieser Florenzer Klinik und nun von diesem Hope Institute.

Victoria rieb sich die Schläfen und zermarterte sich das Gehirn nach irgendeiner anderen als der naheliegenden Erklärung. Sie konnte keine finden. Ihr Vater hatte ganz offensichtlich mit der Lufttransportabteilung des Hope Institutes arrangiert, dass Audrey von der italienischen Klinik in ihre Einrichtung verlegt wurde.

Die nächste Frage war, welche Art Einrichtung war das Hope Institute?

Victoria beabsichtigte, das sofort herauszufinden.

Sie blätterte gerade das Branchentelefonbuch durch, als es an der Tür klopfte.

»Ja?« Ungeduldig schaute sie auf.

»Victoria?« Paige steckte den Kopf zur Tür herein. »Entschuldige, dass ich dich störe. Aber ich habe gesehen, dass dein Telefonlämpchen gerade ausgegangen ist. Bevor du ein neues Gespräch beginnst, solltest du vielleicht kurz mit Mrs. Larimore sprechen. Megan ist bei ihr, aber sie hat ziemlich deutlich zu verstehen gegeben, dass sie mit dir sprechen will. Ich glaube, dieses Schwein von ihrem Mann ist gestern bei ihr gewesen. Sie ist jedenfalls ziemlich aufgewühlt.«

»Er hat sie doch nicht geschlagen, oder?«

»Nein, ich glaube nicht. Es klang eher so, als hätte er ihr eine Szene gemacht. Aber das hat gereicht. Sie ist in letzter Zeit sehr empfindlich.«

»Ja, ich weiß.« Victoria erhob sich, faltete die Telefonrechnung zusammen und steckte sie wieder in ihre Handtasche. »Schick sie herein.«

Paige sah sie plötzlich forschend an. »Ist alles in Ordnung mit dir? Du siehst ziemlich mitgenommen aus.«

Ein Seufzer. »Alles bestens. Mir geht nur im Moment viel durch den Kopf. Aber nett, dass du nachfragst.«

Die nächste halbe Stunde widmete Victoria Faye Larimore. Die arme Frau war einsam und nervös. In ihrem Leben passierten einfach zu viele Veränderungen auf einmal. Ihr pubertierender Sohn reagierte auf die Trunkenheitsanfälle seines Vaters mit einer eigenen Form der Rebellion, einer Rebellion, die seine Schulnoten und seine sozialen Kontakte gefährdete und die Faye sehr zu Herzen ging. Ihren eigenen Eltern ging es nicht gut, ihr Bruder und ihre Schwester verweigerten ihr jegliche Unterstützung, und ihr Noch-Ehemann war tatsächlich an diesem Wochenende zu Besuch gekommen, um sie noch mehr unter Druck zu setzen.

Er hatte ein paar seiner Sachen abgeholt, einige widerwärtige Bemerkungen von sich gegeben – unter anderem die Drohung, dass er das alleinige Sorgerecht für die Kinder bekommen würde, wenn sie tatsächlich die Scheidung einreichen würde – und war dann wieder aus dem Haus gestürmt. Positiv war gewesen, dass er stocknüchtern gewesen war und sich ansonsten völlig unter Kontrolle hatte, vermutlich auf das dringende Anraten seines Anwalts. Trotzdem hatte sein plötzliches Auftauchen Faye erneut völlig aus der Fassung gebracht.

In aller Ruhe ging Victoria noch einmal alle Fakten mit

ihr durch, wies Faye auf ihre gute Ausgangsposition hin und versicherte ihr, dass nicht der Hauch einer Chance bestand, dass ihrem Mann das Sorgerecht für ihren Sohn zugesprochen würde. Nicht nach seinem Verhalten in letzter Zeit, das genauestens dokumentiert war. So wie die Dinge im Moment standen, konnte er froh sein, wenn ihm überhaupt ein Besuchsrecht ohne Aufsichtsperson zugestanden wurde.

Eine wesentlich ruhigere und zuversichtlichere Faye verließ eine halbe Stunde später die Kanzlei.

Kein Wunder, schließlich hatte Victoria viel Erfahrung im Zuspruch für Frauen, die von den Männern, mit denen sie zusammenlebten, gehörig eingeschüchtert worden waren. Achtundzwanzig Jahre, um genau zu sein.

Seufzend nahm sie das Telefonbuch zur Hand und begann wieder mit ihrer Suche.

Nichts.

Leise fluchend klappte sie das Buch zu und warf es zur Seite. Nirgends war ein Hope Institute aufgeführt, weder im normalen Telefonbuch noch im Branchenbuch, nicht unter ›Medizinischen Einrichtungen‹ und nicht unter ›Kliniken‹. Das bedeutete, dass die Nummer nicht eingetragen war. Wie sie ihren Vater einschätzte, handelte es sich vermutlich um eine Elite-Einrichtung, in der man größten Wert auf Diskretion und Privatsphäre legte. Wie sollte sie die bloß finden?

Sie saß an ihrem Computer und durchforstete die verschiedenen Branchenverzeichnisse des Internets, als Paul den Kopf zur Tür hereinsteckte. Er wirkte sehr besorgt.

»Victoria?« Er rückte seine moderne randlose Brille zurecht. »Willst du mir nicht verraten, was los ist?«

Langsam hob Victoria den Kopf. »Hm?«, fragte sie abwesend.

Paul sah sie forschend an. »Irgendetwas stimmt doch nicht mit dir. Paige sagt auch, du würdest dich merkwürdig verhalten, und ich finde, sie hat zur Abwechslung einmal Recht. Ich habe versucht, mit Meg zu reden, aber sie sagt kein Wort. Und das bedeutet, dass du sie eingeweiht hast. Würdest du mir also auch verraten, was los ist?«

Nur langsam drangen Pauls Worte zu ihr durch. »Es ist etwas Persönliches, Paul.«

»Geht es um deinen Vater?«

Sie zuckte zusammen. »Was?«

»Um deinen Vater«, wiederholte er geduldig. »Bedrängt er dich wieder, in seine Kanzlei einzusteigen? Oder ...« Er schnippte mit den Fingern. »Sag es mir nicht. Er versucht einen meiner lukrativen Mandanten abzuwerben?«

Victoria brachte ein schwaches Lächeln zu Stande. »So einfach ist es leider nicht. Nein, es ist eine wirklich blöde Sache.«

Paul sah sie nachdenklich an. »Wir haben uns schon häufiger bei blöden Sachen geholfen. Also, spuck aus.«

Sie zögerte.

»Es geht also nicht um deinen Vater.«

»Ich ...« Wie zweideutig diese Frage war. Natürlich, es ging um ihren Vater. Aber nicht so, wie Paul vermutete. »Nein.«

Ein kurzes Nicken. »Um Zach vielleicht? Ich habe gelesen, dass er in New York ist.«

»Nein, auch nicht um Zach.« Energisch unterbrach Victoria Paul, auch wenn sie sein Mitgefühl sehr rührte. Aber das Letzte, was sie im Moment brauchte, war ein Gespräch über Zach. Sie hatte wirklich genug andere Sorgen.«

»Bist du sicher?«, drängte Paul, der ihre heftige Reaktion offenbar als Bestätigung deutete. »Ich weiß, dass du und Meg mir immer vorwerft, ich wäre vergesslich, aber ich bin nicht blöd. Ich weiß noch genau, wie du damals gelitten hast, als du dich von Zach getrennt hast. Du bist Monate lang wie ein Zombie durch die Gegend gelaufen. Wenn es das also ist, was dich so belastet …«

»Ist es nicht«, unterbrach Victoria ihn knapp. Paul war doch sonst nicht so nervend. »Es geht um viel mehr als um meine angeschlagenen Gefühle. Es geht um meine Familie.« Sie seufzte frustriert. »Hör zu, ich muss versuchen, dieses Problem alleine zu lösen. Wenn ich es nicht schaffe und zu dem Schluss komme, dass ich Hilfe brauche, werde ich mich an dich und Meg wenden. Ich verspreche es.«

Paul sah sie zweifelnd an. »Jetzt baust du schon wieder diese verdammte Mauer um dich herum auf. Wie viele Jahre müssen wir uns noch kennen, ehe du sie für immer abreißt? Wir müssen uns alle ab und zu auf andere verlassen können, Victoria. Auch du.« Er hob die Hand, um ihren Einwand abzuwehren, in der vollen Gewissheit, dass er eine Grenze überschritt. »Also gut, ich habe meine Meinung gesagt. Ich werde dich nicht weiter bedrängen – noch nicht. Aber ich werde dich notfalls an dein Versprechen erinnern. Wenn du dich bis zum Ende der Woche noch immer so benimmst, werde ich dich wieder ansprechen, und dann werde ich darauf bestehen, die Wahrheit zu erfahren und dir zu helfen.«

Ein weiteres schwaches Lächeln. »Danke, Paul. Du und Meg, ihr seid wirklich echte Freunde.«

»Ja, wenn du uns lässt.« Brummend ging Paul hinaus und schloss die Tür.

Victoria atmete tief aus und ließ den Kopf auf die Hände sinken. Vielleicht hätte sie es ihm sagen sollen. Aber sie war noch nicht so weit. Paul um Rat zu fragen – oder Meg komplett einzuweihen – würde bedeuten, ihnen alles zu erzählen:

Warum sie sich so sorgte, wie zerbrechlich Audreys emotionales Gleichgewicht war und worauf diese Sensibilität zurückzuführen war.

Das konnte sie nicht tun. Noch nicht. Sie musste ihre Schwester schützen, so wie sie sie ihr ganzes Leben lang geschützt hatte, und zwar so lange, bis sie zu der Überzeugung gelangte, dass sie sie besser schützen konnte, indem sie ihre Vergangenheit enthüllte, anstatt sie zu vertuschen.

In Victorias Schläfen machte sich ein dumpfer, pochender Schmerz bemerkbar. Sie war aufgewühlt und durcheinander, hatte den Kopf voller Fragen.

Hör auf, wie eine Schwester zu denken, riet sie sich selbst. *Denk wie eine Anwältin. Beginn mit den Fakten.*

Okay. Die Fakten – ergänzt um die rätselhaften Telefongespräche, die ihr Vater geführt hatte.

Audrey hatte in Florenz gelebt. Jetzt war sie in New York. Sie war krank. Sie hatte ein Krankenhaushemd getragen, war auf der Flucht gewesen.

Das war der Umstand, der Victoria erschauern ließ.

Wieso war Audrey geflüchtet? Vor wem hatte sie Angst? Wieso wollte sie, dass Victoria die Nummer anrief, die sie mühsam hervorgestoßen hatte? Und welche Gefahr hatte sie gemeint?

Schlimmer noch, welche Rolle spielte ihr Vater bei alledem? Warum hatte er ihr nicht erzählt, was los war? Wen deckte er? Wer hatte Audrey dahin zurückgebracht, wo sie hergekommen war – und wo sie sich vermutlich auch jetzt befand?

Und Victoria wusste verdammt gut, wo: im Hope Institute.

Sie hob den Kopf und starrte auf die irrelevanten Einzelheiten auf dem Computerbildschirm vor ihr. Sie hatte jede

Suchmaschine aktiviert, die ihr einfiel. Nirgends hatte sie einen Hinweis auf das Hope Institute gefunden – keine Website, keinen Zeitungsartikel, kein Informationsmaterial, nichts.

Sie musste diese geheimnisvolle Klinik unbedingt aufspüren. Es war die einzige Möglichkeit, Audrey zu finden. Aber ihre sonst so verlässlichen Informationsquellen waren allmählich erschöpft.

Das Logischste wäre, sich an ihren Vater zu wenden. Aber er würde bestimmt jegliche Verbindung zwischen Audrey und dem Hope Institute abstreiten. Doch wenn sie etwas von ihrem Vater geerbt hatte, dann seinen scharfen, analytischen Verstand und seine Fähigkeit, seinem Gegner immer einen Schritt voraus zu sein. Dies und sein Pokerface. Diese Eigenschaften waren vermutlich der Grund dafür, dass sie vor Gericht so erfolgreich war – und dass sie die einzige Person war, die sich von Walter Kensington nicht einschüchtern ließ.

Verzweifelt versuchte Victoria nachzuvollziehen, wie der Verstand ihres Vaters arbeitete. Wenn er diese Klinik ausgewählt hatte, musste es sich um eine exklusive Einrichtung handeln. Das bedeutete, dass sie in der Nähe sein musste, entweder in Midtown oder auf der Upper East Side. Es musste eine vornehme Gegend sein. Und es musste sehr diskret zugehen – eine Klinik, in die die Patienten unbehelligt transportiert werden konnten.

Ein plötzlicher Gedanke kam Victoria, und sie griff erneut nach dem Telefonbuch. Sie hatte nun mehr als genug Fakten gesammelt. Höchste Zeit, es mit einem Trick zu versuchen.

Sie blätterte bis zum Eintrag ›Krankentransporte‹. Sie war etwa eine halbe Spalte lang. Victoria suchte die Unternehmen heraus, die neben Krankenwagen auch einen Transport in Limousinen anboten – ein klarer Hinweis darauf, dass sie eine reiche, um ihre Privatsphäre besorgte Klientel bediente.

Es gab fünf solcher Firmen.

Sie begann zu telefonieren.

Die ersten beiden Nummern brachten kein Ergebnis. Die Telefonistinnen waren zwar freundlich und sehr bemüht, hatten aber noch nie etwas von einem Hope Institute gehört.

Beim dritten Mal hatte sie Glück.

»Select Care. Kann ich etwas für Sie tun?«

»Ich hoffe ja.« Victoria bemühte sich um den richtigen Ton – die Angst eines liebenden Angehörigen gepaart mit der Arroganz, die man von einem reichen Snob erwartete. »Mein Name ist Susan Haines. Meine Großmutter ist sehr krank, und ich habe sie in der letzten Woche gepflegt, während meine Eltern in Urlaub waren. Sie haben mir genaue Anweisungen hinterlassen, in welche Klinik ich sie bringen soll, falls dies notwendig würde.«

»Und ist es das?«, fragte die Telefonistin sofort.

»Noch nicht. Aber ich möchte auf alles vorbereitet sein. Und ich möchte vor allem, dass *Sie* vorbereitet sind, da Sie uns vom Hausarzt meiner Großmutter empfohlen worden sind. Ich möchte ganz sicher sein, für den Fall, dass es ihr plötzlich schlechter geht. Sollte sie ins Krankenhaus müssen, möchte ich nicht wertvolle Zeit am Telefon verbringen müssen.«

»Natürlich, Miss Haines. Ich verstehe.« Die Telefonistin räusperte sich. »Bitte, fangen Sie an.«

»Zunächst einmal, meine Großmutter heißt Mary Haines. Sie wohnt in der Park Avenue 987, zwischen der East 83. und der 84. Straße, Wohnung Nr. 3F. Die medizinische Einrichtung, in die sie gebracht werden soll, ist das Hope Institute. Die Adresse lautet …« Victoria raschelte mit einigen Blättern Papier und hielt dabei den Atem an. Dies war der Teil, an dem sie bei den vorherigen Versuchen gescheitert war.

Diesmal offenbar nicht.

»Ich kenne das Hope Institute«, erklärte die Telefonistin.

Victorias Herz tat einen Sprung. *Ganz ruhig*, ermahnte sie sich selbst. *Du musst jetzt ruhig bleiben. Sonst bist du nicht überzeugend.* »Natürlich, das habe ich nicht anders erwartet.« Sie raschelte wieder mit ihrem Papier. »Wo ist denn bloß die Adresse?«, murmelte sie laut vor sich hin und versuchte möglichst gereizt zu klingen. »Meine Sekretärin sollte mir die kompletten Informationen ausdrucken. Aber jetzt finde ich hier nur die Hälfte. Die Telefonnummer …« Sie spulte sie ab, um authentisch zu klingen. »Aber ich finde nirgends …«

»East 78. Straße, zwischen Park und Lexington Avenue«, ergänzte die Telefonistin, stolz, dass sie die Adresse auswendig wusste. »Wir können Ihre Großmutter in kürzester Zeit dort hinbringen. Seien Sie versichert, Miss Haines, die Dienstleistungen unseres Unternehmen sind unschlagbar. Wir wissen, was wir tun.«

Victoria hätte sie küssen mögen.

»Da bin ich mir ganz sicher«, sagte sie ruhig. »Und ich kann Ihnen für Ihre Geduld gar nicht genug danken. Ich fühle mich jetzt viel beruhigter. Ich hoffe natürlich, dass sich der Zustand meiner Großmutter nicht verschlechtert und ich Ihre Dienste während der Abwesenheit meiner Eltern nicht in Anspruch nehmen muss. Aber falls doch, weiß ich sie bei Ihnen in den besten Händen.«

Mit diesen Worten beendete sie das Gespräch, stand auf und knöpfte ihren Blazer zu.

East 78. Straße.

Sie war bereits unterwegs.

Zach saß nach vorn gebeugt auf der Couch in Suite 1010 des Plaza Athénée. Aufmerksam schaute er auf den Fernsehbildschirm am anderen Ende des Raums, auf dem der letzte Teil des Überwachungsvideos lief, das ihm das FBI geschickt hatte. Der Ton war mit Hilfe eines Gerätes aufgenommen worden, das in der Nähe des Vordereingangs des Hope Institutes angebracht worden war.

Für einen Passanten war das Hope Institute nicht mehr als ein gewöhnliches sechsstöckiges unauffälliges Wohnhaus in New Yorks schicker Upper East Side. Ein Backsteingebäude mit einem grünen Baldachin vor dem Eingang, einem Wachmann, zwei Kübelpflanzen und einer mit einem eisernen Tor versehenen Einfahrt an der Seite. Von außen deutete nichts darauf hin, dass es zu einer Klinik umfunktioniert worden war.

Was das Videomaterial betraf, so gab es nichts Ungewöhnliches. Zu den Ankömmlingen der letzten Woche gehörten ein Lieferwagen mit Wäsche und drei Lastwagen mit Lebensmitteln, die ihre Ladung am Seiteneingang anlieferten, Ärzte, Krankenschwestern und Geistliche, die durch den Haupteingang gingen, sowie ein oder zwei offenbar gut betuchte Patienten, die in Limousinen vorgefahren kamen – Limousinen, die unter dem Gebäude in der privaten Tiefgarage verschwanden.

Ganz gleich ob ungewöhnlich oder nicht, Zach registrierte jedes Detail. Er wusste sehr wohl, dass jedes von ihnen sich als bedeutungsvoll erweisen konnte – entweder an sich oder im Zusammenhang mit weiteren aufgezeichneten Ereignissen. In seinem Beruf brauchte man ein gutes Auge für Einzelheiten ebenso wie eine Menge Geduld.

Er besaß beides.

Er machte sich ein paar Notizen, dann drückte er die Stop-Taste der Fernbedienung und schaltete das Gerät aus. Er setzte sich bequemer hin, trank an seinem Kaffee und las in der an Umfang zunehmenden Akte.

Das Hope Institute verstand es bestens, eine unauffällige Existenz zu führen. Und wenn hinter diesen Mauern etwas Illegales vor sich ging, verstanden die beteiligten Personen es noch besser, dies zu vertuschen.

Er fuhr sich mit der Hand durchs Haar, lehnte den Kopf gegen eines der Sofakissen und schloss für einen Moment die Augen – um besser nachdenken zu können und um seinen Augen eine kurze Erholung zu gönnen. Er hatte in den letzten Wochen nicht viel geschlafen, seit das FBI Kontakt mit ihm aufgenommen und seine Hilfe bei der Aufdeckung eines weltweit agierenden Drogensyndikats erbeten hatte. Man war einer Serie von Lieferungen nach Manhattan und an das Hope Institute auf die Spur gekommen und erhoffte sich nun, den Fall endlich knacken zu können.

Alles, was dazu noch benötigt wurde, waren Beweise.

Und die würde er besorgen.

Merkwürdig, wie sich die Dinge entwickelt hatten.

Die Einladung zu einem Gastvortrag anlässlich des SCIP-Kongresses war genau zur rechten Zeit gekommen. Sie verlieh seinem Besuch in New York eine gewisse Glaubwürdigkeit und verhinderte zugleich jegliche Fragen nach seinen Auftraggebern und danach, mit welchem Köder man ihn nach vierjährigem Auslandsaufenthalt wieder in die Staaten gelockt hatte.

Der Auftraggeber musste anonym bleiben.

Normalerweise bot Zach Dienstleistungen im Bereich der Competitive Intelligence für hochrangige Hightech-Unternehmen an, die daran interessiert waren, mehr über ausgesuchte Wettbewerber zu erfahren – über deren Strategien, über neue Produkte, die sie auf den Markt bringen wollten, über geplante Fusionen. Alles war absolut legal und einwandfrei – darauf legte Zach großen Wert. Er benutzte einfach nur seinen analytischen Verstand, um öffentlich zugängliche Informationen zusammenzutragen und Strukturen dahinter zu entdecken, die dem ungeschulten Auge entgingen. Seine Verbindungen zum FBI stammten unter anderem daher, dass viele seiner Kollegen Zeit beim Geheimdienst verbracht hatten. Es war nicht das erste Mal, dass er der Regierung zu Diensten war. Während seines Europa-Aufenthaltes hatte der CIA ihn regelmäßig um Informationen über verschiedene Organisationen gebeten. Aber es war das erste Mal, dass ihm die Sache, in der er ermitteln sollte, persönlich so naheging. Vor vier Jahren hatte es einen verwandten Fall gegeben, den ihm das FBI angetragen hatte. Die Untersuchung war damals ausgelöst worden durch Verbrechen, die denen ähnelten, die sein Leben so geprägt hatten. Aber dieses Mal gab es eine direkte Verbindung, nicht nur zu den Verbrechen, sondern auch zu den Verbrechern.

Und das reichte, um ihn nach Hause zurückzuholen.

Die FBI-Agenten waren sich sicher gewesen, dass er den nächsten Flieger nehmen würde. Und sie hatten Recht behalten. Sie wussten, wie sehr er hinter diesen Männern her war. Sie wussten auch warum. Seine persönliche Geschichte war kein Geheimnis. Einige der Agenten, die heute noch ihren Dienst verrichteten, waren auch damals vor fünfzehn Jahren dabei gewesen, als Zachs Welt komplett aus den Fugen geraten und seine Sicherheit und seine Basis zerstört worden waren.

In jener Nacht hatte sich sein Leben für immer verändert. Das FBI wusste das. Ebenso wie sie um seine Entschlossenheit wussten, endlich Gerechtigkeit walten zu lassen. Das war einer der Gründe, warum sie ihn angerufen hatten.

Natürlich, fünfzehn Jahre waren eine lange Zeit. Und der schlimmste Schmerz über den Verlust hatte nachgelassen.

Aber manche Wunden heilten nie – zumindest nicht vollständig. Und wenn er etwas dagegen tun konnte, dass dieser Abschaum noch anderen wehtat, noch weitere Leben zerstörte …

Abrupt stand er auf, ging zum Fenster und sah hinaus. Die Sonne schien hell, spiegelte sich in den gigantischen Gebäuden, die die New Yorker Skyline prägten. Auf der Straße unter ihm hasteten die Menschen vorbei, geschäftig wie Ameisen.

Das Knurren seines Magens signalisierte ihm, dass Mittagszeit war. Vielleicht sollte er für eine Weile raus, sich etwas zu essen besorgen und dann einen Spaziergang durch den Central Park machen.

Er war sonst nicht so ruhelos, nicht wenn er arbeitete. Dieses Mal war das anders. Dieses Mal schien alles viel persönlicher zu sein.

Aus mehr als nur einem Grund.

Er vergrub die Hände in den Hosentaschen, als ihn eine andere Art von Gefühlen – keine bitteren, sondern bittersüße – überkam.

Es war eigenartig, wieder in New York zu sein. Er müsste sich eigentlich fremd hier fühlen, wie ein Besucher, nicht wie ein echter New Yorker. Aber im Gegenteil, er fühlte sich hier mehr zu Hause als sonst wo, vielleicht sogar mehr als in Boston, wo er den größten Teil seines Lebens verbracht hatte. Es war etwas an Manhattan, das sich mit ihm verband, ein Pulsschlag, der sich auf ihn übertrug, der zugleich in ihm und um ihn war.

Wenn er je irgendwo sesshaft werden wollte, dann in dieser Stadt.

Er hatte diesen Wunsch schon einmal verspürt, vor vier Jahren. Damals war er bereit gewesen, sich hier niederzulassen, Manhattan zu seiner Heimat zu machen. Es war nicht so gekommen. Stattdessen war er schließlich in Europa gelandet – allein, wie üblich, aber dieses Mal einsam, wie er es nur ein einziges Mal in seinem Leben erlebt hatte.

Und leer, wie er es noch nie erlebt hatte.

Er runzelte die Stirn. In diese Richtung hatte er seine Gedanken ganz bestimmt nicht treiben lassen wollen. Aber war ihm denn nicht klar gewesen, dass sie genau das tun würden, sobald er einen Fuß in diese Stadt setzen, durch die Tür dieses Hotels gehen und Suite Nummer 1010 betreten würde?

Er trat vom Fenster zurück und rieb sich mit der Hand übers Kinn. Er musste sich dringend rasieren und duschen. Dann würde er sich etwas zu essen besorgen. Anschließend würde er vielleicht ein wenig durch die Straßen bummeln, sich wieder vertraut machen mit dieser unglaublichen Stadt – einer Stadt, die ihn irgendwie noch immer gefangen hielt.

Er zog es vor, nicht über den Grund dafür nachzudenken.

7

Victoria betrat die gediegene Eingangshalle des Hope Institutes.

Sie nickte dem Wachmann kurz zu und marschierte durch den Empfangsbereich geradewegs auf die Frau an der Rezeption zu – zweifellos diejenige, mit der sie am Telefon gesprochen hatte.

Sie würde sich nicht abwimmeln lassen. Diesmal nicht.

»Ja?« Die Dame mittleren Alters musterte Victoria unverhohlen, ihr Blick war nicht unhöflich, aber auch nicht sonderlich freundlich. »Kann ich Ihnen helfen?«

»Ich glaube, wir haben heute Morgen bereits miteinander gesprochen … Miss Evans«, fügte Victoria hinzu, als sie das Namensschild auf dem Schreibtisch der Frau sah. Es gab keinen Grund, ihren Anruf zu leugnen, außerdem war die Frau nicht dumm. Eine Lüge würde ihre Chancen höchstens verschlechtern. »Victoria Kensington«, stellte sie sich vor und legte ihre Visitenkarte auf den Tisch.

Ein Hauch von Erstaunen. »Ja, Miss Kensington, ich erinnere mich. Sie hatten angerufen und sich nach einer Verwandten erkundigt. Sie hatten vermutet, sie wäre Patientin bei uns.«

»Meine Schwester Audrey. Sie *ist* Patientin bei Ihnen. Sie hat mich selbst angerufen, nachdem wir beide miteinander gesprochen hatten, und mich gebeten, sie zu besuchen. Ich habe auch mit meinem Vater gesprochen. Er hat sich anscheinend mit Audreys Arzt unterhalten, und der ist inzwischen ebenfalls der Meinung, dass ihr mein Besuch sehr guttun würde. Wenn Sie mich also bitte zu ihrem Zimmer begleiten würden.«

Miss Evans reagierte nicht. Sie zog lediglich einen Computer-Ausdruck aus einem Ablagekorb auf ihrem Schreibtisch und sah ihn sich an. »Wie ich Ihnen bereits am Telefon sagte, Miss Kensington, Sie stehen nicht auf der Liste der besuchsberechtigten Personen. Daran hat sich nichts geändert.«

Victoria seufzte ungeduldig. »Offenbar hatte der Arzt meiner Schwester noch keine Gelegenheit, meinen Namen auf Ihrer Liste zu ergänzen. Das wird er sicher nachholen. Aber ich bin jetzt hier. Und ich möchte meine Schwester unverzüglich sehen.«

Miss Evans beugte sich vor, ihre Körpersprache war nun deutlich abweisend. »Das Hope Institute legt ebenso viel Wert auf die Privatsphäre seiner Patienten wie auf ihre Gesundheit.« Ein sorgfältig manikürter Finger zeigte auf den Computer-Ausdruck. »Ich kann Sie weder hineinlassen noch Ihnen bestätigen, ob Ihre Schwester Patientin bei uns ist, bis ich Ihren Namen auf dieser Liste habe.«

»Ich habe Ihnen doch gerade erklärt …«

»Das sind unsere Bestimmungen, Miss Kensington«, unterbrach die Empfangsdame sie. Sie nahm Victorias Visitenkarte und klemmte sie mit einem Ich-bin-schließlich-nicht-von-vorgestern-Blick unter einen Briefbeschwerer auf ihrem Schreibtisch. »Ich habe ja Ihre Telefonnummer. Sollte ich eine aktuellere Liste mit Ihrem Namen erhalten, werde ich mich sofort mit Ihnen in Verbindung setzen.«

Victoria schluckte ihren Ärger herunter. Sie wusste nur zu gut, dass er ihr nichts einbringen würde außer einer unschönen verbalen Auseinandersetzung mit einer Frau, mit der sie sich guthalten musste. »Also gut«, willigte sie ein und zwang sich zu einem Lächeln. »Das werde ich wohl akzeptieren müssen.« Sie neigte den Kopf zur Seite. »Darf ich mir wenigstens etwas Literatur mitnehmen? Ich wüsste gern mehr über die Klinik, in der meine Schwester behandelt wird.«

Miss Evans hatte sich wieder vollkommen unter Kontrolle. »Selbstverständlich.« Sie griff unter ihren Schreibtisch und zog eine dünne Broschüre hervor. »Hier drin finden Sie einige grundlegende Informationen zu unserer Einrichtung.«

Sehr grundlegend, stellte Victoria fest und betrachtete das teuer gedruckte Heftchen, das sich als dreimal gefaltetes DIN-A-4-Blatt entpuppte. Vier Farbfotos nahmen den größten Teil der bedruckten Fläche ein, alle von Suiten und perfekt eingerichteten Radiologie-Räumen. Es gab weder einen Hinweis auf die Art der Krankheiten, die in dieser Einrichtung behandelt wurden, noch großartige Erfolgsstorys, Listen hier tätiger Ärzte oder eine Internet-Adresse.

Privat begann mehr und mehr wie *geheim* zu klingen.

»Die Fotos sind wirklich sehr schön«, sagte sie laut. »Ihre Patienten sind bei Ihnen offensichtlich gut aufgehoben. Sie geben sich große Mühe, dass sie sich bei Ihnen ganz wie zu Hause fühlen können, nicht wahr?«

»Sehen Sie selbst.« Miss Evans machte eine ausschweifende Armbewegung durch das Foyer.

Zum ersten Mal nahm Victoria ihre Umgebung richtig wahr. Die Wände, so erkannte sie jetzt, hingen voller Fotos. Als sie näher kam, sah sie, dass sie äußerst werbewirksam waren – eine Art fotografisches Zeugnis des Hope Institutes. Die Bilder hingen so weit auseinander, dass es geschmackvoll wirkte und nicht überwältigend, und waren ausschließlich Hochglanz-Abbildungen lächelnder Patienten, die aufs Äußerste umsorgt wurden. Man servierte ihnen Gourmet-Mahlzeiten im Zimmer, spazierte mit ihnen durch die Gänge, sie saßen in einem einladend aussehenden Salon in behaglichen Sesseln vor einem Fernseher mit Großbildschirm.

Victoria drehte Mrs. Evans eine Weile den Rücken zu und tat so, als betrachtete sie die Bilder. Schließlich hatte sie sich so weit wieder gefasst, dass sie ein knappes, aber höfliches Auf Wiedersehen hervorbrachte. Während sie auf den Ausgang zusteuerte, tat sie so, als gelte ihr ganzes Interesse der Broschüre, die sie in der Hand hielt. Sie wusste, wenn sie sich umdrehte, würde ihr Gesicht preisgeben, was sie fühlte – neu entfachte Angst und neu entfachtes Misstrauen.

Denn alle Patienten auf den bunten Hochglanz Fotos hatten eines gemein.

Sie trugen allesamt zitronengelbe Krankenhaushemden.

Auf der anderen Straßenseite, in der Erdgeschoss-Wohnung, die das FBI vorübergehend angemietet hatte, surrte leise die

Kamera. Aus ihrer mit Bedacht gewählten Position am Fenster zeichnete sie Victorias Verlassen des Gebäudes ebenso auf wie zuvor ihre Ankunft.

Direkt vor diesem Gebäude lehnte ein unauffälliger Mann in einem Jackett mit Fischgrätenmuster an der Backsteinwand und rauchte lässig eine Zigarre. Niemand schenkte ihm einen zweiten Blick, warum auch, schließlich standen ständig irgendwo Raucher im Freien, um sich ihre Nikotinrationen zu holen. Es merkte auch niemand, dass er sich aufrichtete, als er eine Frau aus dem Haus gegenüber treten sah, seine Zigarre austrat und ihr folgte.

Seine Aufgabe, diese Frau nicht aus den Augen zu lassen, war ganz besonders angenehm, überlegte er. Okay, ihre Kleidung war unauffällig – klassische Schnitte und gedeckte Farben. Aber dieses glänzende schwarze Haar, dieser elegante Gang und dieser unglaubliche Körper machten sie zu einem leichten Verfolgungsziel. Und seine Arbeit für das Desinfektions-Team um einiges vergnüglicher.

›Leichtes Verfolgungsziel‹ war eigentlich untertrieben, überlegte er weiter. Alles, was sie tat, war so vorhersehbar. Er ging jede Wette ein, dass sie auf dem Weg zurück in ihr Büro war. Danach würde sie nach Hause in ihre Wohnung gehen, um die Nacht dort allein zu verbringen.

Und das, dachte er, als er um die Ecke auf die Madison Avenue bog, war eine Schande. Eine echte Schande.

Daran würde er nur zu gern etwas ändern.

Victoria hielt unterwegs kurz an, um einen Salat zu kaufen. Sie nahm ihn mit ins Büro und war froh, als sie sah, dass Paul und Meg beide am Gericht waren und Paige telefonierte – vermutlich mit Maurice, nach dem intimen Ton und den vielen französischen Phrasen zu urteilen. Das war gut so. Victoria brauchte ein bisschen Zeit, um ihre Gedanken zu ordnen.

Sie ging in ihr Büro und schloss die Tür, dann stellte sie ihr Mittagessen auf den Schreibtisch. Erschöpft sank sie auf den Stuhl und rieb sich die Schläfen, während sie über die zurückliegende gründlich misslungene Aktion nachdachte.

Mit ihrem Besuch beim Hope Institute hatte sie praktisch nichts erreicht. Trotz ihrer überzeugenden Lügengeschichte hatte sie niemanden gesehen, nichts herausgefunden, und die Literatur, die Miss Evans ihr gegeben hatte, entbehrte mit Absicht jeder Information. Das einzig Konkrete, was sie in Erfahrung gebracht hatte, war, dass die Klinikhemden, die die Patienten des Hope Institutes trugen, genau so gelb waren wie das von Audrey – und das bewies gar nichts, denn schließlich, so würde man argumentierten, war es möglich, dass auch andere Kliniken gelbe Kittel benutzten. Und dagegen war nichts zu sagen, zumal Victoria bisher nur die größeren Krankenhäuser überprüft hatte. Es gab in Manhattan viele Privatkliniken, von den anderen vier Stadtbezirken New Yorks ganz zu schweigen. Alle von ihnen konnten ihren Patienten gelbe Hemden zur Verfügung stellen.

Außerdem gab es niemanden, der ihre Behauptung stützen konnte, dass Audrey etwas Gelbes getragen hatte, nicht einmal, dass sie überhaupt im Central Park gewesen war.

Verflucht. Victoria ballte die Hände zu Fäusten. Sie hatte nichts für die Polizei. Sie hatte nicht den Hauch eines Beweises gegen das Hope Institute.

Dabei wusste sie ganz sicher, dass Audrey da drin war. Aber wie konnte sie selbst hineingelangen, um sie zu finden, solange dieser Pitbull-Terrier den Eingang bewachte? Selbst wenn sie einen der Lieferanten bestechen könnte, sie durch den Nebeneingang hineinzuschmuggeln, würde man sie sofort entdecken. Und vermutlich sofort wegen Hausfriedensbruch verklagen, was ihre Chancen, Audrey zu finden, beträchtlich senken würde.

Frustriert öffnete Victoria den Deckel der Styroporverpackung mit ihrem Mittagessen und stocherte mit der Gabel im Salat herum, ohne wirklich etwas zu essen. Interessant, wie Miss Evans auf ihr Erscheinen reagiert hatte, überlegte sie. Überrascht, aber nicht erschrocken. Entschlossen, aber nicht unhöflich. Und ganz offensichtlich vorbereitet auf ihr plötzliches Auftauchen.

Vorbereitet durch wen?

Sofort kam ihr eine mögliche Lösung in den Sinn – die wahrscheinlichste und die undenkbarste.

Ihr Vater.

Miss Evans hatte keinerlei Regung gezeigt, als Victoria ihn erwähnt hatte. Die Empfangsdame hatte alles andere, was Victoria vorgebracht hatte, abgeschmettert, aber sie hatte nicht wissen wollen, wer Miss Kensingtons Vater wäre, nie daran gezweifelt, dass er genug Macht besaß, um einen der Klinikärzte dazu zu bringen, sich über die geltenden Vorschriften hinwegzusetzen.

Das konnte daran liegen, dass sie sehr gut wusste, dass es so war.

Aber woher?

Die naheliegende Antwort war, dass man ihren Vater im Hope Institute kannte, weil er Audrey dort hingebracht hatte.

Das Schrillen des Telefons unterbrach Victoria in ihren Gedanken. Zunächst ignorierte sie das Geräusch und wartete darauf, dass Paige das Gespräch annahm. Aber diese Wahrscheinlichkeit sank mit jedem weiteren Klingelzeichen. Das Schrillen blieb hartnäckig, und ein Blick auf den Apparat genügte, und Victoria wusste warum. Ein Lämpchen leuchtete, es war Paiges eigener Anschluss. Demnach steckte sie also noch mitten in ihrem leidenschaftlichen Liebegeflüster mit Maurice.

Victoria verdrehte die Augen und nahm selber ab. »London, Kensington and Stone.«

»Victoria?«

Beim Klang der vertrauten Stimme machte Victorias Herz einen kleinen Satz. »Onkel Jim. Hi.«

»Rufe ich ungelegen an?«

»Nein. Ich hätte dich in ein paar Minuten auch angerufen. Vater hat mir erzählt, dass du und Tante Clarissa letzten Samstag bei ihnen wart. Ich sollte eigentlich auch kommen, aber ich war bereits mit Meg verabredet.«

»Wir sind nicht lange geblieben«, antwortete ihr Onkel mit seiner tiefen Stimme, die auch die unruhigsten Patienten in seiner psychiatrischen Praxis beschwichtigen konnte. »Wir waren anschließend noch mit Freunden zum Essen verabredet. Deshalb haben wir nur etwas getrunken und sind dann wieder gefahren. Wir hätten also nicht viel Zeit für dich gehabt. Aber deshalb rufe ich an. Ich habe gerade mit Clarissa gesprochen. Der Zufall will es, dass wir beide heute Abend etwas früher Feierabend machen können. Wir würden uns sehr freuen, wenn du zum Essen kommen würdest. Falls du Zeit hast.«

Victoria musste über diesen Nachsatz lächeln. Sie wussten beide, dass sie immer »Zeit« hatte, wenn er und Clarissa sie einluden.

»Ja, ich habe Zeit«, antwortete sie und freute sich mehr über die Einladung, als sie ausdrücken konnte. »Ich brauche ohnehin dringend euren Rat. Ich hoffe, das stört euch nicht.«

»Du weißt, dass es das nicht tut, ganz im Gegenteil.« Onkel Jim fragte nicht nach Einzelheiten. Es war nichts Ungewöhnliches, dass Victoria ihn wegen einer emotional aufgewühlten und verzweifelten Mandantin um psychologischen Rat bat. »Wie wäre sieben Uhr?«

»Perfekt.« Ihre Gedanken überschlugen sich, und sie überlegte bereits, wie viel sie ihnen sagen konnte. Es war keine Frage des Vertrauens; sie konnte sich auf ihre Tante und ihren Onkel hundertprozentig verlassen. Aber da ihre Verdächtigungen bezüglich des Hope Institutes auch ihren Vater betrafen, musste sie behutsam vorgehen. Sehr behutsam. »Sieben Uhr also. Soll ich etwas mitbringen?«

»Dich und einen ordentlichen Appetit. Clarissa war ein bisschen besorgt, als sie dich das letzte Mal gesehen hat. Sie meinte, du hättest ein paar Pfund abgenommen.«

Victoria grinste. »Dann werde ich sie heute Abend wieder zunehmen. Versprochen. Bis später dann. Und Onkel Jim – vielen Dank. Ich kann ein bisschen Gesellschaft heute Abend gut brauchen, vor allem deine und Tante Clarissas.«

Zach wusste selbst nicht, was ihn dazu verleitet hatte, an jenem Abend im Hauptquartier des FBI vorbeizuschauen.

Es herrschte Rushhour. Die Straßen waren verstopft, und es sah aus, als würde es wieder anfangen zu regnen. Aber seine Ruhelosigkeit hatte sich noch nicht gelegt, und er war bei seiner Arbeit gerade an einem Punkt angelangt, an dem er gut eine Pause einschieben konnte. Also hatte er sich ein Taxi zum Büro genommen, um kurz mit Meyer zu reden und zu sehen, ob es etwas Neues gab.

Meyer war allein im Büro, und er winkte Zach sofort zu sich, als er ihn sah.

»Ihr Besuch erspart mir eine Menge Umstände. Ich wollte Ihnen gerade diese Aufnahmen zukommen lassen«, sagte er statt einer Begrüßung. Noch während er redete, angelte er nach der Fernbedienung des Videogeräts und ließ ein Band zurückspulen. »Kommen Sie herein und machen Sie die Tür zu.« Er drückte auf die Stopptaste und zeigte auf den Fernsehbildschirm. »Dieses Video habe ich gerade hereinbekommen. Es ist ziemlich interessant. Sehen Sie es sich an.«

»Unterscheidet es sich von den anderen?« Zach kam interessiert näher. Gebannt schaute er auf den Fernseher.

»Sagen wir mal so, auf dem Material von heute taucht ein neues Gesicht auf. Ein sehr hübsches. Sehen Sie selbst.« Meyer drückte auf die Abspieltaste und sah aufmerksam zu, wie die unbekannte Frau die Treppe zum Eingang des Hope Institute hinauflief, kurz stehen blieb, die Schultern straffte und dann hineinging. Er spulte ein Stück vor, dann drückte er erneut auf Abspielen, als sie das Gebäude wieder verließ. »Sie ist noch nie dort gewesen. Ich habe keine Ahnung, wer sie ist – noch nicht. Aber ich habe schon ein paar Männer damit beauftragt, es ...«

»Halten Sie das Band noch einmal an«, unterbrach Zach ihn. »Drücken Sie auf Stopp an der Stelle, wo sie herauskommt, und zoomen Sie das Bild heran.«

Meyer drehte sich erstaunt um, sein Blick wanderte vom Fernseher zu Zach. Hamilton war einer der coolsten Männer, die er kannte. Er war immer beherrscht, hatte seine Gefühle und Emotionen stets unter Kontrolle.

Jetzt wirkte er plötzlich gar nicht cool. Im Gegenteil, er starrte fassungslos auf den Bildschirm, und in seinem Gesicht zuckte es verdächtig.

Wenn es sich um jemand anders gehandelt hätte, hätte Meyer ihn gehänselt, dass er sich wegen einer schönen Frau so aus der Ruhe bringen ließ. Der konzentrierte Ausdruck in Hamiltons Gesicht verbat Meyer jede spöttische Bemerkung. Wortlos spulte er das Videoband zurück und spielte es erneut ab, drückte auf die Pause-Taste, als die Frau herauskam, und zoomte sie so nah wie möglich heran. »Bitte sehr.«

Zach atmete hörbar aus. »Shit.«

»Sie kennen sie?« Neugierig hob Meyer die Augenbrauen.

»Ja, ich kenne sie.« Zach sprang auf. Als er sich zu Meyer umdrehte, hatte er sich wieder unter Kontrolle, sein Gesicht zeigte keinerlei Regung mehr. »Sie ist keine Kriminelle. Sie ist eine Anwältin – eine anständige. Ich habe keine Ahnung, was sie in dieser Klinik wollte, aber es war ganz sicher nichts Illegales.« Erneut schaute er auf den Bildschirm. »Können Sie mir eine Kopie des Bandes machen? Ich warte so lange.«

Meyer nickte langsam. »Klar. Und ich nehme an, Sie möchten auch gern persönlich mit ihr sprechen.«

Ein Hauch von Ironie blitzte in Zachs Augen auf. »Es geht nicht um das, was ich *möchte*. Ich *muss* persönlich mit ihr sprechen. Es ist unsere einzige Chance, etwas herauszufinden, vor allem dann, wenn sie im Hope Institute einen Mandanten vertritt. Sie wird diese Person schützen wie eine Löwin ihre Jungen. Glauben Sie mir, sie würde kein Sterbenswörtchen verraten.«

»Loyalität oder Sturheit?«

»Beides.«

»Und mit Ihnen würde sie reden?«

»Ich bin mir nicht sicher. Ich hoffe es.«

Meyer verzog die Lippen. »Ich möchte nicht neugierig sein, Hamilton, aber ich wüsste gern ein paar Einzelheiten. Zum Beispiel den Namen der Frau.«

»Victoria.« Ein kurzes Zögern. »Victoria Kensington.«

Der Agent wurde blass. »Walter Kensingtons Tochter?«

Zach runzelte die Stirn. »Sie ist sauber, Meyer.«

»Sauber?« Meyer beugte sich vor, seine Ellbogen berührten unsanft den Schreibtisch. »Muss ich Sie erst daran erinnern, wen Kensington vertritt? Wie weit die Beziehungen zwischen ihm und Benjamin Hopewell zurückgehen? Welche Möglichkeiten sich …?«

»Nein, müssen Sie nicht«, unterbrach Zach ihn. »Aber das heißt nicht, dass Victoria in die Sache verwickelt ist. Geben Sie mir einen Tag. Lassen Sie mich mit ihr reden. Wenn ich nichts erreiche, können Sie übernehmen, okay?«

Meyer sah Zach aufmerksam an. »Also gut. Abgemacht.«

8

Victoria und ihr Onkel Jim hatten schon immer ein sehr enges Verhältnis gehabt, schon bevor er Clarissa vor acht Jahren geheiratet hatte. Jim war neun Jahre jünger als ihr Vater, ein feiner Mann und ein brillanter Psychiater – und einer der wenigen Menschen, an den Victoria sich im Laufe der Jahre hatte wenden können, wenn sie Rat und Unterstützung benötigte.

Das alles war ihrem Vater ein Dorn im Auge – nicht weil er eifersüchtig auf ihre Zuneigung gewesen wäre, sondern weil er es grundsätzlich hasste, erst an zweiter Stelle zu kommen, auch in Bezug auf Jim. Es reichte ihm nicht, dass er älter, reicher und mächtiger war als sein jüngerer Bruder. Walter Kensington wollte ihm in allem überlegen sein.

Victorias Vater sah in ihrer Zuneigung zu ihrem Onkel einen offenen Mangel an Respekt für ihn. Und gewisse Schlüsselereignisse hatten diese Überzeugung noch verstärkt.

Es war Onkel Jim gewesen, der damals Victorias Entscheidung, die Columbia University zu besuchen, unterstützt hatte. Ihr Vater war darüber sehr erzürnt gewesen, denn er wollte unbedingt, dass sie die Universität besuchte, an der er selbst studiert hatte, Harvard. Mit ihrem Verstand und seinen Beziehungen wäre es kein Problem gewesen, sie dort unterzubringen.

Wieder und wieder hatte Victoria ihm erklärt, dass sie New York liebte, dass sie in dieser Stadt leben wollte, dass sie die Qualität der juristischen Ausbildung an der Columbia University für ausgezeichnet hielt. Aber sie war auf taube Ohren gestoßen. Walter Kensington hatte es sich in den Kopf gesetzt, zur Legende zu werden – und das schloss auch seine älteste Tochter mit ein.

Onkel Jim hatte das Undenkbare getan: Er hatte sich auf ihre Seite geschlagen. Er hatte die Columbia-Entscheidung offen unterstützt – nicht um seinen Bruder zu ärgern, sondern weil er den *wahren* Grund hinter Victorias Entschluss kannte: Sie wollte in der Nähe ihres Elternhauses bleiben, damit sie weiterhin als Vermittlerin zwischen ihrem Vater und dem Rest der Familie agieren und ihrer Mutter und Schwester den emotionalen Schutz geben konnte, den sie so dringend brauchten.

Ihr Vater hatte das ebenfalls geahnt.

Und er war darüber böse geworden.

Seine Strafe war die übliche Demonstration seiner Macht gewesen. Er hatte ihr zwar schließlich gestattet, zur Columbia University zu gehen, aber darauf bestanden, dass sie unter seinem Dach wohnen blieb – nicht in der Nähe, nicht irgendwo in der Stadt, sondern ganz zu Hause. Wenn sie unbedingt hier leben wollte, sollte sie es haben. Sie konnte in Greenwich wohnen und jeden Tag nach Manhattan fahren. Nach der mangelnden Urteilsfähigkeit, die sie durch ihre Ablehnung einer Harvard-Ausbildung demonstriert hatte, wollte er sie im Auge behalten, damit sie wenigstens im Hinblick auf ihre berufliche Karriere die richtige Entscheidung traf.

Und die ›richtige Entscheidung‹ bedeutete, ihren Platz bei Waters, Kensington, Tatem & Calder einzunehmen.

Victoria hatte nicht widersprochen – damals noch nicht. Sie war so klug gewesen, den Mund zu halten, und wusste zugleich, dass sie diesen Kampf noch Jahre würde führen müssen. Außerdem bot ihr die Anwesenheit zu Hause eine viel bessere Gelegenheit, sich um Audrey und ihre Mutter zu kümmern, die zunehmend unstabiler wurden.

Der Ärger ihres Vaters hatte gerade etwas nachgelassen, als der nächste Blitz einschlug.

Vor drei Jahren hatte sie ihr Jura-Examen gemacht, mit Auszeichnung, und hatte die Unabhängigkeit gesucht, die sie sich immer gewünscht hatte. Jim und Clarissa hatten ihr dabei geholfen, indem sie ihr das schönste Geschenk gemacht hatten, dass sie sich hätte vorstellen können: die gemütliche Wohnung in der Upper East Side, die sie nun ihr Zuhause nannte. Ihr Vater war außer sich gewesen, hatte darauf bestanden, dass sie nur dann eine eigene Wohnung haben dürfte, wenn sie für ihn arbeitete, und auch dann würde es eine Unterkunft sein, die er für sie aussuchte.

Jim und Clarissa hatten ihm widersprochen, Victoria wäre erwachsen und in der Lage, ihre eigenen Entscheidungen zu treffen. Die Wohnung wäre sicher, in einer idealen Gegend und perfekt auf Victorias Bedürfnisse zugeschnitten. Sie hatte sie selber ausgesucht und einen Teil davon vom Erbe ihrer Großeltern bezahlt. Den Rest akzeptierte sie stur nur als Darlehen. Das bedeutete, einen Hypothekenvertrag mit ihrem Onkel und ihrer Tante abzuschließen und monatliche Rückzahlungsbeträge zu vereinbaren.

Damit war die Wohnung gekauft.

Und der Machtkampf ebenso eskaliert wie die Verstimmung ihres Vaters.

Ihre Nähe zu Jim und Clarissa – und ihr häufiges Zusammensein – machten die Dinge nur noch schlimmer.

Und das galt auch für den heutigen Abend, dachte Victoria bitter, als sie die paar Blocks zu ihrem Onkel und ihrer Tante zu Fuß lief. *Er würde diesen Besuch als erneute Provokation empfinden.*

Die Wohnung von Jim und Clarissa Kensington befand sich an der Fifth Avenue, in der Nähe der East 84. Straße, nur ein paar Blocks entfernt von der falschen Adresse, die Victoria genannt hatte, als sie beim Krankentransportdienst Select Care angerufen und sich als Susan Haines ausgegeben hatte.

Die Aussicht von ihrem Penthouse gehörte zu den spektakulärsten und begehrtesten in ganz Manhattan; sie bot ein überwältigendes Panorama mit Blick auf berühmte Plätze, bekannte Kunstgalerien und Museen sowie den schönen Teils des Central Parks um das Wasserreservoir. Jedes Mal, wenn Victoria zu Besuch kam, staunte sie über den Gegensatz zwischen dem ungeheuren Tempo der Welt da draußen und der Ruhe innerhalb ihrer großzügigen Wohnung.

Viel von diesem Gegensatz war auf Jim und Clarissa zurückzuführen und die unglaublich ruhige Art, die sie beide hatten – eine Eigenschaft, die sich auch auf die gediegene Eleganz ihres Zuhauses übertrug. Mit ihren gedämpften Beige- und Brauntönen spiegelte die Wohnung sehr viel von dieser Ruhe wider, das galt vor allem für das Wohnzimmer mit der großzügigen Sitzgruppe, Onkel Jims mit jeglichem Schnickschnack ausgerüsteter Hi-Fi-Anlage sowie dem großen Erker voll üppiger Grünpflanzen.

Die Pflanzen waren Clarissas Leidenschaft. Sie war eine

exzellente Ärztin, die sich ganz der medizinischen Forschung an der Mount-Sinai-Klinik verschrieben hatte, aber zugleich hatte sie einen grünen Daumen. Ihre Berührung genügte, um alle Flora zum Wachsen und Gedeihen zu bringen, und sie schenkte ihren Pflanzen dieselbe akribische Aufmerksamkeit, die sie allen Lebewesen entgegenbrachte. Aus welchen Gründen auch immer, deren privaten Charakter Victoria voll und ganz respektierte, hatten die beiden keine Kinder bekommen. Haustiere kamen wegen Jim und Clarissas anstrengender Berufe und der langen Arbeitszeiten nicht in Frage, deshalb waren Pflanzen zu ihrer Passion geworden.

Wie schade, dass Pflanzen nicht sprechen können, dachte Victoria, die inzwischen vor dem Haus angekommen war. Von ihrem Aussichtsplatz am Fenster hatten sie Audrey am Samstagmorgen bestimmt durch den Park laufen sehen. Und sie hätte ein paar Zeugen gut gebrauchen können.

Der Wachmann, Leonard, war ein sehr wortgewandter Mann mittleren Alters, dessen lockere Art manchmal ein wenig vorlaut wirkte. Er hatte nur deshalb noch seinen Job, weil er die Hausbewohner häufig zum Lachen brachte, weil seine lustig zwinkernden Augen und sein kugelrunder Bauch ihn jedes Jahr in der Adventszeit zum idealen Nikolaus machten und weil – und das war vielleicht der wichtigste Grund – er es sich zur Hauptaufgabe gemacht hatte, die intimsten Geheimnisse eines jeden Hausbewohners kennen zu lernen.

Jetzt lächelte er Victoria an und tippte sich an die Mütze. »Guten Abend, Miss Kensington.« Er hielt ihr die Tür auf. »Beeilen Sie sich. Es fängt schon wieder an zu regnen.«

»Hallo Leonard.« Victoria registrierte erst jetzt, dass auf ihrer leichten Frühlingsjacke die ersten Wassertropfen perlten. »Ich habe gar nicht gemerkt, dass es regnet.« Sie betrat das Haus gerade noch rechtzeitig, ehe es richtig anfing zu schütten. Mit den Fingern fuhr sie sich durch die feuchten Haare und begutachtete die Wasserflecken auf ihren Leinenschuhen und der cremefarbenen Seidenbluse. »Na prima. Ich sehe ja aus wie eine nasse Ratte.«

Er warf ihr einen ungläubigen Blick zu. »Sie machen wohl Witze. Sie sehen wie immer hinreißend aus.«

»Danke.« Victoria lächelte schief. »Aber ich weiß es besser.«

»Bestimmt nicht.« Leonard beugte sich vor und sprach mit leiser, verschwörerischer Stimme. »Die meisten Frauen in diesem Haus geben ein Vermögen dafür aus, sich liften und absaugen zu lassen und sehen trotzdem nicht entfernt so gut aus wie Sie.« Er verdrehte die Augen. »Ich könnte Ihnen Storys erzählen!«

»Ich kenne diese Storys.« Victoria musste lachen. »Aber ich weiß Ihr Vertrauen sehr zu schätzen.«

Er stieß die innere Tür auf. »Es ist mir ein Vergnügen. Ich begleite Sie noch zum Aufzug. Die Kensingtons erwarten Sie schon. Und das Lammfilet, das Ihre Tante mit nach Hause gebracht hat, sah vorzüglich aus. Ich hoffe, Sie haben großen Hunger mitgebracht.«

»Und ob.« Victoria betrat den Aufzug und wartete, bis Leonard den Knopf drückte.

»Viel Spaß«, rief er und tippte sich erneut an die Mütze, bevor sich die Aufzugtüren schlossen. »Und vergessen Sie nicht«, flüsterte er. »Neben Frau Dr. Kensington sind Sie die attraktivste Frau in diesem Haus.«

»Ich vergesse es nicht«, flüsterte Victoria zurück.

Was für ein Typ, dachte sie immer noch lachend. Es war ihm fast gelungen, sie Audrey vergessen zu lassen.

Fast.

Das Lächeln verschwand aus ihrem Gesicht, als der Aufzug

im obersten Stockwerk hielt und die Türen sich geräuschlos öffneten. Das Hauptthema des heutigen Abends beherrschte wieder ihre Gedanken. Wenn sie doch nur wüsste, wie sie es ins Gespräch bringen sollte. Es würde nicht einfach werden.

Sie ging zur Tür und klingelte.

Ihre Tante öffnete, ein strahlendes Lächeln im Gesicht. Clarissa Kensington sah in ihrem hellgrünen Seidenkleid elegant aus wie immer. Sie war gertenschlank und blond, auffallend hübsch und wirkte mindestens zehn Jahre jünger, als sie mit ihren 42 Jahren tatsächlich war. Sie begrüßte Victoria herzlich.

»Ich freue mich so, dass du da bist«, sagte sie. »Wir beide freuen uns.« Sie blickte über ihre Schultern und rief. »Jim?«

»Victoria.« Ihr Mann erschien und umarmte seine Nichte. »Schön, dich zu sehen.«

Victoria erwiderte die Umarmung. »Es kommt mir vor wie ein Jahr, nicht wie ein Monat.« Sie lächelte ihren Onkel an und wunderte sich zum millionsten Mal, dass es abgesehen von der Größe und den wachen haselnussbraunen Augen – die sie ebenfalls geerbt hatte – keinerlei Ähnlichkeit zwischen ihrem Onkel und ihrem Vater gab.

Onkel Jim, inzwischen vierundfünfzig, war so sanftmütig und umgänglich, wie ihr Vater autoritär und schwierig war. Er war schlank, hatte ein paar erste graue Strähnchen im Haar, aber das Auffallendste war sein wunderbar beruhigendes Lächeln. Sogar seine Kleidung war lässig; heute Abend trug er einen Rolli in Schwarz und kamelfarben, dazu eine Kamelfarbene Hose.

»Komm herein und setz dich«, bat er. »Ich gieße dir ein schönes Glas Cabernet ein.«

Victoria gehorchte und spürte den durchdringenden, aufmerksamen Blick ihres Onkels einen Moment auf sich, ehe er ging, um den Wein zu holen. Sie kannte diesen Blick nur zu gut, ebenso gut wie sie ihren Onkel kannte. Er hatte gemerkt, dass sie etwas auf dem Herzen hatte – auch wenn er in seiner gewohnten Art, in der er auch mit seinen Patienten umging, warten würde, bis sie von selber darauf zu sprechen kam.

Es dauerte ein Abendessen und zwei Gläser Wein, ehe Victoria sich schließlich so weit vorwagte.

Seufzend machte sie es sich auf dem Sofa bequem, nachdem sie endlich akzeptiert hatte, dass sie keine Chance bekam, Clarissa beim Tischabräumen zu helfen.

»Du leistest Jim Gesellschaft«, hatte ihre Tante entschieden. »Ich kümmere mich um das Dessert und den Kaffee und bringe beides ins Wohnzimmer.« Mit einer abschließenden Handbewegung war sie in die Küche verschwunden.

»Tante Clarissa ist einfach wunderbar«, murmelte Victoria und schob sich eine Strähne ihres pechschwarzen Haares hinters Ohr. »Und damit meine ich nicht nur das wunderbare Abendessen. Obwohl«, fügte sie hinzu und zerrte am Bund ihrer Hose, »sie sich keine Sorgen mehr zu machen braucht. Ich habe heute Abend bestimmt zwei Kilo zugenommen.«

Jim lächelte. »Sie ist wirklich eine begnadete Köchin. Aber sie ist auch sonst wunderbar. Und sie macht sich Sorgen um dich. Wir beide, um genau zu sein.« Ein bedeutungsvoller Blick.

»Die letzten Tage waren nicht ganz einfach«, gab Victoria zu.

»Das habe ich mir schon gedacht.« Er setzte sich in einen Sessel ihr gegenüber, verschränkte die Hände ineinander und wartete.

Victoria zog die Augenbrauen hoch. »Du wartest darauf, dass ich jetzt etwas sage, nicht wahr? Wie ein Psychiater.«

Jim lachte. »Genau.« Er lehnte sich zurück, schlug die Beine über Kreuz und nahm eine wesentlich entspanntere Haltung ein. »Tut mir leid. Das macht die Gewohnheit, schätze ich.«

»Du brauchst dich nicht zu entschuldigen – nie.« Victoria rieb die Handflächen aneinander. »Aber du hast Recht, ich habe etwas zu sagen. Ich weiß nur noch nicht, wie ich anfangen soll. Es ist wichtig, aber es ist auch ein bisschen unangenehm.«

»Vielleicht kann ich für dich beginnen«, schlug ihr Onkel ganz überraschend vor und lächelte. »Anstatt als Therapeut gebe ich mich jetzt mal als Onkel – und Onkel dürfen ruhig einmal den ersten Schritt machen.« Sein Lächeln verschwand. »Das heißt, ich mache nicht nur den ersten Schritt, ich übertrete auch meine Grenzen. Aber da ich annehme, dass es sich um ein wichtiges Thema für dich handelt, ist das wohl okay.«

Victorias Herz pochte heftig. Konnte ihr Onkel tatsächlich etwas von ihrer Suche nach Audrey wissen? Hatte ihr Vater am Samstagabend vielleicht etwas darüber verlauten lassen? Dieser Gedanke war ihr bisher noch nicht gekommen. Ihr Vater vertraute sich nie jemandem an, schon gar nicht seinem Bruder, und ganz sicher nicht in dieser Angelegenheit. Andererseits kam es nur selten vor, dass ihr Onkel eine so direkte Art zeigte, ihre Probleme anzugehen. Also vielleicht …

Sie nickte zögernd.

»Also gut«, begann Jim. »Ich habe in der Zeitung gelesen, dass Zachary Hamilton in New York ist. Ich erinnere mich an Zeiten, als er dir eine Menge bedeutet hat, vielleicht mehr, als du je zugegeben hast. Hat sein Besuch vielleicht etwas mit deiner augenblicklichen Gemütsverfassung zu tun?«

Zach. Onkel Jim glaubte, es ginge um Zach.

Das war ja verrückt. Verrückt war auch, dass sie sofort diesen Kloß im Magen spürte – den Kloß, den sie immer spürte, wenn Zachs Name fiel. Die Schlussfolgerung, die ihr Onkel gezogen hatte, durfte sie eigentlich nicht überraschen. Er war ein sehr feinfühliger Mann. Er und Clarissa hatten mehr als einen Abend zusammen mit ihr und Zach verbracht. Und, wie Meg sie damals immer aufzuziehen pflegte, konnte nur einem Toten die feurige Hitze entgehen, die zwischen ihnen herrschte.

»Victoria?« Ihr Onkel sah sie an. »Bin ich dir zu nahe getreten?«

»Nein, natürlich nicht.« Sie schüttelte heftig den Kopf. »Aber nein, das alles hat nichts mit Zach zu tun, obwohl ich natürlich ziemlich überrascht war, als Meg mir den Artikel zeigte. Wahrscheinlich hätte es mich auch viel länger beschäftigt, wenn da nicht diese Sache wäre, die mir tatsächlich Sorgen bereitet.«

Jim war verwirrt. »Nämlich?«

Sie sah ihn mit festem Blick an. »Ich habe Audrey am Samstagmorgen gesehen. Hier, im Central Park, als ich joggen war.«

Der Unterkiefer ihres Onkels sank nach unten. »Wie bitte?«

In diesem Moment kam Clarissa aus der Küche, stellte eine Schüssel Obst auf den Tisch und ging dann noch einmal zurück, um Kaffee und Kuchen zu holen. Anschließend schaute sie erst ihren Mann und dann Victoria an, sah, dass sie für das, was sie zu besprechen hatten, noch etwas Zeit benötigten, und zog sich diskret zurück, um sich ein wenig mit ihren Pflanzen zu beschäftigen.

»Tante Clarissa, das ist wirklich nett von dir«, meinte Victoria. »Aber es wäre mir lieber, wenn du dich zu uns setzen würdest. Ich möchte gern die Meinung von euch beiden hören, sowohl die persönliche als auch die aus beruflicher Sicht. Ich hoffe, ihr könnt mir etwas Näheres über die Privatklinik sagen, die ich euch gleich beschreibe.«

Clarissa sah sie erstaunt an, aber sie nickte und setzte sich neben Victoria auf die Couch.

»Privatklinik?« Jim wirkte irritiert. »Ist Audrey in Schwierigkeiten?«

»Ja«, antwortete Victoria, ohne zu zögern. »Das ist sie.« Ihr Onkel wusste von Audreys Bulimie. Er hatte schon häufig mit ihr gesprochen, zumal sein Bruder sich geweigert hatte, jemanden außerhalb der Familie an ihre Probleme heranzulassen. Und als dann schließlich eine Therapie dringend nötig geworden war, hatte Onkel Jim seinen Bruder davon überzeugen können, Audrey an seinen vertrautesten Kollegen weiterzuvermitteln – seinen langjährigen Partner und engsten Freund Elliot Osborne.

Ganz plötzlich kam Victoria der Gedanke, dass Audrey womöglich deshalb nach New York gekommen war, um ihren Onkel und Dr. Osborne aufzusuchen. Aber nein. Ein Blick in Onkel Jims Gesicht zeigte ihr, dass ihn die Nachricht, dass Audrey in New York war, völlig überraschte.

»Ich möchte nicht, dass du irgendeine Schweigepflicht verletzt«, versicherte Victoria ihm. »Aber ist es richtig, dass du keine Ahnung davon hattest, dass Audrey in New York ist?«

»Nicht die geringste.«

Victoria nickte. »Sie ist sehr krank, Onkel Jim. Und sie ist verschwunden.«

»Das musst du mir bitte erklären.«

Victoria hielt sich streng an die Fakten, als sie ihm in allen Einzelheiten berichtete, was im Central Park geschehen war – wie Audrey ausgesehen hatte, wie orientierungslos sie ihr vorgekommen war –, und auch alles, was sich danach ereignet hatte. Das Einzige, was Victoria nur flüchtig streifte, war die mögliche Verwicklung ihres Vaters. Und zwar nicht nur wegen Onkel Jims Loyalität zu seinem Bruder, sondern auch, weil sie merkte, dass es viel schwerer war, als sie geglaubt hatte, ihren Verdacht in Worte zu fassen. Ihrem Vater seelische Grausamkeit zu unterstellen war eine Sache; es laut auszusprechen eine andere. Denn dann wäre es plötzlich mehr als eine vage Möglichkeit. Es wäre plötzlich eine Anschuldigung.

Als sie zu Ende erzählt hatte, hätte man eine Nadel zu Boden fallen hören können.

Clarissa und Jim sahen sie entgeistert an.

Ihr Onkel sprach als Erster, und seine Stimme klang so ungewöhnlich hart, dass sie zurückzuckte.

»Victoria, ich muss dich nicht auf die Ernsthaftigkeit dessen, was du da behauptest, hinweisen. Mir ist klar, dass Walter höchst intolerant ist, wenn es um Audreys psychische Verfassung geht. Aber sie absichtlich von dir fern zu halten? Dich anzulügen und abzustreiten, dass er sie nach New York zurückgeholt hat? Wozu sollte er das tun?«

»Ich weiß es auch nicht.« Victoria hob hilflos die Schultern. »Vielleicht um seinen Ruf nicht zu beschädigen. Das ist die einzige Erklärung, die mir einfällt.«

»Aber das erklärt noch nicht, warum er Audrey vor dir versteckt hält«, warf Clarissa ein. Sie sprach betont ruhig, um die entstandene Spannung wieder ein wenig zu mildern. »Schließlich hast du einen stabilisierenden Einfluss auf deine Schwester. Du warst lange Zeit ihr Rettungsanker. Und dein Vater weiß, wie diskret du in diesen Dingen bist. Er hätte dich doch nur darum bitten müssen, mit niemandem über Audrey zu sprechen und zu versuchen, sie wieder zur Ruhe zu bringen.«

»Das stimmt.« Jim erhob sich, die Unterhaltung wühlte ihn sichtlich auf. »Dein Vater hat zweifellos seine Fehler, Victoria. Wir beide wissen das. Aber wenn Audrey sich tatsächlich ängstigen würde und versucht hätte, von wo auch immer er sie untergebracht hat, zu fliehen, würde er das doch nicht einfach ignorieren. Schließlich ist sie seine Tochter. Er möchte doch, dass sie in Sicherheit ist. Es gibt Möglichkeiten, einen Skandal zu vermeiden, ohne sein eigenes Kind gegen seinen Willen irgendwo einzusperren.«

»Ich weiß.« Victoria nickte. »Das habe ich mir ja auch schon alles überlegt. Aber ich kann mir bestimmte Tatsachen einfach nicht erklären. Wieso hatte Vater Kontakt mit der Klinik in Florenz? Warum hat er so häufig mit dem Hope Institute telefoniert?« Sie warf einen beschwörenden Blick in Richtung ihrer Tante. »Bitte sag mir, dass du etwas darüber weißt.«

Clarissa runzelte die Stirn und rieb sich den Nacken. »Ich fürchte nicht. Aber das muss gar nichts heißen. Mein Schwerpunkt ist die medizinische Forschung. Ich kenne längst nicht jede Privatklinik in Manhattan.«

»Onkel Jim?« Victoria wandte sich ihm hoffnungsvoll zu.

Langsam schüttelte er den Kopf. »Ich kenne die Einrichtung auch nicht, nein. Aber ich kann mich natürlich erkundigen, wenn dir das etwas hilft.« Entschlossen presste er die Lippen zusammen. »Aber nicht, ohne zuvor mit deinem Vater zu sprechen. Ich kann ihm nicht einfach in den Rücken fallen. Ich käme mir unehrlich vor.«

»Ja«, antwortete sie hölzern. »Ich fühle mich auch nicht wohl dabei. Aber ich *weiß*, dass die Frau im Park Audrey war.«

»Das bezweifle ich ja gar nicht«, antwortete ihr Onkel.

»Wenn du sagst, dass es Audrey war, dann war es Audrey. Ich mache mir genau so große Sorgen um sie wie du. Und ich schätze, das tut auch Walter. Er will es nur nicht wahrhaben. Es fällt ihm sicher leichter, sich vorzustellen, dass Audrey sicher in Florenz ist, als anzunehmen, dass sie einsam und verängstigt in Manhattan herumläuft.« Jim blickte aus dem Fenster und überdachte die unbeantworteten Fragen. »Vielleicht hat Walter das Ferngespräch geführt, um Audrey in die Klinik in Florenz einzuweisen. Oder vielleicht hat sie sich selbst dort aufnehmen lassen und anschließend Kontakt mit ihm aufgenommen. Und was die Telefonate mit dem Hope Institute betrifft, dein Vater könnte sie vorsorglich geführt haben – für den Fall, dass Audrey verlegt werden muss.«

»Und wie ist sie dann hierhergekommen?«, fragte Victoria. »Wenn Vater ihr nicht geholfen hat, wenn er keine Ahnung hat, dass sie in New York ist, wie hat Audrey dann den Flug bezahlt? Er überweist ihr doch jeden Cent, den sie ausgibt.«

Jim zuckte ratlos mit den Schultern. »Sie könnte sich das Geld von einer Freundin oder einem Freund geliehen haben. Keine Ahnung. Aber ich weigere mich einfach zu glauben, dass Walter in irgendeinen ausgeklügelten Kidnapping-Plan verwickelt ist.«

Das war zu viel für Victoria. »So etwas Schreckliches habe ich auch nicht unterstellt.«

»Nein?«

Victoria leckte sich die Lippen. »Ich weiß nicht, was ich glauben soll. Ich weiß nur, dass ich ein sehr ungutes Gefühl habe, was Vaters Beteiligung an dieser ganzen Angelegenheit angeht. Ich hoffe, du hast Recht. Ich hoffe, ich überreagiere und verdächtige ihn völlig grundlos. Ich hoffe wirklich, die ganze Sache ist so harmlos, wie du sagst. Aber es passt einfach alles nicht zusammen. Vielleicht ist es die Anwältin in mir, oder vielleicht bin ich auch einfach zu zynisch.« *Oder vielleicht kenne ich meinen Vater auch einfach nur gut genug*, fügte sie im Stillen hinzu.

Als Victoria erst in das erregte Gesicht ihres Onkels und dann in das beunruhigte Gesicht ihrer Tante sah, wünschte sie sich plötzlich, sie hätte das alles nicht so weit getrieben. Sie hätte ihren Instinkten folgen, sich an die grundlegenden Fakten halten und ihren Vater aus der ganzen Sache heraushalten sollen.

Das Problem war nur, dass diese ganze hässliche Angelegenheit so verworren war wie die ineinander verwachsenen Wurzeln eines Baums. Und Walter Kensington war eine der Hauptwurzeln.

»Ich bin sehr müde«, erklärte sie ihrem Onkel und ihrer Tante jetzt leise. »Und sehr besorgt um Audrey. Ich brauche eine Nacht, um mir die ganze Sache noch einmal durch den Kopf gehen zu lassen. Ich werde dich morgen anrufen, Onkel Jim, wenn ich etwas klarer sehe und entschieden habe, wie ich die Sache angehen werde. Wenn ich dein Hilfsangebot annehme, dann natürlich nur zu deinen Bedingungen. Aber ich wäre gern dabei, wenn du mit Vater sprichst.«

»In Ordnung.« Jim sah sie forschend an. »Und wenn du dich dazu entschließt, unser Hilfsangebot nicht anzunehmen?«

»Dann werde ich dich künftig völlig aus der Sache heraushalten. Ich würde dich allerdings bitten, alles, was ich dir erzählt habe, für dich zu behalten.«

»Mit anderen Worten, du würdest mich bitten, deinem Vater nichts von unserem Gespräch zu erzählen.«

»Ja.« Victoria schluckte. »Ich habe nicht vor, ihm wehzutun, Onkel Jim. Er ist mein Vater. Aber wenn es um Audrey geht, haben wir einfach völlig unterschiedliche Ansichten. Ich muss die Wahrheit wissen. Auch wenn ich damit riskiere, meine Familienbande zu zerstören. Der Name Kensington wird überleben. Aber Audrey …« Sie brach ab. »Ich habe ohnehin kaum eine Chance. Wenn ich sie nicht allein finden kann oder irgendwie mit diesem Hope Institute klarkomme, bleibt mir nichts anderes übrig, als noch einmal mit Vater zu reden. Ganz gleich, wie sehr er in die Sache verstrickt ist. Denn er ist der Einzige, der die Antwort kennt.«

9

Zach lief in seiner Hotelsuite auf und ab und stürzte den zweiten Bourbon hinunter.

Damit musste jetzt Schluss sein. Sich zu betrinken war keine Lösung. Er brauchte einen klaren Kopf, um sich das Videoband noch einmal ganz genau anzusehen und sich anschließend eine Strategie zu überlegen.

Außerdem konnte noch so viel Alkohol die Erinnerungen nicht auslöschen, die ihn bei Victorias Anblick eingeholt hatten.

Er ging erneut zum Videorecorder und drückte auf Abspielen.

Er kannte die Sequenzen inzwischen auswendig. Zwölf Minuten von Anfang bis Ende. Zuerst ging sie auf den Eingang zu, schaute sich um, schien sich vorzubereiten. Dann ging sie hinein. Elf Minuten später verließ sie das Gebäude, blätterte in einer Broschüre des Hope Institutes – oder tat zumindest so.

Er drückte auf Pause und betrachtete ihr Gesicht.

Er kannte diesen Ausdruck nur zu gut. Sie hatte die Stirn gerunzelt und kaute auf ihrer Unterlippe. Irgendetwas beschäftigte sie. Sie konzentrierte sich nicht auf das Heftchen in ihrer Hand, sie grübelte über etwas völlig anderes nach. Aber was? Wen hatte sie besucht?

Und noch wichtiger, in welchem Zusammenhang stand das zu seinen Ermittlungen?

Wie er Victoria kannte, war alles möglich. Sie konnte eine Mandantin haben, die dort Patientin war. Sie konnte bei einer ihrer Recherchen auf den Namen des Hope Institutes gestoßen sein und beschlossen haben, dort ein wenig herumzuschnüffeln.

Das Einzige, was absolut unmöglich war, war, dass sie in irgendeiner Weise mit der Sache zu tun hatte, in die ihr Vater verwickelt war. Sie konnte nicht mit ihm unter einer Decke stecken. Nicht hierbei.

Eigentlich überhaupt nicht, dachte er und verzog die Mundwinkel. Schon im zweiten Jahr ihres Jurastudiums hatte sie sich eisern gegen den Wunsch ihres Vaters gewehrt, in seine Kanzlei einzutreten. Er war hartnäckig, aber das war sie auch. Und daran hatte sich bis heute sicher nichts geändert.

Walter Kensington erfüllte keinesfalls Victorias Idealvorstellungen eines Anwalts, zumindest nicht im Hinblick auf seine Motivation. Zach musste zugeben, Kensington war unbestritten ein brillanter Jurist, ein Genie, aber sein Berufsethos ließ sehr zu wünschen übrig.

Victoria hingegen …

Zach konnte sich noch gut daran erinnern, wie er ihr zum ersten Mal begegnet war. Er hatte damals an der Columbia University einen Gastvortrag zum Thema Competitive Intelligence gehalten, erklärt, welche Vorteile diese Auskünfte Unternehmen verschafften und wie sie innerhalb legaler Grenzen angewendet werden konnten.

Anschließend war sie zu ihm gekommen und hatte einige sehr zielgerichtete Fragen gestellt.

Aber er hatte sie schon vorher bemerkt.

Der Hörsaal war groß gewesen, aber sie war sehr früh gekommen und hatte sich in die erste Reihe gesetzt. Sie hatte die Beine übereinandergeschlagen, ihr Aufnahmegerät eingeschaltet, ihr Notebook geöffnet und ihn die gesamte Stunde, in der er sprach, so konzentriert angeschaut, als versuchte sie jedes Wort aufzusaugen. Gelegentlich hatte sie genickt, sich ein paar Notizen gemacht und ein- oder zweimal die Hand gehoben und um eine Erklärung zu einer Sachlage auf dem relativ neuen und spannenden Gebiet der Competitive Intelligence gebeten.

Es wäre eine Lüge, würde er behaupten, ihr Äußeres wäre ihm nicht aufgefallen. Es war unmöglich zu übersehen. Victoria Kensington war eine Schönheit; feine Züge, ausdrucksvolle haselnussbraune Augen, üppiges, glänzendes schwarzes Haar und eine Figur, die jedem Mann den Atem raubte. Also gut, er hatte ihr Erscheinungsbild durchaus wahrgenommen.

Aber danach war ihm vor allem ihre Intelligenz aufgefallen, ihre rasche Auffassungsgabe, ihre klugen Fragen, dieser Wissensdurst in ihren wachen Augen, die Leidenschaft in ihrer Stimme, wenn sie ihre Meinung vertrat.

Und das tat sie häufig.

Er verzog die Lippen, als er an ihre hitzigen Diskussionen dachte – Diskussionen, die an jenem kalten Januarnachmittag begonnen und sich im Laufe der nächsten fünf Monate regelmäßig wiederholt hatten. Dabei waren sie nicht einmal verschiedener Meinung gewesen, sie hatten einfach Spaß an diesen geistigen Auseinandersetzungen. Vielleicht waren sie auch fasziniert von den Funken, die sie entzündeten, Funken, die jedes Mal zwischen ihnen knisterten, wenn sie zusammen waren – intellektuell, emotional, physisch.

An dem Tag, als sie sich kennen gelernt hatten, waren die Dinge rein aufs Intellektuelle beschränkt geblieben. Sie hatten bei einem Kaffee Fragen der Ethik diskutiert, beim Abendessen legale Hintertürchen und bei einem späten Drink schäbige Gerichtssaaltaktiken. Zach konnte sich nicht daran erinnern, je von einer Person so fasziniert gewesen zu sein, dass er jegliches Gefühl für Ort und Zeit verlor.

Ihr erstes Date hatte zu einem zweiten geführt, das zweite zu einem dritten. Seine Aufgaben in New York sollten eigentlich nur wenige Monate in Anspruch nehmen, aber es drängte ihn nicht, sie zu Ende zu bringen. Im Gegenteil. Als Mann, der es gewohnt war, achtzehn Stunden am Tag zu arbeiten, stellte er plötzlich fest, dass er nur noch halbe Tage arbeitete, in der Dämmerung zur Universität fuhr, um sie von ihrer Vorlesung abzuholen, mit ihr essen zu gehen, sie nach Hause nach Greenwich zu bringen.

Als Mann, der vollkommen unabhängig war, der noch nie eine ernste Beziehung gehabt hatte, keine längere Freundschaft, geschweige denn etwas Tieferes, stellte er plötzlich fest, dass er dabei war, sich Hals über Kopf zu verlieben.

Er glaubte nicht an Magie.

Sie verzauberte ihn.

Er glaubte nicht an Märchen.

Sie ließ sie wahr werden.

Er glaubte ganz sicher nicht an die Ewigkeit.

Aber er wollte sie. Und er wollte sie mit Victoria zusammen.

Sie war ebenso überwältigt von dem, was zwischen ihnen geschah. Er wusste es bereits, noch ehe sie es aussprach, nicht aus Arroganz, sondern weil er sich ihrer Gefühle sehr bewusst war. Er war sich ebenso bewusst, dass sie gegen diese Gefühle ankämpfte. Und je besser er sie zu verstehen begann, desto mehr von ihrer Vergangenheit vertraute sie ihm an, desto mehr verstand er wieso.

Sie war niemand, die sich schnell offenbarte. Sie war ebenso zurückhaltend wie er. Und für eine so unglaublich schöne und selbstbewusste Frau war sie erstaunlich naiv, wenn es um Männer ging. Er verstand bald warum.

Es hatte in ihrem Leben keine gegeben.

Nicht vor ihm.

Zach fluchte leise, trank den letzten Tropfen Bourbon aus und sah sich versonnen in seiner Suite um.

Ihre erste gemeinsame Nacht hatten sie hier verbracht. Er hatte vorgehabt, es langsam angehen zu lassen, sie zu verzaubern, ihr mit Cabernet und Biscotti, einem Meer aus gelben Rosen und diesem Plüsch-Terrier jegliche Nervosität und Anspannung zu nehmen.

Doch der Imbiss musste warten, und die Geschenke blieben für Stunden unangetastet.

Und sie? Sie waren nicht schnell genug aus ihren Kleidern gekommen, so verrückt waren sie nacheinander gewesen. Sie waren wie ausgehungert ins Bett gefallen, hatten sich mit einer Intensität geliebt, die Zach niemals für möglich gehalten hatte. Wieder und wieder hatten ihre Körper zueinandergefunden, unersättlich und erfüllt von einer Leidenschaft, die weder Anfang noch Ende kannte.

Eine Leidenschaft, die im Laufe der Nacht immer größer geworden war.

Für sie war es das erste Mal gewesen.

Und für ihn in gewisser Weise auch.

Das Messer drehte sich wieder in seinen Eingeweiden.

Verflucht. Er war eine Ewigkeit im Ausland gewesen. Lange genug, damit sie ihre Rolle als emotionaler Halt ihrer Familie perfektionieren konnte. Lange genug, um die Unabhängigkeit zu erreichen, die sie so unbedingt haben wollte. Lange genug, um zu der brillanten Anwältin heranzureifen, die sie schon damals zu werden versprach, als er ihre Welt auf den Kopf stellte, weil er ihr eine Zukunft anbot, mit der sie nicht leben konnte.

Und lange genug, um ihn zu vergessen.

Und warum zum Teufel konnte er sie dann nicht vergessen?

Er wusste warum. Und er wünschte sich über alles, es nicht zu wissen.

Er hatte nicht vorgehabt, sie wiederzusehen. Aber das Schicksal hatte anders entschieden. Ihr Besuch am Hope Institute hatte seine Ermittlungen durchkreuzt. Es war unmöglich, von ihr fern zu bleiben.

Irgendwer musste sich darum kümmern. Besser er als Meyer.

Victoria war froh, dass Leonards Dienst bereits beendet war, als sie die Wohnung ihres Onkels und ihrer Tante verließ. Sie war nicht zu Späßen aufgelegt. Sie war frustriert und verzweifelt und hatte ein schlechtes Gewissen, weil sie ihren Onkel in solche Gewissennöte gestürzt hatte.

Sie musste jetzt über vieles nachdenken. Sie musste ihre Gedanken neu ordnen, die Gefühle von den Fakten trennen und sich eine bestmögliche Strategie überlegen.

Und sie musste nach Hause, um dies zu tun.

Sie schlug ihren Kragen hoch, ignorierte das beständige Nieseln und machte sich auf den Weg. Wie immer ging sie an der Park Avenue entlang zur East 82. Straße und von da aus die letzten paar Blocks bis zu ihrem Haus.

Sie hatte so gehofft, dass Clarissa und Jim ihr eine Antwort geben könnten oder zumindest etwas von diesem obskuren Hope Institute gehört hätten. Doch Fehlanzeige. Eine Sackgasse also – es sei denn, sie bat ihren Onkel tatsächlich um weitere Erkundigungen, aber das würde bedeuten, ihren Vater einzubeziehen.

Wieso beunruhigte sie diese Vorstellung bloß so? Lag es daran, dass sie genau wusste, dass er sie erneut hinhalten würde, oder dass es vielleicht etwas viel Hässlicheres sein könnte? Befürchtete sie, sie könnte ihren Vater warnen, ihm signalisieren, dass sie kurz davor stand, Audrey zu finden, und ihm damit Gelegenheit geben, sie noch gründlicher zu verstecken?

Aber warum? Warum vermutete sie das Schlimmste?

Und spielte das tatsächlich eine Rolle? Da ihre Möglichkeiten eine nach der anderen wegbrachen, würde sie vielleicht ohnehin auf ihren Vater zurückkommen müssen.

Sie war so in Gedanken, dass sie zunächst gar nicht bemerkte, dass ihr jemand folgte.

Dann blieb sie plötzlich stehen, riss den Kopf herum und suchte die Straße ab. Dieser Abschnitt der East 82. Straße war immer belebt. Wie üblich strömten aus den vielen Restaurants ständig Leute und hielten Ausschau nach einem Taxi. Ein paar ganz Tapfere wie sie liefen auch zu Fuß nach Hause.

Niemand Verdächtiges war zu sehen. Nichts Auffälliges.

Aber sie wurde das Gefühl einfach nicht los, dass jemand hinter ihr war.

Jemand beobachtete sie.

Victoria klemmte sich die Tasche fester unter den Arm, beschleunigte ihren Schritt und achtete darauf, dass sie unter den Straßenlaternen und in der Nähe der Häuser blieb, um notfalls rasch irgendwo hineinzulaufen. In dieser Gegend

Manhattans geschahen nur wenige Verbrechen, aber als Frau allein musste man immer vorbereitet sein.

Ohne Zwischenfall gelangte sie nach Hause, den Schlüssel hielt sie bereits in der Hand. Das tat sie seit dem Moment, als sie gemerkt hatte, dass ihr jemand folgte. Mit den Zacken nach oben war ein Haustürschlüssel eine ausgezeichnete Waffe.

Fünf Minuten später war sie in ihrer Wohnung und hatte die Tür hinter sich fest verschlossen. Stirnrunzelnd ging sie ins Schlafzimmer. Normalerweise war sie kein ängstlicher Typ.

Sie wollte das Licht einschalten, doch impulsiv nahm sie die Hand wieder vom Schalter. Auf Zehenspitzen schlich sie durch das dunkle Schlafzimmer und blieb dicht vor dem Fenster stehen.

Ganz vorsichtig beugte sie sich vor und spähte nach draußen.

Auf der anderen Straßenseite stand wieder dieser Mann unter der Straßenlaterne. Dieselbe Größe, dieselbe Figur, dieselben Bewegungen. Das einzig Neue war die Zigarre, die er rauchte.

Aber es war definitiv derselbe Mann, der auch am Samstag dort gestanden hatte.

Und er beobachtete ihr Haus.

Zum ersten Mal nahm Victoria sich am nächsten Morgen ein Taxi, um in die Kanzlei zu fahren.

Sie war erst spät ins Bett gegangen, es war fast elf gewesen. Und dann konnte sie bis fünf Uhr nicht einschlafen.

Sie war erschöpft, sie war gereizt, und sie war wütend, weil jemand so etwas mit ihr machte.

Paige hatte sich gerade an ihren Schreibtisch gesetzt, als Victoria hereinkam.

»Hi«, grüßte die Sekretärin. »Ich habe deine Nachricht auf dem Anrufbeantworter gehört. Ich weiß nicht, woran du gerade arbeitest, aber es scheint dich ganz schön aufzuwühlen. Das Gerät hat deinen Anruf um fünf nach drei heute Morgen aufgezeichnet.«

Victoria lächelte schwach. »Irgendwie hatte ich das Gefühl für die Zeit verloren«, meinte sie und sah die Post durch. »Aber da ich wusste, dass ich nicht vor Mittag im Gericht sein muss, habe ich noch ein bisschen durchgehalten.«

»Wie kommt es bloß, dass ich nicht so aussehe wie du, wenn ich nachts so lange wach bin?«, jammerte Paige, betrachtete erst Victorias Gesicht und dann den Schnitt ihres klassischen Tweedkostüms. »Wenn ich die ganze Nacht für ein Examen büffle, sehe ich am nächsten Morgen aus wie durch die Mangel gedreht.«

Victoria ließ den Brief, den die gerade überflog, sinken und lächelte »Das stimmt gar nicht. Du bist sehr hübsch, Paige.«

»Vielleicht liegt es an deiner Hautfarbe«, grübelte Paige weiter und überhörte das Kompliment einfach. »Du siehst immer so frisch aus. Blondinen sieht man ihre Müdigkeit viel eher an. Das habe ich in der *Cosmopolitan* gelesen. Vielleicht ist es das. Ich bin einfach zu blond.« Seufzend lehnte sie sich auf ihrem Stuhl zurück. »Oder ist es deine Figur? Ich meine, welcher Mann wird bei deinem Anblick nicht verrückt? Wie kommt es, dass du so lange Beine hast, obwohl du gar nicht so groß bist? Nur wirklich große Frauen haben sonst lange Beine. Aber du bist nur ein paar Millimeter größer als ich, stimmt's?«

Victoria hörte gar nicht richtig zu. »Ich bin einssiebzig«, antwortete sie automatisch.

»Aha, das dachte ich mir. Es sind deine Beine. Alle Männer starren auf deine Beine. Wahrscheinlich wirst du in diesem Kostüm jeden Rechtsstreit gewinnen. Der Rock ist einfach umwerfend. Wenn der Richter ein Mann ist, ist die Sache für dich entschieden. Wenn es eine Frau ist, bist du erledigt.«

Victoria legte den Brief aus der Hand. »Es ist Richter Williams. Und Paige, *er* schaut ganz bestimmt nicht auf meine Beine. Er wird sich meine Argumentation anhören. Ich beabsichtige, das Sorgerecht für Agatha Wilding zu erstreiten, ich bin keineswegs auf der Suche nach einem heißen Date.« Sie brach ab, als ihr klar wurde, wie gereizt sie klang. Fast hätte sie Paige gesagt, dass nicht jeder so sexbesessen war wie sie.

Sie musste sich zusammenreißen. Am besten, sie ging ihrer Sekretärin aus dem Weg.

»Ich gehe in mein Büro und sehe mir die Wilding-Akte noch einmal an«, meinte sie knapp. »Nimm bitte so lange meine Gespräche an.«

Eilig verschwand sie über den Korridor. Es war nicht ihre Absicht gewesen, so barsch zu sein. Sie hatte ein schlechtes Gewissen, weil Paige ein bisschen beleidigt geschaut hatte.

Aber in zwei Stunden musste sie am Gericht sein. Und sie war fest entschlossen, bis dahin ihren Onkel anzurufen und ihm ihre Entscheidung mitzuteilen.

Sollte sie den Mann erwähnen, der sie ständig verfolgte?

Sie hatte es gestern Abend nicht getan, weil sie da noch geglaubt hatte, sie würde sich das alles nur einbilden. Seit Samstag hatte sie schließlich keine Spur mehr von ihm gesehen.

Aber gestern war er wieder da gewesen. Er war ihr bis nach Hause gefolgt und hatte die ganze Nacht ihre Wohnung beobachtet, das hatte sie im Viertelstundentakt kontrolliert. Erst gegen fünf war er dann endgültig verschwunden.

Sie hatte überlegt, die Polizei anzurufen. Aber was hätte sie ihnen erzählen sollen? Dass vor ihrem Haus ab und zu ein

Mann stand und eine Zigarre rauchte und sie davon überzeugt war, dass er sie beobachtete? Nach der Central-Park-Geschichte am Samstag nahm sie ohnehin keiner mehr ernst. Gut, sie hätten sicher zähneknirschend jemanden zu ihr herausgeschickt. Aber was hätte das bringen sollen? Der Mann mit der Zigarre wäre zweifellos schleunigst verschwunden, sobald er einen Polizisten gesehen hätte.

Nein, die Polizei konnte ihr nicht helfen. Aber verdammt, sie bildete sich das alles doch nicht ein. Dieser Mann beobachtete sie ganz sicher.

Sie wusste nur nicht wieso.

Sie verbarrikadierte sich in ihrem Büro und setzte sich an den Schreibtisch. Nachdem sie die Wilding-Akte herausgesucht hatte, studierte sie sie kurz. Sie kannte die Fakten für die heutige Gerichtsverhandlung in- und auswendig. Agatha würde gewinnen. Diese zwei kleinen Kinder würden bei ihrer Mutter bleiben und nicht der Midlife-Krise ihres Vaters zum Opfer fallen, die dazu führte, dass er jeden Abend eine neue, kaum geschlechtsreife Bettgenossin mit nach Hause brachte.

Victoria wollte den Ordner gerade zuklappen, als es an der Tür klopfte.

»Victoria?« Paige streckte den Kopf herein. »Der Gerichtstermin wurde gerade abgesagt. Bei Richter Williams gibt es irgendeinen privaten Notfall. Der Termin ist auf Dienstag verschoben.«

»Gut.« Halb erleichtert, halb enttäuscht warf Victoria die Akte auf den Schreibtisch. Vielleicht war es besser so. Natürlich, Agatha zuliebe hätte sie die ganze Angelegenheit gern erledigt. Andererseits hatte sie sich ungeachtet der guten Ausgangsposition fest vorgenommen, während der Verhandlung alles zu geben. Und sie war sich nicht sicher, ob sie heute dazu im Stande gewesen wäre.

Seufzend massierte sie ihre pochenden Schläfen. »Paige, tust du mir einen Gefallen? Ruf Mrs. Wilding an und sag ihr Bescheid. Sie wird wegen des Aufschubs keine Probleme haben, sie weiß, dass die Sache so gut wie entschieden ist. Ich kann im Moment einfach mit niemandem reden. Und entschuldige bitte, dass ich vorhin so grob war. Ich schätze, ich bin doch müder, als ich dachte.«

Paiges Gutmütigkeit siegte, und sie schenkte Victoria ein strahlendes Lächeln. »Kein Problem. Wir haben alle mal einen schlechten Tag. Nimm dir so viel Zeit, wie du brauchst. Oh, und mach dir keine Sorgen wegen Mrs. Wilding. Ich kümmere mich um sie.« Sie verschwand wieder.

Okay, dann konnte sie sich jetzt also mit ihrer persönlichen Krise beschäftigen. Sollte sie ihren Onkel um Hilfe bitten, oder gab es einen besseren Weg, Audrey aufzuspüren?

Und wie sollte sie mit der Tatsache umgehen, dass sie verfolgt wurde?

Nachdenklich ging Victoria zum Fenster und schaute auf die Straße hinab. Ob er ihr auch zur Arbeit folgte?

Wieso beobachtete er sie? Es musste etwas mit Audreys Verschwinden zu tun haben. Solche Zufälle konnte es nicht geben. Hatte das Hope Institute ihn beauftragt? Oder schlimmer noch, ihr Vater? Warum bemühte er sich so sehr, sie von Audrey fern zu halten? Wovor konnte ihr Vater Angst haben?

Hinter ihr klopfte es erneut an die Tür.

Sie ignorierte es, in der Hoffnung, Paige würde den Hinweis verstehen und sich wieder zurückziehen.

Pech gehabt.

Die Klinke wurde heruntergedrückt, und die Tür flog auf.

»Paige, bitte.« Victorias Stimme war angespannt. »Ich dachte, ich hätte mich klar ausgedrückt. Ich brauche wirklich ein bisschen Ruhe. Was immer es ist, kann es nicht noch ein bisschen warten?«

»Ich fürchte, nicht.«

Der tiefe Bariton durchzuckte sie wie ein Messerstich.

Sie erstarrte, jeder Muskel in ihrem Körper spannte sich. Dann drehte sie sich langsam um, mechanisch fast, und während sie das tat, fühlte sie sich merkwürdig unwirklich.

Zach stand in der Tür.

»Hallo Victoria.«

Das konnte nicht wirklich geschehen. Nicht nach der Achterbahnfahrt, die sie in den letzten Tagen erlebt hatte. Das war einfach zu viel. Zachary Hamilton konnte dort nicht in der Tür stehen.

Eine ganze Weile sagte Victoria gar nichts, stand einfach nur da und rang um die Fassung, die sonst ihre große Stärke war.

Er hatte sich nicht verändert.

Die gleiche große, kräftige Gestalt. Das eckige Kinn. Und diese durchdringenden dunklen Augen, die mitten durch sie hindurchzusehen schienen.

Es gab ein paar kleine Veränderungen. Sein blauer europäisch geschnittener Anzug und die italienische Seidenkrawatte waren weniger konservativ als das, was er vor vier Jahren getragen hatte. Und er sah – *älter* war nicht das richtige Wort – gereifter aus, hatte ein paar Linien mehr auf der Stirn und um den Mund herum. Er war nun fünfunddreißig. Es war kaum zu glauben. Noch weniger zu glauben war, welche Wirkung er noch immer auf sie hatte, heute noch, nach vier langen Jahren.

»Zach?« Es gelang ihr halbwegs normal zu klingen, obwohl sie sich an ihrem Schreibtisch abstützen musste. »Ich … ich habe nicht damit gerechnet, dich zu sehen.«

Er verzog den Mundwinkel zu einem Grinsen. Es war das

einzig Jungenhafte an ihm. Alles sonst war kantig und scharf. Seine Züge. Sein Verstand. Sein Körper.

Ihr Mund wurde ganz trocken.

»Du trägst deine Haare kürzer.« Er schloss die Tür hinter sich und lehnte sich von innen dagegen. Sein dunkler Blick war undurchdringlich.

»Ich …« Automatisch fuhr ihre Hand zur Schulter, wo ihre Locken endeten. Als er sie das letzte Mal gesehen hatte, waren sie um einige Zentimeter länger gewesen. »Ja. Seit letztem Jahr.«

Er nickte. »Übrigens, schimpf nicht mit deiner Sekretärin. Sie hat versucht, mich aufzuhalten, aber Meg meinte, sie sollte mich zu dir durchlassen.«

Victoria schluckte. Meg. Natürlich. Sie hätte es sich denken können. »Verstehe.« Nachdem sie einigermaßen die Fassung wiedergefunden hatte, zeigte sie auf den Stuhl gegenüber ihrem Schreibtisch. »Setz dich.«

Er wartete, und ihr fiel plötzlich wieder ein, wie höflich er war – ein Gentleman in einer Welt, in der es sie kaum noch gab. Sie hatte sich häufig gewundert, wie er es schaffte, sie völlig gleichberechtigt zu behandeln und ihr zugleich immer das Bewusstsein zu geben, dass sie eine Frau war.

Sie setzte sich an ihren Schreibtisch. Er ließ sich auf den Stuhl sinken, den sie ihm angeboten hatte.

»Möchtest du etwas trinken?« Die Worte, die sie unzählige Male an unzählige Leute gerichtet hatte, klangen in ihren Ohren schmerzlich intim. »Einen Kaffee?«

»Nein.« Zach schüttelte den Kopf. »Danke.«

Ein Nicken. »Wie war es in Europa?« Unbewusst wanderte ihr Blick zu seiner rechten Hand. Es konnte ihr absolut gleichgültig sein. Trotzdem empfand sie eine unglaubliche Erleichterung, als sie sah, dass er keinen Ring trug.

Und in Zachs Fall bedeutete kein Ring keine Frau. Eine Ehe war für ihn etwas Ernstes, eine enge Verbindung in jeder Hinsicht. Und dazu gehörten auch die Symbole, die diese Verbindung darstellten – zwei Ringe, ihrer *und* seiner.

»Europa war ziemlich anstrengend.« Wenn Zach ihren prüfenden Blick bemerkt hatte, so ließ er sich nichts anmerken. Stattdessen sah er sich in ihrem Büro um und nickte wohlwollend. »Dein Traum – du, Meg und Paul, ihr habt ihn wahr gemacht. Du hast deine eigene Kanzlei gegründet. Nicht dass ich daran gezweifelt hätte. Ich freue mich für dich.«

»Danke.«

Abrupt beugte Zach sich vor. »Es tut mir leid, wenn ich dich mit meinem plötzlichen Auftauchen erschreckt habe. Du wusstest vermutlich nicht einmal, dass ich in New York bin. Ich halte einen Vortrag auf einem Kongress. Außerdem arbeite ich an einem Projekt für einen meiner New Yorker Klienten. Und dieses Projekt hat mich zu dir geführt.«

Victoria sah ihn überrascht an. Das war ja noch unglaublicher als sein plötzliches Erscheinen. »Was für ein Projekt? Und wer ist dein Klient?«

Ein amüsierter Blick. »Immer noch so wissbegierig? Deine Gegner am Gericht tun mir leid.«

»Das beantwortet meine Fragen nicht.«

Zach sah einen Moment zu Boden. »Meinem Klienten ist es lieber, wenn ich weder seinen Namen noch Einzelheiten meiner Arbeit für ihn erwähne. Aber es geht um eine Menge. Deshalb muss ich dir ein paar Fragen stellen, streng vertraulich.«

»Eine verdeckte Ermittlung?« Unwillkürlich war ihr diese bittere Frage herausgerutscht. Die schmerzhaften Erinnerungen kamen viel zu schnell wieder an die Oberfläche. Es war genau eine dieser Aufgaben, die damals für sie das sprichwörtliche Fass zum Überlaufen gebracht hatten. »Manche Dinge ändern sich nie.« Sie verschränkte die Hände und zwang sich zur Ruhe. »Also gut, du hast Fragen an mich. Schieß los.«

»Was hast du gestern am Hope Institute gemacht?«

Es kostete sie viel Selbstbeherrschung, ihr Pokergesicht zu bewahren. »Hast du mich beschatten lassen?«

Er atmete tief ein. »Nein, natürlich nicht.«

»Bist du sicher? Denn ich werde von jemandem verfolgt.« Noch während sie das sagte, fragte sie sich, ob dieser Satz eine Anschuldigung oder eine Beichte war. So oder so schienen ihre Nerven angespannter zu sein, als ihr lieb war.

Zach riss den Kopf hoch wie ein Wolf, der eine Gefahr witterte. »Von wem? Warum?«

»Ich weiß es nicht.« Victoria fuhr sich mit der Hand durchs Haar. »Vielleicht bilde ich es mir auch nur ein. Auf jeden Fall ist es nicht dein Problem. Lass uns auf deine Fragen zurückkommen. Interessant, dass du ausgerechnet das Hope Institute erwähnst. Niemand sonst scheint je davon gehört zu haben. Wie kommt es, dass du es kennst?«

»Du beantwortest meine Frage mit einer Gegenfrage.«

»Also gut. Mein Besuch beim Hope Institute war rein privat.«

»Privat – inwiefern?«

»Ich …« Victoria kämpfte gegen den Drang, in alte Gewohnheiten zu verfallen, ihre Sorgen mit ihm zu teilen und ihn um Rat und Hilfe zu bitten. War sie verrückt geworden? Es war eine Ewigkeit her. Sie kannte den Mann ja nicht mal mehr. Er war hier, um sie wegen eines Klienten auszufragen. Und sie ging hin und schüttete ihm ihr Herz aus.

Aber sie fühlte sich so hilflos. Er hatte den denkbar ungünstigsten Zeitpunkt gewählt, um hier aufzutauchen. Und das ungünstigste Thema.

»Victoria.« Zach hatte sie aufmerksam angesehen. Er wirkte besorgt, seine Stimme klang etwas weicher. »Ich bin nicht der Feind. Irgendetwas stimmt offenbar nicht. Was ist es? Warum glaubst du, dass dich jemand verfolgt? Und was hat das mit deinem Besuch im Hope Institute zu tun?«

Ihr Blick traf seinen. »Irgendetwas ist faul an dieser Klinik, oder?«

Zach sah nicht weg. »Ja.«

»Oh, Gott.« Victoria spürte, wie ihre Hände zitterten, als sie ihr Gesicht damit bedeckte. »Wenn Audrey verletzt ist, wenn sie ihr etwas angetan haben …«

»Audrey?« Zach wurde sofort hellhörig. »Warum sollte Audrey dort sein?« Er wollte gerade die Hand nach ihr ausstrecken, dann besann er sich eines Besseren. »Sprich mit mir.«

Victorias Gedanken überschlugen sich. Sie wusste, wer Zachs ›anonyme‹ Klienten waren. Nicht nur, weil sie in seinem Bett gewesen war, als er Telefonanrufe von ihnen erhielt, sondern auch, weil genau diese Klienten mit daran schuld gewesen waren, dass ihre Liebe zerbrochen war.

Ganz langsam hob sie den Kopf. »In was ist das Hope Institute verstrickt?«, fragte sie. »Verheimlichen sie dort etwas? Halten sie dort Menschen gegen ihren Willen fest, schaden sie ihnen in irgendeiner Weise?«

Schweigen.

Victorias Geduld wurde auf eine harte Probe gestellt. »Zach, ich kann dir nicht nur ein paar Antworten geben und dich dann damit gehen lassen. Diese Situation ist für mich unglaublich beängstigend – und sehr persönlich. Die Gesundheit und die Sicherheit meiner Schwester stehen auf dem Spiel. Deshalb muss ich wissen, für wen du arbeitest. Oder ist das eine dumme Frage? Es ist wie immer, nicht wahr? Die Regierung? Das FBI?«

Zachs Gesichtsausdruck blieb unverändert. »Ja.« Er erhob sich halb von seinem Stuhl. »Du bist die Einzige, die das weiß. Um ehrlich zu sein, du bist die Einzige, die je von meinen Verbindungen zum FBI gewusst hat – damals wie heute.«

»Das ist der Grund, weshalb du zu mir gekommen bist – um diese Tatsache zu erwähnen?«, fragte sie fassungslos. »Um sicherzugehen, dass ich deine Regierungsaufträge geheim halte?«

»Nein. Ich bin zu dir gekommen, weil du geradewegs in meine Ermittlungen hineinspaziert bist und ich wissen musste, warum.«

»Welche Ermittlungen?«

Zach atmete tief ein. »Aus einer Reihe von Gründen wäre es unsinnig, dir etwas vorzumachen. Du bist bereits mehr in die ganze Sache verstrickt, als dir klar ist. Also werde ich dir alles erzählen. Aber kein Wort darf diesen Raum verlassen.«

»Ich habe nie einer Menschenseele von deiner Arbeit erzählt«, versicherte sie ihm ruhig. »Ich habe auch jetzt nicht die Absicht, es zu tun.«

»Ich vertraue dir.«

Irgendetwas an Zachs Stimme signalisierte Victoria, dass er damit mehr meinte als das Vertrauen in ihre Diskretion.

»Ich unterstütze das FBI dabei, ein internationales Drogensyndikat auszuheben. Nach jahrelanger mühseliger Arbeit haben die Agenten einen größeren Umschlagplatz in Manhattan aufgespürt.«

»Manhattan?« Victoria schluckte. »Genauer gesagt, im Hope Institute?«

»Ja.« Er erhob sich ganz und baute sich mit auf den Schreibtisch gestützten Ellbogen vor ihr auf wie ein sprungbereiter Panther. »Jetzt erzähl mir von Audrey.«

»Moment mal.« Victoria stutzte plötzlich. Ihr war nun klar, was Zach gemeint hatte, als er sagte, er würde ihr vertrauen. »Du wusstest, dass ich im Hope Institute war, was bedeutet, dass das FBI dort irgendeine Art der Überwachung durchführt. Jetzt bist du hier, stellst mir Fragen, erklärst mir, ich wäre in die Sache verstrickt, und betonst, dass du mir vertraust. Das bedeutet, dass es jemand anders nicht tut, oder?« Sie kniff die Augen zusammen. »Was genau vermutet dein Klient, was ich getan haben soll? Wie passe ich in ihre Ermittlungen?«

»Keine Sorge, du stehst nicht unter Verdacht. Das FBI will nur wissen, wieso du in der Klinik warst. Sie werden sich allerdings mit einer vagen Andeutung auf eine private Angelegenheit nicht zufriedengeben. Du kannst direkt mit ihnen reden, wenn du möchtest, aber ich dachte, du würdest vielleicht lieber mit mir sprechen. Wenn ich mich geirrt habe ...« Er zuckte mit den Schultern. »Du kannst es dir bis morgen überlegen. Danach liegt es nicht mehr in meinen Händen.«

»Dann bist du also hergekommen, um mir die Sache zu erleichtern?« Diese Ironie war ja unerträglich. Wie könnte es nach ihrer schmerzhaften Trennung damals die Sache erleichtern, ihn zu sehen? Es war, als hätte man erneut eine Wunde geöffnet, die gerade erst aufgehört hatte zu bluten.

»Ganz ehrlich? Ja, ich hatte geglaubt, es würde dir die Sache leichter machen.«

Offensichtlich schien er nicht dasselbe zu empfinden wie sie.

»Na wunderbar.« Irgendwie gelang es ihr, distanziert statt gequält zu klingen. »Dann bist du also hier, um herauszufinden, was ich über das Hope Institute weiß. Und die Sorge, die du um Audrey geäußert hast, war vermutlich deine Art, an diese Informationen heranzukommen.« Noch während sie sprach, wusste Victoria, dass sie unfair war. Zach war ein viel zu anständiger Mensch, um sie so zu manipulieren, dass sie ihm die Einzelheiten lieferte, die er brauchte.

Zum ersten Mal geriet seine Selbstbeherrschung ein wenig ins Schwanken, Ärger schwelte unter der Oberfläche. Er presste die Zähne aufeinander, und seine Augen funkelten. »Beleidige mich nicht. Und beleidige nicht das, was wir uns einmal bedeutet haben. Ich würde dich nie benutzen. Ich habe von Anfang an kein Geheimnis daraus gemacht, dass ich gekommen bin, weil ich Informationen brauche. Ich hatte keine Ahnung, dass dein Besuch im Hope Institute etwas mit Audrey zu tun hatte. Jetzt, nachdem du mich darüber unterrichtet hast, bin ich natürlich besorgt. Noch besorgter bin ich über die Tatsache, dass du beschattet wirst. Wie kannst du etwas anderes vermuten?«

Diesem Argument hatte sie nichts entgegenzusetzen. »Du hast Recht«, gab sie schließlich zu. »Das hast du nicht verdient. Es tut mir leid.«

Zachs Ärger erlosch, aber in seinen Augen stand noch immer dieses Funkeln. »Ich hätte kein Interesse an deinen Problemen vorzuheucheln brauchen, nur um sicherzugehen, dass du kooperierst«, erinnerte er sie. »Ich hätte meine Antworten verlangen und wieder gehen können. Besser noch, ich hätte ganz wegbleiben können. Ich hätte jemanden vom FBI diesen Job erledigen lassen können. Ich habe mich anders entschieden, aus Gründen, die ich für offensichtlich gehalten hatte. Anscheinend habe ich mich geirrt. Sag mal, Victoria, hast du ganz vergessen, was uns einmal verbunden hat – bevor das FBI dazwischenkam?«

Victoria starrte in eine Zimmerecke. Es tat schon verdammt weh, überhaupt an die Vergangenheit zu denken, ohne dass sie auch noch in Zachs Augen sehen musste, wenn er darüber sprach.

»Nein, ich habe es nicht vergessen«, stieß sie schließlich hervor. »Es ist nur so, dass ich …« Sie räusperte sich. Das Bedürfnis loszuwerden, was sie belastete, war einfach zu stark. »Ich habe einfach nur schreckliche Angst um Audrey. Sie ist verschwunden. Mein Instinkt sagt mir, dass sie im Hope Institute ist, aber die Dame am Empfang dort schweigt sich aus. Überall, wo ich hingehe, stoße ich gegen eine neue Mauer.«

Zachs Verstand begann zu arbeiten, das konnte sie spüren, ohne hinzuschauen. Sie konnte sich sogar denken, wo seine Gedanken hingingen. Ebenso wie sie die Einzige war, die intime Dinge von ihm wusste, war er der Einzige, der intime Dinge von ihr wusste.

In den Monaten, in denen sie sich so nahe gewesen waren, hatte sie es sich gestattet, sich in einer Weise an ihn zu lehnen, wie sie das noch nie bei einem anderen Menschen getan hatte. Sie hatte sich ihm anvertraut – ihre Ängste, ihr Verantwortungsgefühl gegenüber ihrer Familie, vor allem ihrer jüngeren Schwester. Er wusste von Audreys Bulimie. Er wusste, wie grausam ihr Vater war, wie er ihre Mutter beherrschte und Audreys Selbstwertgefühl zerstörte.

Und er wusste, welchen Schmerz ihr das alles bereitete.

Ganz langsam hob Victoria den Blick und sah in Zachs forschende Augen. »Ich habe sie am Samstag im Central Park gesehen«, erklärte sie. »Mein Vater behauptet, sie wäre immer noch in Florenz, und ich würde mir das alles nur einbilden. Aber das stimmt nicht. Sie ist hier, und sie ist krank. Sie war ganz aufgedunsen, und sie hatte glasige Augen. Sie konnte kaum reden. Sie ist vor meinen Füßen zusammengebrochen. Ich bin sofort losgelaufen, um Hilfe zu holen. Als ich zurückkam, war sie weg. Seither habe ich sie nicht mehr gesehen. Aber ich … habe einige Dinge überprüft. Alles scheint darauf hinzuweisen, dass sie sich im Hope Institute befindet. Sie trug sogar einen ihrer gelben Kittel. Aber ich kriege keine einzige Erklärung. Von niemandem. Und jetzt werde ich auch noch beschattet.«

Zach sah grimmig aus. »Das gefällt mir gar nicht.«

»Aber du klingst auch nicht schockiert. Warum nicht?«

Ein unbehagliches Räuspern.

»Zach, sag mir, was du denkst.«

Wieder dieser grimmige Blick. »Diese Dinge, die du überprüft hast, haben sie dich zu deinem Vater geführt?«

Eine unangenehme Ahnung machte sich in Victoria breit. »Warum?«

»Gib mir zur Abwechslung einfach nur eine Antwort. Haben die Einzelheiten, die du zusammengefügt hast, etwas mit deinem Vater zu tun?«

Alarmglocken schrillten in ihrem Kopf.

Was immer Zach von ihr wissen wollte, wies auf eine Menge mehr hin als nur auf die Versuche ihres Vaters, seinen Familiennamen zu schützen. Es wies auf etwas Illegales. Sie musste vorsichtig sein, daran denken, wer Zach war. Er war nicht mehr ihr Liebhaber. Er war praktisch ein Fremder – einer, der für das FBI arbeitete. Dagegen war ihr Vater immer noch ihr Vater. Alles, was sie über ihn sagte, könnte mehr sein als eine Offenbarung von Gefühlen. Es könnte ihn belasten.

So seltsam ihr die Taten ihres Vaters auch erschienen waren, sie hatte keinen Grund zu der Annahme, dass er ein Verbrechen beging. Sie würde dem FBI keine Nahrung für ein Feuer geben, das gar nicht existierte.

»Victoria«, drängte Zach. »Du hast über irgendwen vom Hope Institute erfahren. Es steht in keinem Adress-oder Telefonbuch. Es gibt nirgends irgendwelche Informationen darüber. Damit bliebe nur noch ein mündlicher Hinweis übrig.

Wir haben Beweise, dass dein Vater von der Existenz dieser Klinik weiß. Hat er mit dir darüber gesprochen?«

»Nein«, antwortete sie wahrheitsgemäß.

Sie sah, wie es in Zach arbeitete, wie er seine Strategien überprüfte. »Wie wäre es, wenn ich dir verspräche, dass alles, was du sagst, unter uns bleibt? Würdest du dann mit mir reden? Nicht nur zu meinem Wohl – auch zu deinem. Gut, es geht um meine Ermittlungen. Aber es geht auch um deine Schwester. Ich könnte dir vielleicht helfen, ihrem Verschwinden auf den Grund zu kommen.«

Verdammt, wie konnte er ihr so etwas antun? Verdammt, wieso war er einer der wenigen Menschen, denen sie sich je offenbart hatte? Sie wussten beide, dass er über Kenntnisse verfügte, die sonst keiner hatte, und dass er die Macht besaß, diese Kenntnisse zu ihrem Vorteil zu nutzen.

Er konnte ihr helfen, Audrey zu finden.

Aber zu welchem Preis?

Die Entscheidung war wesentlich. Und sie lag bei ihr.

»Victoria.« Er schien ihre Gedanken zu erraten. »Habe ich dein Vertrauen je missbraucht?«

Das konnte sie nicht behaupten.

Zögernd biss sie sich auf die Lippen. Sie spürte, wie die Waage zu seinen Gunsten ausschlug. Dennoch war sie fest entschlossen, ihre Position deutlich klar zu machen, damit es kein Missverständnis gab.

»Alles, was ich weiß, ist unbedeutend und tut nichts zur Sache«, erklärte sie. »Ich habe dem FBI nichts zu sagen.«

Ein bewundernder Blick – und ein akzeptierender. »In Ordnung. Die Frage ist, was hast du mir zu sagen?«

10

Victoria holte tief Luft und stürzte sich ins Risiko.

»Die Informationen, die mich zum Hope Institute geführt haben, stammen von meinem Vater, bloß nicht direkt.« *Und nicht freiwillig*, hing in der Luft, so deutlich, als hätte sie die Worte laut ausgesprochen. »Als ich meinen Vater wegen Audrey anrief, hatte ich das Gefühl, er würde mir nicht alles sagen, was er wusste. Deshalb habe ich mir seine Telefonrechnungen angesehen. Er hatte zwei Gespräche mit dem Hope Institute geführt, eines direkt mit ihrer Lufttransportabteilung. Und vorher hatte er eine Klinik in Florenz angerufen. Mein Verdacht ist, dass Audrey krank wurde, er sie nach Hause geholt hat und nun versucht, seinen guten Ruf zu bewahren, indem er sie versteckt hält.«

»Es könnte viel mehr als nur sein guter Ruf sein, der für ihn auf dem Spiel steht«, murmelte Zach.

»Das heißt?«

»Das heißt, dass es durchaus möglich ist, dass die Interessen deines Vaters am Hope Institute weit über Audrey hinausgehen. Er könnte bis zum Hals in ihre illegalen Aktivitäten verstrickt sein.«

»In ihre illegalen Aktivitäten verstrickt?« Victoria wiederholte jedes Wort mit Bedacht, dann begriff sie langsam ihre Bedeutung. Es war nach allem, was Zach ihr angedeutet hatte, nicht unerwartet, aber es war trotzdem schmerzhaft. »Basiert das alles auf dem, was ich dir gerade anvertraut habe?«

»Natürlich nicht.« Er entfernte sich vom Schreibtisch, stellte sich hinter seinen Stuhl und sah sie an. »Dein Instinkt betrügt dich nicht. Weder was das Hope Institute noch was deinen Vater betrifft. Ich weiß nicht, wie weit seine Beteiligung geht. Das ist eines der Dinge, die ich herausfinden möchte. Aber lass mich dir noch ein paar Einzelheiten erklären. Das Hope Institute ist eine Privatklinik. Sie war früher Teil eines größeren Konzerns, eines Unternehmens im Gesundheitswesen, zu dem Kliniken auf der ganzen Welt gehörten. Aber das Institut wurde vor mehreren Jahren verkauft. Es scheint so, als hätte das Mutterunternehmen verschiedene Akquisitionen getätigt. Die Einnahmen aus dem Verkauf des Hope Institutes wurden verwendet, um diese Akquisitionen finanzieren zu können. Zum Zeitpunkt des Verkaufs war alles einwandfrei, und das Hope Institute arbeitete völlig legal.«

»Und das tut es jetzt nicht?« Victoria sah ihn fragend an. »Wie hieß die Muttergesellschaft?«

»Hopewell Industries.« Zach wartete gespannt auf ihre Reaktion. »Kennst du sie?«

Ein zögerndes Nicken. »Das Unternehmen von Benjamin Hopewell. Mein Vater vertritt Mr. Hopewell sowohl geschäftlich als auch persönlich seit über dreißig Jahren.« Victoria kaute auf ihrer Unterlippe und versuchte, Sinn in die ganze Sache zu bekommen. »An wen hat Mr. Hopewell damals verkauft?«

»Das ist das Problem. Der Käufer war eine Schweizer Holdinggesellschaft. Das ist alles, was wir wissen. Wer die Geschäfte führt, ist uns ein Rätsel. Aber wer immer es ist, benutzt die Einrichtung, um Drogen zu vertreiben.«

»Wurden alle Verbindungen zwischen Hopewell Industries und dem Hope Institute nach dem Verkauf gekappt?«

»Nein. Das Institut bezieht weiterhin medizinische Apparate und Dienstleistungen von Hopewell. Das war damals Teil des Vertrags.«

Victoria schob sich eine Haarsträhne hinters Ohr. »Dann glaubt das FBI also, Hopewell hätte noch immer seine Finger im Spiel und die Klinik nur auf dem Papier verkauft, um seine schmutzigen Geschäfte auszugliedern und nach außen mit reiner Weste dazustehen?«

Zach wandte seinen Blick nicht ab. »Das ist möglich, und wenn es so wäre, hinge sein juristischer Berater vermutlich genauso mit in der Sache.«

Seltsam. Victoria fühlte sich mehr abgestoßen als geschockt. Vielleicht war sie nicht überzeugt. Oder vielleicht war sie nicht überrascht.

»Du hast gesagt, du würdest beschattet«, meinte Zach. »Wann ist dir das zum ersten Mal aufgefallen?«

»Samstagnacht. Ich habe ihn gegen drei Uhr morgens zum ersten Mal entdeckt. Ich schätze, er ist mir den ganzen Abend auf den Fersen gewesen. Bis gestern habe ich ihn nicht wieder gesehen. Aber dann ist er mir von Onkel Jim und Tante Clarissa bis nach Hause gefolgt. Anschließend hat er sich die ganze Nacht vor meiner Tür aufgehalten.«

»Wir wissen beide, dass das Hope Institute ihn beauftragt hat.« Zach warf ihr einen forschenden Blick zu. »Und du hast sicher eine Idee, was sie dazu veranlasst hat.«

»Keine Idee, einen Verdacht.« Ein bedeutungsvoller Augenaufschlag. »Es sei denn, es ist nicht das Hope Institute, sondern das FBI, das mir nachspioniert.«

»Ist es nicht.« Zachs Antwort war klar und deutlich. »Das FBI wusste nicht einmal, wer du bist, bis du gestern beim Betreten und Verlassen der Klinik gesehen wurdest.« Eine Pause. »Du hast mein Wort.«

Sie nickte.

»Was glaubst du denn, was das Institut veranlasst, dich überwachen zu lassen?«

Victoria biss sich auf die Lippen, dann stieß sie ihren Verdacht hervor. »Audrey hat versucht, mir eine Botschaft mitzuteilen. Ehe sie das Bewusstsein verlor, hat sie etwas gemurmelt, das sich für mich wie eine Telefonnummer anhörte, 555.0400. Und sie sagte etwas von Gefahr. Sie müssen ahnen, dass ich etwas weiß. Entweder haben sie mit angehört, was sie gesagt hat, oder sie wissen, dass ich ...«

»... die Nummer gewählt habe«, vollendete Zach den Satz für sie.

»Das habe ich dir nicht erzählt.«

»Brauchst du auch nicht. Ich kenne dich.«

Verlegen räusperte sie sich und wünschte, er hätte Unrecht, wünschte, er würde sie nicht so gut kennen.

Wünschte sich, er besäße nicht diese Fähigkeit, sie so aus dem Gleichgewicht zu bringen.

»Eine Computerstimme informierte mich, dass ich mich verwählt hätte«, erklärte sie. »Ich habe es ein paar Mal versucht, aber ich konnte niemanden erreichen.«

»Von wo hast du diese Anrufe getätigt?«

»Aus meiner Wohnung.«

»Hast du deinem Vater davon erzählt?«

Ein unbehagliches Nicken. Offenbar gingen Zachs Überlegungen genau in die Richtung, die sie befürchtet hatte. »Ja.«

Er runzelte die Stirn. »Dann haben die Verantwortlichen im Hope Institute es entweder von ihm erfahren oder von ihrem Computersystem.« Auf Victorias fragenden Blick erläuterte er: »Ich bin sicher, als du dort angerufen hast, hat irgendein Computer deine Nummer aufgezeichnet. Wenn dein Vater ihnen nicht verraten hat, dass du versucht hast anzurufen, dann hat es der Computer getan. Es spielt keine Rolle. So oder so wissen sie, dass du hinter ihnen herschnüffelst. Sie fühlen sich bedroht. Also haben sie jemanden losgeschickt, der sich vergewissern soll, dass du nicht zu dicht an irgendetwas herankommst, auch nicht an deine Schwester.«

»Halten sie sie gefangen?«, fragte Victoria.

»Nicht wie du dir das vorstellst. Die Klinik bietet bahnbrechende medizinische Behandlung. Das Personal ist im Großen und Ganzen ehrlich und engagiert und hat keine Ahnung, dass ihre Einrichtung in illegale Machenschaften verstrickt ist. Die Patienten, die sie behandeln, sind sehr krank, befinden sich oft in einem lebensbedrohlichen Zustand und haben genug Geld, sich eine kostspielige private Betreuung leisten zu können. Ich bin sicher, dass dein Vater die Klinik aus diesem Grund für Audrey ausgesucht hat. Deine Beschreibung klingt, als hätte sich ihr Gesundheitszustand deutlich verschlechtert.«

»Dann bekommt Audrey also eine anständige Behandlung. Darüber bin ich sehr froh. Aber das erklärt nicht, warum man mich von ihr fern hält oder warum sie fortgelaufen ist.«

»Ich vermute, dass irgendwer, der in die illegalen Geschäfte verwickelt ist, versucht, euch auseinanderzuhalten, weil Audrey etwas herausgefunden hat, das sie nicht wissen soll. Es hat ihr solche Angst gemacht, dass sie versucht hat, wegzulaufen und dich zu warnen.«

»Mit ›irgendwer‹ meinst du meinen Vater.«

»Ja.« Zach antwortete in seiner gewohnt direkten Art. »Denk darüber nach. Es ist die einzige Erklärung, die Sinn ergibt. Audrey hat mitbekommen, dass dein Vater in etwas Unschönes verwickelt ist – etwas, das mit dem Hope Institute zu tun hat.«

»*Falls* er verwickelt ist«, korrigierte Victoria. »Es ist immerhin möglich, dass mein Vater sich nichts weiter zuschulden kommen lassen hat, als Audrey in einer unauffälligen Klinik zu verstecken, damit niemand von ihrer Krankheit erfährt. Das macht ihn gefühllos, aber nicht kriminell. Es gibt keine Beweise, dass mein Vater etwas mit dieser Geschichte zu tun hat. Oder Benjamin Hopewell. Die beiden könnten diese geheime Unternehmensstruktur auch aus einem völlig legalen Grund geschaffen haben, zum Beispiel, um das Hope Institute und seine öffentlichkeitsscheuen Kunden von irgendwelchem Medienrummel abzuschirmen. Alles ist reine Spekulation von dir und dem FBI.«

»Gut. Gehen wir einmal davon aus, dass du Recht hast. Wenn dein Vater unschuldig ist, wieso ist Audrey dann zu dir gerannt?«, entgegnete Zach. »Warum ist sie nicht zu ihm gegangen? Er hat doch mit Sicherheit mehr Macht und Einfluss als du. Und wenn er tatsächlich derjenige ist, der sie in der Klinik untergebracht hat, hätte sie gar nicht weiter zu laufen brauchen als bis zu dem Telefon in ihrem Zimmer. Weshalb also hat sie das Risiko auf sich genommen, die Klinik zu verlassen und nach dir zu suchen?«

Dieser bestechenden Argumentation hatte Victoria nichts entgegenzusetzen.

»Wir können später über deinen Vater diskutieren. Im Augenblick beschäftigt mich mehr, dass, wer immer das Sagen hat, im Moment auf dich konzentriert ist und auf das, was du weißt.« Nachdenklich rieb Zach sich den Nacken, und ein weiterer Schmerz durchzuckte Victoria, als sie die vertraute Geste sah. Es bedeutete, dass er intensiv nachdachte.

Eine Sekunde später zeigte sich, dass sie Recht gehabt hatte.

»Wie sieht dieser Typ aus, der dich verfolgt? Was kannst du mir über ihn sagen?«

»Warum? Glaubst du, es ist jemand von der Liste deiner Verdächtigen?«

»Das bezweifle ich. Ich bin mir sicher, dass ich noch nie von ihm gehört, geschweige denn ihn je gesehen habe. Er ist vermutlich irgendein kleines Licht in einer Organisation wie dieser. Trotzdem brauche ich eine Beschreibung. Erstens, um mir das Überwachungsvideo des FBI noch einmal genau daraufhin anzusehen, ob er darauf ist. Er beobachtet dich seit Samstag. Das bedeutet, dass er dir auch zur Klinik gefolgt ist. Wenn wir Glück haben, sehe ich ihn, aber selbst wenn nicht, wäre es leichter, ihn wiederzuerkennen, wenn ich wüsste, wonach wir suchen.«

Victoria sah ihn erstaunt an. »Willst du damit sagen, du bittest das FBI, die Augen offen zu halten? Wie kannst du das, ohne dass sie alles erfahren, was ich dir gerade im Vertrauen erzählt habe?«

Da war wieder dieses schiefe Lächeln. »Das kann ich nicht. Ich kann das FBI nicht um Hilfe bitten, ohne ihnen in vollem Umfang zu erklären, was du herausgefunden hast und um was es geht. Nein, damit habe ich gemeint, dass ich ihn im Auge behalten werde.«

Sie fühlte sich maßlos erleichtert. Er sucht nur nach einem Verbindungsglied, um seinen Fall zu lösen, sagte sie sich. *Er tut das nicht, um mich zu beschützen.*

Zach war in allem, was er tat, unglaublich gut. Das war der Grund, weshalb das FBI ihn so häufig um seine Mithilfe bat.

»Ich habe den Mann bisher nur im Dunklen gesehen«, erklärte sie. »Er wirkt durchschnittlich groß, eher schlank. Seine Bewegungen sind sehr geschmeidig – als könnte er jederzeit flüchten, wenn es nötig wäre. Aus der Art und Weise, wie er plötzlich auftaucht und wieder verschwindet, schließe ich, dass er so etwas schon häufiger gemacht hat. Ich konnte bisher nicht erkennen, wie er gekleidet war, aber heute Nacht hat er eine Zigarre geraucht.« Sie runzelte die Stirn. »Ich weiß, dass das nicht viel ist.«

Wieder zuckte Zach mit den Schultern. »Es ist ungefähr das, was ich erwartet habe. Die Zigarre ist ein Plus. Die Typen, die dafür bezahlt werden, Leute zu beschatten, sehen meist sehr durchschnittlich aus. Wenn er ein zwei Meter großer Hüne wäre, würde man sich an ihn erinnern. Ich werde mir das Video noch einmal ansehen.«

»Ich würde es gern mit dir anschauen. Vielleicht kann ich ihn erkennen.« Victoria konnte nicht glauben, dass sie das tatsächlich gesagt hatte. Wenn Zach zustimmte, brachte sie sich in die unmögliche Situation, allein mit ihm zu sein – nicht in ihrem Büro, sondern an einem privaten Ort. Andererseits waren die Probleme, die sie mit Zach hatte, angesichts ihrer verzweifelten Suche nach Audrey zweitrangig. Sie würde ihre Bitte nicht zurückziehen.

Zach beobachtete sie, sein Gesichtsausdruck war wieder undurchdringlich. »Also gut«, willigte er ein. »Wann und wo?«

Der Ball war wieder im Spiel. Der Himmel möge ihr beistehen.

»Ich würde das Video gern so schnell wie möglich anschauen.«

»Du hast Recht. Je eher wir herausfinden, wer dich beschattet, desto eher können wir ihn stoppen – und herausfinden, wer sein Gehalt zahlt.«

»Wo wohnst du?« Victoria zwang sich, diese Frage zu stellen, und wappnete sich für die unausweichliche Antwort.

»Im Plaza Athénée.«

Ein stummer Herzschlag hing zwischen ihnen.

Victoria nickte knapp und traf eine spontane Entscheidung. Es war ausgeschlossen, dass sie dieses Hotel betrat und mit dem Aufzug in seine Suite hinauffuhr – sein Zimmer –, Videoband hin oder her. Wenn sie sich dieses Ding irgendwo in privater Umgebung anschauen mussten, dann dort, wo es nicht von Erinnerungen wimmelte.

»Kannst du das Video mit in meine Wohnung bringen?«,

fragte sie und hielt ihre Stimme so gleichgültig wie möglich. »Ich wohne nicht sehr weit vom Hotel entfernt.«

Zach überdachte diese Möglichkeit und zeigte keinerlei Regung, während er in Gedanken seine übrigen Termine durchging, »Es wird aber sehr spät werden. Ich habe den ganzen Nachmittag Termine und um achtzehn Uhr dreißig eine Besprechung, an die sich möglicherweise noch ein Abendessen anschließen wird.«

»Ich habe selber eine Verabredung zum Abendessen«, antwortete Victoria und dachte an die allwöchentliche Dienstagsabend-Besprechungsrunde, die sie, Meg und Paul regelmäßig in diesem kleinen chinesischen Restaurant in der Nähe ihrer Kanzlei veranstalteten. »Es dürfte bis neun Uhr dauern.«

»Wie wäre es dann mit zehn? Ist das zu spät?«

Victoria strich sich den Rock glatt und stand auf. »Nein, ich bin ohnehin zu angespannt, um zu schlafen. Ich muss der Sache unbedingt auf den Grund kommen. Das ist der einzige Weg, wie ich Audrey finden kann.« Sie sah Zach an. »Ich wohne an der East 82. Straße, Nummer 170.«

»Ich werde um zehn da sein.«

11

Das geschäftige spätnachmittägliche Summen bei Waters, Kensington, Tatem & Calder war das einer gut geölten Maschine – und signalisierte Erfolg und Effizienz. Die gediegene Atmosphäre, von der Ausstattung bis zum Personal, stand in deutlichem Gegensatz zum fröhlichen Chaos bei London, Kensington & Stone.

Das Unternehmen von Walter Kensington, das den gesamten 14. Stock des Hauses Park Avenue 280 einnahm, war der Inbegriff konservativen Überflusses. Die Stimmen waren gedämpft, aber es wurde ohnehin kaum gesprochen. Die Anwälte kommunizierten nur kurz mit ihren Kollegen, tauschten ein paar Informationen und verschwanden dann wieder hinter den schweren Holztüren, die die privaten Büroräume von den allgemein zugänglichen Bereichen trennten.

Die Möblierung des Rezeptions- und Sekretariatstrakts war Park Avenue pur: gediegen, die technische Ausrüstung auf dem allerneusten Stand. Die Männer trugen konservative Anzüge; die Frauen – von denen drei Viertel Sekretärinnen und Anwaltsgehilfinnen waren – trugen elegante Kleider oder ebenso elegante Kostüme. Erst in den letzten beiden Jahrzehnten hatte sich der Dresscode ein wenig gelockert. Den Sekretärinnen wurde gestattet, auf die Handschuhe zu verzichten, die sie bisher zur Arbeit tragen mussten, sie durften nun auch Hosen statt Röcke anziehen – allerdings wurde das Tragen von allzu lässigen Hosen und von Röcken, die zu hoch über dem Knie endeten, immer noch mit Stirnrunzeln quittiert. Eine weitere Neuerung war, dass man Frauen zähneknirschend auch als Anwältinnen in der Kanzlei duldete, allerdings waren nach wie vor nur vier der 23 jungen und eine der acht alten Anwälte weiblichen Geschlechts.

Die Hierarchie war klar. Die erstklassigen Sekretärinnen der Gesellschafter arbeiteten in eigens abgetrennten Zellen, die ihnen die Privatsphäre und den Respekt gaben, der Frauen zustand, die mit mächtigen und erfolgreichen Männern zusammenarbeiteten. Die Palette der übrigen weiblichen Angestellten reichte von ehrgeizigen Rechtsgehilfinnen, die sich Jobs bei den ›richtigen‹ zukunftsträchtigen Anwälten suchten, bis hin zu Absolventinnen von Sekretärinnen-Schulen, die aufgabenorientiert eingesetzt wurden, Briefe schrieben, Kaffee kochten und den ständigen Fluss eingehender Telefonate dirigierten.

Die wichtigsten Partner waren leicht erkennbar an der Größe und Lage ihrer Büros.

Das Reich von Walter Kensington besaß gigantische Ausmaße. An der Tür hing ein goldenes Namensschild, und auch sonst herrschte Luxus pur. Das Büro lag ein wenig abseits vom Rest der Kanzlei, abgetrennt durch einen großen Glaskasten, in dem Miss Hatterman herrschte, Walters Sekretärin, die ihren Boss abschirmte wie ein bissiger Pitbull-Terrier.

In Walter Kensingtons Büro standen an zwei Wänden deckenhohe Kirschbaum-Regale, voll mit Nachschlagewerken und Gesetzestexten, sowie – das auffallendste und beeindruckendste Möbelstück des Raumes – ein massiver halbrunder Kirschbaum-Schreibtisch. Er war stets verschlossen und enthielt Walters persönliche Akten. Die Oberfläche war makellos sauber, nur sein PC und die Unterlagen seiner allerwichtigsten und aktuellsten Fälle befanden sich darauf, außerdem vier verschiedene Modellautos, die sein ganz besonderer Stolz waren.

Als besonderes Highlight schließlich gab es ein riesengroßes, die halbe Wand einnehmendes Panoramafenster mit einem atemberaubenden Blick in die Straßenschluchten der Park Avenue.

Aber in diesem Augenblick interessierte Walter sich nicht für den Ausblick.

Gereizt schloss er seine Bürotür, lauschte den sich entfernenden Schritten und überdachte die Informationen, die er gerade erhalten hatte.

Er ließ sich nicht gern bedrohen – vor allem nicht von jemandem, der für seinen Erfolg so wichtig war.

Es war nicht die erste Warnung gewesen. Der Hauptgeschäftsführer des Hope Institutes war sauer darüber, dass es Audrey letzten Samstagmorgen gelungen war, zu entkommen und sich mit Victoria in Verbindung zu setzen. Walter hatte sich während des gesamten Telefongesprächs die Haare gerauft und dann versprochen, dass er die Lage wieder in den Griff bekommen würde.

Aber das hatte er nicht. Im Gegenteil, es war noch schlimmer gekommen. Seit zwei Tagen schnüffelte Victoria nun herum, und es war ihr tatsächlich gelungen, an Informationen zu kommen, und das trotz der undurchdringlichen Festung, die er um das Hope Institute errichtet hatte. Das Ergebnis war, dass die Dinge jetzt noch schlechter standen, als sie sich vorstellen konnte.

Verflucht! Wieso konnte sie ihre Nase nicht da raushalten?

Walter wandte sich ab, fuhr sich mit der Hand durchs Haar und wusste die Antwort, noch ehe er die Frage zu Ende gedacht hatte.

Audrey.

Victoria hatte sie vom Tag ihrer Geburt an beschützt. Es spielte keine Rolle, wie sehr er versucht hatte, sie zu trennen, wie häufig er Victoria gezeigt hatte, dass ihre Bemühungen sinnlos waren, dass Audrey schwach war, ein Makel für ihn und alles, wofür er stand.

Victoria hatte sich durch nichts abhalten lassen. Sie war die selbst ernannte Retterin ihrer Mutter und ihrer Schwester. Und sie würde auch jetzt nicht damit aufhören. Zumal sie davon ausging, dass Audrey in Schwierigkeiten war.

Er ging zu seinem Schreibtisch hinüber, blickte auf das schimmernde Holz und ließ den Finger behutsam über den nachgebauten Rolls Royce neben seinem Telefon gleiten.

Schlimm genug, dass sie ihn ausgefragt und das Krankenhaus in Florenz angerufen hatte. Jetzt unternahm sie nicht nur neugierige Anrufe, sie war tatsächlich im Hope Institute gewesen, hatte versucht, hineinzugelangen und Audrey zu sehen. Sie war misstrauisch, wähnte ihre Schwester seit ihrer Begegnung im Central Park in höchster Gefahr.

Und sie war misstrauisch gegenüber seiner Rolle, die er in der ganzen Angelegenheit spielte.

Man hatte ihn deutlich aufgefordert, seine Tochter zurückzupfeifen. Die Frage war nur, wie?

Er kannte die Antwort.

Es gab nur einen Weg, um Victoria davon zu überzeugen, dass ihre Schwester in Sicherheit war. Sie musste es von Audrey selbst erfahren.

Nun gut. Dann würde eben genau das passieren.

Mit grimmiger Entschlossenheit streckte er die Hand nach dem Telefonhörer aus.

Der Angestellte des Hope Institutes betrat den Tonbandraum um Punkt 17 Uhr. Er steckte den Schlüssel in das Schlüsselloch des Stahlschranks, öffnete die Türen und sichtete die ordentlich aufgereihten Tonbandreihen, bis er die beiden Kassetten mit der Aufschrift ›Kensington, Audrey‹ gefunden hatte.

Das erste Band war dasjenige, das man ihm aufgetragen hatte zu holen; es war mit der zusätzlichen Bemerkung ›Aufnahmegespräch‹ versehen. Er zog es heraus, steckte es vorsichtig in die Innentasche seiner Jacke, verschloss den Schrank wieder und verließ den Raum. Er hatte seine Anweisungen. Der Toningenieur wartete darauf, das zu tun, was zu tun war. Es sollte pünktlich um 19.30 Uhr geschehen.

Mit raschen Schritten ging er zum Schneideraum.

Victoria kam um 21.15 Uhr völlig erledigt nach Hause.

Ihr Abendessen mit Meg und Paul hatte mit einem halbstündigen Fragenbombardement zu Zach begonnen. Sie konnte den beiden ihre Neugier nicht verübeln; schließlich waren sie dabei gewesen, als sich ihre Beziehung vor vier Jahren entwickelt hatte, und sie hatten auch die schmerzhafte Zeit danach miterlebt. Nicht dass sie sie – oder irgendjemand sonst – damals um Trost gebeten hätte. Eigentlich hatte sie kaum ein Wort über die Trennung verloren, sie hatte lediglich erzählt, dass es aus wäre und Zach nach Europa gegangen wäre. Es gab Dinge, die einfach zu persönlich waren, zu intim und zu quälend, um sie zu diskutieren.

Aber ihre Freunde waren nicht dumm. Sie wusste, dass sie seit Zach keine Beziehung mit einem anderen Mann gehabt hatte. Deshalb waren sie nicht nur begierig zu erfahren, warum er sie besucht hatte, sie sorgten sich auch um die Auswirkungen, die sein plötzliches Erscheinen auf ihre seelische Verfassung haben könnte.

Sie hatte nur sehr einsilbig geantwortet, einerseits weil sie kein Wort über Zachs Ermittlungen verlauten lassen durfte, andererseits weil sie nicht darüber nachdenken, geschweige denn darüber reden wollte, wie es für sie gewesen war, ihn wiederzusehen.

Den Rest des Abendessens hatten sie über ihre aktuellen Fälle gesprochen, aber auch da hatte Victoria sich nicht richtig konzentrieren können. Sie hatte auch nichts essen können. Aber nicht wegen Zach.

Ihr Blick war immer wieder zum Restaurantfenster gewandert, hatte die Straße abgesucht, ob der Mann, der sie verfolgte, wieder da wäre.

Nichts Verdächtiges.

Schließlich, nachdem Paul und Meg ungefähr den zwanzigsten besorgten Blick gewechselt hatten, hatte sie sich entschuldigt, behauptet, schrecklich müde zu sein, und sich ein Taxi nach Hause bestellt.

Immer noch keine Spur von ihrem Verfolger.

Sie schloss ihre Wohnungstür, schlüpfte aus ihrem Blazer und ging Richtung Schlafzimmer. Sie hatte vierzig Minuten, um sich umzuziehen und sich auf Zachs Besuch sowie das Anschauen des FBI-Videos vorzubereiten. Sie betete, dass der Typ, der sie verfolgte, darauf zu sehen sein würde. Die Gewissheit, dass er irgendwo da draußen stand und jede ihrer Bewegungen überwachte, machte sie allmählich wahnsinnig.

Als Victoria an ihrem Anrufbeantworter im Flur vorbeikam, registrierte sie, dass das rote Lämpchen flackerte. Sie blickte auf die LCD-Anzeige. Zwei Nachrichten. Die würde sie abhören, während sie sich umzog.

Sie drehte den Lautstärkeregler höher, drückte auf Play und begann, sich die Bluse aufzuknöpfen.

»Hi, Victoria. Hier ist Onkel Jim«, ertönte die ruhige Stimme ihres Onkels. »Es tut mir leid, dass ich nicht eher zurückgerufen habe, aber ich hatte einen schrecklich anstrengenden Tag. Jetzt ist es schon nach sechs, und ich habe immer noch nicht zu Mittag gegessen. Ich werde mir jetzt irgendwo ein Sandwich besorgen und dann nach Hause fahren. Ruf mich an, sobald du wieder da bist. Ich möchte gern deine Entscheidung hören.«

Victoria zuckte zusammen. Ihre Entscheidung. Sie hatte den Anruf bei ihrem Onkel ganz vergessen. Aber nachdem Zach an diesem Vormittag bei ihr gewesen war, hatte sie noch weniger als zuvor gewusst, was sie sagen sollte. Die einzige Lösung, die ihr eingefallen war, war der Versuch, noch etwas Zeit zu schinden. Sie teilte den Verdacht des FBI gegen ihren Vater auf keinen Fall. Andererseits konnte sie Audreys Verschwinden nicht plötzlich so abtun, als wäre es nicht mehr wichtig. Onkel Jim wusste, was sie für Audrey empfand. Er erwartete, dass sie ihre Suche fortsetzte.

Er wollte, dass sie zu ihrem Vater ging. Und es wurde immer wahrscheinlicher, dass sie genau das tun würde. Aber was sollte sie ihm sagen? Es stand auf einmal viel mehr auf dem Spiel als nur ihre Familiengeheimnisse und das Aufspüren Audreys. Verbrechen hingen daran – ernste Verbrechen. Wie sehr war ihr Vater darin verwickelt? Vertuschte er nur Audreys Aufenthaltsort oder etwas viel Schlimmeres?

Sie musste ihre Strategie mit Zach besprechen. Das war sie ihm schuldig. Er behandelte ihr Geständnis vertraulich, sie musste sich gegenüber seinen Ermittlungen genauso verhalten.

Verdammt, sie war in einer blöden Situation.

Sie wand sich gerade aus ihrem Rock, als der Anrufbeantworter piepste und den Beginn der zweiten Nachricht signalisierte.

»Victoria?« Sie erstarrte, als sie Audreys Stimme erkannte. »Vater hat mir gesagt, wie sehr du dich um mich sorgst. Das brauchst du nicht. Es geht mir gut, wirklich. Ich hatte einen ziemlich üblen Rückfall, aber die Leute hier helfen mir, damit es mir bald wieder besser geht. Allerdings darf ich keinen Besuch bekommen, das ist Teil meiner Therapie. Sie ist sehr intensiv. Ich darf eigentlich nicht mal telefonieren. Aber ich will nicht, dass du dich noch länger beunruhigst. Ich melde mich wieder, sobald es mir gut genug geht, um telefonieren zu können – ich verspreche es.«

Klick.

»Nachricht aufgezeichnet um neunzehn-Uhr-einunddreißig«, verkündete die mechanische Stimme des Anrufbeantworters. Und dann: »Ende der Nachrichten.«

Victorias Herz schlug bis zum Hals. Sie spulte das Band zurück, ließ die Nachricht noch einmal abspielen und hörte dabei aufmerksam auf jedes einzelne Wort.

Aus der Stimme ihrer Schwester klang keine Angst. Sie hörte sich nüchtern an, emotionslos – ganz anders als am Samstag, als sie völlig aufgelöst gewesen war. Offenbar versuchte sie, Victoria zu beruhigen, ihr die Angst zu nehmen, anstatt ihre eigene auszudrücken.

Das war ganz und gar nicht Audreys Art.

Hatte sie jemand zu diesem Anruf gezwungen? Sie schien nicht unter Druck zu sein. Konnte sie unter Medikamenteneinfluss gestanden haben? Das war ganz bestimmt möglich.

Es war ebenso möglich, dass sie von jemandem dazu beauftragt worden war, der Victoria aus dem Rücken und aus dem Hope Institute haben wollte.

Zum Beispiel ihr Vater.

Victoria lehnte sich an die Wand und spielte sämtliche Möglichkeiten durch, dann kam sie zu dem Schluss, dass es keine Rolle spielte. Sie wusste, was sie zu tun hatte.

Es war Zeit, ihren Vater zur Rede zu stellen.

Durch Audreys Nachricht war ihr klar geworden, dass er wusste, wo sie war und warum sie dort war.

Was wusste er sonst noch?

Und wie viel war er gewillt zuzugeben?

Das Schrillen des Telefons ließ Victoria zusammenfahren. Entsetzt registrierte sie, dass sie in Slip und BH war und Zach in zehn Minuten eintreffen würde.

Sie nahm das schnurlose Telefon mit ins Schlafzimmer. »Hallo?«, rief sie atemlos.

»Victoria? Bist du gerade nach Hause gekommen?« Es war die Stimme ihres Onkels.

»Ja, Onkel Jim. Ich war mit Meg und Paul unterwegs.«

»Ach ja, heute ist ja Dienstag. Ich war ein bisschen unruhig, weil es fast zehn Uhr ist und ich immer noch nichts von dir gehört hatte.«

»Und du möchtest gern wissen, wozu ich mich entschieden habe.« Sie blieb vor dem Kleiderschrank stehen, zog eine mokkafarbene Hose heraus und einen cremefarbenen kurzärmeligen Pulli und begann, sich anzuziehen. Audreys Anruf hatte ihr den Entschluss leichter gemacht.

»Offen gestanden ja. Ich habe mir über deine Reaktion gestern Abend große Sorgen gemacht. Ich hoffe, du hattest ein bisschen Zeit, darüber nachzudenken.«

»Hatte ich.« Victoria zog den Reißverschluss ihrer Hose zu und schlüpfte in ein paar flache Slipper. »Ich mag keine Geheimnisse, Onkel Jim. Ebenso wenig wie das Gefühl, meinen Vater zu hintergehen. Deshalb habe ich beschlossen, zu ihm zu gehen und mit ihm über die ganze Sache zu reden.«

Sie konnte den Erleichterungsseufzer ihres Onkels gut hören. »Darüber bin ich sehr froh.«

»Ich auch.« Sie dachte kurz nach und fand dann, es wäre zu verdächtig, wenn sie nicht erwähnte, dass Audrey sie angerufen hatte. »Da ist noch etwas anderes, etwas, das mich sehr beruhigt hat. Ich habe einen Anruf von Audrey erhalten.«

»Du hast mit ihr gesprochen?«

»Nein, ich war nicht zu Hause. Sie hat hier vor ein paar Stunden angerufen. Sie hat mir eine Nachricht hinterlassen, dass es ihr gutgeht, aber dass ihre Therapie völlige Isolation erfordert. Sie sagte, ich bräuchte mir keine Sorgen zu machen.« Victoria fühlte sich etwas unwohl dabei, ihrem Onkel nur die halbe Wahrheit zu erzählen und so zu tun, als hätte Audreys Anruf nichts anderes als pure Erleichterung bei ihr bewirkt. Schließlich war sie jetzt noch misstrauischer als zuvor. Aber sie würde nicht noch einmal den gleichen Fehler machen. Bis sie etwas Konkretes wusste, würde sie ihren Onkel nicht wieder mit ihren Spekulationen verärgern.

»Das ist ja wunderbar. Mir ist jetzt viel wohler, wo ich weiß, dass sie in Sicherheit ist und die Behandlung bekommt, die sie braucht.« Eine wohlgesetzte Pause. »Du wirst deinem Vater natürlich auch davon berichten.«

»Selbstverständlich. Obwohl ich mir sicher bin, dass er es bereits weiß. Audrey sagte nämlich, sie hätte von Vater gehört, dass ich mir solche Sorgen um sie machen würde. Er hat ihr wahrscheinlich vorgeschlagen, mich anzurufen.«

»Dann hat er sie auch in dieser Klinik untergebracht.« Onkel Jim klang eher nachdenklich als überrascht. »Das habe ich mir schon gedacht, schließlich kenne ich die Einstellung deines Vaters. Ich weiß, dass du sie nicht teilst, Victoria, und ich behaupte auch nicht, dass ich das tue. Aber bitte versuch, ihm zuzuhören, wenn er dir seine Gründe erklärt. Es ist der einzige Weg, damit zurechtzukommen.«

»Das werde ich.« Victoria fuhr sich rasch mit der Bürste durchs Haar und dachte, dass es Dinge gab, mit denen man nie zurechtkam. Sie wünschte sich, sie hätte mehr Ruhe, um Audreys Anruf zu analysieren, bevor Zach kam. Aber die Zeit wurde knapp.

Wie auf ein Zeichen ertönte der Türsummer.

»Onkel Jim, ich muss jetzt auflegen. Es hat geklingelt.«

»Jetzt? Bei dir?« Seine Stimme klang väterlich. »Es ist schon sehr spät, Victoria. Ich möchte nicht neugierig sein, aber erwartest du Besuch?«

Sie schluckte. »Es ist Zach. Er war heute Morgen bei mir im Büro, und ich habe ihn auf einen Kaffee eingeladen.«

»Ah, verstehe.« Ihr Onkel hüstelte diskret – eine wortlose Erklärung, dass er seine Grenzen nicht überschreiten und sich nicht in Dinge einmischen wollte, die ihn nichts angingen. »Also gut. Wir reden im Laufe der Woche noch einmal, ja?«

»Ganz bestimmt. Liebe Grüße an Tante Clarissa.«

Sie beendete das Gespräch und krümmte sich innerlich bei der Vorstellung, was ihr Onkel jetzt vermutlich dachte. Sicher glaubte er, dass sie und Zach an alte Zeiten anknüpften – in mehr als nur einer Hinsicht.

Sie straffte die Schultern und drückte auf den Knopf der Gegensprechanlage. »Ja?«

»Ich bin es. Ich bin ein paar Minuten zu früh.«

Sie befeuchtete ihre Lippen. »Komm nach oben.« Sie ließ den Knopf der Gegensprechanlage los und drückte stattdessen auf den Türöffner.

Dann atmete sie tief durch und ging in die Küche.

Als Zach vor ihrer Wohnungstür stand, lief bereits die Kaffeemaschine.

»Hi.« Victoria öffnete die Tür und lächelte freundlich.

»Tut mir leid, dass ich zu früh komme«, meinte Zach. »Ich bin sofort vom Essen hergekommen.« Er blieb höflich in der Tür stehen, damit sie ihn notfalls bitten konnte, noch eine Sekunde zu warten.

Er sieht müde aus, dachte sie, als sie die Fältchen in seinem Gesicht bemerkte. Er trug noch denselben Anzug, den er morgens angehabt hatte, was darauf schließen ließ, dass er den ganzen Tag von Termin zu Termin gehetzt war.

»Kein Problem. Ich bin schon eine Weile zu Hause.« Sie öffnete die Tür noch weiter. »Komm herein.«

Er trat ein, blieb dann stehen und ließ den Blick durch ihre Wohnung schweifen: über das Sofa und den Sessel, die das in malven- und cremefarben gestaltete Wohnzimmer fast ganz ausfüllten, den schlichten grauen Lacktisch im Esszimmer und den mit Parkett ausgelegten Flur, der zu den beiden Schlafzimmern und dem Bad führte.

»Nett hast du es«, meinte er und nickte zustimmend. »Es passt zu dir.« Er räusperte sich. »Wohnst du allein hier? Oder mit jemand zusammen?«

Victoria fragte sich, ob er versuchte, sie auszufragen, oder einfach nur neugierig war – und ihr eine Frage stellte, die bei jedem anderen völlig normal wäre.

»Allein«, antwortete sie. »Ich habe mir die Wohnung nach dem Studium gekauft – mit Unterstützung meines Onkels und meiner Tante. Es war ziemlich riskant, schließlich war ich damals Berufsanfängerin und muss Onkel Jim und Tante Clarissa jeden Monat eine ordentliche Summe Geld zahlen. Aber ich habe nie bereut, dass ich es gemacht habe. Ich liebe meine Wohnung.«

»Das sieht man.« Er sah sich weiter um. »Zwei Schlafzimmer?«

Gott, warum kam ihr so eine unschuldige Unterhaltung bloß so intim vor?

»Ja. Eins nutze ich als Arbeitszimmer.«

Ein Nicken. »Eine gute Investition. Es ist eine tolle Wohngegend. Und du hast alles sehr geschmackvoll eingerichtet.«

Glücklicherweise unterbrach sie in diesem Augenblick das laute Zischen der Kaffeemaschine, die damit kundtat, dass der Kaffee fertig durchgelaufen war.

Zach schloss die Augen und atmete tief ein. »Sag mir, dass es Kaffee ist, was ich da rieche.«

Sie musste unwillkürlich lächeln. Zach trank Kaffee in allen Lebenslagen, und er hatte auf ihn eine völlig andere Wirkung als auf die meisten Leute: Kaffee entspannte ihn, selbst mitten in der Nacht. »Ist es. Aber die schlechte Nachricht ist, er ist koffeinfrei. Ich kann mir nicht noch eine schlaflose Nacht leisten. Ich habe morgen einen anstrengenden Tag.«

Er lächelte zurück. »Ich kann es mir nicht leisten, wählerisch zu sein. Danke, dass du ihn gemacht hast. Sicher war es das Letzte, wozu du Lust hattest.« Sein dunkler Blick glitt über sie, musterte sie in einer einzigen Bewegung von Kopf bis Fuß. »Aber wie ich sehe, muss ich kein *allzu* schlechtes Gewissen haben. Immerhin hattest du noch Zeit, dich umzuziehen. Ich bin seit heute Morgen sieben Uhr im selben Anzug.«

Victoria wurde plötzlich unangenehm warm, wegen seines anerkennenden Blicks, aber auch wegen der Leichtigkeit ihrer Unterhaltung. Wie war es möglich, dass ihnen das so völlig normal erschien?

»Ich habe mich sofort umgezogen, als ich nach Hause kam«, erklärte sie steif. »Schon allein, um mich abzulenken und nicht nur aus dem Fenster zu schauen.«

Zach wurde sofort ernst. »Ist er wieder da?«

Ein hilfloses Schulterzucken. »Keine Ahnung. Ich habe ihn nicht gesehen. Aber ich habe ständig das Gefühl, seine Gegenwart zu spüren. Vielleicht bin ich schon paranoid.«

»Oder auch nicht.« Zach griff in seine Tasche und zog das Video hervor. »Lass uns einen Blick darauf werfen. Wo steht dein Videogerät?«

»Im Wohnzimmer. Zach, warte noch eine Sekunde.« Sie stoppte ihn, indem sie die Hand auf seinen Arm legte – und dann blitzschnell zurückzog. »Ich möchte gern, dass du dir vorher etwas anhörst. Die Nachricht war auf meinem Anrufbeantworter, als ich nach Hause kam.«

Er sah sie erstaunt an. »Also gut.«

Victoria spielte ihm Audreys Nachricht vor.

Zach hörte aufmerksam zu, sein Gesicht war angespannt. Er bat Victoria, das Band noch einmal zurückzuspulen und dann ein zweites Mal laufen zu lassen. Dann runzelte er die Stirn.

»Verdammt perfekt«, murmelte er.

»Ich habe mir gedacht, dass du so etwas sagen würdest.«

Er sah sie rasch an, als wollte er prüfen, wie viel Wahrheit sie vertragen konnte.

Sie war sich selber nicht sicher, aber sie musste es wissen.

»Zach, du hast gesagt, wir würden später über meinen Vater sprechen. Ich finde, jetzt ist später. Du weißt mehr über ihn, als du bisher zugegeben hast. Das FBI würde niemals jemanden verdächtigen, wenn es keine Anhaltspunkte hätte. Ich will alles wissen.« Sie reckte entschlossen das Kinn. »Und wag bloß nicht, mir zu sagen, es wäre vertraulich.«

Sein Lächeln war eher müde als amüsiert. »Darf ich dich vorher um einen Kaffee bitten?«, fragte er und fuhr sich mit der Hand übers Kinn. »Wir werden uns das Video anschauen, sehen, ob wir den Schweinehund erkennen, der dich verfolgt, und danach reden wir, ja?«

Victoria nickte und zeigte zum Sofa. »Mach es dir bequem. Fernseher und Videogerät stehen auf dem Regal direkt gegenüber. Schalt sie schon mal ein, wenn du möchtest. Ich bin sofort wieder da.« Sie zögerte. »Immer noch schwarz, ohne Milch und Zucker?«

Er drehte sich halb um, ihre Blicke trafen sich. »Immer noch wie früher. Manche Dinge ändern sich nie.«

»Anscheinend nicht.« Das war alles, was Victoria herausbrachte. Sie wusste nicht genau, wie er das gemeint hatte. Aber sie war sich auch nicht sicher, ob sie es wissen wollte.

In der Küche goss sie zwei Tassen Kaffee ein und stellte sie mit einem Teller Haselnuss-Biscotti auf ein Tablett. Sie starrte das Tablett lange an und rief sich in Erinnerung, dass Zach hier war, um mit seinen Ermittlungen weiterzukommen und ihr bei der Suche nach Audrey zu helfen. Das war alles. Er würde sie weder besonders behandeln, noch würde sie ihm ihr Herz ausschütten.

Nur dass sie ihr Herz bereits ausgeschüttet hatte und er sie besonders behandelte, indem er ihr versprochen hatte, dem FBI manche Dinge vorzuenthalten.

Zunächst. Aber Zach hatte ein zeitliches Limit. Morgen. Dann musste er dem FBI alles sagen. Aber wenn er ihnen die Wahrheit erzählte – dass sie im Hope Institute gewesen war, weil sie auf der Suche nach ihrer Schwester war –, würden sie auf Erklärungen bestehen: Woher sie wüsste, dass Audrey sich dort aufhielt? Wer ihre Schwester dort hingebracht hätte? Wer sie auf die Spur des Hope Institutes gebracht hätte? Die Antworten auf jede dieser Fragen war ihr Vater. Das war an sich schon beunruhigend genug. Noch beängstigender war die Ungewissheit, ob es Audrey gefährdete.

Victoria ballte die Hände zu Fäusten. Sie musste zu ihrer Schwester. Und der erste Schritt dazu war, in Erfahrung zu bringen, was das FBI gegen ihren Vater in den Händen hatte und wie sehr die Tatsache, dass Audrey sich in der Klinik befand, ihre Ermittlungen beeinträchtigte.

Victoria holte tief Luft, nahm das Tablett und trug es ins Wohnzimmer.

Zach saß auf dem Sofa. Er hielt die Fernbedienung in der Hand und spulte das Band so lange vor, bis es genau an der Stelle war, wo er es haben wollte.

Er sah auf, als Victoria hereinkam, dann nahm er die beiden Kaffeetassen von ihrem Tablett und schaute zu, wie sie die Kekse auf den Tisch stellte. Eine ganze Weile betrachtete er die Biscotti, wobei seine Kopfhaltung es ihr unmöglich machte, seinen Gesichtsausdruck zu sehen, geschweige denn zu entziffern. Dann blickte er auf, reichte Victoria eine Kaffeetasse und hob die andere an seine Lippen.

»Danke.« E nahm einen großen Schluck. »Ausgezeichneter Kaffee.«

»Wenn du das sagst, muss es ein echtes Kompliment sein.« Victoria fragte sich, was Zach wohl gerade durch den Kopf gegangen war. Ob die Biscotti bei ihm dieselbe intime Erinnerung heraufbeschworen hatten wie bei ihr?

Die Vorstellung war äußerst beunruhigend.

Sie setzte sich steif an das andere Ende des Sofas und ließ zwischen ihnen so viel Platz wie nur möglich.

Wenn Zach es auffiel, ließ er sich nichts anmerken. »Okay«, meinte er. »Jetzt sieh genau hin. Ich werde dir das komplette Segment vorspielen. Wenn du jemanden siehst, der dem Typ, der dich verfolgt, auch nur entfernt ähnelt, sag es mir sofort.«

»Das werde ich tun.«

Sie schauten sich das Video dreimal an. Und jedes Mal sah Victoria nur sich und die Menschen, die am Hope Institute vorbei über die East 78. Straße strömten.

»Verdammt«, entfuhr es ihr, als Zach zum letzten Mal auf die Stopp-Taste drückte. »Er ist nicht dabei.«

»Das überrascht mich nicht«, antwortete Zach. »Um dich genau im Blick halten zu können, hat er vermutlich auf der gegenüberliegenden Straßenseite gestanden, vor demselben Gebäude, in dem sich auch unsere Kamera befindet. Und das bedeutet, dass er außerhalb unseres Sichtfeldes war. Es gab eigentlich auch nur eine vage Chance, ihn zu entdecken – aber ich musste sie nutzen.« Entschlossen presste er die Lippen aufeinander. »Ich werde ihn finden, darauf kannst du dich verlassen.«

Die Art, wie Zach das sagte, war beängstigender als die

Worte an sich. Es hatte ziemlich drohend geklungen, *zu* drohend dafür, dass die Person, die sie beschattete, für das FBI nur ein unbedeutender Helfershelfer war.

Victoria kam plötzlich der Verdacht, dass Zachs Entschlossenheit gar nichts mit seinen Ermittlungen zu tun hatte.

Sie hatte mit ihr zu tun.

Angst kroch über ihren Rücken. Zach war keiner, der sich schnell sorgte. Es sei denn, es gab einen Grund.

»Glaubst du, dieser Mann könnte mehr tun, als nur hinter mir herlaufen?«, fragte sie zögernd.

»Nein.« Sein Blick und seine Antwort waren fest. »Aber das heißt nicht, dass es nicht jemand anders tun würde. Gib diesem Typen keinen Anlass für irgendeinen Verdacht. Halte dich vom Hope Institute fern.«

»Aber ich muss Audrey finden.«

»Das wirst du. Aber nicht, indem du da hereinmarschierst. Das hast du doch schon gemerkt. Wenn du weiter unvorsichtig bist, gefährdest du vielleicht Audreys Leben und deins dazu.«

»Aber ihre Nachricht klang kein bisschen ängstlich. Sie sagte …«

»Diese Nachricht war eine Methode, dich abzuwimmeln, das weißt du genau. Wenn es nicht so wäre, wärst du mir nicht an den Hals gesprungen, als ich diese Vermutung ausgesprochen habe.«

Victoria stellte ihre Tasse klirrend ab. »Okay, du hast Recht. Die Nachricht kam mir seltsam vor. Sie klang zu ruhig, zu verhalten, um tatsächlich von Audrey zu stammen. Ich war zuerst sehr erleichtert, ihre Stimme zu hören und zu wissen, dass sie am Leben ist und bei klarem Verstand. Nach drei Tagen habe ich mir das Allerschlimmste vorgestellt. Aber ich glaube auch nicht, dass sie diesen Anruf freiwillig getätigt hat.

Mein Verdacht geht ziemlich in dieselbe Richtung wie deiner.« Ein tiefer, entschlossener Atemzug. »Lass uns aufhören, um den heißen Brei herumzureden. Sag mir, was du über meinen Vater weißt.«

Zach schaute nachdenklich in seine Kaffeetasse.

»Traust du mir nicht?«, fragte Victoria. »Glaubst du, ich würde danach sofort losrennen, um ihn zu warnen?«

»Nein.« Zach blickte auf. »Es geht nicht um Vertrauen, Victoria. Das hat es noch nie getan. Vielleicht versuche ich eher, dich zu schützen.«

»Ich will nicht beschützt werden.«

»Das merke ich«, antwortete er mit merkwürdiger Stimme. Er wandte sich wieder seinem Kaffee zu, trank ihn aus und stellte die leere Tasse auf den Tisch zurück. »Das, was du jetzt hörst, wird dir nicht gefallen. Aber es ist besser, wenn du es hörst. Dann wird dir vielleicht klar, warum das FBI so heftig reagiert hat, als sie feststellten, dass es sich bei der Frau auf ihrem Überwachungsvideo um Victoria Kensington handelt.«

»Um Walter Kensingtons Tochter.«

»Genau.«

»Du hast ihnen also meinen Namen gesagt?«

Zach zuckte mit den Schultern. »Sie hätten ihn innerhalb von ein paar Stunden herausbekommen. Die Mühe habe ich ihnen erspart. Außerdem habe ich ihnen ein wenig Zeit verschafft, damit ich zuerst mit dir reden konnte.«

»Ja, bis morgen. Und wenn ich dir bis dahin nichts Glaubhaftes liefere, was du ihnen erzählen kannst, werden sie mich zum Hauptquartier zitieren und ausquetschen.«

»So ähnlich, ja.«

»Du sagtest, ich stände nicht unter Verdacht. Warum nicht? Sie könnten doch denken, dass ich mit meinem Vater unter einer Decke stecke?«

»Weil ich ihnen gesagt habe, dass es nicht so ist.«

Victoria blinzelte. »Du hast dich für meine Unschuld verbürgt? Ohne die Tatsachen zu kennen? Wieso?«

»Weil ich *dich* kenne.«

Sie hatte das Gefühl, als hätte ihr jemand einen Boxhieb versetzt. Auf der einen Seite hatte er dem FBI ihren Namen verraten. Auf der anderen Seite hatte er ihr blindes Vertrauen entgegengebracht, was für Zach völlig untypisch war. Er verließ sich normalerweise auf Fakten, nicht auf Gefühle.

Sie wünschte sich inständig, sie könnte das im Moment auseinanderhalten.

Kopfschüttelnd murmelte sie. »Ich weiß nicht, ob ich mich bei dir bedanken oder dir einen Tritt geben soll.«

»Lass beides und hör mir einfach nur zu. Ganz in Ruhe. Und denk daran, dass das, was ich dir erzähle, streng vertraulich ist.«

»Also gut.«

Trotz seiner Offenheit wirkte Zach nicht besonders glücklich über das, was er ihr zu sagen hatte. »Es stimmt, dass wir Benjamin Hopewell verdächtigen, seine Hände im Spiel zu haben, was das Hope Institute *und die* illegalen Machenschaften dort betrifft. Und dein Vater hängt, selbst wenn er unschuldig ist, mit drin. Immerhin ist er der juristische Berater des Instituts und mit sämtlichen Vollmachten ausgestattet.«

Sie schluckte. »Woher weißt du das?«

»Nachdem das FBI verdächtigen Drogenlieferungen an das Hope Institute auf die Spur gekommen ist, haben sie sofort reagiert und erste Schritte eingeleitet. Einer ihrer Agenten hat die Klinik aufgesucht, um ein paar Routinefragen zu stellen. Miss Evans, die militante Dame am Empfang, an der auch du dir die Zähne ausgebissen hast, hat ihm unmissverständlich klargemacht, dass sie nichts zu sagen hätte und dass alles, was das Hope Institute beträfe, streng vertraulich wäre. Als der Agent sie weiter bedrängte, forderte Miss Evans ihn auf, Kontakt mit dem Anwalt des Hauses, Walter Kensington, aufzunehmen und ihm seine Fragen zu stellen.«

»Verstehe.« Victoria wurde von Sekunde zu Sekunde übler. »Und hat das FBI das getan?«

»Auf welcher Grundlage? Sie haben ja nicht mal genug Anhaltspunkte für eine Vorladung, geschweige denn für eine juristische Auseinandersetzung mit deinem Vater. Er würde einfach alles abstreiten, ihnen den Zutritt zum Klinikgelände untersagen und alle weiteren Fragen mit dem Hinweis auf seine Schweigepflicht gegenüber seinem Mandanten von sich weisen.«

»Vor allem, wenn das Hope Institute die Art von Patienten behandelt, die du beschrieben hast«, folgerte Victoria. »Ich weiß, wie mein Vater denkt. Er würde sich darauf berufen, dass die Klinikpatienten allesamt sehr wohlhabend und einflussreich sind und allergrößten Wert darauf legen, dass ihre Privatsphäre geschützt bleibt. Notfalls würde er sogar damit drohen, sich an den Justizminister zu wenden, den er persönlich kennt. Und das FBI hätte keine Chance.« Sie biss sich auf die Lippen. »Sonst noch etwas?«

Ein steifes Nicken. »Die Aufzeichnungen der Telefonate deines Vaters sowohl von zu Hause als auch aus seinem Büro weisen in den letzten Jahren zahlreiche Anrufe an das Hope Institute auf. Die Telefonate, auf die du auf der letzten Rechnung gestoßen bist, waren nur die Spitze des Eisbergs. Und während diese durchaus mit Audrey zu tun haben können, ist das bei den anderen völlig ausgeschlossen.«

Victoria starrte Zach an. Ihre Gedanken rasten und kamen auf eine überraschende, nun offensichtliche Folgerung. »Dann habe ich dir an diesem Morgen in meinem Büro also nichts erzählt, was du – und das FBI – nicht schon längst gewusst habt?«

»Abgesehen von der Geschichte mit deiner Schwester hast du mir tatsächlich nichts Neues erzählt.« Er beugte sich vor, umfasste sein Knie. »Aber, Victoria, jetzt wo du weißt, wie sehr dein Vater dich angelogen hat, zweifelst du doch sicher nicht mehr daran, dass er derjenige ist, der Audreys perfekt getimte Nachricht auf deinem Anrufbeantworter arrangiert hat, oder? Er will dich von Audrey und dem Hope Institute fern halten. Und er möchte nicht, dass du von seiner Verbindung dorthin erfährst.«

»Nach allem, was ich gerade von dir gehört habe, scheint mir das auch so zu sein. Aus welchen Gründen auch immer unternimmt mein Vater größte Anstrengungen, um mich im Ungewissen zu lassen.« Victoria reckte das Kinn. »Zach, ich muss ihn zur Rede stellen.«

»Das verstehe ich. Ich unterstütze deinen Entschluss sogar – allerdings nur bis zu einem bestimmten Grad. Du musst sehr vorsichtig vorgehen. Andernfalls könntest du die Ermittlungen des FBI gefährden.«

Irgendetwas an der sachlichen Art, wie Zach das sagte, kam Victoria merkwürdig vor. Auf einmal wusste sie, was es war – und das warf ein ganz neues Licht auf seine Motivation, heute Abend hier zu sein.

Sie reagierte verärgert. »Du wusstest, dass unser Gespräch so verlaufen würde, nicht? Dass ich darauf bestehen würde, mit meinem Vater zu sprechen, wenn ich das alles hören würde. Natürlich hast du das getan. Es war genau die Reaktion, die du erhofft hast. Ich würde deine Ermittlungen weiter voranbringen. Sag mal, funktioniere ich als eine Art Außendienstler oder Maulwurf? Oder ganz einfach als Informantin, die ihren eigenen Vater ausspioniert?«

Zachs Augen funkelten böse. »Du bist sehr zynisch geworden, weißt du das, Victoria? Du hast mir noch nie so etwas Hässliches unterstellt. Ja, ich wusste, dass du nach unserem Gespräch zu deinem Vater gehen würdest. Ja, ich hatte gehofft, dass du uns vielleicht einige Informationen verschaffen könntest. Aber ich versichere dir, das war nicht der Hauptgrund für mein Kommen. Je mehr wir deinem Vater entlocken können, desto näher kommen wir nicht nur der Lösung des FBI-Falls, sondern auch den Problemen um deine Schwester. Ich hatte gedacht, wir könnten uns gegenseitig helfen – und ich hätte das auch gesagt, wenn du mir die Gelegenheit dazu gegeben hättest. Was du aber nicht getan hast. Aber jetzt, wo du weißt, was ich vorhabe, ist daran irgendetwas selbstsüchtig oder unmoralisch? Wenn es so ist, sag es mir. Ich bin der Erste, der deiner wenig schmeichelhaften Einschätzung meiner Person zustimmen würde.«

Victoria krümmte sich innerlich, nicht wegen Zachs böser Vorwürfe, sondern weil sie gerechtfertigt waren. Was um alles in der Welt war los mit ihr? Zachary Hamilton war der geradlinigste Mensch, den sie je kennen gelernt hatte. Und was tat sie? Sie beschuldigte ihn heute schon zum zweiten Mal, sie zu benutzen. Sie griff ihn an, ohne auch nur im Geringsten darüber nachzudenken, ob diese Anschuldigungen auch gerechtfertigt waren.

Verlor sie nun ganz den Verstand?

»Es tut mir leid, Zach«, sagte sie zerknirscht. »Ich weiß gar nicht, was in mich gefahren ist. Vielleicht wächst mir das alles mehr über den Kopf, als ich dachte. Sobald es um Audrey geht, fühle ich mich wie die Löwenmuter, die ihre Jungen beschützt. Ich bin für sie verantwortlich, aber zurzeit versage ich als Beschützerin. Jetzt wird auch noch mein Vater verdächtigt, in ein Drogensyndikat verstrickt zu sein. Ganz zu schweigen von der Tatsache, dass ich beschattet werde.« Sie schluckte und zwang sich dazu, so ehrlich zu Zach zu sein, wie er es verdiente. »Und dich zu sehen hat mich auch mehr aus dem Gleichgewicht gebracht, als ich erwartet hatte. Das alles zusammen – ich schätze, meine Nerven sind einfach hauchdünn. Und du scheinst das unglückliche Opfer zu sein.«

Er hörte sich ihre Erklärung an, nickte dann langsam und schien zu verstehen. »Solange du weißt, dass ich nicht der Feind bin.«

»Das weiß ich.«

Eine nachdenkliche Pause. »Was die Sache mit der Löwenmutter angeht, das warst du immer, wenn es um Audrey oder deine Mutter ging. Wie ich bereits sagte, manche Dinge ändern sich nie.«

»Wohl nicht.« Victoria schluckte und führte das Gespräch in eine angenehmere Richtung. »Ich möchte dir gern einen Handel vorschlagen.«

»Nämlich?«

»Ich werde zu meinem Vater gehen. Das hätte ich ohnehin getan, wegen Audrey. Ich werde weder das FBI erwähnen noch, dass du mir über den Fall erzählt hast. Ich halte mich an Audreys Nachricht und meinen eigenen Besuch im Hope Institute – alles das, was Vater bereits weiß. Mal sehen, welche Antworten er mir gibt. Ich versuche, ihm eine Falle zu stellen, damit ich danach weiß, wie tief er in der Sache steckt.«

»Und im Gegenzug?«

»Zwei Bedingungen. Erstens erwähnst du bei niemandem Audreys Bulimie. Erzähl dem FBI, dass ich sie im Central Park gesehen habe und glaube, dass sie sich im Hope Institute befindet – das alles habe ich schließlich auch der Polizei erzählt. Erzähl ihnen, was du ihnen erzählen musst, damit sie verstehen, warum ich in der Klinik war. Aber übergeh die persönlichen Einzelheiten von Audreys Leben. Schütz ihre Privatsphäre. Das ist alles, was ich verlange.«

»Und zweitens?«

»Wir überprüfen meinen Vater unabhängig vom FBI. Sollte er sich als schuldig erweisen, werde ich alle Beweise herausrücken und dafür auf Strafmilderung plädieren.«

Zach zögerte nicht. »Abgemacht.« Er lehnte sich vor und streckte seine Hand aus. »Es sieht so aus, als hätten wir eine Abmachung getroffen, Miss Kensington.«

Sie überlegte noch einmal kurz, dann ergriff sie seine Hand und schüttelte sie fest. »Ja. So sieht es aus.«

12

»Also, Victoria, das ist wirklich eine Überraschung.« Walter Kensington ging auf seine Tochter zu, winkte dem Oberkellner und setzte sich zu ihr an den Fenstertisch. »Als Miss Hatterman mir sagte, du hättest angerufen, weil du mich dringend sprechen müsstest, war ich ziemlich neugierig – und optimistisch. Ich habe meinen ursprünglichen Termin zum Lunch sofort abgesagt, damit wir uns treffen können.«

»Ich weiß das sehr zu schätzen, Vater.« Victoria zwang sich zur Ruhe und zählte in Gedanken bis zehn. »Aber ich glaube, ich sage dir am besten sofort, dass es nicht um eine Teilhaberschaft an deiner Kanzlei geht.« *Und das weißt du verdammt gut*, fügte sie im Stillen hinzu.

»Verstehe.« Das Pokerface ihres Vaters war so perfekt wie ihres. »Um was geht es denn?«

»Um Audrey.«

»Um Audrey.« Kalt und mit unbewegtem Gesicht wiederholte er den Namen seiner jüngsten Tochter. »Du bist also immer noch mit der Sache beschäftigt?«

»Du weißt genau, dass es so ist.« Victoria faltete die Hände vor sich auf dem Tisch und bereitete sich auf eine harte Auseinandersetzung vor. »Ich werde mich nicht wieder abwimmeln lassen, Vater«, sagte sie in einem Ton, den sie ihm gegenüber nur selten benutzte. »Dieses Mal nicht.«

»So so. Denk bitte daran, ich bin dein Vater, nicht dein Gegner vor Gericht. Achte also auf deinen Ton.« Er nahm die Speisekarte zur Hand, schaute sie kurz an, ehe er seine Wahl traf und den Ober heranwinkte. »Lass uns etwas bestellen. Anschließend werden wir dieses unangenehme Gespräch und das Thema Audrey ein für alle Mal erledigen.«

Essen war wirklich das Letzte, wonach Victoria sich fühlte. Sie fragte sich, wie sie überhaupt einen Bissen herunterbekommen sollte. Aber schließlich hatten sie sich zum Lunch getroffen. Also bestellte sie sich einen Caesar-Salat mit Hummer und ein Glas Mineralwasser mit Zitrone. Notfalls könnte sie an ihrem Wasser nippen und in ihrem Salat herumstochern. Das würde ihr Zeit geben, Fragen zu stellen. Viele Fragen.

Verstohlen beobachtete sie ihren Vater, während er die Bestellung aufgab. Wenn er wegen dieses Treffens nervös war, merkte man ihm das zumindest nicht an. Dieser Mann konnte seine Gefühle wirklich perfekt verbergen. Sofern er überhaupt welche hat, dachte Victoria.

»Also dann.« Nachdem Walter sich seinen obligatorischen Schwertfisch und ein Glas Sauvignon blanc bestellt hatte, entließ er den Ober mit einer Handbewegung und sah Victoria gespannt an. »Was möchtest du mir über Audrey sagen, das nicht schon gesagt worden ist?«

Er machte das wirklich sehr raffiniert, er ließ sie anfangen und versuchte, auf diese Weise herauszufinden, wie viel sie wusste.

Gut. Etwas Ähnliches hatte sie erwartet.

»Bitte hör auf, mir etwas vorzumachen«, bat sie ruhig. »Ich bin mir ganz sicher, dass du weißt, wo Audrey ist. Sie hat mich gestern Abend angerufen.«

»Tatsächlich?«

»Ja. Sie wollte nicht, dass ich mir weiter Sorgen mache – und dass ich das tue, kannst nur du ihr verraten haben. Also hat sie mich angerufen, um mir zu versichern, dass alles in Ordnung ist.«

»Wunderbar.« Walters Nicken signalisierte, dass ihm Audreys Aktion gefiel. »Und worüber habt ihr zwei gesprochen?«

Victoria sah ihn regungslos an. »Über nichts. Auch das dürfte dich nicht überraschen. Das war nämlich dein Hintergedanke, sie anrufen zu lassen, während ich mich wie jeden Dienstagabend mit Paul und Meg getroffen habe, nicht wahr? So konnte sie einfach nur eine Nachricht hinterlassen und dann auflegen.«

Walters kniff die Augen zusammen. »Soll das eine Anschuldigung sein?«

Aha. Jetzt kam der Gegenangriff. Direkt und effektiv. Gib nichts preis, sondern feure zurück, eine Frage, die ihr unangenehm ist, sie dazu zwingt, ihre Position offen zu legen.

Gut, sie war ebenfalls bereit zurückzuschießen.

»Keine Anschuldigung. Ein Rätsel«, berichtigte Victoria und spürte, wie ihr das Adrenalin durch die Venen schoss. »Es wundert mich einfach nur, dass du Audrey nicht gesagt hast, wann ich zu Hause sein würde – es sei denn, du wolltest verhindern, dass ich mit ihr spreche. Ich bin mir sicher, dass du meinen allwöchentlichen Dienstagstermin mit Meg und Paul genau kennst. Und deshalb erstaunt es mich umso mehr, dass du vergessen haben solltest, Audrey etwas so Grundlegendes wie meinen Terminplan zu verschweigen – zumal du gerade beschlossen hattest, dass ich dringend einen Anruf von ihr benötige.«

Ein eisiger Blick. »Ich werde deinen Sarkasmus als Zeichen deiner Sorge um Audrey werten.« Walter verfiel in den verdächtig leisen Tonfall, der signalisierte, dass er langsam böse wurde. »Aber ich möchte dich noch einmal daran erinnern, dass ich es bin, mit dem du sprichst.«

Sofort nahm Victoria sich zurück. Es wurde Zeit, ihre offensive Taktik abzuändern. Wenn sie ihre Zunge nicht hütete, riskierte sie, ihren Vater zu provozieren – und das wäre ein großer Fehler. Sie würde am Ende nichts erreichen außer einem handfesten Streit.

»Es tut mir leid, wenn ich dir nicht den nötigen Respekt entgegengebracht haben sollte.« Die Worte – eher eine Demonstration der Zurückhaltung als der Ehrlichkeit – kamen ihr leicht über die Lippen. Sie sagte sie seit Jahren. Und sie funktionierten immer, denn was ihr Vater wollte, war der Anschein von Respekt, nicht tatsächlichen Respekt.

Da machte er auch diesmal keine Ausnahme.

»Gut«, erklärte er knapp. »Um deine Frage zu beantworten, ich habe Audreys Arzt endlich dazu überreden können, ihr ein kurzes Telefongespräch mit dir zu gestatten. Er wollte wissen, wann du zu Hause wärst, und ich habe es ihm gesagt. Ich ging natürlich davon aus, dass sie in dieser Zeit anrufen würde. Offenbar hat er entschieden, dass sie nicht direkt mit dir sprechen sollte. Wenn du wissen willst, ob mich seine Entscheidung überrascht – nein, tut es nicht. Nicht unter den Umständen.«

Welche Umstände?, hätte Victoria am liebsten laut geschrien.

Sie verdrängte die lange Liste aggressiver Fragen, die sie ihrem Vater am liebsten entgegengeschleudert hätte. Stattdessen tat sie so, als akzeptierte sie seine Erklärung. »Audrey sagte etwas davon, dass sie nicht telefonieren dürfte – es wäre Teil ihrer Therapie. Ihr habt sicher Recht. Ich war außer mir vor Sorge. Also lass uns vergessen, dass sie angerufen hat, ja? Aber was ich nicht verstehe, ist, warum du mir nicht die Wahrheit gesagt hast. Warum hast du mir nicht gesagt, wo sie ist und warum sie dort ist?«

»Weil ich Papiere unterzeichnet habe, die mir das ausdrücklich verboten haben.«

»Was? Ihrer *Schwester* zu sagen, wo sie sich befindet?«

»*Irgendjemandem* zu sagen, wo sie sich befindet.«

»Und wo hast du diese Papiere unterzeichnet? Im Hope Institute?«

»Ja«, antwortete Walter ruhig. »Im Hope Institute.«

Victoria öffnete den Mund, um zu antworten, und war erleichtert, dass in diesem Augenblick ihr Essen kam. Sie fühlte sich wie ein Boxer, der zwischen den einzelnen Runden dringend eine Ruhepause brauchte. Ihr Vater war ein schwerer Gegner. Sie musste sich neue Angriffstaktiken ausdenken.

Gedankenverloren schaute Victoria zu, wie der Ober ihr Glas nachfüllte; dann erinnerte sie sich plötzlich wieder, weshalb sie hier war. Zuallererst wegen Audrey. Und dann wegen Zachs Ermittlungen. Sie hatte versprochen, so viel wie möglich herauszufinden. Und das musste sie versuchen, so unauffällig wie möglich. Sie musste ihre Rolle so weiterspielen, wie ihr Vater es erwartete – sie musste besorgt und hartnäckig bleiben, durfte sich aber nur so weit für die Geheimnisse des Hope Institutes interessieren, wie sie Audrey betrafen. Dieses ganze Gespräch musste absolut persönlich bleiben, und unter keinen Umständen durfte sie auf die Tatsache anspielen, dass ihr Vater unter dem Verdacht stand, ein Verbrechen zu begehen.

Er war gerissen. Viel zu gerissen, um sich an der Nase herumführen zu lassen. Wenn sie zu sehr bohrte und ihre Fragen über Audrey hinausgingen, würde er es sofort merken.

»Darf ich Ihnen noch etwas bringen?«, fragte der Ober höflich.

»Nein, für mich nicht mehr, danke.« Victoria sah zu, wie ihr Vater den Kopf schüttelte und den Ober mit einer knappen Handbewegung fortschickte.

Sie wartete, bis er verschwunden war, dann beugte sie sich vor und versuchte erstaunt zu klingen, aber nicht zweifelnd. »Willst du etwa behaupten, dass das Hope Institute dir untersagt hat, Audreys Familie über ihren Aufenthaltsort zu informieren und darüber, wieso sie dort eingeliefert wurde?«

»Ganz recht.« Walter strich sich die Serviette auf dem Schoß glatt. »Sie haben mir auch untersagt, die Einzelheiten ihres körperlichen und seelischen Gesundheitszustandes zu diskutieren oder die Besonderheiten ihrer Therapie. Deshalb kann ich dir nur das Wesentliche mitteilen, mehr nicht.«

»Ich werde nicht von dir verlangen, gegen dieses Gebot zu verstoßen, Vater.« Victoria suchte in ihrer Tasche nach Notizblock und Stift. »Nenn mir den Namen von Audreys Arzt. Dann rufe ich ihn selber an.«

»Ich bin der Einzige, dem es gestattet ist, mit ihm zu sprechen.«

»Mit anderen Worten, du willst mir nicht sagen, wer es ist?«

»Richtig. Offen gestanden traue ich dir nicht. Wenn du die Instituts-Vorschriften verletzt und versuchst, Audreys Arzt anzurufen, mache ich mich des Vertragsbruchs schuldig.«

Erzürnt warf Victoria Notizblock und Stift auf den Tisch. »Lass mich eines klar stellen. Ich bin Audreys Schwester. Trotzdem darf ich nicht wissen, wer sie behandelt, welche Behandlung sie erhält und wegen welcher Krankheit. Ich darf nicht einmal wissen, wo sie überhaupt ist.«

»Das könnte man so sagen.«

»Was für eine Art Einrichtung ist dieses Hope Institute?«

»Die beste Privatklinik in ganz Manhattan.« Walter richtete seine ganze Aufmerksamkeit auf seinen Schwertfisch. »Mit Ärzten, die auf akute Problemfälle wie Audrey spezialisiert sind.«

»Akute Problemfälle.« Victorias Beschützerinstinkte wurden wach. Sie musste unbedingt wissen, wie krank ihre Schwester war und warum. »Vater, bitte sag mir – wie ist es zu ihrem Rückfall gekommen? Und wie schlimm ist es?«

»Sehr schlimm.« Ihre Situation schien Walters Appetit nicht zu beeinträchtigen. Erst nach mehreren Bissen Schwertfisch und einem genüsslichen Schluck Wein kam er auf den kritischen Gesundheitszustand seiner jüngsten Tochter zu sprechen. »Sie hat sich in Florenz auf irgendeinen armseligen Künstler eingelassen. Ich kenne die genauen Einzelheiten nicht, und sie interessieren mich auch nicht, aber offenbar hat er sie benutzt, verlassen und ihr sämtliches Bargeld gestohlen. Daraufhin ist sie zusammengebrochen, so wie sie es immer tut, und hat sich in eine ihrer Fressorgien gestürzt. Ihr komplettes Magen-Darm-System wurde überreizt, und sie bekam eine ernste Speiseröhren-Entzündung. Darauf aß sie überhaupt nichts mehr. Ich brauche dir nicht zu sagen, dass sie sich damit sehr geschadet hat. Am Ende musste sie in Florenz ins Krankenhaus eingeliefert werden, und die Klinik hat mich verständigt. Ich habe mich mit dem Hope Institute in Verbindung gesetzt und dafür gesorgt, dass Audrey unverzüglich nach Hause geflogen wurde. Seither geht es ihr von Tag zu Tag besser. Ende der Geschichte.« Er widmete sich wieder seinem Schwertfisch.

Ende der Geschichte?

Victoria verspürte ein fast schmerzhaftes Bedürfnis, ihre Schwester zu sehen, sie in die Arme zu nehmen, ihr zu sagen, dass alles wieder gut würde, und dann dafür zu sorgen, dass es auch so kam.

»Wie hast du von diesem Hope Institute erfahren?«, fragte sie. »Und wenn es so toll ist, wieso hat sonst noch niemand davon gehört? Ich musste größte Anstrengungen unternehmen, um diese Klinik überhaupt ausfindig zu machen. Und warum ist Audrey dann weggelaufen? Woher weißt du so genau, dass sie dort gut behandelt wird? Wann hast du sie zum letzten Mal gesehen?«

Walter trank in aller Ruhe einen weiteren Schluck Wein. »Soll ich der Reihe nach antworten? Ich habe von mehreren Mandanten, die Angehörige dort untergebracht haben, vom Hope Institute erfahren. Es ist eine ausgesprochen renommierte Klinik – zumindest für diejenigen, die sich die Dienstleistungen des Institutes leisten können. Außerdem ist sie absolut privat. Die exzellente medizinische Betreuung hat Priorität Nummer eins, doch dann folgt sofort höchste Vertraulichkeit. Die Gründe dafür sind sicher leicht zu erraten. Was Audrey angeht, sie hatte am Wochenende vorübergehend einen leichten Rückfall – eine unglückliche Nebenwirkung eines neuen Medikaments. Sie geriet in Panik, und anstatt um Hilfe zu bitten, rannte sie fort. Da sie wusste, dass du in der Nähe wohnst und ihr ganz bestimmt helfen würdest – wie du es immer tust –, hat sie sich auf die Suche nach dir gemacht. Das Klinikpersonal hat sie gefunden. Sie haben eine halbe Stunde gebraucht, um sie zu Bewusstsein zu bringen und sie zu stabilisieren. Jetzt geht es ihr wieder gut. Ich habe sie gestern gesehen. Als ich bei ihr war, war sie ruhig, ihr Gesicht hatte wieder Farbe, und die Reaktionen auf das Medikament hatten nachgelassen. Sie aß eine normale Mahlzeit und war in wesentlich besserer seelischer Verfassung. Sie kann sich kaum noch an die ganze Episode erinnern. Aber sie hat ein ganz schlechtes Gewissen, dich so erschreckt zu haben.«

Grundsätzlich stimmte die Geschichte. Victoria wusste, dass ihr Vater viel zu klug war, sie komplett neu zu erfinden. Es lag nun an ihr, die Abweichungen und Beschönigungen herauszufinden.

»Dann siehst du sie also häufig?«

»So oft ich kann, ja. Lass mich nachrechnen … Sie ist jetzt seit zehn Tagen dort. Ich habe sie viermal besucht.«

Viermal? Das war zu genau, um gelogen zu sein. Interessant. Victoria fragte sich, wie er in das und aus dem Gebäude kam, denn auf dem FBI-Video, das den Haupteingang überwachte, war er noch nie zu sehen gewesen. Vielleicht in einer der Limousinen, die direkt in die Tiefgarage fuhren. Nicht, dass sie das überraschte. Ihr Vater würde nie zulassen, dass ihn jemand beim Betreten des Hope Institutes sah. Und dabei ging es ihm nicht nur darum, seinen Ruf zu schützen, sondern auch sich selbst. Er musste wissen, dass das FBI Miss Evans befragt hatte. Schließlich hatte sie ihn als Anwalt des Instituts benannt. Mit Sicherheit versuchte er sich nach außen von einer Einrichtung, die unter üblem Verdacht stand, zu distanzieren.

Victoria musste noch ein wenig tiefer bohren.

»Was ist mit der Telefonnummer?«, fragte sie. »Die, die Audrey mir nannte, ehe sie zusammenbrach? Und wieso hat sie etwas von ›Gefahr‹ gesagt?«

Walter tupfte sich den Mund mit der Ecke seiner Serviette

ab. »Die Telefonnummer ist eine Privatverbindung zum Hope Institute. Jeder Patient bekommt sie, zusammen mit einem vierstelligen Code, für Notfälle wie der, in dem Audrey sich am Samstagmorgen befand. Was die Gefahr angeht, von der sie angeblich geredet hat, so kann ich nur annehmen, dass sie vermutlich geahnt hat, wie sehr sie durch ihr Weglaufen ihre Gesundheit in Gefahr gebracht hat. Sie muss das am ganzen Körper gespürt haben. Und das sagte sie dir – oder versuchte es zumindest –, weil sie hoffte, du würdest sie in die Klinik zurückbringen. Glücklicherweise haben die Klinikangestellten sie gefunden, ehe es zu spät war.«

Victoria holte tief Luft. »Das klingt ziemlich abenteuerlich, Vater. Es hört sich so an, als wäre Audrey in einem Verließ eingesperrt – keine Besucher, kein Kontakt mit irgendjemandem. Bist du sicher, dass du der Klinik genügend vertraust, um sie dort zu lassen?«

»Wohin soll sie denn sonst gehen, Victoria? Ins Lenox Hill Hospital? Sie sind nicht dafür ausgestattet, die Bedürfnisse deiner Schwester zu erfüllen, glaub mir.«

»Hast du wirklich Angst um Audreys Bedürfnisse? Oder sind es eher deine eigenen?«

Man hätte eine Nadel zu Boden fallen hören können.

Ganz langsam senkte Walter seine Gabel, seine Augen waren kalt wie Eis. »Willst du damit andeuten, dass ich jemals die Gesundheit meiner Tochter aufs Spiel setzen würde?«

»Ich will damit lediglich andeuten, dass dir dein Ruf über alles geht.«

»Das bestreite ich nicht. Ich habe hart dafür gearbeitet, das zu werden, was ich heute bin. Und ich würde eine Menge dafür tun, es mir zu erhalten, dazu gehört auch, dass ich Audrey und ihre Krankheit abschirme und vor Indiskretionen bewahre. Deshalb wollte ich eine Privatklinik für sie, ja. Und ich habe die beste Klinik gefunden, die Manhattan zu bieten hat, eine der besten in ganz Amerika, um genau zu sein. Audrey wird rund um die Uhr intensivste Pflege und Aufmerksamkeit zuteil – sowohl physisch als auch psychologisch.«

Psychologisch. Das brachte sie zu einem weiteren interessanten Punkt.

»Du hast Onkel Jim gegenüber kein Wort von der ganzen Sache erwähnt. Wieso nicht? Früher hast du ihn über Audreys Krankheit immer auf dem Laufenden gehalten. Und was ist mit Dr. Osborne? Er hat Audrey in der Vergangenheit behandelt. Warum jetzt nicht mehr?«

Eine feine Röte überzog Walters Hals. »Du hast mit Jim darüber gesprochen?«

Victoria war sich durchaus bewusst, dass sie sich in die Höhle des Löwen vorwagte, aber sie machte keinen Rückzieher. »Ja. Ich hatte gehofft, er oder Tante Clarissa würden das Hope Institute kennen. Das tun sie aber nicht.«

»Und deshalb habt ihr zu dritt entschieden, dass ich meine Tochter misshandle?«

»Nein. Ganz im Gegenteil. Wir haben nie über Misshandlungen gesprochen oder daran gezweifelt, dass das Hope Institute etwas anderes sein könnte als erstklassig. *Ich* war diejenige, die den Verdacht aufbrachte, du könntest aus rein egoistischen Motiven handeln. Ich allein. Um ehrlich zu sein, hat Onkel Jim dich verteidigt. Er fand, ich wäre unfair, und drängte mich dazu, mit dir zu sprechen und dir Gelegenheit zu geben, alles zu erklären. Was ich übrigens auch vorhatte, und zwar bereits vor Audreys Anruf.«

»Wie großzügig von dir.«

Victoria biss die Zähne zusammen. »Vater, ich versuche nicht, dich zu einem Monster zu machen. Ich verstehe nur diese ganze Geheimniskrämerei nicht.«

»Ich habe diese Frage bereits beantwortet. Das Hope Institute hat seine Vorschriften. Punkt.« Walter war offenbar gewillt, die Diskussion zu beenden. Victoria jedoch nicht. Sie war noch nicht weitergekommen. Aber irgendwie drehte sie sich nur im Kreis. Alle Fragen, die sie ihrem Vater stellte, blockte er geschickt ab, indem er sich auf die angeblich so strengen Klinikvorschriften berief. Wie konnte sie ihm bloß etwas entlocken?

»Übrigens«, schloss ihr Vater jetzt und schob seinen Stuhl zurück. »Eine der Vorschriften des Instituts besagt auch, dass es verboten ist, fremde Mediziner zu Rate zu ziehen. Elliot Osborne gehört nicht zur Klinik, das beantwortet also deine Frage, warum ich ihn und deinen Onkel diesmal nicht in mein Vorhaben eingeweiht habe.«

»Und warum wehrt sich das Institut dagegen, andere Meinungen zu hören? Das hört sich ja fast so an, als hätten sie Angst vor irgendetwas.« Victoria erhob vorsorglich die Hand gegen einen möglichen Einwand ihres Vaters. »Mach dir nicht die Mühe, es mir zu erklären. Ich weiß schon. Privatsphäre.«

Verärgert presste Walter die Lippen zusammen. »Wir könnten den ganzen Tag darüber diskutieren. Tatsache ist, auch wenn dir die strengen Regeln und Vorschriften des Instituts nicht gefallen, sein Erfolg spricht für sie. Audrey befindet sich in den besten Händen. Sie wird wieder gesund werden. Und sobald sie das ist, kannst du so viel Zeit mit ihr verbringen, wie du möchtest. Bis dahin halte dich von ihr fern.«

Victoria setzte sich gerade auf ihren Stuhl. Wieso klang das so sehr nach einer Drohung?

Ihr Vater war bereits aufgestanden, sein harter Blick suchte den Raum nach dem Ober ab. »Das Thema ist hiermit beendet. Ich habe vermutlich schon mehr gesagt, als ich sagen sollte. Aber ich musste dich beruhigen, damit du endlich diese übertriebene Sorge um Audrey und ihr Wohl aufgibst. Es geht ihr gut – und es wird ihr bald noch besser gehen, wenn wir die Ärzte ungestört ihren Job machen lassen. Jetzt werde ich die Rechnung bezahlen und in die Kanzlei zurückfahren.«

Nein, das wirst du nicht tun!, hätte Victoria am liebsten geschrien. Es kostete sie große Mühe, nicht nach seinem Arm zu greifen und ihn einfach festzuhalten. *Noch nicht. Ich muss erst noch etwas wissen, ehe du zurückfährst und das Hope Institute anrufst …*

Ganz plötzlich hielt sie inne. Ihr eigener Gedankengang hatte sie auf die Lösung gebracht. Natürlich. Das war es.

Hatte ihr Vater nicht gesagt, er hätte von Mandanten von der Existenz des Hope Institutes erfahren? Hatte er damit Benjamin Hopewell gemeint, oder gab es noch jemand anders, vielleicht sogar mehrere?

Es gab nur einen Ort, an dem sie das herausfinden konnte – die Stelle, wo ihr Vater sämtliche wichtigen Unterlagen aufbewahrte.

Sein Büro.

Das FBI hatte keine Möglichkeit, in die Kanzlei Waters, Kensington, Tatem & Calder zu gelangen, um dort nach den Verbindungen ihres Vaters zum Hope Institute zu forschen.

Aber sie.

Und sie hatte einen perfekten Grund, dies zu tun: Paul. Paul und sein sehnlicher Wunsch, mehr Mandanten zu gewinnen, und zwar vorwiegend aus dem Unternehmensbereich.

Sie hatte keine Zeit zu überlegen, ob sie skrupellos war oder nicht.

Sie musste sich auf ihre Instinkte verlassen.

»Ehe du den Ober rufst, möchte ich noch gern etwas anderes mit dir besprechen«, hörte sie sich sagen.

Ihr Vater sah sie ungeduldig an. »Was jetzt noch, Victoria? Deine Mutter? Es geht ihr bestens.«

»Nein, nicht Mutter.« Victoria schob ihren Teller zurück und faltete die Hände auf dem Tisch. Sie musste jetzt ganz sachlich werden. Ihre Stimme musste nüchtern, aber auch ein bisschen stolz klingen, das war die einzige Möglichkeit, ihren Vater davon zu überzeugen, dass sie die Wahrheit sprach. »Es geht um meine Kanzlei.«

»Tatsächlich.« Ihr Vater sagte nicht mehr, aber sie bemerkte sofort, dass er sich nicht mehr nach dem Ober umsah, sondern seine gesamte Aufmerksamkeit wieder auf sie richtete.

»Ich bin sehr stolz auf das, was Meg, Paul und ich erreicht haben.«

Ein guter Anfang. Sie klang selbstbewusst. Und zugleich ein bisschen defensiv. Das war genau, was ihr Vater erwartete – vor allem, wenn er erfuhr, was sie vorhatte.

»Meine Partner und ich, wir sind alle leidenschaftliche Anwälte. Wir sind gut in dem, was wir tun. Besser als gut – außergewöhnlich. Aber unsere Kanzlei ist jung. Wir sind noch nicht aus dem Gröbsten raus.« Sie presste die Lippen aufeinander. »Das Ganze ist ziemlich unangenehm für mich. Und schwierig. Vor allem nach dem Gespräch, das wir gerade geführt haben. Ich bin mir sicher, dass du ein bisschen sauer bist, dass ich deine Urteilsfähigkeit in Bezug auf Audrey in Frage gestellt habe. Aber ich kann einfach nicht anders, ich habe ständig das Gefühl, mich um sie kümmern zu müssen. Egal, da ging es um die Familie. Jetzt geht es ums Geschäft. Ich weiß, dass du das sehr wohl trennen kannst.«

»Ich habe keine Ahnung, worauf du hinauswillst.«

Sie holte tief Luft. »Ich habe Paul versprochen, zu fragen.

Also frage ich auch. Du weißt, dass Paul auf Körperschaftsrecht spezialisiert ist. Sollte einer deiner Junior-Partner an die Grenzen seiner Kapazitäten stoßen, würde Paul sich freuen, den einen oder anderen Mandanten zu übernehmen.«

Ein Hauch von Überraschung stand im Gesicht ihres Vaters. »Du bittest mich um Hilfe?«

»Ich bitte dich um eine Empfehlung.«

»Das ist dasselbe.« Walter ergriff die Rückenlehne des Stuhls und sah auf seine Tochter hinab – im doppelten Sinne. »Paul London ist ein Berufsanfänger. Seine Erfahrungen sind begrenzt. Er mag durchaus Potenziale haben, aber er ist sicher nicht dazu im Stande, mit Mandanten unseres Kalibers umzugehen. Die Unternehmen, die er bisher vertritt, sind viel zu unbedeutend und zu klein.«

Victoria blieb unbewegt. »Auch du hattest einmal mehr Potenzial als Erfahrung.«

»Das ist wahr. Aber ich habe gezeigt, was ich wert bin.«

»Weil du die Gelegenheit dazu hattest«, beharrte sie. »Du hattest einen Job in einer gut gehenden Kanzlei mit einem großen Mandantenstamm.«

»Paul London war in einer ähnlichen Position. Er hat sich dafür entschieden, es auf eigene Faust zu versuchen.«

Ihr Vater genoss das, es machte ihm regelrecht Spaß. Gut so. Das brachte sie ihrem Ziel einen Schritt näher.

Sie verschränkte die Finger fester ineinander – und hoffte, dass ihr Vater diese Geste registrierte. Er würde es als Emotion interpretieren. Als Zeichen der Schwäche.

Und er tat es.

»Ich bitte dich nicht oft um etwas, Vater.«

Walter reckte das Kinn. Seine Miene war hart und vorwurfsvoll. »Du bittest mich nicht nur nicht um etwas, du weigerst dich auch, etwas von mir anzunehmen. Dabei ist das, was ich dir anbiete, eine einmalige Gelegenheit – eine, die nicht wiederkommen wird.«

Perfekt. Genauso hatte sie sich seine Argumentation vorgestellt.

»Du sprichst von meiner Mitarbeit in deiner Kanzlei?«

»Nicht nur von deiner Mitarbeit, von deiner Teilhaberschaft als Junior-Partnerin.«

Victoria schwieg, absichtlich. Sie wusste genau, wie ihr Vater dieses Schweigen deuten würde. Schließlich war dies das erste Mal, dass sie ihn bei diesem Thema nicht sofort abgeblockt hatte.

Walter reagierte wie vorhergesehen.

Er setzte sich, in Erwartung eines lange ersehnten Sieges. »Bist du bereit, über mein Angebot nachzudenken?«

»Nein«, antwortete Victoria rasch, aber mit weniger Entschlossenheit als sonst. »Ich habe nicht um eine Position gebeten, sondern um die Vermittlung des einen oder anderen Mandanten.«

Er sah sie an, strahlte eben jene dominierende Sicherheit aus, die ihn so gut wie unschlagbar machte, sowohl im Gerichtssaal als auch außerhalb. »Denk darüber nach. Du bist eine außergewöhnlich gute Anwältin. Du bist meine Tochter. Du hast eine glänzende Zukunft vor dir – wenn du willst. Um Mandanten zu betteln ist unter deiner Würde. Ebenso wie dieses Von-der-Hand-in-den-Mund-Leben. Ein Erbe erwartet dich bei Waters, Kensington, Tatem and Calder. Was hält dich zurück – falscher Stolz?«

»Der Glaube an das, was ich tue.« Victoria reckte das Kinn empor. Sie sprach aus Überzeugung, außerdem war ihr klar, dass es dumm wäre, ihr Engagement für ihr eigenes Unternehmen herunterzuspielen. Dann würde ihr Vater sofort durchschauen, dass ihre Geschichte nur ein Bluff war. »Und

Loyalität«, fügte sie hinzu. »Meg und Paul sind nicht nur meine Kollegen, sie sind auch meine Freunde. Selbst wenn ich deiner Logik zustimmen würde, was ich nicht tue, würde ich sie nicht einfach sitzen lassen. Ich erwarte nicht, dass du das verstehst. Aber ich erwarte, dass du es respektierst.«

Ihr Vater schürzte die Lippen. Offenbar dachte er angestrengt nach. Victoria hielt den Atem an. Im Stillen betete sie, dass sie ihn weich genug geknetet hatte, um ihm die Ausgangsposition zu schaffen, die er brauchte.

Ihre Gebete wurden erhöht.

»Vielleicht gibt es einen Weg, bei dem ich dir deinen Wunsch erfülle und du mir auch ein wenig entgegenkommst«, schlug Walter vor.

»Nämlich?«

»Du hast gesagt, es handle sich um ein Geschäft. Bei einem Geschäft gibt es das nicht, dass man etwas tut, ohne im Gegenzug etwas zurückzubekommen. Du möchtest sozusagen einen außergerichtlichen Vergleich? Gib mir einen Anreiz dazu.«

»Red weiter.«

»Also, ich mache dir folgenden Vorschlag. Arbeite für Waters, Kensington, Tatem and Calder. Nicht als Partnerin, nicht einmal als feste Angestellte, sondern als eine Art Beraterin. Zwei Tage in der Woche. Dann bleibt dir noch mehr als genug Zeit, dich um die Mandanten deiner eigenen Kanzlei zu kümmern. Und du kannst genau vergleichen, was dir lieber ist. Wir vereinbaren eine Probezeit von, sagen wir, drei Monaten. Ich bezahle dich anständig, und ich werde sehen, was ich bezüglich der Empfehlungen an London für dich tun kann.« Er neigte leicht den Kopf. »Ich finde, das ist ein faires Arrangement. Was meinst du?«

Fair? Am liebsten hätte Victoria vor lauter Freude gejubelt. Sie hatte genau das erreicht, was sie wollte – in die Domäne ihres Vaters einzudringen. Eine Domäne, in der sich die Wahrheit über das Hope Institute verbarg.

Äußerlich blieb sie völlig ungerührt. Sie machte ein nachdenkliches Gesicht, ließ den Blick dabei jedoch keine Sekunde von ihrem Vater, der auf ihre Antwort wartete.

»Es handelt sich aber nur um eine Beratertätigkeit«, betonte sie schließlich noch einmal. »Und ich möchte kein Gehalt, sondern auf Provisionsbasis bezahlt werden. Vierzig Prozent deines jeweils in Rechnung gestellten Honorars. Zahlbar als Scheck, ausgestellt an London, Kensington and Stone.«

Walter sah sie an. »Ich erwarte deinen vollen Einsatz.«

»Anders könnte ich nicht arbeiten. Aber das weißt du, sonst hättest du mir diese Möglichkeit nicht eingeräumt.« Victoria hob ihr Kinn noch ein kleines bisschen höher. »Ich investiere dasselbe Engagement und dieselbe Loyalität in dein Unternehmen wie in meins. Damit müsste ich genügend Kapital erwirtschaften, um Meg, Paul und mir so richtig auf die Beine zu helfen, und dir genügend Gründe liefern, ein paar Unternehmen an Paul abzutreten. Aber, Vater, keine Manipulationen, kein Druck. Keine Zeitungsanzeigen, keine Visitenkarten, kein neuer Briefkopf mit meinem Namen. Keine Überraschungen. Ich bin weiter ausschließliche Teilhaberin bei London, Kensington and Stone. Dieser Punkt ist nicht verhandelbar.«

»Ich habe nicht vor, dich mit einem Trick dazu zu zwingen, in mein Unternehmen einzutreten, Victoria.« Die Andeutung eines Lächelns. »Das habe ich nicht nötig. Die drei Monate bei mir werden dich überzeugen.«

Sie blieb sachlich. »Ich kann frühestens nächste Woche anfangen. Ich muss morgen ans Gericht und habe Freitag den ganzen Tag Termine. Selbst in der nächsten Woche wird es noch sehr eng. Ich werde meinen Terminplan prüfen und sehen, wie viel Zeit ich erübrigen kann.«

»Tu das.« Eine bedeutungsvolle Pause. »Schließlich brauchst du ja auch noch etwas Zeit, um deine Partner schonend auf die Bombe vorzubereiten, die du platzen lassen wirst.«

»Es ist keine Bombe. Es ist ein neuer Mandant. Waters, Kensington, Tatem and Calder. Einer, der einen gehörigen Teil meiner Zeit in Anspruch nehmen wird. Aber du hast natürlich Recht, ich möchte Paul und Meg gern in aller Ruhe erklären, warum ich diese Entscheidung getroffen habe.«

»In Ordnung. Nächste Woche dann also. Sag mir Bescheid, wann du für mich verfügbar bist.« Walter stand auf und sah aus wie ein Wolf, der kurz davor stand, die Pranke in seine Beute zu schlagen. »Du kannst mir die genauen Einzelheiten morgen Früh um sieben Uhr dreißig mitteilen. Ich hätte dich dann gern in meinem Büro, damit ich dir kurz die Leute vorstellen kann, mit denen du zusammenarbeiten wirst. Die Gesellschafter sind bis dahin alle anwesend. Sie werden dich sehen wollen; manche hatten seit Ewigkeiten nicht mehr das Vergnügen. Bis dahin werde ich sie über deine neue Rolle in unserer Kanzlei informiert haben.«

Morgen früh. Das hatte Victoria nicht erwartet. Damit blieb ihr nur noch der heutige Abend, um mit Meg und Paul zu sprechen, ihre Strategie zu planen und Zach zu erreichen.

»Warum die Eile?«, fragte sie und verschaffte sich damit eine Minute zum Nachdenken. »Ich habe doch schon viele deiner Kollegen und Partner kennen gelernt.«

»Ja, vor Jahren und im Vorbeigehen. Dieses Mal möchte ich sie dir offiziell vorstellen, dir die Funktion erläutern, die sie in unserem Unternehmen innehaben. Außerdem gibt es viele neue Mitglieder bei uns, die du überhaupt noch nicht kennst.« Ihr Vater warf ihr einen eher herausfordernden als fragenden Blick zu. »Warum? Gibt es da ein Problem? Du hast anschließend noch genügend Zeit, um zum Gericht zu kommen. Mein Fahrer kann dich hinbringen. Und falls du dich um dein Frühstück sorgst, Miss Hatterman wird dir bestellen, was du möchtest. So hast du noch den ganzen Abend Zeit, mit deinen Partnern zu sprechen und dich auf deinen Auftritt morgen Früh vorzubereiten.«

»Auf welchen?«, erkundigte Victoria sich trocken. »Den vor Gericht oder den bei Waters, Kensington, Tatem and Calder?«

Ein eisiges Lächeln. »Entscheide selbst.«

»In Ordnung. Ich werde da sein.« Victoria legte ihre Serviette auf den Tisch und stand auf. Sie wusste sehr wohl, dass das ein Test war. Also gut. Er hatte ja keine Ahnung, wie schnell sie war. Sie hatte sich schon mehr als einmal mit nur einer Nacht Vorbereitungszeit in eine gerichtliche Auseinandersetzung gestürzt und gewonnen. Das würde ihr auch dieses Mal gelingen.

Ihr Vater hatte Recht. Manch einmalige Gelegenheit kam nie wieder.

Und diese hier würde sie ergreifen.

13

Der Ventilator drehte sich noch.

Seine Flügel warfen scharf umrissene Schatten an die Decke.

Es musste Nacht sein. Aber welche Nacht? Wie viel Zeit war vergangen? Und wieso konnte sie keinen klaren Gedanken fassen?

Ein Rascheln in der Zimmerecke sagte ihr, dass sie nicht allein war.

Sie zwang sich, den Kopf zu heben, was ihr große Mühe bereitete, weil er sich anfühlte wie Blei.

Im Sessel saß eine der Hauben.

»Kopf … tut weh …«, brachte Audrey krächzend zu Stande.

Die Haube unterbrach das, was sie gerade tat, und stand auf. »Ich weiß.« Sie näherte sich dem Bett, ihr Gesicht wirkte besorgt. »Sie waren so unruhig. Sie haben Fieber.« Sie drückte eine kühle Handfläche gegen Audreys glühende Wange. »Möchten Sie etwas Wasser?«

»Ja.« Sie ließ die Augen zufallen, als die Haube ihren Kopf hielt und ihr die Tasse an die Lippen drückte. Sie schluckte, dankbar für die kühle Flüssigkeit, die ihre Kehle hinabrann.

Als sie fertig war, riss sie die Augen wieder auf und sah sich in dem dunklen Zimmer um. »Vater …«

»Psst. Er kommt morgen wieder.«

»Nein … ich muss …«

»Morgen, Audrey«, wiederholte die Haube mit fester Stimme. »Dann bekommen Sie etwas zu essen und Besuch von Ihrem Vater. Aber jetzt müssen Sie sich ausruhen.« Sie steckte das Laken und die Decke fest, dann schüttelte sie ihr das Kissen unter dem Kopf auf. »Schließen Sie die Augen.«

Audreys Körper schien ihr keine andere Wahl zu lassen.

Schritte. Sie endeten an ihrer Tür. Jemand starrte sie an.

Jetzt befand sich noch jemand im Zimmer.

Sie konnte es deutlich spüren.

Aber sie hatte nicht die Kraft, zu schauen, wer es war.

Zach erhob sich, als der Oberkellner des Lusardi's Victoria an seinen Tisch führte.

»Danke, Marco.« Sie nickte dem strahlenden Ober zu.

»War mir ein Vergnügen, Signora Kensington. Schön, Sie mal wieder zu sehen. Einen schönen Abend – Ihnen beiden.«

Mit einem bedeutungsvollen Augenzwinkern in Zachs Richtung zog Marco sich zurück und ließ die beiden allein.

»Sehr diskret«, bemerkte Zach trocken und rückte Victorias Stuhl zurecht.

Sie wurde rot. »Ich bin froh, dass du Zeit hattest«, begann sie und versuchte, zu ignorieren, wie sein dunkler Blick über ihr saphirblaues ärmelloses eng anliegendes Kleid glitt. Wenn er wüsste, wie viel Sorgfalt sie dafür verwendet hatte, es auszusuchen.

»Offenbar war es sehr wichtig.« Zach kehrte an seinen Platz zurück.

Er sah atemberaubend auf. Aber Zach sah eigentlich immer atemberaubend aus. Er war nicht klassisch schön und kleidete sich auch nicht trendy. Er war eher lässig elegant, strahlte dabei aber so viel Macht und Männlichkeit aus, dass sich alle Frauen den Hals verrenkten, wenn er einen Raum betrat. Heute Abend trug er eine dunkelgraue Hose, einen hellgrauen Rolli und ein schwarzes Sportsakko.

Es kostete Victoria einige Mühe, ihn nicht anzustarren. Merkwürdig, wie sehr sie sich nach vier Jahren noch immer von ihm angezogen fühlte.

»Victoria?« Zach sah sie aufmerksam an. »Ist alles okay? Als ich deine Nachricht erhielt, hatte ich angenommen, dass du mich wegen des Treffens mit deinem Vater sprechen willst.«

»So ist es auch.« Victoria presste die Handflächen aneinander. »Mein Lunch mit ihm war äußerst interessant, um es einmal so zu formulieren.« Sie hielt an, erinnerte sich und war noch vorsichtiger als sonst. Es ging um ihre Familie, nicht um einen Mandanten. »Hast du mit den Leuten vom FBI gesprochen?«

Zach nickte. »Heute Morgen als Erstes. Wie wir vereinbart

haben, habe ich nichts über Audreys Gesundheitszustand verlauten lassen. Ich habe bestätigt, dass du im Hope Institute warst, weil du sie dort vermutest. Ich habe auch gesagt, dass du weniger weißt als wir, was die Rolle deines Vaters in der Angelegenheit, in der wir ermitteln, angeht.« Zach verzog die Mundwinkel. »Habe ich meinen Teil unserer Vereinbarung ordentlich erfüllt?«

Ein Lächeln. »Das hast du. Ich aber auch.«

»Ich bin ganz Ohr.« Zach winkte den Oberkellner heran. »Lass mich erst den Wein bestellen. Du siehst so aus, als könntest du ein Glas vertragen. Gehe ich recht in der Annahme, dass du immer noch für einen Cabernet zu haben bist?«

»Hm.« Sie nickte knapp. »Wie du schon sagtest, manche Dinge ändern sich nie.«

»Stimmt.« In seiner Stimme klang wieder derselbe merkwürdige Unterton wie gestern in ihrer Wohnung. Er räusperte sich, als Marco näher kam, und Victoria überlegte kurz, ob sie protestieren sollte, als er, anstatt eines Glases für jeden, eine ganze Flasche Joseph Phelps Cabernet bestellte.

»Du wirst das meiste davon trinken müssen«, meinte sie, nachdem Marco Zach zu seiner Wahl gratuliert hatte und davonging, um die Flasche zu holen. »Ich muss einen klaren Kopf behalten und morgen Früh fit sein.«

»Das wirst du.« Zach hielt ihr den Korb mit frischem Brot hin, wartete, bis sie ein Stück genommen hatte, und nahm sich dann selbst eins. »Um was für einen Fall geht es?«

»Eine hässliche Scheidungs- und Sorgerechts-Sache. Ein egoistischer Vierzigjähriger in der Midlife-Krise hat seine Familie sitzen lassen, benimmt sich wie ein Schwein und bildet sich auch noch ein, mit seinem ...« Victoria verstummte.

»Verstehe«, kommentierte Zach trocken. »Mit anderen

Worten, du tust genau das, was du immer tun wolltest – Frauen in Not helfen.«

»Das hört sich an, als wäre ich ein uneigennütziger Wohltätigkeitsverein. Ich werde dafür bezahlt.«

»Wahrscheinlich nicht so gut, wie du wert bist.« Nachdenklich betrachtete Zach sein Stück Brot. »Aber du warst ja noch nie von dem Wunsch besessen, reich zu werden, sonst hättest du einen anderen Weg gewählt. Dann wärst du schon längst Partnerin bei Waters, Kensington, Tatem and Calder.«

Victoria strich sich Butter aufs Brot. »Komisch, dass du das gerade jetzt erwähnst.«

Zach hörte auf zu kauen. »Was meinst du damit?«

»Es ist der Grund, warum ich mich heute Abend mit dir treffen wollte.« Sie hob den Kopf und sah ihn an. »Ich muss morgen Früh um sieben Uhr dreißig in der Kanzlei meines Vaters antreten. Ab nächster Woche werde ich als Beraterin für ihn tätig sein.«

Stirnrunzelnd verarbeitete Zach die Neuigkeiten. »Warum?«

Sie zog die Brauen hoch. »Du hast mir doch gerade erzählt, dass ich nicht so viel verdiene, wie ich wert bin. Waters, Kensington, Tatem and Calder könnten die halbe Park Avenue aufkaufen und die andere Hälfte leasen. Vielleicht kann ich einfach nur …«

»Victoria, was hast du vor?«

Ein langsamer Atemzug. »Ich verschaffe mir Zugang zu den Büroräumen. Es ist die einzige Möglichkeit herauszufinden, was ich wissen möchte.«

»Erklär.«

Sie tat es und berichtete ihm von dem Gespräch, das sie mittags mit ihrem Vater geführt hatte, und ihrer Idee, ihn zu ködern. »Es wird funktionieren, Zach. Es muss. Je eher ich weiß, was sich im Hope Institute abspielt und die ehrlichen von den unehrlichen Personen dort unterscheiden kann, desto schneller kann ich entscheiden, was das Beste für Audrey ist. Und ich bete, dass das, was ich herausfinde, meinen Vater entlastet und dass er das ist, wofür ich ihn halte: ein hartherziger und autoritärer Vater sowie ein aggressiver Rechtsanwalt, der ohne sein Wissen einen kriminellen Mandanten vertreten hat.«

Zach runzelte die Stirn. Er schwieg, als der Ober kam, um den Wein zu bringen und ihre Essensbestellung aufzunehmen. Aber in seinem Kopf arbeitete es heftig, das konnte Victoria sehen. Selbst als er den Cabernet kostete und nickend seine Zustimmung gab, dachte er an etwas völlig anderes. Schließlich kam er zu dem Ergebnis, dass sie sich blindlings in Unannehmlichkeiten stürzte.

Als sie wieder allein waren, verlor er keine Sekunde, es ihr zu sagen. »Ich bin von deiner Idee ganz und gar nicht begeistert. Dein Vater ist ein gerissener Mann. Und er ist skrupellos, wenn es um das geht, was ihm gehört. Vor allem um seine Kanzlei. Wenn er herauskriegt, was du vorhast, wird er dich in Stücke reißen.«

Victoria nahm seine Befürchtungen schulterzuckend zur Kenntnis. »Du hast Recht. Das würde er wahrscheinlich. Aber er wird es nicht herauskriegen. Wenn es um seine Kanzlei geht, hat er nämlich eine sehr beschränkte Fantasie. Er kann sich nicht vorstellen, dass irgendeine vernünftige, intelligente Person, schon gar nicht seine Tochter, dem, was er als einmalige Chance betrachtet, den Rücken zukehren könnte. Er ist davon überzeugt, dass ich endlich zur Besinnung gekommen bin und ihm eine Art Durchbruch gelungen ist. Ich werde nichts tun, was ihn von dieser Meinung abbringen könnte. Und, um ehrlich zu sein, können London, Kensington and Stone das Geld gut gebrauchen, das wir damit verdienen. Und Paul könnte die Mandanten gut gebrauchen. Weder er noch Meg haben je den Vorschlag gemacht, meinen Vater um Hilfe zu bitten, trotzdem schätze ich, dass sie sich über diese Starthilfe sehr freuen würden. Vor allem Paul. Er kommt mir in letzter Zeit ziemlich frustriert vor.«

»Du schätzt? Heißt das, dass du über dieses Arrangement noch gar nicht mit ihnen gesprochen hast?«

»Nein.« Victoria schüttelte den Kopf. »Sie waren beide heute Nachmittag wegen Auswärtsterminen nicht im Büro. Ich habe ihnen eine Nachricht auf Anrufbeantworter hinterlassen und sie gebeten, sich morgen Früh um halb sieben mit mir in der Kanzlei zu treffen. Ich habe dazugesagt, dass es wichtig ist.«

Zach ließ den Wein in seinem Glas hin und her schwappen. »Was wirst du ihnen sagen?«

»Die Wahrheit. Zumindest große Teile davon«, schränkte sie ein, für den Fall, dass er befürchtete, sie könnte seine Ermittlungen erwähnen. »Die persönlichen. Audrey. Ihr Verschwinden. Meg weiß ohnehin schon etwas. Und Paul schaut ständig in mein Büro, stellt Millionen Fragen und macht ein besorgtes Gesicht. Sie wissen beide, dass etwas passiert ist. Also sage ich ihnen, wo Audrey ist und dass ich mir ziemlich sicher bin, dass mein Vater sie dorthin gebracht hat. Was meine Verpflichtungen bei Waters, Kensington, Tatem and Calder betrifft, werde ich ihnen versichern, dass sie zeitlich begrenzt sind – so lange, bis ich meine Schwester wieder gefunden und der Kanzlei ein paar zusätzliche Dollars und Mandanten verschafft habe.«

»Hört sich nach einem vernünftigen Plan an.« Zach hob sein Glas. »Sollen wir darauf anstoßen – und darauf, dass du ihn vorsichtig ausführen wirst?«, fügte er betont hinzu.

»Okay.« Victoria erhob ebenfalls ihr Glas. »Darauf, dass wir diese ganze hässliche Geschichte zu einem guten Ende bringen.«

»Amen.« Zachs musterte sie, und sein dunkler Blick war ebenso wohlwollend wie vorhin, als sie das Restaurant betreten hatte. »Und auf erneuerte Bekanntschaften. Es ist schön, dich wiederzusehen, Victoria, trotz dieser Umstände.« Er machte eine bedeutungsvolle Pause. »Du siehst wunderbar aus.«

Ihr Herz schlug einen Salto vorwärts. Sie hatte sich vier Jahre lang gegen das gewehrt, was sie für Zach empfand. Und nun war er hier und riss diese Mauer im Handumdrehen nieder.

Also gut, seine Gegenwart ließ sie nicht kalt. Ebenso wenig wie seine offene Bewunderung und seine Komplimente. Daran konnte sie nichts ändern. Er faszinierte sie, und das würde auch so bleiben. Aber etwas Tieferes, Ernsteres als diese Faszination war unmöglich. Das hatte sie bereits vor vier Jahren festgestellt, als ihr klar geworden war, dass ihre Lebensziele nicht miteinander zu vereinen waren. Es konnte keinen Kompromiss geben. Nicht zwischen ihnen. Es ging um alles oder nichts. Und alles ging nicht. Also blieb nichts.

Punkt. Es war vorbei. Und daran konnten auch noch so viel Wein und Erinnerungen nichts ändern.

»Victoria?« Zachs Stimme riss sie aus ihren Gedanken. »Wir wollten doch anstoßen. Dazu muss man die Gläser aneinanderklirren lassen und einen Schluck Wein trinken. Aber du umklammerst dein Glas, als ginge es um dein Leben. Hör auf damit. Ich will ja gar nichts von dir. Ich habe dir nur gesagt, dass du wunderbar aussiehst. Das ist so. Du hast dich in den vier Jahren nicht eine Spur verändert, außer dass deine Haare ein paar Zentimeter kürzer sind und deine Augen etwas ernster. Jetzt nimm mein Kompliment an und trink mit mir.«

Das war die pragmatische Seite von Zach. Der Sag-wie-es-ist-Mann. Und der ganz anders war als der romantische einfühlsame Liebhaber, den sie so lebhaft in Erinnerung hatte.

Rasch verdrängte sie diesen Gedanken. »Jawohl«, antwortete sie gehorsam und wünschte sich, sie könnte so unerschütterlich sein wie er. Sie riss sich zusammen und stieß mit ihrem Glas an seins. »Danke für deine netten Worte. Ich finde es übrigens auch schön, dich wiederzusehen.«

»Na also.« Ein zufriedenes Augenzwinkern. »War das so schwer?«

»Willst du die Wahrheit wissen? Ja.« Sie hob das Glas an ihre Lippen und war froh, dass sie ihre Aufmerksamkeit jetzt auf den Wein richten konnte. »Hm. Sehr gut. Und du hattest Recht. Ich kann ein Glas Wein jetzt gut gebrauchen.« Sie nahm noch einen Schluck.

»Das sehe ich. Anscheinend hast du es bei mir noch nötiger als bei deinem Vater.«

»Zach, hör bitte auf damit. Wenn du mit mir über Politik oder Philosophie debattieren willst, bitte sehr. Aber an dieser Form von Geplänkel habe ich kein Interesse, zumindest nicht, wenn es um uns geht. Lass uns bei weniger verfänglichen Themen bleiben.«

»Für mich sind sie genauso verfänglich«, gestand er. »Du darfst nicht Offenheit mit Gleichgültigkeit verwechseln.«

»Ich möchte trotzdem das Thema wechseln.«

»Also gut.« Ganz plötzlich wurde seine Stimme weicher. »Wie geht es deiner Mutter?«

Victoria drehte den Stiel ihres Weinglases zwischen den Fingern und dachte nicht einmal daran, die Frage zu übergehen oder eine ausweichende Antwort zu geben. Sie wusste, was Zach wirklich wissen wollte. Er wusste, wie sie aufgewachsen war, kannte die Struktur ihrer Familie. Sie hatte ihm selbst davon erzählt – bei einem ihrer vertrauten, intimen Abendessen in seiner Hotelsuite.

»Besser. Sie trinkt sich nicht mehr in den Schlaf, sondern nimmt nur noch gelegentlich ein leichtes Antidepressivum, das ihr der Arzt verschrieben hat. Und sie geht jede Woche zur Therapie.« Victoria sah auf und traf Zachs mitfühlenden Blick. »Sie ist nicht glücklich, aber sie kommt zurecht. Es gibt viele Menschen, die das nicht von sich behaupten können.«

»Möglich. Du und ich, wir wissen, dass es viel mehr gibt.«

Wieder ein sehr persönliches Thema. Das war das Letzte, was sie brauchte – oder wollte.

»Tun wir das?«, hörte Victoria sich fragen. Ihre Stimme war harscher, als sie beabsichtigt hatte. »Ist dieses ›mehr‹ nicht eine Illusion oder nur ein vorübergehendes Glück? Vielleicht können wir alle höchstens kurze Phasen des Glücks erleben.« Sie schaute in ihr Glas. »Und vielleicht bin ich tatsächlich zynisch geworden, wie du sagtest.«

»Oder einfach nur sehr enttäuscht.« Seine Stimme war leise, und sie spürte seinen Blick auf ihr. »Es tut mir leid, wenn ich die Schuld daran habe.«

»Hast du nicht.« Jetzt war es an ihr, offen zu sein. »Es war das Leben. Ich bin vier Jahre älter, erfahrener und reifer als damals. Ich habe inzwischen gelernt, dass an bestimmten Dingen niemand die Schuld hat. Sie sind einfach so. Und das gilt nicht nur für gebrochene Herzen. Es gilt auch für gebrochene Leben.«

»Das ist eine große Erkenntnis.«

»Hm. Eine, die zum Zynismus führt, wenigstens bei mir. Menschen wie meine Mutter und Audrey sind ganz gewiss nicht einzigartig. Durch meinen Beruf begegne ich ihnen jeden Tag. Es gibt dort draußen so viele Opfer.«

»Und du möchtest sie alle retten.«

Victoria warf Zach einen raschen, prüfenden Blick zu, um zu sehen, ob er das ironisch meinte. Aber sein Gesichtsausdruck war völlig unverstellt.

»Ich wünschte, ich könnte es«, antwortete sie. »Aber dieser Wunsch bedeutet nicht, dass ich so naiv bin, das für möglich zu halten. Ich hätte alles dafür gegeben, meine Mutter und meine Schwester retten zu können. Aber je mehr Zeit vergeht, desto mehr begreife ich, dass ich im Grunde nicht viel tun kann. Ich kann sie beschützen, aber ich kann sie nicht dazu bringen, sich zu wehren. Dieser Entschluss muss von ihnen selbst kommen.« Ein leichter Seufzer. »Onkel Jim wäre froh. Er und Tante Clarissa raten mir seit Jahren, Audrey und meine Mutter ihren eigenen Weg finden zu lassen. Vielleicht sehe ich allmählich ein, dass sie Recht haben.«

»Wie geht es deinem Onkel und deiner Tante? Arbeiten sie immer noch so viel?«

»Ja. Sie sind die engagiertesten Menschen, die ich kenne. Ich kann dir gar nicht sagen, wie sehr ich sie bewundere.« Ein plötzlicher Anflug von schlechtem Gewissen überfiel sie. »Onkel Jim war von meiner Andeutung, Vater könnte Audrey versteckt halten, nicht sonderlich begeistert. Er und Clarissa lassen auf die Familie nichts kommen. Ich fühle mich wie eine Verräterin.« Victoria lachte bitter. »Aber so ist das Leben eben. Ausgerechnet ich, das vermeintliche Rückgrat der Familie, spioniere hinter meinem eigenen Vater her.«

»Du bist tatsächlich das Rückgrat der Familie. Das weiß – außer vielleicht deiner Familie selbst – niemand besser als ich. Und du spionierst deinem Vater nicht nach. Du bist auf der Suche nach der Wahrheit, das ist alles. Indem du sie findest, hoffst du, dass du ihn von allen Schuldzuweisungen befreien kannst.«

»Das hört sich entschieden nobler an«, kommentierte Victoria trocken. »Ich wünschte nur, ich würde mich besser dabei fühlen.«

Bei Zachs Worten kam ihr plötzlich ein ganz neuer Gedanke – einer, den sie für sich behielt, bis der Ober das Essen serviert hatte. Dann beugte sie sich vor und schaute Zach aufmerksam an. »Mir ist gerade etwas eingefallen. Wenn ein Agent des FBIs bereits im Hope Institute war, dann muss mein Vater über seine Kontaktmänner von diesem Besuch erfahren haben. Gibt es eine Möglichkeit, dass sie eine Verbindung zwischen den FBI-Männern und dir herstellen können?«

Nachdenklich schnitt Zach sich eine Scheibe Kalbfleisch ab. »Spontan würde ich sagen nein. Aber du weißt ebenso wie ich, dass kein Plan völlig wasserdicht ist. Ob es möglich wäre, dass dein Vater herausfindet, dass ich für das FBI arbeite, wenn er nur tief genug gräbt? Klar.«

»Na wunderbar.« Victoria drehte sich um, schaute in Richtung des Restauranteingangs und versuchte, einen Blick auf die Second Avenue zu erhaschen. »Er könnte diese Verbindung längst hergestellt haben. Und ich sitze hier mit dir zusammen beim Essen, in der Öffentlichkeit, wo uns jeder sehen kann.«

»Ja und?« Zach aß ungerührt weiter. »Ist das so überraschend unter den Umständen?«

Sie drehte sich wieder um, um ihn anzuschauen. »Was für Umstände?«

»Dein Vater weiß doch, dass wir uns vor vier Jahren regelmäßig getroffen haben, schließlich habe ich dich oft genug nach Hause gefahren. Und wir waren zwei- oder dreimal mit deinem Onkel und deiner Tante essen. Unsere Beziehung war also kein Geheimnis.«

Victoria schluckte und dachte an die Frage, die Onkel Jim ihr gestellt hatte. »Nein, war sie nicht.«

»Gut. Und jetzt bin ich nach vier Jahren im Ausland wieder hier. Da ist es doch nur normal, dass wir uns treffen, um zusammen zu reden, zu essen und zu trinken, oder?«

Ihre Gabel klirrte gegen ihre Teller. »Du möchtest, dass wir so tun, als wären wir wieder zusammen?«

Die Worte ›so tun‹ hingen wie Zündstoff in der Luft.

»Nein, wir tun nicht so, als wären wir wieder zusammen, wir treffen uns.« Zach wandte den Blick keine Sekunde von ihrem Gesicht. »Und ich denke, das wäre keine schlechte Idee. Eine gute Vorsichtsmaßnahme.«

»Vorsichtsmaßnahmen waren noch nie unsere Stärke«, murmelte Victoria atemlos.

»Nein. Aber das war mir immer völlig gleichgültig. Dir nicht?«

Victoria zuckte innerlich zusammen. »Wir sprechen nicht von unserer Beziehung, Zach. Wir sprechen darüber, anderen vorzutäuschen, wir würden sie fortsetzen, um den Verdacht von deiner … *unserer* Ermittlung zu lenken.«

»Und?«

Sie nahm ihr Besteck zur Hand und begann, ihr Hühnchen zu zerschneiden. »Ich bin mir nicht sicher, ob ich das schaffe.«

»Weil es zu unrealistisch ist oder zu schmerzhaft?«

Messer und Gabel erstarrten in ihrer Hand. »Ich glaube, du kennst die Antwort.«

»Vermutlich ja. Aber ich möchte sie gern von dir hören.«

»Also gut.« Victoria legte das Besteck wieder hin und sah ihm offen ins Gesicht. »Es ist beides. Es ist zu schmerzhaft, und es ist vor allem viel zu unrealistisch.«

Ohne Vorwarnung streckte Zach die Hand aus und hielt ihre

Finger fest. »Ich verstehe, dass es schmerzhaft ist. Aber ist es unrealistisch? Nicht das, was unsere Umgebung wahrnimmt.«

Sein Daumen strich über ihre Handfläche, und ein heftiges Kribbeln durchzuckte sie – eine körperliche Reaktion, die ebenso deutlich wie erschreckend war. Diese Erinnerung wollte sie ganz sicher nicht wiederbeleben.

Zach spürte dieses Kribbeln ebenfalls. Das konnte Victoria daran erkennen, dass seine Augen einen Hauch dunkler wurden und er ganz unmerklich zusammenzuckte.

Nein. Das konnte nicht sein. Dieses betörende, prickelnde Gefühl konnte doch nicht so einfach wieder da sein. Nicht nach vierjähriger Trennung. Nicht einmal bei einem Mann wie Zach.

Aber es war da.

Zachs Blick fiel auf ihre Hände, sein Daumen setzte die sanfte Bewegung fort, sein Griff wurde fester, damit sie ihre Hand nicht zurückziehen konnte.

Bisher hatte sie das auch gar nicht versucht.

»Ist das für dich wirklich so schwer vorstellbar, Victoria?«, fragte er mit der rauen, heiseren Stimme, die sie in endlosen Nächten aus ihrem Gedächtnis zu streichen versucht hatte. »Oder ist das dein Problem? Dass es so verdammt leicht ist?«

Sie holte tief Luft und zwang sich, die körperlichen Gefühle zu ignorieren. »Tu mir das nicht an, Zach«, erklärte sie ruhig und bestimmt. »Spiel nicht mit meinen Gefühlen und dreh mir auch nicht die Worte im Mund um, wie es dir passt. Als ich sagte, dass die Vorstellung, dort anzufangen, wo wir aufgehört haben, einfach zu unrealistisch ist, meinte ich damit nicht im Bett. Ich bin sicher, dass wir das hinkriegen würden. Aber wenn du dich erinnerst, gehörte zu unserer Beziehung mehr als heißer Sex.«

»Ja, ich erinnere mich. Ich erinnere mich an alles.« Er ließ ihre Hand los. »Und ich habe dir die Worte nicht im Mund herumgedreht. Ich habe nur gesagt, dass unsere gegenseitige Anziehungskraft zu stark ist, um sie zu verleugnen oder zu verstecken. Und daraus werden alle, auch dein Vater und seine Kontaktleute, ihre Schlüsse ziehen. Die Narben sind innen, wie du sehr wohl weißt. Wir müssen uns nur bemühen, sie niemanden sehen zu lassen. Schaffst du das?«

Victoria musste bei dieser Frage bitter auflachen. Ihre Narben niemanden sehen lassen? Kein Problem. Das tat sie doch schon, seit er New York damals verlassen hatte. Und zwar so gut, dass sie sich inzwischen schon selbst eingebildet hatte, sie wären verheilt.

Das waren sie leider nicht.

»Ja.« Sie nickte kurz. »Das schaffe ich.«

»Gut.« Zach widmete sich wieder seinem Essen. »Und jetzt hör auf, so ängstlich zu gucken. Dein Vater wird meiner Verbindung zum FBI wahrscheinlich nie auf die Spur kommen. Und ich glaube, er interessiert sich auch nicht sonderlich für dein Privatleben – es sei denn, es würde deinen Aufstieg in die heiligen Gefilde von Waters, Kensington, Tatem and Calder in irgendeiner Weise gefährden.«

Das konnte Victoria nicht abstreiten. »Du hast Recht.« Sie trank einen Schluck Wein. »Sobald ich die Türen zu seiner Kanzlei durchschritten habe, wird er wahrscheinlich nur noch darüber nachdenken, wie er mich für immer an sein Unternehmen binden kann. Sein einziges Ziel wird es sein, mich nicht wieder gehen zu lassen.«

»Sprich von mir.«

Erstaunt hob sie den Kopf. »Was?«

»Ich sagte, sprich von mir.« Zach sah sie eindringlich an. »Es beruhigt ihn sicher, wenn er glaubt, du hättest auch noch etwas anderes im Kopf als Audrey.«

»Mit anderen Worten, ich soll ihn in einer falschen Sicherheit wiegen?«

Zach grinste. »Das klingt ziemlich dramatisch, findest du nicht auch? Dabei spreche ich doch nur über das, was offensichtlich ist. Dein Vater ist unglücklich darüber, dass du dich nur noch für Audrey interessierst und für ihren Aufenthaltsort. Ob er das tut, weil er ein besessener Autokrat ist oder ein berechnender Verbrecher, wissen wir nicht. Was wir aber wissen, ist, dass er sich ein wenig entspannen würde, wenn er wüsste, dass du neben dem Hope Institute noch andere Interessen hast.«

»Stimmt.« Victoria schob sich ein Stück Hühnchen in den Mund. »Und was schlägst du vor, wie soll ich deinen Namen ins Spiel bringen?«

Zachs Augen blitzten. »Lass mich überlegen. Du könntest müde aussehen, gähnen und unkonzentriert sein. Ich bin sicher, dein Vater weiß, dass du maximal vier Stunden Schlaf brauchst. Wenn er etwas sagt, erklär ihm, du hättest nur drei gehabt – wegen mir. Das wird sofort einschlagen.«

»Prima. Und jetzt bitte ernst.«

Er lachte. »Okay. Bleib ruhig auf Distanz, wie du es immer tust. Sag ihm, dass du deinen ganzen Nachmittag und Abend umplanen musstest, damit du um halb acht in seiner Kanzlei sein konntest. Du hättest deine Termine verlegen müssen, ein Meeting mit deinen Partnern absagen und ein Abendessen mit einem alten Freund früher abbrechen müssen, um noch genug Zeit zu haben, dich fürs Gericht vorzubereiten. Der alte Freund bin natürlich ich. Wenn er wissen will, woher ich plötzlich auftauche, erklär ihm, ich hätte geschäftlich in der Stadt zu tun, und wir hätten uns wiedergesehen. Das sollte reichen.«

Victoria schaute auf ihre Uhr und stellte überrascht fest,

dass es fast neun war. »Apropos Gericht, ich glaube, ich fahre jetzt wirklich besser nach Hause, um mich vorzubereiten.«

»Ich begleite dich.« Zach warf seine Serviette auf den Tisch und gab dem Ober ein Zeichen.

Da war er wieder, Zach, der Gentleman.

Bei dieser Erinnerung erfüllte Victoria eine angenehme Wärme. Zach, der sie sicher vor der Haustür in Greenwich abgesetzt hatte. Zach, der sich trotz des hohen Sicherheitsstandards auf dem Universitätsgelände Sorgen gemacht hatte, dass sie allein durch die Gegend joggte. Zach, der darauf bestanden hatte, sie nach den Vorlesungen abzuholen, selbst wenn das häufig bedeutete, dass er sein Hotel nur verließ, um wenig später mit ihr dorthin zurückzukehren.

Ihr Protest hatte ihn nicht interessiert. Zachs Wertmaßstäbe waren unumstößlich.

Aber das war früher. Inzwischen hatten sich die Dinge verändert. Jetzt durfte sie nicht zulassen, dass auch noch Zachs Ritterlichkeit ins Spiel kam.

»Du brauchst mich nicht zu begleiten«, versicherte sie ihm und schob ihren Stuhl zurück. »Ich bin schließlich in Manhattan zu Hause. Ich bin keine Pendlerin mehr und auch keine Studentin. Ich komme schon sehr lange wunderbar alleine klar.«

Diese letzte Aussage hing plötzlich zwischen ihnen, viel bedeutungsvoller, als es Victoria lieb war. Sie hatte Zach lediglich daran erinnern wollen, dass sie selbstständig war. Stattdessen hatte sie ihre Trennung irgendwie wieder in den Mittelpunkt gerückt und ihm gleichzeitig zu verstehen gegeben, wie einsam sie in diesen letzten Jahren gewesen war.

Und beides hatte sie nicht beabsichtigt.

Sein Schweigen half ihr nicht.

Verlegen stand Victoria auf und versuchte, ihre Position

noch einmal klar zu machen. »Ich bin ein großes Mädchen, Zach«, sagte sie und zwang sich, seinen Blick auszuhalten, obwohl er ihr mehr als unangenehm war. »Du bleibst noch. Trink deinen Kaffee. Ich gehe nach Hause, bereite mich auf meinen Termin vor und versuche, noch ein paar Stunden Schlaf zu kriegen.«

Er wirkte weder nachdenklich noch grübelnd, wie sie es erwartet hatte. Er wirkte hin- und hergerissen. Er *war* hin- und hergerissen, stellte sie plötzlich fest. Er dachte nicht über das nach, was sie gerade gesagt hatte, er führte einen inneren Krieg mit sich selbst. Sie wusste das so sicher, als hätte er es ausgesprochen. Er war hin- und hergerissen zwischen der soliden altmodischen Erziehung seiner Eltern, die ihm beigebracht hatten, wie man eine Frau behandelte, und dem Versuch, ihre Unabhängigkeit zu akzeptieren.

»Victoria ...« Er stand auf, umfasste die Tischkante und beugte sich zu ihr vor.

Sie musste sich durchsetzen. Jetzt.

»Ich mache dir einen Vorschlag. Du zahlst das Essen«, meinte sie locker und steckte sich eine Strähne hinters Ohr. »Das wird dein unnötig schlechtes Gewissen beruhigen. Und mir hilft es viel mehr, als wenn du mich bis zur Tür bringst. Meine Beine funktionieren noch genau so gut wie deine, aber du bist reicher als ich.«

An seinem förmlichen Lächeln sah sie, dass er gemerkt hatte, dass sie ihrer Unterhaltung absichtlich eine leichtere Note gegeben hatte – und dass ihm das nicht gefiel. »Wenn es dir so lieber ist, bitte. Das Essen geht auf mich.«

»Danke.« Victoria wandte den Blick ab. »Gute Nacht.« Sie nahm ihre Tasche und wandte sich zur Tür.

»Victoria?«

Fragend sah sie sich um.

»Lass mich morgen Abend wissen, wie es steht.«

»Das werde ich.« Sie ging davon, fühlte Zachs durchdringenden Blick im Rücken und fragte sich, ob er die Ermittlung meinte oder die ungelösten persönlichen Fragen, von denen sie beide angenommen hatten, sie wären längst erledigt, die aber hartnäckig immer wieder an die Oberfläche kamen.

Sie verließ das Restaurant und sah sich nach einem Taxi um. Es war spät, sie war müde und durcheinander und hatte keine Lust auf den halbstündigen Fußweg nach Hause.

In diesem Moment sah sie ihn.

Er stand schräg gegenüber auf der anderen Straßenseite, halb verborgen im Schatten. Aber sie sah die glühende Spitze seiner Zigarre. Und sie spürte seinen durchdringenden Blick.

Er verfolgte sie noch immer.

14

Ohne zu zögern, drehte Victoria sich auf dem Absatz um und rannte zurück in das Restaurant. Eilig schlängelte sie sich an den Tischen vorbei und verlangsamte ihren Schritt erst, als sie Zach sah.

Er bestellte gerade einen Kaffee, aber als er sie bemerkte, unterbrach er seine Bestellung sofort. »Was ist los?«, fragte er, als sie an seinem Tisch stand.

»Mr. Zigarre.« Sie sprach mit gedämpfter Stimme. »Er steht da draußen. Auf der anderen Straßenseite.«

»Verstehe.« Mit einem Satz war Zach auf den Beinen, bestellte den Kaffee wieder ab und griff in seine Hosentasche. Er zog zwei Hundert-Dollar-Scheine hervor. »Bitte entschuldigen Sie die Umstände«, sagte er zu dem Ober. »Das dürfte die Kosten des Essens mehr als begleichen. Der Rest ist für Sie.«

Der Ober strahlte. »Grazie, Signore.«

Zach führte Victoria bereits zur Tür. »Hat er dich gesehen?«, fragte er leise.

»Müsste er eigentlich. Er hat die Restauranttür beobachtet, als ich herauskam.«

»Dann wird er annehmen, dass du ihn auch gesehen hast und wieder hineingelaufen bist, um Hilfe zu holen. Oder schlimmer noch, um die Polizei zu rufen.«

»Also wird er jetzt weg sein.«

»Zumindest wird er sich versteckt haben. Möglicherweise wartet er in irgendeinem Haus ab, ob die Polizei aufkreuzt oder nicht. Wenn nicht, wird er sicher wieder mutiger werden.« Zach öffnete die Tür, und sie gingen beide hinaus. Er schlug den Kragen hoch, während er sich unauffällig umsah. »Ist er noch da?«

»Nein. Er ist weg.«

»Nicht weg«, verbesserte Zach. »Nur außer Sicht.« Er blieb stehen und blickte Victoria an. »Hör mir jetzt zu und widersprich mir nicht. Ich werde dich jetzt nach Hause bringen. Wir werden allerdings kein Taxi nehmen, weil das meinen ganzen Plan kaputt machen würde. Ich möchte, dass er sich sicher fühlt. Ich möchte, dass er dir folgt. Ich möchte *nicht*, dass er merkt, dass er entdeckt wurde. Er soll denken, du wärst noch einmal ins Restaurant zurückgelaufen, um zu sehen, wo ich bleibe. Wir gehen jetzt beide Händchen haltend zu dir nach Hause, erzählen ein bisschen und tun so, als wären wir enge Freunde. Verstanden?«

Sie nickte.

»Gut.« Er nahm ihre Hand, und ihre Finger verschränkten

sich ineinander. »Dann lass uns gehen. Langsam. Erzähl mir ein bisschen. Und sei ganz entspannt.«

Wie früher, ergänzte Victoria im Stillen.

Sie gingen die Second Avenue hinauf in Richtung 82. Straße.

»Deine Hand ist ganz kalt«, murmelte Zach. »Hast du Angst?«

»Ein bisschen. Eigentlich bin ich eher durcheinander. Aber ich friere auch. Es war warm, als ich von zu Hause fortgegangen bin. Jetzt wünschte ich, ich hätte einen Mantel angezogen.«

Zach ließ ihre Hand los und schlüpfte aus seiner Jacke. »Hier.« Er hängte ihr die Jacke um die Schultern und legte den Arm darum, um sie festzuhalten. »Besser?«

Das kam darauf an, wie man ›besser‹ definierte.

In dem Moment, als Victoria in Zachs Jacke gehüllt war, war sie auch von seinem Duft eingehüllt.

Ihr Körper reagierte darauf wie auf eine Berührung, und ein heißer Schauer überkam sie.

»Victoria?« Zach massierte ihren Arm und versuchte, die Kälte zu vertreiben. »Wird dir langsam wärmer?«

»Hm.« Sie starrte auf den Gehweg, registrierte schwach die Menschenmassen, die sie umgaben. Alles erschien ihr surreal, als würde sie gerade einen schönen Augenblick aus der Vergangenheit neu erleben. Nur dass dies nicht die Vergangenheit war und Zach sie nach Hause brachte, um sie vor dem Spinner zu schützen, der sie verfolgte.

Ihr Körper spannte sich an, als sie überlegte, ob Mr. Zigarre einer der äußerlich unscheinbaren Leute war, die über die Second Avenue schlenderten, oder ob er im Schatten lauerte, ihr zusah, wie sie nach Hause ging und hinter ihr herschlich.

Zach blieb an der Ecke East 82. Straße stehen und schaute sich unauffällig um, während sie darauf warteten, dass die Ampel auf Grün schaltete. »Ich kann ihn nirgends sehen«, murmelte er, und sein Atem streifte Victorias Haar.

Sie nickte.

Es wurde grün.

Sie überquerten die Straße und gingen weiter in westlicher Richtung, wo sie wohnte. Zach wickelte seine Jacke noch ein wenig fester um sie und zog sie näher zu sich heran. Es kostete Victoria große Mühe, dem Drang, sich an ihn zu lehnen, nicht einfach nachzugeben.

»Erzähl mir von deinem Leben in den letzten vier Jahren.« Seine überraschende Frage riss sie unsanft aus ihrer Trance.

Victoria drehte den Kopf herum und hob das Gesicht, um ihn besser sehen zu können. »Wie bitte?«

Ein Schatten lag auf seinem Gesicht und verdeckte seine Miene. »Wenn wir überzeugend sein wollen, müssen wir uns ein bisschen unterhalten. Also erzähl mir, was du nach dem Studium gemacht hast. Du hast dich doch sicher nicht nur um deine Familie gekümmert und eine Anwaltskanzlei gegründet.«

»Doch. Das heißt, zuerst habe ich mir in einem Unternehmen, das so ähnlich war wie das meines Vaters, die Hörner abgestoßen. Ich habe es gehasst und konnte es kaum erwarten, etwas Neues zu finden.«

»Und ist es dir gelungen?«

»Was?«

»Etwas Neues zu finden.«

»Das weißt du doch.«

»Ich meine nicht die Arbeit. Ich meine Männer.«

Diesmal blieb Victoria abrupt stehen. »Du fragst nach meinem Privatleben?«

»Geh weiter. Ja, ich frage nach deinem Privatleben. Ich möchte gern wissen, wie viele der Bilder, mit denen ich mich gequält habe, wahr sind.«

Sie ignorierte seine Aufforderung, weiterzugehen. Ihre Gedanken wirbelten durcheinander, ihr Atem ging kurz und stoßweise, teils aus Ärger und Fassungslosigkeit, teils wegen des tranceartigen Zustands, in dem sie sich befunden hatte, ehe dieses Gespräch begann.

»Verstehe.« Ihre Stimme war so aufgewühlt wie ihre Emotionen. »Wovon soll ich dir zuerst erzählen – von den langen ernsten Beziehungen oder den kurzen heißen Affären?«

Ein Muskel in Zachs Unterkiefer zuckte heftig. »Sollte das witzig sein? Das war es nämlich nicht.«

»Es sollte dir klarmachen, dass dich das, was ich tue und mit wem ich es tue, überhaupt nichts angeht.«

»Verdammt, glaubst du denn, ich wüsste das nicht«, erwiderte er rau. »Glaubst du denn, ich würde nicht versuchen, mir das jeden verfluchten Tag in meinen Kopf zu hämmern?«

Es passierte viel zu schnell, um es vorherzusehen oder gar zu verhindern.

In der einen Sekunde standen sie da und schauten sich an.

In der nächsten Sekunde lagen sie sich in den Armen.

Zach zog Victoria fest an sich, schob die Hände unter ihr Haar, umschloss ihren Nacken und zog ihr Gesicht zu sich heran.

Ihr Atem mischte sich, ihre Lippen berührten sich, und die Welt versank.

Der Kuss hatte nichts Zögerndes. Kein sanftes Streifen der Lippen, keine langsamen, vorsichtigen Entdeckungen. Er war heiß, fordernd, leidenschaftlich. Sie standen dicht aneinandergepresst, ihrer Körper drängten nach noch größerer Nähe, ihre Lippen trennten sich nur für ein kurzes, keuchendes

Luftholen, ehe sie erneut zusammenfanden. Zachs Jacke rutschte zu Boden, blieb achtlos neben Victoria auf dem Gehweg liegen.

Keinen von ihnen kümmerte es.

Unbeirrt, ohne auf Vorbeikommende zu achten, auf irgendetwas außer dieser Leidenschaft zwischen ihnen, gaben sie sich diesem Augenblick hin. Zachs Zunge liebkoste sie tief und drängend, eine Hand grub sich in ihr Haar, mit der anderen umfasste er ihre Taille und presste sie an sich. Victorias Finger klammerten sich in seinen Pulli, glitten dann hinauf, schlangen sich um seinen Nacken und hielten ihn ebenso fest, wie er es tat.

Keiner von ihnen wusste, wie lange sie dort standen.

Und sie konnten auch nicht sagen, wie lange sie noch so gestanden hätten, wenn nicht zwei Autos hupend an ihnen vorbeigefahren wären, voll beladen mit Teenagern, die johlend und applaudierend aus den Fenstern hingen und sie mit zweideutigen, ziemlich peinlichen Zurufen anfeuerten.

Sie lösten sich voneinander und schauten sich ungläubig an, während sie versuchten, zu Atem zu kommen, ihre Gedanken zu sortieren und ihre Fassung wiederzuerlangen.

»Victoria ...«, begann Zach heiser.

»Ich habe meine Tasche fallen lassen.« Victorias Stimme klang dünn und schrill, sie machte einen Schritt zurück, fuhr sich mit den Fingern durchs Haar und suchte den Gehweg ab.

Die Tasche lag auf Zachs Jacke.

»Und da behauptet man immer, New York wäre ein unsicheres Pflaster«, meinte Victoria benommen, hob ihre Tasche auf und hängte sie sich über die Schulter. »Das wäre eine perfekte Gelegenheit für jeden Dieb gewesen, meine ...«

»Victoria.« Zach hielt sie am Ellbogen fest, zwang sie, ihn anzusehen. »Hör auf. Lauf jetzt nicht davon.«

Sie fühlte sich völlig leer und war gleichzeitig absolut erschüttert. Sie rechnete fest damit, im nächsten Augenblick umzukippen. »Vielleicht wäre Weglaufen im Moment das Beste. Ich kann das nicht ertragen. Ich kann nicht darüber nachdenken, und schon gar nicht darüber sprechen. Diese letzten Tage waren einfach …« Sie brach ab, ihre Hände zitterten, und sie spürte, dass ihr immer schwindeliger wurde. »Ich muss hier weg.«

Sie drehte sich um.

Sie ging so schnell, wie ihre hohen Absätze es zuließen, kramte schon unterwegs hektisch in der Tasche nach dem Schlüssel. Mit bebenden Fingern zog sie ihn hervor, als sie ihr Zuhause erreicht hatte. Instinktiv wusste sie, dass Zach dicht hinter ihr sein musste, war sich nicht sicher, ob er sie zwingen wollte, mit ihm zu reden, oder um ihre Sicherheit besorgt war.

Aber im Grunde wollte sie das auch gar nicht wissen.

Sie musste jetzt unbedingt allein sein.

Sie zitterte immer noch, als sie ihre Wohnung betrat. Sie schloss die Tür, verriegelte sie und lehnte sich taumelnd dagegen. Ihr Herz jagte, während sie einfach nur dastand und in die Dunkelheit starrte. Sie fühlte sich dumpf und leer, unfähig zu irgendeiner Regung.

Umso überraschter war sie, als sie Minuten später die warme, salzige Nässe ihrer eigenen Tränen schmeckte und feststellte, wie heftig sie weinte.

Das ist ja wie in einer gottverdammten Seifenoper, dachte der Mann, der sein prachtvolles Zielobjekt wie besessen die Straße entlangrennen und in ihre Wohnung stürmen sah. Wer immer dieser Typ war, er hatte ganz offensichtlich etwas probiert, wozu sie noch nicht bereit gewesen war. Aber so waren die Frauen. Was hatte sie nach einem solchen Kuss erwartet? Sie hatte ihm doch den roten Teppich zu ihrem Bett ausgerollt. Und jetzt spielte sie plötzlich die verletzte Unschuld.

Na, immerhin passierte endlich mal was. Er hatte schon angefangen zu glauben, sie würde sich *nie* gehen lassen. Sie ging von zu Hause ins Büro, vom Büro zum Gericht, vom Gericht zum Abendessen, vom Abendessen nach Hause. Das größte Erlebnis war ein Besuch bei ihrer Tante und ihrem Onkel. Wie öde. Und abgesehen von diesem einen Ausflug zum Hope Institute ging auch keinerlei Bedrohung von ihr aus. Er fragte sich, wieso er sie überhaupt noch observierte. Aber Befehl war Befehl. Das gesamte Desinfektions-Team war in höchster Alarmbereitschaft. Das Zielobjekt könnte zu einem ernsten Problem werden, hatte der Boss gesagt. Nun, ein Problem konnte er wahrhaftig nicht erkennen. Aber er war schließlich nicht derjenige, der die Entscheidungen traf – oder die Rechnungen zahlte. Also würde er sich vergewissern, dass sie ein braves Mädchen war, ins Bett ging und die Augen schloss. Teufel, er wünschte, er könnte zu ihr kriechen und ihr zeigen, was man im Bett noch alles machen konnte außer Schlafen. Nur zu gern würde er sie mal auf andere Gedanken bringen und ein wenig von ihrer Fixierung auf das Institut ablenken.

Er schaute sich um, sah keine Spur von dem großen Typ, den sie so abblitzen lassen hatte, und steckte sich eine Zigarre an. Gemütlich rauchend richtete er den Blick auf ihr Schlafzimmerfenster und wartete darauf, dass das Licht anging.

Das tat es nicht.

Das war allerdings merkwürdig.

Er wollte gerade herübergehen und die Angelegenheit genauer überprüfen, als er ein leises Tapsen hörte. Dann noch eins. Absichtlich gedämpft, aber hörbar – zumindest für seine geübten Ohren.

Schritte.

Regungslos lokalisierte er ihre Quelle. Scheiße. Schon wieder dieser Hüne.

Er trat seine Zigarre aus und verschwand in der Nacht.

Mist!

Zach fluchte leise, als die glimmende Zigarrenspitze verschwand. Er war so dicht dran gewesen. Aber seine Schuhe hatten offenbar so viel Lärm verursacht, um Mr. Zigarre zu warnen und in die Flucht zu schlagen.

Er sah sich um, suchte die Gegend ab. Victorias Beschreibung war absolut zutreffend. Mr. Zigarre war unauffällig und unscheinbar. Durchschnittlich groß, schlank, geschmeidig. Außerdem war er leichtfüßig, teuflisch schnell und besaß einen radarähnlichen Instinkt, der ihn rechtzeitig warnte.

Er hatte diese Art Job schon häufiger gemacht, so viel stand fest.

Stirnrunzelnd zog Zach sein Taschenmesser hervor, zog die schmale Klinge heraus und ging in die Hocke. Mit der Messerspitze stach er in den noch glimmenden Zigarrenstummel. Ohne ihn zu berühren, betrachtete er ihn von allen Seiten. Zweifelhaft, dass dort irgendwo eindeutige Fingerabdrücke zu finden sein würden. Trotzdem, er würde ihn Meyer geben, für alle Fälle. Vielleicht hatten sie ja Glück. *Wenn* die Abdrücke lesbar waren und *wenn* dieser Typ eine Vorgeschichte hatte, konnten sie ihn vielleicht identifizieren.

Zach hielt das Messer ins Licht der nächsten Straßenlaterne, bis er die Buchstaben auf der Papierbanderole der halb gerauchten Zigarre entziffern konnte. Aber das half nichts. Eine gängige mexikanische Marke – wie sie Tausende von Leuten rauchten.

Wer zum Teufel war er? Arbeitete er für Victorias Vater?

Und wenn es so war, wieso beschattete er sie? Zweifelte Kensington daran, dass seine Tochter die Geschichte über Audrey geschluckt hatte? Ahnte er, dass Victoria einen versteckten Grund hatte, in seiner Kanzlei zu arbeiten? Oder hatte er bisher einfach noch keine Möglichkeit gehabt, seine Hunde zurückzupfeifen?

Und wo war Victoria?

Zach hatte sie ins Haus rennen sehen. Aber es war kein Licht an – nirgends in ihrer Wohnung.

Er wusste, dass sie noch benommen war von dem Kuss vorhin. Und wenn er ehrlich war, war er das auch. Er wusste, dass sie nun Zeit für sich allein brauchte. Aber das war ihm im Augenblick gleichgültig. Ihre Sicherheit war wichtiger.

Er überquerte die Straße und drückte auf den Klingelknopf.

Er musste es noch zweimal wiederholen, bis sie antwortete.

»Ja?« Ihre Stimme zitterte.

»Ich bin es. Er war dort draußen. Lass mich herein.«

Schweigen.

»Victoria, ich komme jetzt herauf. Entweder drückst du mir die Tür auf, oder ich suche mir einen anderen Weg hereinzukommen.«

Der Türöffner surrte.

Zach nahm zwei Stufen auf einmal.

Victoria öffnete ihre Wohnungstür, als er oben ankam. Sie sah blass aus, aber gefasst, ihre braunen Augen schimmerten feucht. »Ich habe gerade aus meinem Schlafzimmerfenster geschaut. Ich habe ihn nicht gesehen.«

»Er stand auf der gegenüberliegenden Straßenseite. Als er mich sah, rannte er weg.« Zach trat ein, schloss die Tür hinter sich und hielt ihr den Zigarrenstummel hin. »Hast du vielleicht eine Zellophantüte? Am besten eine, die man verschließen kann.«

Victoria riss erstaunt die Augen auf. »Ist die von ihm?«

»Ja. Ich bin kein Experte, aber vielleicht gibt es irgendwo Fingerabdrücke. Ich nehme sie mit zum FBI und lasse sie untersuchen.«

Sie nickte, ging in die Küche und kehrte mit einem kleinen Gefrierbeutel zurück. »Hier.« Sie hielt ihn auf, bis Zach den Stummel abgeschüttelt und hineinfallen lassen hatte. Dann verschloss sie den Beutel und reichte ihn ihm.

»Ich werde das gleich morgen Früh erledigen.« Er legte den Beutel vorsichtig auf die Anrichte, dann warf er seine Jacke auf einen Stuhl.

Victoria schüttelte den Kopf, als ihr klar wurde, dass er beabsichtigte, länger zu bleiben. »Ich bin jetzt nicht in der Stimmung, mich zu unterhalten, Zach. Du hast mich fast bis zur Tür gebracht. Es ist alles bestens. Du hast diesen Mann vertrieben, dafür bin ich dir dankbar. Jetzt muss ich mich in meinen Fall einarbeiten und danach ein bisschen schlafen.«

»Dann tu das. Ich nehme das Sofa.«

»Du nimmst das ...« Sie begriff, was er meinte, und ihr Unterkiefer klappte nach unten. »Du kannst nicht hierbleiben.«

»Zum Teufel.« Er kam einen Schritt näher, widerstand jedoch dem Impuls, sie zu packen und kräftig zu schütteln. »Es geht jetzt nicht um uns, Victoria. Es geht um dich. Um deine Sicherheit. Mr. Zigarre ist nicht hier, um sich eine Wohnung anzusehen. Er ist hinter dir her. Ich dachte, es würde nach dem Gespräch mit deinem Vater aufhören, aber offenbar ist das nicht so. Warum? Ehe ich darauf eine Antwort habe, werde ich dich nicht allein lassen. Du hast jetzt zwei Möglichkeiten: Entweder packst du deine Sachen und kommst mit zu mir ins Plaza Athénée, oder du gibst mir ein Kissen und machst dich an deine Arbeit.«

Wortlos starrte sie ihn an. Sie rieb sich den Nacken und wirkte auf einmal schrecklich müde. »Okay. Ich habe jetzt nicht mehr die Kraft, um mit dir zu streiten.« Sie ging hinaus und kam mit einem Kissen und einer Decke zurück. »Es ist fast elf Uhr«, erklärte sie. »Ich habe morgen Früh um sechs Uhr dreißig den Termin mit Meg und Paul. Also werden um fünf die Lichter, der Fön und die Kaffeemaschine angehen.«

Zach reagierte auf ihre Drohung mit einem Schulterzucken. »Das ist perfekt. Mein Hotel ist drei Blocks von deiner Kanzlei entfernt. Wir nehmen ein Taxi, und du steigst vorher aus. Du gehst auf keinen Fall zu Fuß.« Mit dieser Ankündigung zog er sich ins Wohnzimmer zurück und richtete sich das Sofa her.

Victoria kochte nun vor Wut. Sie marschierte ins Wohnzimmer und sah ihn mit funkelnden Augen an. »Bilde dir ja nichts ein«, zischte sie. »Du erwischst mich in einer ziemlich schlechten Verfassung. Das heißt nicht, dass ich immer so gefügig bin. Ich lasse mir keine Vorschriften machen. Ich lasse mir nicht sagen, was ich zu tun habe und was nicht. Und ich brauche keinen selbst ernannten Ritter in glänzender Rüstung um mich. Das mag bei deinen europäischen Frauen funktionieren, bei mir tut es das nicht, wie du dich sicher erinnern kannst.«

Zach hörte aufmerksam zu. Er warf die Decke auf das Sofa und sah sie fragend an. »Meine europäischen Frauen?«

Sie biss sich auf die Lippe, wich aber keinen Millimeter zurück. »Das ist mir so rausgerutscht. Es hat keine Bedeutung.«

Sie beherrschte es inzwischen perfekt, ihre Gefühle zu verstecken. Trotzdem ließ Zach sich nicht täuschen. Und er war nicht gewillt, sie so leicht davonkommen zu lassen. Schmerzlich oder nicht, es war höchste Zeit, dass sie redeten.

»Verstehe«, antwortete er, ohne den Blick abzuwenden. »Dann verrate mir doch bitte, was vor ein paar Minuten zwischen uns passiert ist – ist dir das auch nur so rausgerutscht?«

Sie senkte die Lider und schaute zu Boden. »Rausgerutscht? Nein.« Eine lange Zeit sagte sie gar nichts. Dann hob sie den Kopf, und Zach konnte sehen, dass sie um Fassung rang. »Ich weiß nicht, was eben passiert ist. Erinnerungen? Anziehung? Beides. Ich bin mir nicht sicher. Seit letztem Samstag ist gar nichts mehr sicher. Nur eins: Ich kann keine Affäre mit dir haben. Und das nicht nur wegen dem, was ich gerade mit Audrey erlebe. Ich kann nicht.«

Es gab vieles, was Zach ihr gern gesagt hätte. Es gab eines, was er gern getan hätte. Aber sie war am Ende. Er würde sie nicht weiter bedrängen. Zumindest nicht heute Abend.

»Dann lass uns jetzt Schluss machen«, sagte er und widmete sich wieder seiner Schlafstätte. »Du musst noch arbeiten und kannst dich kaum noch auf den Beinen halten. Ich stelle die Kaffeemaschine um fünf Uhr an, schließlich bin ich näher an der Küche als du. Und ich trinke doppelt so viel Kaffee wie du.«

Ein müdes angestrengtes Lächeln. »Danke.« Sie fuhr sich mit den Fingern durch das schöne glänzende schwarze Haar. »Gute Nacht, Zach.« Ein kurzes Zögern. »Ich bin dir wirklich dankbar für deine Hilfe. Ich finde nur, wir sollten das, was hier passiert, nicht überbewerten.«

Zachs Blick wich nicht von ihr. »Das tun wir nicht.«

15

Donnerstag, 20. April
6.02 Uhr

Wie jedes Meeting im Hope Institute fand auch dieses unter dem schützenden Deckmantel eines Gesprächs zwischen Anwalt und Mandanten statt.

Das letzte Mitglied des Desinfektions-Teams eilte in Richtung Konferenzraum A. Er hatte heute einen bedeutsamen Vorfall zu berichten. Victoria Kensington hatte einen Mann aufgegabelt. Diese Tatsache war mit gemischten Gefühlen zu betrachten. Einerseits würde es sie auf andere Gedanken bringen und vom Hope Institute ablenken. Andererseits würde es um einiges schwerer werden, sie im Auge zu behalten, wenn ihr neuer Freund plötzlich zu allen möglichen Tages- und Nachtzeiten bei ihr aufkreuzte, in der Hoffnung, sie flachlegen zu können.

Nun, er würde die Entscheidung, wie man damit umging, anderen überlassen.

Hastig betrat er den Raum, nickte dem Rest der Gruppe zu und schloss die Tür hinter sich.

»Sie kommen spät«, bemerkte jemand. »Und machen Sie die Zigarre aus. Ich sage Ihnen das nicht noch einmal. Dies ist eine Klinik.«

6.30 Uhr

Victoria hatte geglaubt, sie wäre die Erste.

Sie war die Letzte.

Als sie auf die Tür von London, Kensington & Stone zusteuerte, sah sie einen Lichtschein unten durch den Spalt fallen. Und als sie ihren Schlüssel ins Schlüsselloch steckte, stellte sie fest, dass die Tür bereits offen war.

Also hatten Meg und Paul ihre Nachricht bekommen. Und sie schien ihnen Sorgen gemacht zu haben – genug, um vor Tagesanbruch hier zu erscheinen.

Seufzend betrat Victoria die Kanzlei und rieb sich die Schläfen. Sie wünschte, sie hätte das Joggen heute Morgen nicht ausfallen lassen. Der Adrenalinschub hätte ihr gutgetan. Aber Zach hätte ihr nie erlaubt, alleine durch den Park zu laufen.

Es war ihr ein Rätsel, wie sie diesen Tag je überstehen sollte. Erst der Termin hier, dann der bei ihrem Vater, anschließend die Gerichtsverhandlung – und danach Zach.

Dabei war sie schon jetzt völlig ausgebrannt.

Gut, sie brauchte nicht viel Schlaf, aber letzte Nacht war sie überhaupt nicht zur Ruhe gekommen. Erst das Essen, dann Mr. Zigarre, der ihr bis nach Hause gefolgt war, anschließend dieser Aussetzer zwischen ihr und Zach. Und dann hatte er zu allem Überfluss die Nacht in ihrer Wohnung verbracht, auf dem Sofa.

Allein die Gewissheit, dass er da war, hatte jeglichen Gedanken an Schlaf absolut unmöglich gemacht. Um vier war Victoria aufgestanden, und als es auf fünf zuging, war sie fertig geduscht und angezogen. Trotzdem war er vor ihr in der Küche gewesen. Er hatte sein Versprechen gehalten und eine Kanne Kaffee gekocht. Als sie hereinkam, trank er gerade die erste Tasse.

Sie hatten kaum ein Wort miteinander gesprochen. Er

hatte müde und erschöpft ausgesehen, als hätte auch er nicht allzu viel Schlaf gefunden. Die Bartstoppeln in seinem Gesicht hatten eine Menge Erinnerungen zurückgebracht – Erinnerungen an andere, intimere Morgen, die sie zusammen verbracht hatten.

Sie hatten die Wohnung gegen sechs verlassen.

Zach hatte ein Taxi angehalten, sie zur Kanzlei begleitet und sich, bevor sie ausstieg, noch für abends auf einen Drink mit ihr verabredet. Er wollte hören, welche Informationen sie im Büro ihres Vaters erhalten hatte, und mit ihr besprechen, wann er am besten zu ihr in die Wohnung kam.

Um wieder auf ihrem Sofa zu schlafen.

Himmel, würde sie den Drink heute Abend gut gebrauchen können. Wahrscheinlich würde sie diesmal die ganze Flasche leeren.

»Victoria, bist du es?« Es war Megs Stimme, die aus dem Besprechungszimmer kam.

»Ja«, rief sie zurück. »Ich bin es. Ist Paul schon da?«

»Ja, bin ich.« Paul trat in den Empfangsbereich und sah Victoria stirnrunzelnd an. »Ist alles okay?«

»Bestens.« Victoria schloss die Eingangstür hinter sich ab. Nicht dass sie um halb sieben morgens jemand erwartet hätte. Aber dieses Gespräch sollte absolut privat bleiben, und das galt auch für Angehörige irgendwelcher Reinigungsdienste, die möglicherweise auftauchen könnten.

Sie ging an der Rezeption vorbei auf Paul zu, der in der Tür des Raumes stand, der ihnen als Bibliothek und als Besprechungsraum diente.

»Komm herein.« Er trat zur Seite.

Victoria ging an ihm vorbei. Sie setzte sich erst gar nicht, dazu war sie viel zu nervös. Unruhig begann sie, im Raum umherzulaufen.

Er war einfach und zweckmäßig eingerichtet – ein schlichter Teppichboden, ein langer Eichentisch, acht passende Stühle und bis zur Decke reichende Bücherregale. Das einzig Dekorative waren ein paar Grünpflanzen, die Meg angeschafft hatte, weil sie der Meinung war, dass ein Besprechungszimmer nicht zur Abschreckung von Mandanten dienen und deshalb nicht steriler aussehen durfte als ein Operationsraum. Und auch wenn Megs Pflanzen nicht annähernd so prachtvoll gediehen wie die von Clarissa, so musste Victoria doch zugeben, dass sie ihrer Umgebung durchaus etwas Leben gaben.

Im Augenblick zupfte Meg gerade an ihnen herum und entfernte ein paar verwelkte Blättchen. Als sie Victoria hereinkommen hörte, drehte sie sich sofort um. Sie wirkte beunruhigt. »Was ist los, Victoria? Warum mussten wir so früh herkommen, und wieso konnte ich dich gestern Abend nicht erreichen?«

»Weil ich erst spät nach Hause gekommen bin. Und weil ich mit euch beiden gemeinsam sprechen wollte.«

»Gut, jetzt sind wir beide da«, stellte Paul nüchtern fest. Er schloss die Tür, verschränkte die Arme vor der Brust und wartete, bis Meg die Gießkanne weggestellt hatte. Dann sah er Victoria auffordernd an. »Leg los. Geht es um etwas Persönliches, oder ist es geschäftlich?«

»Beides.« Victoria blieb hinter einem der Stühle stehen und umfasste die Lehne. »Paul, ich bringe dich nur kurz auf den gleichen Stand wie Meg. Danach erkläre ich euch den Rest.«

Sie erzählte ihm die ganze Geschichte, beschrieb, wie lange sie gebraucht hatte, um das Hope Institute ausfindig zu machen, und welchen Verdachte sie nach ihrem Besuch dort hatte.

Paul entfuhr ein leises Pfeifen. »So weit würde dein Vater gehen, um Audreys Aufenthaltsort geheim zu halten?«

Victoria antwortete nicht sofort. Dann sprach sie sachlich und emotionslos. »Unter gewissen Umständen ja.«

»Das klingt übel. Was glaubst du, woran Audrey leidet, Victoria?«

Mit dieser Frage hatte sie gerechnet. Und sie wusste, wie sie sie beantworten musste. Ehrlich. Audreys Sicherheit und Zachs Ermittlungen waren wichtiger als private Geheimnisse.

Sie musste die Wahrheit sagen. Außerdem saßen hier keine Fremden vor ihr, sondern Meg und Paul. Audrey würde das verstehen.

Victoria fuhr sich mit der Zunge über die trockenen Lippen. »Ich habe nie darüber gesprochen, und ich möchte euch bitten, es für euch zu behalten.«

»Selbstverständlich.«

»Darauf hast du unser Wort!«, versicherte Meg.

Ein letztes Zögern. »Audrey leidet an Bulimie«, gab Victoria schließlich zu. »Schon seit ihrer Teenagerzeit. Ich schätze, ihr erratet leicht, wer sie dazu gebracht hat. Ihr habt meinen Vater kennen gelernt. Alles, was seinem Sinn für Perfektionismus widerspricht, ist für ihn nicht akzeptabel. Audrey hat es nicht geschafft. Nicht dass sie es nicht versucht hätte. Sie hat so verzweifelt versucht, ihm zu gefallen, dass es mir fast das Herz gebrochen hätte. Aber es ist ihr nie gelungen. Am Ende hat sie aufgegeben.«

»War das der Zeitpunkt, an dem sie beschlossen hat, ins Ausland zu gehen?«, fragte Meg leise.

»Ja. Und diese Entscheidung kam meinem Vater sehr gelegen. Wenn Audrey weg war, war auch das Risiko, dass jemand von ihrer Krankheit erfahren könnte, erst einmal aus der Welt. Für meinen Vater galt der Grundsatz: aus den Augen, aus dem Sinn. Aber nicht aus seiner Gewalt. O nein, die wollte er unbedingt behalten. Er arrangierte alles so, dass Audrey finanziell und emotional völlig auf ihn angewiesen war – ganz gleich, wie er sie behandelte.«

Paul blickte sie nachdenklich an. »Dann glaubst du also, sie hätte auf jeden Fall deinen Vater angerufen, wenn sie so krank geworden wäre, um in ein Krankenhaus zu müssen.«

Ein trauriges Nicken. »Er hat sie davon überzeugen können, dass er und nur er entscheiden kann, was in ihrem Leben geschieht. Ja, sie hätte ihn angerufen. Sie hätte ihn wahrscheinlich um Hilfe angefleht. Und er? Er hätte sich vor einem möglichen Skandal gefürchtet. Und alles getan, um ihn zu verhindern.«

»So wie du es erzählst, klingt es, als wärst du dir sehr sicher. Oder ist das alles nur Spekulation?«

»Mein Vater hat es gestern zugegeben. Audrey hatte mir am Abend zuvor eine Nachricht auf den Anrufbeantworter gesprochen. Sie wollte mich beruhigen und mir versichern, dass es ihr gutginge. Aber sie klang nicht so, als ob es ihr gutginge. Sie klang ziemlich verunsichert. Deshalb war ich zwar erleichtert, etwas von ihr zu hören, aber längst nicht beruhigt. Außerdem sagte sie, dass sie mich angerufen hätte, weil mein Vater ihr erzählt hätte, dass ich mir Sorgen um sie mache.«

»Und das bedeutet, dass er vorher mit ihr gesprochen hat.«

»Mit ihr gesprochen und sie gesehen hat«, korrigierte Victoria.

»Hat er das zugegeben?«

»Als ich ihn zur Rede gestellt habe, ja. Da konnte er es nicht mehr abstreiten. Aber er bestreitet nach wie vor, dass Audrey in Gefahr ist. Er behauptet, das Hope Institute wäre die beste Klinik in ganz Manhattan, und es ginge Audrey wegen der außergewöhnlich guten Pflege dort mit jedem Tag besser. Aber es würden strikte Regeln gelten. Niemand außer meinen Vater dürfe wissen, dass Audrey sich dort aufhält, geschweige denn sie besuchen. Ihr wären keine Besuche gestattet, keine Telefongespräche, kein Außenkontakt. Und ich hätte nicht einmal die Erlaubnis, mit ihrem Arzt zu sprechen. Institutsvorschriften.«

Victoria machte eine Pause. Sie hatte die grundlegenden Tatsachen geschildert und die ungewöhnlich strengen Prinzipien des Hope Instituts. Jetzt musste sie ihren Freunden das Ausmaß ihrer Sorge um Audrey deutlich machen, anschließend würde sie ihre Loyalität zu ihrer beruflichen Partnerschaft betonen. Sie musste ein derart glaubwürdiges Szenario schaffen, dass Meg und Paul nicht hinterfragen würden, warum sie sich gezwungen sah, den drastischen Schritt zu tun, den sie beabsichtigte – einen Schritt, der noch nie zur Diskussion gestanden hatte. Sie durften keinen Verdacht schöpfen. Weder auf kriminelle Aktivitäten noch auf FBI-Ermittlungen oder ein Drogensyndikat.

Sie wappnete sich innerlich.

»Meiner Meinung nach sind ihre Vorschriften viel zu streng. Ich fühle mich völlig hilflos, abgeschottet und habe massenhaft unbeantworteter Fragen. Ist Audrey kränker, als meinem Vater bewusst ist? Sind die Ärzte des Instituts so gut, wie er annimmt? Gibt es einen Grund, weshalb ich nicht die Erlaubnis habe, sie zu besuchen?«

Victorias Stimme geriet ins Stocken, und sie musste sich eingestehen, dass die Ängste, die sie aussprach, durchaus echt waren.

»Tatsache ist, ich mache mir fürchterliche Sorgen«, schloss sie, als sie sich wieder gefasst hatte. »Ich male mir das

Allerschlimmste aus, deshalb muss ich unbedingt Zugang zu diesem Hope Institute bekommen, um mich mit eigenen Augen zu vergewissern, dass es Audrey gutgeht. Ich bin ihre Schwester. Sie braucht mich. Mein Vater mag in der Lage sein, sachlich und nüchtern mit der ganzen Sache umzugehen, ich bin es nicht. Und ich kann ihm meine Sorgen auch nicht vermitteln. Deshalb werde ich über seinen Kopf hinweg handeln – wie ich es bereits einmal getan habe.« Ein rascher Blick zu Meg. »Du erinnerst dich sicher, dass ich meine ersten Informationen über die Telefonrechnungen meines Vaters bekommen habe. Und alles, was ich sonst noch brauche, werde ich mir auf demselben Weg besorgen.«

Meg zog erstaunt die Augenbrauen hoch. »Du willst sein Arbeitszimmer noch einmal durchsuchen?«

»Nein. Diesmal werde ich sein Büro in der Kanzlei durchsuchen. Dort werde ich mit Sicherheit mehr über das Hope Institute und über Audreys Aufenthalt dort finden. Mein Vater bewahrt seine ganze private Korrespondenz und seine Dokumente in der Kanzlei auf.« Der Anflug eines Lächelns. »Und das bringt mich zum Wesentlichen. Ich habe alles so arrangiert, dass ich einige Zeit bei Waters, Kensington, Tatem and Calder verbringen kann. Dadurch bekomme ich nicht nur Zugang zu den Informationen, die ich benötige, sondern auch die Gelegenheit, unserer eigenen Kanzlei auf die Beine zu helfen.«

»Jetzt komme ich nicht mehr mit.« Meg schüttelte den Kopf.

»Ich auch nicht«, murmelte Paul.

Victoria sah sie beide an, fest und offen, um ihnen zu zeigen, wie aufrichtig sie war – zumindest in Bezug auf das Folgende. »Mein Vater hat seine eigenen Vorstellungen und Ziele, ich habe meine. Ich habe meine immer in den Vordergrund gestellt. Da er sich weigert, mir die Wahrheit über Audrey zu sagen, habe ich beschlossen, nach einem Plan vorzugehen. Das Timing ist perfekt. Ich ergreife die Gelegenheit jetzt beim Schopfe.«

»Welches Timing?«, fragte Paul verständnislos. »Und was für ein Plan?«

»Ich habe in den sauren Apfel gebissen und meinen Vater gefragt, ob Waters, Kensington, Tatem and Calder dir ein paar Mandanten vermitteln könnte«, erklärte sie Paul. »Er hat eingewilligt – nicht bedingungslos, natürlich. Als Gegenleistung für seine Kooperation möchte er, dass ich als Beraterin für seine Kanzlei tätig werde. Drei Monate lang, an zwei Tagen in der Woche. Ich habe sein Angebot angenommen. Es ist die perfekte Lösung – eine, die mir genau die Chance gibt, die ich brauche, um unserer Kanzlei und Audrey zu helfen.«

»Du hast ja gesagt?«, fragte Meg ungläubig. Victoria war immer absolut kompromisslos gewesen, wenn es darum ging, für ihren Vater zu arbeiten.

»Ja. Ich hätte das sicher nicht getan, wenn die Umstände andere wären. Aber das sind sie nicht. Audrey wird in dieser Klinik festgehalten, und London, Kensington and Stone braucht eine kleine Starthilfe. Mein Vater und ich haben uns bereits auf die Modalitäten geeinigt. Ich habe eine Menge Geld für uns herausholen können – vierzig Prozent von jeder Summe, die ich für Waters, Kensington, Tatem und Calder in Rechnung stellen kann, plus der Gewinn, den uns die Mandanten bringen, die wir zu uns herüberziehen können. Also eine Situation, in der wir nur Vorteile haben. Trotzdem wollte ich euch angesichts der vielen Zeit, die ich dort verbringen werde, sofort informieren.« Victoria schwieg und sah erwartungsvoll von einem Partner zum anderen. Mit angehaltenem Atem wartete sie auf eine Reaktion.

»Wow!« Meg äußerte sich als Erste. »Das ist wahrhaftig ein Kreuzzug, den du da unternimmst. Ich verstehe, warum du das tun willst, aber bist du ganz sicher, dass es auch wirklich der richtige Weg ist? Du setzt dich nicht nur dem Stress aus, die Unterlagen deines Vaters durchsuchen zu müssen, ohne dabei erwischt zu werden, du wirst ihn auch noch ständig im Nacken haben. Er wird sicher alles versuchen, um dich doch noch dazu zu bewegen, als Partnerin bei ihm einzusteigen. Drei Monate sind eine lange Zeit, Victoria.«

»Das ist mir klar. Und auch meinem Vater. Er setzt natürlich darauf, dass die Zeit zu seinen Gunsten arbeitet. Aber ich weiß, dass sie das nicht tun wird. Und das solltet ihr auch wissen. Ich würde niemals von London, Kensington and Stone weggehen. Das müsst ihr mir glauben.«

»Wir glauben es dir«, antwortete Paul sofort.

»Natürlich.« Meg atmete langsam aus. »Das Problem ist nicht, dass ich an deiner Loyalität zweifele. Ich habe Angst um dich.«

»Das brauchst du nicht. Ich komme seit achtundzwanzig Jahren mit meinem Vater klar. Das wird sich auch jetzt nicht ändern.« Victoria verschränkte die Finger ineinander und fasste die Situation noch einmal in kurzen Worten zusammen. »Unsere Kanzlei hat für mich oberste Priorität. Das wird sie immer haben. Aber ich muss einen Weg zu Audrey finden. Dazu brauche ich eure Hilfe. Und euer Vertrauen.«

»Du kannst auf beides zählen.« Paul rückte seine Brille zurecht. »Und dein Vater hat wirklich zugesagt, mir Mandanten zu vermitteln?«

»Ja. Wir werden die Sache nächste Woche ins Rollen bringen.«

»Dann fängst du also nächste Woche bei deinem Vater an?«, fragte Meg.

Victoria schaute auf die Uhr. »Offiziell ja. Aber vorab bin ich um halb acht dort zu einem Frühstücks-Meeting verabredet. Das ist der Grund, weshalb ich so früh mit euch sprechen musste. Ich wollte euch unbedingt über alles informieren, bevor ich in die Kanzlei meines Vaters marschiere und mich dort als frisch errungene Trophäe präsentieren lasse.« Sie seufzte. »Ich bin nicht naiv, Meg. Was du sagst, ist natürlich völlig richtig. Mein Vater hält dies für eine gute Gelegenheit, mich von seiner Welt zu überzeugen und zum Bleiben zu überreden. Ich dagegen sehe es als Chance, einen Fuß in dieses Hope Institute zu bekommen, mich zu vergewissern, dass es Audrey auch wirklich gutgeht, sowie Pauls Ruf und unser Einkommen ein wenig nach vorn zu bringen. Ich werde äußerst vorsichtig vorgehen, das verspreche ich euch, und zwar ziemlich bald. Je eher ich zu Audrey gelange, desto besser. Und was meine Geschäftsverbindungen zu Waters, Kensington, Tatem and Calder angeht, so wird in drei Monaten alles vorbei sein, ohne dass es zu irgendeinem Schaden kommt.« Ein bitteres Lächeln. »Wer weiß, vielleicht wird mein Vater meine Entscheidungen ja anschließend akzeptieren und mich ein für alle Mal in Ruhe lassen.«

»Darauf würde ich nicht wetten«, murmelte Meg.

»Ich auch nicht«, stimmte Paul ihr zu. »Aber ich muss zugeben, diese Gelegenheit ist super. Endlich habe ich die Chance, ein paar hochkarätige Mandanten an Land zu ziehen. Das wird uns gigantisch nach vorn bringen.« Er warf Victoria einen dankbaren Blick zu. »Danke, dass du an mich gedacht hast. Du wirst es nicht bereuen.«

Megs Kopf schnellte herum, und sie sah Paul erstaunt an. »Das klingt ja fast, als wäre dir diese Idee auch schon gekommen.«

»Ist sie auch.« Paul ließ sich auf einen Stuhl fallen und legte einen Arm um die Lehne. »Ich will ehrlich zu euch sein. Ich bin langsam nervös geworden – richtig nervös. Ich brauche keine Reichtümer, aber wenigstens so viel Geld, dass ich meine Miete bezahlen kann. Und da habe ich schon irgendwann daran gedacht, Victoria zu fragen, ob sie nicht mal mit ihrem Vater sprechen kann. Ich wollte noch eine Zeit lang abwarten, ob sich die Geschäfte bei uns nicht doch von allein entwickeln würden. Aber ich finde, ein wenig Unterstützung kann uns nicht schaden. Das heißt nicht, dass ich glücklich bin über das, was Victoria gerade durchmacht. Ich schwöre euch, ich mache mir genauso große Sorgen um ihre Schwester wie ihr.«

Er drehte den Kopf in Victorias Richtung. »Ich hoffe, das hört sich nicht so an, als wollte ich aus dem Schicksal deiner Schwester Kapital schlagen. Das tue ich wirklich nicht. Ich bin einfach nur erleichtert über die Aussicht, demnächst ein paar Mandanten mehr zu haben und damit auch ein verlässlicheres Einkommen.«

»Das verstehe ich.« Victoria nickte. »Und ich weiß, dass du die Situation nie ausnutzen würdest. Wenn du so scharf darauf gewesen wärst, meine Beziehungen zu Geld zu machen, hättest du mich schon längst gebeten, mit meinem Vater zu sprechen.«

»Ich weiß, wie du zu ihm stehst«, antwortete Paul. »Deshalb imponiert mir deine großzügige Geste sehr.« Er räusperte sich umständlich. »Ich werde ihn heute noch anrufen und ihn zum Dank zum Essen einladen.«

»Prima«, murmelte Meg abfällig. »Biedere dich nur an. Genau das braucht dieser Mann. Er wird sich die Hände reiben, wenn er merkt, wie sehr wir auf seine Hilfe angewiesen sind.«

Paul sah sie finster an. »Ich tue nur, was sich gehört. Wieso hast du damit ein Problem, Meg? Kensington beschert uns ein paar neue Mandanten. Allerdings liegt es dann an mir, dafür zu sorgen, dass sie zufrieden bei uns sind. Aber du weißt, dass ich die nötige Sachkenntnis und Energie habe.«

»Hört auf, bitte.« Victoria winkte ungeduldig ab. Sie war jetzt nicht in der Stimmung für irgendwelche Streitereien, mochten sie auch noch so harmlos sein. Außerdem kannte sie ihre Freunde. Meg dachte mit dem Herzen, Paul mit dem Kopf. Aber das spielte keine Rolle. Wenn es drauf ankam, waren sie beide sofort für sie da.

»Ich verstehe euch beide«, erklärte sie. »Und ihr habt beide Recht. Paul, tu, was du für richtig hältst. Du wirst meinen Vater sicher nicht enttäuschen, schließlich bist du ein ausgesprochen fähiger Anwalt. Und wenn er das erst von seinen Mandanten hört, wird er derjenige sein, der sich zu bedanken hat. Meg befürchtet nur, du könntest ihm zu sehr schmeicheln und damit noch mehr Gründe in die Hand geben, mich unter Druck zu setzen. Dabei ist das gar nicht nötig. Er glaubt längst, gewonnen zu haben. Das tut er immer.«

»Ja, ich weiß.« Paul grinste Meg entschuldigend an. »Tut mir leid, Meg. Ich wollte dir nicht so über den Mund fahren.«

»Kein Problem. Ich habe sicher überreagiert. Außerdem brauche ich mir keine Sorgen um dich zu machen. Bescheidenheit ist nicht deine Stärke.« Meg lachte zwar, aber sie schien noch immer etwas zu beschäftigen.

Victoria fand rasch heraus, was es war. Und es hatte nichts mit ihrer Tätigkeit für Waters, Kensington, Tatem & Calder zu tun.

»Du siehst erschöpft aus«, stellte Meg geradeheraus fest. »Offenbar hattest du keine Sekunde Schlaf. Und du warst gestern Abend nicht erreichbar. Warum nicht? Warst du mit deinem Vater verabredet, um die letzten Einzelheiten zu besprechen?«

»Nein. Ich war nicht mit meinem Vater verabredet.«

»Das konnte ich mir auch nicht so richtig vorstellen. Muss ich fragen, mit *wem* du verabredet warst?«

Auf Megs todsicheren Instinkt für emotionale Angelegenheiten war Verlass.

»Anscheinend nicht.« Es war sinnlos, Meg etwas vorzumachen. Aus dem Funkeln in ihren Augen schloss Victoria, dass sie längst erraten hatte, was sich gestern Abend abgespielt hatte – oder zumindest glaubte, es erraten zu haben. Nun gut, ihre Annahme, mit wem Victoria den Abend verbracht hatte, war richtig, aber mit ihrer Vermutung, was sie gemacht hatten, lag sie völlig falsch. »Ich war mit Zach zusammen.« Sie wappnete sich für die nächste unausweichliche Frage.

Sie kam nicht.

Pauls überraschtes »Zach?« wurde von Megs energischem Kopfschütteln abgeschnitten. Er verstand sofort und hielt den Mund.

»Das ist gut«, erklärte Meg schlicht. »Ihr zwei habt noch eine Menge Fragen zu klären.«

Meg traf den Nagel auf den Kopf, mehr, als sie vermutete. Sie hatten in der Tat eine Menge zu klären. Aber die dringendsten Fragen waren nicht die intimen Dinge, auf die sie angespielt hatte.

»Das haben wir.« Victoria sah auf die Uhr und erschrak. »Ich muss mich beeilen. Mein Vater erwartet mich. Anschließend habe ich einen Gerichtstermin. Und danach …« Eine kurze Pause. »Wenn ich heute Abend nicht mehr in die Kanzlei komme, informiere ich euch morgen Früh über alles Neue, okay?«

»Warum solltest du nicht mehr in die Kanzlei kommen …?« Paul sah Megs missbilligendes Gesicht und besann sich eines Besseren. »Gut. Viel Glück.«

»Ja, danke.« Victoria strich sich den Blazer ihres taillierten maisgelben Kostüms glatt. »Das kann ich gut gebrauchen.«

16

Zach hatte Recht.

Manche Dinge änderten sich nie.

Die Kanzleiräume von Waters, Kensington, Tatem & Calder gehörten ganz eindeutig dazu.

Victoria ging an der Seite ihres Vaters durch den eleganten, riesigen, nussbaumgetäfelten Konferenzraum und dachte, dass die Büroräume – abgesehen von den hochmodernen Computern, einer kleinen Anzahl neuer junger Anwälte und noch neuerer, noch jüngerer Sekretärinnen – sich noch genau so anfühlten und aussahen wie damals, als sie ein kleines Mädchen war. Selbst die Gerüche waren dieselben: exquisites Leder, teures Eau de Cologne, ein Hauch von Pfeifentabak und frisch aufgebrühter Kaffee.

Nur dass es heute mehr gab als Kaffee. Ein zwei Meter langer Tisch war vor einer Wand aufgebaut, auf dem frische Croissants und Gebäck standen, vier verschiedene Säfte, und drei Silberkannen – zwei gefüllt mit Kaffee, mit und ohne Koffein, und die dritte mit heißem Wasser für Tee.

Auch der Raum war gut gefüllt, jeder, der etwas zu sagen hatte, war heute Morgen herzitiert worden: die über vierzig

Anwälte, die bei Waters, Kensington, Tatem & Calder beschäftigt waren, vom jungen Berufsanfänger bis zu den geschäftsführenden Teilhabern, die Rechtsanwaltsgehilfen, sämtliche Sekretärinnen und ein paar Aushilfen. Letztere, so stellte Victoria empört fest, waren nur zum Bedienen gekommen – um das Frühstück zu servieren und dafür zu sorgen, dass alles reibungslos ablief. Nicht, dass es einen Zweifel daran gegeben hätte, dass alles reibungslos ablief – schließlich patrouillierte Miss Hatterman höchstpersönlich durch den Raum und überwachte mit Argusaugen das Frühstücksbüfett.

Nein, hier hatte sich wirklich nichts verändert.

Außer dass sie nun nicht mehr nur Walter Kensingtons kluge Tochter war, sondern ein potenzielles Kanzleimitglied.

Das würde eine ziemlich neue Erfahrung sein.

Victoria ging von einem zum anderen, schüttelte eine Hand nach der anderen und kam sich vor wie eine Braut beim Abschreiten des Gratulantenparcours.

Ein sie sehr reserviert und abschätzend musternder Gratulantenparcours.

Die Gesellschafter waren älter geworden, die Gesichter zerfurchter als vor sechs oder sieben Jahren, als sie ihnen zum letzten Mal begegnet war.

Joseph Waters war nur noch ein Aushängeschild. Fast achtzigjährig und eigentlich längst pensioniert, kam er nur noch, wenn er Lust hatte, in der Regel, um an Meetings mit den allerwichtigsten Mandanten oder den Gesellschaftern teilzunehmen. Alfred Tatem hatte ungefähr das Alter ihres Vaters, ein dünnlippiges Lächeln und kalte blaue Augen, die einen zu Eis erstarren ließen. Allerdings war genau diese Eigenschaft sein großer Vorteil bei Gericht. Und da Mr. Tatem für hochkarätige Unternehmensfusionen ebenso zuständig war wie für kartellrechtliche Angelegenheiten, war der Gerichtssaal seine zweite Heimat. Deshalb war seine einschüchternde Art der Kanzlei ebenso dienlich wie die ihres Vaters.

Gregory Calder war Mitte fünfzig, kahlköpfig und untersetzt und immerhin so humorvoll, dass er beim Lächeln die Zähne zeigte – für die Kanzlei-Verhältnisse in der Tat eine Rarität. Mr. Calder arbeitete vorwiegend für Mandanten aus dem Kreis der Oberen Zehntausend. Er befehligte eine große Anzahl besonders fähiger junger Anwälte, die achtzehn Stunden am Tag arbeiteten, um sich die nächste Beförderung zu verdienen.

Es gab vier weitere Gesellschafter – drei von ihnen unterschieden sich nicht wesentlich von den erstgenannten.

Und dann war da noch Elizabeth Bonner.

Mrs. Bonner gehörte seit zwanzig Jahren zur Kanzlei, sie war die erste weibliche Anwältin, die in die heiligen Hallen von Waters, Kensington, Tatem & Calder vordringen durfte. Außerdem war sie die erste und einzige Frau, die bisher in den Rang einer Gesellschafterin erhoben worden war. Dem Gerücht nach war dieser Umstand sowie der enorme Mandantenstamm, den sie betreute, der Grund, weshalb sie tapfer dafür kämpfte, den Unternehmensnamen in Waters, Kensington, Tatem, Calder & Bonner umzuändern.

Und dieser Kampf war noch lange nicht zu Ende.

Mrs. Bonner war Anfang fünfzig, sah aber zehn Jahre jünger aus. Sie war schlank und zierlich, dezent, aber wirkungsvoll geschminkt, elegant gekleidet mit schicker kastanienbrauner Kurzhaarfrisur, stahlgrauen Augen und einer harten, unnachgiebigen Ausstrahlung, die selbst Miss Hatterman das Fürchten lehrte. Sie war eine ausgezeichnete Anwältin, deren Vielseitigkeit und deren hohes Maß an Sachkenntnis und Expertise es ihr ermöglichten, eine breite Palette von Fällen zu betreuen, von Unternehmensfusionen und Akquisitionen bis zu besonders pikanten und lukrativen Scheidungsfällen.

Victoria mochte die Frau mit der Aura eines machthungrigen Diktators nicht besonders, aber sie hatte großen Respekt vor ihr. Sie bewunderte ihren klaren juristischen Verstand, ihre Entschlossenheit und ihre Durchsetzungsfähigkeit. Sich in einem chauvinistischen Unternehmen wie diesem zu behaupten war schließlich kein Kinderspiel – und Victoria beneidete sie ganz gewiss nicht darum.

Mrs. Bonner schüttelte Victoria die Hand, musterte sie eingehend und ließ sich von der Anwesenheit Mr. Kensingtons an der Seite seiner Tochter keineswegs einschüchtern.

»Hallo, Miss Kensington. Lange nicht gesehen«, sagte sie kühl.

»Das stimmt. Jahre nicht, um genau zu sein. Ich freue mich, Sie wiederzusehen, Mrs. Bonner.« Victoria schüttelte die Hand der älteren Frau und sah ihr fest in die Augen.

»Wie war das noch? Juristische Fakultät der Columbia University, Jahrgang siebenundneunzig, Abschluss mit Auszeichnung, eine der besten Ihres Jahrgangs. Drei Jahre bei Howell, Baker and Graves, Spezialgebiet Familien- und Vertragsrecht. Heute eine eigene Kanzlei. Sehr beeindruckend. Ich habe gehört, dass Sie demnächst bei uns arbeiten werden.«

Victoria lächelte höflich. »Ich werde drei Monate lang an zwei Tagen in der Woche beratend für Sie tätig sein«, betonte sie und fragte sich, ob Mrs. Bonner auch ihre Collegenoten auswendig wusste. »Ich freue mich schon darauf.«

Der Gebrauch des Wörtchens »für« an Stelle von »bei« war Mrs. Bonner nicht entgangen.

Ihre Reaktion überraschte Victoria jedoch.

»Ich stecke gerade mitten in den Recherchen zu einem

sehr komplexen Scheidungsfall«, erklärte sie, und Victoria konnte schwören, einen Funken von Anerkennung in diesen kalten Augen gesehen zu haben. »Die vierzigjährige Frau eines äußerst wohlhabenden und renommierten Geschäftsmanns hat die Scheidung beantragt. Ich wäre sehr an Ihrer Meinung interessiert. Schauen Sie kurz bei meiner Sekretärin vorbei, wenn Sie nächste Woche hier sind, ich werde eine Kopie der Akte zur Einsicht für Sie bereitlegen.«

Victoria sah sie erstaunt an. »Welche Seite vertreten Sie?«

Es war keine Einbildung. Das Funkeln war tatsächlich da.

»Seine Frau. Sie hat vom Tag ihrer Eheschließung den Haushalt und das Personal geführt und ist meiner Meinung nach maßgeblich an der beruflichen Karriere ihres Mannes beteiligt. Ganz davon abgesehen, dass sie die gemeinsamen vier Kinder großgezogen hat und sich für diverse soziale Einrichtungen engagiert, was sich ebenfalls sehr positiv auf das Image ihres Mannes und damit seines Unternehmens ausgewirkt hat. Er hat ihre Loyalität mit einer Reihe von Liebschaften und dem Missbrauch des gemeinsamen Bankkontos erwidert, bis seine Frau genug hatte. Inzwischen ist sie der Ansicht, dass sie etwas Besseres verdient hat. Das werde ich für sie erreichen – und noch einiges mehr. Da ich Ihre Vorliebe für solche Fälle kenne, gehe ich davon aus, dass Sie interessiert sind.«

Vielleicht war diese Frau ja doch gar nicht so schlecht. »Ich werde Ihre Sekretärin aufsuchen, sobald ich nächste Woche hier bin«, versprach Victoria.

»Tun Sie das.« Mrs. Bonner nickte und drehte sich dann um, um von einer der Sekretärinnen eine Tasse Kaffee in Empfang zu nehmen.

Victorias Vater nutzte die Gelegenheit, sie weiterzuführen. »Du machst deine Sache gut«, meinte er, und das war für Walter Kensingtons Verhältnisse ein großes Lob. »Es gibt noch viele Leute, denen ich dich vorstellen möchte, bevor du zum Gericht aufbrichst.«

»Natürlich.« Victoria nahm das Glas Orangensaft, das ihr eine junge Frau anbot, lächelte ihr dankbar zu und wusste, dass es ihrem Vater nicht im Traum einfallen würde, sie miteinander bekannt zu machen. Was ihn betraf, waren Sekretärinnen und Empfangsdamen unsichtbar.

Die Junior-Partner, insbesondere die weiblichen, behandelte er nicht viel besser. Ein knappes Nicken, ein kurzes Nennen der Namen, und auf zur nächsten Person. Victoria war entsetzt über seine offen diskriminierende Haltung gegenüber Frauen und Untergebenen. Es erinnerte sie sehr daran, wie er mit Audrey umging.

Bei dem Gedanken an Audrey fiel Victorias Blick in die Richtung, in der das Büro ihres Vaters lag. Es hatte keinen Zweck, auch nur in Erwägung zu ziehen, heute Morgen dorthin zu gelangen. Es lag am anderen Ende des Korridors, und Dutzende Leute blockierten den Weg dorthin. Sie würde bis nächste Woche warten müssen.

»Guten Morgen, Mr. Kensington. Endlich habe ich Gelegenheit, Ihre Tochter kennen zu lernen, von der Sie so viel halten.«

Victoria schrak aus ihren Gedanken. Sie drehte sich um und begegnete dem anerkennenden Blick eines attraktiven dunkelhaarigen Mannes Mitte Dreißig. Er hatte ein markant geschnittenes Gesicht, seine Haut war gebräunt, vom Solarium oder von einer Woche am Strand. Er war groß und breitschultrig, sein maßgeschneiderter Anzug etwa dreimal so teuer wie der beste Designer-Anzug. Aber sein Lächeln war echt und freundlich, und seine wachen blauen Augen betrachteten sie interessiert und mit einem Anflug von Bewunderung.

»Ian. Gut. Ich bin froh, dass Sie hier sind.« Walter Kensington begrüßte ihn mit unverhohlener Anerkennung. »Victoria, darf ich dir Ian Block vorstellen? Er ist nun schon seit zwölf Jahren bei uns, seit er in Harvard sein Examen gemacht hat. Er ist einer unser vielversprechendsten Junior-Partner.«

Natürlich, dachte Victoria. *Harvard. Jura. Gleich zwei Punkte für Ian Block.*

»Es ist mir ein Vergnügen, Mr. Block.« Sie streckte die Hand aus.

»Ganz meinerseits, Miss Kensington.« Er schüttelte ihr fest die Hand. »Ich habe eine Menge über Sie gehört. Ich freue mich, dass Sie für uns arbeiten werden.«

»Ich freue mich auch.« Victoria lächelte höflich. Bedächtig trank sie einen Schluck Saft, nicht weil sie Durst hatte, sondern weil ihr das die Gelegenheit verschaffte, Ian Block unauffällig zu mustern.

Faszinierend, intelligent, selbstsicher. Ein cleverer Stratege *und* ein Harvard-Absolvent.

Er war ein aussichtsreicher Kandidat für eine Teilhaberschaft an der Kanzlei.

»Ian arbeitet eng mit fünf der acht augenblicklichen Gesellschafter zusammen«, bestätigte Walter ihre Vermutungen. »Selbstverständlich auch mit mir. Er ist ein exzellenter Spezialist in der Beratung von Unternehmen und hat mit Sicherheit eine große Zukunft vor sich.«

Aha. Dann wird er also noch vor seinem vierzigsten Geburtstag zum Gesellschafter erhoben, folgerte Victoria im Stillen.

»Du wirst anfangs eng mit Ian zusammenarbeiten – bis du dir über die verschiedenen Unternehmen, die wir vertreten, ein Bild verschafft hast. Er wird dir die diversen Fusionen und Akquisitionen erläutern, die wir im Augenblick verhandeln, die schwebenden Verfahren, et cetera.« Eine bedeutungsschwere Pause. »Er wird auch darüber entscheiden, welche unserer weniger wichtigen Mandanten er an Paul London weitervermitteln kann.«

Eine klare Botschaft, kooperativ zu sein, dachte Victoria.

»Das ist schön.« Victoria neigte den Kopf und sah Ian Block fragend an. »Ich werde Sie nächste Woche, sobald ich hier bin, aufsuchen. Welches ist Ihr Büro?«

»Ungefähr auf halbem Weg zu Ihrem Vater, auf der linken Seite.« Er zeigte in die entsprechende Richtung. »Meine Sekretärin, Miss Whiting, wird mich sofort verständigen, wenn Sie kommen. Wann wird das ungefähr sein?«

»Ich muss die Einzelheiten noch mit meinem Vater besprechen. Er wird Sie dann sicher über meinen Einsatzplan unterrichten.«

»Miss Hatterman wird im Laufe des Tages dazu eine Mail versenden«, bemerkte Walter Kensington.

»Ausgezeichnet.« Ians Lächeln war wie aus einer Hochglanzzeitschrift. »Dann möchte ich Sie jetzt nicht länger aufhalten. Ihr Vater sagte, Sie hätten um neun einen Gerichtstermin.«

»Ja, so ist es. Wir sehen uns nächste Woche.«

Victoria entfernte sich nachdenklich. Irgendetwas an Ian Block erregte ihr Misstrauen. Es waren nicht seine Motive – die waren mehr als offensichtlich –, eher seine verdeckte, aber durchaus spürbare Aufmerksamkeit ihr gegenüber.

Sie war weder so naiv zu glauben, dass er an ihr als Frau interessiert war, noch wäre er so dumm, sich ihr zu nähern, zumindest nicht offen. Es konnte nur zwei Möglichkeiten geben: Entweder hatte er beschlossen, bei Walter Kensington Extrapunkte zu sammeln, indem er seine Tochter umgarnte – ein Plan, der zum Scheitern verurteilt war, weil sie für seinen

Charme nicht empfänglich war und ihr Vater sich nicht im Mindesten um ihr Privatleben kümmerte. Oder er befürchtete, dass sie ihm bei seinem Vorhaben, Partner bei Waters, Kensington, Tatem & Calder zu werden, Konkurrenz machen könnte. Dann würde er zunächst einmal versuchen, sie einzuordnen, und sich überlegen, ob er sie besänftigen oder sabotieren sollte.

Wie auch immer, er würde sie mit Sicherheit im Auge behalten und herauszufinden versuchen, was sie mit ihrer dreimonatigen Beratertätigkeit beabsichtigte.

Um seine Karriere brauchte er sich keinen Sorgen zu machen. Sie würde ihm nicht ins Gehege kommen. Aber seine Wachsamkeit – die könnte zu einem Problem werden, wenn er vorhatte, ihre Schritte genauestens zu verfolgen. Sie hatte nicht die Absicht, Ian Block in ihre Nachforschungen über Audrey und das Hope Institute einzubeziehen.

Victoria wurde noch fünf oder sechs weiteren Juniorpartnern vorgestellt. Jeder von ihnen verhielt sich ihr gegenüber wachsam und herablassend zugleich. Wachsam aufgrund der Bedrohung, die sie darstellte, herablassend aufgrund ihres Geschlechts.

Hier zu arbeiten würde ein gehöriges Maß an Selbstkontrolle von ihr verlangen, dachte Victoria. Wenn sie sich nicht mehrmals am Tag auf die Zunge biss, würde sie große Probleme bekommen.

Ian Block abzuschütteln und Elizabeth Bonner bei ihrem Scheidungsfall behilflich zu sein – diese Aufgaben schienen sich schon jetzt als die größten Herausforderungen während ihrer Zeit bei Waters, Kensington, Tatem & Calder abzuzeichnen.

Abgesehen von den Informationen, die sie sich zu beschaffen beabsichtigte.

Eine halbe Stunde später begleitete ihr Vater sie zum Aufzug und nickte ihr zum Abschied noch einmal anerkennend zu. »Das ist sehr gut gelaufen. Ich bin ausgesprochen zufrieden.« Er zog einen Umschlag hervor und reichte ihn ihr.

»Was ist das?« Stirnrunzelnd riss Victoria den Umschlag auf und zog einen handbeschriebenen Briefbogen heraus, der wie eine Einladung aussah.

»Deine Mutter und ich geben am Samstag eine Dinnerparty, um dein Engagement für unser Unternehmen zu feiern. Zu Hause. Nichts Großes. Die Gesellschafter und ihre Ehefrauen werden kommen sowie unsere wichtigsten Mandanten mit ihren Gattinnen.«

Schon? Miss Hatterman musste sich heute Nacht die Finger wund geschrieben haben.

»Vater, Samstag ist schon übermorgen, und ich …«

»Oh, und Jim und Clarissa werden ebenfalls kommen. Ich habe gestern Abend mit Jim gesprochen. Er hat sich über die Neuigkeiten sehr gefreut und mir versprochen, die Party auf keinen Fall zu versäumen.«

Bestechung, dachte Victoria unwillkürlich. Das Manöver überraschte sie nicht sonderlich. Es war typisch für ihren Vater. Er wusste verdammt gut, dass sie nicht nein sagen würde, wenn sie erfuhr, dass ihr Onkel und ihre Tante auch anwesend sein würden. Sicher hatten sie die Einladung nur angenommen, um ihr moralische Unterstützung zu geben.

Sie war halb entschlossen, ihn schachmatt zu setzen.

Bis ihr plötzlich klar wurde, welche Gelegenheit er ihr da unbeabsichtigt gab.

Die wichtigsten Mandanten der Kanzlei.

Dazu gehörte auch Benjamin Hopewell.

»Victoria? Du wirst mich nicht enttäuschen, oder? Deine Mutter war die halbe Nacht wach, um das Menu zu planen.«

Ein weiterer Erpressungsversuch: die Gemütsverfassung ihrer Mutter.

»Eigentlich habe ich schon etwas anderes vor«, murmelte sie und steuerte genau auf das zu, wo sie hinwollte. »Ein alter Freund von mir ist in New York. Wir sind zum Essen verabredet.«

»*Ein Freund?*« Er kniff die Augen zusammen. »Kenne ich ihn?«

Ist er dir angemessen?, interpretierte Victoria schweigend.

»Ja«, antwortete sie laut. »Du hast ihn kennen gelernt, allerdings bin ich mir nicht sicher, ob du dich daran erinnerst. Es ist schon ein paar Jahre her. Zachary Hamilton.«

Verdammt, sie wünschte, ihr Vater wäre nicht so ein Meister darin, seinen Gesichtsausdruck unbewegt zu lassen. Was dachte er? Wie reagierte er auf Zachs Namen? Wusste er etwas von seinen Verbindungen zum FBI?

»Ich erinnere mich an Hamilton«, lautete die undefinierbare Antwort. »Ich glaube sogar, dass wir einige gemeinsame Geschäftspartner haben. Er war in den letzten Jahren in Europa, wenn ich mich recht entsinne.«

»Er ist im Augenblick in New York, um auf einem Kongress einen Gastvortrag zu halten.«

»Bring ihn doch einfach mit.«

Victoria biss sich auf die Lippen und überlegte. »Ich bin mir nicht sicher, ob ...«

»Ihr könnt doch einen anderen Abend allein verbringen. Außerdem wird Hamilton davon profitieren. So viele hochkarätige Geschäftsleute wird er so schnell nicht wieder um sich herum haben. Sicher wird die eine oder andere geschäftliche Beziehung für ihn dabei herausspringen.«

»Das bezweifle ich nicht.«

Ihr Vater fasste das als Zustimmung auf. »Ich schicke euch einen Wagen und lasse euch abholen.«

»Wir kümmern uns selbst um unseren Transport, Vater.«

»Nun gut«, erwiderte er knapp. Er hatte erreicht, was er wollte. »Ich erwarte euch um acht.«

9.03 Uhr

Der Techniker steuerte mit seinem Karren auf die Tür mit der Aufschrift »Privat« zu – sein Zugang zu der unterirdischen Welt im Keller des Hope Institutes.

Er schloss eine Tür auf und schaltete das Licht ein. Ein großer Raum lag vor ihm, unmöbliert bis auf einen Kleiderständer und eine den halben Raum einnehmende Stahlkammer, an der Messuhren und Schalter angebracht waren.

Er zog das Wägelchen durch die Tür und schloss sie hinter sich. Die automatische Verriegelung schnappte ein und sorgte dafür, dass ihn niemand stören würde.

Er ging zum Kleiderständer und nahm sich herunter, was er brauchte: eine Aluschürze, Handschuhe und einen Gesichtsschutz. Dann kehrte er zu seinem Wagen zurück und schaute auf die Worte, mit dem der lange, schmale Karton bedruckt war, der darauf lag. Zerbrechlich. Nicht werfen. Oberseite. Eine brillante, wenn auch ironische Wortwahl. Aber der Trick funktionierte und verbarg den wahren Inhalt des Kartons vor neugierigen Angestellten.

Er rollte den Wagen zur Stahlkammer und bewegte den Hebel in die Stellung, die mit »Öffnen« bezeichnet war. Die schweren Türen hoben sich. Er drehte sich um, schob seine großen Hände unter den Karton und schob ihn mühelos auf ein Rollband und in die immense Hitze. Der Karton glitt lautlos in die Kammer. Er sah zu, wie er verschlungen wurde. Er legte den Schalter zurück und wartete, bis sich die Türen herabgesenkt hatten. Das Lämpchen, das die Einsatzbereitschaft anzeigte, wurde grün. Zufrieden drückte er auf Start.

Die Maschine erwachte dröhnend zum Leben.

Gründlich und zuverlässig erledigte sie ihre Aufgabe.

17

17.34 Uhr

Zach stützte sich mit dem Ellbogen auf die Theke, nippte an seinem Drink und schaute sich seine Notizen an, während er in dem Restaurant auf Victoria wartete.

Nichts Neues so weit. Ein paar vage Informationen, die das FBI nach mühsamen Recherchen zusammengetragen hatte.

Zunächst die grundlegenden Fakten: das Hope Institute – im Herbst 1991 als Privatklinik gegründet. Ein Tochterunternehmen von Hopewell Industries. Im August 1997 Veräußerung an eine Schweizer Holdinggesellschaft. Betten-Kapazitäten für bis zu dreißig Patienten. Personal: vierzehn Vollzeit-Krankenschwestern, elf Teilzeit-Schwestern und sechs Techniker. Außerdem zehn renommierte Spezialisten auf den Fachgebieten Onkologie, Neurologie, Psychiatrie und Radiologie – alle mit makellosen Lebensläufen. Medizinische Betreuung: bahnbrechende Therapiemöglichkeiten bei Krebserkrankungen im fortgeschrittenen Stadium, Alzheimer und bei schweren neurologischen und psychischen

Störungen. Klientel: wohlhabende, häufig prominente, auf ihre Privatsphäre äußerst bedachte Patienten.

Nun, die Privatsphäre der Patienten wurde offenbar hoch geachtet. Das Hope Institute arbeitete so unauffällig, dass es praktisch nicht existierte.

Das wiederum bedeutete, dass es ein Leichtes war, unbeobachtet Drogen dort einzuschleusen.

Bisher hatte die elektronische Überwachungskamera jedoch noch nicht den geringsten Beweis erbracht.

Und wenn Zach ehrlich war, hatte er das auch nicht.

Heute war schon wieder so ein ereignisloser Tag gewesen. Die aufwändigen Aufnahmen vor dem Hope-Institute hatten erneut nichts ergeben. Dieselben Angestellten, die zu den gewohnten Zeiten kamen und gingen. Ein neuer Patient wurde in einer Limousine herangefahren und in die Tiefgarage geleitet. Ein Laster mit einer Öllieferung war auf das Gebäude zugerumpelt. Drei weitere Fahrzeuge: zwei Lieferwagen – einer aus der Wäscherei, der andere mit Lebensmitteln – und ein Laster mit der Aufschrift Hopewell Industries, aus dem verschiedene sperrige medizinische Geräte ausgeladen worden waren.

Nichts Ungewöhnliches für eine Klinik.

Das alles hatte nichts zu bedeuten. Er sammelte erst seit einer Woche Material. Und sein Instinkt sagte ihm, dass er noch auf Unstimmigkeiten stoßen würde. Er brauchte dazu nur ein wenig Zeit, Ruhe zum Nachdenken und eine kleine Ungereimtheit. Er war diesen Schweinen ganz dicht auf den Fersen. Bald hatte das FBI endlich sein Drogensyndikat – und er seine Vergeltung.

Nachdenklich massierte Zach sich den Nacken. Seine Muskeln waren so angespannt, dass sie schmerzten.

Kein Wunder. Er war den ganzen Tag nervös gewesen.

Manchmal kam aber auch wirklich alles zusammen. Diese für ihn so bedeutungsvolle Ermittlung. Victoria, die völlig unversehens mittendrin aufgetaucht war. Das Wiedersehen mit ihr. Die Tatsache, dass er die Hände nicht von ihr lassen konnte. Mr. Zigarre und seine Rolle in dem ganzen Spiel. Walter Kensington und *seine* Rolle. Die möglichen Gefahren für Audrey. Die möglichen Gefahren für Victoria.

Mist!

Zach bewegte die Schultern. Deutlich spürte er den Stress und die Auswirkungen der schlaflosen Nacht.

Alle ungelösten Themen seines Lebens waren plötzlich zusammengekommen und hatten sein seelisches Gleichgewicht ziemlich erschüttert.

Er hatte das Gefühl, den Boden unter den Füßen verloren zu haben – wie Victoria.

Die Stunden, die er auf ihrem verfluchten Sofa verbracht hatte, waren die Hölle gewesen.

In ihrer Wohnung zu schlafen und sie so nah zu wissen hatte ihn fast um den Verstand gebracht. Und das nicht nur, weil er verrückt nach ihr war, sondern weil er sie brauchte. Er brauchte sie, gerade jetzt, wo er so verdammt verletzlich war.

Diese Verletzlichkeit begleitete ihn nun schon die ganze Woche. Seit er in New York eingetroffen war und sich über die Einzelheiten seines Jobs hatte informieren lassen. Es hatte die schlimmsten Erinnerungen seines Lebens wiederbelebt – Erinnerungen, die er mit niemandem außer Victoria geteilt hatte.

Er war kein Mann, der sich schnell öffnete. Und über diesen tiefen Verlust hatte er lange geschwiegen. Erst Victoria gegenüber hatte er sein Schweigen gebrochen, erstens wegen dem, was er für sie empfand, zweitens wegen der Umstände damals.

Sie war in jener Nacht, als das FBI ihn erstmals um seine Hilfe gebeten hatte, in seinem Hotelzimmer gewesen. Ihre faszinierenden haselnussbraunen Augen waren voller Fragen gewesen, aber sie hatte sie nicht gestellt. Zumindest nicht, als er den Telefonhörer aufgelegt hatte. Erst als er eine Stunde später schweißgebadet aus dem Schlaf geschreckt war und den Namen seines Vaters gerufen hatte, waren die Fragen gekommen.

Und die Antworten.

Sie hatte aufmerksam zugehört. Sie hatte kein Wort gesagt. Aber allein ihre Anwesenheit hatte seinen Schmerz gelindert.

Und er brauchte sie auch jetzt in seiner Nähe.

Zach runzelte die Stirn. Die letzte Nacht war quälend gewesen, viel schlimmer, als er erwartet hatte. Er hatte nur phasenweise geschlafen. Und während dieser Phasen hatten ihn Alpträume verfolgt.

Es war lange her, seit sie ihn zuletzt gequält hatten. Als sie damals begannen, vor fünfzehn Jahren, waren sie gnadenlos gewesen, hatten ihn Nacht für Nacht terrorisiert. Dann hatte die Zeit die Wunden überdeckt, die Träume hatten in ihrer Häufigkeit und Intensität nachgelassen und kamen nur noch gelegentlich zurück, wenn das FBI ihn mal wieder um Mithilfe bat und ihm der Verlust wieder deutlich in Erinnerung gerufen wurde.

Es hatte Jahre gedauert, bis die schmerzhafte Leere zu heilen begonnen hatte. Aber die Bitterkeit, der Hass und der unbändige Wunsch nach Vergeltung waren geblieben.

Sein Vater war Hafenarbeiter gewesen und der aufrichtigste und anständigste Mensch, den Zach sich vorstellen konnte. Er war so stolz auf die Intelligenz und die glänzenden Zukunftsaussichten seines Sohnes gewesen. Zach war damals

Student am Massachusetts Institute of Technology gewesen, stand kurz vor seiner Abschlussprüfung im Fach Elektrotechnik und wollte anschließend noch Jura und Wirtschaft studieren. Nichts hatte Dave Hamilton davon abhalten können, dafür zu sorgen, dass sein Sohn jede Möglichkeit nutzen konnte, die ihm selbst damals vorenthalten gewesen war.

Mit Überstunden hatte er zusätzliches Geld verdient, um die Kosten für Zachs Ausbildung zu zahlen, die seine Stipendien und seine Aushilfsjobs nicht ganz decken konnten. Nur deshalb war sein Vater in jener Nacht an den Docks gewesen. Ein unschuldiger, hart arbeitender Mann, der zur falschen Zeit am falschen Ort gewesen war. Ein Mann, der unabsichtlich in eine Razzia der staatlichen Drogenfahndung geraten war, der aus Versehen der Kugel eines schmutzigen Drogendealers in den Weg gelaufen war.

Mitglieder der Behörde hatten Zach und seiner Mutter persönlich die Nachricht überbracht – und ihr tiefes Bedauern zum Ausdruck gebracht.

Das Bedauern hatte nichts geholfen. Ebenso wenig wie die Geldsumme, die man ihnen zur Verfügung gestellt hatte.

Rose Hamilton, von Natur aus eine sensible Frau, war nach dem Tod ihres Mannes nicht mehr dieselbe gewesen. Sie hatte noch ein Jahr durchgehalten. Dann war sie still im Schlaf gestorben, mit derselben Ruhe und Würde, die ihr ganzes Leben bestimmt hatte.

Zach hatte getan, was sein Vater sich gewünscht hätte. Er hatte seine Ausbildung beendet, ein eigenes Unternehmen gegründet, seine geistigen Kapazitäten voll ausgenutzt. Die Gewissheit, dass irgendwo dort oben sein Vater stolz auf ihn herabblicken würde, hatte ihm ein wenig Frieden verschafft.

Aber Frieden allein reichte ihm nicht. Zach hatte lange nach einer Gelegenheit gesucht, etwas zu tun, um Abschaum wie den, der seinen Vater getötet hatte, für immer unschädlich zu machen.

Diese Gelegenheit hatte sich ihm vor vier Jahren geboten.

Es war nicht seine persönliche Geschichte, die das FBI zu ihm gebracht hatte. Es waren seine Fachkenntnisse auf dem Gebiet der Competitive Intelligence gewesen. Aber es war seine persönliche Geschichte, die ihn dazu gebracht hatte, ihre Bitte zu erfüllen.

Jener erste Fall, bei dem es um ein Syndikat ging, das illegale Drogen- und Waffengeschäfte betrieb, hatte große Ähnlichkeit mit dem gehabt, der seinen Vater das Leben gekostet hatte. Doch der aktuelle Fall brannte ihm so richtig unter den Nägeln. Er betraf dieselbe Organisation, die das FBI nun schon seit über einem Jahrzehnt zu fassen versuchte – die, die zu der missglückten Razzia in jener Nacht an den Docks geführt hatte. Das Syndikat war der Aufdeckung bisher immer entkommen, indem es sich in seiner bekannten Gestalt aufgelöst hatte, um sich neu zu formieren und an anderer Stelle in leicht veränderter Form wieder aufzutauchen, wie ein schlafender, unaufhörlich mutierender Virus. Ein Virus, den er ein für allemal auslöschen würde.

Es ging um ultimative Vergeltung.

Somit war Victoria nicht die Einzige, die ein persönliches Interesse an den Ermittlungen hatte.

Er hatte das auch.

Zach trank einen letzten Schluck und starrte grübelnd in sein leeres Glas. Er war fest entschlossen, das Hope Institute auffliegen zu lassen. Aber er war klug genug, seine persönlichen Interessen nicht mit seinem Job zu vermischen. Er hatte den Ort mit der gewohnten Geduld und Gründlichkeit untersucht. Es war ihm gelungen, seine Emotionen in Schach zu halten.

Bis Victoria in sein Leben zurückgekehrt war.

Jetzt geriet er ins Schleudern. Er verlor seine Objektivität, seine Konzentration und, was seine Gefühle für Victoria anging, eine Menge mehr.

Auf ihrem Sofa zu schlafen war wahnsinnig.

Aber ob wahnsinnig oder nicht, er würde sich daran gewöhnen müssen. Denn er würde sie nicht über Nacht allein in ihrer Wohnung lassen, bis er genau wusste, dass sie dort sicher war.

Ihm war klar, dass er nicht jede Minute bei ihr sein konnte. Das würde sie auch gar nicht zulassen.

Sie war so verdammt unabhängig, sträubte sich wie verrückt dagegen, diese Mauer um sie herum endlich niederzureißen.

Gestern Abend hatte sie sie niedergerissen, als er sie nach Hause gebracht hatte. Der bloße Gedanke an diesen Kuss ließ seinen Körper pulsieren. Herrje, alles Mögliche wurde Kuss genannt. Aber die Leidenschaft, mit der sie zusammengekommen waren, das Gefühl, sie wieder zu schmecken, zu berühren …

Schluss damit. Zach rief sich zur Ruhe. Diese Gedanken führten zu nichts – nicht solange dieser Schmerz und diese ungelösten Fragen zwischen ihnen standen.

Außerdem galt ihre Hauptsorge im Moment Audrey.

Bei diesem Gedanken setzte Zach sein Glas auf der Theke ab, klappte seinen Laptop zu und schaute auf die Uhr hinter dem Barkeeper. Zwölf Minuten nach sechs. Victoria kam zu spät.

Er drehte sich herum, um aus dem Fenster zu sehen, und machte sich bewusst, dass sie sich in Manhattan befanden, dass Rushhour war und Victoria absolut selbstständig.

Nur dass sie auf gefährlichem Terrain herumschnüffelte und ihr ein skrupelloser Profi nachspionierte.

Wie aufs Stichwort öffnete sich die Tür, und Victoria kam herein. Sie suchte die Bar ab, das zerzauste Haar und ihr atemloses Keuchen deuteten darauf hin, dass sie gerannt war.

Er winkte, und sie entdeckte ihn. Sie fuhr sich mit den Fingern durch die Haare, während sie auf ihn zueilte.

»Hi«, grüßte sie, und er erhob sich. »Tut mir leid, dass ich mich verspätet habe. Ich musste heute Nachmittag noch mal zum Gericht, und danach waren Menschenmassen in Richtung Innenstadt unterwegs.«

»Ich hoffe, du hast ein Taxi genommen.«

Sie sah ihn geradeheraus an. »Nein, Zach. Ich habe die U-Bahn genommen. Wenn ich mit dem Taxi gefahren wäre, würde ich noch immer irgendwo im Stau stecken. Außerdem ist man nirgends so sicher wie in einer großer Menschenmenge.«

Dieser Logik hatte er nichts entgegenzusetzen. »Ist er dir diesmal nicht gefolgt?«

»Ich glaube nicht.« Sie lächelte angestrengt. »Entweder hatte Mr. Zigarre Angst, zu Tode getrampelt zu werden, oder ihm hat das Rauchverbot in der U-Bahn nicht gepasst.«

Zach erwiderte ihr Lächeln nicht. »Vielleicht hat ihn dein Vater nach deinem Park-Avenue-Besuch heute Morgen ja zurückgepfiffen.« Er packte sie am Arm. »Komm, wir setzen uns an einen Tisch. Ich möchte gern alles über dein Frühstück erfahren.« Er führte sie an einen ruhigen Ecktisch, wo sie ungestört reden konnten.

»Hast du heute etwas Neues auf dem Video gesehen?«, erkundigte Victoria sich, sobald sie saßen und sich etwas zu trinken bestellt hatten.

»Nichts, was mir irgendwie auffällig erschienen wäre. Aber das muss nichts heißen. Ich brauche noch mehr Material. Dann kann ich die Teile vielleicht zusammenfügen.«

Sie nickte. Schließlich kannte sie seine Arbeit und wusste, wie viel Geduld sie erforderte.

»Du siehst erschöpft aus«, stellte Zach besorgt fest und betrachtete ihr müdes Gesicht und die dunklen Ringe unter ihren Augen. Sie hatte offenbar auch nicht besser geschlafen als er. Und ihr Tag musste verdammt anstrengend gewesen sein. »Wie ist dein Gespräch mit Meg und Paul gelaufen?«

»Ganz gut. Paul war begeistert von der Idee, ein paar neue Mandanten an Land zu ziehen – gut zahlende, versteht sich. Das hat die Sache natürlich sehr erleichtert. Meg war ein wenig skeptischer, aber sie war auch einverstanden.«

»Und dein Frühstück? Wie war das?«

»Eine neue Erfahrung.« Victoria fummelte am obersten Knopf ihres Blazers. »Diese Kanzlei ist ein absolutes Relikt. Es ist der einzige Ort auf dieser Erde, wo es noch Dinosaurier gibt.«

Zach grinste. »Wie viele gutartige Brontosaurier und wie viele blutrünstige Tyrannosaurus Rex sind denn unter ihnen?«

Ihr Lächeln war bemüht, aber echt. »Das bleibt abzuwarten. Aber es waren genug von letzterer Spezies anwesend, um mich davon abzuhalten, schon heute Morgen etwas herumzuschnüffeln. Sie hätten mich sofort in ihren Klauen gehabt.«

»Verstehe. Du fängst also nächste Woche an?«

»Nein, ich fange am Samstagabend an.« Sie wühlte in ihrer Handtasche, zog einen Briefumschlag hervor und reichte ihn Zach.

Er sah ihn erstaunt an. »Was ist das?«

»Eine Einladung. Zu einer offiziellen Dinnerparty im Haus meiner Eltern.«

Zach las sie und gab einen verächtlichen Laut von sich. »Dein Debüt? Und du hast nicht abgesagt?«

»Ganz im Gegenteil, ich habe zugesagt. Und als ich meinem Vater erzählt habe, dass du in New York bist, schlug er vor, ich solle dich mitbringen. Er meinte, es wäre eine wunderbare Gelegenheit für dich, einen Haufen finanzkräftiger Unternehmer kennen zu lernen, von denen einige bereits zu deinem Kundenkreis gehören und die anderen unbedingt dazukommen sollten.«

»Wie aufmerksam von ihm«, antwortete Zach trocken. »Die Motive deines Vaters kenne ich. Er versucht, dich einzuwickeln. Aber welches sind deine? Und erzähl mir jetzt bitte nicht, du hättest vor, an dem Abend sein Arbeitszimmer zu durchwühlen. Das wird dir nie gelingen.«

»So leichtsinnig bin ich nicht. Außerdem habe ich dort schon alles gefunden, was ich finden kann. Nein, ich habe etwas ganz anderes im Kopf. Alle großen Mandanten meines Vaters werden an dem Abend anwesend sein, einschließlich Benjamin Hopewell.« Sie sah, wie Zachs Augen aufblitzten. »Ich dachte mir, dass dich das interessieren würde. Es ist schließlich eine erstklassige Gelegenheit, an den Chef von Hopewell Industries heranzukommen. Kriege ich dafür ein Vermittlungshonorar?«

Zach sah sie aufmerksam an, während die Kellnerin ihre Drinks und ein Schälchen Erdnüsse brachte.

»Deine spitzen Bemerkungen können nur eines bedeuten«, stellte er fest. »Du bist völlig gestresst. Entweder wegen Mr. Zigarre oder wegen uns. Welche Variante ist die richtige, Victoria?«

Victoria schwieg. Angestrengt schaute sie in ihr Glas und spielte mit dem Eiswürfel. »Es gibt kein ›uns‹, Zach. Ich bin müde, das ist alles. Ich habe einen verdammt langen Tag und eine unerträgliche Woche hinter mir.«

»Dann tun wir also so, als wäre es nie geschehen?«

»Nein. Wir sorgen dafür, dass es nicht noch einmal passiert.« Sie verschränkte die Finger ineinander und beugte sich vor, um ihn anzusehen. So als würde sie gleich ein gut vorbereitetes Schlussplädoyer halten, dachte Zach, eines, das sie zwar nicht halten wollte, zu dem sie sich aber gezwungen fühlte.

Man konnte förmlich sehen, wie sie sich konzentrierte und sämtliche Emotionen hinter einer Mauer aus Fakten versteckte.

»Gestern Abend hast du mich gefragt, wie viele Männer es nach dir in meinem Leben gegeben hat. Die Antwort lautet, keinen. Das dürfte dich nicht überraschen. Schließlich ist es kein Geheimnis, dass ich keine Frau für flüchtige Affären bin, sonst wäre ich nicht noch Jungfrau gewesen, als wir uns kennen lernten. Es ist mir immer schwergefallen, mich zu öffnen, sowohl körperlich als auch geistig. Seit unserer Trennung ist es so gut wie unmöglich. Ich kann und möchte diese Art Schmerz nie wieder erleben. Deshalb habe ich es absolut ernst gemeint, als ich sagte, ich könnte keine Affäre mit dir haben. Könnten wir es bitte dabei belassen.«

Zach wusste genau, was er jetzt eigentlich empfinden sollte. Er müsste ein schlechtes Gewissen haben, weil er sie so bedrängte, er müsste Bewunderung für ihre Willensstärke empfinden, er müsste ihre Bitte erfüllen. Stattdessen empfand er nichts als ungeheure Erleichterung. Es hatte keinen anderen gegeben. Nicht in ihrem Bett und, was noch viel wichtiger war, nicht in ihrem Herzen. Natürlich hatte er kein Recht darauf, so besitzergreifend zu sein und diesen chauvinistischen Stolz zu fühlen.

Aber er tat es.

Denn es sagte ihm viel mehr, als Victoria je eingestehen würde – weder sich selbst noch ihm gegenüber.

»Zach?« Sie sah ihn an.

»Ich weiß deine Ehrlichkeit sehr zu schätzen«, antwortete er und wich ihrem Blick nicht aus. »Deshalb werde ich genauso offen sein.« Seine Finger strichen leicht über ihre Hand, dann legte er seine Hand ganz auf ihre. »Ich habe nicht vor, dich zu verführen. Und ich würde auch niemals auf deine Schwäche mir gegenüber setzen – oder meine dir gegenüber. Andererseits kann ich nicht versprechen, dass ich die ungelösten Gefühle zwischen uns ignoriere. Oder die Chemie. Wenn wir also im Bett enden, dann weil wir es beide wollen. Einverstanden?«

Sie schluckte, seine Berührung schoss heiß durch ihren ganzen Körper. »Ja«, stieß sie mühsam hervor. Sie trank einen hastigen Schluck – eher zur Stärkung als zum Durstlöschen. Zach konnte sehen, wie es in ihrem Kopf arbeitete, wie sie überlegte, was sie sagen sollte. Dann hatte sie sich wieder unter Kontrolle.

»Jetzt weißt du also, wie ereignislos mein Leben war, seit du nach Europa gegangen bist. Und nun bist du an der Reihe«, meinte sie so beiläufig, wie es eben ging. »Du hast mir noch gar nichts über deine letzten vier Jahre erzählt – außer, dass du in Arbeit fast erstickt bist. Wo hast du gelebt? Wie war es dort? Möchtest du bald wieder dorthin zurück, um …?«

»Victoria.« Mit einem Wort brachte er sie zum Schweigen, beendete ihre Fragen sowie die Zeichen von Eifersucht, die darin mitschwangen. Es tat verdammt gut, zu spüren, dass sie so eifersüchtig war, aber er würde ihr das nicht antun. Zumal es keinerlei Hinweis gab auf das, was sie wirklich wissen wollte. »Es gibt niemanden in meinem Leben. In keiner Stadt, in keinem Land, auf keinem Kontinent. Ich habe praktisch wie ein Mönch gelebt.« Der Druck seiner Hand auf ihrem Arm wurde intensiver, ebenso sein Blick. »Ich war genauso am Boden zerstört wie du.«

Sie räusperte sich, bemühte sich um einen leichteren Ton. »Ein Mönch? Dann war es ja einfach für dich, dich sofort in die nächste Maschine nach New York zu setzen, als das FBI dich rief.«

»Es *war* einfach – aus verschiedenen Gründen. Mein Einsiedlerleben war einer davon. Aber was die nächste Maschine nach New York betrifft, irrst du. Ich bin erst nach Logan geflogen. Ich habe das Grab meiner Eltern besucht und bin noch am selben Abend von Boston hergekommen.«

Automatisch drängten sich ihre Finger enger an seine. »Ich weiß, wie schwer diese Besuche für dich sind. Es tut mir leid.«

»Eigentlich war es dieses Mal gar nicht so schmerzhaft. Vielleicht aufgrund der Umstände.«

Sie sah ihn erstaunt an. »Umstände? Du meinst, weil es inzwischen so lange her ist?«

»Nein. Weil ich beabsichtige, die Angelegenheit endlich zu einem Abschluss zu bringen.«

»Was …?«

»Victoria, lass uns ein anderes Mal darüber sprechen«, unterbrach er sie. Dieses Thema musste zunächst warten. Wenn er diesen Schritt tat, sich ihr öffnete und ihr anvertraute, wie persönlich diese ganze Geschichte für ihn war und wie nah sie ihm ging, würde er das nicht in einer Bar tun. Dazu musste er allein mit ihr sein.

Außerdem hatte er gerade eine emotionale Hürde überwunden, das reichte vorerst. Victoria hatte sich endlich dazu durchgerungen, über ihr Leben nach der Trennung von ihm zu reden. Das hatte er nicht erwartet, nicht so schnell wenigstens. Aber ihre Müdigkeit und die Anstrengungen der vergangenen Woche hatten sie aus dem Gleis gebracht, und dann war da noch der Kuss vom gestrigen Abend, der ihr zugesetzt hatte. Sie hatte ihm gerade gestanden, dass sie die letzten vier Jahre praktisch im Zölibat gelebt hatte. Nun wollte sie wissen, wie er gelebt hatte, was er getan und gefühlt hatte … oder nicht.

Er würde es ihr erzählen.

»Du hast nach meinem Leben in Europa gefragt«, begann er. »Es war ähnlich wie deins hier, nur dass ich nirgends richtig zu Hause war. Ich habe in sieben verschiedenen Ländern gelebt – nein, in acht. Ehrlich gesagt habe ich den Überblick verloren. Manchmal bin ich nur ein paar Wochen geblieben, das nächste Mal waren es ein paar Monate. Ich habe gearbeitet. Ich habe mich abgelenkt, so gut ich konnte. Und wie verrückt versucht, dich zu vergessen. Ich bin kläglich gescheitert.«

Sie starrte auf die Tischplatte. »Was war mit dem FBI? Hattest du Kontakt mit ihnen, solange du im Ausland warst?«

»Ja, einige Male. Aber hauptsächlich habe ich für den CIA gearbeitet. Ich habe ihnen Informationen über verschiedene Organisationen beschafft, die im Verdacht standen, illegale Geschäfte zu betreiben. Außerdem habe ich einige ihrer Agenten in Competitive Intelligence geschult.«

»Aber du bist doch damals auf Wunsch des FBI nach Europa gegangen, oder?«

»Ja und nein. Ich hatte einen Auftrag, bei dem es um ein Exportunternehmen für Werkzeugmaschinen ging. Das FBI vermutete, dass dort mit Drogen und Schusswaffen gedealt wurde. Doch dann entpuppte sich das Ganze als internationale Organisation. Ich flog nach Europa, um die Mitspieler am anderen Ende zu überprüfen. Danach hat Interpol übernommen. Sie haben ihre Männer gekriegt.«

»Aber du hast doch auch weiter Aufträge des FBI angenommen, oder?«

»Sie haben Kontakt zu mir aufgenommen, wenn sie Informationen über amerikanische Unternehmen brauchten. Ich habe hauptsächlich das schriftliche Material analysiert, das sie mir beschafft haben. Es waren also nur Aufträge, die ich auch über die große Entfernung abwickeln konnte.«

»Bis jetzt.«

»Ja. Bis jetzt.«

Sie fuhr sich mit der Zunge über die Unterlippe. »Und dieser Kongress, auf dem du sprichst?«

»Was soll damit sein? Ich werde nächsten Donnerstag meinen Gastvortrag dort halten. Das Timing war perfekt.«

Victoria sah ihn misstrauisch an. »Kongresse werden Monate im Voraus geplant. Wie ist es dir gelungen, die Details herauszuarbeiten?«

Er würde sie nicht belügen – auch nicht, wenn das bedeutete, dass er sie ängstigen musste. »Die Society of Competitive Intelligence Professionals hatte schon früher bei verschiedenen Gelegenheiten Kontakt zu mir aufgenommen und mich eingeladen, eine Rede zu halten. Ich habe jedes Mal abgelehnt. Letzten Februar habe ich in London einen der Verbandsvorsitzenden getroffen. Er erzählte mir, dass der diesjährige Kongress in New York stattfinden würde. Wie du ja weißt, sitzen hier viele meiner amerikanischen Klienten. Er bat mich, noch einmal über das Angebot nachzudenken. Ich habe nicht gleich zugesagt, aber ich habe auch nicht abgelehnt. Als die FBI-Ermittlungen gegen das Hope Institute konkreter wurden, rief ich ihn noch einmal an. Er war so freundlich, mich in der letzten Minute noch ins Programm einzuschieben.«

»Einschieben? Sicher hat er vor Freude so laut geschrien, dass du es bis über den Atlantik gehört hast. Du bist einer der führenden Experten auf diesem Gebiet.«

Zach zuckte mit den Schultern. »Entscheidend ist, dass ich die Dinge im Voraus arrangiert und mir eine Tür für den Rückweg offen gelassen hatte.«

»Um die Kontakte zu deinen Klienten aufzufrischen?«

»Kaum. Dafür brauche ich keinen Vorwand. Es war auch nicht nötig. Ich habe sie in Europa getroffen. Und mein Personal hier hat die Angelegenheiten perfekt gemanagt.« Er beugte sich vor. »Vielleicht war da irgendetwas in mir, das mir sagte, es sei an der Zeit, zurückzukommen, schon allein, um herauszufinden, warum ich so unbedingt fortbleiben wollte – und ob es diesen Grund noch gab. Ich kann nicht gut im Ungewissen leben, Victoria – oder in der Schwebe. Schon gar nicht bei Dingen, die mir wichtig sind.«

Sie senkte den Blick. »Das habe ich gemerkt.«

»Victoria.« Er zog an ihren Fingern, zwang sie, ihn wieder anzusehen. »Ich weiß, dass du mir wegen der Entscheidung, die ich damals getroffen habe, große Vorwürfe gemacht hast. Tust du das immer noch?«

Sie seufzte tief. »Es war nicht die Entscheidung, wegen der ich dir große Vorwürfe gemacht habe, Zach. Zumindest nicht die, die du für *dich* getroffen hattest. Es war die Entscheidung, die du für *mich* getroffen hattest. Ich wusste, dass dich Gespenster quälten, Gespenster, die du endlich zur Ruhe bringen musstest. Aber ich hatte meine eigenen Gespenster, meine eigenen Pläne. Ich war völlig entsetzt, dass du nicht verstehen konntest, woher ich kam und was ich brauchte. Du hast von mir erwartet, dir blind zu folgen. Meine Familie zu verlassen, mein Studium aufzugeben und eine Karriere, die ich mir so sehr wünschte und von der ich nur noch ein Jahr entfernt war. Du hast von mir verlangt, dass ich dich heirate und mit dir nach Europa gehe, damit du dort deine Dämonen beseitigen und jeden einzelnen Drogenring sprengen konntest, dem die Regierung auf die Spur kam. Das konnte ich nicht.«

»Das habe ich nicht erwartet.« Er lachte bitter, als ihm klar wurde, was er da gesagt hatte. »Ach, was erzähle ich dir da. Ich habe es vielleicht wirklich nicht erwartet, aber im Grunde war es natürlich das, worum ich dich gebeten hatte. Meine einzige Entschuldigung ist, dass ich es damals nicht so gesehen habe. Ich hatte geglaubt, wir könnten zusammen nach Europa gehen, wo ich diese Angelegenheit schnell regeln würde und ...«

»Und dann hättest du auf die nächste heiße Spur gewartet, die dir eine Chance auf Vergeltung gegeben hätte«, beendete sie leise.

Er konnte ihr nicht widersprechen. Sie hatte Recht. Er war ein Idiot gewesen. Oh, das hatte er schon vor einiger Zeit begriffen, nachdem sich seine irrationale Wut gelegt hatte – aber da war es zu spät gewesen. Das Problem war, dass er besessen gewesen war von seinem Wunsch nach Vergeltung. Und Victoria? Anders als er hatte sie schon damals die nötige Weitsicht besessen, sich eine Zukunft mit ihm unter diesen Bedingungen vorzustellen.

»Du warst viel klüger als ich«, stellte er nüchtern fest, ohne auch nur den Versuch zu unternehmen, seine Schuld an ihrem Zerwürfnis herunterzuspielen. »Aber ich bitte dich, mir zu glauben, dass mein Egoismus damals auf Dummheit basierte, nicht auf mangelnder Sensibilität. Ich hätte niemals von dir verlangt, dass du deine Karriere und deine Familie im Stich lässt. Europa sollte nicht für immer sein. *Wir* waren für immer. Ich hätte wissen müssen, in welche Richtung ich mich bewege. Das habe ich nicht getan. Alles, was ich wusste, war, dass ich diesen Auftrag annehmen musste und dich bei mir haben wollte. Ich habe deine Weigerung, mit mir zu kommen, verstanden. Aber ich habe sie trotzdem nicht akzeptiert.«

Victoria schluckte. Sie sprach so leise, dass ihre Stimme vom Klirren der Gläser und dem Lärm neu eintreffender Gäste fast völlig übertönt wurde. »Ich glaube dir. Ich war auch nicht ganz unschuldig an allem, was passiert ist. Ich hätte einen Kompromiss mit dir aushandeln können, anstatt einfach wegzulaufen. Einiges von dem, was du damals sagtest, war richtig. Ich war beherrscht von einem übertriebenen Verantwortungsgefühl gegenüber meiner Mutter und meiner Schwester. Ein bisschen bin ich das sicher immer noch – obwohl ich allmählich verstehe, was mir Onkel Jim schon lange zu erklären versucht hat. Die Stärke, die ich mir für Mutter und Audrey wünsche, muss aus ihnen herauskommen, nicht aus mir.« Sie lächelte resigniert. »Vielleicht sollten wir uns darauf einigen, dass wir beide starrköpfig und kurzsichtig waren, und die Sache damit als erledigt betrachten.«

»Was ist, wenn ich die Sache gar nicht erledigt haben will?«

Zachs Frage hing in der Luft, die Worte so bedeutungsschwer, dass sie Victoria fast den Atem nahmen.

Ihre Stimme zitterte, als sie endlich eine Antwort herausbrachte. »Das müssen wir.«

»Warum?«

»Weil …« Sie stockte, spielte mit dem Zipfel ihrer Serviette, und Zach ahnte, in welch innerem Aufruhr sie sich befand. »Weißt du, was das Verrückte ist?«, fuhr sie schließlich leise fort. »Ich habe ernsthaft darüber nachgedacht, mit dir zu gehen. Ganz kurz. Aber das hat gereicht, um mir furchtbare Angst zu machen. Weil ich gemerkt habe, dass du mir so viel bedeutet hast, dass ich für dich alles aufgegeben hätte, meine Familie, meine berufliche Zukunft, meine Heimat.

Und dieses Gefühl fand ich schrecklich beängstigend. Es war fast das Schlimmste, was ich je empfunden hatte. Schlimmer war nur noch der Schmerz, den ich durchmachen musste, als du dann fort warst. So verletzlich zu sein, dass jemand ...« Sie schüttelte energisch den Kopf, ihr Gesicht drückte ihre ganze Entschlossenheit aus. »Nie wieder. Nie, nie wieder.«

»Victoria ...«

»Ich muss jetzt gehen.« Sie zog ihre Hand zurück und blinzelte Tränen weg. »Ich habe heute Abend noch eine Verabredung zum Essen mit einem Mandanten.«

»Sag sie ab.« Er würde nicht aufgeben. Nicht jetzt. Nicht, wo sie so dicht dran waren.

»Nein.« Sie stand auf. »Ich werde hingehen.«

»Dann ruf wenigstens an und sag, du würdest etwas später kommen.«

»Das hat keinen Sinn. Diese Unterhaltung ist beendet.«

Zach sprang auf. »Nein. Das ist sie nicht.« Noch während er ihr widersprach, wusste er, dass er den Kampf verlor. Er sah die starre Haltung ihres Kinns. Sie würde diese verflixte Verabredung einhalten – aus verschiedenen Gründen. Gut. Er würde sich das für später aufbewahren. Aber sie würden das durchstehen.

»Ich bringe dich zu deiner Verabredung«, erklärte er. »Aber wir werden diese Diskussion ein anderes Mal fortsetzen.«

»Ich muss nur einen Block weiter, Zach«, protestierte Victoria und ging einen Schritt zurück, um mehr Distanz zwischen sie zu bringen. »Außerdem wird Mr. Zigarre Verdacht schöpfen, wenn du dich wie mein Bodyguard benimmst. Vorausgesetzt er ist überhaupt noch da draußen.«

Zach nickte. »Also gut. Aber ich werde heute Abend wieder in deine Wohnung kommen – diesmal mit einer Reisteasche. Mit einer sehr auffälligen, damit Mr. Zigarre glaubt, ich würde länger als nur für eine Nacht bleiben. Wann passt es dir?«

Sie zögerte, doch als sie sein unnachgiebiges Gesicht sah, lenkte sie ein. »Um zehn. Ich werde gegen zehn zurück sein. Und ich werde müde sein. Zu müde, um zu reden.«

»Also gut – für heute.« Er hatte versprochen, ihre schwierige Situation nicht auszunutzen. Und er beabsichtigte, dieses Versprechen zu halten.

Außerdem beabsichtigte er, diese verdammte Mauer um sie herum niederzureißen und sie zurückzubekommen.

»Was die Einladung am Samstagabend angeht«, sagte er noch schnell, ehe sie endgültig fort war. »Ich werde dich begleiten. Wir dürfen deinen Vater doch nicht enttäuschen.«

»Oder deine Ermittlungen vernachlässigen«, fügte sie hinzu und sah ihn bedeutungsvoll an. »Wie wir beide festgestellt haben, ändern sich manche Dinge nie.«

»Nein«, murmelte Zach vor sich hin, während Victoria bereits auf dem Weg nach draußen war. »Das tun sie tatsächlich nicht.«

18.30 Uhr

Sie war noch immer mit ihrem Freund in dieser Bar an der 60. Straße. Hamilton, so hieß er. Danach würde sie zur 61. Straße hinübergehen, um sich mit einem Mandanten zu treffen. Das ließ ihm genügend Zeit, seine Aufgabe zu erledigen und sie dann dort abzupassen.

Er biss das Ende einer Zigarre ab, schaute sich um und vergewisserte sich, dass ihn niemand sah. Im Mietshaus von Victoria Kensington war alles ruhig. Aber das war es um diese

Tageszeit immer. Alle, die hier wohnten, arbeiteten lange. Deshalb hatte er sich dafür entschieden, um 18.30 zu kommen.

Er schob sich die unangezündete Zigarre zwischen die Lippen, lehnte sich an die Hauswand und blätterte rasch ihre Post durch.

Das Übliche. Die ganze Woche das Gleiche: Rechnungen, Werbung für eine kostenlose Kreditkarte und eine Einladung zu einem juristischen Seminar in Seattle. Nichts Persönliches. Und ganz bestimmt kein Brief, den ihre Schwester noch vor ihrem Abflug aus Italien geschrieben hatte.

Er schob die Post in den Kasten zurück und knallte die Tür zu. Es wurde Zeit, loszugehen und zu sehen, was Miss Kensington trieb – *ohne* sich blicken zu lassen. Er hatte klare Anweisungen. Sie sollte glauben, er hätte die Beschattung eingestellt.

Er schob sich an einem Handwerker mit einem Telefon am Gürtel vorbei, ohne auch nur Augenkontakt mit ihm aufzunehmen.

»In der Kanzlei bin ich fertig«, raunte der Mann und machte sich daran, in den Keller zu gehen und den Haupt-Telefonanschluss zu suchen. »In zehn Minuten bin ich auch hier so weit.«

Der Mann mit der Zigarre nickte und setzte seinen Weg fort.

Draußen blieb er kurz stehen und zündete sich seine Zigarre an. Dann tauchte er in den Fußgängerstrom ein, der sich die East 82. Straße hinunterbewegte.

Sie würden bald wissen, ob es sich bei diesem Hamilton tatsächlich nur um einen alten Freund handelte, der scharf darauf war, sie wieder ins Bett zu kriegen.

Oder ob er in Wirklichkeit jemand ganz anderes war.

18

Samstag, 22. April
8.05 Uhr

»Vater, bitte … Ich habe Angst.« Audrey hievte sich in ihrem Krankenhausbett in eine aufrechte Position, und allein diese Bewegung verschlang einen großen Teil ihrer Kraft. Sie war schwach – furchtbar schwach. Aber vor allem hatte sie Angst. Die Wände begannen sie zu erdrücken. Sie musste hier raus. »Ich kann … das nicht länger aushalten. Bitte. Hilf mir.«

»Ich helfe dir ja«, antwortete Walter Kensington mit fester Stimme. Er klang unkonzentriert. In Wahrheit war er genervt. Diese ganze Unterhaltung war eine Qual. Aber sie war notwendig.

Er sah zum dritten Mal innerhalb der letzten paar Minuten auf die Uhr. Er musste Audrey dringend zur Vernunft bringen, damit er zu seinem Termin konnte.

»Wir haben das doch schon Dutzende Male besprochen. Du bist krank«, erklärte er unwillig. »Sieh dich doch an. Du kannst doch kaum aufrecht sitzen. Du bist erst seit gestern wieder bei Bewusstsein und wirst bald deine erste Mahlzeit essen können. Ich muss dir nicht sagen, wie viel Schaden du deinem Körper zugefügt hast.« *Und mir.* Sein unausgesprochener Vorwurf hing in der Luft. »Diesmal hattest du einen besonders schlimmen Rückfall. Sehr schlimm. Also hör auf zu weinen und lass die Ärzte ihren Job erledigen. Es ist die einzige Möglichkeit für dich, wieder zu Kräften zu kommen.«

Audrey atmete schluchzend ein, versuchte sich zu beherrschen, ihren Vater nicht schon wieder zu enttäuschen. In Panik riss sie die Augen auf, als er auf die Tür zusteuerte. »Gehst du schon?«

Er blieb stehen, drehte sich um und sah sie an, als wäre sie ein nervendes Kind. »Ich habe einen wichtigen Termin.«

Ihr brach der Schweiß aus, und sie spürte schon wieder dieses gefährliche Pochen in der Brust. »Lass mich ... nicht allein«, flüsterte sie entgegen aller Absichten.

Sein Gesicht wurde hart. »Hör auf damit. Ich dulde nicht noch einen hysterischen Anfall. Du hast mich schon in genug Schwierigkeiten gebracht. Reiß dich zusammen.«

Ihre Finger umklammerten das Laken, während diese grässliche Panik in ihr hochstieg. Sie begann zu zittern. »Ich versuche es ja.« Ein weiteres Keuchen. »Kannst du bitte ... dafür sorgen ... dass Victoria mich besuchen kommt?«, flehte sie. »Ich weiß, dass das gegen die Klinikregeln verstößt, aber ...«

»Nein, kann ich nicht.« Walter wurde langsam ärgerlich. Audrey war schuld, dass er zu spät zu einem Meeting kommen würde, auf das er sich die ganze Woche vorbereitet hatte, und das nur, weil sie sich sinnlos im Kreis bewegte. »Ich habe die Vorschriften schon so weit wie möglich für dich gebrochen. Wenn ich den Bogen überspanne, wird dich die Klinikleitung auffordern, das Haus zu verlassen. Ich werde deinen Aufenthalt hier nicht weiter aufs Spiel setzen. Es gibt keine andere Einrichtung, in der du so umsorgt würdest und die solch einen hohen Standard hat. Sieh es doch einfach so: Je eher du gesund wirst, desto eher wirst du deine Schwester sehen können. Wie wäre das als Anreiz?«

»Ein Anreiz ... ja«, antwortete Audrey mechanisch. Sie gab sich sichtlich Mühe, ihre Furcht zu beherrschen.

Walter runzelte die Stirn, als er die Symptome bemerkte,

den rasselnden Atem seiner Tochter, den starren Blick, ihre hohe, sich fast überschlagende Stimme. Das Letzte, was er jetzt brauchte, war einer ihrer hysterischen Anfälle. Danach war sie jedes Mal in einem noch schlechteren Zustand. »Ich werde die Krankenschwester bitten, dir ein Beruhigungsmittel zu geben.«

Sämtliche Farbe wich aus Audreys Gesicht. »Ich möchte nicht schon wieder … unter Drogen stehen. Nicht wie sonst immer.«

»Das wirst du auch nicht.« Walter hatte bereits die Tür geöffnet und gab der Schwester ein Zeichen. »Es ist nur etwas ganz Leichtes, nur damit du dich wieder beruhigst. Es gibt keinen Grund für starke Medikamente – *sobald* du wieder auf den Beinen bist.«

Schweigend tauschten Vater und Tochter einen Blick.

Audrey wusste nur zu gut, was dieser Blick bedeutete.

»Verstehen wir uns?«, fragte Walter.

Ein resigniertes Nicken.

»Gut. Dann nimm jetzt bitte die Tablette, die ich für dich bestellt habe, und iss dein Frühstück. Tu, was dir die Ärzte sagen. Und stell mich nicht wieder bloß.«

Audrey senkte den Blick. »Nein, das werde ich nicht.«

Zufrieden, dass er die Dinge wieder unter Kontrolle hatte, gab Walter der Schwester ein paar Anweisungen, dann ging er.

Er war bereits fünfzehn Minuten zu spät.

8.15 Uhr

Victoria saß in ihrer Küche, trank einen Kaffee und sah sich die Gästeliste noch einmal an, die ihre Mutter ihr gerade per Fax geschickt hatte. Erleichtert stellte sie fest, dass Benjamin

Hopewells Namen dabei war und daneben der Vermerk »Zusage«. Ebenso erleichtert war sie, als sie diesen Vermerk hinter den Namen von Onkel Jim und Tante Clarissa fand. Deren Anwesenheit würde ihr den Abend wesentlich erträglicher machen. Nicht, dass sie beabsichtigte, ihnen zu erzählen, dass sie gerade damit beschäftigt war, die Verbindungen ihres Vaters zum Hope Institute zu überprüfen. Diesen Fehler hatte sie einmal gemacht, sie würde ihn nicht wiederholen. Aber Onkel Jim und Tante Clarissa würden wissen, dass sie auf dieser Party präsentiert wurde, auf ausdrücklichen Wunsch ihres Vaters. Und sie würden zwei und zwei zusammenzählen und feststellen, dass sie und Zach nach vier schmerzhaften Jahren irgendwie wieder zusammengekommen waren. Also würden sie davon ausgehen, dass Victoria ziemlich angespannt war, und versuchen, sie ein wenig aufzuheitern.

Der bloße Gedanke an diesen Abend ließ sie erschauern.

Die Tatsache, dass sie an Zachs Arm dort auftauchen und ein Spiel spielen würde, das ihr erschreckend natürlich erschien, erleichterte die Sache keinesfalls.

Victoria stand auf, fest entschlossen, nicht länger über dieses Thema nachzugrübeln, und ging in Richtung des zweiten Schlafzimmers, das ihr als Arbeitszimmer diente. Sie würde ein wenig arbeiten, das würde sie auf andere Gedanken bringen.

Sie schaltete den Computer ein, setzte sich und wartete darauf, dass er betriebsbereit war. Sie würde sich in ihr Büro-System einloggen. Dann hatte sie Zugriff auf ihre juristische Software und konnte ein wenig recherchieren. Sie brauchte dringend ein paar Präzedenzfälle, um den Fall Doris Webster zu unterfüttern, die Mandantin, die von ihrem Mann emotional und finanziell aufs Gröbste betrogen worden war. Er hatte ihr gesamtes Vermögen durchgebracht, war dann mit seiner schamlosen kleinen Assistentin durchgebrannt und hatte ihr Selbstwertgefühl damit völlig zerstört. Mrs. Webster war ein Nervenbündel gewesen, als sie letzte Woche zu Victoria in die Kanzlei gekommen war. Und das alles nur wegen dieses Schweins, das sie fünfunddreißig Jahre ertragen hatte.

Seine Vergehen rochen ganz nach denen, die sich der Ehemann in Elizabeth Bonners Scheidungsfall zu Schulden kommen lassen hatte.

Diese Verbindung hatte Victoria gleich gezogen, als Mrs. Bonner ihr den Fall geschildert hatte. Vielleicht stieß sie ja auf Material, das sie in beiden Fällen weiterbrachte.

Sie loggte sich mit ihrem Passwort ein, trommelte ungeduldig mit den Fingern auf die Schreibtischplatte, während sie auf die Verbindung wartete. Sie wusste die Möglichkeiten der neuen Technik sehr wohl zu schätzen, aber sie hasste es, dass es häufig so lange dauerte, bis man dort war, wo man hin wollte.

Ihre Hände zuckten bereits über der Tastatur, als die Nachricht aufleuchtete: *Zugang verweigert. Benutzer bereits eingeloggt.*

Sie verdrehte die Augen.

Genau das, was ihr jetzt noch fehlte. Ein Computerdefekt.

Sie versuchte es noch einmal und bekam dieselbe Mitteilung.

Na wunderbar. Was war bloß los?

Genervt verließ Victoria ihren Schreibtisch, denn sie wusste, dass das Herumsitzen sie nur noch mehr in Rage bringen würde. Sie würde sich lieber ein paar Minuten mit etwas anderem beschäftigen und es später dann noch einmal versuchen.

Sie ging in die Küche, füllte ihre Kaffeetasse noch einmal auf und machte sich einen Toast.

Zwanzig Minuten später kehrte sie an ihren Schreibtisch zurück.

Diesmal klappte es auf Anhieb. Sie registrierte, dass sie eine ungelesene E-Mail von ihrer System-Verwaltung hatte. Vielleicht würde das erklären, was passiert war.

Sie öffnete die E-Mail und überflog sie. Offenbar hatte der Netzbetreiber irgendein Übertragungsproblem. Die Schwierigkeiten würden unverzüglich beseitigt, hieß es, und müssten bald behoben sein. In der Zwischenzeit sollte sie mögliche Verzögerungen entschuldigen sowie fehlerhafte Schaltungen, die ihr vorübergehend das Einloggen versagten, und es nach wenigen Minuten erneut probieren.

Was bildest du dir eigentlich ein, dachte sie. *Ich kann auch mit einem Computer umgehen, ohne wie ein Kleinkind behandelt zu werden.*

Dann beugte sie sich vor und begann mit der Arbeit.

9.35 Uhr

Das private Büro im Hope Institute glich einem Schlachtfeld.

Aber das tat es hinterher immer.

Der Mann hob ein Kissen vom Teppich auf und warf es zurück aufs Sofa, ein weiteres flog hinterher. Nach wenigen Minuten konnte niemand mehr erkennen, dass der Raum noch vor einer Stunde als Liebesnest benutzt worden war.

Die Frau konzentrierte sich darauf, den Reißverschluss ihrer Hose zu schließen, dann nestelte sie am Kragen ihrer Seidenbluse, bis er richtig saß. »Wir sind zu lange hier gewesen.«

»Möglich.« Ihr Liebhaber unterbrach seine Aufräumarbeiten und drehte sich zu ihr um. »Aber es ist mir gleichgültig. Außerdem ist die Tür abgeschlossen. Es kann uns also niemand erwischen.«

Sie nickte. »Trotzdem gehe ich jetzt besser. Ich muss dringend zur Arbeit.«

»Heute?«

Sie zog die fein geschwungenen Brauen hoch. »Du klingst so überrascht. Ich bin an genauso vielen Wochenenden da wie du.«

Er gab einen ungeduldigen Laut von sich. »Das weiß ich. Aber ich dachte, du müsstest dich vorbereiten. Heute Abend ist die Party. Hast du das etwa vergessen?«

»Du weißt, dass ich das nicht vergessen habe. Ich werde kommen.«

»Nur leider nicht mit mir zusammen.« Er ging zu ihr, zog sie an sich und küsste sie frustriert, was so gar nicht zu der sexuellen Befriedigung passte, die er noch vor Minuten verspürt hatte.

Sie erwiderte seinen Kuss. Eine lange heiße Minute, dann befreite sie sich und strich sich das Haar glatt. »Ich wünschte auch, ich könnte mit dir zusammen hingehen«, murmelte sie. »Aber wir wissen beide, dass das unmöglich ist.« Sie ging zum Spiegel, zog ihren Lippenstift nach und korrigierte ihr Makeup. Ganz gleich wie wild und leidenschaftlich sie sein konnte, wenn sie zusammen waren, anschließend legte sie immer großen Wert darauf, elegant und makellos auszusehen.

Sie ließ die Puderdose zuschnappen und sah ihn an. »Wir werden bald wieder zusammen sein können.«

»Das ist mir zu selten.«

»Du hast Recht.« Ihre Mundwinkel zuckten leicht. »Wir könnten uns im Büro vergnügen.«

»Sehr amüsant. Aber viel zu riskant – sogar für uns.«

»Lass uns das nicht ausschließen. Wer weiß? Vielleicht sind wir irgendwann so heiß, dass wir alles riskieren.« Sie nahm ihre Handtasche und ging an ihm vorbei. Dabei strich sie ihm mit der Hand leicht über die Wange. »Erst einmal sehe ich dich heute Abend.«

Sie schloss die Tür auf und zog sie geräuschlos hinter sich zu.

Er wartete genau drei Minuten. Dann ging er ebenfalls.

Eine halbe Stunde später kam eine Krankenschwester auf dem Weg zu einem Patienten an derselben Stelle vorbei. Sie sah das rechteckige Plastikkärtchen vor der Zimmertür liegen. Sie blieb stehen und bückte sich, um es aufzuheben. Eine Schlüsselkarte, bemerkte sie, aber eine ihr unbekannte. Auf jeden Fall handelte es sich nicht um eine der hellgelben Karten, die im Institut benutzt wurden.

Sie drehte die Karte herum und las den Aufdruck Park Avenue 280. Aha, dann wusste sie, wem sie gehörte.

Sie würde sie bei nächster Gelegenheit zurückgeben.

19.05 Uhr

Victoria trug noch etwas Mascara auf und trat einen Schritt zurück, um ihr Aussehen im Spiegel zu überprüfen.

Das malvenfarbene Cocktailkleid war genau richtig für diese Gelegenheit. Der feine Samt war weich und schimmernd, der Schnitt schlicht und absolut schmeichelhaft. Die Spaghettiträger und der tiefe viereckige Ausschnitt zeigten viel Haut, der Rock war eng anliegend und reichte bis knapp übers Knie. Ein Paar einfache Perlenstecker für die Ohren, passender Hals- und Armschmuck, und ihr Outfit war perfekt. Selbst die Haare trug sie ganz schlicht – es fiel ihr offen und glänzend auf die Schultern.

So hatte Zach es am liebsten.

Okay, sie wollte gut aussehen für ihn. Sie wollte diesen bewundernden Blick in seinen Augen sehen. Sie zog ihre cremefarbenen Stöckelschuhe an, nahm ihre Abendtasche und schaute auf die Uhr auf ihrem Ankleidetisch. Er würde jede Sekunde vor ihrer Tür stehen.

Wie auf ein Zeichen klingelte das Telefon.

Victoria ging herüber. »Hallo?«

»Ich bin es.« Aus dem leichten Echo schloss sie, dass Zach auf seinem Handy telefonierte. »Ich komme ein bisschen später. Ich habe mir unterwegs noch die Untersuchungsergebnisse dieser Zigarre besorgt.«

»Und?«

»Sie haben keine Fingerabdrücke gefunden – zumindest keine, die deutlich genug waren, um etwas mit ihnen anfangen zu können.«

Sie war nicht überrascht. Das war zu erwarten gewesen. Dann fiel ihr plötzlich etwas ein. »Sag mal, was hast du ihnen eigentlich erzählt?«

»Dass ich einer Freundin einen Gefallen tun würde – was immerhin stimmt.« Zach hielt kurz inne. »Sonst gibt es nichts zu erzählen. Wir haben nicht den leisesten Beweis dafür, dass du beschattet wirst. Und noch viel weniger können wir eine Verbindung zwischen diesem Typen und dem Hope Institute nachweisen. Mach dir keine Sorgen. Ich habe kein Wort über Audrey oder deinen Vater verlauten lassen.«

»Danke«, antwortete Victoria leise. »Wo bist du? Soll ich Robert anrufen und ihm sagen, dass wir später kommen?«

»Wenn, sind es höchstens ein paar Minuten. Ich sitze bereits im Auto. Der Hotelmanager hat dafür gesorgt, dass es direkt vor die Tür gebracht wurde. Ich werde in zehn Minuten bei dir sein. Und wenn wir nicht in irgendeinen Stau geraten, sind wir gegen halb neun in Greenwich. Entscheide du, ob dafür ein Anruf erforderlich ist.«

»Okay.« Victoria nickte und dachte kurz nach. »Ich werde Robert kurz Bescheid geben. Da mein Vater mich als Ehrengast auserkoren hat, wird es ihn beruhigen, zu wissen, dass ich unterwegs bin und ihn nicht im Stich lasse. Es ist auch für meine Mutter weniger stressig.«

»Klingt vernünftig.«

»Danke, dass du angerufen hast. Bis gleich.« Victoria beendete das Gespräch, dann wählte sie die Nummer ihrer Eltern.

Draußen, ein paar Häuser weiter, saß ein Techniker gebeugt in seinem Lieferwagen. Er drehte an den Knöpfen seines Mithörgeräts, ohne Miss Kensingtons Dreißig-Sekunden-Gespräch mit dem Familienbutler große Beachtung zu schenken.

Hamilton hatte also eine Zigarre auf Fingerabdrücke untersuchen lassen. Das löste eine Menge Fragen aus. Wer hatte die Fingerabdruck-Analyse vorgenommen? Und dazu noch samstagabends um sieben Uhr? Es musste sich um einen persönlichen Gefallen handeln.

Also gut, ein Typ wie Hamilton hatte an allen Ecken Freunde.

Aber wieso sollte er diese Freunde wegen einer solchen Belanglosigkeit behelligen? Nur um ein paar Punkte bei Victoria Kensington zu machen?

Möglich. Auf jeden Fall unternahm er eine ganze Menge, um sie ins Bett zu kriegen.

Nun, dem Mann konnte geholfen werden. Denn nach

dem heutigen Abend würde die süße Miss Kensington eine Menge Zeit haben, sich auf ihren Lover zu konzentrieren. Sie würde sich nicht mehr mit dem Mann mit der Zigarre beschäftigen.

Heute Abend würde sie ein wenig Nachhilfeunterricht erhalten, um ihre Prioritäten neu zu ordnen.

19

Die Kensington-Villa erstrahlte im hellen Licht und war erfüllt von den Stimmen der eintreffenden Gäste, als Zach durch das schwere Eisentor auf das Grundstück fuhr.

»Das bringt Erinnerungen zurück«, murmelte er und sah sich um. »Auch wenn hier nie so viel los war, wenn ich dich damals nach Hause brachte.«

»Tja, wenn mein Vater ein Fest gibt, gibt er ein Fest«, antwortete Victoria trocken und sah zu, wie die Angestellten umherschwirrten, um die Autos der Gäste fortzufahren. Einer setzte sich gerade hinter das Steuer eines Jaguars, ein anderer parkte einen Mercedes 500SE. »Erstaunlich, wie meine Eltern so was innerhalb von drei Tagen auf die Beine stellen.« Sie runzelte die Stirn. »Ich hoffe, Mutter ist okay. Sie klang ziemlich gestresst, als ich gestern mit ihr sprach. Andererseits liebt sie Gelegenheiten wie diese. Es ist einer der großen Vorzüge, mit meinem Vater verheiratet zu sein – zumindest in ihren Augen.«

Zach warf ihr einen Seitenblick zu. »Alles in Ordnung? Ich kann deine Angespanntheit bis hierher spüren.«

Victoria nickte. »Alles in Ordnung. Bis auf die Tatsache,

dass ich gleich wie ein preisgekröntes Rennpferd herumgeführt werde. Das passt mir nicht, aber ich werde es überstehen. Womit ich überhaupt nicht klarkomme, ist, dass ich herumschnüffeln muss, um meinen Vater zu beschmutzten. Irgendwie hoffe ich, dass sich alles in einem einzigen Gespräch mit Mr. Hopewell auflöst – dass er etwas sagt, das uns einen neuen Aspekt aufzeigt, an den wir bisher noch nicht gedacht haben und der meinen Vater von jedem Verdacht freispricht.«

»Ich weiß.« Zach streckte die Hand nach ihrer aus und drückte sie sanft. »Ich möchte auch, dass es so ausgeht.«

»Aber du bezweifelst, dass es so kommen wird?«

»Ja, ich bezweifle, dass es so kommen wird.«

Sie warf ihm einen düsteren Blick zu. »Der ständig pessimistische Zach Hamilton.«

»Wäre es dir lieber, wenn ich lüge?«

»Nein.«

»Gut. Denn ich bin ein lausiger Lügner, vor allem wenn es um dich geht.« Langsam ließ er den Blick über sie hinweggleiten, genauso, wie er es getan hatte, als er sie zu Hause abgeholt hatte. »Du siehst umwerfend aus.«

Der Sprung, den ihr Herz tat, und die Wärme, die sie durchflutete, waren nicht zu ignorieren. »Danke.« Victoria zwang sich zu einem Lächeln. »Du siehst selbst umwerfend aus.«

Das tat er wirklich. Zach besaß schon in gewöhnlicher Alltagskleidung eine große Ausstrahlung. Im Smoking war er atemberaubend.

»Ich freue mich, dass ich dir gefalle.« Zach lenkte den Wagen auf die halbkreisförmige Zufahrt und wartete, bis das Auto vor ihnen weggefahren wurde. »Partytime«, raunte er, als einer der Angestellten auf sie zukam. »Bist du bereit?«

»Ich denke schon.«

»Dann lass uns mal sehen, was wir heute Abend herausfinden können.«

Er stieg aus und kam zu Victoria, um ihr behilflich zu sein. Dann warf er dem Angestellten die Schlüssel zu, legte einen Arm um Victorias Taille und führte sie die Treppe hinauf zur Eingangstür.

Das Haus wimmelte von Menschen. Alle waren in Abendkleidung, alle unterhielten sich mit gedämpfter Stimme, während sie sich von einem großzügigen Raum zum nächsten bewegten. Die Absätze der Frauen klackerten auf den Eichenböden, mischten sich mit dem Klirren von Kristallgläsern und höflichem Gelächter.

Die Party war schon jetzt ein voller Erfolg.

Victoria braucht genau dreißig Minuten, um zu dieser Feststellung zu gelangen. Aber sie hatte schließlich jahrelange Erfahrung. Sie hatte unzählige Abende wie diesen miterlebt, schon als sie klein war, so klein, dass sie kaum über das Geländer im zweiten Stock schauen konnte. Sie und Audrey hatten das damals einfach umgangen, indem sie ein Stück die Treppe heruntergeschlichen waren und von dort durch das Geländer gespäht hatten.

Es war auf alle Fälle angenehmer gewesen, heimliche Bobachterin zu sein als die Hauptattraktion des Festes.

»Miss Victoria.« Robert kam auf sie zu, um sie zu begrüßen. Sein Lächeln war echt. »Sie sehen bezaubernd aus.«

»Danke, Robert.« Victoria zeigte auf ihren Begleiter. »Ich weiß nicht, ob Sie sich an Zachary Hamilton erinnern. Es ist schon eine Weile her.«

Robert sah Zach an. »Mr. Hamilton. Natürlich erinnere ich mich. Es ist in der Tat einige Jahre her. Guten Abend, Sir.«

»Guten Abend, Robert«, erwiderte Zach höflich.

»Sind die meisten Gäste schon da?«, erkundigte sich Victoria flüsternd.

Robert nickte. »Bis auf einige wenige. Ihre Tante und Ihr Onkel waren bei den ersten, die gekommen sind.«

Gut. Victoria war erleichtert. Dann hatte sie ja Verstärkung. »Wunderbar.« Sie sah sich in der strahlend erleuchteten Halle um. »Ist Mutter im Wohnraum oder im Salon?«

»Im Salon. Dort sind die meisten Gäste. Die Bar ist im Speisezimmer aufgebaut, ebenso die Hauptgerichte, die um neun serviert werden. Die Hors d'œuvres werden bereits herumgereicht. Sowohl im Salon als auch im Wohnraum gehen Angestellte mit Platten herum.«

»Danke. Ich werde erst nach Mutter sehen, dann suche ich meinen Onkel ...«

»Ah, Victoria.« Walter Kensington kam auf sie zu. Er sah in seinem schwarzen Smoking und dem weißen Hemd mit den goldenen Manschettenknöpfen elegant und attraktiv aus. »Ich habe gerade von dir gesprochen.« Steif ließ er sich zur Begrüßung von Victoria auf die Wange küssen, dann richtete er seinen durchdringenden Blick auf Zach. »Willkommen zurück in den Staaten, Mr. Hamilton. Ich freue mich, dass Sie kommen konnten.«

»Ich freue mich, dass ich kommen durfte.« Zach schüttelte Walter Kensington die Hand.

»Sie kennen sicher einige der Gäste, die heute Abend hier sind«, meinte Walter mit einer Armbewegung. »Mischen Sie sich einfach darunter. Stellen Sie sich potenziellen Kunden vor. Besorgen Sie sich einen Drink. Essen Sie etwas. Amüsieren Sie sich.«

Victoria biss die Zähne zusammen. Die Worte ihres Vaters waren eindeutig gewesen. Er hatte Zach unmissverständlich aufgefordert, sich selbstständig zu bewegen – und ihm zu verstehen gegeben, dass jegliche Störung dessen, was er als Debüt seiner Tochter geplant hatte, unerwünscht wäre.

»Vater, es ist nicht nötig, dass …«

»Kein Problem«, unterbrach Zach sie. »Ich werde Victoria nur schnell etwas zu trinken besorgen. Danach gebe ich sie in Ihre Hände. Ich schätze, dass eine Menge Gäste hier sind, die darauf warten, sie kennen zu lernen. Ich würde auch gern ein paar Bekanntschaften erneuern. Also überlasse ich Sie Ihren Geschäften, während ich meine erledige.«

Ein Hauch von Respekt huschte über Walters Gesicht. »Ich bin froh, dass Sie so viel Verständnis haben.«

»Das habe ich – absolut.« Zach legte die Hand auf Victorias Rücken und schob sie sanft Richtung Speisezimmer. »Geben Sie uns fünf Minuten.«

»Ich werde im Salon sein.«

Victoria kämpfte gegen ihren Ärger, während Zach sie zur Bar begleitete und zwei Gläser Cabernet orderte.

»Ich komme mir vor wie eine Barbiepuppe«, stieß sie böse hervor. »Fein angezogen, schön gekämmt und stolz vorgezeigt.«

Zach verzog die Lippen. »Zumindest bist du hier erwünscht, während ich völlig überflüssig bin. Wie Ken.« Er reichte ihr ein Glas Wein. »Nimm es gelassen. Dein Vater hat alles organisiert. Nutz es zu deinem Vorteil. Jede der Personen, mit denen du sprichst, könnte uns genau die Information geben, die wir brauchen.«

Sie trank einen Schluck Wein und sah ihn mit hochgezogenen Brauen an. »Ja, du hast Recht. Und du suchst in der Zwischenzeit Mr. Hopewell – die Person, mit der wir eigentlich reden möchten – und presst Informationen aus ihm heraus.«

Er grinste. »Du hast mein Wort.«

Sie machten sich auf den Weg in den Salon. Walter Kensington entdeckte sie sofort und entschuldigte sich bei den Gästen, mit denen er sich gerade unterhalten hatte.

»Viel Glück«, murmelte Zach, und sein Atem streifte ihr Haar.

»Dir auch.« Sie sah ihrem Vater entgegen.

»Ihre Tochter, wie versprochen«, meinte Zach. Er hob sein Glas kaum merklich in Victorias Richtung. »Amüsier dich gut. Bis später.« Er ließ sich weiter in den Raum treiben, begrüßte einige Gäste.

»Zachary«, hörte sie einen untersetzten Mann mit schütter werdendem Haar sagen. »Ich wusste gar nicht, dass Sie aus Europa zurück sind.«

»Ich bin auch erst seit letzter Woche hier«, erklärte Zach.

»Wie lange bleiben Sie?«

Ein unverbindliches Schulterzucken. »Ich weiß noch nicht. Ich habe einige Geschäfte zu erledigen und nehme an einem Kongress teil. Hier in New York.«

»Dann werden Sie also eine Zeit lang hier sein. Sehr gut.«

Eine Zeit lang, dachte Victoria. *Wie lange war das?*

»Lass uns damit beginnen, meine Partner zu begrüßen«, unterbrach Walter ihre Gedanken. »Unterstreich noch einmal den guten Eindruck, den du am Donnerstag bei ihnen hinterlassen hast. Dann gehen wir weiter zu meinen wichtigsten Mandanten, die fast alle hier sind und von denen du sicher noch manche kennst.«

»Erst will ich Mutter schnell hallo sagen«, antwortete Victoria bestimmt. »Danach würde ich gern Onkel Jim und Tante Clarissa sehen. Und anschließend stehe ich dir zur Verfügung.«

Ihr Vater verzog ungeduldig das Gesicht. Dann entspannte er, als er sah, wonach er suchte. »Deine Mutter ist bei Alfred und seiner Frau«, verkündete er und meinte damit Mr. Tatem. »Wir gehen erst dort rüber. Jim und Clarissa sind, soweit ich weiß, im Wohnraum. Du wirst sie später treffen.«

Das war der bestmögliche Kompromiss, zu dem ihr Vater bereit war.

»Gut.« Victoria nahm ihr Glas in die linke Hand, damit sie die rechte frei zum Händeschütteln hatte. Mit hoch erhobenem Kopf bahnte sie sich einen Weg zum Flügel, wo ein professioneller Pianist gerade zu spielen begonnen hatte und wo ihre Mutter zusammen mit Mr. und Mrs. Tatem stand.

»Victoria.« Barbara Kensington lächelte, und ihre blassgrünen Augen leuchteten ein wenig auf – Augen, die unter ihrem perfekten Make-up viel zu müde und traurig aussahen. »Seit wann bist du hier?«

»Ich bin gerade erst gekommen.« Victoria umarmte ihre Mutter herzlich.

»Du siehst gut aus.«

»Du auch.«

Barbara Kensington war exquisit gekleidet, wie immer. Sie trug ein geschmackvolles schwarzes Designer-Kostüm aus Satin und hatte ihre braunes Haar elegant aufgesteckt. Victoria wünschte nur, das Leben ihrer Mutter wäre halb so beneidenswert wie ihr Äußeres.

Sie verdrängte diesen Gedanken und richtete ihre Aufmerksamkeit auf das Paar neben ihr. »Mr. Tatem.« Ihr erster Händedruck an diesem Abend. »Schön, Sie wiederzusehen. Das ist sicher Ihre Frau.« Erneutes Händeschütteln. »Ich bin Victoria Kensington.«

»Carla Tatem.« Die blonde Frau mit den wachen blauen Augen lächelte freundlich. »Ich habe schon viel von Ihnen gehört, Victoria. Herzlichen Glückwunsch zu Ihrer neuen Position bei Waters, Kensington, Tatem and Calder.«

Victoria sah zu ihrem Vater, in der Hoffnung, er würde Mrs. Tatem über ihre Rolle im Unternehmen aufklären. Aber er machte weder Anstalten, dies zu tun, noch schien ihn Mrs. Tatems Feststellung sonderlich zu stören.

»Victoria ist eine ausgezeichnete Anwältin«, stimmte ihre Mutter in den Lobgesang ein. »Wie sind sehr stolz auf sie. Walter ist sehr froh, dass sie diesen Schritt vollzieht. Sie wird ein wertvolles Mitglied im Unternehmen sein.«

Gott, das war ja noch schlimmer, als sie erwartet hatte. Jetzt tat auch noch ihre Mutter so, als wäre ihre Anstellung von Dauer. Andererseits sollte sie das nicht überraschen. Zweifellos hatte ihr Vater seine Frau vor der Party nur halb informiert.

»Und deshalb würde ich Victoria jetzt gern ein wenig weiter herumführen«, unterbrach Walter sie. »Es ist wichtig, dass die Mandanten sie kennen lernen.«

»Natürlich.« Alfred Tatem nickte eifrig. »Geht nur. Ich besorge inzwischen neue Drinks. Ladys«, er wandte sich an seine Frau und an Barbara Kensington. »Darf ich euch auch etwas mitbringen?«

»Geh nur«, antwortete Barbara. »Ich kümmere mich in der Zwischenzeit um die anderen Gäste.« Mit einem perfekten Lächeln, das sie seit Jahren einstudiert hatte, ging sie davon.

»Vater«, meinte Victoria ungeduldig, während er sie in die Richtung schob, in der er sie gerne haben wollte. »Ich bin nur als Beraterin in eurer Kanzlei tätig, vergiss das nicht. *Vorübergehend.* Ich bin nicht dauerhaft bei euch eingestiegen, deshalb würde ich es sehr schätzen, wenn du diese irreführenden ...«

»Nicht jetzt, bitte.« Ihr Vater unterbrach sie. »Ich habe gerade George Placard, den Gründer von Placard, Knotts and Riley entdeckt. Seine Werbeagentur ist über zwei Milliarden wert und expandiert immer weiter. Er ist ein langjähriger Mandant von uns. Lass uns kurz zu ihm gehen.«

In der nächsten Stunde kam Victoria kaum zum Luftholen.

Sie bewegte sich von Mandant zu Mandant, von Anwalt zu Anwalt, und wünschte sich, die verdammte Vorstellerei wäre endlich zu Ende, damit sie sich allein zwischen den Gästen bewegen konnte. Solange ihr Vater an ihrer Seite klebte, konnte sie ganz sicher keine bohrenden Fragen stellen.

Was für eine Ironie, dachte sie bitter. *So viel Zeit hat er in den gesamten achtundzwanzig Jahren meines Lebens nicht mit mir verbracht.*

Bei jeder Gelegenheit, die sich ihr bot, durchforstete sie den Raum nach Benjamin Hopewell. Zweimal erhaschte sie einen Blick auf ihn. Einmal steckte er gerade in einer hitzigen Diskussion mit Elizabeth Bonner, danach unterhielt er sich ebenso hitzig mit Zach.

Sie hätte alles dafür gegeben, die Einzelheiten dieses Gesprächs mitzubekommen.

Endlich fand ihr Vater, er hätte sie nun lange genug herumgezeigt – diese Entscheidung gründete auf der Tatsache, dass es praktisch niemanden mehr gab, dem er sie nicht vorgestellt hatte, außer einigen Juniorpartnern, zu denen zufällig auch die vier Frauen gehörten, die er bei der Vorstellrunde am Donnerstag geflissentlich übersehen hatte. Er entschuldigte sich und ging, um sich zu zwei Kollegen zu gesellen.

Ehe Victoria sich auf eigene Faust umzusehen begann, ging sie zu den Personen, die ihr Vater bewusst übergangen hatte, und machte sich selbst mit ihnen bekannt.

Karen Hollerman und Joy Carlson waren beide Mitte dreißig, attraktiv, intelligent und sehr distanziert. Lillian Pershing, die Ende dreißig war und offenbar vorhatte, in Elizabeth Bonners Fußstapfen zu treten und eines Tages ebenfalls Gesellschafterin zu werden, war mehr als distanziert. Es kostete sie alle Mühe, ihre offene Abneigung Victoria gegenüber nicht zu zeigen. Nur Marsha Blythe, fast vierzig und auffallend elegant gekleidet, war offen und freundlich. Doch selbst bei ihr verspürte Victoria einen Hauch von Anspannung. Wie alle anderen schien sie in Walter Kensingtons Tochter weniger eine Kollegin zu sehen als eine nicht zu unterschätzende Konkurrentin.

Victoria konnte es ihnen nicht übel nehmen. Diese Frauen hatten eine Menge Opfer gebracht, um dorthin zu gelangen, wo sie waren. Sie hatten auf ihr Privatleben verzichtet und sich halbtot gearbeitet für mächtige Mandanten, an die sie nicht unbedingt glaubten, und mussten sich tagtäglich einem harten, anstrengenden Konkurrenzkampf stellen. Sie hatten sich für einen Weg entschieden, den Victoria nicht sonderlich verlockend fand.

Sie tat ihr Bestes, sie zu beruhigen, erreichte aber nicht allzu viel. Sie waren nicht wirklich davon zu überzeugen, dass sie es nicht auf eine Teilhaberschaft im Unternehmen ihres Vaters abgesehen hatte.

Victoria ging ins Speisezimmer, wartete, bis der Angestellte hinter dem Büfett zwei Scheiben Filet Mignon abgeschnitten und sie ihr zusammen mit frischen Spargelspitzen auf den Teller gelegt hatte, und sah sich dann in aller Ruhe um. Miss Hatterman, die in alle Geschäftsangelegenheiten einbezogen wurde, lief hektisch hin und her, hielt die Bediensteten im Auge und sorgte dafür, dass alle zur Zufriedenheit bedient wurden. Victoria fand, dass sie sich wie eine Ehefrau und nicht wie eine Sekretärin verhielt. Aber vielleicht war sie nach all den Jahren durchaus berechtigt, sich als Walter Kensingtons bessere Hälfte zu betrachten. Ohne Zweifel kannte sie ihn besser als jeder andere, die ganze Familie eingeschlossen.

Victoria stockte plötzlich, als sie die Gabel zum Mund führen wollte. Miss Hatterman. Natürlich. Was für ein idealer Ausgangspunkt!

Gemächlich schlenderte sie zu ihr herüber. »Miss Hatterman, wie üblich haben Sie ein tolles Fest organisiert.«

Miss Hatterman verzog keine Miene. »Ihre Mutter hat die größte Arbeit geleistet«, antwortete sie kühl. »Ich habe ihr nur geholfen. Aber ich freue mich, wenn es Ihnen gefällt. Schließlich findet das Fest zu Ihren Ehren statt.«

»Ich weiß das sehr zu schätzen. Obwohl ich das Gefühl habe, heute mindestens hundert neue Mandanten kennen gelernt zu haben. Ich hoffe, dass Sie mir helfen werden, alle auseinanderzuhalten.«

»Selbstverständlich. Aber wahrscheinlich wird das gar nicht nötig sein, schließlich sind Sie die Tochter Ihres Vaters. Ich kenne niemanden, der einen schärferen Verstand hat als er. Sie werden das gut hinkriegen.«

»Danke für Ihr Vertrauen«, antwortete Victoria. Scharfer Verstand? Ihr eigener sagte ihr gerade, dass sie sich auf dem Holzweg befand. Sie würde keine Silbe aus der schmallippigen Miss Hatterman herauskriegen. Wenn sie bedrängt würde, würde die Sekretärin ihres Vaters misstrauisch werden und Victorias Versuche, an brauchbare Informationen zu gelangen, im Keim ersticken.

Höchste Zeit, aus dieser Sackgasse herauszukommen.

»Ich werde mal sehen, wo mein Onkel und meine Tante sind«, sagte sie zu Miss Hatterman. »Ich habe ihnen bisher nur kurz zugewinkt, dabei bin ich schon über zwei Stunden hier. Würden Sie mich bitte entschuldigen?«

»Natürlich.«

Victoria stellte ihren Teller ab und verließ das Speisezimmer, um über ihren nächsten Zug nachzudenken. Sie hatte mit genügend Mandanten ihres Vaters gesprochen, um sich sicher zu sein, dass es keine Verbindung zwischen einem von ihnen und dem Hope Institute gab. Abgesehen von Benjamin Hopewell natürlich, den ihr Vater ihr auf seinem Rundgang geschickt vorenthalten hatte. Gut, sie hatte Mr. Hopewell im Laufe der Jahre ein paar Mal getroffen. Trotzdem war sie überzeugt gewesen, dass ihr Vater sie einem derart wichtigen, langjährigen Mandanten präsentieren und ihn davon unterrichten würde, dass sie nun zum Team der Kanzlei gehörte.

Es wurde höchste Zeit, Benjamin Hopewell zu finden.

Er war von einer Gruppe von Leuten umgeben, darunter Elizabeth Bonner, Ian Block und Zach.

Ian erblickte sie, löste sich von der Gruppe und kam ihr charmant lächelnd entgegen. »Miss Kensington, ich habe mich schon gewundert, wo Sie stecken. Ich dachte schon, Sie wären vielleicht vor Erschöpfung zusammengebrochen.«

Gedacht?, fragte Victoria sich. *Oder gehofft?*

»So schnell breche ich nicht zusammen, Mr. Block«, erwiderte sie kühl. »Aber es ist nett, dass Sie sich Sorgen um mich gemacht haben.«

Er nahm ihre distanzierte Antwort gelassen hin. »Amüsieren Sie sich?«

»Ich amüsiere mich und lerne eine Menge Neues. Wenn ich die Gesichter zu den Namen kenne, wird mir das den Start bei Waters, Kensington, Tatem and Calder leichter machen.«

»Der am Montag erfolgt, wenn ich recht informiert bin.«

Sie nickte und fragte sich, ob er in Bezug auf sie bereits eine Strategie geplant hatte. »Montagnachmittag. Ich habe morgens noch zwei Termine in meiner eigenen Kanzlei.«

Er strich sich über sein makellos rasiertes Kinn und betrachtete sie nachdenklich. »Ich kann mir vorstellen, dass die Umstellung von einer kleinen und jungen Kanzlei zu einem großen, bekannten und seit Jahren florierenden Unternehmen ziemlich schwierig ist.«

Sie sah ihn geradeheraus an. »In gewisser Hinsicht ja; in anderer nein. Jedes Unternehmen hat seine Vor- und Nachteile. Natürlich sind die finanziellen Bedingungen in einer renommierten Kanzlei sehr viel besser als in einer unbekannten. Aber Rechtsbeihilfe auf einer eher persönlichen Basis zu geben hat etwas sehr Befriedigendes. Und Geld war nie meine oberste Priorität. Ebenso wenig wie Macht.« Sie zuckte mit den Schultern. »Ich möchte damit nicht sagen, dass mich beides nicht interessiert – allerdings nur, wenn ich es zu meinen Bedingungen kriegen kann. Das Leben ist immer ein Kompromiss, Mr. Block. Aber das wissen Sie ja sicher selbst.«

»Oh ja, sehr gut.« Sein Ton war beiläufig, aber der Blick aus seinen blauen Augen scharf. »Teilen Ihre Partner Ihren Altruismus?«

Eine Alarmglocke schrillte in Victoria. Ian Block wollte auf etwas Bestimmtes hinaus. »Ich würde es nicht Altruismus nennen. Aber unsere Ziele sind sehr ähnlich, ja. Warum fragen Sie?«

»Weil mir Ihr Vater zu verstehen gegeben hat, dass Mr. London auf der Suche nach finanzkräftigen Mandanten ist. Ich frage mich wieso.«

Aha. Paul. Darum ging es also. Aber warum? Wollte Ian Block sie nur über ihr Unternehmen ausfragen, oder wollte er ihr deutlich machen, wie wichtig er für sie war?

So oder so, es klang nach einem Machtkampf.

»Pauls Interesse an neuen Mandanten hat verschiedene Gründe«, antwortete sie knapp. »Zunächst einmal ist unsere

Kanzlei, wie Sie richtig bemerkten, noch ein sehr junges Unternehmen. Wir brauchen ein paar solide Mandanten, um richtig in Schwung zu kommen. Aber darüber hinaus ist Paul ein sehr fähiger Anwalt, der ständig nach neuen Herausforderungen sucht.«

»Richtig in Schwung kommen?«, wiederholte Ian. »Steckt Ihr Unternehmen in finanziellen Schwierigkeiten?«

»Wir tragen uns inzwischen selbst. Wir schwimmen nicht in Geld, aber wir haben auch keine schlaflosen Nächte mehr. Und wir werden ganz sicher nicht unsere Integrität aufgeben.«

»Eine ehrliche Antwort.«

»Absolut. Ich lege Wert darauf. Das bewahrt mich davor, mich aus einer Lüge herauswinden zu müssen. Und das müsste ich vermutlich sonst jetzt tun.«

»Wie kommen Sie darauf?«

Ihre Brauen hoben sich kaum sichtbar. »Weil Sie ganz genau wissen, wie es unserem Unternehmen geht. Sonst hätten Sie diese Frage nie gestellt. Was bedeutet, dass Sie jetzt Ihre Schlüsse ziehen können über das, was Sie herausfinden wollten – sei es, wie offen, wie selbstsicher oder wie loyal ich bin oder eine Kombination von allem. Ich werde es Ihnen leicht machen.« Sie zählte an den Fingern ab. »Ich lüge nicht. Ich rede nicht um den heißen Brei herum. Und ich verhalte mich London, Kensington and Stone gegenüber absolut loyal.«

»Das sehe ich.« Ian sah sie anerkennend, aber auch ein wenig herablassend an. »Und ich sehe auch, dass Sie ein ebenso harter Gegner sind wie Ihr Vater.«

»Das scheint auch für Sie zu gelten, sonst wären Sie nicht auf einem so steilen Weg nach oben.« Sie forderte ihn heraus, und sie wusste es. Und sie wurde persönlich. Vielleicht sollte sie jetzt besser aufhören. Aber ihr Adrenalin machte da nicht mit. Ebenso wenig wie ihr Kämpferinstinkt. Sie war nun so weit gegangen, dass sie die Sache auch durchziehen konnte.

Ansonsten würde die Zusammenarbeit mit diesem Mann zum Albtraum.

»Auf dem Weg nach oben – sehen Sie mich so?«, fragte Ian. »Ich fühle mich sehr geschmeichelt.«

»Es spielt keine Rolle, wie *ich* Sie sehe. Wichtig ist, wie mein Vater Sie sieht. Und ich schätze, wir wissen beide genau, wie die Dinge diesbezüglich stehen.«

»Was wollen Sie damit sagen?«

Victoria ging aufs Ganze. »Ihr Ziel ist es, noch vor Ihrem vierzigsten Lebensjahr Gesellschafter zu werden. Tun Sie das. Aber ich gebe Ihnen einen guten Rat. Es wird Sie jeden Funken Energie kosten, diesen Weg zu gehen. Verschwenden Sie deshalb keine Kraft an mich. Ich bin keine Bedrohung für Sie. Ich bin nicht an einer Teilhaberschaft interessiert. Je eher Sie das begreifen, desto angenehmer wird es für uns beide. Und wer weiß? Vielleicht arbeiten wir ja ganz gut zusammen. Die Alternative wäre, in den nächsten drei Monaten Katz und Maus zu spielen. Und ich warne Sie, in diesem Spiel bin ich sehr gut. Ich bin nie die Maus.«

Ihr letzter Satz lockte ein amüsiertes Lächeln bei ihm hervor. »Wie kommt es, dass das eher wie eine Warnung klingt statt wie eine Beruhigung?«

»Es ist weder das eine noch das andere. Es ist eine Tatsache.«

»Ich schätze, ich sollte Sie besser beim Wort nehmen, oder?«

Victoria neigte den Kopf zur Seite und bedachte ihn mit einem kühlen Blick. »Mein Wort ist sehr geschätzt, Mr. Block. Erkundigen Sie sich.«

»Das werde ich.« Das charmante Lächeln war wieder da. »Sie haben mich überzeugt.«

»Diese Wirkung habe ich zuweilen auf andere Anwälte.«

Er lachte leise. »Das kann ich mir gut vorstellen.«

»Können Sie sich auch vorstellen, ohne unnötige Spannungen mit mir zusammenzuarbeiten?«

»Spannung ist gut für uns beide. Sie hält uns wach.« Er beantwortete ihre Frage nicht – oder vielleicht mit seinem nächsten Satz. »Aber nennen Sie mich doch Ian. Mr. Block klingt so alt – vor allem wenn eine Zwanzigjährige es sagt. Ich bin schließlich erst siebenunddreißig. Machen Sie keinen Greis aus mir.«

»Ian.« Sie nickte zustimmend, fragte sich aber zugleich, ob sie ihn wirklich davon überzeugt hatte, dass sie nicht seine Gegnerin war, oder ob er es jetzt einfach mit einer neuen Taktik versuchte. Nun, das würde sich zeigen. »Selbstverständlich können Sie dann auch Victoria zu mir sagen. Ich bin an ein wesentlich ungezwungeneres Arbeitsklima gewöhnt. Außerdem würde es Missverständnissen vorbeugen, da mein Vater und ich denselben Nachnamen haben.«

»Stimmt.« Er schaute in sein Glas und stellte fest, dass es leer war. »Also, Victoria, darf ich Ihnen noch etwas zu trinken holen?«

»Schon geschehen.« Aus dem Nichts tauchte Zach auf, ein Glas Wein in jeder Hand. »Bitte sehr.« Er reichte Victoria ihren Cabernet.

Sie schaute ihn aufmerksam an und versuchte, seinen Gesichtsausdruck zu deuten. Er sah aus, als wollte er ihr etwas sagen. Es musste etwas mit Mr. Hopewell zu tun haben.

»Danke.« Sie nahm das Glas. »Kennt ihr zwei euch?«

Ian musterte Zach und schien wissen zu wollen, welche Beziehung zwischen ihm und Victoria bestand. »Wir sind uns zu Beginn des Abends vorgestellt worden, außerdem habe ich in unserer Universitätszeitung über Zach gelesen.«

»Universitätszeitschrift? Oh, Harvard.« Noch während sie redete, wurde Victoria klar, dass Zachs und Ians Studienjahre an der juristischen Fakultät in Harvard sich überschnitten haben mussten.

»Ja. Ich habe ein Jahr, nachdem Zachary mit dem Studium begonnen hat, mein Examen gemacht, deshalb haben sich unsere Wege kaum gekreuzt. Aber ich habe seinen kometenhaften Aufstieg im Bereich der Competitive Intelligence mitverfolgt. Und Sie – woher kennen Sie sich?«

»Zach ist heute Abend mein Begleiter«, erklärte Victoria. »Wir sind alte Freunde. Wir haben uns ebenfalls während des Studiums kennen gelernt. Er war damals Gastdozent an unserer Universität.«

Ian sah Zach erstaunt an. »Sie haben an der Columbia University gelesen?«

»Ein oder zwei Semester, ja. Ich habe den Studenten und Studentinnen zu erklären versucht, wie Competitive Intelligence innerhalb legaler Grenzen praktiziert werden kann.«

»Aha.« Ian nickte. »Das macht Sinn. Das verschafft unseren beiden Berufen Respekt. Und wird in Folge hoffentlich eine Generation von Anwälten mit Moral hervorbringen.«

»Das war meine Absicht. Ein wenig Idealismus kann in unserer Hochleistungsgesellschaft nicht schaden.« Zach wandte sich an Victoria. »Wo wir gerade von Berufsethos sprechen, ich habe deinen Onkel und deine Tante noch gar nicht gesehen. Sind Sie heute Abend hier?«

Sie verstand den Wink. »Ja. Ich habe ihnen zweimal von weitem zugewinkt. Aber ich habe auch noch nicht mit ihnen sprechen können.«

»Wäre nun eine günstige Gelegenheit, oder bist du gerade in einem wichtigen Gespräch mit Ian?«

»Nein, jetzt würde es passen.« Sie lächelte Ian kurz an. »Sie entschuldigen uns doch sicher. Um ehrlich zu sein, komme ich mir sehr unhöflich vor, wenn ich meine Familie nicht begrüße.«

»Kein Problem.« Ian machte eine Handbewegung in Richtung Bar. »Ich hole mir noch etwas zu trinken und gehe dann wieder zurück zu der Gruppe, mit der ich mich vorhin unterhalten hatte.«

Victoria sah kurz zu Benjamin Hopewell. Er lachte und gestikulierte in Richtung Elizabeth Bonner und Lillian Pershing, die sich inzwischen dazugesellt hatte. »Sie scheinen sich prächtig zu amüsieren. Um was geht es?«

Ian zuckte mit den Schultern. »Das Übliche. Wer am besten Golf spielen kann. Zumindest war das vorhin das Thema.«

»Inzwischen geht es um das Gesundheitswesen im neuen Jahrtausend«, berichtigte Zach ihn. »Der arme Hopewell hat ganz schön Mühe, das jetzige System zu verteidigen.«

»Dann werde ich ihn ein wenig dabei unterstützen.« Ian entfernte sich.

»Das war nicht sehr schlau«, schimpfte Victoria. »Mr. Hopewell ist einer der wichtigsten Mandanten meines Vaters. Ian wird sich nun an seine Seite pflanzen und so bald nicht wieder von ihm weichen. Es wird wohl noch etwas dauern, bis es mir gelingt, Mr. Hopewell alleine zu sprechen. Dabei warte ich schon seit zwei Stunden auf eine günstige Gelegenheit.«

»Es gibt keinen Anlass. Lass es.«

Victoria war überrascht. »Was heißt das?«

»Das heißt, dass ich das Thema, für das wir uns interessieren, bereits angesprochen habe. Es noch einmal zu tun wäre, als winkte man mit der roten Flagge vor den Gesichtern der falschen Personen.«

»Bereits angesprochen? Wie angenehm.«

»Nicht angenehm. Notwendig. Du warst zwei Stunden lang im Schlepptau deines Vaters. Ich musste die Gelegenheit beim Schopf packen, als sie sich ergab.« Zachs Stimme wurde sehr vertraulich. »Glaub mir«, flüsterte er. »Ich war auch nicht besonders glücklich darüber, dass du heute Abend kaum erreichbar warst. Und das nicht nur aus den Gründen, über die wir soeben gesprochen haben.«

»Zach …«

Er streckte die Hand aus, seine Finger strichen über den Stiel ihres Weinglases und berührten sie dabei ganz kurz. »Trink einen Schluck. Nachdem du zwei Stunden lang im Mittelpunkt gestanden hast, kannst du das gut gebrauchen. Dann suchen wir deinen Onkel und deine Tante.«

Seine plötzliche Verhaltensänderung irritierte sie. Sie bemühte sich, einen klaren Kopf zu behalten, hob das Glas an ihre Lippen und entzog sich so seiner Berührung. »Du willst mir nichts Näheres über das sagen, worüber du mit Mr. Hopewell gesprochen hast?«

»Oh, doch – aber erst später. Lass uns zunächst diese Party hinter uns bringen und von hier verschwinden.« Er sah zu, wie sie an ihrem Wein nippte, sein Blick wurde dunkel, hing an ihren Lippen, als sie sich um das Kristall schlossen. »Meine Konzentrationsfähigkeit und meine Toleranz nehmen ab – und zwar ziemlich schnell.«

Victoria schluckte. Zach zog alle Register, das spürte sie ganz genau. Und die eine Hälfte von ihr wollte alles versperren. Doch die andere Hälfte, die brutal ehrliche, erinnerte sie daran, warum sie heute Abend so viel Wert auf ihr Äußeres gelegt hatte, so viel Wert auf seine Reaktion.

Nun, sie bekam ganz offensichtlich die Reaktion, die sie erhofft hatte. Die Frage war bloß, was sie damit anfangen würde.

»Hör auf zu grübeln«, meinte er leise. »Du brauchst jetzt keine Entscheidung zu treffen. Wir befinden uns in der Öffentlichkeit. Heb dir die Entscheidung für später auf.«

Er wollte sie. Das sah sie nicht nur an seinen Gesten und seiner Körpersprache. Es war der Ausdruck in seinem Gesicht, dieser intensive, leidenschaftliche Zug, an den sie sich so gut erinnerte.

Noch vor ein paar Tagen hätte sie geschworen, dass dies nie geschehen würde. Dass sie diesen Pfad nie wieder betreten würde. Und sie hatte auch jetzt Angst davor. Eine Affäre mit Zach zu haben – es war undenkbar, angesichts dessen, was sie sich einmal bedeutet hatten. Das Problem war nur, dass ihre Gefühle für ihn so kompliziert waren. Und da hinein gemischt war eine starke sexuelle Anziehungskraft, die sie heiß durchfuhr und die ihre Knie ganz weich machte. Wenn sie sich dazu hinreißen ließ …

Nein, das war ausgeschlossen.

Er war die Verkörperung all ihrer Leiden und Schwächen. Er war derjenige, der diese emotionale Höhle in sie hineingegraben hatte, eine Höhle, die nur er erreichen konnte, selbst jetzt noch. Sie musste sich schützen, mochte die Versuchung, sich einfach gehen zu lassen, auch noch so groß sein.

Sie straffte die Schultern. »Mein Onkel und meine Tante sind sicher im Salon. Lass uns zu ihnen gehen.«

Zach nickte. Wortlos akzeptierte er die Barriere, die sie, zumindest vorübergehend, zwischen ihnen aufgebaut hatte. Er nahm ihren Arm und führte sie an den vielen Gästen vorbei.

Victoria entdeckte Clarissa und Jim inmitten einer kleinen Gruppe von Leuten vor dem Erkerfenster. Ihr Onkel sah sie an, und er schien sofort zu spüren, in welch emotionalem Chaos sie sich befand. Jedenfalls berührte er Clarissa an der Schulter, entschuldigte sich bei den Umstehenden und kam zusammen mit seiner Frau auf Victoria und Zach zu.

»Ich dachte schon, du wärst von der Menschenmenge verschluckt worden«, scherzte er und erwiderte ihre herzliche Umarmung.

»Beinahe.« Sie wandte sich an Clarissa, die in ihrem eisblauen Cocktailkleid einfach hinreißend aussah. »Du siehst fantastisch aus.« Sie drückte ihre Wange an die ihrer Tante. »Danke, dass ihr gekommen seid«, flüsterte sie.

Clarissa lächelte. Sie verstand, was Victoria meinte, ließ sich aber nichts anmerken. »Ich muss dieses Kompliment zurückgeben. Du bist ein wunderschöner Ehrengast.« Dann wandte sie sich an Zach, und ihr Lächeln wurde merklich reservierter. Sie machte deutlich, auf wessen Seite sie stand. »Schön, Sie wiederzusehen, Zachary. Das letzte Mal ist ziemlich lange her.«

»Zu lange. Und das Vergnügen ist ganz auf meiner Seite.« Wenn Zach Clarissas distanzierte Begrüßung gespürt hatte, zeigte er das jedenfalls nicht. Lächelnd schüttelte er erst ihr die Hand, dann Jim. »Wenn ich Sie beide so sehe, kann ich kaum glauben, dass vier Jahre vergangen sein sollen. Sie haben sich nicht im Geringsten verändert.«

»Das liegt daran, dass wir so beschäftigt sind«, scherzte Jim. »Das hält uns jung. Clarissa und ich sind ständig so in Bewegung, dass uns das Alter gar nicht zu Gesicht bekommt, geschweige denn, uns zu packen kriegt.«

Zach lachte. »Dann kann ich mir ja auch Hoffnung machen.« Er sah Clarissa fragend an. »Ich nehme an, Sie arbeiten immer noch im Mount-Sinai-Hospital?«

»So ist es.« Sie nickte. »Ich bin bald zehn Jahre dort.«

»Womit beschäftigen Sie sich im Augenblick?«

»Wir haben gerade darüber gesprochen. Ich befinde mich zurzeit mitten in einem Forschungsprojekt über den Alterungsprozess. Wir machen große Fortschritte bei der Identifizierung der Faktoren, die dafür verantwortlich sind. Wenn wir herausfinden können, was genau den Alterungsprozess beschleunigt oder verlangsamt, sind wir vielleicht irgendwann in der Lage, die menschliche Lebenserwartung erheblich zu verlängern.«

Zach zog die Augenbrauen hoch. »Klingt faszinierend. Untersuchen Sie nur den körperlichen Verfall oder auch den geistigen?«

»Beides.« Clarissa nickte. »Einen intelligenten Menschen geistig verfallen zu sehen ist fast noch schlimmer als einen gesunden Körper altern zu sehen. Aber auch die physiologischen Fähigkeiten können wesentlich länger erhalten werden. Damit meine ich die Funktionsfähigkeit der Organe, die Elastizität von Muskeln und Gewebe. Das alles hat nichts mit Eitelkeit zu tun. Nein, es geht um mehr Lebensqualität bei steigendem Alter. Und wer weiß? Mit etwas Geduld und den nötigen Forschungsgeldern können wir den Alterungsprozess vielleicht eines Tages wirklich steuern.« Clarissa sah Zach plötzlich erschrocken an. »Jetzt habe ich Ihnen einen viel zu langen Vortrag gehalten, nicht?«

»Keinesfalls«, versicherte Zach. »Ich verbringe viel zu viel Zeit mit Menschen, deren einzige Leidenschaft das Geldverdienen ist. Da ist es richtig wohltuend, einer Frau zuzuhören, deren Leidenschaft ihre Arbeit ist.«

»Jetzt weißt du also, wie Clarissa sich jung hält«, meinte Victoria mit sichtlichem Stolz. »Und Onkel Jim ebenfalls. Sie widmen beide ihr Leben dem Wohlergehen anderer Menschen. Ihrer geistigen, seelischen und körperlichen Gesundheit.«

»Wo wir gerade davon sprechen«, meinte Jim leise. »Wie fit seid ihr noch? Dieses Debüt muss doch schrecklich anstrengend für dich gewesen sein, Victoria.«

Victoria fragte sich im Stillen, ob ihr Onkel ahnte, wie sehr der Abend tatsächlich an ihren Kräften gezehrt hatte. »Ich bin noch einigermaßen intakt«, versicherte sie. »Ich fürchte bloß, dass alle hier denken, ich würde für immer bei Waters, Kensington, Tatem and Calder bleiben – einschließlich meiner Eltern.«

Ihr Onkel lächelte mitleidig. »Sie sind stolz auf dich. Versuch, es so zu sehen.«

»Ich werde mir Mühe geben.«

»Gut. Denn dein Vater kommt gerade auf uns zu.«

Jim hatte die Worte gerade ausgesprochen, als Walter Kensington neben ihnen auftauchte. »Victoria, hier steckst du also. Die Gäste wollen langsam aufbrechen. Deine Mutter bereitet sich gerade für die Verabschiedung vor. Sie wartet auf dich.«

Victoria stöhnte innerlich. Jetzt war sie auch noch für die Entlassungszeremonie vorgesehen. Und nach dem unerbittlichen Ton und Blick ihres Vaters zu schließen, blieb ihr keine andere Wahl.

Sie hasste es, herumkommandiert zu werden. Und sie hasste es, sich zu verstellen, was sie nun den ganzen Abend getan hatte. Nach den anstrengenden Stunden hätte sie nichts lieber getan, als sich der Aufforderung ihres Vaters zu verweigern, sich einfach nicht von der Stelle zu bewegen und bei den Leuten zu bleiben, bei denen sie sich wohl fühlte, anstatt neben ihm zu stehen, wenn er den letzten Akt dieser Scharade in Szene setzte.

Andererseits hatte man ihr praktisch von Geburt an beigebracht, dass ein öffentlicher Aufstand eine Todsünde war. Und die lohnte sich in diesem Fall nicht. Noch viel weniger lohnte es sich, ihre Mutter in Verlegenheit zu bringen. Nicht für ein paar Auf Wiedersehen.

Also gut, beschloss sie unter dem beruhigenden Blick ihres Onkels und dem ermutigenden Lächeln ihrer Tante. Sie würde die Rolle zu Ende spielen. Danach konnte sie nach Hause gehen.

»Würdet ihr mich bitte entschuldigen?«, fragte sie und schaute in die Runde.

»Natürlich«, antwortete Onkel Jim für alle. »Verabschiede dich von den Gästen. Clarissa und ich werden noch ein letztes Gläschen mit Zach trinken. Danach, finde ich, sollte er dich nach Hause bringen. Du siehst müde aus. Ich weiß, dass der heutige Abend einen entscheidenden Schritt deiner Karriere bedeutet, aber das ist kein Grund, deine Gesundheit aufs Spiel zu setzen. Du wirst sie noch brauchen.«

Mit zusammengepressten Lippen hörte sich Walter die klaren Worte seines Bruders an. Er kommentierte sie jedoch nicht weiter, sondern gab Victoria ein Zeichen, ihn zu begleiten. »Komm. Lass uns dafür sorgen, dass du den wichtigen Leuten gute Nacht sagst.«

Die »wichtigen Leute« waren dieselbe endlose Gästereihe, der sie vor drei oder vier Stunden vorgestellt worden war. Nur dass dieses Mal auch Benjamin Hopewell dazugehörte.

»Victoria.« Mr. Hopewell war groß und für einen Mann Mitte sechzig erstaunlich fit. Sein sonnengebräuntes Gesicht wirkte durch sein dickes schneeweißes Haar noch dunkler. Er ergriff ihre Hand. »Ich hatte den ganzen Abend keine Gelegenheit, mit Ihnen zu sprechen und Ihnen zu gratulieren. Ich bin sehr erfreut, dass Sie künftig der Kanzlei Ihres Vaters mitangehören.«

»Ich freue mich auch, Sie wiederzusehen. Mr. Hopewell«, antwortete sie und überging seinen Kommentar zu ihrer Stellung in der Kanzlei. Mit größter Anstrengung widerstand sie auch dem Impuls, ihn an Ort und Stelle auf das Hope Institute anzusprechen. Zach hatte Recht. Wenn sie nicht vorsichtig war, würde sie Audrey unnötig in Gefahr bringen. »Sie sehen sehr gut aus.«

»Tue ich das?« Er verzog das Gesicht. »Dabei fühle ich mich plötzlich so alt. Ich erinnere mich noch gut daran, wie Sie auf meinem Schoß saßen. Und jetzt sind Sie eine erwachsene Frau und dazu eine ausgezeichnete Rechtsanwältin. Wo sind nur die Jahre geblieben?«

»Wenn wir das wüssten, würden wir sie zurückholen«, scherzte Elizabeth Bonner und zog sich ihre Abendjacke über. »Verabschieden Sie sich gerade, Benjamin?«, fragte sie ihn. »Ich habe einige Unterlagen dabei, die ich Ihnen gern mitgeben würde. Sie liegen in meinem Auto, das gerade vorgefahren wird. Würden Sie mich kurz begleiten?«

»Natürlich«, erwiderte er höflich und drehte sich noch einmal um. »Gute Nacht, Victoria«, sagte er. »Es ist mir immer ein Vergnügen, Sie zu sehen.«

»Danke. Ich hoffe, unsere beruflichen Wege werden sich bald kreuzen.« Victoria sagte das mechanisch, mit den Gedanken war sie ganz woanders. Elizabeth Bonners Auftauchen war wirklich perfekt getimt gewesen. War das Zufall? Sie bezweifelte das. Vielmehr schien es ihr, als hätte sie Mr. Hopewell absichtlich von ihr weggelockt. Aber warum? Hatte man Mrs. Bonner dazu aufgefordert, ihn von Victoria fern zu halten? Schließlich hatte sie den ganzen Abend auffallend viel Zeit an seiner Seite verbracht.

Das Ganze war auf jeden Fall noch den einen oder anderen Gedanken wert.

»Gute Nacht, Victoria«, sagte Elizabeth Bonner knapp. »Wir sehen uns Montagnachmittag. Bis dahin wird die Akte fertig sein, über die wir gesprochen haben. Vielleicht können wir uns abends noch kurz darüber unterhalten.«

»Ja.« Victoria nickte und musterte die attraktive ältere Dame nachdenklich. »Das können wir sicher.«

20

Es war bereits nach Mitternacht, als Zach das Auto durch das Tor und auf die Straße lenkte.

Victoria stieß einen tiefen Seufzer aus, sank in den Sitz und schloss die Augen. »Gott sei Dank. Endlich Ruhe.«

Er lachte leise. »War es so schlimm?«

»Viel schlimmer.« Sie öffnete die Augen einen Spalt. »Was hast du von Mr. Hopewell erfahren können?«

»Hm.« Zach schaute auf seine Uhr. »Anderthalb Minuten. Das ist Rekord, sogar für dich.«

»Gibst du mir jetzt eine Antwort?«

»Natürlich.« Zach wurde ernst und steuerte das Auto in Richtung Merritt Parkway. »Aber du wirst enttäuscht sein. Ich habe kein Geständnis bekommen. Ehe das Gegenteil. Ich bin mir ziemlich sicher, dass der Typ keine Ahnung hat, was sich in der Klinik abspielt.«

»Kannst du mir das genauer erklären?«

»Also gut, ich erkläre es dir genauer. Wir haben über Hopewell Industries gesprochen und über das Geschäft im Gesundheitswesen. Ich erwähnte das Hope Institute und sagte, ich würde jemanden kennen, der dort einen Verwandten untergebracht hat. Er ist weder blass geworden, noch hat er versucht, das Thema zu wechseln. Ich habe geschäftliches Interesse vorgetäuscht, ihn gefragt, ob er es bedauerte, das Institut verkauft zu haben, da es ja offensichtlich sehr einträglich wäre. Seine Reaktion war offen und ehrlich. Er sagte nein, er bedauerte es nicht, denn er hielte es grundsätzlich nicht für klug, so viel Kapital in eine medizinische Einrichtung zu investieren. Ich fragte ihn, ob er noch Geschäfte mit dem Institut macht, und er hat das bestätigt, was wir bereits wussten, nämlich dass eines seiner Unternehmen medizinische Geräte an das Institut verkauft. Ich habe mich sogar so weit vorgewagt, ihn zu fragen, ob er noch einen Platz im Aufsichtsrat des Instituts hätte, aber auch das hat er verneint. Alle Informationen, die ich ihm entlocken konnte, decken sich absolut mit denen, die ich vom FBI erhalten habe. Ich glaube nicht, dass er gelogen hat.«

»Wunderbar.« Victoria runzelte die Stirn. »Aber das wirft nur neue Fragen auf. Zum Beispiel wieso mein Vater mich eisern von Mr. Hopewell fern gehalten hat, wenn er nichts mit der Sache zu tun hat. Er hat mich nicht einmal in seine Nähe gebracht, dabei ist er einer der wichtigsten Mandanten. Und als ich dann zum ersten Mal Gelegenheit hatte, ein paar Worte mit ihm zu wechseln, tauchte Elizabeth Bonner aus dem Nichts auf und drängte ihn ab.«

Zach wirkte erstaunt. »Elizabeth Bonner? Glaubst du, sie hat auch mit der Sache zu tun?«

»Ich weiß es nicht. Vielleicht werde ich auch langsam paranoid. Oder ich habe zu viele Krimis gesehen. Auf jeden Fall kam es mir so vor, als wäre ihr sehr daran gelegen gewesen, Mr. Hopewell aus dem Haus zu locken, und zwar genau in dem Moment – dem einzigen Moment –, in dem ich zufällig mit ihm sprach. Außerdem hat sie den ganzen Abend verdammt häufig an seiner Seite gestanden.« Victoria fuhr sich mit den Fingern durchs Haar und sah Zach fragend an. »Klingt das verrückt?«

»Nichts klingt verrückt. Du hast ein paar gute Beobachtungen gemacht. Was du gesehen hast, könnte purer Zufall gewesen sein. Aber es könnte ebenso gut zu Elizabeth Bonners Bemühungen gehört haben, ihren Namen mit auf das Kanzleischild zu bekommen. Vielleicht hat sie auf Geheiß einer der Gesellschafter gehandelt, der ihr diesen Wunsch erfüllen könnte und sie aufgefordert hat, sich um Hopewell zu kümmern und ihn von dir fern zu halten.«

»Ich vermute, damit meinst du meinen Vater.«

Er nickte. »Es sei denn, sie ist selbst involviert. Sie könnte natürlich auch mit deinem Vater unter einer Decke stecken. Das Problem dabei ist nur, dass ich einfach nicht glaube, dass Hopewell beteiligt ist. Weshalb sollte dann dein Vater ein Interesse haben, ihn von dir fern zu halten?«

Victoria strich mit den Fingern über die Nähte der Ledersitze. Sie kannte die Denkweise ihres Vaters, wusste, was ihm wichtig war. Wenn seine Verbindungen zu Benjamin Hopewell völlig harmlos waren, gab es nur eine Erklärung für sein Verhalten.

»Er wollte eine Szene vermeiden.«

»Wie bitte?«

Erst als Zach antwortete, merkte Victoria, dass sie ihren Gedanken laut geäußert hatte.

»Ich sagte, er wollte eine Szene vermeiden.« Sie seufzte. »Mein Vater würde in einer bestimmten Situation bereits eine unangemessene Frage oder Bemerkung als eine Szene definieren. Er weiß, dass ich mich um Audrey sorge und dass ich seine Aufrichtigkeit in Bezug auf ihre Lage anzweifle. Er weiß auch, dass ich meine Hausaufgaben gründlich mache. Deshalb muss ihm klar sein, dass ich längst herausgefunden habe, dass das Hope Institute früher einmal Mr. Hopewell gehört hat. Er musste also damit rechnen, dass ich ihn auf dieses Thema anspreche. Für meinen Vater wäre das nicht nur eine große Indiskretion, sondern auch eine, die unangenehm eskalieren könnte. Verstehst du, worauf ich hinauswill?«

»Ja, ich verstehe.« Zach rieb sich den Nacken. »Vielleicht hast du Recht.«

Victoria drehte den Kopf und schaute aus dem Fenster. Die Nacht war dunkel und feucht, der Merritt Parkway wirkte verlassen, nur ab und zu leuchtete ein Scheinwerferlicht in der Dunkelheit auf. Die Bäume, die zu beiden Seiten der Straße standen, flogen vorbei, das Surren der Reifen war das einzig hörbare Geräusch im Wagen.

»Du bist sauer«, stellte Zach nach einer Weile fest.

»Ich bin nicht sauer. Ich bin frustriert und müde und, ja, vielleicht auch ein bisschen sauer.« Sie hielt ihr Gesicht abgewendet. »Du bist von Natur aus ein sehr logisch denkender Mensch. Und was deine Arbeit betrifft, bist du sehr objektiv; du hältst dich an die Fakten. Also kann ich davon ausgehen, dass du meinen Vater nicht vorsätzlich ins Spiel bringst. Trotzdem scheinst du nur das Schlimmste von ihm glauben zu wollen. Warum?«

»Ich will nicht das Schlimmste von ihm glauben, Victoria. Ich will die Wahrheit herauskriegen«, meinte Zach nüchtern. »Aber es stimmt, ich bin nicht objektiv. Denn wenn dein Vater schuldig sein sollte – ich betone *wenn* –, wird dich das sehr verletzen. Und sobald es um dich geht, bin ich ganz und gar nicht objektiv.«

Im Auto war es totenstill.

Victoria schluckte. Als sie antwortete, hatte sie Mühe, ihre

Stimme unter Kontrolle zu halten. »Ich verstehe das. Wirklich. Aber ich glaube nicht, dass *du* verstehst, wie sehr mich das alles persönlich betrifft. Wir sprechen von meiner Familie, Zach. Von meiner Schwester, die in einem kritischen gesundheitlichen Zustand ist. Von meiner Mutter, die so instabil ist, dass es mich vor der Vorstellung graut, was sie tun würde, wenn sie von der ganzen Geschichte erfahren würde, oder, schlimmer noch, wenn sie öffentlich würde. Und um meinen Vater, der, mit oder ohne sein Wissen, möglicherweise in ein Drogensyndikat verstrickt ist.« Den letzten Satz musste sie regelrecht herauszwingen. Schon jetzt machte die Vorstellung sie krank. »Also, sei mir nicht böse, wenn ich nicht so gelassen sein kann wie du. Ich zweifle nicht an deinem Mitgefühl für mich, aber letztlich ist es für dich nichts anderes als irgendein FBI-Fall …«

»Nein«, unterbrach Zach sie. »Das ist es nicht.«

Irgendetwas an seinem Tonfall ließ sie aufhorchen. Er klang angestrengt, seine Stimme rau, angespannt.

Sein Gesichtsausdruck bestätigte das. Sein Blick war starr auf die Straße gerichtet, aber er hielt das Lenkrad krampfhaft fest, seine Lippen waren aufeinandergepresst, seine Muskeln zuckten.

»Zach?«, fragte sie zögernd.

»Gestern Abend in der Bar habe ich dir erzählt, dass ich kurz davor stehe, die Angelegenheit, die mich so umtreibt, endlich zu einem Abschluss zu bringen«, sagte er tonlos. »Es ist ganz einfach. Ich möchte die Leute zerstören, die für den Tod meines Vaters verantwortlich sind. Bisher hatte ich nicht die Gelegenheit dazu. Jetzt ist es so weit.«

Victoria wurde es eiskalt. »Willst du damit sagen, dass es sich bei diesem Drogensyndikat um dasselbe handelt, das deinen Vater erschossen …«

»Genau das will ich damit sagen.«

»Oh. Gott.« Impulsiv streckte sie die Hand aus und legte sie auf seinen Arm. Selbst durch den Stoff seines Smokings und seines Hemds spürte sie, wie angespannt seine Unterarme waren. Und das war nichts verglichen mit dem, was sich in seinem Innern abspielte. Sie konnte sich nur entfernt vorstellen, was er durchlitt. »Zach, es tut mir so leid. Ich hatte ja keine Ahnung.«

»Woher solltest du auch?«

Schweigend betrachtete sie ihn von der Seite, erinnerte sich daran, wie schwer es ihm immer gefallen war, über den Tod seines Vaters zu sprechen. »Hast du mit irgendwem darüber gesprochen? Wissen deine Kollegen, wie nah dieser Fall dir geht?«

»Das FBI, meinst du?« Ein leichtes Schulterzucken. »Sie kennen meine komplette Lebensgeschichte. Ich bin mir sicher, dass sie, schon bevor sie Kontakt zu mir aufnahmen, genau wussten, dass ich ein gewisses Interesse daran habe, ihnen zu helfen. Möglicherweise haben sie darin sogar einen besonderen Pluspunkt gesehen. Aber ich habe mit niemandem darüber gesprochen. Mit niemandem außer mit dir.«

Er schaute auf seinen Arm und auf ihre Finger dort, ehe er den Blick wieder auf die Straße richtete. »Also glaub mir, Victoria, ich möchte nicht, dass die falschen Personen bestraft werden. Es geht mir nicht darum, deinen Vater zur Strecke zu bringen. Es geht mir darum, jeden zur Strecke zu bringen, der mit diesem Drogensyndikat in Verbindung steht und auch den letzten von ihnen hinter Gitter zu wissen. Dann endlich werden meine Eltern Frieden haben. Und ich auch.«

Sie schob ihre Hand ein Stück höher zum Lenkrad und legte sie auf seine, während sie versuchte, seinen Schmerz zu verstehen. Niemand wusste besser als sie, wie sehr diese Tragödie sein Leben überschattete. Sie hatte ihm unterstellt, gelassen zu sein, dabei war er in Wirklichkeit ebenso tief und persönlich in die Ermittlungen verstrickt wie sie. »Es tut mir so leid«, wiederholte sie leise, ihre Finger verbanden sich mit seinen, streichelten sie sanft und zärtlich. »Wenn du gern darüber reden möchtest, ich bin da.«

Es war als Trost gemeint.

Es wurde mehr daraus.

Elektrische Ladungen knisterten zwischen ihren ineinander verschlungenen Händen, die durch das, was Zach ihr gerade offenbart hatte, noch an Spannung gewannen. Zach umklammerte Victorias Finger und hob sie an seine Lippen. Er benetzte sie mit zarten Küssen, sanft bog er jeden Finger gerade, um jeden einzeln zu liebkosen. Er drückte ihre geöffnete Handfläche an seinen Mund, genoss die Wärme ihrer Haut, dann spreizte er ganz vorsichtig ihre Finger. Mit der Zunge berührte er die zarten Stellen zwischen ihren Fingern, ließ sie mit langsamen, herausfordernden Bewegungen über ihre empfindliche Haut gleiten.

Victoria begann zu zittern, Leidenschaft packte sie. Sie hatte weder die Kraft noch den Willen, dagegen anzukämpfen. Vielleicht lag es an der Fülle der Ereignisse, die innerhalb einer Woche über sie hereingestürzt waren. Vielleicht war es nur emotionale Kapitulation. Gleichgültig, was es war, sie wollte nur noch das hier, sie wollte Zach, wollte sich in dem Zauber verlieren, den sie sich früher mit ihren Körpern gegenseitig bereitet hatten.

Später fragte sie sich, ob sie es überhaupt noch bis nach Hause geschafft oder ob sie am nächsten Motel angehalten hätten, ins Zimmer gestürmt und übereinander hergefallen wären, noch ehe sie das Bett erreicht hätten.

Sie würde es nie erfahren.

Der unauffällige schwarze Sedan kam aus dem Nichts herangerast. Er wechselte auf die linke Spur, beschleunigte, bis er direkt neben ihnen war, dann begann er, sie zur Seite abzudrängen.

»Scheiße!« Zach packte das Lenkrad fest mit beiden Händen und bemühte sich, das Auto unter Kontrolle zu halten. An der Beifahrerseite flogen Funken, Farbe und Metallspäne splitterten von der Leitplanke. Hastig trat Zach auf die Bremse, versuchte, Abstand zwischen sich und das andere Auto zu bringen.

Der Wagen ließ sich nicht abschütteln. Er verlangsamte ebenfalls sein Tempo, bis sie wieder auf gleicher Höhe waren. Dann bedrängte er sie erneut.

»Ist der betrunken?« Entsetzt versuchte Victoria, in das Innere des anderen Wagens zu schauen. Aber die Fenster waren pechschwarz, und sie konnte den Fahrer nicht erkennen.

»Nein. Er ist stocknüchtern«, antwortete Zach und suchte den Straßenrand ab, in der Hoffnung, irgendeine Fluchtmöglichkeit auszumachen. »Und er versucht alles, um uns …«

Auf der rechten Seite war die Leitplanke unterbrochen. Noch während Zach das Lenkrad in diese Richtung riss, kam der Sedan auf sie zugeschossen, rammte ihre Fahrerseite einmal, zweimal, schob sie von der Straße.

Zach lenkte heftig gegen. Das Auto schleuderte ins Gras und schoss einen kleinen Abhang hinab. Zach, der ohne die Straßenbeleuchtung nun gar nichts mehr sah, reagierte instinktiv. Er trat mit aller Kraft auf die Bremse, das Auto holperte von einer Seite auf die andere und, so hoffte er, auf ein Gebüsch zu, das er im letzten Augenblick gesehen zu haben glaubte, ehe sie von der Straße abgekommen waren.

Er hatte richtig gesehen.

Sie rutschten in das Gestrüpp. Zweige schlugen gegen die

Windschutzscheibe, brachen, Blätter flogen durch die Luft, aber die dichte Vegetation bremste sie.

Endlich kam der Wagen zum Stehen.

Oben auf der Straße trat ihr Angreifer das Gaspedal herunter und verschwand mit laut heulendem Motor in die Nacht.

Stille.

Zach öffnete seinen Sicherheitsgurt und streckte die Hand in ihre Richtung. »Victoria. Ist dir etwas passiert?«

Sie schaute ihn verwirrt und benommen an, dann sah sie an sich hinab, betastete ihren zitternden, aber unverletzten Körper. Ein zögerndes Kopfschütteln. »Ich glaube nicht.« Sie stand unter Schock. »Wer immer in diesem Auto saß, hat gerade versucht, uns umzubringen.«

»Nein«, korrigierte Zach. »Nicht umzubringen. Nur einen anständigen Schrecken einzujagen.« Er nahm Victorias Gesicht zwischen seine Hände und betrachtete sie besorgt. »Bist du sicher, dass dir nichts fehlt?«

»Absolut. Abgesehen von ein paar blauen Flecken und ziemlich flatternden Nerven.« Sie atmete tief. »Was meinst du damit, uns einen anständigen Schrecken einjagen?«

»Er hatte gute Chancen, uns umzubringen. Das hat er nicht getan. Stattdessen hat er ein freies Feld abgewartet, um uns von der Straße zu drängen. Er wollte uns Angst einjagen, nicht umbringen.«

Victoria schloss die Augen. »Es ist wegen des Hope Institutes. Wir wurden gewarnt. *Ich* wurde gewarnt. Sie wollen, dass ich aufhöre, da herumzuschnüffeln.« Sie schluckte. »Was wiederum heißt, dass sie glauben, dass ich das immer noch tue. Wen haben sie geschickt? Mr. Zigarre? Ich hatte gehofft, er würde mich in Ruhe lassen. Wenn er es war … Ist er uns den ganzen Weg nach Greenwich gefolgt? Oder …« Ihre Stimme bebte. »Hat mein Vater ihm einen Tipp gegeben?«

»Hör auf.« Zach strich mit dem Daumen über ihre Wange. »Du darfst so nicht denken. Ich glaube nicht, dass dein Vater zulassen würde, dass dir ein Haar gekrümmt wird. Das war nicht seine Idee, zumindest kann ich es mir nicht vorstellen. Schließlich hat er seine ganzen Hoffnungen auf dich gesetzt und darauf, dass du den Namen Kensington weiterführst. Er hat sehr großen Respekt vor dir. Und du bist seine Tochter. Das sollten wir nicht vergessen.«

»Wir vergessen das nicht. Die Frage ist, ob *er* es vielleicht tut.«

Zach drückte einen sanften Kuss auf ihr Haar, dann griff er nach seinem Handy. »Lass uns von hier verschwinden.«

Der Wagen war noch fahrtauglich. Die Polizei nahm den Vorfall zu Protokoll, verbuchte ihn als Akt eines Betrunkenen und entließ sie.

Die Rückfahrt verlief schweigend.

»Ich werde den Wagen zum Hotel zurückbringen und erklären, was passiert ist«, meinte Zach, als sie die 64. Straße erreichten. »Dann nehmen wir uns ein Taxi und fahren zu dir.«

Victoria nickte.

»Geh schon hinein«, meinte Zach wenig später, als sie vor dem vertrauten roten Baldachin vorfuhren, der den Eingang zum Plaza Athénée überspannte. Ein Portier kam sofort auf sie zu und half Victoria aus dem Wagen. »Warte in der Lobby auf mich. Ich brauche nicht lange.«

Sie machte es sich in der eleganten Eingangshalle bequem und lehnte den Kopf erschöpft gegen die Rückenlehne des antiken französischen Sessels. Es kam ihr vor, als wären sechs Monate vergangen und nicht sechs Stunden, seit sie die Stadt an diesem Abend verlassen hatte.

»Miss Kensington?« Ein livrierter Hotelangestellter mit deutlich europäischem Akzent stand neben ihr.

»Ja?«

Er reichte ihr ein Glas Mineralwasser. »Mr. Hamilton hat mich gebeten, Ihnen das zu geben und Ihnen zu sagen, dass er bald wieder bei Ihnen sein wird.«

»Danke.« Victoria nahm das Glas. »Es war ein ziemlich übler Abend.«

»Das habe ich gehört. Es tut mir leid. Wenn ich noch irgendetwas für Sie tun kann, sagen Sie es mir bitte.«

»Das Wasser ist genau richtig. Danke.«

Mit einer angedeuteten Verbeugung ging der Angestellte davon.

Das Plaza Athénée, dachte Victoria versonnen, trank einen Schluck Wasser und betrachtete das klassische Ambiente um sich herum. Vier Jahre war es her, seit sie zuletzt diese Türen durchschritten hatte. Und es hatte sich nichts verändert. Das Plaza Athénée zählte noch immer zu den vornehmsten, stilvollsten Hotels überhaupt, ein Schritt in eine Welt, die einen Kontinent und ein Leben entfernt war.

An der Rezeption ordneten Nachtportiers einige Papiere, und sie taten es so sorgfältig, als wäre es mitten am Tag und nicht halb ein Uhr nachts. In einer mit Mahagoni ausgestatteten Nische, in dem der Hotelmanager seinen Arbeitsplatz hatte, sprach der Concierge mit einigen Hotelgästen, die sich noch ins Nachtleben stürzen wollten und sich nach einem heißen Tipp erkundigten. Und in den Aufzügen fuhr das Personal mit goldenen Tabletts nach oben, um hungrigen oder durstigen Gästen noch einen kleinen Imbiss aufs Zimmer zu servieren.

Ein Lächeln umspielte Victorias Lippen. Wie oft hatte Zach den 24-stündigen Zimmerservice des Hauses genutzt, um sich um zwei oder drei Uhr nachts Wein und Käse aufs Zimmer bringen zu lassen, weil sie zuvor zu sehr mit sich selbst beschäftigt gewesen waren, um ans Essen zu denken. Und wie oft hatten sie das Essen komplett ausfallen lassen.

Sie sah hinab auf ihre Hand, die Zach noch vor kurzer Zeit liebkost hatte. Wenn sie dieser Wahnsinnige nicht von der Straße gedrängt hätte, wären sie jetzt zusammen im Bett. Sie wären auf eine Weise zusammen, die sie verzweifelt zu vergessen versucht hatte, die sie aber nicht vergessen konnte. Vielleicht war das dumm von ihr. Vielleicht waren diese Augenblicke des Glücks alles, was sie bekommen konnte, was sie nutzen sollte. Vielleicht war der Schmerz von morgen unwichtig. Vielleicht …

»Victoria?«

Sie fuhr auf und blinzelte erschrocken.

Zach stand vor ihr. Er streckte die Hand aus, half ihr auf, stellte ihr leeres Glas auf einem Tisch ab. »Wir sind so weit.« Er runzelte die Stirn, als er sah, wie orientierungslos sie wirkte. »Victoria«, sagte er langsam, und es klang, als hätte er lange um eine Entscheidung gerungen und sie dann getroffen. »Es war eine lange Nacht. Du bist völlig erschöpft. Warum bleiben wir nicht einfach hier? Ich habe eine Flasche Wein in meiner Suite. Du kannst noch ein Gläschen trinken und dann ins Bett gehen. Ich bleibe im Wohnraum. Meine Suite ist fast genauso groß wie dein Apartment.«

Aus mehr Gründen, als sie zuzugeben wagte, klang dieses Angebot himmlisch. »Wenn du mir ein heißes Bad in dieser unglaublichen Wanne spendierst, bin ich einverstanden«, hörte sie sich sagen.

»Abgemacht.«

Wortlos fuhren sie mit dem Aufzug nach oben, und im zehnten Stock stieg Victoria aus und steuerte automatisch

Suite 1010 an. Es war immer Zachs Lieblingssuite gewesen. Wenn sie ehrlich war, hatte sie viel Ähnlichkeit mit ihm – großzügig, offen und von schlichter Eleganz. Sie erinnerte sich noch genau an jedes Detail. Flauschiger blauer Teppichboden, blaue Gardinen, ein komplettes Wohnzimmer, ein Speisezimmer, das zum Solarium und zu einem Balkon führte, und ein Bad, in dem man sich verlieren konnte.

Und, direkt neben dem Bad, ein Schlafzimmer, in dem es von Erinnerungen nur so wimmelte.

Es sah noch genauso aus wie damals, sogar die antiken Möbel waren dieselben. Aber schließlich musste ein Hotel eine gewisse Beständigkeit ausstrahlen. Das war es, was die Gäste immer wieder hierherzog, in dieselbe behagliche Umgebung, um dieselben Annehmlichkeiten zu genießen.

Dieselben Erinnerungen heraufzubeschwören.

»Ich gieße den Wein ein.« Zach schloss die Tür und ging zum Barschrank im Speisezimmer. »Du lässt dir dein Bad einlaufen.«

Victoria gehorchte, verschwand im Bad und schloss die Tür hinter sich. Dieser Raum war der schiere Luxus, reinstes Marmor, mit allen Raffinessen, die man sich vorstellen konnte. Sie drehte die Wasserhähne auf, zog sich aus und schlüpfte in den flauschigen Bademantel, der hinter der Tür hing.

Zach hatte ihn getragen. Der Bademantel hatte seinen Geruch und den seines Parfums.

Sie ging zurück in den Wohnraum, wo er stand und zwei Gläser Wein eingeschenkt hatte. Er ließ den Blick über sie gleiten, schweigend, und reichte ihr ein Glas. Sie nahm es mit ins Bad.

Fünf Minuten später tauchte sie in den siebten Himmel. Heißes Wasser umgab sie, ein kühles Glas Cabernet stand neben ihr auf dem Wannenrand. Sie versank in der Wanne, schloss die Augen und ließ sich von der Wärme einlullen. Sie wollte jetzt an nichts denken, nicht an die Dinnerparty, nicht an das Hope Institute, und ganz bestimmt nicht an die Person, die sie von der Straße gedrängt hatte. Sie fühlte sich völlig erschöpft, viel zu müde, um irgendetwas zu tun. Aber nicht körperlich. Körperlich fühlte sie sich wieder belebt durch das Bad, entspannt genug, um endlich zur Ruhe zu kommen, aber zu wach, um zu schlafen.

Mit großem Widerwillen stieg sie zwanzig Minuten später aus dem Bad, und auch nur deshalb, weil das Wasser inzwischen kalt geworden und ihr ganzer Körper von einer leichten Gänsehaut überzogen war. Sie zog sich wieder den Bademantel über und ging hinaus.

Sie hatte vermutet, Zach wäre eingeschlafen, weil es draußen so ruhig war. Aber er stand auf dem Balkon und schaute versonnen in die Lichter der Stadt unter ihm. Er sah auf, als sie das Bad verließ, und kam wieder hinein.

»Ist alles okay? Du warst lange da drin.«

»Hm.« Sie fuhr sich mit den Fingern durch die feuchten Haarsträhnen. »Ich musste einfach mal zur Ruhe kommen.«

Er hatte die Lider gesenkt, Regentropfen hingen in seinem Haar. »Zur Ruhe kommen klingt gut. Ich glaube, ich werde jetzt dasselbe tun.«

»Duschen?«, fragte Victoria. Zach badete nicht gern.

»Duschen«, bestätigte er.

Sie sah reumütig an sich hinab. »Ich habe dir deinen Bademantel weggenommen.«

Er verzog den Mund zu einem Lächeln. »Ich werde die Sache einem Anwalt übergeben. Und bis dahin begnüge ich mich mit einem Handtuch.« Er ging an ihr vorbei, zögerte kurz und setzte dann seinen Weg ins Bad fort. »Geh ruhig schon ins Bett, wenn du möchtest.«

»Danke. Das werde ich tun.« Sie ging zur Schlafzimmertür, drehte sich noch einmal um. »Gute Nacht.«

»Gute Nacht.«

In den Bademantel gehüllt rollte Victoria sich im Bett zusammen und wartete darauf, dass sie einschlief.

Es ging nicht.

Sie lag fast eine Stunde lang wach. Erst hörte sie auf das Rauschen des Wassers im Bad, dann hörte sie, wie Zach nebenan durchs Zimmer lief und sich bettfertig machte.

Ein Blick auf die Uhr sagte ihr, dass es halb drei war. Sie hatte einen schrecklichen Abend hinter sich und müsste eigentlich sofort einschlafen.

Aber sie konnte nicht. Und sie wusste genau, warum nicht.

Sie sah sich im Zimmer um, spürte eine bittersüße Vertrautheit. Resigniert gab sie den Kampf auf und ließ sich von der Woge aus Erinnerungen überrollen. Wie viele Stunden hatten sie und Zach in diesem Bett verbracht? Unzählige. Sie hatten sich gegenseitig mit einem Verlangen gewollt, das endlos, bodenlos, unersättlich gewesen war. Sie hatte nie geglaubt, so wild, so hemmungslos sein zu können, hatte nie geahnt, dass eine derartig intensive Leidenschaft überhaupt existierte.

Sie hatte Zach gewollt, unbedingt und unaufhörlich.

Sie wollte ihn immer noch.

Erschauernd rollte sie auf die Seite. Ihre Haut glühte, der Stoff des Bademantels brachte sie zum Prickeln. Ihr Herz schlug wild, und sie konnte nicht mehr ruhig liegen.

Zach war wach. Sie hörte, wie er sich hin und her warf, wahrscheinlich kämpfte er gegen dieselben Erinnerungen wie sie. Schließlich hörte sie ihn aufstehen. Anscheinend hatte er den Gedanken an Schlaf nun aufgegeben. Sie kniff die

Augen zusammen, versuchte nicht daran zu denken, dass sie dieser Qual mit einer einzigen Bewegung ein Ende bereiten konnte.

Gleichgültigkeit war keine Alternative.

Abstinenz auch nicht.

Er kam an ihre Tür, blieb kurz stehen, während er nach ihr sah. Sie fühlte seine Nähe, wusste, dass sie ihn ignorieren konnte, darauf warten, dass sein Schatten wieder verschwand, dass sie so tun konnte, als würde sie schlafen.

Sie tat es nicht.

Sie öffnete die Augen und stützte sich auf einen Ellbogen. »Hallo.«

»Hallo.« Seine Stimme war rau. Selbst in dem schwachen Licht, das aus dem Wohnraum herüberschien, konnte sie erkennen, dass er nur mit Jeans bekleidet war. »Ich dachte, du schläfst.«

»Nein. Ich schlafe nicht.« Mit einem Gefühl der Unausweichlichkeit stand sie auf, ging auf ihn zu.

»Victoria.« Ein verzweifelter Ausdruck lag in seinem Gesicht, ein Blick von beinahe schmerzhafter Zurückhaltung. »Ich …« Was immer er sagen wollte, blieb ein Geheimnis. Ihre Blicke trafen sich, verschmolzen ineinander, und Victoria streckte die Hand aus und berührte seine nackte Brust. Er hielt sie am Handgelenk fest, zog ihre Hand an seinen Mund und küsste sie, wie er es an diesem Abend schon einmal getan hatte, diesmal jedoch mit einem Verlangen, dass sie beide verzehrte.

»Ich will«, flüsterte Victoria auf seine unausgesprochene Frage. Dann lag sie in seinen Armen, eng an ihn geschmiegt, zog sein Gesicht zu sich hinab, während sich seine Hände in ihren Haaren vergruben. Ihre Lippen trafen sich mit unglaublicher Leidenschaft, öffneten sich, damit ihre Zungen miteinander verschmelzen konnten, ihr Kuss intensiver werden konnte, noch ehe er richtig begann.

Zach hob sie hoch, trug sie zum Bett, ohne den Mund von ihren Lippen zu nehmen. Er zog den Gürtel ihres Bademantels auf, und sie wand sich heraus, dann griff sie zu den Knöpfen seiner Jeans.

Sie war nackt, noch ehe sie das Bett erreichten. Eine Sekunde später war er es auch. Er drängte sie rückwärts auf die Laken, das Gewicht seiner Körpers war auf ihr, hielt sie fest.

Victoria wollte nirgendwo anders sein.

Sie konnte ihn nicht schnell genug berühren, nicht vollständig genug. Am liebsten hätte sie jeden Millimeter von ihm sofort neu entdeckt. Seine breiten Schultern, die Muskelpartien seines Rückens, die behaarte Brust. Alles war so schmerzlich vertraut, so unglaublich erotisch. Ihr gesamter Körper brannte lichterloh, glühte vor Begehren, pulsierte von vier Jahren aufgestauten Verlangens. Sie bog sich zurück, rieb sich an ihm, das Pochen zwischen ihren Beinen war so stark, dass es fast schmerzte.

Zach packte ihre Handgelenke, drückte sie aufs Bett und begann sie zu liebkosen. Sein Mund war hastig, hungrig, seine Zähne streiften ihre Haut, während er ihren Nacken, ihre Schultern, die kleine Höhlung an ihrer Kehle erforschte. Seine Hände bebten, als er ihre Brüste umfasste und streichelte, die Kurven ihrer Taille, ihrer Hüften, ihrer Schenkel. Er beugte ihre Knie, zog sie hoch, schlang sie um sich, musste sich zwischen ihren Beinen fühlen. Dann senkte er den Kopf, seine Lippen umschlossen ihre Brustwarze, saugten daran, bis sie vor Lust erzitterte. Er bewegte sich zu ihrer anderen Brust, liebkoste sie, und Victoria schrie leise auf.

Seine Finger glitten zwischen ihre Schenkel, drangen in

sie, erforschten die Feuchtigkeit, die ihn fast um den Verstand brachte.

»Ich kann nicht warten.« Seine Stimme klang heiser, seine Bewegungen waren hastig, als er ihre Beine auseinanderdrückte.

Sie half ihm, schlang die Beine um seine Hüften, streckte die Arme aus und umschloss mit den Fingern seine Erektion.

Zach stöhnte auf, er tastete sich an den Eingang ihres Körpers, dann schob er sich ein. Er umarmte sie, dann drang er ganz ein, fluchte, als er den Widerstand ihres Körpers spürte, die zarte Haut, die sich nach vier Jahren Abstinenz wehrte, ihn aufzunehmen.

»Tory.« Die Liebkosung brachte eine Flut an Erinnerungen, die so klar waren wie das Gefühl seines Körpers in ihrem.

Tory. Niemand außer Zach nannte sie so. Und er nannte sie nur im Bett so, wenn er tief in ihr drin war und es keine andere Welt gab außer der, die sie in den Armen hielt. »Gott. Süße, es tut mir so leid.« Seine Stimme war rau vor Sorge und Reue, als er weiter in sie drang, sich tiefer und tiefer in ihr bewegte, und sich nur zurückzog, um anschließend noch tiefer in sie hineinzustoßen. »Verdammt. Verdammt. Ich tue dir weh.«

Victoria hielt den Atem an. Ja, sie fühlte sich wund und empfindlich, ihr Fleisch war das Eindringen nicht gewöhnt. Aber zugleich überwältigten sie Gefühle, die so großartig waren, dass sie sie kaum ertragen konnte. Sie grub die Nägel in Zachs Schultern, ihre Hüften hoben sich ihm gierig entgegen, ihre Schenkel umklammerten ihn fest, während sich ihre innere Muskulatur immer enger um seinen harten Penis schloss. Die Lust erhöhte sich mit jedem Stoß, und sie bog sich ihm entgegen, wieder und wieder, ein heiserer Laut der Frustration und des Verlangens drang über ihre Lippen. Sie wollte, dass es andauerte, aber sie konnte nicht. Ihr Körper konnte sich nicht länger zurückhalten. Nicht nach vier Jahren der Enthaltsamkeit.

»Zach.« Ihre Hände glitten seinen Rücken hinab, erreichten seine Lenden, und sie schob ihn in sich, schneller, härter.

Er brauchte keine Bestärkung. Er stieß heftig in sie, unfähig, sich zurückzunehmen, einen klaren Gedanken zu fassen oder auch nur zu atmen. Er raste seinem eigenen Höhepunkt entgegen, sein ganzer Körper schrie danach, sich in sie zu ergießen.

Victoria krümmte sich, ein leiser Schrei entrang ihrer Kehle, ihr Körper bebte, während die Kontraktionen sie schüttelten. Sie hob sich ihm ein letztes Mal entgegen, presste ihn tief in sich, genau in dem Augenblick, als er dort sein musste.

Der Höhepunkt überkam ihn, er klammerte sich an die Mahagoni-Pfosten des Betts, seine Knöchel traten weiß hervor, während seine Hüften weiterzuckten. Er spritzte in sie herein, heiße Schauer der Vollendung, und Victoria klammerte sich an ihn, gab sich ihrer Lust hin, hilflos den Zuckungen ihres eigenen Höhepunkts ausgeliefert, erschüttert von seiner Intensität.

Die Erholung dauerte länger als der Akt selbst.

Victoria sank auf das Bett zurück, bedeckt von Zachs Körper, zu erschöpft, um sich zu rühren. Sie fühlte sich wunderbar entspannt, auch wenn ihr Körper noch immer bebte. Sie spürte auch Zach erschauern, hörte ihn tief seufzen. Dann entspannte er, das Gewicht seines Körpers drückte sie auf die Matratze. Er war noch in ihr, und keiner von ihnen machte Anstalten, daran etwas zu ändern.

Lange Minuten vergingen.

Dann endlich rührte sich Zach, bewegte den Kopf, bis

seine Lippen dicht an Victorias Ohr waren. »Habe ich dir wehgetan?«, flüsterte er besorgt.

»Nein.« Auch ihre Stimme war kaum hörbar. Sie merkte, dass sie zitterte. Aber das tat er auch.

Zach ließ die Bettpfosten los, seine Hände sanken hinab, fanden ihr Gesicht. Er verlagerte sein Gewicht auf seine Ellbogen. »Victoria.«

Sie öffnete mühsam die Augen; ihre Blicke begegneten sich. Er sah sie an, voller Verwunderung. Sein Atem war immer noch unruhig, er war erhitzt, das Haar fiel ihm wirr ins Gesicht.

Wieder sagte er ihren Namen, sein Blick erforschte ihr Gesicht.

»Hm?«, brachte sie mühsam hervor.

»Ich wollte vorsichtiger sein, aber ich konnte nicht.«

»Ich weiß. Ich konnte auch nicht.« Sie streckte die Hand aus, strich ihm das feuchte Haar aus der Stirn.

»Liebling, ich …«

»Psst.« Victoria legte den Finger an seine Lippen. »Ich möchte jetzt nicht reden. Ich möchte nicht denken. Ich möchte nur fühlen.« Sie strich über sein Kinn, ihre Hand glitt über seinen Nacken, dann vergrub sie die Finger in seinem Haar. »Meinst du, das ist möglich?«

Er schloss die Augen und genoss ihre Berührung. Dann nahm er ihren freien Arm und schlang ihn um seinen Hals. »Es ist alles möglich, was du möchtest«, murmelte er und beugte sich, um ihre Lippen unter seinen zu begraben.

Gestohlene Zeit. Dieser Ausdruck kam Victoria in den Sinn. Es war genau das, was sie gerade erlebten. Eine wunderbare Ruhe, ehe die unüberwindbaren Probleme wieder über sie hereinbrechen würden.

Das würde noch schnell genug geschehen.

Aber nicht heute Nacht.

Zach schien ähnlich zu empfinden, schien dasselbe Bedürfnis zu haben, diese gestohlenen Augenblicke zu nutzen, solange sie andauerten, denn er richtete sich plötzlich auf und sein Gesicht wirkte entschlossen. »Diese Nacht gehört uns«, verkündete er und strich mit dem Daumen über ihre Wange. »Und wir haben sie uns verdient. Außer uns existiert nichts. Kein Hinterher. Keine Außenwelt. Keine Mauern.«

»Genau das habe ich auch gerade gedacht«, murmelte sie.

Er senkte den Mund, um sie wieder zu küssen, langsam und zärtlich erforschte er ihre Lippen. »Wir werden jede Fantasie ausleben, die ich in den letzten vier Jahren hatte, und noch mehr. Du wirst dich in meinen Armen verlieren. Ich werde in deinem Körper ertrinken. Und nichts, gar nichts wird uns davon abhalten.«

Victoria nickte stumm, schon bei Zachs Worten verströmte sich feuchte Hitze in ihrem Körper. Es war so lange her, so unendlich lange, und trotz der Großartigkeit ihres ersten Höhepunktes wollte sie ihn wieder.

Zach spürte ihre Reaktion. Er wurde ganz ruhig, sein dunkler Blick war fast schwarz, sein Körper wurde hart in ihr. »Gott, wie verrückt bin ich nach dir«, stöhnte er. Seine Hände glitten an ihren Armen hinab, schoben sich unter sie, sodass er ihren Hintern umfassen und sich noch tiefer in sie hereinschieben konnte. »Du hast keine Ahnung, wie sehr. Aber du wirst es gleich wissen. Denn ich werde dich wieder und wieder nehmen. Und du wirst mich nehmen. Die ganze Nacht. Jede verdammte Sekunde.«

Anstelle einer Antwort drängte sie sich ihm entgegen, schlang die Beine um seinen Rücken. Die Nacht ist viel zu kurz, dachte sie, trunken vor Sehnsucht. Aber sie schob diesen Gedanken weit fort, gab sich ganz dem Augenblick hin.

Wilde Lust erfüllte sie beide.

Zach atmete keuchend, las ihren Gesichtsausdruck, als hätte sie gesprochen. Mit entschlossener Miene stieß er in sie hinein. »Von wegen die ganze Nacht. Plan den gesamten Sonntag im Bett ein.«

21

Sonntag, 23. April
14.30 Uhr

Im Hope Institute war es ruhig.

Das Mittagessen war verteilt, die Tabletts wieder eingesammelt. Die Krankenschwestern schrieben ihre Berichte, bereiteten alles vor, damit die Nachmittagsschicht übernehmen konnte. Die Patienten schliefen, sahen fern oder dösten vor sich hin. Die Ärzte hatten ihre Visiten beendet und verließen das Gebäude durch die Tiefgarage.

Das Desinfektionsteam versammelte sich in Konferenzraum A.

Der Anwalt des Instituts ging zur Tür, um Frank Harper, den Sicherheitschef, abzufangen, ehe er den Raum betrat. Sie sprachen mit gedämpften Stimmen. »Alles erledigt?«

»Jawohl.«

»Und Sie sind sicher, dass sie nicht verletzt wurden?«

»Absolut. Sie waren zu Tode erschrocken, aber unversehrt. Dafür habe ich gesorgt. Leaman ist ihnen gefolgt. Er ist gerade zurückgekommen. Er hat die ganze Zeit vor Hamiltons Hotel herumgestanden. Sie sind da drin, an Leib und

Seele unversehrt. Außerdem habe ich den Bericht von unserem Hacker erhalten. Victoria Kensingtons Computer sind sauber, sowohl in ihrem Büro als auch bei ihr zu Hause.«

»Gut.« Ein zufriedenes Nicken. »Wissen wir schon, wie dieser Hamilton in die ganze Geschichte passt?«

»Noch nicht. Aber meine Vermutung ist, dass er ihr nur deshalb behilflich ist, weil er sie flachlegen will.«

»Keine Vermutungen. Fakten.« Eine harte Hand auf Harpers Arm, als sie aufgefordert wurden, sich zu setzen, damit die Besprechung beginnen konnte. »Denken Sie daran, niemand darf von der Aktion gestern Abend erfahren.«

»Verstanden.«

Sie betraten den Raum.

Harper schloss die Tür. Die Gruppe, die um den ovalen Tisch versammelt war, besprach gerade den Zustand der einzelnen Patienten.

Gloria Rivers, die Oberschwester, hatte das Wort. »Mr. Kenwood geht es sehr schlecht«, berichtete sie. »Ich glaube nicht, dass er diese Woche überstehen wird.«

»Damit haben wir gerechnet.« Der Anwalt setzte sich. »Er hat seine ursprüngliche Prognose bereits um sechs Monate überlebt.«

»Ich weiß. Er hat vorbildlich reagiert. Keine Klagen – weder von ihm noch von seiner Familie.« Miss Rivers runzelte die Stirn. »Apropos Familie, wir haben da ein drängendes Problem. Die Angehörigen von Mrs. Housley und Mr. Pratt rufen inzwischen täglich an. Sie sind ziemlich ungehalten darüber, dass ihnen immer noch sämtliche Besuche untersagt sind. Die vorbereiteten Nachrichten scheinen ihnen nicht mehr zu reichen.«

»Das überrascht mich nicht. Es sind ja auch schon einige Monate.« Eine kurze Pause. »Also gut. Rufen Sie beide Familien an. Verteilen Sie die Anrufe, einen heute, den anderen morgen. Drücken Sie unser Mitgefühl aus. Arrangieren Sie zwei separate Besprechungstermine im Institut. Wenn die Familien eintreffen, sorgen Sie dafür, dass Sie mit ihnen alle Papiere durchgehen, die sie unterschrieben haben. Wenn alles glatt läuft, können sie die Urnen sofort mitnehmen.« Ein rascher Blick zu einem der Techniker. »Ich nehme an, das ist alles in Ordnung?«

»Perfekt.«

»Gut.«

»Ich werde mich darum kümmern.« Die Schwester machte sich eifrig Notizen. »Außerdem haben wir zwei Patienten, die letzten Monat entlassen wurden und jetzt zur Nachbehandlung kommen. Soll ich mit ihnen wie üblich verfahren?«

»Ja. Verabreichen Sie ihnen die Injektion hier, die Tabletten nehmen sie mit nach Hause.«

»Okay.« Weitere Notizen. Dann schob Miss Rivers ihren Block zur Seite, rollte den Kugelschreiber zwischen den Fingern. »Ich habe noch eine wichtige Sache zu besprechen. Audrey Kensington. Sie wird zunehmend zur Belastung. Sie hatten mich angewiesen, ihre Medikamentendosis herabzusetzen, aber ich bin mir nicht sicher, ob das möglich sein wird. Nicht, wenn wir verhindern wollen, dass sie hier Unruhe stiftet.«

Ein erstauntes Stirnrunzeln. »Ich dachte, sie wäre unter Kontrolle.«

»Das war sie auch.«

»Anscheinend nicht wirkungsvoll genug. Also gut. Dann werde ich mich selbst darum kümmern. Wenn ihre Anwesenheit zur Belastung für unsere Klinik wird, muss sie von hier verschwinden.« Eine ungeduldige Handbewegung und ein rascher Blick auf die Tagesordnung. »Kommen wir zu den

Neuzugängen. Wir erwarten morgen zwei Patienten. Mrs. Housleys Zimmer ist bereits wieder besetzt, aber das von Mr. Pratt ist noch frei, ebenso das direkt gegenüber. Bereiten Sie diese Räume für die neuen Patienten vor.«

14.55 Uhr

Sie befanden sich in einem dieser Meetings.

Jetzt war ihre Gelegenheit.

Audrey rutschte aus dem Bett, lehnte sich kurz an den Nachttisch, um neue Kraft zu sammeln. Sie musste das tun. Und es musste jetzt sein. Die Schwestern hatten gerade Schichtwechsel und würden in der nächsten Viertelstunde nicht nach ihr sehen. Die anderen waren alle im Konferenzraum. Es war die einzige Zeit, in der sie die Sache durchziehen konnte.

Sie atmete flach, versuchte, die Lungen voll zu pumpen, und kämpfte gegen das schwindelige Gefühl an, das sie bereits jetzt erfasste. Sie war noch nicht so weit, konnte das Bett eigentlich noch nicht verlassen. Aber davon durfte sie sich nun nicht abbringen lassen.

Sie strich sich eine schweißnasse Haarsträhne aus der Stirn und ignorierte die Kraftlosigkeit, die sie wie eine schwere Decke niederdrückte. Sie zog das Krankenhaushemd fester um sich. Langsam und mit zitternden Knien machte sie sich auf den Weg zur Tür. Sie spähte durch das Glas, suchte den Korridor ab.

Alles war leer.

Das Telefon war gleich um die nächste Ecke.

Bis dorthin musste sie es schaffen.

Mit aller Kraft drückte sie die Tür auf.

15.30 Uhr

Zach wusste, dass ihre Zeit so gut wie abgelaufen war.

Auf einen Ellbogen gestützt sah er zu, wie Victoria schlief. Er sog ihr Bild in sich auf, mit einer Faszination, die er bisher erst ein einziges Mal erlebt hatte und von der er geglaubt hatte, dass er sie nie wieder erleben würde.

Er streckte die Hand aus, um die weiche Kurve ihrer Schulter nachzuzeichnen, den leichten Schwung ihrer Wirbelsäule. Sie lag auf die Seite gerollt, mit dem Rücken zu ihm, ihr schwarzes Haar auf dem Kissen ausgebreitet. Ihre Züge wirkten friedlich und gelöst.

Ihr Atem ging tief und gleichmäßig. Sie war erschöpft. Aber das war er auch. Sie hatten sich stundenlang geliebt, bis in die frühen Tagesstunden. Manchmal war ihr Liebesspiel langsam und verführerisch gewesen, der Aufbau sinnlicher Spannung, so abwechslungsreich und kreativ wie ihre Fantasien. Die meiste Zeit jedoch war es hastig, wild, getrieben von dem verzweifelten Wunsch, sich so rasch und so tief wie möglich zu vereinen.

Das Bett glich einem Schlachtfeld. Nur noch ein Kissen lag darauf, und zwar das unter Victorias Kopf. Die Bettwäsche lag auf dem Boden verstreut. Und selbst das Laken, das Victoria sich übergezogen hatte, als sie vor kurzer Zeit eingeschlafen war, war herabgerutscht und hing nur noch unter ihrer Hüfte fest.

Gott, war sie schön.

Zachs Hand begann sich wie von selbst zu bewegen, streifte ihre Brust. Ja, er hatte sie besessen. Aber das Verlangen hatte nicht nachgelassen. Das würde es nie.

Er beugte sich vor, nahm ihre Brüste in die Hände, drückte die Lippen gegen ihren Hals. Er saugte vorsichtig an ihr, atmete den Duft ihrer Haut ein, den schweren Geruch ihres Liebesspiels.

Schon das reichte, um ihn hart werden zu lassen.

Er streichelte sie weiter, spürte, wie ihre Brustspitzen unter seiner Berührung hart wurden. Er rollte sie auf den Rücken, nahm ihre harte Brustwarze zwischen die Lippen, umkreiste sie mit der Zunge. Sie stöhnte leise, ihre Lider flatterten leicht, blieben aber geschlossen. Sie schlief noch.

Er verlagerte sein Gewicht, drängte ihre Beine vorsichtig auseinander und kniete sich zwischen sie. Er streichelte ihre Schenkel, fuhr mit den Fingern über das weiche behaarte Dreieck zwischen ihnen. Seine Fingerspitzen glitten in sie hinein, begannen zu kreisen. Sie war noch feucht von ihren vorherigen Liebesspielen, aber die Feuchtigkeit nahm noch zu, ihr Körper reagierte selbst im Schlaf. Mit einem Seufzer begann sie sich zu regen, sie drehte den Kopf auf dem Kissen, öffnete blinzelnd die Augen.

Daraufhin öffnete er sie mit den Fingern und senkte seinen Kopf hinab.

Victoria stöhnte auf, ihre Hände griffen bei der ersten Zungenberührung nach Zach. Er bebte, verlor sich selbst in seinem Liebesspiel. In ihrem Geschmack, ihrem Duft, ihrer Zartheit – das alles machte ihn verrückt. Und ihr lustvolles Gewimmer gab ihm den Rest. Verlangen durchschoss ihn wie eine Gewehrsalve, und er vertiefte seine Liebkosungen, hob ihre Schenkel über seine Schultern und drang mit seiner Zunge tiefer in sie ein. Er umfasste ihren Po, hob sie näher zu sich heran, seine Lippen saugten an ihr, seine Zunge glitt über ihr geschwollenes Fleisch, bis sie sich wild nach hinten bog, die Finger in sein Haar grub, seinen Namen schrie und in seinen Armen zusammensackte.

Er wartete nicht.

Er wälzte sich auf sie und drang in sie ein, ehe sich ihre wilden Zuckungen verloren. Er zog sich zurück, schob sich dann wieder tief hinein, kämpfte seinen eigenen Höhepunkt zurück, während er ihr Gesicht anschaute. Sie war perfekt, ihr Gesicht feucht und erhitzt, ihre Augen glänzten, ihr Atem ging stoßweise. Sie merkte, dass er kurz davor stand. Er sah es an ihren Augen, wusste es in der Sekunde, als sie nach ihm griff, ihn in sich hineindrückte und ihn innerlich und äußerlich umklammerte. Ihr Höhepunkt erfasste ihn, pulsierte um seine Erektion herum, presste ihn, bis alle Zurückhaltung unmöglich wurde. Zach stöhnte, er hielt sich an ihren Hüften fest, während er seine Leidenschaft an ihre anpasste.

Er kam heftig, harte Zuckungen, die ihn durchfuhren, sich in sie ergossen. Sein ganzer Körper erbebte, und als es vorüber war, ließ er sich einfach auf sie sinken, in sie sinken, ohne auch nur den Versuch zu machen, sich zu bewegen.

Victorias Körper entspannte sich, sanft fuhr sie mit dem Finger über seinen Rücken. »Danke fürs Wecken«, flüsterte sie.

Zach lächelte. »Habe ich das getan?«

»Was glaubst du denn?«

»Ich glaube, du verzeihst mir noch einmal.«

»Ich glaube, du hast Recht.« Sie bewegte sich, drehte den Kopf in Richtung Wecker. »Wie spät ist es?«

»Spielt das eine Rolle?«

Sie schluckte. Seine Frage rief ihnen die Wirklichkeit wieder in Erinnerung. »Ja. Es spielt eine Rolle.«

»Das muss es aber nicht.«

»Zach, bitte.« Sie hielt den Blick abgewandt. »Wir hatten uns doch geeinigt, nicht zu reden.«

»Das war, als wir noch die ganze Nacht vor uns hatten. Jetzt …« Seine Hände waren zu Fäusten geballt und drückten sich unter ihrem Kopf tief in das Kissen. »Ich spüre bereits, wie du dich entfernst. Seltsam, wenn man bedenkt, wie stark unsere Körper miteinander verbunden sind, oder?«

Sie fuhr sich mit der Zunge über die Lippen. »Unsere Körper sind nicht das Problem. Das waren sie noch nie.« Ihr Blick wanderte, fand seinen. »Können wir nicht einfach sagen, dass wir eine unglaubliche Nacht zusammen verbracht haben, und es dabei belassen?«

»Nein. Das können wir nicht. Ich kann es nicht. Und du kannst es auch nicht.«

»Ich könnte es versuchen.« Sie stemmte sich gegen seine Schultern, bis er sich von ihr rollte. Dann stieg sie aus dem Bett, hob den Bademantel von Boden auf und ging zum Bad. »Ich dusche, dann fahre ich nach Hause. Seit gestern ist eine Menge passiert. Ich brauche Zeit zum Nachdenken.«

»Zum Nachdenken. Du meinst zum Wiederaufbau dieser verfluchten Mauern.«

»Nenn es, wie du willst. Es ist meine persönliche Art des Schutzes.«

Schutz. Das war ein interessantes Thema – eines, das ihm schon vor einigen Stunden in den Sinn gekommen war.

»Victoria, nimmst du immer noch die Pille?«, fragte er unvermittelt.

Sie erstarrte, was seinen Verdacht bestätigte. Vor vier Jahren, als sie zum ersten Mal zusammen geschlafen hatten, hatte sie die Pille genommen. Sie hatte ihm versichert, dass es nach ihm keinen anderen Mann gegeben hätte. Und da er wusste, dass Victoria eine große Abneigung gegen Medikamente jeder Art, selbst gegen Kopfschmerztabletten, hatte, vermutete er, dass sie auch die Pille nicht weitergenommen hatte.

»Und?«, drängte er.

Sie zerbrach sich bereits den Kopf, drehte sich zu ihm um, und die Farbe kehrte in ihr Gesicht zurück, als sie zu Ende gerechnet hatte. »Es müsste eigentlich okay sein. Meine letzte Periode war am Mittwoch zu Ende.« Da sie keine war, die die Verantwortung abschob, fügte sie hinzu: »Es war mein Fehler. Ich hätte vorher daran denken müssen. Aber ich bin das nicht gewohnt. Als wir damals zusammen waren, habe ich die Pille genommen, also waren Kondome nie ein Thema. Und danach war ich nie wieder mit jemandem zusammen, meine einzige Erfahrung war …« Sie räusperte sich. »Das ist keine Entschuldigung. Es war leichtsinnig von mir.«

»Du brauchst dich nicht zu entschuldigen. Ich bin genauso schuld. Irgendwann gegen Sonnenaufgang kam mir dieser Gedanke. Ich hätte ihn sofort aussprechen sollen. Ich habe es nicht getan. Weil es keine Rolle gespielt hat. Nein, das ist eine Lüge. Es *hat* eine Rolle gespielt. Ich habe ein bisschen gehofft, du könntest schwanger werden.« Zach sah in ihre ungläubig aufgerissenen Augen, aber er nahm seine Worte nicht zurück. Sie waren die reine Wahrheit.

Er schwang seine Beine über die Bettkante und ging auf sie zu. »Erinnere dich doch. Es war nicht das erste Mal, dass wir völlig unvernünftig waren. Erst war da der Anfang, noch ehe wir wussten, dass wir im Bett landen würden. Dann kamen die Zeiten, als deine Vorsichtsmaßnahmen noch nicht wirkten. Zeiten, in denen wir die Hände nicht voneinander lassen konnten, nicht genug Geduld hatten, die Kondompackung aufzureißen, geschweige denn, sie zu benutzen. Zeiten, in denen wir nur daran dachten ins Bett zu fallen, in denen ich nichts anderes wollte, als in dich hineinzukommen, in denen du nichts anderes wolltest, als mich in dir zu haben.« Er packte sie an den Schultern. »Hast du das vergessen?«

Victoria schüttelte den Kopf. »Nein«, antwortete sie leise.

»Ich habe es nicht vergessen. Das ist das Problem. Ich habe nichts vergessen. Und ich habe nicht die Kraft, es noch einmal durchzustehen. Ich habe dir ja schon gesagt, ich kann keine Affäre mit dir haben.«

»Würdest du die letzten zwölf Stunden so nennen? Eine Affäre?«

»Ich … ich weiß nicht.« Sie wich zurück. »Ich fühle mich im Augenblick sehr geschwächt, Zach. Und ich bin sehr durcheinander. Es hilft nichts, wenn du mich so unter Druck setzt. Du hast das schon einmal versucht. Wir beide wissen, wie das geendet hat.«

Er fluchte leise, schluckte herunter, was er sagen wollte. Er saß in der Klemme. Sie hatte ihm in dieser Nacht eine Tür in ihr Inneres geöffnet, eine Tür, die nur für ganz kurze Zeit aufbleiben würde. Wenn er zu lange wartete, würde sie sich wieder schließen, diesmal für immer. Wenn er sich zu rasch vorwagte, würde er die zarten Gefühle zerstören, die sie dazu veranlasst hatten, die Tür zu öffnen.

Es war eine Situation, in der er nicht gewinnen konnte.

Aber eine, die er unbedingt gewinnen wollte.

»Okay, du hast dich klar geäußert«, antwortete er und machte keine Anstalten mehr, sich ihr zu nähern. »Ich werde dich nicht bedrängen. Dusch, fahr nach Hause und denk nach. Aber ehe du irgendeine Entscheidung triffst, reden wir miteinander. Das ist das Mindeste, was du mir gestatten musst, Victoria. Vor allem, da deine Entscheidung uns beide betrifft.«

»Okay.« Sie fuhr sich mit der Hand durch die zerzausten Haare und wirkte plötzlich noch orientierungsloser und noch verstörter als nach dem Unfall am Vorabend. »Wir werden darüber reden.«

Er bat sie nicht, ihm zu sagen, wann das sein würde.

Und sie sagte es ihm nicht.

Victoria gestattete sich nicht, nachzudenken, während sie duschte. Alles war noch viel zu frisch, und Zach war zu nah. Sobald sie zu Hause war, würde sie sich in Ruhe alles durch den Kopf gehen lassen. Jetzt musste sie sich erst einmal sammeln und nach Hause fahren.

Mechanisch duschte sie, wusch die äußeren Spuren der nächtlichen Leidenschaft fort.

Als sie kurze Zeit später das Bad verließ, fand sie einen bunten Jogginganzug auf dem Bett und ein Paar Nikes daneben auf dem Boden stehen. Auf einem Stuhl lagen ein Paar Sportsocken.

Sie schluckte hart. Typisch Zach, so aufmerksam zu sein und an ihr Wohlergehen zu denken, auch wenn die Dinge zwischen ihnen noch so kompliziert waren.

Victoria verdrängte das Gefühl der Rührung, das sie zu überkommen drohte, zog die Sachen an, nahm ihr Cocktailkleid über den Arm und verließ das Schlafzimmer.

Zach stand in der Nähe des Tisches. Er hatte die Hände in den Taschen seiner Jeans, sein Oberkörper war nackt. »Alles klar?«, fragte er.

»Ja.« Sie zeigte auf ihre Jacke und zog den Reißverschluss hoch. »Darf ich fragen, wo das her ist?«

Er zuckte die Schultern. »Wir befinden uns hier auf der Upper East Side. Hier gibt es Unmengen von Klamottenläden. Und das Hotelpersonal ist sehr diensteifrig. Ich dachte, es wäre vielleicht bequemer als dein Kleid.«

»Ist es. Danke.«

»Ich werde den Concierge bitten, uns ein Taxi zu rufen.«

»Ich werde das selbst tun. Aber nicht wir brauchen ein Taxi, sondern nur *ich*.« Sie ging zum Telefon hinüber und mied dabei absichtlich seinen Blick. Sie war nicht in der Stimmung für eine Auseinandersetzung mit Zach. Ganz sicher würde er versuchen, sie dazu zu überreden, nicht alleine nach Hause zu fahren, aus verschiedenen Gründen. Aber keiner dieser Gründe würde sie davon abhalten, es zu tun. Diesmal nicht. Sie brauchte Ruhe.

»Eigentlich ...«, fuhr sie fort und bereitete sich auf seinen heftigen Protest vor – nicht ganz zu Unrecht, das musste sie zugeben. Was sie vorhatte, war vermutlich leichtsinnig, wenn man den Vorfall am gestrigen Abend bedachte. Aber sie beabsichtigte nicht, Sklavin ihrer Ängste zu werden.

Und wenn sie ehrlich war, hatte sie ohnehin mehr Angst vor dem, was zwischen ihr und Zach geschah als vor der Aussicht, dass dieser Wahnsinnige sie am helllichten Tag auf einer viel befahrenen Straße in Manhattan bedrohte. Er hatte erreicht, was er erreichen wollte. Jetzt würde er vermutlich erst einmal in Ruhe abwarten.

»Eigentlich?«, wiederholte Zach auffallend leise.

»Ich werde zuerst meinen Anrufbeantworter abhören. Wenn mich niemand sucht, werde ich zu Fuß gehen. Es wird mir guttun. Und da ich ja für die Gelegenheit bestens gekleidet bin ...«

»Du gehst nicht zu Fuß.«

Sie hob den Hörer und sah Zach seelenruhig an. »Zach, wer immer da draußen ist, wird den Vorfall von gestern nicht am helllichten Tag auf der 64. Straße wiederholen.«

»Du wohnst mindestens anderthalb Kilometer von hier entfernt. Das gefällt mir nicht.«

»Ich gehe nur über Straßen, auf denen viele Leute unterwegs sind. Und ich werde dich nicht um Erlaubnis bitten.« Sie hämmerte ihre Nummer in den Hörer, wartete und gab dann ihren Code ein, um ihre Nachrichten abzufragen. »Eine Nachricht«, wiederholte sie laut. »Sicher irgendein Anwalt, der ...« Sie brach mitten im Satz ab, als Audreys Stimme ertönte.

»Victoria?« Audrey klang gehetzt, ihre Stimme war ängstlich und weit weg. »Ich wünschte, du wärst zu Hause.« Es gab eine Menge Hintergrundgeräusche, und die Nachricht klang so leise, dass Victoria sie kaum verstehen konnte. Angestrengt hörte sie zu. »Ich muss mit dir reden. Ich weiß nicht, an wen ich mich wenden soll. Ich bin so schwach.« Eine lange Pause, nach der die Stimme wieder deutlicher wurde. »Sie geben mir ... so viele Medikamente. Sie sagen, sie wollen mich gesund machen ... aber bis dahin ... setzen sie mich so stark unter Drogen, dass ich nicht mal alleine aus dem Bett aufstehen kann. Obwohl das zu meinen Schutz ist ... aber irgendwie bin ich nicht mehr so sicher. Irgendetwas stimmt nicht. Ich habe keine Ahnung, was es ist. Aber ich glaube, Vater ...« Ein unterdrückter Laut, gefolgt von einem Wimmern, scharrenden Geräuschen und einem Klicken.

Freizeichen.

22

»Oh, Gott.« Rasch ließ Victoria die Nachricht noch einmal abspielen. Da sie immer noch nicht in der Lage war, sie ganz zu begreifen, speicherte sie sie und knallte den Hörer auf.

»Was ist los?« Zach stand neben ihr.

»Das war Audrey. Ich muss dringend zu ihr.« Sie stürmte bereits zur Tür.

»Warte.« Zach hielt sie am Arm fest. »Du kannst jetzt nicht ins Hope Institute. Du wirst nie an diesem Pitbull vorbeikommen. Jetzt beruhig dich und erzähl mir, was du gerade gehört hast.«

Victoria nickte und besann sich auf ihre Ausbildung, um ihre Ängste zu bezwingen. Einzelheiten. Sie musste sich beruhigen und sich an die Einzelheiten erinnern. »Sie war schwer zu verstehen. Die Verbindung war sehr schlecht, und ihre Stimme klang schleppend. Es hörte sich so an, als würde sie aus einem größeren Raum anrufen, vielleicht von einem Gang. Sie sagte, sie würden sie unter starke Medikamente setzen und dass sie glaubte, es würde irgendetwas passieren. Sie sagte nicht was. Sie wurde unterbrochen. Ich vermute, es hat sie jemand beim Telefonieren überrascht. Ich weiß nicht genau. Wie ich bereits sagte, war die Nachricht schwer verständlich und wirr. Ich möchte sie gern direkt hören.«

»Okay, dann lass uns in deine Wohnung fahren.« Zach griff sich einen Pulli und warf ihr einen Blick zu, ehe er sich anzog. »Und, ja, ich komme mit dir, also fang nicht an, mit mir zu streiten. Es geht nicht mehr um uns. Es geht um ein Beweisstück. Wenn auf dem Band irgendetwas Verdächtiges ist, werde ich mich mit dem FBI in Verbindung setzen. Sie wären hocherfreut, wenn sie endlich einen Grund hätten, im Hope Institute nach dem Rechten zu sehen.«

Victoria zögerte, sie war hin und her gerissen, wenn auch aus anderen Gründen, als Zach annahm.

Seine Züge wurden hart. »Glaubst du wirklich, ich würde das als Vorwand nutzen, dich nach Hause zu bringen?«

»Natürlich nicht.« Sie fummelte am Reißverschluss ihrer Joggingjacke. »Da ist noch etwas, das ich bisher nicht erwähnt habe. Am Ende ihrer Nachricht sagte Audrey etwas über meinen Vater.«

Zachs Gesicht blieb ungerührt. »Was hat sie denn gesagt?«

»Nichts Richtiges. Sie wurde unterbrochen, ehe sie zu Ende sprechen konnte. Wenn ich mich recht erinnere, waren ihre exakten Worte, ›Ich glaube, Vater …‹, und dann war die Verbindung zu Ende.«

»Das ist natürlich kein Verdachtsmoment.«

»Ich weiß. Aber ich dachte …«

»Dass ich deinen Vater trotzdem verhaften lassen würde?« Zach schüttelte den Kopf. »Hast du denn nichts von dem verstanden, was ich dir gestern im Auto erklärt habe?«

Victoria hatte ein schlechtes Gewissen. »Es tut mir leid. Ich weiß, dass du meinen Vater erst anzeigst, wenn er schuldig ist. Ich bin einfach nur so daran gewöhnt, meine Familie zu beschützen.«

»Mach dir keine Sorgen um deinen Vater. Er gehört zu den Mitgliedern eurer Familie, die wunderbar auf sich selbst aufpassen können.«

»Vielleicht habe ich Angst.« Die Worte waren ausgesprochen, noch ehe es ihr bewusst wurde.

Zach hielt inne. »Angst wovor?«

»Dass er schuldig ist.« Sie stellte fest, dass sie die Ängste, die sie schon die ganze Woche plagten, laut formulierte. »Ich fühle mich ganz schrecklich, das auch nur zu denken, geschweige denn, es auszusprechen, aber was ist, wenn es stimmt? Zach, was wird dann aus meiner Mutter?«

Diesmal ging er zu ihr, fasste sie an den Schultern. »Sie wird damit fertig werden. Du wirst ihr dabei helfen. Deine Tante und dein Onkel werden ihr helfen. Deine Mutter ist nicht allein, Victoria.«

Sie nickte, widerstand dem Bedürfnis, in Zachs Armen zu weinen. »Ich möchte gern nach Hause. Ich möchte mir diese Nachricht noch einmal anhören.« Sie sah das tiefe Mitgefühl in seinen Augen. »Und du hast Recht. Du solltest dir die Nachricht auch anhören.« Sie zögerte kurz. »Ich möchte, dass du sie dir anhörst.«

In der Tiefgarage unter dem Hope Institute steuerte der Tontechniker auf seinen Lieferwagen zu. Er hatte das Band heute noch nicht abgehört. Es hatte keinen Grund gegeben. Vor wenigen Stunden hatte er Leaman angerufen, und der hatte ihm berichtet, dass Victoria Kensington noch immer im Hotel bei ihrem Freund war, wo sie auch die Nacht verbracht hatte. Also war nicht damit zu rechnen, dass die Wanze, die er an ihrem Telefon angebracht hatte, viele Anrufe aufgezeichnet hatte. Nicht nach diesem beunruhigenden Anruf von Hamilton am Abend vorher, den er unverzüglich gemeldet hatte.

Trotzdem, er hatte noch ein paar Minuten übrig. Und es lohnte sich, vorsichtig zu sein.

Er kletterte in den Wagen, setzte sich die Kopfhörer auf und drückte auf die Abspieltaste. Zweimal eingehängt. Ein unvollständiger Anruf. Und eine Nachricht, vom Anrufbeantworter aufgezeichnet um 14.59 – also vor ungefähr einer Stunde. Er lehnte sich auf seinem Sitz zurück und lauschte.

Dreißig Sekunden später fuhr er hoch. Scheiße! Das war Audrey Kensington, die ihre Schwester anrief. Wie zum Teufel war sie an ein Telefon gekommen?

Darum würde er sich später kümmern. Nach den Geräuschen im Hintergrund zu urteilen, hatten die Schwestern sie erwischt und zurück in ihr Zimmer gebracht. Aber niemand vom Desinfektionsteam wusste etwas davon. Sonst hätte man ihn benachrichtigt, damit er sich darum kümmern konnte.

Er musste das Band löschen, ehe Victoria Kensington es abhören konnte.

Er wollte gerade auf Stopp drücken und die Sache erledigen, als eine weitere Aufnahme abgespielt wurde. Das Wählen der Nummer, zwei Klingelzeichen, der Anrufbeantworter … und die Geräusche einer Fernabfrage. Dann Victoria Kensingtons entsetztes »Oh, Gott …« und das Einhängen.

Scheiße.

Sie hatte es bereits abgehört.

Schweiß stand auf seiner Stirn, und er wischte ihn fort, zwang sich zur Ruhe. Also gut, sie hatte das Band abgehört. Daran konnte er nun nichts mehr ändern.

Aber er musste dafür sorgen, dass es sonst niemand hören konnte. Diese Nachricht musste verschwinden. Er schnappte sein Handy und hämmerte Leamans Nummer ein, während er sein Frequenz-Analysegerät einschaltete.

»Ja?« Mr. Zigarre war am Apparat.

»Sind sie immer noch im Plaza Athénée?«

»Sie sind noch nicht aufgetaucht. Wahrscheinlich wälzen sie sich noch im …«

»Nein, tun sie nicht.« Er bereitete sich vor, die Töne, die sie gewählt hatte, zu analysieren, um ihren Fernabfrage-Code zu erhalten. »Sie werden vermutlich gleich durch die Tür kommen und dann auf dem schnellsten Weg in ihre Wohnung fahren. Halt sie auf.«

»Aufhalten? Aber warum?«

»Ihre Schwester hat ihr eine Nachricht auf dem Anrufbeantworter hinterlassen. Sie hat sie bereits abgehört. Ich muss an das Ding ran und sie löschen. Verschaff mir eine Viertelstunde.«

»Aber wie soll ich …?«

»Das ist mir egal. Wirf dich vor ihr verdammtes Taxi, wenn es sein muss. Aber tu etwas.« Er knallte das Handy auf die Ablage und machte sich an die Arbeit.

Sein erster Versuch erwies sich als Volltreffer. 4-9-7-2. Es funktionierte.

Sie war ebenso durchschaubar wie jeder andere. 9. April 1972. Ihr Geburtstag.

Das Datum kannte er aus der Akte über sie, die er erhalten hatte.

Gut, dass er so ein ausgezeichnetes Gedächtnis hatte.

Victoria und Zach waren keinesfalls auf dem schnellsten Weg nach Hause.

Der Verkehr vor dem Hotel war vollständig zum Erliegen gekommen.

Offenbar war es irgendeinem Idioten eingefallen, sich ein Taxi heranzuwinken, einzusteigen, und dann nach hundert Metern die Tür aufzureißen und eine riesige Auseinandersetzung mit dem Fahrer anzuzetteln. Mit einem Bein im Wagen und dem anderen auf der Straße bildete dieser Typ ein vorzügliches Verkehrshindernis.

Der Streit war immer noch in vollem Gang, als sie aus ihrem eigenen Taxi sprangen und ihren Weg zu Fuß fortsetzten.

Leaman duckte sich tief hinunter, um alles außer seinem Bein vor ihren Blicken zu verbergen. Er durfte auf keinen Fall erkannt werden. Also hielt er den Kopf so lange unten, bis ihm der Fahrer ein Zeichen gab, dass die Luft rein war. Er richtete sich auf und grinste, als er sich die giftigen Blicke vorstellte, die sie ihm im Vorbeigehen zugeworfen haben mussten. In aller Ruhe sah er ihnen nach, wie sie eiligst Richtung Uptown-Manhattan hasteten.

Als sie außer Sicht waren, sprang er aus dem Taxi.

Sie würden eine ganze Weile unterwegs sein, dachte er zufrieden lächelnd und reichte dem Fahrer den versprochenen Hundert-Dollar-Schein. Er schlenderte davon und zündete sich eine Zigarre an. Fenton würde mehr als genug Zeit haben, um sich mit dem Anrufbeantworter zu beschäftigen und Audrey Kensingtons Nachricht zu löschen.

Eine weitere Katastrophe war abgewendet.

Victoria stürmte in ihre Wohnung und rannte sofort zum Anrufbeantworter. Noch ehe Zach die Tür hinter sich geschlossen hatte und bei ihr war, runzelte sie bereits die Stirn.

»Was ist los?«, fragte er.

»Das LCD-Display. Da müsste eigentlich unter eingegangene Nachrichten eine Eins stehen. Tut es aber nicht. Da steht nur die Uhrzeit, als wäre gar nichts aufgezeichnet worden.« Sie drückte die Abspieltaste.

»*Keine Nachrichten*«, schnarrte die elektronische Stimme.

Victoria hob den Kopf und sah Zach fassungslos an. »Ich verstehe das nicht. Ich bin ganz sicher, dass ich nichts gelöscht habe.«

Jetzt runzelte Zach die Stirn. »Du hättest Audreys Nachricht nur dann löschen können, wenn du nach dem Abhören den Lösch-Code eingegeben hättest. Aber du hast überhaupt keine Tasten mehr gedrückt – nicht nach dem zweiten Abhören der Nachricht. Du hast einfach eingehängt. Damit müsste die Nachricht eigentlich erhalten geblieben sein.« Er hob den Anrufbeantworter hoch, überprüfte die Stecker, stellte ihn wieder ab. Er drückte auf Play und erhielt dieselbe Botschaft: »*Keine Nachrichten.*«

»Das gefällt mir überhaupt nicht«, murmelte Zach.

Victoria wurde von Minute zu Minute frustrierter. »Die Botschaft war vor einer halben Stunde noch da, und jetzt ist sie verschwunden. Mein Anrufbeantworter kann doch nicht plötzlich kaputtgegangen sein. Irgendwer hat Audreys Hilferuf gelöscht.« Sie wirbelte herum, sah sich misstrauisch in ihrer Wohnung um. »Vielleicht ist ja jemand hier drin gewesen.«

»Ich habe keine Einbruchsspuren gesehen.« Zach ging zur Wohnungstür, öffnete sie und untersuchte die Schlösser. »Es sieht nicht so aus, als hätte hier jemand herumgefummelt. Überprüf die restliche Wohnung, ob irgendwo etwas kaputt ist.«

Rasch lief Victoria von Zimmer zu Zimmer, untersuchte alles, was ihr einfiel, von ihrem Schmuck bis zu ihren Papieren. Nichts war angerührt worden.

Nicht dass sie das erwartet hätte. Es ging hier nicht um einen Einbruch.

»Alles ist intakt«, berichtete sie Zach wenig später. »Und bevor du fragst, nein, mein Vater hat keinen Schlüssel. Es gibt nur einen Ersatzschlüssel, und der liegt in meinem Schreibtisch in der Kanzlei.«

»Ich wollte keineswegs unterstellen, dass dein Vater in deiner Wohnung war«, bemerkte Zach knapp. »Das ist nicht seine Art. Ich würde eher vermuten, dass niemand hier drin war. Ich glaube eher, dass dein Anrufbeantworter von außen manipuliert wurde.« Nachdenklich rieb Zach sich sein unrasiertes Kinn. »Möglicherweise hat die Person, die Audrey dabei erwischt hat, wie sie dich anrief, so viel mitgehört, um zu merken, dass ihre Nachricht ein Hilferuf war und gelöscht werden musste. Das würde auch das plötzliche Auflegen erklären.« Er räusperte sich. »Kennt jemand außer dir deinen Fernabfrage-Code?«

»Nein. Weder meine Partner noch jemand aus meiner Familie. Und schon gar nicht mein Vater«, fügte sie mit Nachdruck hinzu.

»Ist der Code leicht herauszukriegen?«

Ein Schulterzucken. »Das kommt darauf an, wie clever man ist – und wie gut er mich kennt. Es sind die Ziffern meines Geburtsdatums.« Victorias Mund klappte zu, als ihr klar wurde, dass sie erneut unbeabsichtigt mit dem Finger auf ihren Vater zeigte.

Verdammt. Wieso führte bloß jede Spur zu ihm?

Sie schaute Zach an. Sicher dachte er gerade dasselbe.

Das tat er nicht.

Zach sah nicht aus wie ein Tiger, der sich seiner Beute ganz sicher war. Stattdessen wirkte er plötzlich beunruhigt. »Erinnerst du dich, wann Audreys Anruf aufgezeichnet wurde?«

»Kurz vor drei.«

»Und du hast ihn erst eine Stunde später abgehört.« Er schüttelte heftig den Kopf. »Wenn dein Vater Audrey bei ihrem Anruf erwischt hat oder wenn er sofort informiert wurde von der Person, die sie erwischt hat, warum hat er den Text dann nicht sofort gelöscht, als er den Abfragecode ermittelt hatte – was für einen klugen Mann wie deinen Vater eine Sache von zehn Minuten wäre. Warum hat er eine Stunde gewartet?«

»Keine Ahnung.«

»Es ergibt einfach keinen Sinn.«

»Vielleicht war es gar nicht mein Vater«, mutmaßte Victoria.

»Vielleicht nicht.« Zach wurde noch nachdenklicher. »Dann lass uns einen anderen Weg durchdenken. Wir nehmen an, irgendjemand hat herausgefunden, dass Audrey dich angerufen hat. Das könnte zum Beispiel eine Krankenschwester gewesen sein, die ganz unschuldig ihrer Arbeit nachgegangen ist. Diese Schwester hätte keinerlei Interesse am Inhalt der Nachricht oder daran, wen Audrey angerufen hat – sondern nur, dass sie gegen die ihr verordnete strenge Bettruhe verstoßen hat. Das würde die Verzögerung erklären.«

»Aber in dem Fall hätte die Schwester doch gar keinen

Grund, die Sache weiterzuverfolgen. Sie würde es einfach bei nächster Gelegenheit gegenüber meinem Vater oder Audreys Arzt erwähnen. Und das wäre sicher nicht um vier Uhr am Sonntagnachmittag gewesen. Prominente Ärzte machen dann keine Visite. Und ich weiß ganz sicher, dass mein Vater Audrey um diese Zeit niemals besuchen würde. Er würde meiner Mutter zu viel erklären müssen. Wieso hat sich also jemand an meinem Anrufbeantworter zu schaffen gemacht? Er ergibt alles keinen Sinn.«

»Du hast Recht.«

Etwas an Zachs Stimme ließ sie aufhorchen. Sie sah ihn misstrauisch an. »Du ahnst etwas.«

»Ich *glaube*, ich ahne etwas«, korrigierte er. Er blickte auf den Anrufbeantworter und begann dann, an seinen Fingern abzuzählen. »Zwei auf den ersten Blick nicht in Verbindung stehende Vorfälle seit gestern. Erst drängt uns so ein Wahnsinniger von der Straße. Dann wird dein Anrufbeantworter manipuliert. Beides ohne jede Provokation.«

»Also gut«, stimmte Victoria zu, steckte sich die Haare hinters Ohr. »Du hast Recht. Woher wusste dieser Wahnsinnige auf dem Merritt Parkway, dass ich mich immer noch für das Hope Institute interessiere? Und woher sollte jemand wissen, dass Audreys Anruf belastend genug war, um ihn zu löschen? Und schließlich, woher wusste dieser Jemand, wann der beste Zeitpunkt war, ihn zu löschen? Es kommt mir fast so vor, als wüssten diese Leute genau, was ich denke und was ich tue.«

Ein seltsames Funkeln trat in Zachs Augen. »Ich möchte wetten, dass sie das tun.«

»Und wie?«

»Indem sie dein Telefon anzapfen.«

»Was?« Sie erstarrte. »Du hast doch gerade gesagt, du glaubst nicht, dass jemand Fremder in meiner Wohnung war.«

»Dafür braucht niemand in deine Wohnung zu kommen. Die Wanze sitzt wahrscheinlich am Hauptanschluss im Keller des Hauses. Das ist weniger riskant und genauso effektiv. Überleg doch mal, Victoria. Du hast selbst gerade gesagt, dass es dir vorkommt, als würden sie wissen, was du denkst und tust. Eine Wanze würde alles erklären: woher sie den Inhalt von Audreys Nachricht kannten, woher sie wissen, dass du immer noch hinter dem Hope Institute herschnüffelst; sogar woher sie deinen Fernabfragecode haben.«

Victoria drehte sich langsam um und starrte ihr Telefon an wie ein fremdes Objekt. »Willst du damit sagen, dass sie meine gesamten Telefongespräche aufzeichnen?«

»Ja. Und sie hören sich in regelmäßigen Abständen an, was sie aufgezeichnet haben. Ich schätze, wenn du zu Hause bist, arbeiten sie besonders sorgfältig, für den Fall, dass du einen Anruf erhältst, der dich sofort in Aktion treten lässt. Solange du unterwegs bist, können sie etwas sorgloser sein. Und gestern Abend und heute Nacht wussten sie, dass du unterwegs warst. Mr. Zigarre muss ihnen berichtet haben, dass du bei mir im Hotel warst. Also hatten sie keine Eile, deine Nachrichten abzuhören. Was den Zeitunterschied zwischen Audreys Nachricht und dem Löschen der Nachricht erklärt.«

Victoria nickte, als ein weiteres Puzzleteil an seinen Platz fiel. »Sie haben uns gestern Abend belauscht, als wir miteinander telefoniert haben. Sie haben gehört, wie du gesagt hast, dass du den Zigarrenstummel auf Fingerabdrücke untersuchen lassen hast. Daher wissen sie, dass wir uns immer noch für das Institut interessieren. Und deshalb haben sie uns heute Nacht einen Schrecken eingejagt.«

»Dann bin ich schuld daran, dass dieses Schwein uns fast umgebracht hätte«, meinte Zach düster.

»Unsinn. Du brauchst dir keine Vorwürfe zu machen.

Schließlich hattest du keine Ahnung, dass sie mein Telefon angezapft haben.« Victoria rieb ihre Handflächen aneinander. »Was ist mit dem Zugang zu meinem Anrufbeantworter? Wie haben sie den geschaffen?«

Zach verzog grimmig den Mund. »Ihre Wanze wird deinen Anruf aus dem Hotel aufgenommen haben, als du deinen Anrufbeantworter abgefragt hast. Ein Zugangscode ist nicht mehr als eine Abfolge von Tönen. Jeder mit einer guten Ausrüstung kann sie leicht analysieren und reproduzieren.«

»Verstehe.« Sie dachte kurz nach. »Sie haben mitbekommen, dass ich Audreys Nachricht abgehört habe, deshalb haben sie sie so schnell wie möglich gelöscht.«

»Genau.«

Victoria holte tief Luft. »Und was machen wir jetzt?«

»Wir warten bis morgen. Wir benutzen das Telefon nur noch, um uns eine Pizza zu bestellen. Morgen Früh werde ich dich zur Arbeit bringen. Das wird nicht weiter auffällig sein, nicht mal für Mr. Zigarre, der dich weiter mit Adleraugen bewachen wird. Er weiß Bescheid über den gestrigen Vorfall auf dem Merritt Parkway und rechnet jetzt damit, dass du Angst hast. Er wird uns folgen, zusehen, wie ich dich nach oben in dein Büro begleite. Was er nicht sehen wird, ist, dass ich deinen Ersatzschlüssel mitnehmen werde, ehe ich zum FBI-Hauptquartier fahre.«

»Was ist, wenn sie inzwischen auch jemanden beauftragt haben, um dich zu bespitzeln? Er wird dich zum Federal Plaza gehen sehen und sofort daraus schließen, dass du dich dort mit Leuten vom FBI triffst.«

Zach zuckte die Schultern. »Sie wissen ja jetzt, dass ich Kontakte zu einer Strafverfolgungsbehörde habe, nach dem Anruf gestern Abend. Wenn sie klug genug sind, herauszufinden, zu welcher, dann ist das eben so. Sollen sie doch ins

Schwitzen kommen. In der Zwischenzeit werde ich das FBI bitten, während deiner Abwesenheit einen Agenten herzuschicken, um deine Telefone zu überprüfen – irgendeinen unauffällig aussehenden Typen. Er wird wahrscheinlich im Keller schnell fündig werden. Aber um ganz sicherzugehen, soll er auch deine Wohnung nach Wanzen durchsuchen. Und vielleicht sogar deine Kanzlei. Morgen Abend wäre ein guter Zeitpunkt, wenn alle nach Hause gegangen sind. Vor allem du. Dann läuft auch Mr. Zigarre nicht in der Gegend herum. Er wird vor deiner Wohnung stehen, wie es sich für einen anständigen Wachhund gehört.«

Victorias Verstand arbeitete auf Hochtouren. Sie zwang sich dazu, ihre Gedanken zu ordnen.

Das Wichtigste zuerst.

»Du bist so verdammt ritterlich. Wenn diese Typen herausfinden, dass du dem FBI bei seinen Ermittlungen hilfst – und mir bei meinen –, werden sie sich in die Ecke gedrängt fühlen. Das könnte dich in Gefahr bringen.«

Zach verzog den Mund. »Machst du dir Sorgen um mich?«

»Ja.«

»Danke«, sagte er leise. »Aber das brauchst du nicht. Ich habe schon vor langer Zeit gelernt, auf mich selbst aufzupassen. Mit oder ohne deine Zustimmung.«

Victoria war sich nicht sicher, was sie darauf antworten sollte, also ließ sie es. »Woher weißt du, wo ihr Tontechniker stationiert ist? Was ist, wenn er direkt draußen steht und den FBI-Agenten in meine Wohnung gehen sieht?«

Ein amüsiertes Lachen. »Das wäre der Traum eines jeden Agenten. Er würde sich den Typen innerhalb von Sekunden schnappen, und unser Telefonabhörer wäre Geschichte. Aber ich fürchte, so dumm ist er nicht. Wahrscheinlich steht er ein oder zwei Blocks entfernt in einem Keller oder einer Garage, irgendwo zwischen hier und dem Hope Institute. Und was das Verhalten des Agenten angeht, verlass dich da nur auf das FBI. Das sind Profis. Sie wissen genau, wie man sich tarnt. Ganz gleich, wo sich dieser Typ versteckt hält, er wird nichts von der Sache mitbekommen.«

»Aber er wird mitbekommen, wenn sein Gerät keine Signale mehr empfängt und sein Aufzeichnungsband leer bleibt«, gab Victoria zu bedenken. »Sobald die Männer vom FBI die Wanzen entfernt haben, wird er doch merken, dass wir ihm auf der Spur sind.«

»Richtig.« Zach kniff die Augen zusammen. »Also werden wir die Wanzen da lassen, wo sie sind. Sonst wird dieser Techniker nicht nur wissen, dass wir ihm auf der Spur sind, er wird auch einen Weg finden, neue zu installieren. Nein, wir lassen alles wie gehabt. Punkt. Dann wird er weiterhin deine Anrufe aufzeichnen, so wie er es die ganze Woche getan hat. Bloß dass die Informationen, die er erhält, nur noch genau die sind, die du ihm geben willst.«

Also ein langfristiger Plan, überlegte Victoria. In ihre Sorge und Frustration mischte sich Ungeduld.

»Ich hasse das«, erklärte sie und machte eine genervte Handbewegung. »Ich will endlich aktiv werden. Verdammt, Zach, meine Schwester steckt in Schwierigkeiten. Wie lange soll ich dieses passive Katz-und-Maus-Spiel noch mitmachen?«

»So lange, wie es dauert, um Audrey in einer Weise zu befreien, die weder ihre Sicherheit noch ihre Gesundheit gefährdet.« Zach meinte es ernst. Er war sehr sachlich, sehr logisch und vernünftig. »Du weißt nicht, wie weit diese Leute gehen, wozu sie fähig sind. Ich auch nicht. Wenn du etwas Unvorsichtiges tust, muss Audrey vielleicht dafür zahlen. Andererseits weißt du nicht, wie krank sie tatsächlich ist. Wenn es ihr so schlecht geht, wie dein Vater sagt, braucht sie die Hilfe, die sie bekommt. Du kannst nicht einfach voraussetzen, dass man ihr Schaden zufügt. Du kannst gar nichts einfach voraussetzen. Denk wie eine Anwältin, Victoria, nicht wie eine Schwester.«

»Ich werde es versuchen.«

»Ich tue es auch«, antwortete Zach. »Glaub mir, ich würde am liebsten da reinstürmen, mir jeden schnappen, der etwas mit diesem Syndikat zu tun hat, und ihn mit bloßen Händen erwürgen.«

Victoria nickte müde. »Ich glaube dir. Ist ja schon gut. Wir machen es so, wie du vorgeschlagen hast. Ich habe ja meine eigene Chance, aktiv zu werden – ab morgen. Da werde ich bei Waters, Kensington, Tatem and Calder sein. Und ich werde nicht eher ruhen, bis ich einen konkreten Beweis gefunden habe.« Sie massierte ihre Schläfen. Die Ereignisse der letzten vierundzwanzig Stunden waren einfach zu viel für sie. »Ich werde mich eine Weile hinlegen. Mein Gehirn explodiert sonst noch.«

»Du hast Recht. Du brauchst etwas Ruhe.« Zach nahm die Tasche, die er hastig gepackt hatte – ein paar Toilettenartikel und Kleidung zum Wechseln –, damit er morgen sofort zum FBI-Hauptquartier aufbrechen konnte, ohne vorher noch ins Hotel zu müssen. »Leg dich etwas hin. Wenn es dir nichts ausmacht, dusche ich jetzt kurz. Anschließend werde ich auch ein wenig entspannen.«

»Bitte sehr, bedien dich.«

Victoria wünschte, sie hätte einen anderen Ausdruck benutzt. Das Duschen war okay. Das Entspannen auch. Aber *wo* er entspannte – das war eine andere Sache. Ihr Schlafzimmer war tabu. Denn ganz gleich, wie durcheinander sie war, sie war nicht dumm. Und eines war sicher: Wenn sie Zach in ihr

Bett ließ, waren alle Hoffnungen dahin, einen klaren Gedanken fassen zu können. »Zach …«, begann sie.

»Ich weiß, was Ruhe bedeutet«, unterbrach er sie leise. »Ich werde mich im Wohnzimmer auf die Couch legen.« Er sah sie mit seinem durchdringenden Blick an. »Kümmere dich um dein Seelenleben. Nimm dir so viel Zeit dazu, wie du brauchst. Stell dich deinen Ängsten. Aber tu es mit offenen Augen. Und zu unserer beider Wohl werd jetzt nicht plötzlich zum Feigling.«

23

Montag, 24. April
12.30 Uhr

Wenn ein Feigling zu sein bedeutete, Angst zu haben, war Victoria schuldig im Sinne der Anklage.

Nachdenklich schaute sie aus dem Fenster ihres Büros und sah zu, wie die Menschenmenge auf der Madison Avenue zunahm. Es war Mittagszeit. Schwärme von Berufstätigen eilten vorbei, zielstrebig, alle unterwegs, um eine Verabredung oder einen Termin einzuhalten.

Normalerweise befand sie sich mitten unter ihnen.

Heute nicht.

Heute benutzte sie die einzige freie halbe Stunde, die sie hatte, um nachzudenken.

Wie ironisch, dass Denken plötzlich wichtiger war als Handeln. Ausgerechnet heute, wo sie eine ungeheure Aufgabe zu erledigen hatte – und das zusätzlich zu ihren Verpflichtungen in zwei ganz unterschiedlichen, sie jedoch gleichermaßen fordernden Kanzleien. Sie musste endlich vorankommen und irgendeinen entscheidenden Hinweis über das Hope Institute finden – und über denjenigen, der dort das Sagen hatte.

Doch trotz alledem war ihre Unruhe heute vor allem eine innere.

Zuallererst hatte sie Angst um Audrey, sie hatte Angst, einen Fehler zu machen und die ohnehin schon unerträgliche Situation für ihre Schwester noch zu verschlimmern. Wenn sie weiter bohrte, riskierte sie, die falschen Leute zu provozieren. Das konnte Audrey in Gefahr bringen. Andererseits würde es sie noch mehr in Gefahr bringen, wenn sie nichts tat. Alles hing davon ab, ob Audreys Ängste auf ihren Gesundheitszustand zurückzuführen waren oder auf eine Entdeckung, sie sie gemacht hatte, eine, die das Institut betraf.

Oder seinen juristischen Berater.

Victoria schloss die Augen und drückte die Stirn gegen die Fensterscheibe. Zum hundertsten Mal fragte sie sich, wie ihr Vater in das Drogensyndikat passte, gegen das Zach ermittelte. War er tatsächlich nur der Rechtsberater des Hope Institutes? Wusste er von den Machenschaften dort? Und wie weit würde er die Dinge gehen lassen?

Er würde Audrey niemals opfern. Das musste Victoria einfach glauben. Ganz gleich wie er sonst war, ihr Vater würde niemals seinem eigenen Kind etwas antun.

Das erinnerte sie wieder an den beängstigenden Zwischenfall auf dem Merritt Parkway vorletzte Nacht. Sie konnte einfach nicht glauben, dass ihr Vater dieses Schwein angeheuert haben sollte, um ihr Auto von der Straße zu drängen.

Nein, er würde seine Töchter niemals vorsätzlich verletzen.

Aber würde er wegschauen, wenn es jemand anderes tat?

Ein Schauer lief ihr über den Rücken.

Ihr Vater behauptete, Audrey sei krank. Sehr krank. Vielleicht sagte er die Wahrheit. Vielleicht ließen die Medikamente, unter denen sie stand, Audrey fantasieren. Vielleicht war das der Grund für ihre Ängste. Diese Möglichkeit konnte Victoria nicht ausschließen. Denn sie konnte nicht ins Institut stürmen und verlangen, ihre Schwester zu sehen. Sie konnte nicht mal dort anrufen, um mit ihr zu reden.

Aber sie konnte ihren Vater noch einmal zur Rede stellen.

Diesen Entschluss hatte sie in den frühen Morgenstunden gefasst, nach einer weiteren schlaflosen Nacht, in der sie sich erneut nur im Bett herumgeworfen und -gewälzt hatte.

Sie würde mit aller Vorsicht auf ihren Vater zugehen, ihm nur das Nötigste erzählen. Sicher wusste er ohnehin längst von Audreys Versuch, sie telefonisch zu erreichen. Victoria würde zuerst darauf zu sprechen kommen, ohne Vorwurf, aber erneut ihre Sorge äußernd, und dann hoffen, dass sie ihn irgendwie dazu bringen konnte, sich darum zu kümmern, dass Audreys Wohlergehen weiter sichergestellt war.

Wenn er unschuldig war.

Wenn er schuldig war, konnte er nach ihrem Gespräch beruhigt sein, dass Audreys Anruf sie nicht misstrauisch gemacht hatte.

So oder so wäre Audrey also geschützt.

Sie würde sich dieser Sache sofort annehmen, wenn sie die Kanzlei ihres Vaters an der Park Avenue betrat – in genau zwei Stunden.

Danach hatte sie eine weitere schwierige Aufgabe vor sich. Diese Aufgabe betraf Elizabeth Bonner.

Was wusste diese Frau, und wieso hatte sie Benjamin Hopewell genau in dem Augenblick weggelockt, als er sich mit ihr unterhalten hatte? Was für eine Rolle spielte sie in der ganzen Angelegenheit?

Nachdenklich ging Victoria zu ihrem Schreibtisch und nahm die Tasse mit dem inzwischen kalten Kaffee in die Hand. Sie nippte daran, ohne die Temperatur auch nur zu bemerken.

Ihre restlichen Ängste drehten sich um Zach – Zach und das Gefühlschaos, in dem sie seit gestern steckte.

Fakten waren Fakten. Sie war mit weit geöffneten Augen in sein Bett gefallen. Es war ganz und gar ihre Entscheidung gewesen, Sex mit ihm zu haben, nicht einmal, nicht zweimal, sondern die ganze Nacht und den halben nächsten Tag. Sie bedauerte ihre Entscheidung nicht. Auch jetzt nicht, wo die Verwirrung und der Schmerz sie innerlich fast auffraßen. Es hatte sich gelohnt. Die unbändige körperliche Lust, die Spontaneität, das ungebremste Verlangen – selbst die blinde Kapitulation vor ihren Gefühlen und ihren Schwächen, das alles war zu großartig, um es zu beschreiben.

Aber das unausweichliche »Und jetzt?« lauerte bedrohlich in ihrem Hinterkopf und zog dort unaufhörlich seine Kreise.

Die Leidenschaft zwischen ihnen war noch überwältigender gewesen als vor vier Jahren. Und, so schwer es ihr fiel, sich das einzugestehen, das galt auch für die Gefühle. Aber die Probleme waren noch die alten. Seine und ihre. Er war sich dessen bewusst, nur deshalb hatte er darauf bestanden, dass sie erst mit ihm sprach, bevor sie irgendeine Entscheidung traf. Aber die Sache war klar. Die Entschlossenheit, mit der er die Ermittlungen des FBI vorantrieb, sprach Bände. Er war noch immer besessen von seinem Wunsch nach Vergeltung. Sie konnte ihm das nicht übel nehmen. Sie konnte bloß nicht damit leben – nicht wenn es bedeutete, ihre eigenen Prioritäten hinter seinen zurückzustellen.

Er würde sie nie darum bitten, dies zu tun. Das hatte er damals nicht getan, und er würde es heute nicht tun. Aber es würde dennoch so kommen. Sein Beruf und seine fieberhaften Bemühungen, den Tod seines Vaters zu rächen, würden zwingend dazu führen.

Aber was bedeutete das für sie – wenn sie ihm um die halbe Welt folgte? Was würde dann aus ihrer Familie, ihrer Karriere, ihrer Kanzlei? Was wurde aus ihrem fundamentalen Bedürfnis nach Unabhängigkeit, nach einem selbstbestimmten Leben?

Das rief ihr ihre eigenen Ziele wieder in Erinnerung – Ziele, die durch so viele Faktoren verstärkt worden waren: durch den Schmerz über ihre Trennung, das Leid der Frauen, die sie durch ihre Arbeit kennen gelernt hatte, die zunehmende Sorge um ihre Mutter und ihre Schwester. Sie war härter geworden – nein, entschlossener. Sie hing an ihrer Unabhängigkeit, sie war für sie wie eine Rüstung.

Wie die Schutzmauern, von denen Zach immer sprach.

Im Grunde waren sie genau dort, wo sie vor vier Jahren standen, nur dass mehr Zeit vergangen war und sie mehr Narben hatten. Narben, die tief genug waren, um sie davon abzuhalten, jene drei magischen Worte auszusprechen – Worte, die sie sich sonst immer wieder zugeflüstert hatten, die aber nun viel zu schmerzlich waren.

Aber sie hingen in der Luft, davor konnte sie die Augen nicht verschließen. Die Worte waren fast greifbar, für sie ganz bestimmt, und wie sie Zach kannte, wie sie aus seinen Blicken schloss und der Intensität seines Liebesspiels, waren sie das auch für ihn.

Er war bereit, der Sache auf den Grund zu gehen, den Selbstschutz niederzureißen, der zu ihrer zweiten Haut geworden war, und sie mit ihren Gefühlen zu konfrontieren. Sie war sich nicht sicher, ob sie ihm geben konnte, was er von ihr wollte.

Nein, das stimmte ja gar nicht. Sie konnte es ihm geben. Aber zu welchen Kosten? Und war sie gewillt, das Risiko zu übernehmen?

Vielleicht hatte Zach ja Recht. Vielleicht war sie tatsächlich ein Feigling, wenn es dazu kam.

Und das bedeutete ... was?

Ein leises Klopfen an der Tür riss sie aus ihren Gedanken. »Ja?«, fragte sie mit brüchiger Stimme.

»Ich bin es.« Meg kam herein, sie schien beunruhigt zu sein. »Ist alles okay?«

Victoria wich ihrem Blick aus, hob die Schultern. »Ich schätze ja. Warum? Sehe ich nicht so aus?«

»Du siehst müde aus. Dein Plan, das Büro deines Vaters zu durchsuchen, scheint dir einiges abzuverlangen.«

»Das tut es auch. Aber ich fange noch heute damit an.« Victoria tat, als beschäftigte sie sich mit ein paar herumliegenden Akten, und hielt den Kopf gesenkt, damit Meg ihr Gesicht nicht sehen konnte. Sie wollte verhindern, dass ihre allzu aufmerksame Freundin spürte, in welchem Gefühlschaos sie sich befand. Aus diesem Grund hatte sie ihr auch den Vorfall auf dem Merritt Parkway verschwiegen. Meg machte sich schon genügend Sorgen um sie. Wenn sie auch noch von dieser Geschichte erfuhr, würde sie Victoria sicher mit Mitgefühl überschütten. Und spätestens dann würde Victoria in Tränen ausbrechen. Und sie würde sich Megs Fragen zu diesem Unfall stellen und Erklärungen erfinden müssen, an die sie selber nicht glaubte.

Es war einfach zu viel.

»Ich habe noch einen Termin – Doris Webster«, sagte sie stattdessen. »Dann heißt es: Aktentasche packen und auf zu

Waters, Kensington, Tatem and Calder. Ich bin ziemlich nervös, das muss ich zugeben. Außerdem bin ich entsetzlich müde, weil ich letzte Nacht nicht gut geschlafen habe. Und ich habe einen anstrengenden Vormittag hinter mir. Faye Larimore war hier. Stell dir vor, die Ärmste ist jetzt auch noch den Rationalisierungsmaßnahmen ihrer Firma zum Opfer gefallen. Das heißt, sie hat keinen Job und keine Krankenversicherung mehr. Natürlich weigert sich ihr Mann, auch nur einen Penny zu zahlen. Und solange wir keinen anständigen Gerichtsbeschluss in den Händen haben, ist sie völlig hilflos.«

Abrupt unterbrach Victoria ihren eigenen Redeschwall und sah ihre Freundin nachdenklich an. »Sag mal, Meg, wieso lassen sich die Frauen ständig in diese Opferrolle drängen?«

»Das tun nicht alle Frauen. Und nicht alle Männer lassen das zu.« Meg schloss die Tür und lehnte sich von innen dagegen. »Möchtest du darüber reden? Ich meine nicht den Fall Larimore. Ich meine das, was dich wirklich beschäftigt.«

»Das Hope Institute. Die Frage, wie krank Audrey wirklich ist.« Victoria griff nach jedem Strohhalm, und sie wusste es. Aber sie hatte sich beim ersten Mal nicht an Megs Schulter ausgeweint, und sie würde es auch diesmal nicht tun. »Dazu gibt es leider nicht viel Neues zu berichten. Ich hatte ja noch keine Chance, an die Akten zu gelangen. Aber ich werde sie hoffentlich bald haben. Bis dahin hoffe ich nur, dass es Audrey besser geht und dass dieser Ort, den mein Vater für sie ausgesucht hat, so renommiert ist wie …«

»Victoria, ich rede von Zach. Und das weißt du ganz genau.«

Nun war es heraus, laut und deutlich ausgesprochen. Gut, sie könnte irgendwie ausweichen und eine gute Ausrede erfinden. Aber wozu? Meg wusste doch längst Bescheid. Ihr jetzt nicht die Wahrheit zu sagen wäre sowohl sinnlos als auch kindisch.

Also zwang Victoria sich, Megs Blick standzuhalten. »Ja, ich weiß, dass du von Zach redest«, gestand sie so ruhig und gefasst wie möglich. »Das Problem ist, ich bin mir nicht sicher, was ich dir dazu sagen soll. Zu ihm, zu uns. Zu dem, was zwischen uns passiert.« Sie hob hilflos die Hände. »Ich habe vier Jahre darauf verwendet, ihn zu vergessen. Ich habe *versucht*, ihn zu vergessen«, berichtigte sie sich. »Dann ist er vor einer Woche wieder in mein Leben marschiert, und seither bin ich völlig ins Schwimmen geraten. Ich tue alles, um irgendwie auf Distanz zu ihm zu bleiben, aber es funktioniert einfach nicht. Ich treibe unaufhörlich auf ihn zu. Ich habe mir eingeredet, dass es nur Erinnerungen sind, nur Äußerlichkeiten oder ein körperliches Bedürfnis. Aber das ist es nicht. Ich weiß das, und Zach weiß es auch.«

Meg strich sich die Haare aus dem Gesicht und sah ihre Freundin nachdenklich an. »Hast du mit ihm geschlafen?«

»Wir haben nicht viel geschlafen. Aber, ja.« Victoria rieb sich die Schläfen. »Was ist nur mit mir los? Warum kann ich nicht einfach eine heiße Affäre mit ihm haben und die ganze Angelegenheit unter tollem Sex verbuchen? Das tun andere doch auch.«

»Du kennst die Antwort darauf selbst.« Dann verstand Meg plötzlich, und sie verschränkte die Arme vor der Brust. »Aber du möchtest, dass ich es dir sage, nicht wahr? Damit du es nicht selber sagen musst. Also gut. Es gibt zwei Gründe, weshalb du die Sache nicht einfach als wilde Affäre abschreiben kannst. Erstens, weil du eine Frau für eine feste Beziehung bist. Du bist im Gerichtssaal knallhart und gehst mit offenen Augen durchs Leben, aber sei ehrlich – tief in dir drin bist du eine hoffnungslose Romantikerin. Und das führt mich zu Grund zwei. Du liebst Zach. Du liebst ihn seit vier Jahren, und du wirst ihn den Rest deines Lebens lieben. Beantwortet das deine Frage?«

»Glasklar.«

»Gut. Denn jetzt kommt *meine* Frage: Was hast du nun vor? Wirst du dich deinen Gefühlen stellen oder weiter so tun, als würden sie nicht existieren?«

»Ich weiß, dass sie existieren, Meg. Aber das heißt nicht, dass ich …«

»Dass du?« Meg kam auf sie zu und stützte sich mit den Händen auf ihren Schreibtisch. »Ihnen nachgeben kannst? Victoria, es geht um Liebe, nicht um eine lebenslange Gefängnisstrafe. Das ist etwas, *wofür* man kämpfen muss, nicht *wogegen*. Es bedeutet natürlich ein Stück Arbeit, die Sache richtigzustellen, aber seit wann ist das für dich ein Hinderungsgrund?«

Meg sah ihre Freundin aufmerksam an. »Du hast mir nie erzählt, wieso die Beziehung zwischen dir und Zach damals zu Ende gegangen ist. Ich würde wetten, dass du dafür verantwortlich warst. Zumindest hauptsächlich. Du hast Höllenangst davor, in irgendeine Abhängigkeit zu geraten. Aber das würdest du nicht. Du würdest nicht abhängig, selbst wenn du nach Europa gehen, Zach heiraten und zwölf Kinder bekommen würdest. Du wärst eine absolut gleichberechtigte Partnerin, und du würdest immer dafür sorgen, dass nicht nur die Bedürfnisse anderer, sondern auch deine eigenen erfüllt würden. Und wozu machst du dich stattdessen? Zum Opfer. Genau zu dem, was du auf keinen Fall sein möchtest. Du bist nicht das Opfer eines Mannes, sondern das Opfer deiner eigenen selbst errichteten Schranken. Ist das wirklich das, was du willst?«

Victoria schluckte. Die harte Wahrheit, die Meg ihr da gerade vor die Füße geworfen hatte, traf sie wie ein Schlag in die

Magengrube »So habe ich das noch nicht gesehen«, gab sie zu. »Aber selbst wenn ich es täte, gäbe es viel mehr aus dem Weg zu räumen als nur meinen emotionalen Ballast. Es gibt da einige echte Hindernisse.«

»Gut. Dann stell dich ihnen«, riet Meg leise. »Überwinde sie. Hör auf, so feige zu sein. Das passt nicht zu dir.«

Ein unsicheres Lächeln umspielte Victorias Lippen. »Das ist das zweite Mal seit gestern, dass mich jemand feige nennt.«

»Ich wette, ich könnte erraten, wer der andere war.« Meg schüttelte energisch den Kopf. »Victoria, Unabhängigkeit und Einsamkeit sind zwei völlig verschiedene Dinge. Das erste hast du sowieso im Blut. Auch wenn du wolltest, könntest du daran nichts ändern. Das zweite ist deine eigene Entscheidung. Und wenn du dich dafür entscheidest, bist du ein Idiot. Du hast einen Traummann, der so verliebt in dich ist, dass er kaum noch geradeaus gucken kann. Wenn du dir den durch die Lappen gehen lässt, drehe ich dir den Hals um.«

Victoria musste lachen. »Das wäre eine interessante Konstellation. Der arme Paul wäre dann der Einzige, der dich verteidigen könnte.«

»Wahrscheinlich würde er mich wegen Überlastung an jemand anders abschieben. Außerdem wäre ich schuldig, auch wenn man auf Totschlag im Affekt plädieren könnte.«

»Ziemlich harte Worte.« Victoria kicherte.

»Vielleicht. Ich hoffe, sie sind bei dir angekommen.«

Victoria wurde wieder ernst und nickte. »Und ob. Laut und deutlich. Danke, Meg, du bist eine tolle Freundin. Du hast mir eine Menge zum Nachdenken gegeben.«

»Gut. Tu es bald. Zach hält am Donnerstag seine Rede. Danach …« Ein Schulterzucken. »Es liegt an dir, ob er dann noch einen Grund hat zu bleiben.«

Nicht ganz, sinnierte Victoria. *Es hängt auch davon ab, wie sich die Dinge im Hope Institute entwickeln und wie lange seine Ermittlungen noch andauern.*

»Victoria?« Meg sah sie gespannt an.

»Hm? Ja, ich verspreche dir, dass ich schnell nachdenken werde. Das ist im Moment alles, was ich dir versprechen kann. Wenn ich irgendeine Antwort gefunden habe, wirst du es zuerst erfahren.«

Meg zwinkerte ihr vielsagend zu. »Oder vielleicht doch als Zweite?«

14.30 Uhr

Victoria bahnte sich ihren Weg durch die eleganten Büroräume und ging auf direktem Weg zu Miss Hattermans Glaskasten.

Die Frau mit den harten Zügen schaute von ihrer Tastatur auf, als Victoria näher kam. Wohlwollen blitzte in ihren Augen auf, als sie Victorias maßgeschneidertes dunkelgrünes Lodenkostüm sah. »Miss Kensington. Willkommen an Ihrem ersten Tag bei uns. Hat Ihnen schon jemand Ihr Büro gezeigt?«

»Noch nicht.« Entschlossen umklammerte Victoria den Griff ihrer Aktentasche. »Ich möchte erst kurz mit meinem Vater sprechen. Wenn er frei ist, heißt das.«

Keine sichtbare Reaktion. »Ich werde nachschauen.« Sie ignorierte das Telefon auf ihrem Schreibtisch und die eingebaute Sprechanlage. Stattdessen schob sie ihren Stuhl zurück, stand auf und ging das kurze Stück bis zu seinem Reich. Ein kurzes Klopfen an der fest verschlossenen Tür. Sie wartete einige Sekunden, dann öffnete sie, trat ein und schloss die Tür hinter sich.

Victoria war nicht überrascht. Sie kannte das. Egal ob er da war oder nicht, Walter Kensington legte großen Wert darauf, seine Bürotür strikt geschlossen zu halten. So konnte er notfalls immer vorgeben, »außer Haus« zu sein.

Jetzt hatte er keine Wahl. Schließlich hatte sich seine Tochter endlich seinem Wunsch gefügt und war zu ihrem ersten Arbeitstag in seiner Kanzlei erschienen.

Tatsächlich kehrte Miss Hatterman zurück und machte ihr ein Zeichen einzutreten. »Gehen Sie nur.«

»Danke.«

Mit einer Mischung aus Neugier und Unbehagen ging Victoria auf das Büro ihres Vaters zu. Wie würde er reagieren, wenn er sie sah? Würde er erleichtert sein, oder würde es ihn nicht überraschen, dass sie nicht zu Schaden gekommen war? Wusste er bereits, dass sie in der Nacht zum Sonntag jemand von der Straße gedrängt hatte, oder würde es ein Schock für ihn sein? Und was war mit Audrey? War ihm bewusst, dass sie erneut versucht hatte, Victoria anzurufen?

Sie würde es gleich wissen.

Victoria richtete den Blick auf das goldene Namensschild an seiner Tür, wappnete sich innerlich und klopfte.

»Komm herein.«

»Hallo Vater.« Sie betrat sein beeindruckendes Reich und sah, wie er sich vom Fenster abwandte, um sie anzusehen.

»Victoria.« Keine sichtbare Reaktion, und eine knappe Begrüßung. »Jetzt ist also dein erster Tag bei Waters, Kensington, Tatem and Calder endlich gekommen. Ich freue mich. Ich habe lange darauf gewartet.«

Dieses verdammte Pokerface. Keine Regung in seinem Gesicht, die etwas anderes verriet als Wohlwollen.

»Ich freue mich auch.« Sie ging auf ihn zu, zögerte kurz, steuerte dann einen der Polsterstühle vor seinem Schreibtisch an und ließ sich hineinfallen. Ein Kuss, selbst ein flüchtiger auf die Wange, wäre in den Augen ihres Vaters unangebracht. Schließlich befanden sie sich in seiner Kanzlei, nicht in seinem Wohnzimmer.

»Ich wollte nur schnell hereinschauen und mich für die Party am Samstagabend bedanken, ehe ich mich an meinem Schreibtisch einrichte. Eigentlich wollte ich dich und Mutter gestern anrufen, aber irgendwie war alles ziemlich hektisch, seit ich von euch weggefahren bin.«

Fragend zog er Augenbrauen hoch. »Hektisch? Was meinst du damit?«

»Also, als Erstes hat irgendein Irrer versucht, mich und Zach auf der Rückfahrt in die Stadt von der Straße abzudrängen. Das war ziemlich beängstigend.«

Die Blicke ihres Vaters durchbohrten sie fast. »Was soll das heißen, von der Straße abzudrängen? War das ein Betrunkener?«

»Das ist möglich, ja«, antwortete sie mit Bedacht. »Das Ganze ging so schnell. Es ist auf dem kurvigen Teil des Merritt Parkways passiert. Er hat uns so stark bedrängt, dass wir auf ein Feld ausweichen mussten. Glücklicherweise wurden wir nicht verletzt. Aber das Auto ...« Sie zuckte mit den Schultern. »Tja, auf jeden Fall haben wir die frühen Morgenstunden des Sonntagmorgens damit verbracht, Fragebögen bei der Polizei auszufüllen. Ich war ziemlich mitgenommen.«

»Das kann ich mir vorstellen.« Er runzelte die Stirn. »Aber du sagtest, keiner von euch wurde verletzt?«

»Ja.«

»Gut.« Offensichtliche Erleichterung.

»Und als ob das nicht gereicht hätte, hat dann auch noch Audrey nachmittags versucht, mich anzurufen, als ich nicht zu Hause war.«

»Davon habe ich gehört.« Seine Maske war wieder an ihrem Platz, und er wirkte jetzt vor allem verärgert. »Offenbar hat sie immer noch nicht begriffen, was ich ihr gesagt habe.«

Victoria horchte auf. »Was meinst du damit? Was hast du ihr denn gesagt?«

»Ich habe deine Schwester am Samstagmorgen im Institut besucht. Sie machte gerade leichte Fortschritte, zumindest was ihren gesundheitlichen Zustand angeht. Ich wünschte, ich könnte das auch von ihrer geistigen Verfassung behaupten. Jedenfalls war sie, anstatt sich über ihre Fortschritte zu freuen, ungehalten, weil sie unbedingt will, dass du sie besuchst. Ich habe ihr gesagt, dass das so lange nicht in Frage kommt, bis es ihr besser geht. Sie schien meine Entscheidung zu akzeptieren. Zumindest hatte ich das geglaubt. Offenbar habe ich mich geirrt.«

»Verstehe.« Victoria beugte sich vor und reagierte genau mit dem Beschützerinstinkt, den ihr Vater erwartete. »Vielleicht versteht sie die Besuchsregelungen des Instituts nicht. Ich für meinen Teil habe große Schwierigkeiten damit.«

Ein düsterer Blick. »Wir fangen jetzt nicht wieder damit an, ja?«

»Nein. Ich möchte dich nur darauf hinweisen, dass Audrey nicht so pragmatisch denkt wie du. Sie ist ein sehr emotionaler Mensch. Wahrscheinlich musst du ihr die Dinge so erklären, dass sie sie verstehen kann. Ruhig. Mitfühlend. Dann wird sie erkennen, dass die Institutsvorschriften ihrem Wohl dienen. Sie ist im Moment sehr unstabil. Das weißt du doch.«

»Und ob.« Walter setzte sich hinter seinen wuchtigen Schreibtisch und verschränkte die Arme vor der Brust. »Ich habe mich heute Morgen um alles gekümmert. Ich war bei Audrey, als sie aufwachte. Ich habe ihr noch einmal die

Gründe für ihren Aufenthalt in der Klinik erläutert. Sie weiß, dass sie dich sehen kann, sobald sie entlassen wird. Das hat sie ein wenig beruhigt.«

Victoria krümmte sich innerlich, aber sie bemühte sich, ruhig zu bleiben. Sie musste sich jetzt beherrschen, denn Audreys Sicherheit stand auf dem Spiel. »Geht es ihr wirklich gut? Sie klang am Telefon so verstört. Ich konnte sie kaum verstehen.«

»Sie *ist* verstört. Das liegt zum Teil an den Medikamenten, die sie bekommt. Außerdem ängstigt sie das ständige Auf und Ab ihres Körpers. Aber ihr Arzt hat mir versichert, dass es aufwärts geht. Sie isst, sie sitzt im Bett, sie spricht gut auf die Therapie an. Am Samstag hatte sie einen leichten Rückfall. Aber jetzt ist wieder alles in Ordnung.«

»Bist du sicher?«

»Absolut.«

Sie musste jetzt aufhören. Wenn sie weiterdrängte, würde ihr Vater misstrauisch werden. Und sie hatte bereits eine Menge erreicht. Ihr Vater hatte Audrey gesehen, das bedeutete, sie war in Sicherheit. Und würde es zunächst bleiben, denn wenn das Schlimmste wahr sein sollte und ihr Vater aktiv in dieses Drogensyndikat verwickelt war, wusste er, dass Audreys Anruf sie zwar erschreckt hatte, aber nicht alarmiert. Und das würde hoffentlich dazu führen, dass Audrey schlimmstenfalls strenger bewacht würde, aber nicht bestraft.

Allein bei diesem Gedanken wurde ihr schlecht.

Ihr Vater saß schweigend vor ihr, sah sie an und wartete darauf, dass sie das Gespräch beendete.

Sie schaute ihm fest in die Augen und machte ihren Standpunkt noch einmal deutlich. »Also gut, Vater. Du weißt, dass ich von den Prinzipien des Hope Institutes wenig halte. Aber ich verlasse mich auf dein Urteil. Du möchtest dasselbe wie ich – die bestmögliche Betreuung für Audrey. Es beruhigt mich zu hören, dass du sie heute gesehen hast und dass sie nicht mehr so durcheinander war wie bei ihrem Anruf. Bitte richte ihr unbedingt ganz liebe Grüße von mir aus. Und sag ihr auch, dass wir uns an dem Tag, an dem sie entlassen wird, auf jeden Fall sehen werden. Würdest du das für mich tun?«

Walter seufzte. »Ja, Victoria.« Er griff nach einem Aktenordner. »Jetzt muss ich mich dringend auf einen Mandantentermin vorbereiten. Soll ich Miss Hatterman bitten, dir dein Büro zu zeigen?«

»Das ist nicht nötig.« Sie verstand den Hinweis und erhob sich. »Ich werde schon allein hinfinden. Allerdings werde ich nicht lange dort bleiben. Ich muss noch zwei Leute aufsuchen, bevor ich mich einrichten kann – Mrs. Bonner und Ian Block.«

»Ian erwartet dich«, antwortete ihr Vater, ohne auf seine Partnerin einzugehen. Lag das daran, dass er Elizabeth Bonner nicht schätzte oder dass er hoffte, er könnte seine Tochter aus einem anderen, hässlicheren Grund von ihr fern halten?

»Wie ich bereits letzte Woche sagte«, fuhr er fort, »wirst du eng mit Ian zusammenarbeiten. Es gibt niemanden, der besser in der Lage wäre, dich mit den verschiedenen Unternehmen vertraut zu machen, die wir juristisch vertreten. Er kennt sich bestens aus mit sämtlichen Fusionen und Akquisitionen, die wir betreuen, mit unseren schwebenden Verfahren – mit allem also, mit dem du dich beschäftigen sollst. Aus diesem Grund habe ich veranlasst, dass du ein Büro in seiner Nähe bekommst. Bitte seine Sekretärin, dich sofort zu ihm zu führen, sobald du dort bist. Lass mich sehen, ihr Name ist Miss White oder Miss Whiting – irgendwie so ähnlich. Sie wird dich unverzüglich zu Ian bringen.«

Victoria raufte sich innerlich die Haare. Diesmal nicht wegen des mangelnden Respekts ihres Vaters vor seinen Angestellten, sondern weil er Ian Block offenbar instruiert hatte, bei ihrem Eintreffen sofort alles stehen und liegen zu lassen. Das war für ihre Arbeitsbeziehung sicher nicht förderlich. Gerade hatte sie das Eis zwischen sich und dem so überaus ehrgeizigen Mr. Block gebrochen, jetzt würde sie wohl wieder bei null anfangen müssen.

Nun gut, sie würde auch damit irgendwie zurechtkommen. Sie war schließlich nicht hier, um Freundschaften zu schließen. Sie war hier, um sich Informationen zu besorgen.

Trotzdem wäre es einfacher für sie, wenn die Straße nicht mit Feinden gepflastert wäre. Am besten ging sie zunächst bei Ian Block vorbei, um ein wenig Schadensbegrenzung zu leisten.

Und danach würde sie Elizabeth Bonner aufsuchen.

24

Wie sich herausstellte, suchte Mrs. Bonner sie auf.

Victoria hatte gerade ihr neues Büro betreten – ein Raum, der als Büro auf Zeit viel zu groß war und nur zwei Türen neben dem von Ian Block lag –, als die ältere Frau hereinkam.

»Ich habe erfahren, dass Sie gerade gekommen sind.« Mrs. Bonner benahm sich wie eine clevere Politikerin – eine, die viel zu arrogant war, um für eine Wiederwahl zu kandidieren. Aber es ging schließlich nicht um Victorias Stimme, um die sie warb.

Sie sah großartig aus, die Inkarnation der erfolgreichen Karrierefrau. Ihr marineblaues Kostüm war perfekt geschnitten, ihr Make-up tadellos. »Ich bin gerade auf dem Weg zu einem Mandantentermin. Ich wollte Ihnen nur schnell sagen, dass die Akte, über die wir gesprochen haben, bei meiner Sekretärin auf dem Schreibtisch liegt. Sie können sie dort abholen, sobald Sie eine Sekunde Zeit haben.«

»Das werde ich tun. Moment noch …«, fügte Victoria rasch hinzu, ehe Mrs. Bonner wieder verschwand – zu ihrem Mandantentermin, wie sie sagte. Merkwürdig. Ihr Vater war ebenfalls auf dem Weg zu einem.

»Ja?« Mrs. Bonner war bereits an der Tür.

»Ich habe einige Recherchen zu einem Scheidungsfall unternommen, den ich selber gerade bearbeite. Es scheint Parallelen zwischen diesem und Ihrem Fall zu geben. Ich habe mir ein paar Notizen gemacht, die ich gern mit Ihnen durchsprechen würde. Ich hatte gehofft, dass wir das heute Nachmittag tun können.«

»Das ist leider nicht möglich. Ich werde den ganzen restlichen Tag beschäftigt sein. Vielleicht irgendwann im Laufe der Woche.« Sie sah auf ihre Uhr.

Warum hat sie es bloß so eilig?, fragte Victoria sich. *Liegt es daran, dass sie zu ihrem Mandanten will oder weg von mir?*

Sie nahm allen Mut zusammen und wagte einen gefährlichen Vorstoß, um es herauszufinden. »Ich möchte nicht anmaßend sein«, sagte sie mit verwunderter Stimme, »aber als wir uns letzte Woche unterhielten, schienen Sie sehr interessiert an meiner Meinung zu diesem Fall. So interessiert, dass Sie ihn mir vortrugen, noch ehe ich meine Arbeit hier begonnen hatte. Hat es seit dem Frühstück letzten Donnerstag irgendwelche Veränderungen gegeben?«

Ein eisiger Blick. »Nichts hat sich verändert, Miss Kensington. Ich habe einfach nur einen dringenden Termin. Sie können sich sicher denken, dass ich eine Menge wichtiger Mandanten habe und mir meine Zeit gut einteilen muss.«

»Und ich bin nur eine neue, junge Anwältin, die dazu nicht mal dieser Kanzlei angehört«, antwortete Victoria instinktiv. »Das verstehe ich. Ich bin nicht so überheblich, von Ihnen zu verlangen, Ihren Zeitplan nach mir zu richten. Ich wollte mich nur versichern, dass es keinen anderen Grund gibt. Es wäre schrecklich, wenn ich annehmen müsste, dass Sie mir aus dem Weg gehen.«

Ein Hauch von Überraschung – und etwas, das Victoria als Unbehagen deutete – huschte über Mrs. Bonners Gesicht. Sie hatte sich sofort wieder in der Gewalt. »Warum sollte ich Ihnen aus dem Weg gehen?«

Das wüsste ich gern von Ihnen, hätte Victoria am liebsten geantwortet. »Verzeihen Sie, wenn ich meine Grenzen übertreten habe, Mrs. Bonner. Aber ich bin ein sehr direkter Mensch – wie Sie vermutlich auch. Ich möchte das Bestmögliche aus meinem Aufenthalt bei Waters, Kensington, Tatem and Calder machen. Mir ist völlig klar, dass ich dazu eine Menge Ressentiments überwinden muss, denn jeder hier scheint zu glauben, ich wäre nur wegen meiner verwandtschaftlichen Beziehungen hier. Ich bin gewillt, die Herausforderung anzunehmen. Aber ich hatte nicht damit gerechnet, dass das auch für Sie gilt. Deshalb frage ich Sie jetzt ganz offen: Haben Sie ein Problem damit, dass ich als Beraterin in dieser Kanzlei tätig bin?«

Elizabeth Bonner schloss die Tür mit einem festen Klicken. Dann sah sie Victoria kühl an. »Meinen Sie damit, ob ich mich von Ihnen bedroht fühle?«

»Nein. Ich meine damit, ob Sie sich an meinem Nachnamen stören. Wir wissen beide, dass mich meine Verwandtschaftsbeziehung zu meinem Vater hier nicht unbedingt beliebt macht. Finden Sie, ich habe die Chance, die er mir gibt, nicht verdient?«

»Wenn das so wäre, wären Sie nicht hier. Ich sage meine Meinung laut und deutlich, Miss Kensington, vor allem, wenn es um Mitarbeiter geht, die in meinen Augen ungeeignet sind. Ihre Referenzen sind ausgezeichnet. Gleiches gilt für Ihren Ruf. Und deshalb sind Sie hier. Nicht weil Sie mit Nachnamen zufällig Kensington heißen. Was meine ganz persönliche Meinung zu diesem Thema angeht, mir wäre eine weitere Frau, die stark genug ist, sich bis zur Spitze hochzuarbeiten, sehr recht – vorausgesetzt Ihre Arbeit hier bestätigt Ihren Lebenslauf. Beantwortet das Ihre Frage?«

»Ja«, antwortete Victoria, obwohl in ihr alles *Nein!* schrie. So beeindruckend Mrs. Bonners Rede gewesen war, sie war der Sache nicht auf den Kern gekommen.

Also musste sie direkter werden.

»Ich weiß Ihre Offenheit sehr zu schätzen, Mrs. Bonner. Und ich entschuldige mich noch einmal, wenn ich zu anmaßend bin. Aber erst sind Sie am Samstagabend vor mir geflüchtet und jetzt schon wieder. Ich wollte nur ganz sichergehen, dass ich Ihnen nicht in irgendeiner Weise zu nahe getreten bin.«

»Samstagabend?« Wieder dieser seltsame Gesichtsausdruck.

»Auf der Party«, half Victoria nach. »Als ich mich mit Mr. Hopewell unterhielt. Sie sind ziemlich plötzlich aufgebrochen. Er eigentlich auch. Aber das hat mich nicht weiter beunruhigt. Schließlich kenne ich Mr. Hopewell schon seit meiner Kindheit. Außerdem arbeite ich nicht mit ihm zusammen – außer als Repräsentantin dieser Kanzlei natürlich.«

Mrs. Bonner räusperte sich. »Ich hatte einige Unterlagen für Mr. Hopewell in meinem Wagen. Ich versichere Ihnen, mein Aufbruch hatte nichts mit Ihnen zu tun.«

Es klopfte an der Tür, und Victoria hätte den- oder diejenige vor der Tür am liebsten erwürgt.

Mrs. Bonner öffnete.

Ian Block stand auf der Schwelle, attraktiv und mit charmantem Lächeln.

Er wirkte überrascht, die ältere Dame zu sehen, und sein Blick wanderte von ihr zu Victoria und wieder zurück. »Entschuldigen Sie bitte. Ich wusste nicht, dass Sie …«

»Ich wollte gerade gehen.« Mrs. Bonner wandte sich an Victoria, ihr frostiger Gesichtsausdruck war wieder hergestellt. »Besorgen Sie sich diese Akte und sehen Sie sie durch. Ach, und vereinbaren Sie bitte für die zweite Wochenhälfte einen Termin mit meiner Sekretärin.« Sie nickte erst ihr kurz zu, dann Ian. »Auf Wiedersehen.«

Ian schaute hinter ihr her, dann betrat er Victorias Zimmer. »Komme ich ungelegen?«

»Nein, natürlich nicht.« Victoria war völlig frustriert. Was verbarg diese Frau vor ihr? »Wir haben nur kurz über einen Scheidungsfall gesprochen, zu dem mich Mrs. Bonner um eine Stellungnahme gebeten hat.«

»Verstehe.« Ian schloss die Tür. »Ich hatte mich schon gewundert, warum ich Sie noch nicht gesehen habe. Den Gerüchten zufolge, die in mein Büro gedrungen sind, sind Sie schon seit über einer Stunde im Haus.«

Seine Bemerkung verfehlte nicht ihre Wirkung. Erstaunt schaute Victoria auf. Sie erforschte sein Gesicht, um herauszufinden, wie viel seines ursprünglichen Misstrauens zurückgekehrt war. »Ich hoffe, Sie haben Ihren Zeitplan wegen mir nicht umgeworfen. Ich bin durchaus in der Lage, mich alleine zurechtzufinden – auch wenn Sie andere Instruktionen erhalten haben sollten.«

Er zog eine Augenbraue hoch. »Ist das Ihre Art, mir zu sagen, dass Sie auf meine Hilfe verzichten? Oder dass Sie mich nicht verpetzen werden, wenn ich sie Ihnen nicht anbiete?«

»Es ist meine Art, Ihnen zu sagen, dass ich mich über Ihre Hilfe freue – *falls* Sie Zeit und Lust haben, sie mir anzubieten. Wenn nicht, werde ich keinen Beschwerdebrief schreiben und ihn bei meinem Vater einreichen.«

»Danke für die Information.« Ians fein geschnittener Mund verzog sich zu einem dünnen Lächeln. »Wie ich sehe, haben Sie sich schon ein bisschen eingefunden. Es ist unüblich, dass Mrs. Bonner junge Mitarbeiterinnen aufsucht.«

»Ich bin sicher, dass es die pure Höflichkeit war. Ebenso wie Ihr Hilfsangebot.«

Ians Gesicht blieb unbewegt. »Nur dass sie nichts zu gewinnen hat – oder zu verlieren.«

»Das haben Sie auch nicht. Oder haben sie unser Gespräch von Samstagabend schon wieder vergessen?«

»Ich erinnere mich noch gut daran. Aber wie jeder gute Anwalt brauche ich erst Beweise.«

»Gut. Dann halten Sie mich im Auge, und Sie werden sie bekommen.«

»Das habe ich bereits – am Samstagabend, um genau zu sein. Ich habe gesehen, dass Sie Benjamin Hopewell an der Haustür umgarnt haben. Ein cleverer Schachzug. Er ist einer unserer wichtigsten Mandanten.«

»Umgarnt?« Victoria hätte beinahe laut gelacht. »Das war wirklich nicht meine Absicht. Wenn Sie es genau wissen wollen, hat Mr. Hopewell lediglich festgestellt, dass ich gewachsen bin, seit er mich das letzte Mal gesehen hatte, und ich habe ihm gesagt, dass er nach all den Jahren auch noch blendend aussieht. Nicht gerade ein Bestechungsversuch meinerseits, oder? Nein, Ian, seien Sie sich ganz sicher, ich habe nicht versucht, mich an einen Ihrer Mandanten heranzumachen. Ich habe nur Hallo gesagt. Oder besser gesagt Auf Wiedersehen. Danach ist er gegangen, um einige Unterlagen zu holen.«

»Unterlagen. Tatsächlich.«

Der Sarkasmus in Ians Stimme nervte sie allmählich. »Sie sagen das so, als würden Sie daran zweifeln. Glauben Sie ernsthaft, ich würde vor Ihren Augen versuchen, Ihnen einen Ihrer Mandanten abspenstig zu machen?«

»Nein.«

»Und wieso sind Sie dann so sarkastisch?«

»Weil Hopewell gar keine Unterlagen geholt hat.«

»Und warum hat er dann gesagt, dass er das tun wollte?«

Schweigen.

»Ian?« Victorias Herz begann heftig zu pochen. Konnte es sein, dass sie da gerade eine wertvolle Information erhielt? »Wenn Mr. Hopewell keine Unterlagen geholt hat, was hat er dann getan?«

Ein weiteres Zögern. Dann meinte Ian schulterzuckend: »Also gut, Sie können ebenso gut den ersten Büroklatsch hören. Nicht dass es ein Geheimnis ist. Außerdem sind sie ja beide erwachsen genug. Aber die Gesellschafter sind nicht allzu erfreut darüber, wegen der Interessenkonflikte und alledem. Dabei sind die beiden viel zu intelligent und zu schlau, um ihre private Beziehung mit ihrer beruflichen zu vermischen.«

Victoria blinzelte irritiert, als sie Ians Worte begriff. »Wollen Sie damit sagen, dass Mrs. Bonner und Mr. Hopewell etwas miteinander haben?«

»Schon seit Jahren.«

»Sind Sie sich da ganz sicher?«

»Die ganze Kanzlei weiß das, Victoria. Mrs. Bonner würde es nicht abstreiten, wenn Sie sie danach fragten. Sie glaubt fest daran, dass ihr Privatleben ihre persönliche Angelegenheit ist, und sie tun und lassen kann, was sie möchte. Aber sie tritt die Dinge auch nicht gern breit. Vor allem da sie so scharf darauf ist, ihren Namen in den des Unternehmens zu integrieren.«

»Verstehe.« Victoria hätte am liebsten laut geschrien. Da beschäftigte sie sich mit einem Vorfall, von dem sie überzeugt war, dass er etwas mit den Machenschaften im Hope Institute zu tun hatte, dabei handelte es sich bei dem, was sie an diesem Abend beobachtet hatte, in Wahrheit um nichts anderes als die Ungeduld eines Liebespaars, das endlich allein sein wollte.

So viel zu Elizabeth Bonner.

Seltsam war nur, dass ausgerechnet Ian Block ihr das alles erzählte. Es passte so gar nicht zu ihm. Schließlich war er ein Ausbund an Verbindlichkeit und Loyalität, fest entschlossen, es sich auf dem Weg zu seiner heiß ersehnten Partnerschaft nur ja mit niemandem zu verderben. Wieso erzählte er ihr von der Affäre zwischen Elizabeth Bonner und Benjamin Hopewell?

Sie warf ihm einen vorsichtigen Seitenblick zu.

Was er ihr da berichtet hatte, musste wahr sein. Ian war zu klug, um sich von ihr beim Lügen erwischen zu lassen.

Nein, er spielte irgendein Spiel mit ihr. Er hatte ihr das alles mit Absicht erzählt – und mit Bedacht hinzugefügt, dass die Geschäftsleitung über diese Affäre nicht erfreut war. Damit hatte er ganz klar auf ihren Vater angespielt. Nun, er hätte sich das schenken können. Victoria kannte die konservative Einstellung ihres Vaters nur zu gut. Nach seinem Verständnis war eine Liebesaffäre zwischen Anwältin und Mandant völlig ausgeschlossen. Dieses pikante Detail erklärte auch seine ablehnende Haltung gegenüber Elizabeth Bonner.

Ob Ian hoffte, dass auch Victoria Anstoß daran nehmen würde? Hoffte er, einen Keil zwischen sie und Mrs. Bonner treiben zu können? Zweifelhaft. Er hatte seine Hausaufgaben gründlich gemacht. Schon an den Fällen, die sie bearbeitete, musste er erkennen, dass sie gegenüber den persönlichen Entscheidungen anderer Menschen äußerst tolerant war.

Und er wusste aus Erfahrung, dass ihr Vater es nicht war.

War es das, was er vorhatte? Versuchte Ian, sie gegen ihren Vater auszuspielen?

Diese Möglichkeit ergab in der Tat Sinn.

Ein Zerwürfnis zwischen ihr und ihrem Vater würde den Weg frei machen für Ians Beförderung. Und was gab es für einen besseren Weg, dies zu erreichen, als sie aufzuhetzen – ohne eigenes Risiko, mit einem Stück Klatsch und Tratsch, über das jeder Bescheid wusste?

Also war dieses gesamte Gespräch über Elizabeth Bonner von Ian wohl geplant gewesen. Es war von keiner Bedeutung für die Informationen, die sie eigentlich hier zu finden hoffte.

Verdammt. Frustriert fuhr sie sich mit der Hand durchs Haar.

Anstelle von Lösungen stieß sie auf immer neue Verwicklungen. Und rannte in eine Sackgasse nach der anderen.

»Victoria? Sind Sie jetzt schockiert?«, riss Ian sie aus ihren Gedanken.

Sie schaute auf, sah, dass er sie nachdenklich betrachtete.

»So leicht bin ich nicht zu schockieren«, antwortete sie, wobei ihr gleichgültiger Tonfall und ihr Gesichtsausdruck diese Behauptung weder bestätigten noch widerlegten. »Eigentlich bin ich froh zu hören, dass auch die Anwälte dieser Kanzlei ab und zu ein wenig Privatleben haben.« Sie senkte den Kopf und signalisierte damit, dass das Thema für sie beendet war, ehe Ian weiter darauf herumreiten konnte. »Sollen wir jetzt in Ihr Büro gehen, dann können Sie damit beginnen, mich mit Ihren Mandanten vertraut zu machen?«

»Gute Idee.« Er musterte sie immer noch, während er die Tür öffnete und ihr den Vortritt ließ. »Nach Ihnen.«

Äußerlich völlig gefasst ging Victoria zu Ians Büro, innerlich war sie in einem völligen Aufruhr.

Wenn Elizabeth Bonner nicht das Bindeglied war, dann würde sie eine andere Verbindung zum Hope Institute finden müssen.

Ihr Verdacht wurde immer größer, dass diese Verbindung niemand anders sein konnte als ihr Vater.

16.00 Uhr

Zach schloss die Tür zu seiner Hotelsuite und riss das Paket auf, das ihm das FBI gerade per Boten geschickt hatte. Er zog eine Videokassette hervor, an der ein Zettel klebte: »Dringend. Beginnen Sie bei 2:35. Profil wird bereits erstellt.« Er erkannte Meyers Handschrift.

Was immer auf diesem Video an Stelle 2:35 aufgenommen worden war, es schien ziemlich wichtig zu sein. Zach platzte fast vor Neugier. Er schob das Band in den Videorecorder. Drückte auf Play und dann auf Vorlauf, damit er das Band an die richtige Stelle vorspulen konnte, ohne dass ihm etwas entging.

Die Bilder flackerten in rascher Folge über den Bildschirm, während er es sich auf der Wohnzimmercouch bequem machte. Er hielt ein Auge auf die Zeitangabe des Geräts und sah sich den restlichen Inhalt des Pakets an. Kopien von Monatsrechnungen des Hope Institutes waren dabei und zwei Handys – die, die er angefordert hatte, als er an diesem

Morgen im Hauptquartier gewesen war. Gut. Nun konnte Victoria ihn anrufen oder sonst jemanden, ohne Angst zu haben, dass jemand mithörte. Und er brauchte sich nicht darum zu kümmern, ob sein Hoteltelefon und sein Handy vielleicht ebenfalls verwanzt waren.

Er blätterte die Rechnungen durch, bei denen es sich in der Hauptsache um Gas-, Wasser-, Strom- und Telefonrechnungen handelte. Meyer hatte sie bereits überprüft und sie, nachdem er nichts Auffälliges daran finden konnte, Zach zur Ansicht überlassen.

Als Zach heute Morgen bei ihm gewesen war, war er damit beinahe fertig gewesen. Aber dann hatten sich die Männer natürlich viel mehr für den Zwischenfall auf dem Merritt Parkway interessiert und für Audreys Anruf als für diese alltäglichen Rechnungen. Vor allem Zachs Vermutung, Victorias Telefone würden abgehört, hatte sie aufhorchen lassen, und sie hatten sofort einen Mann in ihr Haus geschickt, um die Sache zu überprüfen.

Wie erwartet hatte er die Wanze am Hauptanschluss im Keller gefunden.

Und wie verlangt, hatte er sie dort gelassen.

Sie kamen den Bastarden allmählich näher. Zach konnte es nahezu fühlen.

Er untersuchte die letzten Telefonrechnungen. Fünf oder sechsmal waren Verbindungen mit Waters, Kensington, Tatem and Calder aufgeführt. Das konnte als Bericht an Walter Kensington über den Zustand seiner Tochter erklärt werden. Zach prüfte die anderen Anrufe. Obwohl sie alle vom FBI als unverdächtig abgezeichnet worden waren, verglich er sie noch einmal mit den vorhergehenden Rechnungen, um zu sehen, ob es irgendwelche Veränderungen gegeben hatte.

Nichts Auffälliges.

Als Nächstes kamen die Stromrechnungen an die Reihe. Keine Veränderungen.

Das galt auch für Öl- und Gasrechnungen.

Das Band war inzwischen fast bei 2:35 angelangt, deshalb drückte Zach auf Stop. Er wollte die Rechnungen gerade wieder zusammenfalten und weglegen, als ihm an den Gasrechnungen etwas seltsam erschien.

Die Gaskosten waren sehr hoch, wenn man bedachte, dass das Hope Institute über eine Ölheizung verfügte. Das hatte er in den allgemeinen Informationen gelesen, die das FBI ihm zu Anfang gegeben hatte. Wenn er sich recht erinnerte, lief nur die Warmwasserversorgung über Gas.

Er faltete die Rechnungen zusammen und nahm sich vor, der Sache nachzugehen und zu prüfen, ob es im Hope Institute vielleicht irgendwelche medizinischen Geräte oder Kocheinrichtungen gab, die mit Gas betrieben wurden. Irgendetwas schien hier nicht zu stimmen.

Er schob die Rechnungen beiseite, drückte auf Play und schaute gebannt auf den Fernseher.

Zunächst der gewöhnliche Verkehrsstrom.

Dann bog ein langsam fahrender brauner Lincoln in die Privateinfahrt des Instituts und verschwand in der Tiefgarage. Interessant. Das Auto kam ihm nicht bekannt vor. Er ließ das Video zurückspulen, bis er das Nummernschild klar erkennen konnte. Er drückte die Pausetaste und überprüfte die Nummer. Nichts. Er hatte den Wagen noch nie gesehen. Er spulte das Band noch ein Stück zurück und kniff die Augen zusammen, um in die Wagenfenster sehen zu können.

Ein zerbrechlich wirkender älterer Mann saß im Fond. Ein neuer Patient, vermutete Zach. Entweder das oder einer, der kam, um sich ambulant behandeln zu lassen. Ganz egal. Das Bild des Mannes war zu schwach, um ein Profil erstellen zu lassen. Und auch seine Ankunft konnte nicht die Reaktion ausgelöst haben, die Meyers Notiz vermuten ließ.

Es musste noch etwas anderes sein.

Zach löste die Pausetaste wieder und ließ das Band weiterlaufen.

Einige Minuten fließender Verkehr.

Ganz plötzlich öffnete jemand die Eingangstür des Hope Institutes, und fünf Klinikangestellte – zwei Männer und drei Frauen – kamen heraus, standen auf dem Gehweg und sahen sich unsicher um.

Das war in der Tat bemerkenswert. Institutsangehörige hatten noch nie längere Zeit vor dem Gebäude herumgestanden. Und ganz bestimmt nicht fünf gleichzeitig.

Zach sah genauer hin. Die beiden Männer gehörten ihrer Uniform nach zum Sicherheitspersonal. Zwei der Frauen waren Krankenschwestern. Er erkannte sie nicht nur an ihrer Kleidung, sondern auch an ihrem Schritt und ihrem allgemeinen Auftreten. Er hatte sie schon früher ins Institut und wieder herausgehen sehen, aber ihre Gesichter hatte er noch nie so klar erkennen können. Die dritte Frau war die strenge Empfangschefin Miss Evans.

Was taten sie da draußen?

Er hatte die Frage kaum zu Ende gedacht, als sich die Antwort bereits ergab.

Ein grauer Rolls Royce kam die 78. Straße hinaufgefahren und hielt vor dem Institut.

Diese Aktivität vor dem Eingang war ganz klar etwas Neues.

Zach stand von der Couch auf und zog einen Stuhl herbei, um näher an den Fernsehbildschirm heranzurücken.

Der Fahrer des Rolls Royce stieg auf der rechten Seite aus und öffnete die Hintertür. Ein Mann mit spärlichem Haarwuchs ging um den Wagen herum, öffnete die Tür auf der anderen Seite und half einer gebeugt gehenden Frau beim Aussteigen. Der Fahrer öffnete den Kofferraum und zog eine Gehhilfe heraus, die er hastig neben das Auto auf den Gehweg stellte. Die Frau sah ihn an und winkte ihn fort.

»Ich kann alleine laufen.«

»Bitte, Mrs. Flanders.« Die beruhigende Stimme von Mrs. Evans war durch die Infrarot-Wanze etwas verzerrt und nicht ganz synchron zu den Bewegungen ihrer Lippen. »Bitten Sie doch Ihren Fahrer, Sie in unsere Tiefgarage zu bringen. Dort unten gibt es eine Rampe, sodass Sie völlig stufenlos ins Haus gelangen können. Das wäre für Sie wesentlich angenehmer. Miss Rivers und Miss Groves …« – sie machte eine rasche Handbewegung in Richtung der beiden Krankenschwestern – »können Sie dort unten in Empfang nehmen. Ich bin mir sicher, dass Ihnen das viel leichter …«

»Ich gehe in keine Tiefgarage. Ich bin es nicht gewohnt, Häuser durch irgendwelche Kellertüren zu betreten. Wissen Sie eigentlich, wer ich bin? Und wie reich ich bin?«, bellte Mrs. Flanders mit arroganter Stimme. »Hausmeister gehen durch Keller. Ich bevorzuge ein anständiges Foyer.«

»Jawohl, Madame.« Miss Evans klang resigniert. Sie schaute die Straße hinab, dann ging sie auf Mrs. Flanders zu und fasste sie am Arm.

Der Mann mit dem schütteren Haar hastete auf ihre andere Seite und nahm ihren anderen Arm. Offenbar war er ihr Sohn.

Hinter ihnen schleppten die beiden Krankenschwestern das ganze Gepäck.

»Beatrice, nehmen Sie Mrs. Flanders Mantel und ihre Gehhilfe. Sie wird die Gehhilfe brauchen, sobald sie drinnen ist.« Dieses Mal sprach Miss Rivers. Sie war mindestens fünfzehn Jahre jünger als die grauhaarige Beatrice Groves, attraktiv und schlank, mit honigblonden Haaren und großer Autorität. Sie war ihr offenbar rangmäßig überstellt – vermutlich die Oberschwester des Institutes, dachte Zach.

»Ich werde jemand anders das Gepäck holen lassen«, fuhr sie fort. »Ich muss rasch hinein und zwei ambulanten Patienten ihre Medikamente verabreichen.« Sie hob einen Kosmetikkoffer auf, der auf den zweiten Blick eher aussah wie eine Reiseapotheke. Sie sah kurz hinein und begutachtete die Tablettenröhrchen. »Die nehme ich mit. Es sind alles alte Medikamente. Für Mrs. Flanders steht neue Medizin bereit. Und ein schönes großes Zimmer. Es wurde bereits gestern hergerichtet.«

»Natürlich.« Beatrice runzelte die Stirn und warf ihrer Chefin einen merkwürdig forschenden Blick zu. Dann senkte sie den Blick und steckte sich eine Haarsträhne in den Knoten. »Ich werde ihren Mantel und die Reisetasche in ihr Zimmer bringen.«

Irgendetwas an der Stimme der älteren Frau schien Miss Rivers alarmiert zu haben, denn sie senkte den Kopf und schaute sie nachdenklich an. »Was ist los? Sie benehmen sich schon den ganzen Tag so komisch.«

Ein kurzes Zögern. »Ich muss ständig an den armen Mr. Pratt denken, dessen Zimmer Mrs. Flanders bekommt«, antwortete Beatrice leise. »Ich hatte so sehr gehofft, dass er sich wieder erholen würde …« Sie seufzte und hob traurig die Schultern. »Wir haben in den letzten Monaten vier Patienten verloren. Ich muss zugeben, das geht mir ganz schön an die Nieren.«

»Ich weiß.« Miss Rivers tätschelte ihren Arm. »Aber denken Sie einmal an all die Patienten, die wir gerettet haben, die auf die Medikamente angesprochen haben und geheilt nach

Hause entlassen werden konnten. Ich hoffe, Mrs. Flanders wird auch zu ihnen gehören.«

»Sie haben Recht.«

»Natürlich habe ich das. Und jetzt gehen wir hinein. Das Letzte, was unsere Patienten brauchen, ist ein Aufsehen auf der 78. Straße.« Sie drehte sich um und schloss die beiden Wachmänner in ihre Anweisungen mit ein.

Mit einem knappen Nicken gehorchten sie. Beatrice folgte Miss Rivers die Stufen hinauf ins Gebäude, in das Miss Evans gemeinsam mit ihrer neuen Patientin und deren Sohn bereits verschwunden war. Das Wachpersonal warf einen letzten prüfenden Blick die Straße hinunter, dann taten sie es ihnen nach.

Zach wartete, bis er sicher sein konnte, dass die Szene zu Ende war. Dann zog er noch einmal seine Unterlagen hervor und studierte sie. Vier Todesfälle, hatte Beatrice gesagt. Das war ihm neu.

Aha. Kein Wunder, dass das FBI so großen Wert darauf legte, dass er die Sache in die Hand nahm.

Dem Institutsbericht zufolge war in den letzten sechs Monaten dort keine einzige Todesurkunde ausgestellt worden. Merkwürdig. Aber es gab noch etwas anderes, das Zach beunruhigte – etwas, das es zu überprüfen galt.

Er blätterte die Seiten durch.

Da.

Den Unterlagen nach verfügte das Hope Institute nur über eine Kapazität von dreißig Betten. Dazu gab es eine viermonatige Wartezeit, um in die Klinik aufgenommen zu werden. Es war also davon auszugehen, dass alle Betten belegt waren.

Aber das schien nicht so zu sein. Zumindest war heute eine neue Patientin aufgenommen worden. Und vier weitere waren gestorben, ohne dass ein einziges Stück Papier ausgefüllt worden war.

Was zum Teufel ging in dieser Klinik vor sich?

Zach nahm eines der beiden neuen Handys und wählte eine Nummer.

»Meyer«, antwortete eine forsche Stimme am anderen Ende.

»Ich kann keinen Hinweis auf irgendwelche Todesurkunden finden«, meinte Zach ohne große Vorrede.

»Genau. Das können wir auch nicht.«

»Wo stecken sie dann Mrs. Flanders hin? Oder gibt es vielleicht zusätzliche Räume, von denen wir nichts wissen?«

»Nicht in den offiziell zugänglichen Akten.«

»Ich habe ein ungutes Gefühl bei der Sache. Wann sind die Profile fertig?«

»In ein oder zwei Tagen. Sobald wir die Basisdaten zu jedem Angestellten haben, wollen wir einige Nachforschungen betreiben.«

»Rufen Sie mich sofort an, wenn Sie etwas Brauchbares in Erfahrung gebracht haben. Achten Sie vor allem auf Beatrice Groves. Mein Gefühl sagt mir, dass sie irgendetwas weiß. Vielleicht kriegen wir sie dazu, uns behilflich zu sein.«

»Sie haben meine Gedanken erraten.«

Zach zögerte. Ihm kamen die überhöhten Gasrechnungen plötzlich wieder in den Sinn. »Meyer, tun Sie mir einen Gefallen und überprüfen Sie noch etwas für mich.«

»Nämlich?«

»Schauen Sie nach, ob irgendwelche Kocheinrichtungen oder medizinischen Geräte des Instituts gasbetrieben sind. Denn wenn nicht ...« Zach runzelte die Stirn. »In dieser Klinik passiert irgendetwas. Etwas, das über Drogendelikte hinausgeht. Ich habe das Gefühl, als hätten wir gerade erst die Spitze des Eisbergs entdeckt.«

25

Zum Abendessen gab es Pizza und zwei Gläser Wein, schweigend verzehrt an Victorias Küchentisch. Zach hatte das Essen mitgebracht, als er gegen acht Uhr mit einer Reisetasche in der Hand bei Victoria vor der Tür stand, um mit ihr die Ereignisse des Tages zu besprechen.

Sie hatte unglaublich erschöpft ausgesehen, nervös und angespannt. Obwohl es bereits so spät war, war sie gerade erst von ihrem ersten Arbeitstag bei Waters, Kensington, Tatem & Calder nach Hause gekommen. Sie war noch im Kostüm und in Pumps, ihre braunen Augen wirkten müde und besorgt, ihre Frustration war deutlich zu spüren – und verständlich angesichts des ergebnislosen Tages, den sie Zach zu beschreiben begann.

Zachs neueste Erkenntnis beunruhigten sie noch mehr.

Mit grimmiger Miene hatte sie das neue Handy angeschaut, das er ihr gab, und ihm zugehört, als er erklärte, dass er das Gegenstück dazu hatte. Dann hatte sie das Telefon in ihre Handtasche gesteckt, den Tisch gedeckt, eine Flasche Wein geöffnet und die Pizza serviert.

Sie aßen schweigend vor sich hin, während die Uhr langsam in Richtung halb neun tickte. Mit gesenktem Blick stocherte Victoria in ihrem Essen herum.

Zach trank einen Schluck Cabernet, beobachtete Victorias angespannten Gesichtsausdruck und fragte sich, wie viel davon auf dem beruhte, was er ihr gerade erzählt hatte, und wie viel auf dem, was an diesem Wochenende in seinem Bett im Plaza Athénée geschehen war.

Und damit meinte er nicht das, was sie getan hatten, sondern das, was sie empfunden hatten.

Nachdenklich kaute Zach vor sich hin und erwog das Risiko, es aus ihr herauszubekommen. Möglich, dass er eine Antwort bekam. Möglich aber auch, dass er die Kluft zwischen ihnen noch vergrößerte.

Dann kam ihm plötzlich ein ganz anderer Gedanke – einer, der ihn zu sehr beschäftigte, um ihn einfach zu ignorieren. Er schob seinen Teller beiseite und sprach seine Idee unvermittelt aus. »Du bist sauer. Weil ich dem FBI etwas über deine Rolle in der ganzen Sache erzählt habe?«, fragte er. »Nichts, was ich ihnen gesagt habe, war ein Vertrauensbruch, Victoria. Glaub mir, ich habe ihnen kein Wort von Audreys Bulimie gesagt. Und ich habe mit Absicht alles vermieden, was irgendwie heikel geworden wäre, also alles, was deinen Vater ins Spiel gebracht hätte. Ich habe den Beamten nur erzählt, was sie wissen müssen, um dich schützen zu können – und was meine Pflicht ihnen gegenüber ist, denn schließlich arbeite ich für sie. Ich hatte wirklich keine andere Wahl. Nicht nach dieser Geschichte auf dem Merritt Parkway und den Wanzen an deinem Telefon.«

»Zach – hör auf.« Victoria machte eine resignierte Handbewegung. Sie hob den Kopf, und Zach erschrak, als er die Mischung aus Müdigkeit und Verzweiflung in ihren Augen sah. »Ich bin sauer. Aber nicht, weil du mit dem FBI gesprochen hast. Ich weiß, dass du ihnen etwas sagen musst, und wir sind längst über den Punkt hinaus, an dem wir mit Halbwahrheiten aus diesem Schlamassel herauskommen. Das, was im Hope Institute passiert, ist viel zu ernst. Und nach allem, was du auf diesem Video beobachtet hast«, sie holte tief Luft, »mache ich mir viel mehr Sorgen um Audrey als um irgendwelche Indiskretionen. Was meinen Vater betrifft, ich werde ihn schützen, so gut ich kann. Mehr als das …« Sie hob hilflos die Schultern. »Ich kann nur diese Warterei nicht mehr ertragen. Morgen werde ich etwas unternehmen.«

»Was denn?«, fragte Zach.

»Mein Vater hat morgen einen Termin zum Mittagessen. Ich habe gehört, wie er Ian davon erzählt hat. Er wird von mittags bis gegen halb drei unterwegs sein. Miss Hatterman ist jeden Tag von halb eins bis halb zwei in der Mittagspause. Sobald beide fort sind, werde ich mich ein bisschen in seinem Büro umsehen.«

Zach runzelte die Stirn. »Wenn dich jemand dabei erwischt …«

»Ich werde mir einen Notplan ausdenken. Aber mach dir keine Sorgen, ich werde mich nicht erwischen lassen. Vater hat ständig seine Tür geschlossen. Es kann mich also niemand sehen, wenn ich in seinem Zimmer bin. Außerdem ist es ziemlich abgelegen. Ich habe genug Zeit, um mir seine Computer-Dateien anzuschauen. Wenn es dort irgendwelche Hinweise gibt, werde ich sie finden. Jede andere Möglichkeit habe ich bereits ausprobiert. Und ich habe das ungute Gefühl, dass wir schnell handeln müssen.«

»Ja.« Zach seufzte und massierte sich den Nacken. »Das Gefühl habe ich auch.«

»Apropos schnell handeln …« Victoria schob ihren Stuhl zurück und stand auf. Sie war so angespannt, dass Zach es förmlich fühlen konnte. »Das bringt mich zu einem anderen Thema, das mich nicht loslässt. Zu uns.« Sie umklammerte die Tischplatte. »Ich habe heute eine Menge nachgedacht. Genau genommen habe ich nichts anderes getan. Ich bin bereit mit dir zu sprechen – jetzt sofort.«

Sie holte tief Luft. »Eigentlich wollte ich uns vorher noch einen Kaffee kochen und ihn mit ins Wohnzimmer nehmen, aber ich fürchte, bis er fertig ist, bin ich ein einziges Nervenbündel. Außerdem brauche ich im Augenblick eher einen Wein als einen Kaffee. Ist das okay?«

Zach nickte langsam und stand auf. Er wusste, dass nun der Moment der Wahrheit gekommen war, aber er zwang sich zur Ruhe. Victoria sollte als Erste die Gelegenheit haben, sich auszusprechen und sich ihre Ängste und Sorgen von der Seele zu reden.

Doch dann kam er an die Reihe. Und eines war sicher. Er hatte ganz klare Vorstellungen, wie dieses Gespräch enden musste.

Wortlos nahm Zach die beiden halb vollen Gläser und folgte Victoria ins Wohnzimmer.

Sie nahm ihr Glas aus seiner Hand, ging zum Fenster hinüber und schaute hinaus.

»Ich weiß gar nicht so richtig, wo ich anfangen soll«, begann sie, ohne ihn anzuschauen. »Ich sehe die Dinge durchaus realistisch. Und deshalb weiß ich, dass das, was zwischen uns im Bett passiert ist, viel mehr war als Sex. Aber ich habe schreckliche Angst. Angst, die du Feigheit nennst und ich Selbstschutz. Es spielt keine Rolle, das Ergebnis ist dasselbe – du und ich, wir zahlen beide die Zeche.« Sie trank einen Schluck Wein. »Du sagst mir ständig, dass sich manche Dinge nicht ändern würden. Du hast Recht. Aber was ist, wenn das auch für uns gilt? Was ist, wenn wir sind, wer wir sind, und sich auch daran nichts ändern lässt?« Sie schluckte hart. »Wenn das so ist, glaube ich nicht, dass es etwas gibt, worüber wir reden müssen, Gefühle hin oder her.«

»Es gibt etwas, worüber wir reden müssen.« Zach trat hinter sie und zwang sich, sie nicht anzurühren, obwohl er so dicht neben ihr stand, dass sein Atem ihr Haar streifte. »Und die Antwort lautet: Es *gibt* Dinge, die sich verändern. Menschen verändern sich, im Laufe der Zeit und aufgrund ihrer Erfahrung. Vielleicht ist ›verändern‹ auch das falsche Wort. Vielleicht werden sie vernünftiger und klüger. Sie sehen Dinge plötzlich anders als früher. Klarer. Ihre Prioritäten verändern sich. Und dann macht es plötzlich klick, und sie wissen auf einmal genau, was sie in ihrem Leben brauchen und sich für ihr Leben wünschen. Selbst wenn sie beim ersten Mal zu blind waren, um es zu erkennen.«

Zitternd umklammerten Victorias Finger den Stiel des Weinglases. »Unsere Vergangenheit macht uns zu dem, was wir sind.«

»Aber sie diktiert uns nicht, was wir zu tun haben. Nicht, wenn wir klug genug sind, die Dinge selbst in die Hand zu nehmen. Und wenn wir beide eines sind, dann klug. Zu klug, um aus den vergangenen vier Jahren nichts gelernt zu haben. Zu klug, um nicht zu wissen, wie selten und kostbar das ist, was uns verbindet.« Er konnte nun nicht mehr anders – er legte die Hände auf ihre Schultern, ließ sie ihre Arme hinabgleiten, über den weichen Stoff ihres Blazers. »Victoria, bitte mich, in New York zu bleiben«, sagte er mit brüchiger Stimme. »Bitte mich, nicht nach Europa zurückzugehen. Sag mir, dass du bereit bist für ein Leben mit mir – die Art Leben, das wir beide leichtsinnigerweise einmal weggeworfen haben.«

Er zog sie an sich, nahm ihr das Glas aus der Hand und stellte es auf den Tisch. »Reiß diese Mauern für mich nieder – nur für mich.« Er beugte sich vor, presste seine Lippen auf ihren Hals und spürte den Schauer, der sie durchfuhr. »Komm mir entgegen. Ich werde dich nie wieder enttäuschen. Und vertrau mir, wenn ich dir sage, dass ich nie versuchen werde, dich von deinem Weg abzubringen oder die Rolle zu zerstören, die du im Leben der Menschen spielst, die du liebst.«

»Ich kann nicht mein Leben damit verbringen, Gespenster zu jagen, die …«

»Das wirst du nicht. Und ich werde es auch nicht«, unterbrach Zach sie, und sein Atem war dicht an ihrem Ohr. »Ich kann dir nicht versprechen, dass die Alpträume nie wiederkommen werden. Sie werden mich sicher noch ab und zu aus dem Schlaf reißen. Aber ich bin so gut wie fertig mit ihnen. Denn das Einzige, was noch schlimmer ist als diese Alpträume, ist die Vorstellung, dich nicht neben mir zu haben, wenn ich morgens erwache.« Sein Griff wurde fester. »Ich bin hierhergekommen, um diese Dämonen für immer zu besiegen. Ich werde das tun, indem ich dem FBI helfe, das Hope Institute hochgehen zu lassen. Aber als ich sagte, ich wäre zurückgekommen, um etwas abzuschließen, habe ich damit nicht nur den Tod meines Vaters gemeint. Ich habe auch uns gemeint.«

Er drehte sie zu sich herum, bis sich ihre Blicke trafen und er die nackten Emotionen in ihren Augen sehen konnte. »Dass ich dich wiedergefunden habe, grenzt an ein Wunder. Denn ich war mir sicher, dich für immer verloren zu haben. Aber das habe ich nicht, oder?«

Victoria schloss die Augen. »Ich weiß nicht, ob ich diese Gefühle noch einmal ertragen kann. Sie sind so intensiv, so überwältigend. Als du damals fortgegangen bist …«

»Ich werde nie wieder fortgehen.« Sanft strich er mit dem Daumen über ihre Wange. »Ich verspreche es dir. Du musst mich nur bitten, bei dir zu bleiben.«

»Zach …«

»Sag es.«

Sie öffnete die Augen, und ein tiefer Schluchzer drang aus ihrer Kehle, als die Mauer zu Staub zerfiel. »Bleib«, flüsterte sie. »Bitte. Ich brauche dich. Ich will das nicht, aber es ist so.«

Sein Mund kam näher, bedeckte ihren, und er trank gierig jedes einzelne Wort. »Ich brauche dich auch«, raunte er, zog sie in seine Arme, drückte sie an sich. »Du hast keine Ahnung, wie sehr ...«

Er war noch ungestümer als am ersten Abend. Sein Bedürfnis, in ihr zu sein, war wild und drängend, beinahe zwanghaft. Er versuchte nicht dagegen anzukämpfen. Er küsste sie immer weiter, nahm ihren Mund in Besitz, ihre Zungen verschmolzen miteinander, während er ihren Blazer aufknöpfte, über ihre Arme zerrte und zu Boden fallen ließ. Ihre Bluse folgte, obwohl Victoria ihn dabei behinderte, weil sie ihre Hände unter seinen Rollkragenpulli geschoben hatte und über seine warme behaarte Brust gleiten ließ. Sie beugte sich vor, presste die Lippen auf seine Haut, sog an seinen Brustwarzen. Zach wurde schwindelig, er befreite sich, riss sich den Pullover über den Kopf und warf ihn von sich. Victoria küsste ihn weiter, griff nach den Knöpfen seiner Hose und zog ihn mit sich auf den Teppich.

»Nein.« Zach hielt sie fest, hob sie in seine Arme. Er verspürte ein primär männliches Bedürfnis, eines, das weit über das körperliche Verlangen hinausging. Es war das Bedürfnis, sie an ihrem privatesten Ort zu besitzen, dort, wo sie nachts wach gelegen und von ihm geträumt hatte – Träume, die er nicht mit ihr hatte teilen können.

Jetzt würde er sie mit ihr teilen.

»Ich will dich in deinem Bett haben.« Mit langen zielstrebigen Schritten durchquerte er das Wohnzimmer. Dabei küsste er sie weiter, umfasste sie, um den Vorderverschluss ihres Büstenhalters zu öffnen. Die feine Spitzenwäsche landete irgendwo zwischen Wohnzimmer und Flur. Dann waren Zachs Lippen an ihren Brüsten, saugten an den empfindlichen Spitzen, bis sie hart und feucht waren.

Victoria bog sich ihm mit einem Aufschrei entgegen, es gelang ihr kaum, die Hand in Richtung Schlafzimmer auszustrecken. »Da drüben.«

Sie trat ihre Schuhe aus, als er sie ins Zimmer trug, und zog ihn mit sich aufs Bett hinunter, während er ihr den Rock abstreifte und Slip und Strumpfhose gleich mitnahm. Sie flüsterte seinen Namen, öffnete den Reißverschluss seiner Hose, schob ihre Finger hinein und begann ihn zu streicheln, bis er den Verstand verlor und fast den Stoff zerriss, als er sich hastig seiner restlichen Kleidungsstücke entledigte.

Er presste sie in die Kissen, nahm ihr Gesicht zwischen die Hände, bedeckte sie mit seinem nackten Körper und küsste sie. Seine Schenkel schoben sich zwischen ihre. Er musste in sie hinein.

Er stützte sich neben ihren Kopf, schaute auf sie hinab, sein Blick brannte sich in ihren. Er hob sich, fand den feuchten Weg zu ihr und stieß mit aller Kraft hinein.

Victoria hielt den Atem an, während sie ihn in sich aufnahm. Sie umklammerte ihn, die Muskeln in ihr gaben nach und wurden um ihn herum sofort wieder fest. Sie hob sich ihm entgegen und nahm ihn noch tiefer in sich auf.

Zach stöhnte, verbarg das Gesicht an ihrem Hals, kämpfte um Fassung. Aber es war ein aussichtsloser Kampf, und er wusste es. Alles in ihm spannte sich, zog sich zusammen, seine Emotionen schürten das Feuer seines Körpers immer weiter.

Er konnte nicht warten.

Er begann zuzustoßen, schnell und tief, und Victoria stöhnte auf. Ihre Finger gruben sich in seinen Rücken, während sie Arme und Beine um ihn schlang, sich ihm bei jedem Stoß entgegenhob. Ihr Körper reagierte mit wilder unbändiger Gier, die Lust schwoll an. Er fühlte, wie nah sie war, wie sie ihn immer enger umklammerte, immer fester in sich hielt. Nah, aber nicht nah genug. Er musste noch warten.

»Tory«, flüsterte er, und ein Schauer lief durch seinen Körper, als er sich zur Zurückhaltung zwang. Er biss die Zähne zusammen und kämpfte gegen das impulsive Zucken seiner Hüften, machte einen letzten Versuch, den allzu schnellen Höhepunkt zu drosseln.

»Nein«, stöhnte Victoria. Sie presste die Fäuste in seinen Rücken, versuchte, ihn wieder zur Bewegung zu bringen. Sie war außer sich, ihr Körper bebte, ihre Muskeln erzitterten. »Hör jetzt nicht auf ... Zach, ich kann nicht mehr.«

Er gab auf. Er umfasste ihre Knie, öffnete sie ganz, hielt sie so, während er in sie hineinstieß – wieder und wieder – und sie beide in höchste Höhen katapultierte.

Sie verkrampfte sich – und löste sich wieder. Sie schrie seinen Namen, als sie den Höhepunkt erreichte. Ihre Zuckungen ergriffen ihn, und dann war es vorbei.

Er stürzte sich in sie hinein, ergoss sich in ihr, entleerte seine Seele in ihr.

Dann endlich Frieden, nach vier Jahren. Frieden.

Er sackte auf ihr zusammen, zu schwach, um einen zusammenhängenden Gedanken zu fassen, geschweige denn sich zu bewegen. Noch nie in seinem Leben hatte er sich so ausgesogen gefühlt und zugleich so erfüllt.

Im Zimmer war es still, das Einzige, was zu hören war, war ihr keuchender Atem.

Minuten verstrichen.

Dann bewegte Victoria sich ganz leicht, ihre Lippen strichen über seine schweißbedeckte Schulter. »Ich liebe dich«, flüsterte sie. »Ich habe nie damit aufgehört.«

Die Spontaneität ihrer Worte bedeutete fast ebenso viel

wie die Erklärung selbst, und Zach spürte einen dicken Kloß in der Brust.

»Tory.« Seine Hände gruben sich in ihr Haar. »Gott, ich liebe dich auch so sehr.« Seine Stimme war brüchig, bebend, die Laute eines Mannes, der sein Leben wieder gefunden hatte. »Mehr, als du dir je vorstellen kannst.«

Sie schloss die Augen, überwältigt. »Passiert das alles wirklich?«

»Und ob.« Zach stützte sich auf und schaute in ihre Augen – Augen, in denen Tränen standen. Er sollte warten, sollte sichergehen, dass sie bereit dazu war, dass der Zeitpunkt der richtige war. Er sollte eine Menge Dinge tun. Aber er tat es nicht.

»Heirate mich.« Mit den Daumen fing er ihre Tränen auf. »Sobald Audrey in Sicherheit und das Hope Institute aufgeräumt ist. Wir werden hier in New York leben, in der Nähe deiner Familie und deiner Kanzlei. Oder wir kaufen ein Haus in irgendeinem Vorort, behalten diese Wohnung für die Abende, an denen wir lange arbeiten. Alles, wie du es willst. Sag nur, dass du meine Frau wirst.«

Beim letzten Mal war sie in Panik geraten, zurückgeschreckt wie ein verängstigtes Kaninchen.

Dieses Mal nicht.

»Ja«, antwortete sie schlicht. »Ja, ich heirate dich. Ich wünsche es mir so sehr. Mehr, als ich je geglaubt hätte.« Sie schniefte, sah ihn mit einem feuchten Lächeln an. »Ein Haus, ja? Das klingt wunderbar. Bedeutet das auch einen echten Jackson? Denn mein kleiner Freund und ich …«, sie zeigte in Richtung des Plüschhundes, der auf dem Schaukelstuhl saß, »warten schon lange auf einen echt hündischen Gesellen.«

Zach drehte den Kopf und sah das Plüschtier gerührt an. »Du hast ihn behalten.«

»Ich habe alles behalten. Vor allem die Erinnerungen. Ich konnte sie nicht loslassen.«

»Gott sei Dank.« Er küsste sie. »Ein echter Jackson also. Mehrere, wenn du willst. Wir werden das ganze Haus mit Welpen füllen.«

»Und Kindern?«, fragte sie leise und beobachtete sein Gesicht.

Ein Schlucken. »Du weißt, wie sehr ich mir das wünsche. Ich möchte dich nur nicht bedrängen.«

Victoria hob die Augenbrauen und sah bedeutungsvoll auf ihre noch immer verschmolzenen Körper. »Was du nicht sagst.«

Er folgte ihrem Blick, grinste. »Nur zu deiner Information, ich habe Kondome mitgebracht. Sie liegen gut verpackt in meiner Tasche im Wohnzimmer.«

»Da sind sie ja sehr nützlich.« Victoria lachte und schlang die Arme um seinen Hals. »Ich bin froh, dass du so verantwortungsbewusst bist.«

Zachs Lächeln verschwand, und er sah sie aufmerksam an. »Tut es dir leid?«

»Dann hätte ich nicht zugelassen, dass wir das hier tun. Das weißt du ebenso gut wie ich.«

Ja, das wusste er. Und sein Körper reagierte bereits auf ihre Worte. »Bedeutet das, was ich glaube, was es bedeutet?«

Victoria rieb ihr Bein an seinem. »Das kommt darauf an, was du glaubst, was es bedeutet.«

Er rollte sich auf den Rücken und nahm sie mit sich. »Komm her«, murmelte er und zog ihr Gesicht zu sich herab. »Ich zeige es dir.«

26

Dienstag, 25. April
12.45 Uhr

Miss Hatterman war in der Mittagspause.
Walter Kensington war bei seinem Auswärtstermin.

Und Victoria war auf dem Weg in sein Büro.

Sie tat, als wäre sie in eine Akte versunken, während sie unauffällig an den wenigen Sekretärinnen und Anwaltsgehilfinnen vorbeiging, die die Mittagspause durcharbeiteten. Sie saßen über ihre Computer gebeugt und waren so mit ihrer Arbeit beschäftigt, dass sie Victoria nicht die geringste Aufmerksamkeit schenkten.

Sie erreichte den abgelegenen Trakt, in dem sich das Büro ihres Vaters und das von Miss Hatterman befanden. Vor dem Glaskasten der Sekretärin blieb sie stehen und schaute sich rasch um.

Nichts.

Sie ging weiter, auf die schwere Kirschbaumtür zu, hinter der sich das Heiligtum ihres Vaters befand. Sie hatte ihn vor etwa einer Stunde das Büro verlassen sehen. Trotzdem – um wirklich ganz sicher zu sein – klopfte sie an.

Stille.

Sie trat ein.

Sie schloss die Tür geräuschlos hinter sich, ließ den Blick schweifen, versicherte sich noch einmal, dass der Raum leer war.

Er war es.

Sie schaltete kein Licht ein. Dann musste sie später beim Verlassen des Zimmers auch nicht daran denken, es wieder auszumachen. Außerdem schien durch die großen Fenster genügend Sonne ins Zimmer.

Mit entschlossenen Schritten ging sie zum Schreibtisch und drückte auf die Einschalttaste des Computers.

Das Gerät begann zu surren, machte die üblichen Geräusche, während es hochfuhr.

Dann erschien auf dem Bildschirm ein unbekanntes Bild, das aussah wie eine IBM-Kreditkarte. Sie begann zu tippen, aber die Tastatur war blockiert.

Stirnrunzelnd betrachtete sie den Bildschirm. Sie war darauf vorbereitet gewesen, erst ein Passwort eingeben zu müssen, um Zugang zu erhalten. Im Geiste hatte sie sich schon eine Liste diverser Möglichkeiten zusammengestellt. Aber dieses verdammte Ding ließ sie erst gar nicht so weit kommen.

Was sollte sie jetzt bloß tun?

Sie untersuchte Tower und Keyboard und wünschte sich, sie hätte mehr Ahnung von diesen Dingen.

Sie griff nach ihrem Handy und gab Zachs Nummer ein.

»Hallo.« Beim ersten Klingelzeichen war er in der Leitung. Und er klang ziemlich nervös. Zweifellos machte er sich Sorgen um sie. Er wusste, wie spät es war, was sie tat.

»Ich bin es.«

»Das dachte ich mir schon. Bist du okay? Ich werde hier wahnsinnig.«

»Alles bestens. Ich bin jetzt in seinem Zimmer. Aber ich komme nicht in den Computer rein. Es kommt mir vor, als wäre die Tastatur verschlossen oder tot. Ich habe das Gerät eingeschaltet, und es ist hochgefahren. Dann hatte ich ein merkwürdiges Bild mit einer Art Kreditkarte auf dem Bildschirm. Keine Aufforderung, das Passwort einzugeben, nichts. Und ich komme nicht weiter.«

Zach dachte angestrengt nach. »Offenbar hat er seinen Computer besonders gesichert. Kein Wunder, wenn er etwas zu verbergen hat. Was für ein Gerät hat er?«

»Einen IBM mit LCD-Display.«

»Okay.« Zach überlegte kurz. »Sieh dir das Keyboard an«, forderte er sie auf. »Siehst du einen kleinen grauen Plastikschlitz mit dem IBM-Logo? Er ist nicht groß genug für eine normale Diskette. Eher für eine Art Kreditkarte, auf der elektronische Informationen gespeichert sind.«

»Ja.« Victorias Blick fiel auf einen rechteckigen Schlitz, der genau zu Zachs Beschreibung passte. »Ich sehe ihn.«

»Verflucht«, entfuhr es ihm. »Das bedeutet, man braucht eine Smart Card, um Zugang zum Computer zu bekommen, und eine persönliche Identifikationsnummer. Der Himmel weiß, wo dein Vater die Karte versteckt hat und welchen Code er benutzt. Mach lieber, dass du da rauskommst, Victoria.«

»Nein.« Sie ließ den Blick bereits durchs Zimmer wandern. Die Karte war ganz bestimmt nicht in dem hohen Bücherregal versteckt. Auch nicht in sonst einem Möbelstück. Sie musste in Reichweite sein, denn ihr Vater legte großen Wert darauf, immer alles unter Kontrolle zu behalten. Er brauchte die Smart Card in unmittelbarer Nähe. An einem persönlichen Ort, an dem nur er nachsehen würde.

Ihr Blick fiel auf die Modellautos.

Sie hob den Rolls Royce zuerst hoch. Er war das Kronjuwel in seiner Sammlung. Der neue Silver Seraph von Rolls Royce. Er hatte sich einen echten bestellt, in demselben tiefen Blau wie das Modell. Beide waren am selben Tag in sein Haus geliefert worden – das Original für seine Garage, der Modellsatz für seinen Schreibtisch.

Er hatte es am Wochenende fertig gebaut und am Montag mitgebracht. Es war eine ausgezeichnete Replik, perfekt zusammengebaut, absolut originalgetreu bis auf die Kühlerfigur.

Sie ließ den Finger über die Kühlerhaube gleiten, das Dach, die Türen, den Kofferraum. Dann öffnete sie die Beifahrertür und berührte die Oberfläche im Innenraum.

»Victoria?«, rief Zach in ihr Ohr. »Was machst du?«

»Ich suche die Smart Card.« Sie stellte das Auto auf den Kopf.

Dort, gut befestigt an der Unterseite, befand sich eine Karte mit dem IBM-Logo auf der Vorder- und Walter Kensingtons Unterschrift auf der Rückseite. »Ich habe sie.«

Zach atmete tief durch. »Gut. Dann stecke sie jetzt in den Schlitz. Mit dem Magnetstreifen zuerst.«

Sie tat es. Einige Sekunden verstrichen. Dann erschien ein kleiner Kasten auf dem Bildschirm mit der Aufforderung, das Passwort einzugeben. »Ja«, zischte sie. »Danke, Zach. Du bist einfach super.«

»Bleib dran«, bat er sie.

»Ich kann nicht gleichzeitig in einen Computer einbrechen und mit dir telefonieren.«

»Dann leg das Handy so lange auf den Schreibtisch. Damit ich dich wenigstens hören kann. Ich muss wissen, dass alles in Ordnung ist.«

Victoria nickte. »Also gut.«

»Und, Victoria. Du hast nur drei Versuche. Wenn du bis dahin nicht den richtigen Code erwischst, wird dir der Zugang verweigert, bis der Administrator das Passwort deines Vaters neu einstellt – und den versuchten gewaltsamen Zugriff meldet.«

»Habe verstanden. Dann wünsch mir viel Glück.«

Sie legte das Handy aus der Hand und begann, ihre Liste potenzieller Codes auszuprobieren.

Erst den Namen des Lieblingsweins ihres Vaters. Nein. Als Nächstes sein Golf-Handicap. Verdammt. Wieder kein Glück.

Noch ein Patzer, und sie war draußen.

Sie zermarterte sich den Kopf und versuchte sich in die Gedankengänge ihres Vaters zu versetzen.

Was würde er nehmen? Was bedeutete ihm etwas, an das sonst niemand dachte?

Die Modellautos.

Sie sah auf den Rolls Royce, der mit den Reifen nach oben auf dem halbkreisförmigen Schreibtischs lag. Natürlich. Autos waren seine Leidenschaft. Nicht nur das, er besaß auch noch so viele davon, dass er seinen Zugangscode jederzeit ändern konnte, wenn er das für nötig hielt.

Nun, dieser kleine Flitzer war mit Abstand sein Favorit. Es war zudem sehr selten, befand sich bei kaum jemandem im Wortschatz, geschweige denn in der Garage. Wenn er seine Karte hier versteckte, nutzte er es vielleicht auch als Geheimcode.

Victoria holte tief Luft, tippte SILVERSERAPH ein und drückte die Entertaste.

Sie wartete. Ihr Herz hämmerte wild, und es kam ihr vor wie eine Ewigkeit, bis der Computer den Code annahm – oder sie endgültig rauswarf.

Sie war drin.

Sie musste sich auf die Lippen beißen, um einen Freudenschrei zu unterdrücken. »Zach«, murmelte sie leise in Richtung des Telefons. »Ich habe es geschafft. Ab jetzt scheint das Einloggen ganz normal zu funktionieren.« Sie drückte die nötigen Tasten, um ins Betriebssystem zu kommen.

Der Bildschirm veränderte sich, der Benutzername leuchtete auf – dann kam der Kasten für das Passwort. Der Cursor hüpfte neben dem Wort »Passwort« auf und ab und verlangte nach der richtigen Buchstabenkombination, um weiteren Zugang zu gewähren.

Sie zögerte, ihre Finger hingen über der Tastatur.

Ihr Vater hatte es gern unkompliziert. Er würde den einfachsten Weg wählen, in der überheblichen Überzeugung, dass ohnehin nie jemand so weit gelangen würde.

Wieder gab sie SILVERSERAPH ein und drückte auf Enter.

Ein surrendes Geräusch bestätigte ihr, dass sie auch die letzte Hürde genommen hatte.

Noch ein paar rasche Mausklicks, und ein Verzeichnis erschien.

Rasch fuhr sie mit der Maus hinab. Nirgends der Name Hope Institute. Aber es gab Hopewell Industries. Sie klickte es an und stöhnte auf, als sie die Anzahl der Dateien sah, die sich dahinter verbargen.

Hastig griff sie zum Handy. »Zach?«

»Ich bin hier.«

»Welche Informationen über das Hopewell Institute hast du?«

»Informationen?« Papier raschelte. »Es wurde im Herbst 1991 eröffnet – am 30. September, um ganz genau zu sein. Am 22. August 1997 wurde es von Hopewell Industries verkauft.«

»Danke.« Sie klickte die Spalte mit den Daten an und durchforstete die Liste nach diesen Zahlen. Sie fand den Eintrag 09/30/1991 und öffnete ihn. Nichts Ungewöhnliches, lediglich ein Vermerk, der die Eröffnung der Klinik dokumentierte. Sie suchte weiter nach 1997. Da war es – 08/22/1997.

Sie öffnete auch diesen Ordner.

Der Vermerk »Streng vertraulich« stand in großen Buchstaben quer auf der Seite – und auf jeder weiteren Seite, die sie durchblätterte.

Jedes Mal ignorierte sie es.

Es handelte sich um juristische Dokumente, angefangen mit einem Kaufvertrag, der die Veräußerung des Instituts an eine Schweizer Holding-Gesellschaft dokumentierte. Ansonsten wurden keinen Namen genannt. Kein Wunder.

Danach waren die Dokumente mit »Institutsverträge« benannt. Sie überprüfte sie der Reihe nach.

Sie benötigte zwei Minuten, um zu begreifen, was sie da sah, und zehn Sekunden, um zu entscheiden, was zu tun war.

Sie öffnete ihre Handtasche, zog die Diskette heraus, die sie mitgebracht hatte, und schob sie in das Laufwerk. Hastig klickte sie sämtliche Dateien an, die sie kopieren wollte.

»Zach, ich hab hier was«, flüsterte sie aufgeregt ins Telefon. »Ich kann die ganzen Dokumente jetzt nicht lesen – es sind viel zu viele. Ich würde mindestens eine Stunde dafür brauchen.«

»Du hast aber keine Stunde mehr, Victoria«, zischte er. »Es ist ein Uhr fünfundzwanzig. Miss Hatterman wird jede Minute zurück sein. Ich will, dass du von da verschwindest.«

»Ich kopiere die Dateien schnell auf eine Diskette. Danach bin ich sofort hier raus.« Sie neigte den Kopf und lauschte auf irgendwelche Geräusche auf dem Korridor. Aber die Wände waren zu dick, um etwas zu hören.

Um keine Zeit zu verlieren, nahm sie den Rolls Royce, schloss die Türen und vergewisserte sich, dass er unberührt aussah. Nervös stand sie mit dem Auto in der Hand vor dem Rechner und wartete, bis er mit dem Kopieren fertig war, damit sie die Smart Card herausnehmen und sie wieder an Ort und Stelle befestigen konnte.

Die Diskette surrte und surrte.

Verdammt, waren diese Dinger langsam.

»Victoria.« Zach klang ungehalten. »Jetzt sieh endlich zu, dass du verschwindest. Sofort!«

Das Surren stoppte.

»Ich bin fertig.« Sie entnahm die Diskette, schob sie in ihre Tasche und begann, den Rechner herunterzufahren.

Drei Minuten später schaltete sie den Computer aus. Sie drückte die Smart Card wieder an ihren Platz und stellte den Rolls an seinen ursprünglichen Platz zurück.

Fertig.

Noch einmal sah sie sich im Büro um und vergewisserte sich, dass sie nichts vergessen hatte.

Zufrieden nahm sie ihren Aktenordner und das Handy und eilte in Richtung Tür.

»Ich mache jetzt Schluss«, flüsterte sie Zach zu. »Ich habe einen Aktenordner in der Hand, den ich mit Ian für meinen Vater durcharbeite. Ich werde auf dem Rückweg in mein Büro so tun, als würde ich etwas darin suchen – für den Fall, dass Miss Hatterman schon wieder an ihrem Schreibtisch sitzt. Ich rufe dich später noch mal an.«

»Sei vorsichtig.«

»Bin ich.« Sie drückte das Gespräch weg und steckte das Handy in ihre Handtasche.

Als sie eine Minute später das Büro ihres Vaters verließ, war sie tief versunken in den Inhalt ihres Aktenordners, die Stirn nachdenklich in Falten gelegt.

Mit gesenktem Kopf ging sie an Miss Hattermans Schreibtisch vorbei.

Er war noch immer leer.

Sie hatte gerade den Empfangstrakt erreicht und wollte in den Gang abbiegen, der zu ihrem Zimmer führte, als Miss

Hatterman an ihr vorbei eilte. »Miss Kensington«, grüßte sie mit einem knappen Nicken.

»Hallo, Miss Hatterman.« Ein höfliches Lächeln.

Danach hastete Victoria weiter zu ihrem Büro. Sie trat ein, schloss die Tür und ließ sich auf ihren Schreibtischstuhl fallen.

Eine Minute später, und sie wäre erwischt worden.

Sie presste die Finger gegen ihre Schläfen. Aber sie war nicht erwischt worden. Das war allerdings kein Grund zum Feiern. Denn wenn das, was sie beim ersten Durchsehen der Dokumente entdeckt hatte, tatsächlich das war, wofür sie es hielt, steckte ihr Vater tiefer in der ganzen Hope-Institute-Geschichte, als Zach vermutete.

18.30 Uhr

»Hi.« Zach wartete vor dem Gebäude Park Avenue 280, als Victoria an diesem Abend dort herauskam.

Ohne das geringste Zögern und ohne Rücksicht auf den Strom der Berufspendler, die um diese Zeit in Richtung Central Station hasteten, zog er sie an sich und küsste sie – ein langsamer, intensiver Kuss, der ihr den Atem nahm.

»Was war das?«, brachte sie mühsam hervor, als er sie schließlich freigab.

Zach lächelte. »Erstens ein Hinweis für Mr. Zigarre. Damit er genau Bescheid weiß, was du heute Abend vorhast«, erklärte er. »Und zweitens ein Ich-habe-dich-schrecklich-vermisst-Zeichen von dem Mann, den du heiraten wirst und der sich den ganzen Tag zu Tode gesorgt hat.« Das Lächeln verschwand, als er ihr erschöpftes Gesicht sah. »Bist du okay?«

»Frag mich das noch einmal, wenn du gesehen hast, was ich auf meiner Diskette habe.«

Er stellte keine Fragen mehr, nickte nur und schob sie in Richtung Straße. »Wir nehmen uns ein Taxi. Und bestellen uns später etwas zu essen.«

»Können wir anstatt in meine Wohnung zu dir ins Hotel gehen?«, fragte Victoria zu seiner Überraschung. »Das ist näher. Wir könnten dort zu Abend essen – in unserer Suite.« Sie schaute sich um, suchte in der Menschenmasse nach Mr. Zigarre und fragte sich, wie weit entfernt er wohl war und ob er sich in Hörweite befand. »Der Zimmerservice wird uns etwas zu essen hinaufschicken, sobald wir fertig sind.«

Zach nickte, auch wenn ihn ihre Entscheidung mehr als erstaunte – erstaunte, aber nicht missfiel. »Klingt wunderbar.«

Er rief ein Taxi heran.

Unterwegs schränkten sie ihre Gesprächsthemen sehr ein, aber die Fahrt dauerte zum Glück nicht sehr lange. Die Rushhour war nun fast vorbei, der Verkehr hatte sich etwas gelegt, und der Fahrer war ein wahrer Großstadt-Cowboy, der es verstand, sich geschickt an den anderen Autos und den Fußgängern vorbeizuschlängeln.

Fünfzehn Minuten später waren sie in Zachs Suite.

Victoria ging sofort zur Bar und goss sich ein Glas Wein ein.

»So schlimm?«, fragte Zach.

»Ich hoffe nicht. Aber ich fürchte schon.«

»Okay, dann gieß mir auch ein Glas ein. Ich bestelle dir etwas zu essen.«

»Ich habe keinen Hunger.«

Er blieb auf halbem Weg zum Telefon stehen und sah sie streng an. »Victoria, du siehst höllisch aus. Du isst jetzt etwas, und wenn ich dich füttern muss.«

Victoria musste trotz ihrer Anspannung lächeln. »Du bist noch so autoritär wie früher. Sei froh, dass ich dich so liebe.«

Ein intimer Blick, der ihr durch und durch ging. »Das bin ich. Und später zeige ich dir, wie dankbar ich dir dafür bin.«

»Dankbar?« Victoria sah ihn ungläubig an. »Du und dankbar? Du wirst Stunden brauchen, um mich davon zu überzeugen.«

»Ich bin selbstlos. Ich werde leiden.«

Ein unerwartetes Lachen überkam Victoria, und sie schüttelte den Kopf. »Nur du kannst mich jetzt zum Lachen bringen.« Sie sah ihn ernst an. »Danke.«

»Ist mir ein Vergnügen.«

Zach drehte sich um und ging zum Telefon, um ihr Abendessen zu ordern, während Victoria ihm Wein einschenkte. Anschließend trug sie beide Gläser ins Wohnzimmer und stellte sie auf den Tisch, wo Zach seinen Laptop aufgebaut hatte. Sie machte es sich auf dem Sofa bequem. Dann öffnete sie ihre Handtasche, zog die Diskette hervor und betrachtete sie nachdenklich.

»Das Essen kommt in einer halben Stunde«, verkündete Zach, ließ sich neben ihr in die Polster sinken und drehte sich so, dass er sie anschauen konnte. »Warum wolltest du eigentlich nicht in deine Wohnung gehen?«

»Weil ich nachgedacht habe«, antwortete Victoria nüchtern. »Das FBI hat festgestellt, dass jemand mein Telefon abhört. Vielleicht hat dieser Jemand auch Zugang zu meinem Computer.«

Zach runzelte die Stirn. Er wusste besser als jeder andere, dass Victoria keine vorschnellen Schlüsse zog – nicht grundlos zumindest. »Das ist möglich. Warum? Ist etwas passiert, das dein Misstrauen geweckt hat?«

Sie zuckte die Achseln. »Damals wäre ich nicht auf diese

Idee gekommen, aber im Nachhinein bin ich stutzig geworden.« Sie berichtete Zach von dem Nachmittag, als der Rechner ihr mit der Begründung, es hätte sich bereits ein Benutzer eingeloggt, den Zugang verweigert hatte. »Und als ich endlich reinkam, fand ich eine Nachricht des Systemadministrators. Darin stand irgendwas von einem Übertragungsproblem des Netzbetreibers, von fehlerhaften Schaltungen, die dazu führen könnten, dass mir das Einloggen versagt würde.«

»Wahrscheinlich stand da auch, dass das Problem schnellstens beseitigt würde und du es wenige Minuten später noch mal versuchen sollst.« Zach nickte. »Das ist eine klassische Hacker-Technik. Er hat die E-Mail losgeschickt, ehe er sich in dein System loggte, für den Fall, dass du zur gleichen Zeit versuchen würdest, in deinen Rechner zu kommen. Ich schätze, er hat überprüft, ob du etwas auf deiner Festplatte gespeichert hast, das mit dem Hope Institute zu tun hat, oder ob du die Sache tatsächlich aufgegeben hast.«

»Wer immer ›er‹ ist«, murmelte Victoria.

»Vermutlich ein gut bezahlter Hacker, der denselben Auftraggeber hat wie Mr. Zigarre.«

Walter Kensingtons Name hing im Raum – eine hässliche, aber durchaus realistische Möglichkeit.

»Victoria«, sagte Zach leise. »Zieh keine voreiligen Schlüsse.«

»Ich versuche es. Auf jeden Fall ist mein privater Computer mit dem in der Kanzlei verbunden, sodass unser Hacker wahrscheinlich beide überprüft hat. Nicht dass er etwas hätte finden können.« Ihr Blick fiel auf die Diskette, die sie in den Händen hielt. Sie reichte sie Zach. »Aber jetzt lass uns die hier anschauen.«

»Es war eine kluge Idee, eine Diskette mitzunehmen«, lobte Zach. Er schaute sie nachdenklich an, und Victoria hatte das Gefühl, er hätte ihr noch etwas anderes zu sagen, etwas Unangenehmes womöglich. »Ich habe mit Meyer gesprochen«, begann er tatsächlich. »Er hat gestern Abend einen Mann in dein Büro geschickt. Die Telefone dort werden ebenfalls abgehört.«

Das überraschte sie nicht – nicht mehr. Aber sie hatte einen Verdacht, warum Zach nicht näher darauf eingehen wollte. »Und was passiert jetzt?«

»Sie haben die Wanzen an den Telefonen gelassen.« Ohne Pause fuhr er fort und verwarf ihre Einwände, ehe sie sie laut aussprechen konnte »Ich weiß, dass dir das nicht gefällt, weil es Pauls und Megs Privatsphäre verletzt. Du hast natürlich Recht, das tut es. Aber es ist nur für ein paar Tage. Wenn wir die Wanzen entfernen, zerstören wir alles, wofür wir gearbeitet haben, und möglicherweise bringen wir dich und Audrey unnötig in Gefahr. Deine Partner werden das bestimmt verstehen, wenn du es ihnen erklärst – sobald die Ermittlungen vorüber sind. Außerdem sind diejenigen, die dein Telefon abhören, nur an *deinen* Gesprächen interessiert. Sie werden die Apparate in der Zeit, in der du in der Kanzlei deines Vaters bist, wahrscheinlich gar nicht abhören.«

Zachs Logik war unbestechlich, und Victoria seufzte ergeben. »Also gut. Ich habe ohnehin nicht mehr die Kraft, mit dir zu streiten.

»Du bist völlig erledigt, nicht wahr?« Fürsorglich strich Zach ihr über die Wange. »Du verlierst sonst nie deine Kraft zum Streiten. Das steckt viel zu tief in dir. Und du bist viel zu gut darin.«

Sie lächelte über seinen feinen Spott. »Du hast Recht. Ich bin wirklich erschöpft.«

Er zog ihre Finger an seine Lippen. »Es wird bald vorbei sein, Darling. Ich bin mir ganz sicher.« Er zeigte auf seinen

Laptop. »Sollen wir uns trotzdem die Diskette ansehen? Bist du bereit?«

»Ich bin bereit.«

Er schaltete das Gerät ein, und als der Bildschirm aufflackerte, schob er die Diskette in das Laufwerk.

Wenige Minuten später betrachtete er dieselben Dokumente, die sie mittags durchgesehen hatte.

Ein Testament, eine Erklärung über lebensverlängernde Maßnahmen, einige Vollmachten und Vereinbarungen. Ihnen allen war eines gemeinsam: Die Unterzeichnenden übertrugen damit sämtliche Entscheidungsbefugnisse und jegliche Handlungsvollmacht an das Hope Institute sowie an Waters, Kensington, Tatem & Calder.

Wortlos überflog Zach die Dokumente. Dann markierte er die Dateien und klickte das Druckersymbol an. Er wandte sich an Victoria, die mit grimmiger Miene über seine Schultern geblickt und mitgelesen hatte. »Allmählich wird mir der Zusammenhang klar«, sagte er. »Ich vermute, du hattest nicht die Zeit, die Einzelheiten zu analysieren.«

»Nein.«

»Okay. Dann erledigen wir das jetzt zusammen.« Er streckte den Arm aus und zog die fertigen Seiten aus dem Drucker. Dann rückte er näher an Victoria heran, damit sie gut sehen konnte.

Halb wünschte sie, sie könnte die Augen einfach schließen.

Die Handlungsvollmacht war einfach zu verstehen, die Absicht dahinter glasklar. Walter Kensington besaß die absolute Kontrolle über sämtliche Patienten des Hope Institutes. Zugleich bestimmte ein eigener Passus Waters, Kensington, Tatem & Calder zu alleinigen Vermögensverwaltern.

Danach wurden die Dokumente immer beunruhigender.

Eine weitere Vereinbarung verpflichtete Patienten zu völligem Stillschweigen in Bezug auf sämtliche Aufnahmebedingungen – angefangen bei den Namen der Ärzte bis zu den Gründen für die Aufnahme der Patienten. Als Nächstes folgte ein Passus zur Haftungsfreistellung, der sowohl das Hope Institute als auch Waters, Kensington, Tatem & Calder »sicherte und schadlos hielt« und vor »allen Forderungen« schützte, die sich aus dem Aufenthalt oder der Behandlung der Patienten im Hope Institute ergeben könnten. Schließlich folgte noch eine Ausschließlichkeits-Erklärung, die Patienten, die so weit genesen waren, dass sie die Klinik verlassen konnten, verpflichtete, eine eventuelle ambulante Nachbehandlung nur in der Klinik vornehmen zu lassen.

Eine weitere Verfügung stellte sicher, dass alle Entscheidungen über lebensverlängernde Maßnahmen ausschließlich vom Institut getroffen wurden, das in Bezug auf seine Entscheidungen ebenso »haftungsfrei« war wie sein juristischer Berater.

Zuletzt kam die schauerlichste Vereinbarung. Darin wurde festgelegt, dass ein Patient im Falle seines Ablebens einer unverzüglichen Krematoriumsbestattung zustimmte, die das Hope Institute selbst vornahm.

Betretenes Schweigen herrschte, nachdem Zach die letzte Seite umgedreht und den Papierstapel danach auf den Tisch gelegt hatte.

Victoria brach das Schweigen zuerst. Entsetzt schüttelte sie den Kopf. »Mein Gott, Zach. Was passiert bloß in dieser Klinik?«

»Ich weiß es nicht.« Er fuhr sich mit der Hand durchs Haar. »Aber was es auch ist, sie haben einen verdammt guten Schutzring um die Klinik gebaut, in jeder Beziehung.« Er stützte den Kopf in die Hände. »Waters, Kensington, Tatem and Calder machen ein Vermögen mit diesen Verträgen. So viel ist jedenfalls klar.«

»Ja, aber was absolut *nicht* klar ist, ist die Tatsache, wieso die Patienten ihre Zustimmung zu diesen Vereinbarungen geben. Das macht doch alles keinen Sinn. Es handelt sich ausnahmslos um wohlhabende, intelligente, weltgewandte Menschen. Und trotzdem unterschreiben sie den Verzicht auf ihre grundlegendsten Rechte. Warum? Hier geht es doch nicht nur um Geld – sondern um die völlige Kontrolle über ihr Leben.«

»Vielleicht ist genau das der Grund, weshalb sie das tun. Vielleicht sind sie völlig verzweifelt und glauben, dies sei der einzige Weg, um wieder gesund zu werden.«

»Und was verspricht ihnen das Hope Institute? Was ist es genau, was diese Patienten dazu bewegt, alle Selbstbestimmung aufzugeben? Sogar die Einäscherung nach dem Tod ist obligatorisch, um Himmels willen?«

»Das würde auch die hohen Gasrechnungen erklären«, bemerkte Zach nachdenklich.

Entsetzt fuhr Victoria hoch. »Glaubst du etwa, dass sie die Leichen gleich im Institut verbrennen?«

»Das ergibt Sinn, oder nicht?« Zach sah sie an. »Es ist die einzige Möglichkeit, sich und das, was sie zu verbergen haben, zu schützen. Keine Körper. Keine Autopsien. Keine Todesurkunden – zumindest nicht, bevor sie dazu bereit sind.« Ein grimmiger Blick. »Meyer hat mich vor ein paar Stunden angerufen. Er hat keine Erklärung für die hohen Gasrechnungen des Instituts. Er hat sich bei der Stadtverwaltung erkundigt. Die Klinik verfügt nur über eine Teeküche und besitzt keinerlei medizinisches Gerät, das mit Gas betrieben wird.«

»Aber glaubst du denn, sie haben dort ein Krematorium? Eins, von dem niemand weiß?« Victoria kniff die Augen zusammen. »Ich glaube, mir wird gleich schlecht.« Sie befeuchtete sich die Lippen. »Zach, ich habe mich sehr darum bemüht, wie eine Anwältin zu denken. Das ist mir bisher halbwegs gelungen. Aber jetzt kann ich das nicht mehr. Meine Schwester ist an diesem … Ort. Ich muss sie da herausholen.«

Diesmal widersprach Zach nicht. Stattdessen verfiel er wieder in Schweigen – allerdings wusste Victoria, dass sein Schweigen bedeutete, dass er angestrengt nachdachte. »Es gibt nur eine Chance, Audrey da herauszukriegen und herauszufinden, was in dieser Klinik tatsächlich vor sich geht«, sagte er schließlich langsam. »Ich muss mir Zugang zum Hope Institute verschaffen.«

27

Zach, was redest du da?«

Er drehte sich um, bis sich ihre Blicke trafen. »Ich stecke in Ermittlungen zu einem Kriminalfall. Nun, diese Ermittlungen haben sich ausgeweitet. Die illegalen Machenschaften des Hope Institutes gehen eindeutig über reinen Drogenhandel hinaus. Ich weiß nicht genau, was es ist, aber wer immer dieses miese Geschäft verantwortet, weiß es. Also werde ich dort hineingehen. Und ich werde nicht eher herauskommen, bis ich mich davon überzeugt habe, dass Audrey in Sicherheit ist, und ich genügend Beweise finde, um jeden Beteiligten zur Verantwortung zu ziehen.«

»Und wie stellst du dir das vor?«

»Mit ein bisschen Hilfe kann ich es schaffen.« Zach

beugte sich vor, nahm sein Handy und gab Meyers Nummer ein. »Ich bin es«, sagte er zur Begrüßung. »Haben Sie das Profil von Beatrice Groves schon?« Eine lange Pause, in der Zach ein paar Mal nickte, mit zusammengebissenen Zähnen und entschlossenem Blick. »Das ist genau, was wir brauchen. Lassen Sie es heute noch machen. Ich möchte Miss Groves morgen Früh noch vor Dienstbeginn im Hauptquartier sehen. Sie haben doch sicher ihren Dienstplan für diese Woche, oder? Hat sie Früh- oder Spätschicht?« Eine weitere Pause. »Gut. Dann haben wir ja den ganzen Vormittag Zeit, um mit ihr zu reden. Ich werde früh dort sein. Ja. Ich habe neue Informationen. Eine Menge mehr, als wir angenommen haben.«

»Zach«, unterbrach Victoria ihn energisch. »Sag Mr. Meyer, dass ich morgen Früh auch dabei sein werde.« In Erwartung seines Widerstands beugte sie sich vor, nahm die Diskette aus Zachs Laptop und die bedruckten Papiere an sich. »Sag ihm, dass die Informationen, von denen du gesprochen hast, eigentlich meine sind. Wenn er sie sehen möchte, muss er auch mit mir vorliebnehmen.«

Zach verzog den Mund. »Meyer?«, sagte er ins Telefon. »Ich werde nicht allein kommen. Die Person, die mir die Informationen besorgt hat, wird auch da sein. Es ist Victoria Kensington.« Er grinste über das, was Meyer erwiderte. »Ja, sie ist hier bei mir. Und ich würde Ihnen raten, sich ihrem Wunsch zu fügen. Ich habe Ihnen ja schon gesagt, sie ist stur wie ein alter Esel. Und da sich die Informationen in ihren Händen befinden, haben Sie wohl keine andere Wahl.«

Eine weitere Pause.

Dann: »Das ist eine kluge Entscheidung. Oh, und Meyer? Schicken Sie bitte morgen Früh einen Wagen zum Lieferanten-Eingang des Plaza Athénée, um uns abzuholen. Sie wissen ja, dass Victoria von diesem Zigarren-Typen beschattet wird. Er glaubt, sie und ich wären … in meiner Suite beschäftigt. Wir sollten ihn daran nicht zweifeln lassen. Was wir nicht tun, wenn wir durch den Lieferanten-Eingang verschwinden und zurückkommen. Dann denkt er, wir wären die ganze Zeit hier oben. Ja, acht Uhr dreißig wäre perfekt. Wir erwarten Sie.«

Mit einem hintergründigen Lächeln beendete Zach das Gespräch und legte das Handy auf den Tisch. »Er ist einverstanden.«

»So würde ich das nicht sagen. Du hast ihn ziemlich in die Enge gedrängt.«

»Nein, du.« Er lachte tief.

»Du hast ihm erzählt, ich wäre stur?«

»Wie ein alter Esel. Und es stimmt. Ich sagte dir ja schon einmal, ich möchte dir vor Gericht nicht gegenübersitzen.« Zachs Lächeln verschwand plötzlich, und er sah sie aufmerksam an. »Ist alles in Ordnung?«

»Was meinst du? Audrey? Oder mein Vater?«

»Beides.«

»Nein«, antwortete sie ehrlich. »Was hat das FBI über Beatrice Groves herausgefunden?«

»Sie lebt in einer Senioren-Wohnsiedlung. Nach Meyers vorläufigen Recherchen versorgt sie einige der ärmeren und bedürftigeren Nachbarn mit kostenlosen Medikamenten. Ich schätze, es ist nicht schwer zu erraten, wo sie die herhat. Meyer versucht jetzt noch mehr Beweise für diesen Verdacht zu finden.«

Victoria zuckte unweigerlich zusammen. »Die meisten Mandanten von Meg sind ältere Menschen. Sie können kaum ihre Lebensmittel bezahlen, geschweige denn ihre Medikamente. Und die Regierung tut nicht genug, um sie zu unterstützen. Zach, wenn diese Beatrice Groves Medikamente für ihre Nachbarn klaut, tut sie das wahrscheinlich aus purem Mitleid. Mir ist bewusst, dass das illegal ist. Aber so etwas gegen sie zu verwenden …«

»Ich habe nicht vor, es gegen sie zu verwenden«, unterbrach Zach sie. »Aber das werde ich ihr nicht sagen. Es ist ein einfaches Spiel. Es wird Miss Groves davon abhalten, jemandem zu verraten, dass sie uns behilflich ist. Und sie wird uns behilflich sein – aus dem gleichen Mitgefühl heraus, das sie dazu bringt, ihren Nachbarn zu helfen. Sie weiß etwas, Victoria, sie weiß etwas über das Hope Institute, das ihr ein schlechtes Gewissen bereitet. Und was immer das ist, es wird uns helfen, Audrey da rauszubekommen.«

Erneute Angst packte Victoria. »Ich hoffe, dass sie mir sagen kann, dass es Audrey gut geht.«

»Sie kann und sie wird das sagen. Ich weiß, dass du dir Sorgen machst, aber versuch, vernünftig zu denken. Du weißt, dass es Audrey am Sonntag noch gut ging, als sie dir die Nachricht auf Anrufbeantworter hinterließ. Und du hast deinen Vater beruhigt, indem du so getan hast, als hättest du seine Erklärung akzeptiert und die Angelegenheit in seine Hände übergeben. Es gibt also keinen Grund anzunehmen, dass Audrey sich in unmittelbarer Gefahr befindet. Und ich wiederhole noch einmal, was ich dir Sonntagnacht im Auto gesagt habe – welche Fehler dein Vater auch haben mag, ich glaube nicht, dass er seine Töchter zu Schaden kommen lassen würde. Vorausgesetzt, der schlimmste Fall tritt ein, und er steckt hinter der ganzen Sache. Was wir immer noch nicht sicher wissen.«

»Ich hoffe bei Gott, dass du Recht hast.« Victoria fuhr sich mit den Fingern durch die Haare. »Sein Name steht auf jedem einzelnen Dokument, in einem Ordner, den wir in seinem

Computer gefunden haben und der als streng vertraulich gekennzeichnet ist.« Sie presste die Lippen zusammen und kämpfte gegen den inneren Krieg, der sie zu zerreißen drohte. »Aber ich muss einfach davon ausgehen, dass er nur auf dem Papier mit der Sache zu tun hat. Wenn ich das nicht tue, werde ich verrückt.«

»Halte dich mit deinem Urteil noch zurück. Warte erst die Beweise ab.« Zach stand auf und streckte die Arme aus. »Komm her.«

Victoria ging auf ihn zu. »Danke«, sagte sie atemlos und drückte das Gesicht gegen sein T-Shirt. »Ich kann dir gar nicht sagen, wie viel mir deine Unterstützung bedeutet.«

»Dann lass es. Sag mir einfach, dass du mich liebst.«

Sie schmiegte sich fester an ihn. »Ich liebe dich.«

Er küsste sie auf die Stirn. »Es gibt nichts, was wir heute Abend tun können. Lass uns etwas zusammen essen. Und dann beweise ich dir die Dankbarkeit, von der ich vorhin gesprochen habe.«

FBI Hauptquartier, 26 Federal Plaza
Mittwoch, 26. April
9.20 Uhr

Beatrice Groves zerknüllte nervös ihr Taschentuch, als Victoria und Zach Special Agent Meyer in sein Büro folgten, um sich dort ein wenig mit ihr zu unterhalten. Zuvor hatten sie zwanzig Minuten allein in einem Nebenraum gesessen, waren noch einmal die Fakten durchgegangen und hatten eine Strategie entwickelt. Die Beweislast, die Meyer gegen Miss Groves zusammengetragen hatte, war erdrückend. Seine Männer hatten mit einem Dutzend älterer Menschen aus ihrem

Wohngebäude gesprochen, und alle hatten dankbar berichtet, wie großzügig sie sie mit Medikamenten versorgte.

Meyer hatte ebenso wenig Interesse daran, sie zur Anklage zu bringen, wie Zach. Aber notfalls würde er so tun als ob.

Die zweite erstaunliche Information, die das FBI erhalten hatte, betraf Gloria Rivers. Es sah so aus, als würde Miss Rivers, die in der Tat die Oberschwester des Hope Institutes war, ein luxuriöses Apartment auf der Upper East Side bewohnen – ein Apartment, dessen Monatsmiete dreimal höher war als das Monatsgehalt, das Miss Rivers von ihrer Arbeit im Hope Institute nach Hause brachte. Weitere Nachforschungen hatten ergeben, dass sie über keine andere Einkommensquelle verfügte, nicht geerbt hatte und dass keine reichen Freunde oder Verwandte sie unterstützten. Dafür besaß sie ein ansehnliches Vermögen und einen extravaganten Lebensstil.

Umso mehr ein Grund also, zu hören, was Beatrice Groves zu sagen hatte und wie viel von dem, was sie beunruhigte, mit der Oberschwester zusammenhing.

Victoria warf einen Blick auf die ältere Dame und schloss sie sofort in ihr Herz. Miss Groves hatte ganz offensichtlich große Angst. Ihr Gesicht war aschfahl, und sie sah ihnen unsicher blinzelnd entgegen, als sie ins Zimmer traten.

»Guten Morgen, Miss Groves.« Zach grüßte höflich und zog zwei Stühle herbei, damit er und Victoria sich zu ihr setzen konnten, anstatt einschüchternd hinter dem Schreibtisch Platz zu nehmen, wie Meyer es tat. »Ich bin Zachary Hamilton. Special Agent Meyer kennen Sie ja bereits.« Mit Absicht vermied er es zunächst, Victorias Namen zu nennen.

Die Lippen der alten Frau zitterten, während sie von einem zum anderen blickte. »Warum bin ich hierhergebracht worden?«, fragte sie. »Werde ich jetzt verhaftet?«

Meyer zuckte mit den Schultern. »Darüber wurde noch nicht entschieden. Es kommt darauf an.«

»Worauf?«

Zach beugte sich vor, verschränkte die Finger ineinander und sah sie aufmerksam an. »Dem FBI liegen Beweise vor, wonach Sie gegen das Arzneimittelgesetz verstoßen haben. Wir könnten in der Tat ein Verfahren gegen Sie beantragen. Aber die Wahrheit ist, dass wir größere Fische zu fangen haben. Und dazu brauchen wir Ihre Hilfe. Gewähren Sie uns diese Hilfe, und wir werden großzügig über Ihr Weihnachtsmanngebaren hinwegsehen.«

Sie rutschte auf ihrem Stuhl hin und her. »Es sind doch nur arme Leute, die sich sonst keine Medikamente leisten können.«

»Das wissen wir. Deshalb werden wir auch Milde walten lassen – sofern Sie kooperieren.«

»Ich verstehe das nicht. Wie könnte ich Ihnen denn helfen?«

»Indem Sie uns ein wenig über das Hope Institute erzählen. Wir interessieren uns viel mehr für das, was an Ihrem Arbeitsplatz vor sich geht als an Ihrem Wohnort.«

Ein überraschter, etwas argwöhnischer Gesichtsausdruck. »Warum interessieren Sie sich für das Hope Institute?«

»Das kann ich Ihnen im Augenblick nicht erklären. Ich sage Ihnen nur so viel: Wir haben gute Gründe dafür.« Zach sah sie durchdringend an. »Und ich vermute, das wissen Sie genau.«

Der verängstigte Ausdruck kehrte in ihr Gesicht zurück. »Ich weiß überhaupt nichts. Ich …« Ihre Stimme brach ab.

»*Wir* sind die Guten, Miss Groves«, erklärte Meyer unverblümt. »Wir versuchen, Ihren Patienten zu helfen, nicht zu schaden.«

»Sie erhalten die bestmögliche Pflege«, erklärte sie trotzig. »So viel kann ich Ihnen versichern.« Sie nestelte wieder an ihrem Taschentuch. »Ich darf nicht über das Institut sprechen. Als ich mit meiner Arbeit dort begonnen habe, habe ich ein Abkommen unterschrieben, das mich zum Stillschweigen verpflichtet.«

»Ist das Stehlen von Medikamenten auch Bestandteil dieses Abkommens?«, konterte Meyer. »Ich bezweifle es. Ich bin mir sicher, dass die Institutsleitung nicht sehr glücklich wäre, wenn sie erführe, dass Sie sich aus ihrem Bestand bedienen – auch wenn Ihre Motive noch so edel sind. Lassen Sie uns diese Theorie lieber nicht überprüfen.«

Beatrice Groves sah aus, als würde sie jeden Moment in Tränen ausbrechen.

»Hören Sie zu, Miss Groves.« Zachs Stimme klang leise und beruhigend – und Victoria war sich sicher, dass das nicht nur Strategie war. Es fiel ihm schwer, die ältere Dame so unter Druck zu setzen. »Die Angelegenheit, in der wir ermitteln, ist sehr ernst. Es geht um Menschenleben. Und Leben zu retten war doch der Grund, weshalb Sie Krankenschwester geworden sind, oder? Und es muss der Grund gewesen sein, weshalb Sie sich entschieden haben, in einer Einrichtung wie dem Hope Institute zu arbeiten, wo die Krankheiten, die Sie bekämpfen, so schwerwiegend sind.«

Sie nickte stumm.

»Dann helfen Sie uns, bitte. Nicht nur um sich selbst zu schützen. Sondern auch, um die zu schützen, die unter Ihrer Obhut stehen.«

Zachs Aufrichtigkeit verfehlte bei Miss Groves nicht ihre Wirkung. Sie presste die Lippen aufeinander, während in ihr die Loyalität zu ihrem Arbeitgeber gegen die Angst vor Strafverfolgung kämpfte. Durch Zachs Bitte kam nun noch Mitleid mit in diese Gleichung.

Das reichte, um die Waagschale endgültig kippen zu lassen.

»Was genau wollen Sie von mir wissen?«, fragte sie, und ihre Stimme klang ein wenig fester.

»Zum Beispiel wie viele Zimmer des Instituts leer stehen.«

»Keins.« Beatrice war sichtlich erleichtert über diese unverfängliche Frage. »Wir haben eine lange Warteliste. Wir hatten zwei leer stehende Zimmer, aber sie wurden am Montag neu belegt.«

»Verstehe.« Geschickt brachte Zach das Gespräch in die Richtung, in der er es haben wollte. »Apropos Montag, Sie waren sehr erregt, als Sie hinausgingen, um Mrs. Flanders zu empfangen. Warum? Liegt es daran, dass Sie in letzter Zeit vier Patienten verloren haben?«

Beatrice erschrak sichtlich. »Sie haben mich beobachtet?«

»Nicht nur Sie. Jeden, der vor der Klinik war.«

»Aha.« Ihr Taschentuch löste sich an den Ecken allmählich auf. »Ja, ich war sehr verstört deswegen. Es ist nie leicht, Patienten zu verlieren.« Sie brach ab, man merkte deutlich, dass sie zögerte.

»Aber?«, lockte Zach. »Bitte, Miss Groves, wenn Sie sonst noch etwas beunruhigt, müssen wir das wissen.«

»Oder Sie stecken mich ins Gefängnis«, antwortete sie tonlos.

»Miss Groves, niemand will Sie ins Gefängnis stecken.« Jetzt mischte Victoria sich ein, genau zum richtigen Zeitpunkt. Es war ihre Aufgabe, zu vollenden, was Zach begonnen hatte: Miss Groves' Vertrauen zu gewinnen und ihre Mitarbeit sicherzustellen.

»Es ist keineswegs unser Ziel, Sie strafrechtlich zu verfolgen«, wiederholte sie. »Unser Ziel ist es, unschuldige Menschen zu schützen. Wenn Ihnen Ihr Job und Ihre Patienten etwas bedeuten, helfen Sie uns. Dann sind die einzigen Menschen, denen etwas passiert, die, die es verdienen. Andernfalls werden ahnungslose Patienten zu Opfern. Patienten wie meine Schwester.«

»Ihre Schwester?« Beatrice hatte gerade stumm genickt über Victorias Begründungen. Doch jetzt warf sie ihr einen überraschten Blick zu. »Ich verstehe nicht. Wer sind Sie?«

»Mein Name ist Victoria Kensington. Audrey Kensington ist meine Schwester.«

»Oh … Audrey.« Echte Sorge lag auf dem Gesicht der älteren Frau. »Dann sind Sie also die Schwester, die sie so unbedingt sehen möchte.«

»Ja.« Victorias Magen zog sich zusammen, und die sehr echte und sehr persönliche Sorge, die seit Tagen in ihr nagte, brach aus ihr heraus. »Ist sie okay, Miss Groves? Ich muss es wissen. Ist Audrey sicher? Geht es ihr gut? Denn als ich sie das letzte Mal gesehen habe, war das nicht so. Sie ist vor meinen Füßen zusammengebrochen.«

»Oh je.« Beatrice fuhr sich über die Lippen. »Das muss an dem Tag gewesen sein, als sie diese üble Reaktion auf ihre Medikation zeigte und weggerannt ist. Wir hatten alle solche Angst um sie und waren sehr froh, als sie wieder da war. Es geht ihr inzwischen viel besser, auch wenn sie immer noch ein bisschen schwach ist.«

Eine üble Reaktion auf ihre Medikation? Genau das hatte ihr Vater auch gesagt. »Was für Medikamente hat Audrey denn bekommen?«

»Welche genau? Ich bin mir nicht sicher. Aber seien Sie versichert, unsere Therapien sind bahnbrechend.«

»Verstehe. Mit anderen Worten, Sie müssten sich Audreys

Akte ansehen, um herauszufinden, was man ihr gegeben hat?«

»Nein. Ich habe keinen Zugang zu diesen Informationen.«

Victoria zog erstaunt die Augenbrauen hoch. »Weil Sie nicht die für Audrey zuständige Krankenschwester sind?«

»Weil nur Miss Rivers genau weiß, welche Medikamente jeder einzelne Patient erhält.«

Schweigen.

»Bitte erklären Sie das genauer«, forderte Zach sie auf.

»Das ist auch eines der Gesetze in der Klinik. Wie ich bereits sagte, sind unsere Behandlungsmethoden revolutionär. Man sagte mir am ersten Tag, dass die meisten Medikamente, die wir verabreichen, vollkommen neue, selbst entwickelte Arznei-Mischungen sind, für die das Hope Institute Patente beantragt hätte. Um eine etwaige Industrie-Spionage auszuschließen, ist Miss Rivers die einzige Krankenschwester, der es gestattet ist, mit den Medikamenten umzugehen und sie zu verteilen. Das gilt selbstverständlich nicht für die ganz normalen Verordnungen. Die dürfen wir alle verabreichen.«

Ganz offensichtlich war Miss Groves stolz auf die Errungenschaften des Instituts.

Leider hatten die anderen im Raum das Gefühl, dass an diesen Errungenschaften etwas faul war.

»Diese neu entwickelten Arzneimittel«, drängte Zach. »Sie haben doch sicher mal ein Blick auf eines der Röhrchen werfen können?«

»Sie befinden sich in unbeschrifteten Behältern, auf denen nur der Name des Patienten aufgedruckt ist. Auch das aus Sicherheitsgründen.«

Victoria spürte Galle in ihrer Kehle aufsteigen. »Und Audrey hat negativ auf eine dieser innovativen Arzneimischungen reagiert?«

»Ja. Aber die Verordnung wurde gleich nach diesem Vorfall geändert. Es geht ihr jetzt viel besser, glauben Sie mir, Miss Kensington.« Ein sanftes Lächeln umspielte Beatrices Lippen. »Aber sie vermisst Sie.«

»Mein Vater besucht sie häufig, oder?«

Wieder dieser wachsame Gesichtsausdruck. »Ja. Alle paar Tage.«

Victoria musste keine Hellseherin sein, um zu wissen, was dieser Blick und dieser Ton bedeutete. Sie wusste es aus Erfahrung. »Aber seine Besuche verschlimmern ihren Zustand nur?«

»Sie scheinen sie in der Tat ein wenig aus der Ruhe zu bringen«, gab die Schwester zu.

»Was war in der Zeit, bevor meine Schwester in Ihrer Klinik aufgenommen wurde?«, fragte Victoria mühsam beherrscht. »Hat mein Vater das Institut auch da schon besucht?«

»Sie meinen, um sich die Einrichtung anzuschauen?« Beatrice runzelte die Stirn und versuchte, sich zu erinnern. »Das ist möglich. Er kam mir bekannt vor, wenn ich jetzt so darüber nachdenke. Es wäre ja auch verständlich, dass er sich zunächst einen persönlichen Eindruck von der Einrichtung verschafft hat, der er seine Tochter anvertrauen wollte. Allerdings kommt es mir irgendwie vor, als wäre das schon ziemlich lange her.«

»Wie lange?«

Ein Schulterzucken. »Ein Jahr. Vielleicht auch länger.«

»Miss Groves.« Zach übernahm jetzt wieder die Regie und steuerte das Gespräch in eine andere Richtung. »Sie sind eine sehr intelligente Frau. Ist Ihnen das Maß an Geheimhaltung in der Klinik denn nie merkwürdig vorgekommen?«

»Bis vor kurzem nicht. Die Patienten werden gut betreut,

das Personal ist ausgezeichnet. Natürlich war mir aufgefallen, dass die Vorschriften sehr streng sind. Aber unsere Patienten sind alle sehr vermögend. Manche von ihnen stehen in der Öffentlichkeit. Sie legen großen Wert darauf, ihre Privatsphäre zu schützen – und dazu gehört auch die Tatsache, dass sie krank sind, teilweise *sehr* krank. Das Hope Institute nimmt ihre Wünsche ernst. Wir sorgen dafür, dass sie unbehelligt bleiben und zugleich die bestmögliche medizinische Versorgung erhalten, die man für Geld kaufen kann. Die Wahrheit ist, die meisten unserer Patienten hoffen auf eine letzte Chance. Und wir sind die Einzigen, die ihnen diese Chance geben können – häufig mit Erfolg. Dagegen sind die Restriktionen und die Geheimnistuerei unbedeutend. Es wird im Laufe der Zeit einfach normal.«

»Aber irgendetwas hat sich für Sie verändert. Was war es?«

Ein ängstlicher Ausdruck glitt über Beatrices Gesicht. »Montagmorgen. Sie haben danach gefragt, was mich so beschäftigt hat, als ich hinausging, um Mrs. Flanders zu empfangen. Nun, es war mehr als der Verlust von vier Patienten. Ich hatte gerade mit angesehen, wie die Familien von zwei dieser Patienten in die Besprechungszimmer geschoben worden waren. Der Sohn von Mr. Pratt und die Kinder von Mrs. Housley.«

»Mr. Pratt – das war doch der Patient, dessen Zimmer Mrs. Flanders übernommen hat.«

»Ja.«

»Und die Besprechungszimmer? Wozu werden die benutzt?«

»Dort werden die Familien unterrichtet, wenn einer ihrer Angehörigen verstorben ist. Unser psychiatrisches Team betreut sie und hilft ihnen, den Verlust halbwegs zu verkraften.«

Zach runzelte erstaunt die Stirn. »Und wieso hat Sie das beunruhigt?«

»Weil sowohl Mr. Pratt als auch Mrs. Housley bereits vor über zwei Monaten verstorben sind. Ich verstehe nicht, warum man ihre Familien erst jetzt benachrichtigt hat.«

»Haben Sie Miss Rivers danach gefragt?«

»Ja, als wir an den Besprechungszimmern vorbeikamen. Sie wurde sehr ungehalten. Sie hat mich praktisch aus dem Gebäude geschoben, um Mrs. Flanders zu begrüßen. Sie hat meine Frage bis heute nicht beantwortet.«

Zach strich sich nachdenklich übers Kinn. »Hat sie sich zuvor schon einmal so verhalten?«

»Nein.« Beatrice schüttelte den Kopf. »Sie ist immer sehr kontrolliert. Ich habe noch nie erlebt, dass sie so die Beherrschung verliert.«

»Bei niemandem? Nicht mal bei jemandem, der ihr nahesteht?«

»Miss Rivers steht niemandem nahe – zumindest nicht in der Klinik. Sie ist eine sehr überhebliche Frau. Sie ist immer sehr distanziert, vielleicht erfordert das ihre Position als Oberschwester. Jeder respektiert sie. Punkt. Aber sie ist eine der fleißigsten Schwestern, die ich je kennen gelernt habe. Sie arbeitet jeden Tag mindestens zwei Schichten. Und sie lässt nie eine von uns ihren Dienst übernehmen – ich glaube, sie nimmt sich nicht einmal die Zeit, um etwas zu essen.«

»Was ist denn, wenn sie außer Dienst ist? Wer verabreicht dann den Patienten ihre Medizin?«

»Die zuständigen Ärzte. Miss Rivers koordiniert die Dienstpläne so, dass das möglich ist. Außerdem ist sie in 24-stündiger Rufbereitschaft.«

»Eine wahre Florence Nightingale«, murmelte Zach. Er lehnte sich auf seinem Stuhl zurück und schaute Meyer fragend an.

»Das reicht vorläufig«, meinte dieser.

»Wofür?« Beatrice sah schon wieder erschrocken aus und fummelte an ihrem Taschentuch. »Was soll das alles?«

Meyer räusperte sich. »Im Hope Institute werden illegale Geschäfte getrieben, Miss Groves. Nur wenige Leute sind darin verwickelt – zumindest vermuten wir das. Mit Ihrer Hilfe werden wir herausfinden, wer diese Leute sind, und sie verhaften.«

»Illegale Aktivitäten?« Beatrice klang eher erschöpft als erstaunt. »Welcher Art?«

»Zum einen sind diese unbeschrifteten Behälter keine Eigenarzneien. Zumindest keine legalen.«

»Sie glauben, dass am Institut jemand mit Drogen handelt?«

»Ich glaube das nicht, ich weiß es.«

»Nein.« Beatrice leckte sich über die Lippen. »Diese Medikamente, die Sie meinen, sind für unsere Patienten bestimmt. Wenn Sie damit andeuten wollen, dass jemand, möglicherweise sogar Miss Rivers, illegale Drogen an unsere Patienten verteilt, irren Sie sich. Jeder im Hope Institute wertschätzt menschliches Leben. Es ist einfach undenkbar.«

»Ich stimme Ihnen zu, aber nicht weil diejenigen, die das tun, menschliches Leben wertschätzen. Sie wertschätzen Geld. Sie verbringen keine einzige schlaflose Nacht wegen des Schicksals der Menschen, die ihnen das Zeug abkaufen. Nein, ich glaube nicht, dass sie die Drogen an Ihre Patienten verteilen. Drogenhändler verteilen keine Drogen. Sie verkaufen sie. Was ich vielmehr glaube, ist, dass sie das Zeug kaschieren, indem sie es zusammen mit den unbeschrifteten Behältern der Medikamente aufbewahren, die das Institut patentieren lässt – zumindest bis sie es an ihre Kontaktpersonen weitergeben und sich bezahlen lassen können.«

»Glauben Sie, Miss Rivers ist daran beteiligt?«

Ein Schulterzucken. »Irgendwer muss schließlich beteiligt sein. Es ist unser Job, herauszufinden, wer es ist.«

»Und wenn Sie es herausgefunden haben, was wird dann aus dem Institute?«

»Ich weiß es ehrlich gesagt nicht«, gab Meyer zu. »Es kommt darauf an, wer in die Sache verwickelt ist. Mit etwas Glück wird die Klinik den Skandal überstehen und weiter die exklusive medizinische Betreuung anbieten können, die Sie beschrieben haben. Aber das ist alles hypothetisch. Im Augenblick jedenfalls werden diese Dienstleistungen dazu benutzt, um Verbrechen zu kaschieren. Und es ist unser Job, den- oder diejenigen unschädlich zu machen, die diese Verbrechen begehen.«

Traurige Gewissheit lag in Beatrices Gesicht. »Das alles ist nicht nur Spekulation«, murmelte sie vor sich hin. »Sie sind sich ganz sicher, nicht wahr?«

»Ja«, bestätigte Zach ihr. »Wir sind uns ganz sicher. Irgendwer verdient eine Menge Geld mit schmutzigen, illegalen Geschäften. Und es handelt sich offensichtlich nicht nur um Drogengeld. Denken Sie an das, was Sie am Montag gesehen haben. Warum erzählt man Familien, dass ihre geliebten Angehörigen gerade erst gestorben sind, wenn sie in Wirklichkeit schon Monate tot sind? Weil die Zahlungen an das Institut im Todesfalle eines Patienten sofort eingestellt würden. Warum also nicht einfach noch eine Weile so tun, als wären die Patienten noch am Leben?«

»Ich habe auch an diese grässliche Möglichkeit gedacht. Aber wenn das stimmt, was passiert dann mit den Leichen?« Beatrices Gesicht war kreideweiß, ein klarer Hinweis darauf, dass sie tatsächlich keine Ahnung hatte, was im Institut geschah.

»Miss Groves …, Beatrice, hören Sie mir zu«, meinte

Zach und beendete das Gespräch mit einem Zeichen an Meyer, ihm ein Glas Wasser zu besorgen. »Je weniger Sie wissen, desto besser. Wir wollen, dass Sie sicher sind. Aber wir brauchen Ihre Hilfe. *Ich* brauche Ihre Hilfe.«

»Also gut. Was kann ich tun?« Ihre Hände zitterten, als sie das Glas von Zach in Empfang nahm.

»Sie könnten meine Krankenschwester sein. Meine private Krankenschwester.«

Meyers »Wie bitte?« mischte sich mit Beatrices »Ich verstehe Sie nicht.«

Victoria verstand, und zwar nur zu gut. Denn sie und Zach hatten sich diesen Plan in den frühen Morgenstunden ausgedacht.

Jetzt mussten sie nur noch Meyer davon überzeugen, ihn mitzumachen.

Zach ließ ihm offensichtlich keine Wahl. Er warf dem Agenten einen unnachgiebigen Blick zu. »Lassen Sie mich bitte ein paar Minuten mit Special Agent Meyer allein«, bat er Beatrice. »Dann werde ich Ihnen alles genau erklären. Ich habe vor, der nächste Patient des Hope Institutes zu werden.«

28

Vergessen Sie es.« Meyer verschränkte die Hände hinter dem Kopf, lehnte sich in seinem Schreibtischsessel zurück und runzelte die Stirn. »Ich weiß, dass wir jemanden dort einschleusen müssen. Aber das werden ganz sicher nicht Sie sein.«

»Und ob.« Zach stand auf, mit dem Rücken zu Tür, und bedachte Meyer mit einem Blick, der keinen weiteren Widerspruch duldete. Victoria blieb mit auf dem Schoß gefalteten Händen sitzen – vorläufig jedenfalls. Beatrice war zu einer Tasse Kaffee hinausbegleitet worden.

»Ich weiß besser als jeder andere Ihrer Agenten über das Bescheid, was sich im Hope Institute abspielt«, argumentierte Zach. »Und ich habe das nötige Rüstzeug, auch das technische, um die Sache durchzuziehen.«

»Aber Ihnen fehlt die Agentenausbildung.«

»Die können wir nachholen. Ich lerne schnell. Ich bin intelligent und motiviert. Ich werde in kürzester Zeit sämtliche Fähigkeiten erlernen, die für diese Aufgabe nötig ist.«

»Also gut, Hamilton, wie steht es zum Beispiel um Ihr schauspielerisches Talent?«

Zach verzog den Mund zu einem Grinsen. »Ich habe Sie doch davon überzeugt, dass ich Sie mag, oder?«

»Charmant.« Meyer lächelte und sah Zach nachdenklich an, während er das Gewicht seiner Argumente noch einmal durchdachte. »Nehmen wir einmal an, ich würde Ihrem Einsatz zustimmen. Welche Art Identität schaffe ich für Sie?«

»Identitäten«, korrigierte Victoria. Es war das Erste, was sie sagte, seit Beatrice den Raum verlassen hatte. »Es sind genau zwei. Der eine ist ein steinreiches, neurotisches Software-Genie, der ein eigenes Unternehmen leitet; die andere eine erfolgreiche Rechtsanwältin, die sein Unternehmen vertritt und über die Vollmacht verfügt, seine Aufnahmeverträge zu unterzeichnen.«

Meyer wirbelte herum. »Schlagen Sie sich das aus dem Kopf, Miss Kensington. Sie haben mit der Sache nichts zu tun.«

»Und ob, Mr. Meyer. Und zwar seit dem Moment, als

Audrey im Central Park vor meinen Füßen zusammengebrochen ist und ich mit meinen eigenen Ermittlungen gegen das Hope Institute begonnen habe. Ich werde beschattet, und meine Telefone werden abgehört. Samstagnacht hat jemand versucht, mich im Auto von der Straße abzudrängen, er hat meinen Anrufbeantworter gelöscht und wer weiß was noch. Er ist mir dicht auf den Fersen und will unbedingt wissen, was ich als Nächstes tun werde. Mein Vater ist Ihr Hauptverdächtiger, und er ist der Justitiar des Hope Institutes. Mein Leben ist in Gefahr, das Leben meiner Schwester ist in Gefahr, und jetzt ist wegen seiner Verbindung zu mir auch noch Zachs Leben in Gefahr. Könnte ich mehr mit der Sache zu tun haben? Außerdem laufen wir gegen die Zeit. Sie brauchen eine gute Anwältin, um die Sache glaubhaft durchzuziehen – eine kluge, die mit dem Fall vertraut ist, nicht irgendeinen Agenten, den sie erst mit Informationen füttern müssen.«

Victoria zog einige beschriebene Blätter aus der Tasche und reichte Meyer wortlos eine Seite nach der anderen. »Hier sind die Einzelheiten unserer Identitäten. Wir sind aus Kalifornien, Silicon Valley, um genau zu sein. Zach ist ein Technologie-Freak, der Computerchips für Satelliten entwickelt, für militärische Zwecke. Er hat den Job jahrelang gemacht und stürzte dann plötzlich in eine tiefe Sinnkrise. Der ganze Druck, den die Regierung auf ihn ausübte – Sie wissen ja selbst, wie fordernd diese Beamten sein können –, war zu viel für den armen Kerl. Er wurde über jemanden, dessen Namen er nicht nennen will, auf das Hope Institute aufmerksam. Und seither will er nirgends anders hin. Sein Sicherheitsstatus schränkt die Informationen ein, die ich weitergeben darf, was mir eine glänzende Position mit einem großen Spielraum in der Hinterhand verschafft.«

Sie händigte Meyer auch diese Seite aus und ging weiter

zur nächsten. »Jetzt komme ich an die Reihe. Wie ich bereits sagte, werde ich diejenige sein, die unseren verwirrten Unternehmer in die Klinik bringt. Ich werde anwesend sein, um seine Interessen zu wahren, die immens sind. Er besitzt Milliarden. Und mit dieser Information sowie einem dicken Scheck müsste das Hope Institute ihn mit offenen Armen aufnehmen, freie Zimmer oder nicht. Sie werden notfalls eines ihrer Büros räumen. Mein Job besteht darin, sie davon zu überzeugen. Ihr Job ist es, den Typ zum Leben zu erwecken, bis hin zu seinem Bankkonto und seinen Aktien.«

Sie betrachtete die letzte Seite, dann reichte sie sie ebenfalls an Meyer weiter. »Mit mir wird es leichter, weil ich nicht bleibe. Ich brauche nur das Übliche, Führerschein, Sozialversicherungsnummer, Personalausweis, Geburtsurkunde – nicht Besonderes also. Und einen Namen, der im Anwaltsverzeichnis steht und über die kalifornische Anwaltskammer bestätigt werden kann. Ich habe mich neu in New York niedergelassen, sodass sie nicht davon ausgehen können, dass ich bereits Referenzen habe. Aber rufen Sie die New Yorker Kammer an und sichern Sie sich ihre Kooperation, nur für den Fall, dass das Institut einen Kontrollanruf startet. Oh, und was Zach angeht, er benötigt ein paar Tipps von einem Psychiater. Ich könnte ihm ebenfalls ein paar Hinweise zu Nervenzusammenbrüchen geben, ich bin mit einer ganzen Reihe psychischer Erkrankungen vertraut; denn mein Onkel ist Psychiater. Trotzdem, Ihre Fachleute können das besser als ich.«

Victoria lehnte sich zurück, faltete wieder die Hände im Schoß und nickte Meyer zu. »Ich schätze, das reicht für den Anfang.«

Der Unterkiefer des Agenten berührte fast die Schreibtischplatte. Er blinzelte, schaute auf die Papiere, die er in der

Hand hielt, und wandte sich dann an Zach. »Stur? Wie ein Esel? Ich würde eher sagen wie ein Bulldozer.«

Zachs Unterlippe zuckte. »Aber ziemlich effektiv, oder?«

»Wenn Sie es so nennen möchten.« Meyer warf Victoria einen süffisanten Blick zu. »Sagen Sie, Miss Kensington, haben Sie uns auch noch etwas Arbeit überlassen?«

»Natürlich. Ich habe lediglich die Profile entwickelt, mit Zachs Hilfe natürlich. Den schwierigen Part – echte Menschen aus uns zu machen – überlasse ich Ihnen. Oh, und unsere Namen dürfen Sie ebenfalls frei wählen, unter den Bedingungen, die ich Ihnen vorhin erläutert habe.« Sie zögerte und dachte noch einmal nach. »Nehmen Sie doch David als Zachs Vornamen. Ich finde, das wäre sehr passend, meinst du nicht auch?« Sie drehte den Kopf in Zachs Richtung.

»Ja«, stimmte er ihr zu, und ein tiefes Verständnis herrschte zwischen ihnen. »Absolut.«

»David. Das war doch der Name Ihres Vaters, oder?«, murmelte Meyer. »Das ist eine sehr schöne Idee. Sonst noch irgendwelche Forderungen, Miss Kensington?«

»Im Augenblick nicht«, antwortete sie trocken. »Aber wenn mir noch etwas einfällt, rufe ich Sie an. Ich habe ja Ihre Privatnummer.«

»Perfekt.« Meyer rieb sich die Stirn. »Ich brauche einen oder zwei Tage, um das umzusetzen. Aber wir können es uns nicht leisten, zu warten. Vor allem jetzt, da Miss Groves über unsere Ermittlungen unterrichtet ist. Sie mag auf unserer Seite stehen, aber sie hat auch Angst. Und das wird man ihr anmerken. Ich bezweifle, dass es lange dauern wird, ehe jemand am Hope Institute misstrauisch wird. Wir müssen die ganze Sache unter Dach und Fach bringen, bevor dies geschieht.«

»In Ordnung«, stimmte Zach zu. »Wie wäre es, wenn ich mich am Freitag in der Klinik aufnehmen ließe? Die einzige

Verpflichtung, die ich bis dahin habe, ist meine Rede morgen auf dem Kongress. Das lässt mir genug Zeit, mich auf meine Aufgabe vorzubereiten, und Victoria, die nötigen Telefongespräche mit dem Hope Institute zu führen und die Einzelheiten für meine Aufnahme dort zu klären.«

»Freitag.« Meyer verschränkte die Hände hinter dem Kopf. »Hamilton, ich möchte Ihnen eines sagen. Sich auf Ihre Aufgabe vorzubereiten ist nur ein Bruchteil dessen, was Ihnen bevorsteht. Wenn wir uns entscheiden, am Freitag in Aktion zu treten, werden Sie jede Minute brauchen, um die notwendigen Fähigkeiten zu erlernen – das fängt an mit dem Aufbrechen verschlossener Türen und endet damit, es so aussehen zu lassen, als hätten Sie es nicht getan. Das hier ist kein James-Bond-Film, es ist das echte Leben. Und es ist gefährlich.«

»Das ist mir klar«, antwortete Zach ruhig. »Ich nehme meine Aufgabe nicht auf die leichte Schulter. Ich bin weder eitel noch ein Idiot. Ich weiß, dass da eine Menge auf mich zukommt. Ich werde Tag und Nacht im Hauptquartier verbringen, wenn es sein muss. Aber, Meyer, wenn ich nicht davon überzeugt wäre, der Richtige für diesen Job zu sein, würde ich ihn nicht machen. Ich will diese Bastarde ebenso hinter Gitter bringen wie Sie. Vielleicht noch mehr.«

Meyer nickte langsam. »Ja. Ich weiß das.« Er schaute auf seine gefalteten Hände. »Ich werde in unserem Büro in Los Angeles anrufen und sie bitten, uns so schnell wie möglich eine professionelle Hollywood-Visagistin zu schicken. Sie müssen absolut unkenntlich sein. Neue Gesichter, neue Figuren.« Meyer warf Victoria einen Blick zu. »Was ist denn, wenn Ihr Vater da ist, wenn Sie Zach in die Klinik bringen?«

»*Wenn* mein Vater da ist, wird das kein Problem sein. Er sieht die Menschen kaum, die er anschaut, es sei denn, sie sind von irgendeinem Nutzen für ihn.« Victoria dämpfte ihre Stimme und sprach mit kalifornischem Akzent weiter. »Ich werde eine völlig Fremde für ihn sein.«

»Wo wir gerade davon sprechen, wir sollten uns von Miss Groves ein Foto geben lassen«, warf Zach ein. »Das bekommt dann einer der Zeichner des FBI.«

»Wozu?«, fragte Meyer.

»Um sie wie eine andere aussehen zu lassen – eine, die Beatrice stark ähnelt, es aber nicht ist.« Zach lächelte amüsiert. »Sie wollen schauspielerisches Talent sehen? Ich werde es Ihnen zeigen. Die Frau auf dem Foto wird David Soundsos verstorbene Mutter. Und wenn er Beatrice am Freitagmorgen im Institut wiedersieht, wird es ihm vorkommen, als hätte er seine Mutter wieder.«

Wieder nickte Meyer. »Machen Sie nur genug Theater, dann kann Miss Kensington darauf bestehen, dass Beatrice Groves sich um Sie kümmert.«

»Als meine alleinige Pflegerin. Damit reduziert sich die Gefahr, dass mich jemand erkennen könnte, auf ein Minimum. Und es macht es mir leichter, mich im Institut umzusehen. Ich werde in einem solch bejammernswerten Zustand sein, dass niemand glauben wird, ich könnte in der Lage sein, Schwierigkeiten zu machen. Beatrice kann mich ein bisschen im Rollstuhl durch die Gegend fahren, angeblich zur geistigen Stimulation, zu einem Tapetenwechsel oder für ein Stündchen vor dem Fernseher. Herrje, ich werde praktisch unsichtbar sein.«

»Ja, das wäre tatsächlich das Beste. Zum Wohl aller, aber besonders natürlich zu Ihrem eigenen.«

Donnerstag, 27. April
10.30 Uhr

Es wurde allmählich Zeit.

Victoria saß in Zachs Hotelsuite und starrte auf ihr Handy. Zach war auf seinem Kongress. Vormittags wurde sie nicht bei Waters, Kensington, Tatem & Calder erwartet. Sie hatte sich diesen Zeitplan absichtlich so gestaltet: ein paar Stunden heute, ein paar Stunden morgen. Damit erfüllte sie ihr Zweitages-Abkommen, und sie hatte am Morgen Zeit, um einige Telefongespräche zu führen und diverse Arbeiten zu organisieren, und den nächsten Vormittag, um Zach ins Hope Institute zu bringen.

Meyer hatte vor einer Stunde angerufen, um ihr zu sagen, dass ihre Identitäten komplett wären. Vollständig neue Identitäten waren geschaffen worden, in Zachs Fall sogar mitsamt Steuererklärungen, Bankkonten und Aktiendepots, und zwar in einer Größenordnung, bei der einem schwindelig werden konnte. Seine medizinischen Berichte, ein Foto und die biologischen Daten sowie die unterzeichneten Vollmachten wurden während des Gesprächs gerade per Boten in die Klinik geschickt, zusammen mit einem Scheck über 250.000 Dollar.

Alles war bereit.

Victoria schaute auf die Uhr. 10.23 Uhr. Sie würden den zuständigen Personen im Hope Institute noch fünf Minuten Zeit lassen, um sich die Unterlagen anzusehen, den Scheck zu prüfen und in Ohnmacht zu fallen. Dann würde sie anrufen.

Sie und Zach hatten ihre Rollen immer wieder durchgespielt, kannten sie in- und auswendig. Zach war David Karr – Eigentümer und Geschäftsführer von Karr Technology, Silicon Valley, Kalifornien. Als brillanter Elektroingenieur und Erfinder verfügte Karr über diverse exklusive Verträge mit der

Regierung, der jüngste betraf die Entwicklung spezieller Computerchips für das amerikanische Militär. Die Einzelheiten dieser Verträge und die Entwicklungen waren klassifiziert. Vor vier Monaten, nach einem besonders heiklen und schwierigen Teil der Aufgabe, wurde Karr krank und zog sich vorübergehend aus den Geschäften zurück.

An dieser Stelle kamen die psychiatrischen Gutachten ins Spiel.

Die vertraulichen medizinischen Berichte, die dem Hope Institute an diesem Vormittag zugestellt wurden, diagnostizierten bei Karr chronische durch immensen Stress ausgelöste Anpassungsstörungen. Zu seinen spezifischen Symptomen gehörten Arbeitshemmung und Realitätsverlust, zusätzlich verkompliziert durch eine neurotische Angst vor unbekannten Menschen. Es folgte eine lange Liste mit Karrs Allergien und Unverträglichkeiten, unter anderem eine akute Intoleranz gegen die meisten Beruhigungs- und Schlafmittel, deren Einnahme zu ernsten physiologischen Nebenwirkungen führte. In fetten schwarzen Buchstaben wurde dringend davon abgeraten, Karr diese Medikamente in irgendeiner Form zu verabreichen.

Das war das Sicherheitsnetz, das das FBI ausgeworfen hatte, um sicherzustellen, dass Gloria Rivers an Zach keine Drogencocktails ausprobierte.

Der Bericht schloss mit dem Hinweis, dass eine Psychotherapie bereits erfolgt wäre, jedoch nur geringen Erfolg gezeigt hätte und der Patient noch immer sehr stark an den aufgeführten Symptomen litte. Er wäre jedoch nicht gewalttätig, weder gegenüber sich selbst noch gegenüber anderen, und völlig harmlos. Ein vollständiger Tapetenwechsel und viel Ruhe könnten deutliche Zeichen der Besserung bringen.

Das waren die idealen Voraussetzungen für Zachs Aufgabe.

Victoria war Catherine Hughes, erfolgreiche Anwältin bei Brandes & Steede, einer renommierten Anwaltskanzlei in Silicon Valley. Der Identitätswechsel war einfacher gewesen als erwartet. Brandes & Steede existierte nicht nur in Wirklichkeit, das FBI verfügte auch über Kontakt dorthin; man hatte den Beamten volle Kooperation zugesichert. Außerdem war auch Miss Hughes echt – oder besser gesagt, sie war echt *gewesen*. Sie war eine sehr gute Anwältin, die unglücklicherweise im letzten Jahr an einem Aneurysma gestorben war. Ihre Identität zu benutzen erleichterte die Sache ungemein. Ihre Kollegen mussten lediglich so tun, als wäre Miss Hughes noch am Leben und verträte die Interessen von David Karr.

Im Übrigen musste Victoria ihre Rolle nur ein einziges Mal spielen, schlimmstenfalls zweimal, wenn sie aus irgendeinem Grund erneut im Hope Institute erscheinen müsste. Zach hingegen musste seine Rolle einige Tage leben – so lange, wie er benötigte, um die Beweise zu finden, die sie brauchten.

Victoria war müde. Sie hatte gestern Abend sechs Stunden im FBI-Hauptquartier verbracht, um den ersten Teil ihrer Ausbildung zu absolvieren, und heute Abend hatte sie noch einmal sechs vor sich, sobald der Make-up-Spezialist mit seiner Arbeit fertig war. Wie Zach das alles durchstand, war ihr ein Rätsel. Er hatte ungefähr doppelt so viel Zeit im Hauptquartier verbracht – den ganzen gestrigen Tag und den Abend, und für heute waren weitere zwölf Stunden geplant. Er hatte das Hauptquartier nur verlassen, um nachts ins Plaza Athénée zurückzukehren.

Einerseits, um ein wenig Schlaf zu bekommen, andererseits, um sie zu sehen. Und drittens, um Mr. Zigarre in Sicherheit zu wiegen, dass nichts Besonderes geschah und dass sie jeden Abend ins Bett stürzten, wie es sich für anständige Liebende gehörte. Es war die einzige Möglichkeit, seine Konzentration dorthin zu richten, wo sie sie haben wollten. Auch ihr Aufenthalt im Hotel war nur für Mr. Zigarre arrangiert, von hier aus konnten sie ungesehen durch den Lieferanteneingang schlüpfen und in den Wagen des FBI steigen – was ihnen niemals gelungen wäre, wenn sie in Victorias Wohnung geblieben wären, schon gar nicht als David Karr und Catherine Hughes. Sobald ein unbekanntes Gesicht aus dem Haus Nr. 170 an der East 82. Straße käme, würden bei Mr. Zigarre alle Alarmglocken schrillen.

Also musste es das Plaza Athénée sein.

Victoria warf einen letzten Blick auf die Uhr. 10.38 Uhr. Zeit, dass Catherine Hughes im Hope Institute anrief und die Sache ins Rollen brachte.

Sie holte tief Luft und wählte die Nummer.

»Hope Institute? Was kann ich für Sie tun?«

Es war der Pitbull-Terrier Miss Evans.

»Guten Morgen.« Victoria konzentrierte sich. Sie sprach mit verstellter Stimme und dehnte die Silben, wie es an der Westküste üblich war. »Hier spricht Catherine Hughes. Ich bin die Anwältin von David Karr. Ich vermute, Sie haben die Unterlagen und das Begleitschreiben erhalten, die ich Ihnen per Boten überbringen ließ?«

»Sie sind vor einer Weile hier eingetroffen, ja.« Miss Evans klang angestrengt, neugierig und diensteifrig zugleich.

»Perfekt. Dann hatten Ihre Ärzte sicher schon Gelegenheit, sich die Berichte anzuschauen. Ich habe heute Nachmittag eine Reihe Termine und bin leider nicht abkömmlich, aber Mr. Karr würde seinen Aufenthalt gern morgen Früh beginnen. Sollen wir sagen gegen … neun Uhr dreißig?«

Miss Evans räusperte sich. »Miss … Hughes, sagten Sie?«

»Ja. Catherine Hughes. So wie es auf der Vollmachtsurkunde steht.«

»Ich … wir wissen es natürlich sehr zu schätzen, dass Mr. Karr unsere Einrichtung für seine Genesung ausgewählt hat. Dennoch gibt es da ein paar Fragen, die vorab zu klären wären. Zum Beispiel, wer uns Mr. Karr empfohlen hat? Wir benötigen noch einige Referenzen. Auch wenn uns Mr. Karrs Vertrauen außerordentlich ehrt, wüssten wir gern, was ihn dazu bewogen hat, ausgerechnet unser Haus auszusuchen. Wir sind über tausend Kilometer von Silicon Valley entfernt, und Mr. Karrs Gesundheitszustand erfordert nicht unbedingt die intensive medizinische Betreuung, die wir hier anbieten.«

Victoria machte eine kurze Pause, ehe sie antwortete. »Also ehrlich, Miss …?«

»Miss Evans.«

»Miss Evans. Als Erstes möchte ich Ihnen versichern, dass wir Ihre Einrichtung sehr sorgfältig ausgesucht haben. Mr. Karr trifft keine unüberlegten und uninformierten Entscheidungen. Warum er sich also für Sie entschieden hat? Ich meine, das dürfte offensichtlich sein. Es gibt zwei gewichtige Gründe: Ihr Renommee und Ihre Diskretion. Mr. Karr legt Wert auf beides. Und was die Entfernung zu Ihnen angeht, ich bin sicher, dass Sie bereits Patienten hatten, die einen längeren Weg zurücklegen mussten, um zu Ihnen zu gelangen. Mr. Karr hat sich deshalb für New York entschieden, weil es ihm wichtig ist, so weit wie möglich von zu Hause fort zu sein. Er benötigt eine völlige Trennung von seiner vertrauten Umgebung. Und was die Schwere seiner Erkrankung betrifft, unsere Nachforschungen haben uns keinerlei Anlass zu der Annahme gegeben, dass Ihre Einrichtung nur vom Tode bedrohten Patienten offen steht. Oder sind unsere Informationen falsch?«

»Nein, nein, natürlich nicht.« Der Pitbull klang verwirrt. »Es ist nur so, dass …«

»Ist es ein Mangel an Kapazitäten? Unsere Recherchen haben ergeben, dass Sie eine ziemlich umfangreiche Warteliste haben. Aber ich nehme an, die können wir umgehen – unter den gegebenen Umständen«, fügte Victoria spitz hinzu.

Den letzten Satz ließ sie erst einmal wirken. Miss Evans würde ihn schon verstehen. »Die gegebenen Umstände« bedeuteten eine Viertelmillion Dollar.

Sie konnte Miss Evans geradezu vor sich sehen, wie sie gierig auf den Scheck in ihren Händen starrte.

Miss Evans räusperte sich erneut, diesmal nervös. »Ehe wir das Thema unserer Kapazitäten diskutieren, wäre da noch die Sache mit den Referenzen. Ich brauche den Namen der Person, die Mr. Karr an uns verwiesen hat und die genauen Daten, wann diese Person Patient in unserem Haus war.«

»Verfügen Sie über eine Unbedenklichkeitserklärung?«, fragte Victoria kühl.

Schweigen.

»Ich schätze, das heißt nein. Unter diesen Umständen muss ich Ihre Bitte zum Schutze meines Mandanten leider ablehnen, aufgrund nationaler Sicherheitsinteressen. Die Unterlagen zu Mr. Karrs persönlicher und medizinischer Biografie, die ich Ihnen geschickt habe, müssen vorläufig genügen. Das und der großzügige Scheck, den ich beigefügt habe. Wenn ich das richtig sehe, müsste er für die ersten Monate reichen. Mr. Karr ist bereit, diese Summe monatlich zu zahlen, als Ausgleich für die besonderen Anstrengungen, die Sie für ihn unternehmen.«

»Verstehe.« Miss Evans zögerte. »Darf ich Sie bitten, kurz am Apparat zu bleiben?«

»Natürlich.« Als Victoria die Warteschleifenmusik hörte, deckte sie das Sprechteil ihres Telefons mit der Hand zu und grinste siegessicher. Jetzt hatte sie es fast geschafft. Der Pitbull war unterwegs zu einem Entscheidungsträger, um sich das offizielle Einverständnis zu holen. Sobald sie die astronomische Geldsumme erwähnen würde, die auf dem Spiel stand, und die Tatsache, dass sie noch einen ganzen Tag Zeit hatten, um David Karr und Catherine Hughes den üblichen Sicherheitstests zu unterziehen, würde man zu dem Schluss kommen, dass es nichts zu verlieren gäbe.

Und Zach wäre drin.

»Miss Hughes?«

Das hatte nicht lange gedauert.

»Ja?«

»Ich danke Ihnen für Ihre Geduld. Morgen Früh um neun Uhr dreißig wäre perfekt. Wir freuen uns auf Mr. Karr. Brauchen Sie eine Wegbeschreibung zum Institut?«

»Nein. Mr. Karrs Fahrer kennt sich in Manhattan bestens aus.«

»Gut. Wir verfügen über einen Privateingang. Bitten Sie Ihren Fahrer, auf die Fahrspur einzubiegen, die direkt unter unser Gebäude führt. Wir werden Mr. Karr am Fuß der Rampe erwarten.« Miss Evans hüstelte nervös. »Darf ich davon ausgehen, dass *Sie* die erforderlichen Aufnahmemodalitäten erledigen werden?«

»Das ist einer der Gründe, weshalb ich Mr. Karr nach New York begleitet habe«, bestätigte Victoria knapp. »Hätten wir damit alles Wichtige besprochen? Ich habe einen dringenden Termin. Die weiteren Einzelheiten können sicher bis morgen warten.«

Eine kurze Pause. »Selbstverständlich. Wir werden dann alles Weitere besprechen.«

»Gut. Wenn nötig, können Sie mich unter 555-4972 erreichen.« Victoria nannte die Nummer, die das FBI ihr gegeben hatte – eine Nummer, die in ihrem Büro klingeln würde, woraufhin sich die mit der Stimme von Catherine Hughes besprochene Mailbox einschaltete. »Auf Wiedersehen, Miss Evans.«

Victoria beendete das Gespräch und atmete hörbar aus. Geschafft.

Dann wählte sie Meyers Privatnummer.

29

Freitag, 28. April
1.31 Uhr

Noch acht Stunden.

Victoria lag hellwach in Zachs Armen, schaute aus dem Schlafzimmerfenster und dachte über das nach, was vor ihnen lag. Sie war nervös. Nicht aus Sorge darüber, ob Zach und ihr das Täuschungsmanöver gelingen würde. Sie waren beide so überzeugend in ihren Rollen, dass sie inzwischen fast glaubte, sie wären tatsächlich David Karr und Catherine Hughes.

Nein, es war die Furcht vor dem, was sie herausfinden würden – und vor allem die nackte Angst um Zach.

Sie hatte ihn endlich wiedergefunden. Sie durfte ihn nicht mehr verlieren.

Unten auf der Straße ertönte eine Hupe, aber heute Nacht gaben die Geräusche Manhattans Victoria nicht wie sonst ein Gefühl der Sicherheit und der Vertrautheit. Nichts konnte ihr im Moment Ruhe geben, auch nicht ihre Arbeit oder ein gutes Glas Cabernet. Diesmal nicht. Diesmal würde sie erst Ruhe finden, wenn diese Sache abgeschlossen war, wenn Audrey die Klinik verlassen hatte und auch Zach heil aus dem Institut herauskam.

Denn wenn ihm etwas passierte …

Victoria schluckte mühsam, und ihre Augen brannten vor Müdigkeit und wegen der unvergossenen Tränen. Sie wusste um die Bedeutung ihrer heftigen Reaktionen, ihrer Magenschmerzen, ihrer überwältigenden Emotionen.

Sie waren alle auf ihre Gefühle für Zach zurückzuführen.

Gefühle, die sie inzwischen, ohne zu fragen, anerkannte und unverblümt beim Namen nannte.

Es war Liebe.

In guten wie in schlechten Zeiten.

Bitte lass es gute Zeiten sein.

Zachs Umarmung wurde fester, als ahnte er ihre Gedanken. »Ich dachte, du schläfst.«

»Ich kann nicht.«

»Ich weiß.« Er küsste sie aufs Haar. Dann drehte er sie in seinen Armen um, bis er ihr Gesicht sehen konnte. »Es wird alles gut gehen«, flüsterte er und strich ihr mit den Fingern sacht über die Wange. »Nach den vier Jahren wird mich nichts mehr von dir wegbringen. Gar nichts.«

Victoria war auf ihre Reaktion nicht vorbereitet. Sie brach in Tränen aus, ein tiefes Schluchzen schüttelte ihren Körper. »Es … es tut mir leid«, stammelte sie und bedeckte ihr Gesicht mit den Händen. »Ich kann mich einfach nicht mehr beherrschen.«

»Pssst.« Zach zog sie an sich, drückte ihren Körper an seinen. »Das ist schon okay.«

»Was ist okay?«, fragte sie mit bebender Stimme. Ihr Gesicht war an seine nackte Brust gedrückt. »Unsere Ermittlungen? Oder meine Hysterie?«

»Beides. Aber du bist nicht hysterisch.« Seine Hände glitten über ihren Rücken, die Bewegungen wurden langsamer und intimer. »Deine Reaktionen sind nur menschlich.« Er schluckte, und sein Körper wurde hart. »Meine übrigens auch.«

Victoria konnte die Leidenschaft in seinem Blick sehen. Es war die Reflexion ihrer eigenen, tiefen Emotionen. »Wie soll ich bloß die nächsten Nächte ohne dich überstehen?«, murmelte er heiser. »Ich kann nicht mehr leben, ohne in dir zu sein.«

»Zach …«

»Psst. Komm her zu mir.« Er zog sie zu sich herüber, ihren Mund zu sich herab. »So soll es sein. Jetzt und für immer. Das schwöre ich dir.«

Victoria nickte. Das Verlangen, das sie nun erfüllte, war ebenso ungestüm wie seins. Sie rollte sich auf ihn. Dann richtete sie sich auf, ihre Finger umfassten seine Erektion und führten sie in sich hinein. Sie senkte sich wieder auf ihn hinab und nahm ihn, so tief sie konnte. Mit einem leisen Schauer begann sie sich zu bewegen – auf, ab, auf, ab –, stützte die Hände auf seine Brust, damit sie nicht das Gleichgewicht verlor, als er ihr begierig die Hüften entgegenhob.

Ihr Liebesspiel war ekstatisch, das Wissen um die Gefahr, in die sich Zach begab, machte ihre Vereinigung drängend, zu einer verzweifelten Demonstration ihrer Gefühle. Seine Hände umfassten ihre Hüften, sein Körper stieß kraftvoll in sie hinein, hob sie mit der Macht seiner Bewegungen fast aus dem Bett. Victoria schrie auf, umklammerte ihn, bis die Lust unerträglich schien.

Sie kamen gemeinsam, in heftigen Krämpfen, die wie ein Feuerwerk explodierten, sie wieder und wieder erfassten, bis sie allmählich verebbten, bis endlich Ruhe war.

Victoria ließ sich erschöpft auf Zachs Brust fallen.

»Ich liebe dich«, flüsterte sie. »Zach, bitte sei vorsichtig.«

Er nickte, die Lippen an ihrem Haar. »Bei dieser Motivation werde ich das bestimmt sein, oder bezweifelst du das?«

Sie lächelte an seiner erhitzten Haut. »Nein.«

»Es hat durchaus Vorteile, in einen Bulldozer verliebt zu sein.«

Ihr Versuch, sie zum Lachen zu bringen, funktionierte. »Wirklich? Und die wären?«

»Zum Beispiel die unglaubliche Art, wie du gerade über mich hinweggerollt bist. Ich bin beeindruckt. Sieh selbst – ich bin ein völliges Wrack. Nicht, dass ich mich beklagen würde …«

»Das hat dir gefallen, nicht?« Sie hob den Kopf und lächelte vielsagend. »Ich verspreche dir eine Zugabe.«

»Ein Leben voller Zugaben«, korrigierte er und ließ die Finger durch ihre Haare gleiten. Sein Gesicht wurde ernst. »Wir haben es fast geschafft, Süße. Du musst nur noch ein paar Tage Geduld haben.«

Ihr Lächeln verschwand. »Nur wenn du sie auch hast.«

»Abgemacht«, versprach er. Seine Finger entwirrten ihre schulterlangen Strähnen. »Ich rufe dich sofort an, wenn ich Audrey zu Gesicht bekomme«, flüsterte er. »Ich werde mich vergewissern, dass sie okay ist – und es auch bleibt.«

Victoria schob ihr Kinn auf seine Brust. »Danke.«

»Ich werde ihr sagen, wer ich wirklich bin. Das wird ihr die Angst nehmen.«

Victoria runzelte die Stirn. »Zach, ich bezweifle, dass das eine gute Idee ist. Wer weiß, in welchem Zustand sich Audrey befindet. Was ist, wenn sie sich unbeabsichtigt bei den Krankenschwestern verplappert – und dich damit verrät?«

»Das wird sie nicht. Nicht wenn ich ihr sage, dass deine

Sicherheit auf dem Spiel steht. Audrey vergöttert dich. Sie würde dich nie in Gefahr bringen.«

»Aber wenn sie unter Drogen steht …«

Zach zuckte die Achseln. »Auf dem Anrufbeantworter klang sie ziemlich klar. Außerdem muss ich diese Gelegenheit beim Schopf packen. Erstens, weil sie deine Schwester ist. Und zweitens, weil sie vermutlich weiß oder ahnt, dass in dieser Klinik etwas nicht mit rechten Dingen zugeht. Das ist die einzige Erklärung für ihren Anruf bei dir. Sie hatte Angst. Selbst wenn sie damals wirklich weggelaufen ist, weil sie auf ein Medikament reagiert hat, das sie ihr gegeben haben, würde das nicht erklären, warum sie sich jetzt noch fürchtet. Beatrice hat uns gesagt, sie hätten ihre Medikamente umgestellt. Wovor hat sie also Angst? Und wieso haben sie ihren Anruf unterbrochen? Ich muss es wissen.«

»Zach, hör auf. Ich kann das nicht ertragen.«

»Mach dir keine Sorgen«, beruhigte er sie. »Auch wenn ich Recht habe, Audrey ist in Sicherheit. Vielleicht wegen deines Vaters. Vielleicht trotz deines Vaters. So oder so wird sie okay sein. Die Frage ist nur, ob sie ruhig gestellt wird, weil sie etwas weiß. Oder ob sie tatsächlich so krank ist, wie dein Vater behauptet. Das beabsichtige ich herauszufinden.«

Zach schwieg plötzlich, rollte an den Rand des Betts, wobei er Victoria mit einem Arm fest auf sich gepresst hielt und seinen Körper sicher in ihrem gebettet ließ. Mit dem anderen Arm griff er zu Boden, suchte zwischen seinen Kleidungsstücken, die er hastig abgestreift hatte. Er fand, wonach er suchte, und zog es aus seiner Jackentasche. »Aber vorher beabsichtige ich noch etwas anderes, etwas, das viel wichtiger ist – und zwar jetzt sofort.«

»Was?« Erstaunt versuchte Victoria über seine Schulter zu spähen, um herauszufinden, wovon er redete.

Als er sich wieder aufrichtete, hielt er eine kleine rechteckige Schachtel in der Hand. »Du weißt ja, wie konservativ ich bin«, sagte er. Er blickte hinab auf ihre verschlungenen Körper und lächelte. »Okay, vielleicht nicht ganz so konservativ. Aber im Großen und Ganzen schon, so bin ich erzogen.« Er hielt ihren Blick fest und zog ihre Hand an seine Lippen. »Montagnacht habe ich dich gebeten, mich zu heiraten. Du hast ja gesagt.«

»Ich weiß«, antwortete sie leise und erwartungsvoll.

»Sag es noch einmal.«

Victoria verzog die Lippen. »Frag mich noch einmal.«

Er lächelte wieder, und ihre Knie wurden weich. »Victoria Kensington, willst du mich heiraten?«

»Ja. Ja, ja, ja.«

Zach ließ die Schachtel aufspringen. Die funkelnden Facetten eines einzelnen Diamanten in einer schlichten Platinfassung kamen zum Vorschein. Das Mondlicht schien auf den smaragdförmig geschliffenen Stein, und winzige Lichtfunken tanzten durch das dunkle Zimmer.

Victoria hielt den Atem an, als Zach ihr den Ring über den Finger streifte. »Er ist wunderschön.«

»Wie du.« Er bedeckte ihren Mund und küsste sie voller Zärtlichkeit.

»Wann hattest du dazu Zeit?«, fragte sie.

»Ich habe am Dienstag kurz bei Tiffany's angehalten. Als ich den Ring sah, wusste ich sofort, dass er der richtige war.« Eine bedeutungsvolle Pause. »Genau wie bei dir.«

»Er ist einfach perfekt.« Victoria hielt ihre Hand hoch und bewegte sie im Licht, um das Funkeln des Diamanten zu bewundern.

»Ich habe auch Eheringe für uns zurücklegen lassen. Sie sind genauso perfekt, aber ich wollte gern, dass wir sie zusammen aussuchen.« Zach sah sie ein bisschen ängstlich an. »Mute ich dir zu viel zu?«

»Nein.« Sie schüttelte den Kopf. »Nein, du mutest mir nicht zu viel zu. Dieses Mal nicht.«

»Dann werde ich mein Glück weiter versuchen. Mute ich dir zu viel zu, wenn ich auf eine Hochzeit im Mai bestehe?«

»Nein.«

»Wirklich? Und wenn ich dich zum Altar zerren würde? Wäre das zu viel zugemutet?«

Victoria lachte und streifte mit ihren Lippen über seine. »Diese Frage ist müßig. Denn man kann niemanden zerren, der bereits dorthin hastet.«

»Ich bin sehr froh.« Er küsste sie zärtlich auf den Nacken. »Ernsthaft, wenn du dir eine größere Hochzeit wünschst, werde ich warten. Aber höchstens bis Juni. Das ist mein absolutes Limit.«

Feierlich schüttelte Victoria den Kopf. »Ich wollte noch nie eine große Hochzeit. Ich fand immer, dass die Gäste von einer großen Hochzeit viel mehr haben als das Brautpaar selbst. Ich möchte, dass dieser Tag nur uns gehört. Und, unter den Umständen …« Sie machte eine Pause und sah Zach an. Sie wussten beide, was sie damit meinte. Es bedeutete, dass ihr Vater vielleicht nicht in der Lage sein würde, an ihrer Hochzeit teilzunehmen. »Unter den Umständen«, fuhr sie fort, »denke ich, wäre es das Beste, wenn wir ein ruhiges, privates Fest feiern würden. Nur die Familie und die engsten Freunde. Wäre das okay?«

»Hm.« Zach küsste jeden Winkel ihres Munds. »Du weißt, dass es das ist. Hauptsache, die Zeremonie endet damit, dass wir beide Mann und Frau sind. Dann ist es mir egal, wer sonst noch dabei ist.«

»Ich werde warten, bis du aus dem Hope Institute zurück

bist, ehe ich es meiner Familie sage – aus verschiedenen Gründen. Wer weiß? Vielleicht geht es Audrey gut genug, um ebenfalls zu kommen, und mein Vater kann mich zum Altar führen. Meg und Paul werde ich sofort alles erzählen. Sie würden mich umbringen, wenn ich ihnen unsere Verlobung verschweigen würde. Das gilt vor allem für Meg, die mich ja praktisch dazu geprügelt hat, mich zu meinen Gefühlen zu bekennen. Oh, und Paige, meine Sekretärin, die so auf Romantik und Leidenschaft steht. Sie wird völlig aus dem Häuschen sein. Ich schätze, die Geschichte über uns und unsere Wiedervereinigung werden Maurice und mindestens weitere fünf Freunde überdauern. Und warte erst, bis sie meinen Ring sieht …« Victoria verdrehte die Augen.

Zach lächelte, doch dann wurde er sofort wieder ernst. »Sag es ihnen noch heute«, drängte er Victoria. »Lad die drei zum Essen ein. Es wird dir gut tun.«

»Nein.« Das Wort war heraus, ehe Victoria es merkte. »Das kann ich nicht. Nicht, solange du in dieser Klinik bist. Es gibt noch genügend Gelegenheiten zum Feiern. Aber heute Abend komme ich hierher zurück und tue so, als würde ich die Nacht mit dir verbringen. Vergiss nicht, Mr. Zigarre wird dich heute nicht das Hotel verlassen sehen. Die Limousine kommt zum Lieferanteneingang, um David Karr und Catherine Hughes abzuholen. Wenn Karr in der Klinik aufgenommen ist, bringt der Fahrer Miss Hughes an dieselbe Stelle zurück. Ich werde rasch hier rauflaufen, mich umziehen und das Hotel als Victoria verlassen, um zu Waters, Kensington, Tatem and Calder zu gehen. Mr. Zigarre wird mich sehen. Er wird vermuten, dass du noch hier oben in deiner Suite bist und arbeitest. Und ich werde seine Vermutung bestätigen und heute Abend nach der Arbeit hierher zurückeilen.« Sie presste die Lippen zusammen. »Außerdem werde ich keine angenehme Gesprächspartnerin sein, bis du aus dem Hope Institute kommst und wir diesen ganzen Albtraum hinter uns haben.«

Zach nahm ihr Gesicht in seine Hände. »Versprich mir wenigstens, dass du kurz in deiner Kanzlei vorbeischaust und Meg und Paul unsere Neuigkeiten erzählst, ja? Vielleicht geht ihr wenigstens auf einen Drink aus. Wenn sie fragen, wo ich bin, sagst du ihnen einfach, ich hätte das ganze Wochenende geschäftliche Termine.«

»Zach …«

»Darling, ich werde gut auf mich aufpassen«, unterbrach er sie sanft. »Wenn ich in die Klemme gerate, wird Meyer mich da herausholen. Er ist das ganze Wochenende über Handy erreichbar. Und das bist du ja auch.« Zach strich mit den Daumen über ihre Wangenknochen. »Habe ich dir nicht mein Wort gegeben? Es wird alles gut, und ehe du dich versiehst, werde ich wieder hier sein. Nutz das Wochenende, um dich ein bisschen auszuruhen. Denn wenn ich zurück bin, wirst du eine Menge Durchhaltevermögen brauchen.«

Sie nickte stumm. »Apropos ausruhen, ich finde, du solltest das jetzt auch tun. Es ist fast drei Uhr morgens. In sechseinhalb Stunden geht es los. Und ich bezweifle, dass sich David Karr im Hope Institute entspannen kann.«

»Du hast Recht.« Zach bettete ihren Kopf an seinem Hals und zog die Decke über sie. »Wir sollten beide schlafen. Mach auch ein paar Stündchen die Augen zu.«

»Gut.«

Eine Minute verging schweigend, und Victoria presste die Augen krampfhaft zu.

»Übrigens«, murmelte Zach. »Ich bin froh, dass ich dir mit meinen Zukunftsplänen nicht zu viel zugemutet habe. Denn ich habe ganz vergessen zu erwähnen, dass ich Kontakt zu einem Immobilienmakler aufgenommen habe sowie mit dem weit und breit besten Jack-Russel-Terrier-Züchter. Wir werden beide am nächsten Wochenende treffen.«

»Aha. Dann werde ich mir diese Termine morgen Früh gleich als Erstes in meinen Timer schreiben«, versicherte Victoria ihm, und ihr Herz klopfte vor Glück.

Sie wussten beide, dass sie normalerweise heftig widersprochen hätte, wie sie es immer tat, wenn Zach versuchte, eigenmächtig Entscheidungen zu treffen. Dieses Mal schwieg sie jedoch. Denn dieses Mal hatte sein entschlossenes Vorpreschen nichts mit Gängelung zu tun. Dieses Mal tat er es mit der Absicht, ihr das Gefühl zu geben, dass ihre Zukunft sicher und zum Greifen nah war.

Victoria hoffte inständig, dass er Recht behielt.

30

Freitag, 28. April
9.33 Uhr

Die Limousine rollte die East 78. Straße hinab.

»Sind Sie bereit?«, erkundigte sich Special Agent Atkins und schob sich die Chauffeursmütze aus der Stirn.

»Wir sind bereit«, versicherte Zach ihm.

Atkins bog in die Zufahrt, die zur Tiefgarage des Hope Institutes führte, und lenkte den Wagen durch die unterirdischen Kurven.

Zach drückte Victorias Finger, dann ließ er sie los, legte

die Hände in den Schoß, setzte ein ausdrucksloses Gesicht auf und starrte vor sich hin.

Die Stunde der Wahrheit war gekommen.

Victoria warf einen kurzen Blick auf Zach und musste trotz aller Anspannung ein Lächeln unterdrücken. Zach sah so völlig verändert aus. David Karrs Anzug und seine Krawatte waren abgewetzt, ebenso die Aktentasche, die er auf dem Schoß hielt. Sein Haar war kurz geschnitten, schwarz mit grauen Strähnen und mit Gel eng an den Kopf geklebt. Er war blass, die Gegend um die Augen verquollen, seine Nase bleistiftdünn, ebenso wie seine Augenbrauen. Er schniefte in regelmäßigen Abständen, sah sich um wie ein verängstigtes Kaninchen, rieb mit den Händen über seine Hosenbeine und starrte weiter vor sich hin.

Victoria holte tief Luft und schlüpfte in die Rolle von Catherine Hughes. Sie zog sich den marineblauen Blazer über die dralle Figur und rückte die modische Brille auf der Nase zurecht. Sie hatte die Züge ihres Alter Ego in- und auswendig gelernt und wusste, dass sie aussah wie eine Vierzigjährige, mit einigen Fältchen, die die Visagistin sorgfältig in ihrem Gesicht ergänzt hatte und die auch durch Catherine Hughes feine Make-up-Schicht gut zu sehen waren. Ihr feines blondes Haar war kinnlang geschnitten, sie trug eine Frisur, die einer Frau, die sich dem mittleren Alter näherte, schmeicheln sollte. Ihre Lippen waren aufeinandergepresst, ihr Unterkiefer entschlossen nach vorn gereckt, als wäre sie bereit für eine erbitterte Auseinandersetzung. Selbstbewusst und kämpferisch strahlte Miss Hughes mit jedem Zentimeter die erfolgreiche Anwältin aus, eine unangenehme Gegnerin, mit der nicht leicht zu handeln war.

Die Limousine wurde langsamer, und Victoria trat in Aktion. Sie nahm ihre Leder-Aktentasche, wartete, bis Atkins den

Wagen anhielt, und öffnete dann die Tür, um auszusteigen. Sie war bereits draußen, als auch der FBI-Agent der Limousine entstieg. Sie ging um den Fond des Wagens und blieb vor der rechten Hintertür stehen, durch die Zach aussteigen würde.

Die Flügeltüren des Instituts flogen auf. Miss Evans eilte heraus, in Begleitung von Gloria Rivers, die einen leeren Rollstuhl die Rampe hinunterschob.

»Miss Hughes?«, fragte der Pitbull-Terrier mit gefrorenem Lächeln. »Willkommen im Hope Institute.«

»Danke.« Victorias Stimme und ihr Gesichtsausdruck waren freundlich, aber unpersönlich. »Ich vermute, Sie sind Miss Evans?«

»Ja. Und das ist Miss Rivers, unsere Leitende Oberschwester.« Die Empfangsdame zeigte in ihre Richtung, und Victoria nickte der Schwester höflich zu.

»Angenehm«, antwortete Gloria Rivers.

Miss Evans schickte einen fragenden Blick in Richtung Limousine. »Sollen wir Mr. Karr behilflich sein?«

»Es ist ihm lieber, wenn sein Fahrer und ich das machen. Martin?« Victoria gab Atkins ein Zeichen. Er ging um den Wagen herum und öffnete die Tür.

»Mr. Karr«, erklärte Victoria ruhig. »Wir sind da.« Sie ging hinüber, griff nach dem Rollstuhl und schob ihn zum Auto. »Martin und ich werden Ihnen helfen.« Ein auffordernder Blick in Richtung des stämmigen FBI-Agenten.

Atkins beugte sich in den Wagen. »Ich bin es, Mr. Karr. Martin. Ich helfe Ihnen jetzt beim Aussteigen.«

Zach hob den Kopf so weit, um seinen Fahrer misstrauisch anzusehen. »Martin …« Ein verunsichertes Schniefen. »Okay, Sie sind es. Dann ist es gut.« Er ließ sich von Atkins aus dem Wagen helfen – aber nicht, ohne zuvor nach seiner Aktentasche zu greifen. Er presste sie mit beiden Händen fest an sich und starrte mit unverändert orientierungslosem Gesichtsausdruck vor sich hin.

Victoria übernahm den Rollstuhl und bat Atkins, das Gepäck hereinzutragen. »Miss Rivers, würde es Ihnen etwas ausmachen, meine Tasche zu nehmen«, fragte sie und reichte Gloria ihre Aktentasche. »Ich brauche sie drinnen wieder. Um die von Mr. Karr brauchen Sie sich nicht zu kümmern. Er trägt sie immer bei sich.«

»Natürlich.« Gloria Rivers räusperte sich. »Soll ich nicht lieber den Rollstuhl …?«

»Nein. Bis Mr. Karr sich ein wenig eingewöhnt hat, ist es besser, wenn ich mich um ihn kümmere.«

»Ich verstehe. Aber Ihr Fahrer braucht das Gepäck nicht zu tragen. Unsere Angestellten werden Mr. Karrs Sachen sofort in sein Zimmer bringen.«

»Martin wird das übernehmen.«

Diesmal stutzte Gloria. »Aber …«

»Mr. Karr mag es nicht, wenn Fremde etwas nehmen, das ihm gehört. Martin kann die Taschen tragen.«

»Also gut.« Gloria hüstelte nervös. »Aber jemand von unserem Sicherheitsdienst wird ihn begleiten. Im Institut sind keine Fremden erwünscht. Ich hoffe, Sie verstehen das. Uns ist am Schutz unserer Patienten und ihrer Privatsphäre sehr gelegen.«

»Das ist der Grund, weshalb wir uns für Ihre Einrichtung entschieden haben«, erwiderte Victoria knapp und drehte sich zu Atkins um. »Jemand vom Personal wird Sie zu Mr. Karrs Zimmer begleiten. Bitte bringen Sie sein Gepäck dorthin und warten Sie dann im Wagen auf mich.«

»Kein Problem, Miss Hughes.«

Nachdem sie das geregelt hatte, schob Victoria Zach die Rampe hinauf, dicht gefolgt von Miss Rivers.

Miss Evans ging voraus. Sie wartete, bis Martin sich mit den Taschen in der Hand der Gruppe angeschlossen hatte, dann zückte sie eine blassgelbe Schlüsselkarte – es war die Farbe des Krankenhaushemdes, das Audrey getragen hatte, als sie vor Victoria zu Boden gestürzt war – und steckte sie in einen Schlitz neben der Flügeltür.

Die Türen öffneten sich geräuschlos.

Sie gingen einen Flur entlang zu einem Aufzug, der bereits auf sie wartete. Miss Evans bat mit einer Handbewegung alle voranzugehen. Dann drückte sie auf den Knopf mit der Eins, die Tür schloss sich, und der Aufzug glitt lautlos ins Erdgeschoss.

Mit einem gedämpften *Pling* stoppte der Lift.

Endlich, dachte Victoria, und schob Zach erleichtert hinaus. Sie waren im Hope Institute.

Direkt vor ihnen befand sich eine Trennwand mit einer Glastür. Dahinter konnte Victoria das Foyer erkennen, an das sie sich nur zu gut erinnerte. Offenbar umging der Aufzug aus dem Untergrund den einzigen Teil des Instituts, der auch nur entfernt für Außenstehende zugängig war, und führte die Patienten direkt in den Haupttrakt.

»Ich überlasse Sie jetzt Miss Rivers' kundiger Führung«, verkündete Miss Evans. »Ich muss zurück an meinen Schreibtisch. Aber zuerst ...« Sie drückte auf einen Knopf an der Wand. »Ich warte mit Mr. Karrs Chauffeur hier. Jemand vom Sicherheitsdienst wird in einer Minute hier sein, um ihn zu Mr. Karrs Zimmer zu begleiten.«

Atkins nickte und rückte mit seinen Taschen zur Seite.

»Bitte hier entlang«, dirigierte Miss Rivers, drehte sich auf dem Absatz um und führte sie vom Aufzug fort.

Victoria schob Zachs Rollstuhl und folgte ihr.

Die Klinik war in tadellosem Zustand, die Wände pfirsichfarben tapeziert, die weißen Bodenfliesen so glänzend, dass man sein eigenes Spiegelbild darin erkennen konnte. Nachdem sie ein kurzes Stück über einen Korridor gegangen waren, erkannte Victoria zu ihrer Linken eine Ansammlung von Räumen, bei denen es sich um Büros und Konferenzräume zu handeln schien. Ein Stück weiter, in respektvollem Abstand, befand sich ein halbes Dutzend beeindruckender Eichentüren – drei auf jeder Flurseite. Patientenzimmer, vermutete Victoria. Vor einer der Türen hatte sich eine Gruppe von Ärzten und Schwestern versammelt, die die Köpfe über einer Akte zusammensteckten.

Zach gab keinerlei Reaktionen von sich. Er saß zusammengesunken in seinem Rollstuhl und starrte weiter mit leerem Blick vor sich hin, als nähme er nicht den geringsten Anteil an seiner Umgebung.

»Hier herein bitte.« Miss Rivers betrat einen großen Konferenzraum und bedeutete Victoria mit einer Geste, Zach hineinzuschieben.

Die Oberschwester wollte die Tür gerade schließen, als Beatrice Groves ins Zimmer trat. Sie sah ihre Vorgesetzte verlegen an. »Entschuldigen Sie bitte, Miss Rivers, aber könnte ich Sie anschließend kurz sprechen? Wir haben gerade Mr. Karrs vorläufige Akte erhalten, und ich möchte sichergehen, dass die Schwestern alle Informationen haben, um seinen Aufenthalt hier so angenehm wie …«

»Mutter?«, unterbrach Zach sie und richtete sich plötzlich auf. »Mutter!« In seiner Stimme lag ungläubiges Staunen. Er erhob sich aus seinem Stuhl und wankte mit unsicheren Schritten auf Beatrice zu. Er umkreiste sie mit weit aufgerissenen Augen, sein Atem war flach und keuchend. »Du bist es … Mutter …« Er ließ seine Aktentasche fallen und fiel ihr um den Hals.

Victoria reagierte unverzüglich, ignorierte Gloria Rivers' erstauntes Gesicht und Beatrice Groves' erschrockenes Luftholen und eilte zu ihrem Mandanten. »Schon gut, Mr. Karr«, redete sie behutsam auf ihn ein und zog ihn sachte von Beatrice fort. Aber sie nahm sich die Zeit, die Frau zu mustern, und schüttelte überrascht den Kopf. »Wirklich erstaunlich. Wie heißen Sie?«

»Beatrice Groves.« Die ältliche Schwester wirkte immer noch verunsichert. Aber sie bemühte sich sehr, die Fassung zu wahren, schließlich hatte sie durch jahrelanges Training gelernt, in solchen Situationen gelassen zu bleiben. Und das war natürlich genau so, wie Meyer sie instruiert hatte. »Ich bin eines der älteren Mitglieder des Klinikpersonals.«

Zach schüttelte heftig den Kopf. »Nein. Du bist ...«

»Ich weiß«, beruhigte Victoria ihn.

Beatrice blinzelte, kontrollierte ihre Züge und lächelte Zach freundlich zu. »Hallo«, sagte sie und bemühte sich, Mr. Karr nicht zusätzlich zu erregen, indem sie ihm widersprach.

»Ihre Ähnlichkeit mit Mr. Karrs Mutter ist tatsächlich bemerkenswert«, murmelte Victoria, ohne den Blick von Beatrice zu wenden.

»Das ist keine Ähnlichkeit. Sie ist meine Mutter«, verkündete Zach, der über ihre Bemerkung sichtlich erzürnt zu sein schien. »Sie ist genau das, was ich brauche, um gesund zu werden. Sie wird sich um mich kümmern. Das hat sie immer getan. Miss Hughes, Sie können jetzt gehen.«

»Gut, Mr. Karr.« Victoria nickte. »Ich werde die notwendigen Verträge unterschreiben, dann gehe ich.«

»Verträge, das ist gut. Schreiben Sie bitte herein, dass mich nur meine Mutter pflegen darf. Ich will weder Ärzte noch sonstige Leute von dieser Klinik um mich haben. Ich kenne sie nicht, und ich will sie nicht sehen.«

»Ich werde schauen, was ich tun kann. Warum setzen Sie sich nicht und lassen mich mit ihr reden?«

»Die Schwester, die uns hierhergebracht hat, glaubt mir nicht«, erklärte Zach verärgert und bückte sich nach seiner Aktentasche. »Sie hält mich für verrückt. Aber ich bin nicht verrückt.« Er ging zum Stuhl, warf seine Aktentasche darauf. Er öffnete sie und wühlte darin herum. »Ich werde das Bild meiner Mutter suchen. Ich habe es immer bei mir. Zeigen Sie es der Schwester.«

»Das werde ich, Mr. Karr. Machen Sie es sich doch so lange bequem ...«

»Wie ist Mr. Karrs Vorname?«, fragte Beatrice Victoria mit gedämpfter Stimme.

»David.«

»David?«, rief Beatrice und sah Zach an. »Geben Sie mir doch das Bild und setzen Sie sich. Miss Hughes und ich, wir werden uns um alles kümmern.«

Das schien ihn zu besänftigen. »Ich wusste, dass du das tun würdest, Mutter.« Er ging auf Beatrice zu und reichte ihr zögernd ein Foto.

»Setzen Sie sich, David, und entspannen Sie sich«, forderte sie ihn noch einmal auf.

Er gehorchte und entfernte sich widerstrebend von ihr. Langsam ging er zum Konferenztisch, ohne dabei jedoch den Blick von der Frau zu wenden, die er für seine Mutter hielt. Er zog einen Stuhl hervor, setzte sich darauf und fixierte Beatrice, als befürchtete er, sie könnte sich jeden Moment in Luft auflösen. Er nahm einen Stift aus der Tasche und spielte nervös damit herum, beobachtete die drei Frauen und wartete darauf, dass man ihm sagte, er hätte Recht, und seine Mutter dürfte sich selbstverständlich persönlich um ihn kümmern.

Victoria sah Beatrice an und drehte David Karr dabei den

Rücken zu. »Danke, Miss Groves«, flüsterte sie, und ihre Dankbarkeit war nicht gespielt. Sie war unendlich erleichtert darüber, dass die ältere Dame ihre Rolle so perfekt spielte. Diese ersten Minuten zwischen Zach und Beatrice hatten dem FBI besonderes Kopfzerbrechen bereitet. Konnte sie ihrer Rolle gerecht werden, ohne Verdacht zu erregen? Sie konnte. Und damit fiel Victoria ein großer Stein vom Herzen.

»Wenn Sie sich das Foto anschauen, werden Sie verstehen, warum Mr. Karr so hartnäckig ist«, fuhr sie fort und zeigte auf den retuschierten Schnappschuss von Beatrice. »Die Ähnlichkeit ist wirklich verblüffend.«

Beatrice sah auf das Foto und riss dann erstaunt die Augen auf. »Ach du meine Güte!«

Auch Gloria Rivers stieß einen Überraschungslaut aus. »Mein Gott. Sie könnte Beatrice' Schwester sein. Ist das Mr. Karrs Mutter?«

Victoria nickte. »Sie ist schon vor Jahren verstorben«, fügte sie leise hinzu. »Mr. Karr hat sehr an ihr gehangen. Seit seiner Krankheit besteht er darauf, ihr Foto überall mit sich herumzutragen. Er scheint zu glauben, dass sie immer noch unter uns ist. Die Ärzte sagen, das sei eine Art Schutzmechanismus. Es gäbe ihm ein Gefühl von Sicherheit, seine Mutter in dieser schwierigen Zeit bei sich zu wissen.« Ein nachdenklicher Blick zu Beatrice. »Wenn er tatsächlich davon überzeugt ist, dass Sie seine Mutter sind« – Victoria runzelte die Stirn –, »dann würde ihm das vielleicht die Eingewöhnung hier sehr erleichtern.«

Sie grübelte eine Minute darüber nach, dann traf sie eine spontane Entscheidung. »Miss Rivers, ich möchte gern, dass ausschließlich Miss Groves mit der Pflege von Mr. Karr betraut wird. Selbstverständlich werde ich diese Unannehmlichkeit für das Institut in Mr. Karrs Namen großzügig ausgleichen und auch Miss Groves für ihre besondere Mühe entlohnen.«

Gloria Rivers dachte kurz nach. »Unseren Schwestern ist es nicht gestattet, persönliche Zahlungen in irgendeiner Form anzunehmen. Was das Institut betrifft, so ist ein solcher Wunsch höchst ungewöhnlich. An welches Maß der Kompensation hatten Sie gedacht?«

»Mir ist klar, dass Sie zusätzlich eine Schwester einstellen müssen, die Miss Groves' übrige Patienten betreut. Wie wäre es mit einmalig fünfundzwanzigtausend Dollar für Ihr besonderes Entgegenkommen und weitere zehntausend pro Woche, um die zusätzlichen Gehaltskosten zu erstatten? Selbstverständlich zusätzlich zu der Viertelmillion pro Monat, die Mr. Karr ohnehin bereits zahlt.«

Victoria hätte schwören können, dass Gloria Rivers am liebsten vor Freude durch die Gegend gehüpft wäre. »Das ist sehr großzügig«, antwortete sie jedoch ruhig, und Victoria gab ihr höchste Noten in Selbstbeherrschung. »Ich bin sicher, dass wir ein Arrangement finden können – *vorausgesetzt*, Miss Groves ist einverstanden.« Sie warf Beatrice einen fragenden Blick zu, und Victoria hätte beinahe laut gelacht. Wenn Beatrice jetzt nein sagte, würde sie mit Sicherheit auf der Stelle gefeuert.

»Es freut mich, wenn ich Mr. Karr behilflich sein kann«, versicherte Beatrice. »Und ich würde im Traum nicht daran denken, Geld dafür anzunehmen. Ich bin Krankenschwester. Es ist mein Beruf, anderen Menschen zu helfen.«

»Dann wäre das also abgemacht«, stellte Victoria fest. Sie warf einen Seitenblick in Richtung Konferenztisch, wo Zach zunehmend unruhig wurde, seine schwitzenden Hände an seiner Hose rieb und schnell und keuchend atmete. »Ich werde es Mr. Karr sagen. Es wird ihn beruhigen.«

»Natürlich wären da noch gewisse Bedingungen zu klären …«, fügte Miss Rivers hastig hinzu.

»Keine Bedingungen«, widersprach Victoria sofort. Sie sah die Oberschwester entschlossen an. »Miss Rivers, ich will ganz offen sein. Mr. Karr benötigt keineswegs das Ausmaß an medizinischer Betreuung, wie es hier in Ihrem Haus üblich ist. Er hat sich für diese Klinik entschieden wegen ihrer Lage, ihres Rufs und ihrer Abgeschiedenheit. Er bezahlt eine exorbitante Summe, um sich hier aufzuhalten. Was könnte es da noch für Bedingungen geben? Er darf keinerlei Medikamente zu sich nehmen, er hat mehr als genug Stunden Psychotherapie hinter sich, und er war bei den besten Ärzten des ganzen Landes, die alle dieselbe Diagnose gestellt haben: Chronische Anpassungsstörungen, verursacht durch Stress. Die Therapie? Ein Ortswechsel, ein bisschen Ruhe und Entspannung. Das kann ihm eine so erfahrene Krankenschwester wie Miss Groves sicher geben.«

»Natürlich kann sie das.« Gloria Rivers nickte unbehaglich. »Es ist nur so, dass das höchst ungewöhnlich ist. Um genau zu sein, haben wir so etwas noch nie gemacht.«

»Mutter?«, rief Zach laut, zerrte an seiner Krawatte und rieb sich den Nacken. »Mir ist schwindelig. Und heiß.«

»Ich hole dir ein kühles Tuch«, antwortete Beatrice.

Er geriet in Panik. »Aber du kommst doch sofort wieder?«

»Natürlich.« Beatrice schaute Miss Rivers an. »Ich brauche nur eine Minute. Vielleicht können Sie und Miss Hughes in der Zwischenzeit die restlichen Einzelheiten besprechen.«

Gloria nickte und sah zu, wie Beatrice hinausging. Sie war ganz offensichtlich hin und her gerissen.

»Ich finde, wir sind fertig«, meinte Victoria. »Oder irre ich mich, Miss Rivers?«

Ein nervöser Blick. »Ich bin in einer schwierigen Lage, Miss Hughes«, erklärte sie leise. »Ich entscheide nicht über Aufnahmebedingungen. Und wie ich bereits sagte, hatten wir solch einen Fall noch nicht.«

»Es gibt für alles ein erstes Mal.« Victoria dämpfte ihre Stimme ebenfalls, aber ihr entschiedener Ton und ihre rigide Haltung waren ein klares Signal, dass sie zu keinem Kompromiss bereit war. »Also, geben Sie mir doch einfach die Verträge, die ich unterschreiben muss. Ich werde sie mir durchlesen und dann mit Mr. Karr besprechen. Miss Groves kann so lange bei uns bleiben, um Mr. Karr ruhig zu halten. Gehen Sie und suchen Sie die Personen, die hier die Entscheidungen treffen. Sagen Sie ihnen, dass sie die zusätzliche Vereinbarung unterschreiben sollten, die uns zusichert, dass ausschließlich Miss Groves für die Pflege von Mr. Karr verantwortlich ist, wenn sie sein Geld haben wollen, plus die zusätzliche Summe, über die wir gerade gesprochen haben. Stellen Sie Miss Groves' Dienstplan um. Tun Sie, was immer Sie tun müssen. Lassen Sie sie auf einer Liege vor seinem Zimmer schlafen, falls das nötig ist, zumindest für ein paar Wochen, bis er sich an das übrige Personal gewöhnt hat. Danach werden wir uns noch einmal zusammensetzen und überlegen, wer Miss Groves gegebenenfalls ersetzen kann. Aber bis zu diesem Punkt ist sie die Einzige, ja? Ist das akzeptabel? Oder wollen Sie einen hysterischen Patienten hier haben – einer, der sofort durch diese Tür verschwinden wird, wenn er nicht angemessen behandelt wird?«

»Verschwinden?«, keuchte Miss Rivers. »Aber ich dachte, Mr. Karr hat unser Institut extra ausgesucht, weil …«

»Das hat er. Aber das war, bevor er glaubte, seine Mutter wäre hier, und Sie würden sie absichtlich von ihm fern halten. Er ist in einem sehr unstabilen Zustand, Miss Rivers. Fremde irritieren ihn zutiefst. Sehen Sie nur, wie durcheinander er schon nach den wenigen ist, die er heute getroffen hat. Ich bin keine Ärztin, aber ich glaube, er hat die perfekte Pflegerin gefunden – seine Mutter. Wenn Sie sie ihm vorenthalten oder, schlimmer noch, wenn Sie ihm sagen, dass Miss Groves nicht diejenige ist, für die er sie hält, schätze ich, wird er von hier verschwinden, ehe Sie auch nur bis drei gezählt haben.«

Die Oberschwester sah aus wie eine in die Ecke gedrängte Ratte. Sie presste die Lippen aufeinander und wog den Widerstand, den sie von ihren Vorgesetzten zu erwarten hatte, gegen die wahrhaft unanständige Geldsumme ab.

Die Waagschalen befanden sich nicht einmal annähernd im Gleichgewicht.

Sie nickte knapp. »Also gut, ich werde mein Bestes tun.« Ein kompromissloser Blick. »Allerdings müssen Sie wissen, dass ich mir das Recht nicht nehmen lasse, seine Medikation zu überwachen. Ohne meine ausdrückliche Genehmigung darf ihm kein einziges Medikament verabreicht werden.«

»Dann lassen Sie uns auch das schriftlich vereinbaren.«

»Wie bitte?«

»Ich sagte, fügen Sie das den Papieren bei, die Sie vorbereiten. Ich bin mehr als einverstanden. Ich bestehe sogar darauf. Denn, wie ich bereits erwähnte, darf Mr. Karr keine, ich wiederhole *keine* Medizin zu sich nehmen. Er reagiert darauf nicht nur höchst allergisch, wie Sie den medizinischen Berichten entnehmen können, er wird absolut unberechenbar, wenn er Tabletten, Säfte oder Injektionsnadeln nur sieht. Wir hatten da schon ganz unangenehme Erlebnisse. Also nehmen Sie das mit in Ihre Verträge auf, zu Mr. Karrs Schutz und zu Ihrem eigenen. Sonst droht Ihnen am Ende noch eine Klage wegen Körperverletzung.«

»Ich schätze, das wird möglich sein.« Miss Rivers schien

über diesen Vorschlag sehr erleichtert, wahrscheinlich weil Victoria ihr die perfekte Gelegenheit gegeben hatte, den Ärger abzuwehren, der ihr zu drohen schien. Schutz vor einer Klage wegen Körperverletzung, das war die perfekte Lösung.

»Damit wäre also auch unser letztes Hindernis aus dem Weg geräumt«, schloss Victoria.

»Ja, es sieht so aus.« Gloria Rivers sah Mr. Karrs Beraterin mit einem Hauch von Bewunderung an. Diese Frau war ein Profi, ganz so, wie es die Recherchen vorab ergeben hatten. »Setzen Sie sich doch eine Weile zu Ihrem Mandanten, Miss Hughes, bis ich die zusätzlichen Vereinbarungen fertig habe. Beatrice wird so lange bei Ihnen bleiben. Ich bin sicher, Mr. Karr wird sich in ihrer Gegenwart wohler fühlen. Ich werde gleich zurück sein.«

Victoria nickte und ging zum Konferenztisch, um ihrem Mandanten die angenehmen Neuigkeiten mitzuteilen, während Miss Rivers auf den Flur trat und ungeduldig nach Beatrice Ausschau hielt.

»Wo ist Mutter?«, wollte Zach wissen und sprang auf. »Warum ist sie nicht …?« Er verstummte, als Beatrice mit einem feuchten Waschlappen in der Hand zurückkam.

»So, da wären wir.« Sie ging auf Zach zu, drückte ihn sanft auf seinen Platz zurück und schob sich selbst einen Stuhl zurecht, sodass sie ihm ins Gesicht sehen konnte. Er gehorchte wortlos, und sie begann, seine Stirn mit dem Waschlappen abzutupfen. Gleichzeitig suchten ihre erfahrenen Hände nach seinem Puls, um zu überprüfen, wie hoch sein Erregungsgrad tatsächlich war. »Rast dein Herz sehr?«, erkundigte sie sich.

»Das hat es getan. Jetzt beruhigt es sich gerade wieder.«

»Gut. Dann entspann dich jetzt. Ich werde bei dir bleiben.« Ihr Blick wanderte rasch von Victoria zu Miss Rivers.

Die Oberschwester antwortete mit einem Nicken auf Beatrice' unausgesprochene Frage.

Zufrieden darüber, dass alles geregelt war, redete Beatrice weiter mit beruhigender Stimme auf Zach ein. »Miss Hughes wird gleich noch ein paar Verträge mit dir durchsprechen. Danach bringe ich dich in dein Zimmer. Ist das okay?«

Sein gesamter Körper schien erleichtert zusammenzusacken. »Ja. Das ist gut.« Ein tiefer Seufzer. »Ich bin so froh, dass du hier bist.«

Das schien das Stichwort für Miss Rivers zu sein. Sie ging zum Tisch herüber und holte einen Ordner, den sie Victoria reichte. »Ich werde mich rasch um das neue Dokument kümmern. Es wird bestimmt nicht lange dauern.«

Sie schloss die Tür hinter sich.

Wie vereinbart spielten Zach, Victoria und Beatrice ihre Rollen weiter. Schließlich hatten sie keine Ahnung, ob sie beobachtet oder abgehört würden. Und sie hatten nicht den Wunsch, es auf unangenehme Weise herauszufinden.

Victoria setzte sich Zach gegenüber. Sie öffnete ihre Aktentasche, zog eine Kopie der Anwaltsermächtigung, die sie vorab an das Institut geschickt hatte, heraus, sowie die beiden medizinischen Berichte der fiktiven Ärzte, die das FBI hatte herstellen lassen – Berichte, denen zufolge David Karr weder gegen sich noch gegen andere bösartig war und zu seiner Genesung nur einige Wochen in einer stressfreien Umgebung benötigte. Während sie mit halbem Ohr zuhörte, wie Beatrice beruhigend auf ihren Patienten einredete, legte Victoria ihre eigenen Papiere zur Seite und wandte sich den juristischen Dokumenten des Hope Institutes zu.

Sie fand nichts Überraschendes. Es waren Repliken von den Vorlagen, die sie sich vom Computer ihres Vaters heruntergeladen hatte. Mit einem Unterschied.

Statt einer schwarzen Linie stand unter jedem Dokument in der dafür vorgesehenen Zeile die ordentliche Unterschrift ihres Vaters.

Victoria kämpfte gegen die aufsteigende Übelkeit und reichte Zach der Reihe nach die Papiere, während sie ihm kurz den jeweiligen Inhalt erläuterte. Er nickte ab und zu abwesend und überflog die eine oder andere Seite. Doch vor allem hielt er den Blick auf Beatrice gerichtet, um sich zu vergewissern, dass sie nicht wegging.

Nachdem sie mit der Durchsicht der Papiere fertig war, sortierte Victoria sie wieder in der richtigen Reihenfolge, breitete sie akkurat vor sich auf dem Tisch aus und wartete darauf, dass Miss Rivers zurückkam.

Sie war gerade fertig, als Miss Rivers den Raum betrat. In der Hand hielt sie ein einzelnes Blatt Papier.

»Die zusätzliche Vereinbarung, um die Sie gebeten haben, ist fertig«, erklärte sie. Sie sah aus, als hätte sie einiges mitgemacht. »Alles ist zur Unterschrift bereit.«

»Gut«, antwortete Victoria zufrieden. Sie streckte die Hand aus, nahm das Blatt in Empfang und vertiefte sich in den Wortlaut.

Die Klinikleitung erklärte, dass für eine begrenzte Zeit von zwei Wochen und unter der Voraussetzung, dass es keine unvorhergesehenen Zwischenfälle gab, David Karr ausschließlich von Beatrice Groves betreut werden würde und dass er während dieser Zeit keinerlei Medikamente erhalten dürfte, in keiner Darreichungsform, auch nicht intravenös. Jede Erweiterung dieser Vereinbarung bedurfte der schriftlichen Form sowie der Einwilligung durch Walter Kensington für das Hope Institute und Catherine Hughes als David Karrs Bevollmächtigte. Als Ausgleich für die besonderen Bedingungen wurde eine einmalige Zahlung von 25.000 vereinbart sowie die wöchentliche Zahlung von 10.000. Diese Beträge waren zusätzlich zu der vereinbarten monatlichen Summe von 250.000 zu zahlen.

Alles schien in Ordnung zu sein, bis auf die Tatsache, dass auf der gestrichelten Linie – »Walter Kensington, bevollmächtigter Anwalt des Hope Institutes« – die Unterschrift fehlte.

»Wird Ihr Anwalt das unterzeichnen?«, fragte Victoria mit gespannter Stimme.

»Natürlich. Seine Kanzlei hat uns diese Kopie zugefaxt, damit wir Sie Ihnen zur Einwilligung vorlegen können. Sobald wir Ihre Zustimmung haben, werden uns die von Mr. Kensington unterschriebenen Originale per Boten zugesandt. Sie werden sie gegenzeichnen können, ehe Sie Mr. Karr endgültig in unsere Obhut übergeben.«

»Sehr gut.« Ein weiterer kurzer Blick auf das Papier. »Es scheint alles in Ordnung zu sein. Bitten Sie Mr. Kensington, uns die Originale zu schicken.« Victoria hatte Mühe, den Namen ihres Vaters auszusprechen. »Inzwischen werde ich die anderen Verträge unterschreiben.«

»Geben Sie mir eine Minute, um Mr. Kensingtons Büro zu verständigen.« Gloria Rivers verließ den Raum und kehrte wenig später zurück. »Es ist alles organisiert.«

»Dann können wir jetzt vielleicht Mr. Karr versorgen.«

Zach rieb sich bereits wieder die Hosenbeine und schniefte nervös. »Haben Sie dafür gesorgt, dass meine Mutter bei mir sein kann?«, fragte er Victoria. »Sonst bleibe ich nicht hier.«

»Das habe ich, Mr. Karr. Sie wird Ihnen rund um die Uhr zur Verfügung stehen«, versicherte Victoria. »Ich unterzeichne nur noch schnell die Verträge, bevor sie uns Ihr Zimmer zeigen wird.«

Zur Bestätigung sah er rasch zu Beatrice hinüber. Sie tätschelte sanft seinen Arm. Das Schniefen stoppte, er hörte auf, an seinen Hosenbeinen zu nesteln, und saß regungslos da, während Victoria das Geschäftliche erledigte.

Mit knirschenden Zähnen unterschrieb sie jede einzelne Seite mit der eigens einstudierten neuen Handschrift. Dann reichte sie sie Mrs. Rivers. Jedes Mal wenn sie »Catherine Hughes« schrieb, starrte sie auf den Namen ihres Vaters darunter und kam sich schrecklich betrogen vor.

Lieber Himmel, Vater, was tust du nur? Wie tief bist du in diese Sache verstrickt? Was hast du angerichtet? Und wozu?

Sie ließ sich nichts von ihrem inneren Aufruhr anmerken, als sie Miss Rivers schließlich auch das letzte unterschriebene Dokument gab. »So, jetzt hätten wir alles bis auf die Zusatzvereinbarung.«

Die Oberschwester begutachtete die Formulare. »Alles in Ordnung.«

Neben Victoria wurde Zach wieder unruhig. »Muss ich denn wirklich so lange warten? Ich bin müde. Ich habe letzte Nacht kaum geschlafen. Solange meine Mutter auf mich aufpasst, ist doch alles andere unwichtig.« Seine Augen bekamen wieder den leicht irren Blick. »Ich will endlich meine Ruhe haben. Ich will mich hinlegen, in meinem Zimmer sein.«

»Sie müssen nicht mehr warten«, erklärte die Oberschwester. Ein rascher auffordernder Blick in Beatrice' Richtung. »Bringen Sie Mr. Karr bitte in sein Zimmer. Miss Hughes kann alleine warten, bis der Zusatzvertrag hier ist. Sie wird ihn schnell unterschreiben und kann dann fahren.«

Beatrice erhob sich. »Selbstverständlich.« Sie half Zach auf die Beine und führte ihn zum Rollstuhl. »Kommen Sie … komm, David«, verbesserte sie sich hastig, als ihr wieder einfiel, wen er in ihr sah. »Ich bringe dich nach oben. Du hast ein hübsches sonniges Zimmer im zweiten Stock. Es ist schön groß; mit mehr als genug Platz für ein zusätzliches Bett. Ich werde sofort eins hinaufbringen lassen.«

»Gut.« Erleichtert sank er in den Rollstuhl. Er wirkte völlig erschöpft. »Dann bleibst du also bei mir, wenn ich schlafe?«

»Natürlich. Und wenn du wach bist, gibt es ein köstliches Mittagessen.«

»In meinem Zimmer«, bat er. »Keine fremden Menschen mehr.«

»In deinem Zimmer. Nur wir beide.« Sie schob den Rollstuhl in Richtung Tür.

»Werden Sie bald wieder gesund, Mr. Karr«, rief Victoria hinter ihm her. »Ich werde Sie nächste Woche einmal besuchen.«

»Hm? Okay. Aber es wird alles gut sein. Meine Mutter ist ja bei mir …« Zachs Kopf sank bereits zur Seite, als Beatrice ihn aus dem Raum rollte.

31

Victoria wälzte sich die ganze Nacht unruhig herum.

Das Bett war ohne Zach unerträglich leer. Und der Druck in ihrer Magengegend war noch unerträglicher.

Sie war noch vor Tagesanbruch auf, bestellte sich beim Zimmerservice einen Kaffee und machte es sich damit bequem.

Die restliche Aufnahmeprozedur im Hope Institute war

wie am Schnürchen verlaufen. Die Originale der zusätzlichen Vereinbarung waren mit der Unterschrift ihres Vaters nach einer halben Stunde direkt in den Konferenzraum gebracht worden, wo Catherine Hughes sie gegengezeichnet hatte. Eine Ausfertigung hatte Gloria Rivers zu ihren Akten genommen, die andere hatte Catherine zu den übrigen Papieren in ihre Tasche gepackt, ehe sie ging.

Atkins hatte sie zum Seiteneingang des Hotels zurückgefahren, wo sie sich wieder in Victoria Kensington verwandelt hatte – minus ihrem Verlobungsring, den sie sich für später in ihre Tasche gesteckt hatte – und dann zu Waters, Kensington, Tatem and Calder gerast war.

An diesem Tag in die Kanzlei ihres Vaters zu gehen bedeutete eine große Überwindung für sie. Glücklicherweise kam sie nicht in diese Verlegenheit, ihrem Vater zu begegnen. Er war beim Essen, als sie eintraf, anschließend hatte er den ganzen Nachmittag Auswärtstermine. Sie verbrachte den größten Teil des Tages mit Ian Block und half ihm bei der Vorbereitung zu einer Unternehmensfusion, mit der er im Augenblick beschäftigt war. Ian war wie üblich charmant und selbstbewusst und stellte ihre juristischen Fähigkeiten hart auf die Probe. Ob er das tat, um sie zu belehren oder um sie zu testen, entzog sich ihrer Kenntnis.

Einmal warf er sie aus dem Gleichgewicht. Und zwar nicht bei einer ihrer juristischen Diskussionen, sondern als er sie nach Zach ausfragte.

»Wir hatten noch gar keine Zeit, uns nach der Party am Samstag zu unterhalten«, sagte er und lehnte sich lässig auf seinem Schreibtischstuhl zurück. »Wie ist es? Sind Sie und Zachary Hamilton ein Paar?«

Victoria hockte am anderen Ende seines Schreibtisches, den Füllfederhalter zwischen die Zähne geklemmt, während sie die Papiere durchblätterte, die gerade frisch aus dem Drucker gekommen waren. Sie ließ die Dokumente sinken, nahm den Stift aus dem Mund und zog die Augenbrauen in die Höhe. »Ein Paar?«

Ian lächelte reumütig. »Bin ich zu weit gegangen?«

»Das kommt darauf an. Warum wollen Sie das wissen? Aus purer Neugier, freundschaftlichem Interesse oder böser Absicht?«

Sein Lächeln verschwand, und ein lauernder Ausdruck trat in sein Gesicht. »Das soll heißen?«

»Das soll heißen, geben Sie sich keine Mühe, in meinem Privatleben herumzuschnüffeln, um damit bei meinem Vater Punkte zu sammeln. Ich bin erwachsen. Ich gehe aus, mit wem ich will, und mein Vater mischt sich da nicht ein. Er macht sich auch keine Sorgen, dass meine Arbeit darunter leiden könnte, denn er weiß, dass es nicht so wäre. Außerdem ist es nichts Neues für ihn, dass ich mich mit Zach treffe.«

»Interessant.« Ians Augen blitzten, und er beugte sich nach vorn, um sich mit den Ellbogen auf den Schreibtisch zu stützen. »Dieser Aspekt ist mir noch gar nicht in den Sinn gekommen. Wie dumm von mir. Ihr Vater ist extrem stolz auf Sie. Er hält Sie für eine brillante Anwältin. Das war am Samstagabend mehr als offensichtlich. Ich könnte mir vorstellen, dass er nur wenige Männer für würdig hält, an Ihrer Seite zu sein. Wenn ich ihn darauf aufmerksam machen würde, dass Sie mit einem solchen Mann zusammen sind, und dann helfe, diesen Typen aus Ihrem Leben zu schaffen, würde ich mir sicher die besten Noten erwerben.«

Normalerweise hätte Victoria sich über seine witzigen Sprüche amüsiert. Dieses Mal jedoch nicht.

»Ich bin müde, Ian«, sagte sie und richtete sich auf. »Ich will jetzt nicht humorlos erscheinen, aber ich hatte eine anstrengende Woche und bin einfach nicht zum Scherzen aufgelegt. Können wir bitte wieder zu unserer Arbeit zurückkommen?«

»Wie Sie wünschen.« Er sah sie nachdenklich an. »Gibt es eine Antwort auf meine Frage?«

»Warum interessieren Sie sich für Zach? Wenn ich das richtig einschätze, kennen Sie ihn doch gar nicht richtig.«

»Das stimmt. Ich kenne ihn nur entfernt.«

»Und was sollen dann diese Fragen?« Victoria warf ihm nun ihrerseits einen forschenden Blick zu. »Oder hatten Sie vielleicht vor, mich zu fragen, ob ich einmal mit Ihnen ausgehe?«

»Wenn es so wäre?«

Jetzt musste Victoria doch noch lächeln. »Dazu sind Sie viel zu klug. Etwas mit Walter Kensingtons Tochter anzufangen? Viel zu riskant. Wenn es nicht funktionieren und wir uns irgendwann trennen würden, würde das Ihre Chancen auf ein schönes großes Büro im Geschäftsführerflügel deutlich mindern.«

Ian lachte. »Sie haben Recht.« Ein Schulterzucken. »Schade eigentlich.«

»Überhaupt nicht. Sie kriegen doch, was Sie wollen – karrieremäßig, meine ich.« Victoria war nun mit dem Durchsehen der Ausdrucke fertig und hatte die wichtigen Stellen markiert. »Ich wünsche Ihnen jedenfalls viel Glück dabei. Und versichere Ihnen noch einmal, dass ich nicht an einer Sozietät interessiert bin. Sie gehört Ihnen.« Sie reichte ihm die markierten Seiten. »Sehen Sie es von der angenehmen Seite. Ich wäre ohnehin nicht die Richtige für Sie. Ich bin nicht der Typ Frau-am-Arm-eines-erfolgreichen-dollarschweren-Anwalts. Dazu bin ich viel zu unbequem. Ich habe meine eigenen Vorstellungen und mein eigenes Unternehmen. Das würde zwangsweise aufeinanderprallen. Ach, und außerdem bin ich eine lausige Köchin.«

Ian lachte gutmütig. »Ich bin erleichtert. Jetzt werde ich mich auf meinem einsamen Weg an die Spitze nicht mehr so benachteiligt fühlen.«

»Ich bezweifle, dass er einsam werden wird.« Victoria erhob sich, um in ihr eigenes Zimmer zurückzukehren und die begonnene Arbeit dort fortzuführen. »Sie sind schlau genug, sich unterwegs die richtige Gefährtin auszusuchen.«

Und das würde er. Wenn man eins über Ian sagen konnte, dann, dass er sein Leben im Griff hatte. Ganz gleich, welche Frau er sich eines Tages aussuchen würde, es würde eine sein, die zu ihm passte. Seine berufliche Zukunft würde an erster Stelle stehen – immer. Und seine Partnerin wäre darüber begeistert. Sie würde schön sein und elegant und mit Freude Ians Geld ausgeben, sich an seiner Seite in der Öffentlichkeit zeigen und in seinem Ruhm baden. Die perfekte Trophäenfrau.

Nun, diese Beschreibung traf auf sie jedenfalls nicht zu.

Den Rest des Nachmittags verbrachte sie in ihrem Zimmer, um ihrem Vater bloß nicht in die Arme zu laufen. Aus demselben Grund stürmte sie um halb fünf fluchtartig aus der Kanzlei, nachdem sie Ian vorher erklärt hatte, sie hätte noch einen wichtigen Termin in ihrer eigenen Kanzlei wahrzunehmen.

Das war keine Lüge gewesen.

Sie hatte vor der Tür zu ihrer eigenen Kanzlei kurz gestoppt, um sich ihren Verlobungsring wieder überzustreifen, dann war sie hineinmarschiert, um Meg, Paul und Paige ihre Neuigkeit zu verkünden.

Klar, wer den Ring als Erste bemerkte.

»Oh, mein Gott.« Paige ließ den Telefonhörer aus der

Hand fallen und sprang praktisch über den Schreibtisch, um nach Victorias Hand zu greifen. »Der ist ja fantastisch! Und er ist riesig! Das müssen mindestens zwei Karat sein. Ich wette, er hat ihn bei Tiffany's gekauft. Er schreit geradezu nach Tiffany's. Habe ich Recht?« Sie wartete die Antwort gar nicht erst ab. »Ich habe das kommen sehen. Ich habe es daran gesehen, wie er dich angeschaut hat und wie du durch die Gegend gelaufen bist. Ich wusste es!« Sie wirbelte herum und schrie: »Paul! Meg! Es ist dringend! Kommt sofort her!«

Sie flogen beinahe gleichzeitig aus ihren Büros und stießen vor Paiges Tisch fast zusammen.

»Meine Güte, Paige, es ist doch nur Victoria.« Paul schüttelte den Kopf. »Was wäre denn, wenn ich da drinnen mit einem Mandanten zusammengesessen hätte, und du …«

»Es ist nicht *nur* Victoria«, unterbrach Paige ihn. Sie riss Victorias Hand hoch und hielt sie wie einen Pokal in die Luft. »Es ist Victoria und das *hier.*« Sie drehte sich zu Victoria um, ihre blauen Augen funkelten. »Wusstest du, dass das passieren würde? Was hat er gesagt? Hat er sich vor dir hingekniet? Das wäre ja *so* cool und *so* romantisch. Aber Zach ist ein romantischer Typ. Das habe ich schon an der Art gemerkt, wie er hier reinspaziert ist und dich sprechen wollte, und wie er mich dann einfach ignoriert hat und in dein Büro gegangen ist. Meg sagt, ihr zwei wärt schon seit Ewigkeiten ineinander verliebt. Sie wollte es mir erst nicht erzählen, aber ich habe es förmlich aus ihr herausgepresst. Wow, Victoria, das ist ja wie im Film. Wann ist denn die Hochzeit? Und was ist mit euren Flitterwochen? Fliegt ihr auf eine Insel oder …?«

»Paige!«, bellte Paul. Aber er grinste, als er sie zur Ruhe rief, und verdrehte gutmütig die Augen, um dann selbst Victorias Ring näher in Augenschein zu nehmen. »Dann ist es also für immer«, meinte er feierlich und sah Victoria an.

»Es ist für immer.« Es war das Erste, was Victoria sagte, seit sie in die Kanzlei gekommen war. »Und ihr seid die Ersten, die es erfahren.« Sie ließ sich von Paul umarmen und sah an ihm vorbei zu Meg, die mit einem breiten Lächeln auf den Lippen auf sie zukam. »Komm schon«, meinte Victoria lachend. »Sag ›Ich habe es ja gleich gesagt‹.«

»Auf keinen Fall. Ich sage lieber, wie sehr ich mich für dich freue.« Meg umarmte sie. »Ich bin so froh, dass du zur Vernunft gekommen bist«, flüsterte sie Victoria ins Ohr. »Wo ist Zach denn?«, fragte sie anschließend. »Ich muss ihm doch erzählen, was für ein Glück er hat.«

»Leider ist er fast das ganze Wochenende in irgendwelche geschäftlichen Termine eingebunden«, antwortete Victoria und musste ihr Bedauern nicht vorspielen. »Das wiederum ist euer großer Gewinn, findet er. Er hat darauf bestanden, dass ich euch zu einem Drink einlade und mit euch feiere – auf seine Kosten.«

Anschließend verbrachten sie zu viert eine fröhliche Stunde in einer Bar in der Nähe und stießen auf Victorias Verlobung an. Meg und Paul machten ein paar Wir-haben-es-schon-immer-gewusst-Witzchen, und Paige begutachtete Victorias Ring aus allen möglichen Blickwinkeln und in den verschiedensten Lichtverhältnissen.

Zach hatte Recht gehabt. Das Zusammensein mit ihren Freunden tat ihr gut, schon allein deshalb, weil es sie für eine Weile ablenkte.

Aber sobald sie wieder allein in Zachs Hotelsuite war, vor sich eine lange einsame Nacht und unzählige Stunden der Unsicherheit, kehrten ihre Ängste mit aller Macht zurück.

Nun war es kurz vor Tagesanbruch. Und ihre Nervosität war nicht weniger geworden.

Was passierte im Hope Institute? Was hatte Zach herausfinden können? Hatte er Audrey schon gesehen? Und vor allem, war es ihm gelungen, seine wahre Identität geheim zu halten? Denn wenn nicht …

Mitten in ihre Gedanken klingelte ihr Handy. Erschrocken fuhr sie zusammen und verschüttete den restlichen Inhalt ihrer Kaffeetasse, als sie aufsprang, um ranzugehen.

»Hallo?«, rief sie atemlos. Ihre Finger umklammerten das Telefon.

»Ich bin es.« Zachs Stimme klang gehetzt.

»Gott sei Dank. Bist du okay?«

»Alles bestens. Aber ich muss mich beeilen. Beatrice bewacht meine Tür und passt auf, dass niemand kommt. Wenn ich plötzlich Schluss mache, weißt du wieso. Ich habe Audrey gesehen. Sie ist okay, nur ein bisschen benommen. Ich schätze, sie geben ihr ein Mittel, um sie ruhig zu stellen, aber ich bin mir nicht sicher. Wichtig ist, dass sie nicht in Gefahr ist. Ich konnte ihr nicht sagen, wer ich bin – noch nicht. Es war nicht genug Zeit, und sie war auch nicht klar genug. Aber ich werde schon einen Weg finden.«

»Lass es lieber, Zach. Wenn jemand merkt, wer du bist …«

»Das werden sie nicht«, beruhigte er sie. »Ich werde dir jetzt alle Informationen geben, die ich bisher sammeln konnte. Ich weiß nicht, wann ich die Gelegenheit habe, Meyer anzurufen.«

»Ich werde ihn anrufen.«

»Noch nicht. Ich brauche mehr Zeit. Ich muss noch mehr Beweise dafür finden, dass das Hope Institute mit dem Drogensyndikat in Verbindung steht. Und ich muss wissen, wer hier der Chef ist. Dazu muss ich an ihren Computer kommen, denn wer immer dieser Chef ist, er ist praktisch unsichtbar. Aber das ist ja auch kein Wunder. Hier geht verdammt viel mehr vor sich als nur Drogenschieberei und Betrug.«

»Zum Beispiel?«

»Das erkläre ich dir gleich. Ich war heute Nacht sehr aktiv. Ich habe das Krematorium gefunden. Es ist im Keller, und gleich daneben befindet sich ein riesiger Stahlschrank. Ich möchte wetten, dass er voller Urnen ist – mit den Überresten von Patienten, deren Angehörige noch nichts von ihrem Ableben wissen. Außerdem bin ich auf einen Tontechnik-Raum gestoßen. Es scheint das Reich unseres Wanzenlegers zu sein. Darin steht ein Regal mit Audiokassetten von den Therapiestunden der Patienten. Außerdem jede Menge professionelle Ausrüstung, unter anderem ein digitales Schneidegerät. Ich schätze, dass das Institut die Angehörigen so am Zahlen hält – indem man ihnen vorgaukelt, ihre Liebsten seien noch am Leben. Sie schneiden die Äußerungen der Patienten einfach so zurecht, wie sie sie brauchen, und basteln daraus Nachrichten, es gehe ihnen gut und so weiter, die sie dann auf Anrufbeantworter einspielen. Voilà – das Leben nach dem Tod. Die Körper werden verbrannt, es gibt keine Todesurkunden – zumindest zunächst nicht –, also fließt das Geld weiter. Wenn ich mich nicht irre, haben sie auch Audreys erste Nachricht auf Anrufbeantworter so konstruiert. Du fandest ja damals, ihre Stimme klänge künstlich, weißt du noch? Sie war es.«

Victoria sank auf einen Stuhl, und ihre Gedanken jagten. »Das reicht für einen Haftbefehl, Zach. Ich werde Meyer anrufen, dann kann er seine Leute schicken, und du kannst von dort verschwinden, damit ...«

»Noch nicht. Nicht bis ich genügend Beweise habe. Im Moment ist alles noch zu ungewiss, und sie haben noch zu viele Möglichkeiten, um sich aus der Sache rauszureden – erst recht, wenn dein Vater sie vertritt. Außerdem bin ich auf noch mehr gestoßen. Das, worauf ich vorhin angespielt habe. Ich habe einen Raum mit medizinischen Kühlbehältern entdeckt, wie man sie benutzt, um menschliche Organe oder Blutkonserven zu transportieren. Aufgrund von Sondergenehmigungen passieren sie meist problemlos den Zoll. Wegen der Seuchengefahr ist die Prozedur von den Gesundheitsämtern sehr streng geregelt, deshalb werden die Behälter in der Regel von den Zollbehörden nicht geöffnet.«

»Und du glaubst, so könnten die Drogen ins Land gekommen sein?«

»Ja und nein. Nicht die Art Drogen, die du meinst, aber ja, ich glaube, dass sie so hierhergekommen sind.« Zach machte eine kurze Pause, vermutlich, um sich bei Beatrice zu vergewissern, dass die Luft noch rein war. »Ich schätze, das FBI ist auf einer falschen Fährte. Deshalb haben sie auch noch nichts Entscheidendes gefunden, und ihre Spürhunde waren bisher erfolglos. Dieser Raum mit den Kühlbehältern – ich habe Gloria Rivers dort mit leeren Händen reingehen sehen. Als sie wieder herauskam, hatte sie Medikamente dabei, die mit den Namen von Patienten beschriftet waren. Die, von denen Beatrice sagte, es wären Eigenrezepturen, die das Institut selbst entwickelt hätte.«

Victoria hatte das Gefühl, als hätte sie einen Schlag in den Magen bekommen. »Du meinst, sie hat sie aus diesen Kühlbehältern genommen? Du meinst, das Hope Institute importiert illegal Drogen und benutzt sie für seine Patienten?«

»Es würde eine Menge erklären. Aber ich brauche Beweise. Ohne die kriege ich nicht mal einen Durchsuchungsbefehl. Und ich brauche den Namen dessen, der hier das Sagen hat. Ich hoffe, dass ich ihn irgendwo in einer Computerdatei finde. Er darf uns nicht durch die Lappen gehen. Gloria Rivers ist nicht mehr als eine Marionette. Möglicherweise hat sie gar keine Ahnung, was sie da tut – obwohl ich etwas anderes vermute.«

»Zach …«

»Süße, ich muss jetzt Schluss machen. Die Frühschicht tritt gleich ihren Dienst an. Ich darf nicht riskieren, dass mich jemand mit meinem Handy sieht. Ich werde so bald wie möglich wieder anrufen. Denk daran, Atkins passt auf dich auf, für den Fall, dass Mr. Zigarre auf dumme Ideen kommt. Aber das wird er nicht. Nicht wenn du das Wochenende in meiner Hotelsuite verbringst. Und wenn du das Hotel verlässt, tu bitte nur das, was du sonst auch tust. Damit er keinen Verdacht schöpft. Wir haben es bald geschafft. Ich liebe dich.«

Mit einem leisen Klicken war die Verbindung unterbrochen.

Zitternd ließ Victoria das Telefon sinken. Alles, was Zach ihr gerade erzählt hatte, ergab Sinn. Zu viel Sinn. Illegale Drogen, ins Land geschmuggelt, aber nicht um sie zu verkaufen. Um sie an Patienten auszuprobieren wie an Meerschweinchen und damit auf schreckliche Weise Geld zu verdienen. Das würde die Geheimniskrämerei erklären, die Angst vor Besuchern, den Bedarf für ein Krematorium. Das Institut hielt alles innerhalb der eigenen vier Wände und zerstörte sämtliche Spuren, sodass niemand etwas ahnen konnte.

Diese Erklärung warf ein ganz neues Licht auf die Vorgehensweisen nach dem Ableben eines Patienten, die in den Verträgen des Instituts detailliert festgelegt waren.

Verträge, die ihr Vater vorbereitete.

Victoria wurde übel. Wusste ihr Vater tatsächlich, was da vor sich ging? War er wirklich so geld- und machtgierig, dass er sich auf so etwas einließ?

Sie konnte – wollte – das nicht glauben. Er tat sicher vieles, aber er opferte doch keine Menschenleben.

Vielleicht war seine Mitschuld begrenzt, aber wie weit? Und selbst wenn es so war, machte das einen Unterschied? Für sie ja. Für die Gerichte nein. Als juristischer Bevollmächtigter unterschrieb er jeden Vertrag. Und er würde zusammen mit dem Boss des Instituts dafür in die Pflicht genommen.

Juristische Ethik kämpfte gegen Familienbande. Er war schließlich ihr Vater. Als sie sich auf diese Ermittlungen eingelassen hatte, hatte sie das getan, um seinen Kopf zu retten und in einem Gerichtsverfahren auf Strafminderung zu plädieren. Sie war sich sicher gewesen, dass seiner Skrupellosigkeit Grenzen gesetzt waren. Zumindest hatte er Respekt vor dem menschlichen Leben.

Und davon war sie immer noch überzeugt.

Verzweifelt fuhr sie sich mit den Händen durch die Haare. Sie musste ihrem Vater noch eine Chance geben, eine Chance, sich zu beweisen, bevor alle Dämme brachen und das FBI das Hope Institute hochgehen ließ.

Aber wie? Wie konnte sie zu ihm gehen und ihm sagen, was sie wusste, ohne Zach zu gefährden?

Zach brauchte dringend den Namen des Hauptgeschäftsführers. Es gab keine Garantien, dass die Computerdateien ihm diesen Namen verraten konnten. Aber es gab jede Garantie, dass Walter Kensington es konnte. Er war Mitglied der Unternehmensleitung. Das musste er sein, um ihre gesamten Verträge unterzeichnen zu können, einschließlich des Kaufvertrags zwischen Benjamin Hopewell und dem Käufer des Hope Institutes, den er selbst aufgesetzt hatte. Er wusste, wer sich hinter den Nebelschleiern der Schweizer Holding verbarg.

Es lag an ihr, ihn herauszufinden – und ihren Vater hoffentlich doch noch zu entlasten.

Dafür gab es nur eine Vorgehensweise. Sie musste Zach aus allem herauslassen. Niemand wusste, dass er David Karr war. Niemand wusste, dass er sich in diesem Augenblick im Hope Institute aufhielt, um dort nach Beweismaterial zu suchen. Wenn sie es geschickt anstellte, würde es auch niemand erfahren.

Sie musste vorsichtig sein, musste zusehen, dass ihr Vater die Maus blieb und sie die Katze, ganz gleich, in welche Richtung sie steuerten. Und sie musste sich bei alledem so verhalten, dass Mr. Zigarre nichts Ungewöhnliches zu berichten hatte. Aber sie musste den Versuch wagen. Nicht nur für ihren Vater, sondern auch für Zach. Er brauchte Beweise. Sie konnte sie ihm verschaffen. Außerdem konnte sie ohnehin nicht mehr länger hier herumsitzen und warten und bangen.

Ihr Blick fiel auf die Uhr. Fast sieben. Sie würde sich beeilen müssen.

Sie stand auf und lief zur Dusche.

Waters, Kensington, Tatem & Calder
8.15 Uhr

Es regnete wieder, genau wie an dem Samstagmorgen vor zwei Wochen, als Audrey im Central Park vor ihren Füßen zusammengebrochen war.

Ihr Vater war nicht im Golfclub. Victoria hatte dort angerufen, um sich zu vergewissern, und der Platzwart hatte ihr erklärt, er wäre morgens um sechs kurz da gewesen, hätte sein Spiel abgesagt und dann etwas davon gemurmelt, dass er in seinem Büro zu erreichen wäre, falls jemand nach ihm fragte.

Gut. Das Gespräch würde dort leichter sein. Und Mr. Zigarre würde annehmen, sie ginge an ihren Schreibtisch.

Sie steckte ihre Karte in den Schlitz neben der Tür und betrat die Kanzlei.

Es war still. Nur ein paar junge Anwälte und ihre Sekretärinnen waren anwesend und zerbrachen sich die Köpfe über einen Fusionsvertrag, der gestern am späten Abend hereingekommen war. Ansonsten war das Maß an Aktivität gleich null, der vordere Trakt ruhig, der hintere Flügel dunkel.

Sie steuerte geradewegs auf das Büro ihres Vaters zu und klopfte.

»Ja?« Seine Stimme klang überrascht und nicht besonders erfreut. Wenn er an den Wochenenden hier war, dann um Liegengebliebenes aufzuarbeiten. Dazu brauchte er äußerste Ruhe.

Nun, heute Morgen würde er sie nicht bekommen.

Victoria ging hinein und schloss die Tür hinter sich. »Vater, ich muss mit dir sprechen. Es ist dringend.«

Walter Kensington schaute von seinem gewaltigen Kirschbaumschreibtisch auf. Er runzelte die Stirn, aber weniger aus Sorge als aus Missbilligung. »Victoria, du bist nicht bürogerecht gekleidet.«

Sie schaute an sich hinab. In ihrem grobgestrickten Pulli und der Jeans sah sie neben ihrem Vater in Anzug und Krawatte tatsächlich ziemlich leger aus. Merkwürdig nur, dass das alles war, was ihn interessierte. Er fragte nicht, *warum* sie so lässig gekleidet in seinen heiligen Hallen auftauchte oder was sie überhaupt samstagmorgens um acht sichtlich aufgebracht hier tat. Das Einzige, was er kommentierte, war die Tatsache, dass sie seine Kleiderordnung nicht befolgte.

»Das weiß ich«, antwortete sie. »Ich bin auch nicht hier, um zu arbeiten. Ich bin hier, um dich zu sprechen – privat.«

Etwas an ihrer Stimme schien ihm den Ernst ihrer Absichten deutlich zu machen. Ihr Vater sah sie erstaunt an, dann legte er die Papiere aus der Hand, mit denen er sich gerade beschäftigt hatte, und lehnte sich auf seinem Stuhl zurück. »Um was geht es?«

Sie ging auf ihn zu, stützte die Hände auf das glänzende Kirschbaumholz seines Schreibtisches und sah ihn an. »Darum, dass ich versuche, deine Haut zu retten.«

Seine Augen glitzerten frostig. »Ich weiß nicht, wovon du redest. Und dein Ton gefällt mir ganz und gar nicht.«

»Und mir gefallen deine Spielchen nicht. Aber du bist mein Vater, und deshalb mische ich mich ein – bevor es zu spät ist. Entweder hörst du mir jetzt zu, oder ich garantiere dir, dass du im Gefängnis landest.«

»Gefängnis?«, wiederholte er und presste die Lippen zu einem dünnen Strich zusammen. »Was soll das für eine Drohung sein?«

»Das ist keine Drohung. Es ist Realität, und sie resultiert aus deinem Engagement im Hope Institute. Damit meine ich nicht Audrey. Ich meine, dass du das Institut juristisch vertrittst, Verträge aufsetzt, die die Patienten zwingen, jede Selbstbestimmung aufzugeben – über ihr Leben, ihren Tod, ihr Vermögen.« Sie schluckte und bemühte sich, ihre Emotionen in Schach zu halten. »Ich muss es wissen – wie sehr bist du in diese Sache verstrickt, Vater? Wie viel weißt du aus erster Hand, und wie viel hast du mitbekommen und einfach weggeschaut? Ich muss das wissen, damit ich dich notfalls anständig verteidigen kann – und dir weiterhin in die Augen schauen.«

Walter Kensingtons Gesicht war inzwischen hochrot vor Zorn. »Woher hast du deine angeblichen Informationen?«

»Sie sind nicht angeblich. Sie sind wahr.« Victoria hob den Silver Seraph hoch, drehte ihn um und zeigte auf die Smart Card. »Ich habe die Formulare mit eigenen Augen in deinen Computerdateien gesehen. Alle, bis auf die Einäscherungsklausel. Ein feines Arrangement. Die Leichen werden vernichtet, das Hope Institut geschützt, und Waters, Kensington, Tatem and Calder reiben sich die Hände. Ich bin mir sicher, dass du ein Vermögen damit machst.«

Zum ersten Mal in ihrem ganzen Leben sah Victoria, dass ihr Vater die Kontrolle verlor. Er erhob sich langsam, wie eine Kobra, die sich in der nächsten Sekunde auf ihr Opfer stürzen würde. *»Du bist in meinen Computer eingedrungen?«*, explodierte er und presste die Zähne zusammen, damit seine Stimme nicht durch den Raum hallte. *»Wie konntest du es wagen?«*

»Wie ich es wagen konnte?« Victoria wich keinen Zentimeter zurück. »Du benutzt Patienten als Versuchstiere, und da stellst du meine Nachforschungsmethoden in Frage?« Ihr Herz hämmerte wild in ihrer Brust. »Hat Audrey das herausgefunden, Vater? Ist das der Grund, weshalb sie weggerannt ist und mich unbedingt sprechen wollte? Oder wusste sie es bereits aus erster Hand? Ist sie auch eines deiner menschlichen Meerschweinchen?«

Ihr Vater schlug ihr ins Gesicht, schallend, etwas, was er noch nie getan hatte. »Sag so etwas nie wieder zu mir«, stieß er hervor. »Deine Schwester mag ein bemitleidenswertes, selbstzerstörerisches unwürdiges Mitglied unserer Familie sein, aber sie ist meine Tochter. Ich würde ihr nie Schaden zufügen. Und das, was du menschliche Meerschweinchen nennst, das nenne ich verzweifelte Menschen, die auf eine letzte Chance hoffen. Was diese Medikamente betrifft, sie sind gesetzlich geschützt, die Patente sind längst …« Er unterbrach sich, ehe er zu viel preisgeben konnte. »Bist du hierhergekommen, um mir zu sagen, dass du zur Polizei gehen willst?«

Trotz des brennenden Schmerzes an ihrer Wange schöpfte Victoria wieder Hoffnung. »Gesetzlich geschützt?«, wiederholte sie. »Ist es das, wofür du sie hältst?«

»Ich *halte* sie nicht dafür, ich *weiß* es.« Er war immer noch wütend – so wütend, dass er sein Pokerface verloren hatte. Seine Überzeugung war nicht vorgetäuscht.

»Du irrst dich«, informierte Victoria ihn ruhig. »Es sind illegale Drogen, die ins Land geschmuggelt worden sind. Und ich muss der Polizei nichts davon erzählen. Das FBI weiß längst Bescheid.«

Ihr Vater schwieg eine Weile. »Deine Informationen sind nicht korrekt.«

»Doch. Deine sind es nicht.« Victoria presste die Handflächen zusammen. »Ich sage dir, was korrekt ist. Du vertrittst eine Klinik, die über ein internationales Drogensyndikat pharmazeutische Stoffe erhält, die sie an ihre Patienten verabreicht. Außerdem äschert das Institut seine Toten an Ort und Stelle selber ein. Und weißt du, warum? Um weiter Geld zu machen. Sie tun so, als wären die verstorbenen Patienten noch am Leben, und kassieren von den Angehörigen noch ein paar Monatsraten.«

Zum ersten Mal bemerkte Victoria einen Hauch von Zweifel im Gesicht ihres Vaters.

Sie nutzte das sofort aus und setzte ihre Enthüllungen fort. »Was glaubst du, warum sie sich so aufgeregt haben, als ich anfing, herumzuschnüffeln? Sie haben sofort jemanden losgeschickt, der mich auf Schritt und Tritt überwacht. Ich bin mir sicher, dass du das weißt. Und ich bezweifle, dass es ein Betrunkener war, der letzten Samstag versucht hat, mich von der Straße abzudrängen. Es war jemand, dem meine Hartnäckigkeit nicht gefiel. Vielleicht hat jemand mitbekommen, dass ich mich auf eurer Party mit Benjamin Hopewell unterhalten habe. Denn das habe ich getan. Hat er noch etwas mit dem Institut zu tun? Ist er vielleicht noch der Geschäftsführer? Ich glaube nicht. Aber du hast den Kaufvertrag und die Übernahmeverträge aufgesetzt. Also musst du es wissen. Sag mir, wer es ist, Vater. Sag es mir und lass mich dir helfen. Oder willst du lieber in die Hände von jemanden geraten, der sich darauf freut, dich endlich fertigzumachen?«

Walter überlegte kurz. »Du sagst, das FBI wüsste Bescheid? Warum wurden denn noch keine Verhaftungen vorgenommen?«

»Sie suchen noch die letzten Puzzleteile zusammen, um auch wirklich jeden zu kriegen, auch den Hauptdrahtzieher. Aber ich bin mir sicher, dass das höchstens noch ein bis zwei Tage dauern wird. Ich wollte ihnen zuvorkommen, indem ich mich jetzt an dich wende, solange du noch etwas zum Verhandeln hast. Du kennst den Namen des Geschäftsführers. Du kannst immer noch aus der Sache raus, ihnen den Namen nennen, im Austausch gegen ein milderes Urteil. Wenn du erst verhaftet bist, ist dir diese Möglichkeit genommen.«

»Du hattest offenbar Kontakt mit ihnen. Haben sie dich hergeschickt?«

»Nein.« Darauf konnte Victoria ehrlich antworten. »Sie wären sogar ziemlich sauer, wenn sie wüssten, dass ich dieses Risiko eingegangen bin. Glaubst du, ich weiß nicht, dass ich mich weit nach vorn wage? Ich bin ebenso clever wie du, wenn es darum geht, mir nicht in die Karten schauen zu lassen. Aber diesmal ist der Einsatz sehr hoch und sehr persönlich. Du bist mein Vater. Ich konnte einfach nicht glauben, dass du zu so etwas fähig bist. Offenbar hatte ich Recht.« Sie schluckte. »Nenn mir seinen Namen, Vater.«

»Das kann ich nicht. Nicht ehe ich mit meinem Mandanten gesprochen habe. Bis dahin sind mir die Hände gebunden. Das weißt du.«

Ja, das wusste sie. Was sie *nicht* wusste, war, wie er auf ihre nächste Frage reagieren würde.

»Gut«, antwortete sie schließlich. »Dann geh zu deinem Mandanten. Lass dir bestätigen, was ich dir erzählt habe. Ich gebe dir vierundzwanzig Stunden. Sag mir nur eins. Wenn er dich fragt, woher du deine Informationen hast, wirst du es ihm sagen?«

Ein merkwürdiger Ausdruck trat in das Gesicht ihres Vaters. »Mit anderen Worten, ob ich dich an dieses korrupte Individuum, das du beschreibst, ausliefere? Ebenso wenig wie du mich an das FBI ausgeliefert hast. Ich werde tun, was ich tun muss, und danach wirst du tun, was du tun musst. Ich bitte dich nur darum, zu warten, bis ich meine Pflicht getan und mit meinem Mandanten gesprochen habe. Du bist meine Tochter. Mein guter Ruf steht auf dem Spiel – ein Ruf, den ich mir im Laufe meines Lebens mühsam errungen habe. Respektiere das bitte. Respektiere mich und meine Position. Das habe ich verdient.«

Sie nickte wortlos.

Ihr Vater räusperte sich, offenbar war er sehr aufgewühlt. »Sag mir, Victoria, wie passt Zachary Hamilton in diese Geschichte?«

Victoria hatte damit gerechnet, Fragen zu Zach beantworten zu müssen. Sie hatte sich vorgenommen, ihrem Vater nur das zu sagen, was man am Hope Institute ohnehin bereits wusste: dass er ihr ein wenig geholfen und zum Beispiel den Zigarrenstummel damals auf Fingerabdrücke untersuchen ließ, sie jedoch alles andere auf eigene Faust unternommen hatte.

Das, was sie dann tat, hatte sie nicht geplant. Es passierte einfach.

Sie kramte in ihrer Handtasche, zog ihren Verlobungsring hervor und steckte ihn sich an den Finger. »Zach wird mein Ehemann. So passt er in diese Geschichte. Er weiß, dass ich mich um Audrey sorge und dass ich den Verdacht habe, bespitzelt zu werden. Er möchte mich beschützen. Aber er hat keine Ahnung, welches Ausmaß die Sache angenommen hat. Und er weiß ganz sicher nicht, dass ich hier bei dir bin.« Sie streckte die Hand aus, um ihm den Ring zu zeigen, weniger aus Stolz als aus Trotz. Sie erwartete und brauchte die Zustimmung ihres Vaters nicht. Trotzdem wünschte sie sich ein kleines bisschen, er könnte sich für sie freuen. »Ich wollte dir eigentlich erst später von unserer Verlobung erzählen, wenn Audrey wieder gesund und aus dem Hope Institute entlassen ist. Und ich wollte erst sicher sein, dass ich mich in dir nicht getäuscht habe und du mich zum Altar führen kannst.«

»Verstehe.« Nachdenklich sah ihr Vater sie an. Er runzelte angestrengt die Stirn, als überlegte er, für welchen Aktienfonds er sich entscheiden sollte. »Hamilton ist intelligent, renommiert, extrem wohlhabend, und er hat gute Verbindungen«, sagte er dann.

Victoria wusste nicht, ob sie lachen oder weinen sollte. Selbst in dieser Situation, in dem seine gesamte Zukunft auf dem Spiel stand, änderte Walter Kensington nichts an seinen Prinzipien. Die Liste mit Zachs Tugenden, die er gerade aufgezählt hatte, war typisch für ihn.

»Ja, Vater, das ist er alles. Aber vor allem ist er der anständigste Mann, den ich je kennen gelernt habe.«

Zu ihrer Überraschung nickte ihr Vater. Er blickte auf ihren Ring, und ein seltsamer Ausdruck trat in sein Gesicht. »Dann bist du also glücklich mit ihm.«

»Sehr.«

Ein weiteres Nicken. »In dem Fall freue ich mich für dich.« Ein erneutes Stirnrunzeln. »Hamilton lebt in Europa. Deine juristische Karriere …«

»Wird nicht beeinträchtigt werden, Vater. Zach wird nach

New York zurückkehren. Wir planen, uns irgendwo in der Nähe Manhattans niederzulassen.« Victoria sah ihren Vater an. »Trotzdem werde ich auch weiterhin dein Angebot, in deine Kanzlei einzusteigen, nicht annehmen.« Sie lächelte. »Aber ich werde in deiner Nähe bleiben, damit du mich weiter bedrängen kannst.« Sie drehte sich um und ging zur Tür. »Ruf mich an, sobald du mit deinem Mandanten gesprochen hast. Wenn ich bis morgen Früh nichts von dir gehört habe, wirst *du* von *mir* hören.«

»Victoria?«

Sie sah sich fragend um.

»Ich nehme *dein* Angebot an. Ich werde dich zum Altar führen.«

32

Victoria zog sich bis zu Miss Hattermans Kabine zurück, dann duckte sie sich hinein.

Sie brauchte wegen dem, was sie vorhatte, kein schlechtes Gewissen haben. Sie hatte ihrem Vater alle Chancen gegeben, ihr den Namen des Hauptgeschäftsführers des Hope Institutes zu nennen. Es überraschte sie nicht, dass er es nicht getan hatte. Und wenn sie ehrlich war, konnte sie es ihm nicht einmal verübeln. Er war seinen Mandanten gegenüber zur Loyalität verpflichtet, ob sie korrupt waren oder nicht. Außerdem hatte sie mit seiner Reaktion gerechnet. Und deshalb hatte sie vorab einen Plan vorbereitet, sich das, was sie brauchte, notfalls selber zu beschaffen – und ihrem Vater damit zu helfen. Denn sie war jetzt, da sie sicher wusste, dass er nur begrenzt schuldig war, fester entschlossen denn je, ihn vor sich selbst zu schützen.

Miss Hattermans Reich war dunkel, Berge von Briefen und Dokumenten waren sorgfältig auf ihrem Schreibtisch gestapelt, um direkt am Montagmorgen in Angriff genommen zu werden. Aber Dunkelheit war genau das Richtige für das, was Victoria beabsichtigte.

Eine Sekunde später geschah das, worauf sie gewartet hatte.

Ein Licht an der Telefonanlage der Sekretärin leuchtete auf. Es war der Anschluss ihres Vaters. Er rief jemanden an.

Und Victoria wusste ganz genau wen.

Sie war halb versucht, das Gespräch zu belauschen. Aber sie durfte nichts riskieren. Wenn die aufmerksamen Ohren ihres Vaters das verräterische Klicken der Mithörtaste vernahmen, war ihre einzige Chance vertan. Sie musste Geduld haben – zum Wohle aller.

Das Licht erlosch, dann leuchtete es erneut auf. Ihr Vater war offenbar auf der Suche nach seinem Mandanten. Das zweite Mal blieb das Licht so lange an, bis sie sicher sein konnte, dass er den geheimnisvollen Geschäftsführer erreicht hatte. Zwei Minuten, drei. Dann erlosch das Licht wieder, diesmal endgültig. Es überraschte sie nicht, dass das Gespräch so kurz gewesen war. Walter Kensington besprach wichtige Dinge immer von Angesicht zu Angesicht. Und die hier war wichtig. Die gesamte Karriere und die Zukunft ihres Vaters standen auf dem Spiel.

Leise schlich sich Victoria aus dem Büro und fuhr mit dem Aufzug nach unten.

Sie hielt sich kurz in der Lobby auf, wohl wissend, dass Mr. Zigarre sich ihr erneut an die Fersen heften würde, sobald sie das Haus verließ. Sie musste die Sache so timen, dass sie ihn nicht in Alarmstimmung versetzte.

Ein Surren signalisierte ihr, dass der Aufzug nach oben geholt worden war. Sie schaute auf und sah zu, wie die Stockwerkzahlen immer höher wurden. Als die Kabine bei vierzehn stoppte, wusste sie, wer einstieg.

Sie wartete, bis die Fahrt nach unten begann. Dann drehte sie sich auf dem Absatz um und verließ das Gebäude.

Draußen ging sie mit entschlossenen Schritten, als hätte sie etwas Wichtiges vor. Sie sah auf ihre Uhr und runzelte die Stirn, als würde sie etwas beunruhigen. Mr. Zigarre müsste sie deutlich sehen können. Es war Samstag, nur wenige Passanten waren unterwegs.

Sie erreichte die Straßenecke in dem Moment, als die Ampel umsprang und der Verkehr auf der Park Avenue wieder zu rollen begann. Sie blieb stehen und tat, als würde sie warten, um auf die andere Seite zu gelangen.

Aus den Augenwinkeln sah sie ihren Vater ebenfalls das Gebäude verlassen und ein Taxi heranwinken. Sie wagte keinen Blick in diese Richtung, da sie Mr. Zigarre nicht auf die Anwesenheit ihres Vaters aufmerksam machen wollte. Sie hoffte, dass er sie im Auge hatte und nicht ihren Vater. Zugleich musste sie verhindern, dass ihr Vater sie entdeckte. Um also ganz sicher zu sein, trat sie hinter eine Frau, die den Arm voller Pakete hatte und ebenfalls darauf wartete, dass die Ampel grün wurde.

In der Sekunde, als das Taxi ihres Vaters vorbeigefahren kam, trat sie hinter der Frau mit ihren Paketen hervor zur Bordsteinkante. Perfekt. Gleich mehrere unbesetzte Taxen fuhren heran. Mit einem kurzen, nervösen Blick auf ihre Uhr hob sie den Arm und winkte sich eins heran.

Bitte, betete sie im Stillen. *Bitte lass heute nicht einen der Tage sein, an denen keins anhält.*

Das erste Taxi fuhr auf sie zu, und der schläfrig dreinblickende Fahrer sah sie an, als überlegte er gerade, ob es sich lohnte, überhaupt anzuhalten. Victoria schenkte ihm ein strahlendes Lächeln. Er steuerte auf sie zu. Sie stieg ein, knallte die Tür zu und sagte. »Auch wenn sich das jetzt anhört wie in einem schlechten Film: Folgen Sie bitte diesem Taxi.« Sie zeigte nach vorn.

Der Fahrer drehte sich um und blinzelte. »Was?«

Sie mussten sich beeilen. Ihr Vater hatte bereits einen Block Vorsprung. »Ich bin Anwältin. Ich arbeite für diesen Mann. Er hat wichtige Papiere bei mir liegen gelassen. Ich muss sie ihm dringend bringen.«

»Ach?« Der Taxifahrer schaute auf den leeren Sitz neben ihr. »Und wo sind die Papiere?«

Großartig. Wieso musste sie ausgerechnet an einen neunmalklugen Typen geraten?

»Okay«, gab sie zu. »Sie haben mich ertappt. Die Wahrheit ist, er ist mein Liebhaber. Seine Frau ist uns gerade auf die Schliche gekommen. Ich muss ihn unbedingt warnen, ehe er sie trifft.«

Der wohlwollende Blick des Mannes glitt über Victoria. »Der Mann hat Geschmack.« Er drehte sich wieder um und sah vor sich auf die Straße. »Er hat fast zwei Blocks Vorsprung.«

»Aber es ist Samstag und nicht viel Verkehr. Bitte. Wir werden ihn sonst noch verlieren.« Victoria zog einen Zwanzig-Dollar-Schein hervor. »Er fährt nicht weit.« Sie hoffte, dass das stimmte. »Nur zwei oder drei Kilometer. Ich zahle den doppelten Fahrpreis, und den Zwanziger kriegen Sie als Trinkgeld dazu.«

»Sie haben mich überzeugt, Lady.«

In typisch New Yorker Taxifahrermanier drückte der Fahrer das Gaspedal durch und raste über die rote Ampel.

Der Abstand zwischen den beiden Wagen wurde rasch kleiner, während er sich geschickt an den anderen Autos vorbeischlängelte.

»Sie haben Glück, dass heute Samstag ist. Sonst säßen Sie jetzt ganz schön in der Scheiße.«

»Ich weiß.« Victoria zwang sich, nicht allzu angespannt auszusehen. Wenn es Mr. Zigarre gelungen war, ihr zu folgen – was sie angesichts ihrer Hals-über-Kopf-Aktion bezweifelte –, sollte er nicht merken, dass sie sich auf einer heißen Verfolgungsfahrt befand.

Mit leuchtenden Dollarzeichen im Blick raste der Fahrer über sämtliche rote Ampeln und flog geradezu über die Park Avenue. Zwanzig Blocks. Dreißig. Wo zum Teufel fuhr ihr Vater bloß hin?

Das andere Taxi bog Richtung Westen in die 85. Straße und dann weiter zur Fifth Avenue. Dort angekommen fuhr es in südliche Richtung, plötzlich deutlich langsamer. Victoria erstarrte. Eine schreckliche Ahnung überfiel sie.

»Fahren Sie langsamer«, forderte sie ihren Fahrer nervös auf.

»Warum? Ich dachte, Sie wollten das Taxi einholen, um …«

»Fahren Sie langsamer!«, wiederholte sie, während der Wagen vor ihnen an den Straßenrand fuhr und anhielt.

Oh, Gott, nein.

Ihr Vater richtete sich auf, gab dem Fahrer ein paar Geldscheine und ging dann auf das nebenstehende Gebäude zu: Fifth Avenue 1029.

Die Adresse von Jim und Clarissa.

Victoria merkte, wie der Frühstückskaffee aus ihrem Magen hochstieg, spürte ihn in ihrer Kehle brennen. »Halten Sie an.«

Sie sah zu, wie ihr Vater ein paar Worte mit Leonard wechselte, woraufhin dieser den Kopf schüttelte und eine offensichtlich verneinende Antwort gab. Darauf wurde Walter Kensington ärgerlich, er machte eine Bemerkung, die Leonard zurückzucken ließ. Der Türsteher versuchte erneut, ihn von etwas abzubringen, sagte etwas, aber Victorias Vater schnitt ihm sofort das Wort ab. Ungeduldig hob er die Hand und zeigte zum Penthouse hinauf. Leonard resignierte und rief mit dem Gesichtsausdruck eines verurteilten Strafgefangenen oben an. Er legte auf, nickte Walter zu und trat zur Seite. Victorias Vater stürmte an ihm vorbei und verschwand in Richtung Aufzug.

»Lady? Steigen Sie jetzt aus oder nicht?«

Irritiert sah Victoria den Mann an. »Was?«

»Steigen Sie jetzt aus?«

»Oh. Ja.« Sie schaute auf das Taxameter, zog einige Scheine aus ihrer Brieftasche und reichte sie ihm zusammen mit dem Zwanziger. »Danke.«

»Gern.« Grinsend stopfte der Fahrer das Geld in seine Jackentasche. »Übrigens. Nehmen Sie mir nicht übel, dass ich das sage, aber ich finde, Sie sind ein echter Schuss. Suchen Sie sich einen anderen. Dieser Typ könnte ja Ihr Vater sein.«

»Ja. Richtig.« Mit weichen Knien stieg Victoria aus und fühlte sich selbst wie eine verurteilte Strafgefangene. Ihr Onkel? Oh, Gott, bitte lass das alles nicht wahr sein. Bitte lass es einen anderen Grund geben, warum Vater hier ist.

Aber welchen? Was konnte für ihren Vater im Moment wichtiger sein, als seinen Hals zu retten? Er konnte doch nirgendwo anders hingehen als zum Geschäftsführer des Hope Institutes, und zwar auf schnellstem Weg.

In diesem Haus wohnen eine Menge Leute, redete sie sich

als Nächstes ein. Sie durfte, *wollte* keine voreiligen Schlüsse ziehen.

Langsam ging sie die Straße hinauf, zu erschüttert, um klar denken zu können. Eines war sicher – wenn sich ihre schlimmsten Befürchtungen bewahrheiteten, durfte sie auf keinen Fall überstürzt reagieren. Sie musste Ruhe bewahren.

Das Wichtigste zuerst. Sie musste an die Fakten kommen.

»Miss Kensington.« Leonard sah sie entgeistert an. Normalerweise begrüßte er sie wie eine alte Freundin, er strahlte und hatte immer einen Scherz auf den Lippen. Heute war das anders. Heute war er eindeutig grün im Gesicht. Die Auseinandersetzung mit ihrem Vater hatte ihm bereits genug zugesetzt, und jetzt auch noch das. »Was kann ich für Sie tun?«

»Ist Dr. Kensington zu Hause?«

»Tja, ja, aber …«

»Ist mein Vater gerade zu Dr. Kensington hinaufgegangen?«

Leonard begann, am Rand seiner Mütze zu drehen. »Miss Kensington …«

»Ich brauche eine Antwort, Leonard. Hat mein Vater nach Dr. Kensington gefragt, und haben Sie ihn ins Penthouse hinaufgeschickt? Ja oder nein?«

Der Türsteher nickte widerstrebend und erstickte damit Victorias letzten Hoffnungsschimmer. »Ja. Ich habe versucht, ihn aufzuhalten, aber er hat darauf bestanden. Er sagte, es wäre dringend. Irgendetwas mit einer geschäftlichen Angelegenheit, in die sie beide involviert wären und die zu platzen drohte.«

Ihr Onkel. Ihre einzige Stütze. Alles, worauf sie gesetzt hatte und woran sie geglaubt hatte. Es konnte nicht sein.

War das der Grund, warum er seinen Bruder so hartnäckig verteidigt hatte? War das der Grund, warum er sie bedrängt hatte, die Finger von den Ermittlungen gegen das Hope Institute zu lassen? Hatte er versucht, sie abzuschütteln, ehe die Sache entgleiten konnte?

Nein. Nicht ihr Onkel Jim.

»Warum haben Sie versucht, meinen Vater davon abzuhalten, nach oben zu gehen?«, fragte sie Leonard hölzern. Sie brauchte die Antwort und betete zugleich, sie nicht zu bekommen. »Hatte Dr. Kensington Sie darum gebeten?«

Leonard wandte den Blick ab. »Ich hatte Anweisung, niemanden hinaufzulassen. Dr. Kensington ist nicht allein. Bitte, Miss Kensington, ich kann Ihnen wirklich nicht mehr sagen. Und ich kann Sie auf keinen Fall hinauflassen.«

»Keine Sorge, Leonard, ich habe nicht vor, hinaufzugehen – im Moment jedenfalls nicht.« *Dr. Kensington ist nicht allein? Wer sonst konnte denn bloß bei ihm sein? Mr. Zigarre? Der Wahnsinnige, der sie von der Straße gedrängt hatte? Der Tontechniker und Computerhacker des Instituts? Alle zusammen?*

Ihre Emotionen gerieten völlig außer Kontrolle. Sie musste sich erst sammeln, ehe sie etwas unternehmen konnte. Sie musste in Ruhe nachdenken, eine Strategie überlegen.

»Danke, Leonard. Ich mache einen Spaziergang und komme später noch einmal wieder. Bitte sagen Sie niemandem, dass ich hier war.«

Walter hämmerte mit der Faust gegen die Penthouse-Tür. »Mach sofort auf«, verlangte er.

Die Tür öffnete sich, und Walter marschierte hinein.

»Ich habe gerade ein paar äußerst irritierende Tatsachen erfahren«, begann er. »Und ich hoffe sehr, dass du eine gute Erklärung dafür hast.«

»Was sind das für Tatsachen?« Clarissa zog den Gürtel ihres seidenen Morgenmantels enger und fuhr sich mit der Hand über das blonde Haar. »Und wieso stürmst du an einem Samstagmorgen um halb zehn einfach so hier rein? Ich bin noch nicht mal angezogen.«

»Weil unsere berufliche Existenz auf dem Spiel steht«, schnappte er. »Ganz zu schweigen von unserem Ruf und unserer Freiheit. Ich bin an deinem Aussehen nicht interessiert. Ich bin an deiner Erklärung interessiert.«

Clarissa ging ins Esszimmer und schenkte sich eine Tasse Kaffee ein. »Es war dumm, hierherzukommen, Walter. Was wäre denn, wenn Jim zu Hause gewesen wäre?«

»Mein Bruder ist in seiner Praxis. Davon habe ich mich sofort überzeugt, nachdem ich das Mount-Sinai-Hospital angerufen und erfahren hatte, dass du zu Hause bist.«

Walter folgte ihr ins Esszimmer. Zorn stand ihm im Gesicht. Er hatte nur eins im Sinn – er musste Victorias Anschuldigungen überprüfen. Er kannte Clarissa besser als jeder andere, sogar besser als Jim. Nicht intim natürlich, aber dafür all ihre Seiten. Er kannte ihre Gedanken, ihre Ziele, die Wege, die sie gehen würde, um sie zu erreichen. Sie war sehr ehrgeizig, eine raffinierte, durchsetzungsfähige Karrierefrau. Das Hope Institute war ihr Baby, und als sie gehört hatte, dass es zum Verkauf stand, war sie mit einem Angebot zu ihm gekommen und hatte es anonym von Benjamin Hopewell erworben. Waren die anschließenden Unternehmungen, die sie angestellt hatte, um ihre Ziele zu erreichen, an die Grenzen des gesetzlich Erlaubten gestoßen? Ohne einen Zweifel. Er wusste das besser als jeder andere, schließlich hatte er sie beraten, ihre Verträge vorbereitet, den legalen Drahtseilakt vollzogen. Er kannte sämtliche ethischen, moralischen und natürlich auch juristischen Schwachpunkte in der Angelegenheit. Aber die Vorwürfe der kriminellen Machenschaften, die Victoria ihm entgegengeschleudert hatte? *Davon* wusste er nichts.

Er kam sofort auf den Punkt. »Stimmt es, dass die Medikamente, die ihr euren Patienten im Hope Institute verabreicht, illegal sind und mit Hilfe eines internationalen Drogensyndikats ins Land geschmuggelt werden?«

Sie runzelte die Stirn, trank einen Schluck Kaffee. »Das ist eine hässliche Art, über die Dinge zu sprechen. Ich habe sicher ein Dutzend oder mehr Leben gerettet und die Lebensdauer von mehr sterbenskranken Patienten verlängert, als ich zählen kann. Ich habe ihnen Hoffnung gegeben, unerträgliche Schmerzen gelindert und ihnen eine Lebensqualität ermöglicht, von der sie zuvor nur träumen konnten. Aus deinem Mund klingt es so, als wäre ich eine gewöhnliche Drogendealerin, die auf der Straße mit Crack handelt.«

Walter starrte sie ungläubig an. »Clarissa, verstehst du eigentlich, was du da tust? Ich meine juristisch, nicht medizinisch. Du beugst nicht nur das Gesetz, du brichst es. Du bist eine Kriminelle.«

»Ich bin eine Ärztin«, berichtigte sie ihn kühl, und ihre sonst so nüchterne Stimme klang empört. »Ich rette Menschenleben – etwas, das in der heutigen Medizin vor lauter Bürokratismus und Paragrafen selten geworden ist.«

»Und dann? Was ist, wenn diese Leben nicht gerettet werden können? Verstorbene Patienten sollten eingeäschert und ihre Asche *unverzüglich* ihren Angehörigen übergeben werden. Wir haben diese Klausel in die Verträge aufgenommen, um, wie ich glaubte, dein geistiges Eigentum zu schützen, solange du auf die Erteilung der Patente gewartet hast. Jetzt erfahre ich, dass es gar keine Patente gibt und dass die Übergabe der Urnen mit Absicht verzögert wird, damit die Angehörigen der Patienten die Zahlungen fortsetzen, unter der fälschlichen Annahme, dass ihre Familienmitglieder noch leben. Ist das wahr?«

Dieser letzte Vorwurf schien sie zu erschüttern. Sie zog die hellen Augenbrauen zusammen, und ein gequälter Ausdruck trat in ihr Gesicht. »Es missfällt mir wirklich, dies zu tun. Ich tue es auch so selten wie möglich. Aber, Walter, der Kostenapparat des Hope Institutes ist gigantisch. Ich pumpe selbst Tausende von Dollars aus meinem Privatvermögen in die Klinik, um unsere Forschungsarbeiten zu ermöglichen. Dann ist da unser Personal. Wir haben ausgezeichnete Ärzte, die entsprechend entlohnt werden müssen – und damit meine ich nicht die mageren Honorare, die sie aus den öffentlichen Kassen erhalten. Ich meine *wirkliche* Entlohnung. Darüber hinaus haben wir die besten Krankenschwestern von ganz Manhattan. Auch sie bekommen ein großzügiges Gehalt. Und ich muss nicht erwähnen, dass die Medikamente, die wir importieren, eine Menge unseres Gewinns auffressen. Eine so außergewöhnliche und einzigartige Klinik wie das Hope Institute zu führen kostet eine Menge Geld. Und deshalb müssen wir natürlich gelegentlich ein bisschen kreativ werden, um es uns zu beschaffen. Ich tröste mich mit der Tatsache, dass die Leute, von denen wir es bekommen, so reich sind, dass die Summen für sie eine Kleinigkeit darstellen.«

»Kreativ. Wir sprechen über den Schmuggel und das Verteilen illegaler Drogen und über fortgesetzten Betrug.« Walters Gedanken wirbelten durcheinander, suchten nach Antworten, nach Auswegen.

Clarissa ignorierte seine Vorwürfe einfach und sah ihn fragend an. »Woher hast du deine Informationen? Aber eigentlich brauche ich gar nicht zu fragen. Von Victoria natürlich. Ich hatte geglaubt, wir hätten sie davon überzeugt, sich aus der Sache herauszuhalten. Ich habe mich wohl geirrt.«

Walter wurde sehr ruhig. »*Wir? Ich* habe mit ihr gesprochen. Was genau hast *du* denn getan, um sie zu überzeugen?«

Sein drohender Ton irritierte sie. »Ich habe dir doch gesagt, dass ich jemanden beauftragt habe, sie im Auge zu behalten.«

»Ja, um sicherzustellen, dass sie keine Überraschungsbesuche im Hope Institute mehr plant. Nicht um sie einzuschüchtern. Und ganz sicher nicht, um ihr Schaden zuzufügen.«

»Schaden zufügen? Wie kommst du darauf? Leaman bespitzelt Leute. Er verletzt sie nicht.«

»Letztes Wochenende hat jemand Victoria in ihrem Auto von der Straße abgedrängt, als sie aus Greenwich kam. Die Polizei glaubt, es wäre ein Betrunkener gewesen. War es das tatsächlich?«

Hektische rote Flecken zeigten sich auf Clarissas Wangen. »Willst du damit sagen, ich hätte jemanden engagiert, um Victoria *umzubringen*?«

»Oder sie einfach nur zu Tode zu erschrecken und somit außer Gefecht zu setzen? Hast du das?«

Clarissa war jetzt richtig wütend. »Nein. Weder schüchtere ich Menschen ein, noch verletze oder töte ich sie. Ich heile sie – oder versuche es zumindest. Deshalb diese ganze Geheimnistuerei im Institut. Außerdem, und das sage ich dir ganz persönlich, habe ich Victoria immer wesentlich näher gestanden als du.«

»Das bringt uns zu Audrey«, antwortete er, viel zu aufgebracht, um auf diesen Seitenhieb einzugehen. Er sah Clarissa durchdringend an. »Was genau war der Grund für Audreys Herz- und Atembeschwerden? Eine deiner illegalen Drogen? Hast du meine Tochter damit voll gepumpt?«

Clarissa knallte ihre Kaffeetasse auf den Tisch. »Hör auf,

so zu tun, als handle es sich um Gift, Walter. So ist es nicht. Es sind Medikamente, genau wie die, die auch sonst in unserem Land verwendet werden, nur wirkungsvoller. Sie sind nur noch nicht offiziell zugelassen. Du weißt, was mit Audrey geschehen ist. Sie hat auf einen Wirkstoff negativ reagiert, deshalb haben wir sie auf einen anderen umgestellt. Inzwischen geht es ihr viel besser. Wir halten sie unter einem leichten Beruhigungsmittel – zu ihrem eigenen Schutz, damit sie nicht wieder davonläuft. Ich muss dich doch nicht daran erinnern, dass du derjenige warst, der mich angefleht hat, sie in unserer Klinik aufzunehmen, oder? Das ist der einzige Grund, weshalb sie überhaupt bei uns ist. Du wolltest sie versteckt halten, damit bloß niemand von ihrer Krankheit erfährt, und ich sollte sie endgültig kurieren.«

Walter fuhr sich mit der Hand durchs Haar. Er konnte Clarissa hier nicht widersprechen, sie hatte Recht.

»Du hast meine Frage noch nicht beantwortet«, erinnerte sie ihn. »Hat Victoria alle diese Dinge herausgefunden?«

»Nein«, widersprach Walter und log so geschickt wie sonst vor Gericht. »Victoria hat mit dieser Sache nichts zu tun, außer dass sie mir ein paar unangenehme Fragen gestellt hat. Du und ich, wir wissen beide, dass es einige Jahre her ist, dass ich mich persönlich um die alltägliche juristische Arbeit im Hope Institute gekümmert habe. Ich habe jemand Diskretes und Zuverlässiges gebeten, für mich einmal nach dem Rechten zu sehen. Heute Morgen habe ich das Ergebnis erfahren. Es hat mich aufs Höchste irritiert – aus gutem Grund, wie ich nun höre.«

»Tatsächlich?« Sie warf ihm einen kalten Blick zu. Für Clarissas Verhältnisse klang ihre Stimme ungewöhnlich scharf. »Dann würde ich dir vorschlagen, dich um deine Irritation und um deine unangemessenen Schuldgefühle zu kümmern. Hol Audrey aus dem Institut heraus, wenn du dich dann besser fühlst. Glaub mir, du würdest mir einen großen Gefallen tun. Sie ist ein ständiger Störfaktor. Und was deine Arbeit für unser Institut angeht, sagtest du gerade selbst, dass du sie schon lange nicht mehr selber verrichtest. Zieh dich doch ganz zurück, wenn dich das beruhigt. Delegiere die Arbeit, wie du es die ganze Zeit schon tust. Ich kann mich über unseren momentanen juristischen Berater nicht beklagen. Aber mach keine Dummheiten. Du bist mein Anwalt, ich bin deine Mandantin. Alles, worüber wir sprechen, bleibt unter uns.«

»Dafür ist es zu spät. Ich habe erfahren, dass das FBI bereits Wind von der Sache bekommen hat.«

Clarissa erstarrte. »Was?«

»Meine Informationsquelle sagte mir, das FBI stünde kurz davor, Haftbefehle zu erlassen.« Walter sah Clarissa unnachgiebig an. »Ich werde nicht für dich ins Gefängnis gehen, Clarissa. Nicht für Dinge, von denen ich nichts weiß. Ich muss mich schützen und meine Kanzlei. Ich werde alles tun, was ich tun kann, um Waters, Kensington, Tatem and Calder aus dem Feuersturm herauszuhalten, der über dem Hope Institute niedergehen wird. Ich habe mein ganzes Leben lang für das gearbeitet, was ich nun habe, ich werde nicht riskieren, es zu verlieren, nur um dich und deine kriminellen Machenschaften zu schützen.« Wilde Entschlossenheit sprach aus seinem Blick. »Es stimmt, dass ich dich beim Erwerb des Hope Institutes unterstützt habe. Ich habe die Verträge aufgesetzt, alle. Ich habe mit juristischen Mitteln alles dafür getan, um deine kostbare Klinik nach außen undurchdringlich zu machen. Und ich habe weggeschaut, als es um diese Medikamente ging, für die du das Patent beantragt hattest. Mehr habe ich nicht getan.«

»Außer dass du und dein Unternehmen bei der ganzen Angelegenheit eine Menge Geld verdient habt«, erwiderte Clarissa scharf. »Allein die Verwaltung der Vermögen hat dir Millionen eingebracht.«

»Also gut, auch das gebe ich zu. Aber sonst nichts.« Er drehte sich um und steuerte die Tür an. »Was den Anwalt betrifft, der an meiner Stelle die Geschäfte im Institut übernommen hat, ich werde noch heute mit ihm sprechen. In der Zwischenzeit rate ich dir, dir einen guten Strafverteidiger zu suchen.«

Clarissa sah ihm nach, hörte, wie die Tür zuknallte und der Aufzug nach unten glitt.

Hinter ihr flog die Schlafzimmertür auf, und ein Mann mit nacktem Oberkörper trat heraus. »Das war ziemlich heiß.«

»Er ist auf dem Weg zu dir, um mit dir zu sprechen.« Sie wirbelte herum. »Wie hat das FBI herausgefunden …?«

»Hat es nicht.« Er hielt sein Handy hoch. »Ich habe es gerade von Leaman erfahren. Er steht auf der anderen Straßenseite, direkt am Parkeingang. Und was glaubst du, wer auch hier ist und wie besessen die Fifth Avenue rauf- und runterspaziert?«

»Victoria.«

»Erraten. Leaman hatte sie kurz verloren, vor der Kanzlei ihres Vaters, wo sie heute Morgen war. Als sie dort herausrannte und in ein Taxi sprang, hatte er so eine Ahnung, dass sie hierherfahren könnte. Und er hatte Recht. Was meinst du also, wo Walter Kensington seine Informationen herhat? Von seiner Tochter. Eine Tochter, die er schützt. Und eine Tochter, die wir unter ständiger Beobachtung haben und deren Telefone wir in den letzten zwei Wochen abgehört haben. Wenn Victoria in irgendeiner Weise Kontakt mit dem FBI gehabt hätte, wären wir die ersten gewesen, die es gemerkt hätten. Das Ganze ist ein Bluff. Trotzdem müssen wir handeln. Das Institut muss leer geräumt werden – zumindest, bis sich die ganze Aufregung wieder gelegt hat.«

»Leer geräumt?«, wiederholte Clarissa fassungslos. »Du meinst, wir müssen die Medikamente vernichten?«

»Nur die aktuellen Vorräte«, beruhigte er sie. »Wir müssen eine Zeit lang sauber sein, für den Fall, dass Victoria sich doch noch an die Behörden wendet. Es ist eine reine Vorsichtsmaßnahme – aber eine notwendige angesichts der früheren Besuche, die das FBI dem Hope Institute abgestattet hat. Wir werden die Drogen verschwinden lassen, die Urnen, die Tonbänder – alles, was irgendeinen Verdacht erregen könnte. Dann kann Victoria so viel Krach schlagen, wie sie will. Es wird keine Beweise geben, und sie und das FBI werden gezwungen sein, ihre Ermittlungen wieder einzustellen. Danach machen wir weiter wie gehabt.«

Clarissa nickte widerstrebend. »Ich schätze, das ist unsere einzige Chance. Aber ich möchte so bald wie möglich eine neue Lieferung.«

»Die wirst du bekommen.« Er runzelte nachdenklich die Stirn, als ihm noch etwas einfiel. »Ganz gleich, wie schnell unser Personal arbeitet, es wird ein paar Tage dauern, das Institut aufzuräumen. Wir müssen dafür sorgen, dass Victoria bis dahin ihre Nase nicht weiter in unsere Angelegenheit steckt. Das gilt auch für ihren Vater.« Er ging zum Fenster hinüber, zog die Gardine zur Seite und spähte hinaus. »Leaman wird mich auf dem Laufenden halten. Ich werde warten, bis er mir berichtet, dass Victoria verschwunden ist. Dann werde ich sie mir schnappen und das Feuer austreten.«

Clarissa sah ihren Liebhaber erschrocken an. »Das Feuer austreten – wie?«

Er lächelte, ging zu ihr und legte den Arm um ihre Schultern. »Nichts Spektakuläres. Schließlich bin ich nicht Clint Eastwood. Ich werde einfach nur einen wirkungsvollen Weg suchen, Victoria ein wenig abzulenken, bis wir fertig sind. Und was ihren Vater angeht, er vertraut mir. Ich werde ihn überzeugen. Entspann dich, Darling. Ich kann *sehr* überzeugend sein, wenn ich das will.« Er senkte den Kopf und liebkoste ihren Nacken. »Das solltest du am allerbesten wissen.«

»Ich weiß es.« Sie hielt sich zurück. Sie war immer noch nicht ganz sicher, und das wollte sie sein, ehe sie sich seiner sexuellen Anziehungskraft hingab. »Dieser Unfall, von dem Walter gesprochen hat – es war doch sicher irgendein Betrunkener, der Victoria von der Straße gedrängt hat.«

»Hm.« Seine Hände glitten unter ihren Morgenmantel und wölbten sich um ihre Brüste.

»Ich habe dir eine Frage gestellt.«

»Und ich beantworte sie gerade.« Er öffnete den Gürtel ihres Morgenmantels und ließ ihn zu Boden gleiten. Dann drängte er sie sanft zurück, bis sie mit dem Rücken an der Wand stand. Er hielt sie fest, während er den Reißverschluss seiner Hose öffnete und seinen Oberschenkel zwischen ihre presste. »Ich hatte nichts mit Victorias Unfall zu tun. Ich war auf der Party und habe dich die ganze Zeit beobachtet und mir gewünscht, das hier zu tun.«

Mit einer kraftvollen, entschlossenen Bewegung drang er in sie ein.

33

Victoria hatte ihre Entscheidung getroffen.

Sie würde ihren Onkel zur Rede stellen, und er würde diesen Albtraum aus der Welt schaffen. Zum Teufel mit aller Vernunft. Sie weigerte sich einfach zu glauben, dass Jim Kensington, der wundervolle, ehrenwerte Mann, der sein ganzes Leben in den Dienst anderer Menschen gestellt hatte und der engste Vertraute war, den sie je gehabt hatte, für die Verbrechen am Hope Institute verantwortlich war. Es musste eine andere Erklärung geben.

Sie wartete, bis ihr Vater in ein Taxi gestiegen und davongefahren war. Dann überquerte sie die Straße und ging auf Leonard zu.

»Ihr Vater ist soeben wieder weggefahren, Miss Kensington.«

»Das habe ich gesehen. Ich möchte mit meinem Onkel sprechen. Bitte rufen Sie oben an und sagen Sie ihm, dass ich unterwegs zu ihm bin.«

Leonard runzelte die Stirn. »Dr. Kensington ist in seiner Praxis. Er wird nicht vor zwei wieder zu Hause sein.«

Sie starrte Leonard an. Diesmal würde sie sich nicht abwimmeln lassen, das stand fest. »Er kann nicht in der Praxis sein. Ich habe die ganze Zeit auf der anderen Straßenseite gestanden. Er hat das Haus nicht verlassen.«

»Er ist um sieben Uhr dreißig aus dem Haus gegangen. Also noch bevor Sie überhaupt hier erschienen sind.«

»Aber Sie haben mir doch gesagt, mein Vater wäre bei Dr. Kensing…« Victoria stockte, als sie plötzlich begriff.

Dr. Kensington … *Clarissa?*

Mein Gott, auf diese Idee war sie gar nicht gekommen. Zumindest in dem Fall nicht. Normalerweise fragte sie immer nach, wen Leonard meinte, wenn er von Dr. Kensington sprach. Aber im Zusammenhang mit ihrem Vater? Niemals. Walter Kensington nahm die Frau seines Bruders ja kaum wahr, außer dass er bei Familienfeiern ein paar höfliche Floskeln mit ihr austauschte. Sie war das Anhängsel seines Bruders, zu dem er ohnehin schon eine schwierige Beziehung hatte. Und diese Beziehung war nicht besser geworden, als Clarissa in die Familie gekommen war. Jim hatte sich schon immer auf Victorias Seite geschlagen, aber als Clarissa dazukam, hatte Walter die Kontrolle über seine Tochter völlig verloren.

Die Vorstellung, dass Clarissa und ihr Vater gemeinsame Geschäfte machen könnten, war einfach absurd …

»Miss Kensington?«, erkundigte sich Leonard beunruhigt. »Ist alles okay?«

Sie zwang sich zur Ruhe. »Leonard, als Sie sagten, mein Vater wäre oben bei Dr. Kensington, meinten Sie damit meine *Tante*?«

Der Türsteher wurde völlig nervös. »Ich dachte, Sie hätten das gewusst. Ja, es war Ihre Tante, die er unbedingt sprechen wollte. Aber bitte, Miss Kensington, ziehen Sie jetzt bloß keine voreiligen Schlüsse«, flehte er Victoria an und sah beschwörend in ihr leichenblasses Gesicht. »Es war wirklich nur geschäftlich. Ihr Vater hat nichts mit Dr. Kensington. Da bin ich mir ganz sicher.« Er raufte sich die Haare und überlegte verzweifelt, wie er sie beruhigen konnte.

Ihr offensichtliches Entsetzen brachte ihn fast um den Verstand. »Ich schwöre Ihnen, zwischen den beiden läuft nichts«, stieß er hastig hervor und entschloss sich dann dazu, eine Tatsache preiszugeben, die, wie er glaubte, wesentlich erträglicher für sie sein würde als ihr eigener Verdacht. »Ihr Vater kommt fast nie vorbei, wenn Ihr Onkel nicht zu Hause ist, und wenn, bleibt er nur ein paar Minuten. Es ist dieser andere, dieser junge Mann, mit dem Dr. Kensington eine Affäre hat – der, der schon bei ihr war, als Ihr Vater hier auftauchte.«

Aller Lärm und das ganze Durcheinander in Victorias Kopf erstarben mit einem Mal. »Was für ein junger Mann?«

Sie war völlig benommen, als sie das Haus ihrer Tante und ihres Onkels verließ. Mechanisch überquerte sie die Straße und ging bis zum Parkeingang. Zum Joggen war sie nicht richtig angezogen, aber auch ein Spaziergang würde ihr jetzt verdammt gut tun. Sie musste den Kopf frei kriegen.

Sie schlug den vertrauten Weg ein und lief mit energischen Schritten um das Reservoir. Die Ereignisse der letzten Stunden sausten wie fehlgeschlagene Pistolenkugeln durch ihren Kopf.

Vor allem die Enthüllungen Leonards.

Er war nicht glücklich gewesen, ihr die Informationen über Clarissa Kensington preiszugeben. Aber nachdem Victoria ihn aufgeklärt hatte, dass sie sich nicht vordringlich für die sexuellen Eskapaden ihrer Tante interessierte, sondern für etwas viel Größeres, etwas Kriminelles und Gefährliches, das ihre Tante betreffen könnte, taute er auf und erzählte Victoria willig alles, was sie wissen wollte.

Sie war sich durchaus bewusst, dass sie ihn fälschlicherweise zu der Annahme verleitet hatte, er würde Clarissa helfen, statt sie zu belasten. Aber angesichts der Dringlichkeit, die Wahrheit herauszufinden, plagte sie deswegen kein richtig schlechtes Gewissen.

Nun, jetzt kannte sie die Wahrheit.

Die Frage war nur, was sie damit anfing.

Aus juristischer Sicht war Clarissas Rolle als Geschäftsführerin des Hope Institutes immer noch reine Spekulation. Victoria hatte nichts weiter in der Hand als Indizien: die Tatsache, dass ihr Vater sofort zum Penthouse geeilt war, und die Aussage gegenüber Leonard, er hätte etwas Dringendes mit Dr. Kensington zu besprechen, wegen eines Geschäfts, das zu platzen drohte.

Aber in Kombination mit allem anderen, was sie von Leonard erfahren hatte – Clarissas Affäre, die detaillierte, belastende Beschreibung ihres Liebhabers, die Gesprächsfetzen, die er von den beiden hatte auffangen können –, sollte Meyer das eigentlich reichen, um sie zum Verhör vorladen zu können. Und dann würde das FBI schnell die Beweise finden, nach denen es suchte. Durchsuchungsbefehle würden ausgestellt werden. Die Akten ihres Vaters und die des Hope Institutes würden sichergestellt werden.

Ebenso wie die von diesem anderen widerlichen Schwein. Und es würden vermutlich die interessantesten sein.

Victoria ballte die Hände zu Fäusten. Sie hätte sofort darauf kommen müssen, dass ein anderer Mitarbeiter von Waters, Kensington, Tatem & Calder da angeknüpft hatte, wo ihr Vater ausgestiegen war, und sich um die juristischen Angelegenheiten des Hope Institutes gekümmert hatte. Das erklärte den Schock ihres Vaters darüber, dass die Medikamente, die das Institut verabreichte, gar keine im Haus selbst entwickelten Stoffe waren. Es erklärte auch seinen Schock über die Tatsache, dass im Institut Verbrechen begangen wurden und dass Geld von Leuten kassiert wurde, die dachten, ihre Angehörigen wären noch am Leben. *Und* es erklärte, warum es ihn so überrascht hatte, als sie das FBI erwähnt hatte. Wenn Miss

Evans tatsächlich bei Waters, Kensington, Tatem & Calder angerufen hatte, um sie über den beunruhigenden Vorab-Besuch des FBI zu benachrichtigen, dann war dieser Anruf offenbar an einem anderen Schreibtisch gelandet.

Walter Kensington war ahnungslos, so erschien es zumindest im Augenblick. Es gab zu viele Lücken, zu viele Dinge, die er nicht wusste und die er hätte wissen müssen – *wenn* er in die Verbrechen des Hope Instituts verwickelt wäre.

Nein, er war ganz gewiss nicht der Drahtzieher.

Das minderte nicht seine Schuldhaftigkeit. Nicht bei seiner Unterschrift auf jedem Dokument.

Kurz gesagt, er war hintergangen worden, und zwar in großem Stil.

Wusste er von Clarissas Liebhaber? Wusste er, wer es war, wie tief er in ihre kriminellen Machenschaften verstrickt war, wie sehr er damit auch Waters, Kensington, Tatem & Calder mit in den Abgrund zog?

Wenn nicht, musste sie ihn dringend aufklären.

Es war ihre Aufgabe, ihrem Vater die Augen zu öffnen. Das würde ihn ganz sicher davon überzeugen, alles, was er wusste, herauszurücken und dem FBI zu helfen. Es würde zur Schadensbegrenzung beitragen, um die er sich verzweifelt für seine Kanzlei bemühen würde. Und es würde schließlich auch sein Strafmaß mindern und die Ermittlungen des FBI erheblich beschleunigen.

Sie musste diesen Weg gehen. Erst ihr Vater. Dann das FBI. Zu seinem Nutzen und zu ihrem. Je konkreter die Beweise waren, desto stärker würde die Position des FBI.

Entschlossen steuerte sie den Parkausgang East 79th Straße an.

Ihre Wohnung lag nur wenige Blocks entfernt. Sie würde zuerst dort hingehen, um zu sehen, ob ihr Vater vielleicht angerufen hatte. Wenn nicht, würde sie ihn anrufen. Die Deadline hatte sich verändert. Alles hatte sich verändert. Sie würde ihm ein Stichwort liefern, hoffen, dass er ihr glaubte und die fehlenden Informationen preisgab. Doch auch wenn er sich weigerte, würde sie als Nächstes Meyer anrufen und ihm alles berichten. Bestätigung oder nicht, das FBI musste sich Zugang zum Hope Institute verschaffen und handeln – sofort, ehe Clarissa auf das, was sie erfahren hatte, reagieren konnte.

Victoria erreichte ihr Haus. Vorsichtig sah sie sich um. Plötzlich fiel ihr Zachs Warnung wieder ein, in der Nähe des Hotels zu bleiben und sich von Orten fern zu halten, an denen sie zu Mr. Zigarres lebender Zielscheibe werden könnte. Der Spaziergang durch den Central Park war eine ziemlich dumme Idee gewesen. Andererseits würde er sie sicher nicht dort vermuten. Seit er begonnen hatte, sie auf Schritt und Tritt zu verfolgen, hatte sie morgens nicht mehr gejoggt. Nachdem er sie vor ihrer Taxifahrt Richtung Norden verloren hatte, hatte er vermutlich ihr Büro überprüft, Zachs Hotel …

Und ihre Wohnung.

Ihre Finger zitterten leicht, als sie nach ihren Schlüsseln kramte. Also gut, er stand vielleicht irgendwo in der Nähe und wartete bereits auf sie. Sie konnte ja einfach so tun, als wäre sie nur kurz nach Hause gekommen, um sich etwas Neues zum Anziehen zu holen, ehe sie wieder in ihr Liebesnest zurückkehrte. Und von den Telefongesprächen, die sie gleich führen würde, würden er und sein Tontechniker-Freund nichts mitbekommen. Sie würde ihr Handy benutzen.

Sie tat völlig sorglos und öffnete die Haustür. Erleichtert atmete sie auf, als sie die Treppe hinaufgegangen und in ihrer Wohnung war, die Tür fest hinter sich verschlossen.

Sie ging sofort zu ihrem Anrufbeantworter. Noch nichts. Aber ihr Vater hatte schließlich auch eine Menge zu verdauen.

Wahrscheinlich saß er wieder an seinem Schreibtisch und überlegte sich, wie er die Sache angehen sollte, um sich selbst und seine Kanzlei möglichst wenig zu beschädigen.

Nun, sie würde seinen Überlegungen ein wenig auf die Sprünge helfen.

Sie öffnete ihre Handtasche, zog ihr Handy heraus und begann, seine Nummer zu wählen, während sie auf die Couch im Wohnzimmer zusteuerte.

»Beenden Sie die Verbindung. Sofort.«

Victoria erstarrte, ihr Finger blieb auf der vierten Ziffer der Nummer ihres Vaters liegen. Reflexartig drehte sie sich um und riss erschrocken die Augen auf, als sie den auf ihren Kopf gerichteten Revolver sah. Wortlos drückte sie auf Ende und ließ den Arm sinken.

»Gut. Legen Sie jetzt das Telefon auf den Tisch – auf den Tisch neben Ihnen.«

Sie gehorchte. Ihr Schock hatte sich ein bisschen gelegt, und sie warf einen kühlen Blick in die Richtung ihres Bedrohers. »Lernt man in Harvard jetzt auch, in fremde Wohnungen einzubrechen?«

Ians Lächeln war verbindlich wie immer. »Manche Fähigkeiten erwirbt man auch außerhalb der Lehrsäle.«

»Und die Waffe?«

»Die ist nur zu meinem Schutz. Ich beabsichtige nicht, sie zu benutzen. Das wird auch nicht nötig sein. Nicht dass sie nicht geladen wäre. Aber in diesem Fall ist sie nur einen kleine zusätzliche Motivation für Sie, gut zuzuhören, während ich Ihnen erkläre, was auf dem Spiel steht. Sobald Sie begriffen haben, welches Ihre Optionen sind, werde ich die Waffe wegnehmen.«

»Großspurig wie immer. Sagen Sie, woher wissen Sie, wo ich war?«

»Leaman. Er ist wie der Weihnachtsmann. Er weiß *immer*, wo Sie sind.«

»Leaman.« Victoria zog die Augenbrauen hoch. »Aha, Mr. Zigarre hat also auch einen Namen.«

Ian grinste. »Ich bin sicher, er hat mehrere. Aber Leaman ist der einzige, den *ich* kenne. Wir bewegen uns nicht gerade in denselben sozialen Kreisen. Wie auch immer, Sie dachten, Sie hätten ihn abgeschüttelt, nicht wahr? Aber er ist ziemlich clever. Er hat Sie vor dem Haus Ihrer Tante wieder entdeckt. Und wie es der glückliche Zufall wollte, hörte er auch große Teile Ihres Gesprächs mit Leonard mit an. Das reichte, um ihm und mir klarzumachen, dass Sie über mich und Clarissa Bescheid wissen. Also bin ich hergekommen, während Sie Ihren Park-Spaziergang gemacht haben. Ich hatte so eine Ahnung, dass Sie vorbeikommen und Ihren Vater anrufen würden. Deshalb habe ich hier auf Sie gewartet.«

Victoria dachte nach. Wie es aussah, brauchte sie nicht zu hoffen, dass von irgendwo Hilfe kommen würde. Selbst wenn Atkins in der Nähe wäre und gesehen hätte, dass Ian in ihr Haus gegangen war, würde das bei ihm keinerlei Verdacht auslösen. Ian sah aus wie eine wandelnde Margarine-Reklame. Und kein bisschen bedrohlich.

Also war sie auf sich allein gestellt.

Gut. Als Erstes musste sie herausfinden, was Ian glaubte, was sie wusste, und wie weit das den Tatsachen entsprach.

»Also«, meinte sie schließlich und wünschte, er würde diesen verdammten Revolver endlich aus der Hand legen. »Ich bin ganz Ohr. Sagen Sie mir, wie die Dinge stehen und welche Optionen ich habe.«

Er zeigte in Richtung Wohnzimmer. »Zunächst möchte ich, dass Sie sich möglichst weit von der Tür und vom Telefon wegbewegen. Vielleicht setzen wir uns auf die Couch. Es gibt keinen Grund, warum wir es nicht bequem haben sollten, während wir uns unterhalten. Wir müssen noch früh genug hier fort.« Er sah sich um. »Sie haben eine sehr hübsche Wohnung.«

»Schön, dass sie Ihnen gefällt.« Sie warf einen kurzen Blick auf den Tisch, auf dem das Handy lag. Sie brauchte dieses Telefon unbedingt, zumal er offensichtlich plante, sie an einen anderen Ort zu bringen. Aber sie konnte es nicht einfach nehmen. Nicht nur, weil Ian sie daran hindern würde, sondern auch, weil sie nicht riskieren durfte, dass er herausfand, dass es sich nicht um ihr normales Telefon handelte. Wenn er das tat, war der gesamte Plan, den sie, Zach und das FBI sich ausgedacht hatten, dahin, und Zach wäre im Hope Institute ohne jegliche Außenverbindung.

Dieser Ausweg kam also nicht in Frage.

Sie musste einen anderen suchen.

Langsam folgte sie Ians Anweisungen und ging ihm voraus zum Sofa. Dabei fiel ihr Blick auf ihre linke Hand. Instinktiv streifte sie sich den Verlobungsring vom Finger und steckte ihn in ihre Jackentasche. Gestern hatte Ian eine Menge Fragen zu ihrer Beziehung mit Zach gestellt. Wenn er herausfand, dass sie und Zach verlobt waren, würde er sich vielleicht fragen, inwieweit Zach ihr bei ihren Ermittlungen behilflich war. Im Augenblick konnte Zach keinerlei Aufmerksamkeit gebrauchen. Denn im Moment war er David Karr.

Sie sank auf die Couch und schlug die Beine übereinander. »Okay. Keine Tür. Kein Telefon. Ich würde Ihnen etwas zu trinken anbieten, aber es ist ziemlich schwierig, eine gute Gastgeberin zu sein, wenn einem ständig jemand mit einer Waffe vor der Nase herumfuchtelt.«

»Stimmt.« Ein amüsiertes Funkeln blitzte in Ians Augen auf. Er ließ sich gegenüber in einen Sessel fallen und rückte ihn so zurecht, dass er ihr jeden Fluchtweg versperrte. »Ich bin kein gewalttätiger Mensch, Victoria. Aber ich bin auch niemand, der sich von irgendwem an dem hindern lässt, was er gern haben möchte. Und wie Sie wissen, möchte ich die Teilhaberschaft bei Waters, Kensington, Tatem and Calder – unbedingt. Ich werde sie bekommen. Und ich werde alles tun, was dazu nötig ist.«

»Das weiß ich. Die Tatsache, dass Sie nicht gewalttätig sind, bezweifle ich allerdings – zumindest unter diesen Umständen.« Sie warf einen nervösen Blick auf seine Waffe.

»Also gut.« Er griff in seine Jackentasche und zog ein Handy hervor. »Dann werde ich jetzt dafür sorgen, dass ich den Revolver nicht mehr brauche, ja?« Er zeigte auf das Telefon und legte es neben sich auf das Kissen. »Ich habe die Nummer des Hope Institutes eingegeben. Mit einem Knopfdruck kann ich durchwählen und verlangen, dass jedem beliebigen Patienten ein bestimmtes Medikament verabreicht wird – einschließlich der Patienten, die etwas brauchen, was ihnen das Leiden erleichtert. Natürlich sind diese Medikamente nur für Patienten bestimmt, die unheilbar krank sind. Aber in diesem Fall würden sie den Weg in das Zimmer Ihrer Schwester finden.« Er hielt inne und ließ seine Worte wirken.

Victoria sprang auf und sah ihn entsetzt an. »Sie drohen mir, meine Schwester zu töten?«

»Ich rate Ihnen nur, nichts Überstürztes zu tun. Der Zustand Ihrer Schwester hat sich gebessert. Aber sie ist noch schwach, und sie hat Angst. Außerdem hat sie Orientierungsprobleme – eine leichte Nebenwirkung, die sich leider nicht vermeiden lässt. Aber sie hat keine Ahnung von dem, was sich im Institut abspielt oder auch nicht – abgesehen von einigen unwesentlichen Sorgen, die man leicht auf ihre Medikamente schieben könnte.«

Eine leichte Nebenwirkung, die sich leider nicht vermeiden lässt?

»Sie setzen Sie unter Drogen?«, schloss Victoria laut. Es überraschte sie nicht, aber ihr wurde trotzdem übel. »Sie und meine Tante. Sie sorgen dafür, dass sie nicht mitbekommt, was um sie herum geschieht, und dass sie nicht noch einmal versucht, mich anzurufen. Weiß mein Vater das?«

Ian sah sie hart und kompromisslos an. »Nein. Es gibt eine Menge, von dem Ihr Vater nichts weiß. Er hat mir schon vor Jahren die Verantwortung für das Hope Institute übertragen. Ich habe es zu einem florierenden Unternehmen gemacht. Und dazu habe ich einige Grenzen überschritten, um es einmal so zu nennen, die er nicht überschritten hätte. Aber Ihr Vater ist da, wo er hin wollte. Ich bin erst auf dem Weg dazu. Und was Audrey betrifft, sie wird nur ruhig gestellt, damit sie nicht wieder auf dumme Gedanken kommt. Sie erhält eine ganz leichte Dosis. Das hat sie Clarissa zu verdanken. Sie wird sehr zartfühlend, sobald es um Sie und Ihre Schwester geht. Glauben Sie mir, die Beruhigungsmittel sind wesentlich gesünder als die möglichen Schwierigkeiten, in die Audrey sich selbst bringen würde. Schlussfolgerung? Kooperieren Sie, und Ihre Schwester wird das Institut in viel besserem Zustand als bei ihrer Aufnahme verlassen. Andernfalls könnte sie vielleicht einen plötzlichen Rückschlag erleiden.«

Hektisch versuchte Victoria, ihn einzuschätzen. Wie glaubhaft war seine Drohung? Würde er das tatsächlich durchziehen? Er war kein Killer. Andererseits war er in die Ecke gedrängt. Und er würde versuchen, sich aus dieser Ecke zu befreien, mit allen Mitteln.

Sie durfte kein Risiko eingehen.

»Also gut«, antwortete sie mit fester, kontrollierter

Stimme. »Sie haben gewonnen. Ich werde mich nicht von der Stelle rühren. Jetzt legen Sie die Waffe weg.«

»Mit dem größten Vergnügen.« Lächelnd ließ Ian den Revolver in seiner Jackentasche verschwinden. »Jetzt lassen Sie uns Klartext reden. Sie und ich, wir beide wissen, dass Sie irgendwelche haarsträubenden Theorien haben, das Hope Institute wäre in Drogenschmuggel und verbrecherische Betrügereien verstrickt. Wir wissen weiterhin, dass Sie Ihrem Vater eingeredet haben, dass das FBI Ihren Verdacht bestätigt und kurz davor steht, Haftbefehle zu erteilen.« Er hob eine dunkle Augenbraue. »Sie sind sehr überzeugend. Aber Sie lügen. Leaman hat mir versichert, dass Sie weder Kontakte zum FBI haben noch zu irgendeiner örtlichen Polizeistation. Sie waren weder selbst dort, noch haben Sie entsprechende Anrufe getätigt.«

Irrtum, du Schweinehund, dachte Victoria im Stillen. Wie überzeugend sie und Zach als Catherine Hughes und David Karr waren. Nun, das war Ians Pech und ihre Trumpfkarte.

Aber zunächst musste sie sein Spiel weiterspielen. »Und woher wollen Sie das wissen?«

Seine Antwort war genau die, die sie sich erhofft hatte. »Weil wir Ihre Telefonleitungen angezapft haben, hier und in Ihrer Kanzlei. Überrascht? Bitte nicht. Wir sind sehr gründlich. Wie auch immer, kein FBI bedeutet nicht, keine Bedrohung. So weit also die momentane Lage. Nehmen wir einmal an, wir haben wirklich die ganzen illegalen Dinge getan, die Sie uns unterstellen. Dann brauchte ich ein paar Tage, um im Institut aufzuräumen und es für die FBI-Beamten herzurichten, nur für den Fall, dass es Ihnen doch gelungen ist, sie davon zu überzeugen, dass Ihr Verdacht gerechtfertigt ist. In diesen paar Tagen müsste ich Sie im Auge behalten, um ganz sicher zu sein, dass Sie nichts unternehmen, um mir ins Gehege zu kommen. Und der sicherste Weg, dies zu tun, wäre, Sie mitzunehmen.«

Bingo. Wenn Ian damit meinte, was sie glaubte, was er meinte, würde sie einen Lösungsweg finden. Sie würde ihr Handy nicht brauchen. Sie hätte Zach. »Mich mitnehmen? Wohin?«, fragte sie und täuschte einen ängstlichen Tonfall vor.

Sein kaltes Lächeln bestätigte ihr, dass er darauf reingefallen war. »Sie wollten doch unbedingt ins Hope Institute. Jetzt haben Sie die Gelegenheit dazu. Sie dürfen das gesamte Wochenende dort verbringen. Den Montag auch noch. So viel Zeit werde ich brauchen. Und danach werde ich Sie, wenn Sie ein braves Mädchen sind, wieder nach Hause schicken. Sie dürfen Audrey mitnehmen. Oh, und wenn Sie dem FBI dann immer noch einen Besuch abstatten möchten, tun Sie es ruhig.«

»Natürlich. Aber bis dahin werden die Wanzen an meinen Telefonen ebenso vollständig und restlos verschwunden sein wie Ihre Drogen. Ich werde dastehen wie eine Verrückte und Sie wie ein blitzsauberer Park-Avenue-Anwalt.«

»Genau. Und rechnen Sie nicht mit der Hilfe Ihres Vaters. Ich habe ihn zu einem dringenden Gespräch ins Institut bestellt. Er ist vermutlich jetzt schon dort und wartet auf mich. Wenn ich mit meinem Vortrag fertig bin, wird er fest daran glauben, dass ich ebenso wenig Ahnung hatte von dem, was in der Klinik abläuft, wie er. Wir werden uns zusammentun, um unsere Kanzlei vor Schaden zu bewahren – was bei ihm immer oberste Priorität haben wird. Er wird sicher nicht allzu glücklich sein, wenn er erfährt, dass die Sache mit dem FBI nur ein Bluff von Ihnen war. Und ich bin sicher, dass er meinem Entschluss zustimmen wird, Sie als Wochenendgast bei uns im Institut zu behalten, während wir dort aufräumen. Er kann gern bei Ihnen vorbeikommen, wenn Sie möchten. Aber ich schätze, er wird kein angenehmer Besuch sein.«

»Sind Sie sich so sicher, dass er Ihrem Wort mehr glauben wird als meinem?«

»Für meine Lügen gibt es keine Beweise. Für Ihre schon. Aber ich gebe Ihnen einen kleinen Anreiz. Sollte es Ihnen gelingen, mich bei Ihrem Vater in Verruf zu bringen, werde ich mich an einen der anderen Gesellschafter von Waters, Kensington, Tatem and Calder wenden und meinen Fall erläutern. Vergessen Sie nicht, wer der offizielle Anwalt des Hope Institutes ist. Wenn ich mit meiner Sache fertig bin, werden sie glauben, Ihr Vater stecke hinter der ganzen Sache und habe mich dann in Panik mit hineingezogen. Er wird aus der Kanzlei fliegen, und ich werde umso schneller neuer Teilhaber.« Ein drohender Ausdruck trat in Ians Gesicht. »So weit wollen wir es nicht kommen lassen, Victoria. Ich respektiere Ihren Vater. Er hat eine Menge für mich getan. Aber ich werde es tun, wenn Sie mich dazu zwingen. Möchten Sie das?«

Victoria schüttelte erstaunt den Kopf. »Gibt es irgendetwas, woran Sie nicht gedacht haben? Sie bringen meinen Vater um seine Teilhaberschaft. Sie bringen Waters, Kensington, Tatem and Calder um ihren guten Ruf. Und Sie bringen die Angehörigen der Patienten des Hope Institutes um Millionen von Dollar. Ach ja, und meine Tante. Die legen Sie auch aufs Kreuz.«

Ian presste die Lippen zusammen. »Treiben Sie es nicht zu weit, Victoria. Meine Gefühle für Clarissa haben nichts zu tun mit …«

»Mit was? Mit Macht? Mit der Befriedigung, mit der Geschäftsführerin des Hope Institutes ins Bett zu gehen? Mit der Lust – verzeihen Sie mein Wortspiel –, oben zu sein?« Victorias Lachen war ebenso bitter wie ihre Worte. »Hören Sie auf, Ian. Wenn Sie mir wirklich erzählen wollen, wie verliebt

Sie in Clarissa sind, lassen Sie es. Sie wissen ja gar nicht, was Liebe ist. Ebenso wenig wie sie. Aber das ist nicht mein Problem, sondern Ihres.«

Er kniff die Augen zusammen. »Und Ihr Onkel? Ist es auch sein Problem?«

»Wollen Sie damit fragen, ob ich vorhabe, es ihm zu sagen?«

»Tun Sie das?«

»Und wenn es so wäre?« Sie reckte das Kinn. »Werden Sie mir dann wieder nachstellen? Mich kidnappen? Mich erschießen?«

Wieder dieses hintergründige Lächeln. »Nichts dergleichen. Ich werde einfach nur zusehen, wie ihre Ehe zerbricht. Und danach müsste ich wenigstens nicht mehr an dieser Nervensäge Leonard vorbei. In gewisser Weise täten Sie mir also einen Gefallen.«

»Gut. Denn ich würde meinem Onkel auch einen tun.« Victoria stand auf. »Können wir jetzt gehen? Ich würde gern meine Schwester sehen.«

»Noch nicht.« Ian erhob sich ebenfalls und stellte sich ihr in den Weg. »Ich möchte, dass Sie vorher noch zwei Telefongespräche führen. Eins mit Ihrer Kanzlei und das andere mit dem Plaza Athénée. Was haben Sie Hamilton erzählt, als Sie heute Morgen seine Suite verließen?«

Aha, jetzt fragte er sie also nach Zachs Wissenstand aus. Kein Problem. Aber gut, dass sie ihren Verlobungsring ausgezogen hatte.

»Ich habe ihm erzählt, ich hätte einige Arbeiten bei Waters, Kensington, Tatem and Calder zu erledigen.«

»Und?«

»Und was? Ich pflege mich nicht zu erklären. Auch nicht gegenüber den Männern, mit denen ich schlafe.«

Ihre kleine Scharade klang offenbar glaubwürdig. »Gut«, antwortete Ian. »Das passt gut. Dennoch wird er Sie später im Hotel vermissen, und Ihre Partner werden Sie am Montag in der Kanzlei erwarten.« Er zeigte auf den Tisch und ihr Handy. »Rufen Sie sie an – erst Hamilton, dann Ihre Partner. Fassen Sie sich kurz, falls sie an den Apparat kommen. Hinterlassen Sie eine Nachricht, falls nicht. Sagen Sie, Sie wären mit einer großen Fusion beschäftigt – eine, in die Sie hineingeraten sind, als Sie den Fehler machten, am Samstagmorgen in die Kanzlei zu kommen. Sie arbeiten gegen die Uhr – Essen nur zwischendurch am Schreibtisch, kein Schlaf, bis die Verträge stehen – Sie kennen das ja. Ach ja, und Sie sitzen hinter verschlossenen Türen. Sie sind frühestens Montagnachmittag wieder erreichbar. Sie werden sich melden, sobald Sie können. Und Victoria – sorgen Sie dafür, dass es überzeugend klingt.«

Es überzeugend klingen zu lassen ist nicht das Problem, dachte Victoria. Die Anrufe mit dem Telefon, auf das er zeigte, waren das Problem. Es war das Handy von Zach, nicht ihr eigenes, wie Ian vermutete. Und das bedeutete, dass ihr Anruf in Zachs Hotelsuite auf dem Gerät von Mr. Tontechniker nicht aufgezeichnet würde. Warnung Nummer eins an das Hope Institute. Warnung Nummer zwei war noch schlimmer. Ihr Anruf in der Kanzlei – deren Leitung abgehört wurde – *würde* aufgezeichnet. Und wenn es ihnen gelingen würde, diesen Anruf zurückzuverfolgen …

Das durfte nicht geschehen.

»Also gut.« Sie wand sich unbehaglich. »Ich werde tun, was Sie verlangen. Aber kann ich erst schnell ins Bad gehen?«

Ian sah sie durchdringend an.

»Natürlich können Sie das Bad vorher prüfen, wenn Sie möchten«, bot Victoria ihm großzügig an und zeigte in die

Richtung. »Es gibt dort kein Telefon, und das Fenster ist viel zu klein, um hindurchzuklettern.«

Ian schien dieses Maß an Vorsicht für übertrieben zu halten, denn er schüttelte den Kopf. »Gehen Sie.« Er folgte Victoria durch den Flur und baute sich zwischen Bad und Schlafzimmer auf. »Ich werde hier warten.«

»Wie Sie meinen.« Sie ging hinein und verschloss die Tür. Sie holte tief Luft, dann benutzte sie die Toilette, wusch sich die Hände und spritzte sich etwas kaltes Wasser ins Gesicht, um ihre Sinne zu beleben. Zum Schluss suchte sie einige Toilettenartikel zusammen und stopfte sie in einen Kulturbeutel.

Sie öffnete die Tür, ging hinaus und warf Ian einen fragenden Blick zu. »Ich schätze, es ist okay, wenn ich mir ein paar Sachen zusammenpacke. Oder bestehen Sie darauf, dass ich das ganze Wochenende in denselben Klamotten verbringe?«

Wieder schüttelte er den Kopf, und sie ging in ihr Schlafzimmer, wo sie Jeans, ein paar Pullis und etwas Unterwäsche in eine Tasche stopfte und darauf ihren Kulturbeutel stellte. Sie hörte Ians Schritte, spürte, dass er an der Tür stand.

Gut.

Sie sah auf. »Ich bin bereit. Ich werde jetzt diese Anrufe tätigen, dann können wir gehen.« Während sie den Reißverschluss ihrer Tasche zuzog, griff sie nach dem Telefon in ihrem Schlafzimmer.

Sie wählte die Nummer des Plaza Athénée, fragte nach Zachs Suite und wurde wie erwartet mit dem Anrufbeantworter verbunden. Sie hinterließ ihre Nachricht so, wie Ian es ihr aufgetragen hatte. Dann rief sie in ihrer Kanzlei an und tat dasselbe.

»Gut gemacht«, lobte Ian.

»Ich freue mich, wenn es Ihnen gefallen hat.« Victoria fragte sich, ob Atkins sich darüber wundern würde, dass sie mit einer Reisetasche und einem Fremden die Wohnung verließ. Vielleicht. Vielleicht auch nicht. Er konnte ebenso gut annehmen, Ian wäre ein Freund. Es spielte keine Rolle. Sie würde schon bald dort sein, wo sie hin wollte – im Hope Institute.

»Sollen wir?«, fragte Ian so höflich, als würde er sie nicht kidnappen, sondern zum Essen ausführen.

»Unbedingt.«

34

Walter Kensington lief unruhig in Konferenzraum C auf und ab, als Ian zwanzig Minuten später eintraf.

»Endlich.« Walter blieb stehen, sein Blick war ebenso unerbittlich wie sein Ton. »Ich war in der Kanzlei. Ich habe nachgesehen, ob Sie dort waren. Das waren Sie nicht. Ich habe auf Ihren privaten Anrufbeantworter gesprochen. Ich wollte gerade versuchen, Sie über Ihr Handy zu erreichen, als ich die Nachricht von Harper erhielt.«

»Ich habe ihn gebeten, sich mit Ihnen in Verbindung zu setzen und Sie zu bitten, sofort hierherzukommen. Die Lage ist brisant.« Ian schloss die Tür und kam mit nervös gerunzelter Stirn näher. Dann stützte er sich mit den Händen auf den großen ovalen Tisch. »Sie konnten mich deshalb nicht finden, weil ich bei Clarissa war. Sie hatte mich angerufen, kurz nachdem Sie fort waren. Sie klang ziemlich aufgelöst. Jetzt verstehe ich, wieso.«

»Wussten Sie, dass die Drogen, die sie verabreicht, illegal sind? Dass sie ins Land geschmuggelt werden?«, entfuhr es Walter.

»Natürlich nicht.« Ians Beteuerung kam wie aus der Pistole geschossen. »Ich habe dasselbe geglaubt wie Sie – dass es sich um selbst entwickelte, aber legitime Arzneimittel handelt. Davon war ich von Anfang an ausgegangen. Zunächst habe ich Patentnachforschungen für Clarissa betrieben. Danach habe ich ihr einige Patentanwälte empfohlen. Natürlich habe ich angenommen, dass sie die Sache weiter durchgezogen hat. Ich hatte erwartet, dass die Patentanmeldung inzwischen längst erfolgt ist. Ich hatte von alledem nicht die leiseste Ahnung.«

In Walters Gesicht zeigte sich keine Regung. »Unser oberstes Ziel ist es jetzt, Waters, Kensington, Tatem and Calder aus diesem ganzen Chaos herauszuziehen, und zwar schnell. Das FBI steht kurz davor, Haftbefehle zu erwirken. Wenn wir uns vorher an sie wenden, können wir vielleicht noch einiges retten. Ich habe Clarissa bereits über meine Absichten informiert. Zum Teufel mit irgendwelchen Interessenskonflikten. Ich habe ihr geraten, sich einen guten Strafverteidiger zu suchen.«

»Warten Sie.« Ian hob die Hand und sah Walter beschwörend an. »Wir sollten jetzt nicht in Panik verfallen. Wir haben Zeit. Was die Informationen über das FBI angeht, irren Sie. Das FBI weiß gar nichts. Noch nicht. Und bis es so weit ist, werden wir vorbereitet sein.«

Walter zog unwillig die Augenbrauen zusammen. »Wer hat Ihnen das erzählt – Clarissa? Sie sind ein Idiot, wenn Sie glauben …«

»Es geht nicht um Clarissa. Es geht um Victoria.« Ian presste die Lippen zusammen und setzte ein betretenes Gesicht auf. »Das, was ich Ihnen jetzt sage, wird Ihnen nicht gefallen. Aber leider ist es die Wahrheit. Fangen wir damit an, dass ich weiß, dass Sie Ihre gesamten Informationen von Victoria haben. Leaman hatte sie heute Morgen ins Büro gehen sehen, und er ist ihr nachgefahren, als sie Ihnen in Clarissas Wohnung folgte. Offenbar hat Ihre Tochter sich aus den einzelnen Puzzleteilen eine Geschichte gebastelt und glaubt nun, Sie vor Strafverfolgung schützen zu können, indem sie Sie dazu bringt, vorab Informationen preiszugeben. Aber sie hat Sie belogen. Das FBI ist nicht an den Ermittlungen beteiligt. Sie hatte nie Kontakt zu ihnen, und sie ist auch ganz bestimmt nicht an einer verdeckten Ermittlung beteiligt.«

»Und woher wollen Sie das so genau wissen?«

»Weil Leaman Victoria Tag und Nacht nicht aus den Augen gelassen hat.« Eine kurze Pause. »Und weil Harper ihre Telefone abgehört hat.«

Wieder blieb Walters hartes Gesicht unbewegt. »Das Institut hat die Telefone meiner Tochter abgehört?«

»Ja. Es war eine Vorsichtsmaßnahme, eine richtige, wie sich herausgestellt hat. Harper ist der Sicherheitschef. Clarissa war besorgt darüber, wie viel Victoria wissen könnte, wie viel Audrey ihr bei ihrem Anruf erzählt haben könnte. Deshalb ließ sie Harper ihre Telefone zu Hause und in der Kanzlei abhören. Ich war auch nicht besonders glücklich, als ich das erfuhr – übrigens erst vor wenigen Minuten. Tatsache ist, Victoria hat gelogen, als sie behauptete, Kontakt zum FBI zu haben. Sie hat es mir gegenüber selbst zugegeben.«

»Sie haben mit ihr gesprochen?«

»Nach meinem Besuch bei Clarissa bin ich sofort zu ihr gefahren.«

»Verstehe. Und hat sie Ihnen zufällig auch erzählt, wie sie ohne professionelle Hilfe die Wahrheit ›zusammengesetzt hat‹, wie Sie das nennen?«

»Nein, das hat sie mir, ehrlich gesagt, nicht anvertraut. Ich habe keine Ahnung, woher sie ihre Informationen hat. Aber wir wissen ja beide, dass Ihre Tochter unglaublich clever und ideenreich ist und vor allem äußerst hartnäckig. Wir wissen auch, dass sie seit dem Tag, als sie Audrey im Central Park gesehen hat, sehr misstrauisch ist. Vielleicht hat sie mit Clarissa und Ihrem Bruder gesprochen. Vielleicht hat etwas, was Clarissa gesagt hat, ihren Verdacht erregt. Ich weiß es nicht, es sind reine Spekulationen. Aber woher auch immer Victoria ihre Informationen hat, ich bin verdammt dankbar, dass sie sie hat. *Jetzt* – bevor sie jemand anders kriegen konnte. Sie hat unsere Kanzlei vor dem Ruin und uns vor dem Gefängnis bewahrt.«

Walter presste die Lippen zu einer schmalen Linie zusammen. »Sie klingen sehr zuversichtlich. Aber was wollen Sie tun, um das tatsächlich zu gewährleisten?«

»Ich habe vor, das Institut vollständig zu säubern, bis auch das letzte verdächtige Tablettenröhrchen und der letzte Papierfetzen, der nicht hundertprozentig in Ordnung ist, beseitigt ist. Ich werde mich persönlich darum kümmern. Das wird ein paar Tage dauern, aber sämtliche verdammten Beweise, die Clarissa angesammelt hat – von den Drogen bis zu möglichen Diskrepanzen zwischen den Daten der Todesfälle der Patienten und den Daten, an denen die Angehörigen benachrichtigt wurden – alles wird vernichtet werden, ausgelöscht, als hätte es nie existiert. Clarissa hat ihre Kooperation zugesichert. Nicht, dass ihr eine andere Wahl bliebe. Die Alternative hieße für sie Gefängnis und das Ende des Hope Institutes und all dessen, wofür sie gearbeitet hat.« Ians Hand fuhr durch die Luft, in seiner Stimme lag Entschlossenheit. »Sobald wir mit unserer Reinigungsaktion fertig sind, darf das FBI das Institut gern von oben bis unten unter die Lupe nehmen. Sie werden nichts finden.«

»Ein paar Tage, sagten Sie. Sie haben Recht, so lange wird

das, was Sie vorhaben, ganz sicher dauern. Aber glauben Sie ernsthaft, dass Victoria während dieser Zeit tatenlos zu Hause sitzen bleibt – ob mit oder ohne FBI-Kontakte? Wenn Sie das glauben, sind Sie ein Idiot. Sie versucht vermutlich gerade, mich zu erreichen, um zu hören, ob ich nun mit ihr zusammenarbeite oder nicht. Danach wird sie das Gefühl haben, ein reines Gewissen zu haben. Sie hat ihre Familienverpflichtungen erfüllt und mir die Chance gegeben, aus der Sache halbwegs unbeschadet rauszukommen. Ihr nächstes Ziel wird das FBI sein. Sie wird über ein Verbrechen nicht einfach hinwegsehen, nur um mich zu schonen, meinen Ruf oder mein Unternehmen.«

»Nein, das wird sie sicher nicht.« Ian straffte sich und sah Walter direkt in die Augen. »Deshalb habe ich sie mit hierhergebracht.«

Walter schaute ihn fassungslos an. »Hierher? Ins Institut?«

»Ja.« Ian hielt seinem Blick stand. »Es war die einzig vernünftige Lösung. Es verschafft uns die Zeit, die wir benötigen, und es hält Victoria davon ab, eine Dummheit zu begehen.« Eine Pause. »Und damit meine ich alles, was das Institut belasten und Victoria somit in Schwierigkeiten bringen würde.« Ian räusperte sich umständlich. »Mir ist klar, dass das bedrohlich klingt. Vielleicht übertreibe ich auch. Schließlich hat Clarissa Ihre Tochter sehr gern. Ich bezweifle, dass sie je etwas tun würde, was ihr schaden könnte. Zumindest unter normalen Bedingungen. Aber im Moment ist sie außer sich. Sie fühlt sich von Victoria verraten, weil sie sich gegen ihre Familie stellt, Sie zu manipulieren versucht und Sie belügt. Sie sieht ihre berufliche Existenz bedroht. Sie wissen selbst, wie viel Clarissa das Institut bedeutet. Es ist ihr Leben. Deshalb kann ich nicht dafür garantieren, was sie tun würde, wenn es Victoria gelänge, uns beim FBI zu verraten.«

»Ich verstehe Ihre Besorgnis – und Clarissas Schwierigkeiten«, antwortete Walter steif. Sein Gesicht nahm einen grimmigen Ausdruck an, als gälte es eine Sache zu besprechen, die ihm zutiefst zuwider war. »Wo ist Victoria im Augenblick?«

»Im Augenblick befindet sie sich im Salon im dritten Stock. Harper behält sie im Auge, während ihr Bett zurechtgemacht wird. Natürlich möchte ich, dass ihr Aufenthalt für sie so angenehm wie möglich wird. Da das Institut im Moment keine Zimmer zur Verfügung hat, habe ich Audreys Zimmer zu einem Doppelzimmer umbauen lassen. Diese Idee schien Victoria zu gefallen. Sie wurde jedenfalls erheblich ruhiger, als ich ihr das vorschlug.«

»Das wundert mich nicht. Schließlich versucht sie schon lange, einen Weg zu finden, Audrey zu sehen. Jetzt hat sie endlich diese Gelegenheit.«

Unauffällig versuchte Ian, Walters Reaktion zu deuten, um herauszufinden, wie verärgert er über Victoria war. Äußerlich wirkte er sehr beherrscht, aber Ian spürte, dass er unter der Oberfläche kochte.

Wie erwartet.

»Ich bin sicher, Sie möchten mit Ihrer Tochter sprechen«, meinte Ian und zeigte zur Tür. »Gehen Sie nur. Ich werde mich inzwischen um unsere Säuberungsaktion kümmern.«

»Ganz im Gegenteil«, erwiderte Walter knapp. »Ich bin im Moment nicht in Plauderstimmung. Ich muss mich erst beruhigen, ehe ich mit meiner Tochter spreche. Ein Streit zwischen uns würde Audrey zusätzlich belasten, und ich möchte nicht, dass sie erneut einen Rückfall erleidet. Ich möchte, dass sie gesund wird und hier herauskommt. Sie soll ihre Wiedervereinigung mit ihrer Schwester haben, das wird ihr gut tun. Was Victoria angeht, sie wird sich mit ihrer Situation arrangieren. Das tut sie immer. Zumal Sie offenbar keine Mühen gescheut haben, ihre Unannehmlichkeiten so gering wie möglich zu halten.« Er steuerte in Richtung Tür. »Ich brauche ein wenig frische Luft, danach komme ich wieder zurück. Kümmern Sie sich inzwischen um Ihre Säuberungsaktion.«

»Das werde ich.« Ian warf seinem Ziehvater einen mitleidvollen Blick zu. »Das alles tut mir sehr leid. Aber machen Sie sich keine Sorgen. In ein paar Tagen wird alles vorüber sein. Und Waters, Kensington, Tatem and Calder wird gewohnt stark aus dieser Geschichte herauskommen.«

»Damit rechne ich fest.« Walter ging an ihm vorbei aus dem Zimmer.

Als er allein war, lächelte Ian zufrieden. Alles lief wie am Schnürchen.

Walter rannte die 78. Straße hinab, und seine Gedanken überschlugen sich. Er musste sofort reagieren, noch bevor Ian der Kanzlei einen Besuch abstattete. Bisher hatte er das noch nicht getan. Er war von seiner Wohnung zu Clarissa gefahren, dann zu Victoria und von dort aus direkt ins Hope Institute. Was bedeutete, dass sein Säuberungsplan sich noch nicht auf Waters, Kensington, Tatem & Calder erstreckte.

Das verschaffte Walter die paar Stunden, die er benötigte.

Rasch schaute er auf die Uhr. Elf Uhr dreißig.

An der Straßenecke blieb er kurz stehen, zog sein Handy aus der Tasche und wählte Miss Hattermans Privatnummer. Wie gut, dass sie mitten in der Stadt wohnte.

»Hallo?«

»Miss Hatterman, ich bin es. Ich brauche Sie im Büro.«

»Natürlich.« Seine Sekretärin zögerte keine Sekunde. Sie war an sporadische Feuerwehreinsätze am Wochenende gewöhnt. »Wann?«

»Sofort. Es ist ein Notfall. Lassen Sie alles stehen und liegen und fahren Sie los. Nein, rufen Sie zuerst diesen EDV-Menschen an … Lake oder Lakes, so heißt er doch, oder? Sagen Sie ihm, dass ich ihn auch brauche.«

»Lakemann. Er wohnt in Manhattan, er kann schnell im Büro sein – *sofern* er zu Hause ist.«

»Wenn nicht, finden Sie ihn. Rufen Sie seine Familie an, seine Nachbarn, wen auch immer. Nur schaffen Sie ihn innerhalb einer Stunde in die Kanzlei. Sagen Sie ihm, ich würde ihn für seine Unannehmlichkeiten gut bezahlen.«

»Ich werde mich darum kümmern.« Miss Hatterman räusperte sich. So nervös hatte sie ihren Chef noch nie erlebt. »Mr. Kensington, ist alles in Ordnung?«

Walter war bereits unterwegs. Er marschierte gerade Richtung Straße, um ein Taxi anzuhalten. »Nein, Miss Hatterman, ist es nicht.«

Frank Harper warf einen Blick in Richtung des Pflegers und nickte, als er sah, dass er ihm von der Tür des Fernsehzimmers aus ein Zeichen gab. Er drehte sich zu Victoria um, die steif auf einer Stuhlkante hockte und aus jeder Pore Ungeduld ausstrahlte.

»So, Miss Kensington. Wir können jetzt gehen.«

Sie sprang auf, denn sie konnte es kaum noch erwarten, Audrey zu sehen. Es war wunderbar gewesen, von Zach zu hören, dass es ihr gut ging. Es mit eigenen Augen zu sehen war noch viel wunderbarer.

»Ihr Zimmer ist fertig«, verkündete der stämmige Aufpasser.

Victoria sah ihn fragend an. »Sie meinen doch sicher *unser* Zimmer – das von mir, meiner Schwester und Ihnen?«

Harper runzelte die Stirn. »Nein. Das Zimmer ist nur für

Sie und Ihre Schwester. Ich passe bloß auf Sie auf. Vom Flur aus.«

»Aha, dann sind Sie also unser Kindermädchen. Wie rührend.«

»Hören Sie, Lady.« Er verschränkte die Arme vor der Brust und sah sie genervt an. »Machen Sie die ganze Sache nicht schlimmer als nötig. Ich bin auch nicht viel glücklicher über dieses Arrangement als Sie. Glauben Sie mir, ich habe Besseres zu tun, als das ganze Wochenende Babysitter bei einem gereizten Frauenzimmer wie Ihnen zu spielen. Aber das ist mir nun mal aufgetragen worden. Sie nerven mich seit einer halben Stunde, weil Sie Ihre Schwester sehen wollen. Jetzt können Sie. Wollen Sie also in Ihr Zimmer gehen oder nicht?«

Victoria verkniff sich eine weitere bösartige Bemerkung und nickte. Auch wenn sie diesen Mann nicht mochte und ihr die Vorstellung, dass er sie wie eine gewöhnliche Kriminelle bewachte, nicht passte, wäre es dumm, sich ihm zu widersetzen. Sie wollte Audrey gern sehen. Und sie hatte einen Plan – einen, bei dem Zeit eine wesentliche Rolle spielte. Harper konnte entweder nur eine Nervensäge sein – eine, die sie mühelos in den Griff bekam – oder ihr ernsthaft das Leben schwer machen.

Es lag an ihr, dafür zu sorgen, dass er Ersteres war.

Also hielt Victoria den Mund und folgte Harper auf den Flur hinaus, um eine Ecke und am Schwesternzimmer vorbei. Er ging noch zwei Räume weiter, blieb dann vor einer offenen Tür stehen und bedeutete ihr, hineinzugehen.

»Und ehe Sie anfangen, sich über mangelnde Privatsphäre und Nötigung und alles andere zu beklagen, ich komme nicht mit hinein«, informierte er sie. »Es interessiert mich nicht die Bohne, worüber Sie mit Ihrer Schwester reden oder ob sie splitternackt durchs Zimmer tanzen. Solange Sie in diesem Zimmer bleiben, können Sie tun und lassen, was Sie wollen.«

»Gut.« Victoria eilte an ihm vorbei, mit den Gedanken war sie längst bei Audrey.

Ihr Blick wanderte von dem Bett, das für sie selbst hergerichtet worden war, zu dem Bett daneben – in dem sich ihre Schwester befand. Endlich. Nach zwei langen angsterfüllten Wochen sah sie Audrey wieder. Konnte sich aus erster Hand davon überzeugen, dass es ihr gut ging.

Was sie sah, war noch besser, als sie erwartet hatte.

Das Kopfteil von Audreys Bett war aufgerichtet worden, sodass sie sich in halb sitzender Haltung befand. Ihr dunkles Haar war ordentlich gekämmt und fiel wie ein Fächer um ihren Kopf herum aufs Kissen. Die Decke war bis zu ihren Hüften herabgezogen und enthüllte ihren Oberkörper, der mit dem bekannten gelben Klinikhemd bekleidet war. Selbst durch dieses unförmige Kleidungsstück konnte Victoria sehen, dass ihre Schwester langsam und gleichmäßig atmete und dass sie längst nicht mehr so aufgedunsen war wie damals im Park. Ihr Körper wirkte fast normal, und sie hatte auch wieder Farbe im Gesicht. Victoria konnte nirgends an ihr einen intravenösen Schlauch entdecken – genau genommen sah sie überhaupt keinen Schlauch. Welche Medikamente sie auch erhielt, sie schien in der Lage zu sein, sie selbstständig zu schlucken.

Gott sei Dank.

»Audrey«, murmelte Victoria und ging auf das Bett ihrer Schwester zu.

Als sie Victorias Stimme hörte, drehte Audrey den Kopf und öffnete die Augen. Ihr Gesicht leuchtete auf, und ein dankbares Lächeln umspielte ihren Mund. Sie schien grenzenlos erleichtert zu sein. »Sie haben mir gesagt, dass du hier bist. Aber ich dachte, ich hätte es nur geträumt.«

»Nein, das hast du nicht.« Victorias Stimme zitterte, als sie sich auf die Bettkante setzte und Audrey das Haar aus der Stirn strich. »Als sie mich endlich gelassen haben, bin ich sofort hierhergekommen.« Sie beugte sich vor, umarmte ihre Schwester und spürte Tränen in ihren Augen aufsteigen. Merkwürdig, sie hatte ihre Schwester monatelang nicht gesehen, doch diese zweiwöchige Trennung erschien ihr wie eine Ewigkeit. »Wie geht es dir, Süße?«

»Besser.« Audrey umarmte sie ebenfalls. Ihre Bewegungen waren schleppend, ebenso ihre Stimme. Das überraschte Victoria nicht. Sicher lag das an dem Mittel, das Ian und Clarissa ihr gaben – nicht gegen die Bulimie, sondern um sie ruhig zu stellen. »Ich bin immer noch sehr müde. Aber ich kann wieder essen.« Sie befeuchtete ihre Lippen. »Vater kommt mich häufig besuchen. Er scheint sich wirklich Sorgen um mich zu machen. Aber er ist auch ziemlich sauer auf mich.«

Audrey runzelte die Stirn, rollte den Kopf von einer Seite auf die andere, als versuchte sie, sich klare Gedanken zu verschaffen. »Ich habe dich angerufen. Hier ist es grässlich. Ich kann nicht erklären, warum. Es kommt mir so vor, als wollten sie, dass es mir besser geht, aber bis dahin pumpen sie mich mit Medikamenten voll. Ich fühle mich immer so benommen. Ich klinge paranoid, das weiß ich. Vielleicht bin ich es ja. Sie sagen, das läge an den Medikamenten. Das stimmt sicher. Und bei Miss Rivers, die das Zeug verteilt, kriege ich jedes Mal eine Gänsehaut. Das habe ich Vater auch erzählt. Er wurde natürlich wütend, weil ich ihm schon wieder Scherereien machte. Aber dann hat er doch darum gebeten, mir eine andere Schwester zu schicken, und das haben sie getan. Die anderen Schwestern sind viel netter. Vor allem Miss Groves ist furchtbar nett. Miss Rivers kommt zwar immer noch, aber nur noch, um Medizin zu bringen.«

Audrey zögerte und leckte sich erneut über die Lippen. »Danach fühle ich mich immer so erschöpft. So ohne Kontrolle. Ich hasse das.«

Victoria packte den Arm ihrer Schwester. »Aber du bist doch sonst okay, oder? Ich meine, in der Zeit zwischen der Medizin. Du fühlst dich doch stärker?«

»Oh ja, viel stärker.« Audrey schluckte hart. »Es tut mir leid, Victoria. Ich wollte nicht schon wieder Probleme machen. Es ging mir so gut, ich habe viel gemalt und hatte das Gefühl, als hätte ich mich selbst wiedergefunden, als hätte ich gefunden, wo ich hingehöre. Dann habe ich Rolando kennen gelernt, und alles ist einfach zusammengebrochen.« Sie schluckte wieder, während sie gegen ihr Selbstmitleid ankämpfte. »Ich wurde schon wieder zum Opfer.«

»Audrey, hör mir zu«, antwortete Victoria. Sie spürte, dass Audrey bald wieder voller Kraft sein würde – ein neuer vielversprechender Schritt. Normalerweise lief sie vor ihren Problemen davon. Diesmal schien sie bereit, sich ihnen zu stellen.

Vielleicht hatte die ganze Sache doch noch etwas Gutes.

»Süße, du bist kein Opfer, nicht wie du das meinst.« Victoria musste sich zurückhalten, um nicht die ganze schmutzige Wahrheit über das Hope Institute herauszuposaunen. Aber jetzt war nicht der richtige Zeitpunkt. »Vielleicht hast du das Fiasko mit Ronaldo ja gebraucht, um zu erkennen, wie stark du bist. Vielleicht musstest du das alles durchmachen, um zu erkennen, wie viel du hast, wofür es sich zu leben und zu kämpfen lohnt.« Victoria drückte die Hände ihrer Schwester. »Alles wird wieder gut«, versicherte sie ihr und meinte es ernster als je zuvor. »Und zwar schon viel eher, als du glaubst. Ich kann dir das jetzt nicht erklären, aber du musst mir vertrauen. Wir werden hier herauskommen, dir etwas suchen, wo du glücklich bist. Du wirst wieder zu Dr. Osborne gehen. Er kann dir helfen – ohne diese ganzen Medikamente.«

»Ja, das kann er. Und mit ihm zusammen schaffe ich es.« Audrey reckte entschlossen den Unterkiefer. Selbst in ihrem geschwächten Zustand konnte man deutlich erkennen, dass sie jedes Wort ernst meinte. »Dieses Mal werde ich ganz gesund. Nicht nur vorübergehend, sondern für immer. Dazu bin ich fest entschlossen.«

»Das bin ich auch.« Victoria lächelte. »Wir werden es gemeinsam hinkriegen.«

Doch zuerst muss ich zu Zach, dachte sie zum hundertsten Mal, seit Ian sie aus ihrer Wohnung gedrängt hatte. Ich muss. *Die Zeit läuft.*

Wie als Antwort auf ihre Gebete öffnete sich die Tür, und eine schlanke junge Krankenschwester betrat den Raum. In den Händen hielt sie zwei Tabletts mit Essen. »Sie müssen Audreys Schwester sein«, begrüßte sie Victoria. »Ich habe schon viel von Ihnen gehört. Ich bin Miss Simmons.«

Victoria stand auf und ging der Schwester entgegen, um ihr ein Tablett abzunehmen. »Ich freue mich, Sie kennen zu lernen, Miss Simmons. Audrey hat mir gerade erzählt, wie nett Sie alle zu ihr sind. Ich bin Ihnen ja so dankbar.« Sie stellte das Tablett neben ihr Bett, während Miss Simmons das andere Tablett auf Audreys Nachttisch stellte und ihn so drehte, dass ihre Patientin ihn leicht erreichen konnte.

»Audrey ist eine sehr angenehme Patientin.« Die Schwester lächelte. »Außer wenn sie uns zu Tode ängstigt, weil sie sich aus dem Bett schleppt und verschwindet.«

»Ich wollte zu Victoria«, antwortete Audrey und verzog reumütig das Gesicht. »Ich bin nicht weit weggegangen, nur bis zum Telefon. Es tut mir schrecklich leid, dass ich Ihnen allen so viel Angst eingejagt habe.«

»Wichtig ist nur, dass Ihnen nichts passiert ist Aber jetzt gibt es keinen Grund mehr, Ihre Gesundheit noch einmal so aufs Spiel zu setzen. Ihre Schwester ist ja bei Ihnen.« Miss Simmons drehte sich um und schenkte Victoria ein aufrichtiges Lächeln.

»Ja, das bin ich.« Victoria vertraute auf ihre Instinkte und setzte alles auf eine Karte. »Wo wir gerade darüber sprechen. Ich würde mich wirklich gern bei einigen der anderen Schwestern bedanken, die sich so liebevoll um Audrey gekümmert haben. Ich habe einige von ihnen bereits gesehen, aber Miss Groves konnte ich noch nirgends entdecken. Audrey lobt sie in den höchsten Tönen.«

Ein Nicken. »Beatrice ist eine unserer Besten. Sie ist eine begnadete Krankenschwester und hat ein Herz aus Gold. Normalerweise ist es kein Problem, sie zu treffen. Sie schaut mindestens einmal am Tag nach jedem Patienten. In dieser Woche und der nächsten ist das ein wenig anders. In dieser Zeit ist sie ausschließlich einem Patienten zugeteilt. Das erklärt, warum Sie sie noch nicht gesehen haben.«

»Wirklich?« Victoria tat besorgt. »Der arme Mensch ist sicher schrecklich krank, wenn er eine private Krankenschwester benötigt. Ich kann mir gut vorstellen, wie beschäftigt Miss Groves sein muss. Trotzdem würde ich gern kurz bei ihr hereinschauen und ihr danken, und wenn es nur für eine Minute ist. Ich verspreche, dass ich sie nicht lange aufhalten werde.«

Miss Simons richtete Audreys Bett, damit sie bequem essen konnte. »Das dürfte kein Problem sein. Sie ist im zweiten Stock, Zimmer 214. Sprechen Sie sie von der Tür aus an. Denn niemand außer Beatrice ist der Zutritt zu Mr. Karrs Zimmer gestattet.«

Zimmer 214. Dort würde sie Zach finden.

»Das werde ich tun. Vielen Dank, Miss Simmons.« Victoria zwang sich, sich hinzusetzen und zu essen. Dabei stellte sie überrascht fest, dass sie vor Hunger fast umkam. Außer zwei Tassen Kaffee, die sie vor Zachs Anruf getrunken hatte, hatte sie den ganzen Tag nichts zu sich genommen. Es half nichts, wenn sie im Flur zusammenbrach. Sie brauchte ihre ganze Kraft, um die nächsten Stunden zu überstehen.

Sie hatte die Hälfte des Truthahns und der grünen Bohnen gegessen, als Miss Simmons sich entschuldigte und das Zimmer verließ. Sie versprach, in einer halben Stunde zurückzukommen und die Tabletts einzusammeln.

Victoria folgt ihr mit den Blicken, und sie runzelte die Stirn, als sie Harper vor der Zimmertür auf einem Stuhl sitzen sah.

Er war ihr nächstes Hindernis.

Sie stand auf und ging zu Audrey hinüber. Erleichtert stellte sie fest, dass die fast den ganzen Teller leer gegessen hatte.

»Das Essen hier ist besser als in den meisten Hotels«, erklärte Audrey, der Victorias zufriedener Blick nicht entgangen war. Ein Lächeln huschte über ihr Gesicht. »Und ich behalte alles bei mir. Also hör auf, dir Sorgen zu machen.«

Victoria grinste. »Es wird schwer sein, mir das abzugewöhnen. Ich habe mich schon um dich gesorgt, als wir noch Kinder waren. Das ist das Recht der älteren Schwester.« Vorsichtig warf sie einen Blick in Richtung Tür.

Audreys Lächeln verschwand plötzlich, und Angst stand ihr im Gesicht. »Du willst doch nicht schon wieder gehen, oder? Du bist doch gerade erst gekommen.«

Die panische Stimme ihrer Schwester zerriss Victoria fast das Herz. »Nein, Süße, ich gehe nicht.« *Und wenn ich gehe, werde ich dich mitnehmen*, fügte sie im Stillen hinzu. »Aber ich würde gern kurz Miss Groves besuchen. Ich weiß ja nun, wo sie ist. In der Mittagszeit werden sie und der Patient, den sie betreut, sicher im Zimmer sein.«

Ein widerstrebendes Nicken. »Aber du kommst wieder.«

»Bis du den letzten Krümel deines Bananenkuchens aufgegessen und ihn mit Milch heruntergespült hast, bin ich wieder da«, versprach Victoria ihr.

Audrey lachte leise bei diesem Versprechen, das Victoria ihr in der Kindheit immer gegeben hatte. Das Lachen war wie Musik in Victorias Ohren. Innerhalb von dreißig Minuten sah Audrey schon viel besser aus als in dem Augenblick, als Victoria ins Zimmer gekommen war. Ihr Gesicht war rosiger, und sie wirkte wesentlich stabiler. Je eher sie hier herauskam, desto schneller würde sie wieder ganz gesund.

Das löste die nächste Sorge aus.

»Audrey, wann bekommst du die nächsten Medikamente?«

»Nicht vor drei Uhr.« Sie verdrehte die Augen. »Ich habe es nicht eilig.«

»Das kann ich dir nicht verdenken.«

Drei Uhr. Damit blieb ihr noch eine Menge Zeit. Wenn ihr Vorhaben erfolgreich war, würde es keine Beruhigungsmittel mehr für Audrey geben. »Okay, Süße, du isst jetzt in Ruhe auf«, beschwichtigte sie. »Ich bin bald zurück.«

Sie ging zur Tür.

Zeit, sich einen Weg um Frank Harper herum zu bulldozern.

Der Wachmann sah auf, als sie auf den Gang trat. »Brauchen Sie etwas?«

In diesem Fall war Offenheit das Allerbeste. Je weniger sie log, desto weniger würde sie sein Misstrauen erregen.

»Äh ja«, antwortete Victoria. Eigentlich war es eher eine

Ankündigung als eine Bitte. Wenn sie fragte, könnte er nein sagen. »Es gibt da eine Krankenschwester, die ich gern kurz sehen würde. Sie war besonders nett zu meiner Schwester. Sie hält sich in Zimmer 214 auf. Ich werde hinuntergehen, um mich persönlich bei ihr zu bedanken.«

Er zuckte mit den Schultern. »Okay. Aber ich gehe mit Ihnen. Oh, und Sie dürfen nicht in dieses Zimmer. Strikte Anweisung der Ärzte. Ich werde die Schwester bitten, herauszukommen.«

»Meinetwegen.«

Sie fuhren mit dem Aufzug nach unten. Die Fahrt verlief schweigend, und Victorias Gedanken überschlugen sich. Ihr Plan hatte so viele Haken. Erstens mussten Zach und Beatrice im Zimmer sein. Vorausgesetzt sie waren es, würde Harper an die Tür klopfen, um Beatrice' Aufmerksamkeit auf sie zu lenken – und das bedeutete, dass Victoria sich etwas ausdenken musste, um Beatrice' Reaktion zu kaschieren. Die Frau machte ihre Sache ganz fantastisch, aber sie war schließlich keine professionelle Schauspielerin. Sie würde ein entsetztes Gesicht machen, wenn sie Victoria vor sich sah. Und entsetzt durfte sie nicht sein, nicht wenn sie und Victoria sich eigentlich gar nicht kennen durften. Und als wäre das nicht problematisch genug, musste Victoria es dann auch noch schaffen, die Erlaubnis zu bekommen, David Karrs Zimmer betreten zu dürfen. Der Einzige, der ihr diese Erlaubnis geben konnte, war der abgeschottete Mr. Karr selbst. Und das wiederum bedeutete, zu beten, dass Zach aus dem Stand irgendeinen Geistesblitz hatte.

Die *Wenns* und *Abers* waren ungezählt. Sie durfte jetzt nicht darüber nachdenken. Sie musste einfach alles versuchen.

Der Aufzug stoppte. Die Türen öffneten sich.

»Hier entlang.« Harper zeigte die Richtung an.

»Danke.« Victoria ging voraus, zählte die Nummern an den Türen ab, bis sie ihr Ziel erreicht hatten.

Sie spähte durch das Glasfenster in der Tür zu Zimmer 214. Beatrice und Zach waren beide da.

Sie saßen in der Nähe des Fensters und aßen an einem kleinen runden Tisch zu Mittag. Beatrice lächelte und erzählte etwas, und Zach – oder besser gesagt David Karr – starrte düster auf seinen Teller und stocherte lustlos in seinem Essen herum.

Jetzt oder nie.

Noch während Harper sie ermahnte, »Denken Sie daran, niemand darf …«, stieß Victoria bereits die Tür auf und steckte ihren Kopf ins Zimmer.

»Entschuldigung, sind Sie Miss Groves?«, plapperte sie drauflos, ehe Beatrice aufschauen oder gar falsch reagieren konnte. »Wenn das so ist, darf ich Sie für einen Augenblick sprechen? Ich bin die Schwester von Audrey Kensington.«

»Hey.« Harper griff nach ihrem Arm und zerrte sie von der Tür weg. »Ich habe Ihnen doch gesagt, Sie dürfen da nicht rein. Tut mir leid, Miss Groves«, entschuldigte er sich mit einem Blick auf Victoria. »Unsere Besucherin hat einige Probleme mit dem Befolgen von Anweisungen.«

»Ist schon okay.« Beatrice stand auf. Victorias Ablenkungstaktik hatte ihr genügend Zeit verschafft, sich zu sammeln. »Audreys Schwester, sagten Sie?« Sie kam zur Tür und sah sie fragend an.

»Sie ist sehr hübsch«, bemerkte David Karr und reckte sein Gesicht in ihre Richtung. »Wer ist sie, Mutter? Und wen will sie besuchen?«

Beatrice zögerte. »Ihr Name ist Miss Kensington. Und sie besucht ihre Schwester.«

»Und wieso ist sie dann in meinem Zimmer?«

»Um mit mir zu reden. Nur für eine Minute«, fügte Beatrice hastig hinzu. »Ich bin sofort wieder bei dir, dann essen wir weiter.«

David Karr runzelte die Stirn. »Warum will sie denn nur mit dir reden? Hat Miss Rivers ihr gesagt, ich wäre verrückt? Das bin ich nämlich nicht. Die Ärzte sagen das auch.«

Victoria nahm Zachs Stichwort auf. »Natürlich denke ich nicht, dass Sie verrückt sind«, versicherte sie ihm, riss sich bei Harper los und machte einen Schritt zurück ins Zimmer. »Ich dachte nur, Sie wollten in Ruhe gelassen werden. Ich wollte Sie nicht stören. Deshalb habe ich mich hier draußen mit Miss Groves unterhalten. Entschuldigen Sie bitte, wenn ich Sie beleidigt habe.«

»Sie sind sehr höflich. Die meisten Menschen sind unhöflich und rücksichtslos. Deshalb möchte ich sie nicht um mich herum haben. Aber Sie dürfen gern hereinkommen.« Er zeigte auf sein Tablett. »Haben Sie schon zu Mittag gegessen?«

»Ja.« Victoria wagte nicht zu lügen. Nicht mit Harper im Nacken. Ihr Blick glitt über Zachs Essenstablett. »Aber ich hatte keine Zeit für den Kaffee. Vielleicht könnte ich ein Tässchen mit Ihnen und Miss Groves trinken, ehe ich wieder zu meiner Schwester zurückgehe.«

Ein erfreutes Nicken. »Ja, das ist eine gute Idee.« Er winkte ungeduldig in Harpers Richtung. »Aber den will ich hier nicht haben.«

Victoria warf dem Wachmann einen spöttischen Blick zu. »Es sieht so aus, als hätten Mr. Karr und ich etwas gemeinsam. Wir mögen Sie nicht.«

Harper sah sie vernichtend an. »Lady, Sie sind eine gewaltige Nervensäge.« Er wedelte mit der Hand. »Dann gehen Sie schon rein. Machen Sie, was Sie wollen. Ich kann es nicht erwarten, wenn ich Sie endlich wieder los bin.«

»Das beruht auf Gegenseitigkeit«, flötete Victoria. Sie ging ins Zimmer, schloss die Tür hinter sich und begleitete Beatrice zu dem kleinen Tisch am Fenster. Dabei bedankte sie sich noch einmal bei Beatrice für die liebevolle Pflege ihrer Schwester – laut und deutlich, für den Fall, dass Harper sie auf dem Gang noch hörte.

Die Fensterecke war ganz sicher außerhalb der Hörweite.

Mit vorgetäuschter Ruhe zog Victoria sich noch einen Stuhl an den Tisch und stellte ihn so, dass sie mit dem Rücken zur Tür saß. Sie wollte nicht, dass man an ihren Lippen ablesen konnte, was sie sagte.

Sobald sich auch Beatrice gesetzt hatte, begann sie.

»Danke euch beiden. Ihr habt toll reagiert …«

»Geht es dir gut?«, unterbrach sie Zach leise.

»Bestens«, bestätigte sie, während Beatrice drei Tassen Kaffee eingoss.

»Was zum Teufel tust du hier?«

»Ich wurde hierhergebracht.« Victoria nahm die Tasse. »Ich werde jetzt reden. Ihr hört zu. Ich bin in keiner unmittelbaren Gefahr. Ich werde aus Sicherheitsgründen in der Klinik festgehalten. Ich weiß zu viel. Sie wollen mich unter Kontrolle halten, bis sie sämtliches Beweismaterial vernichtet haben, von dem du mir heute Morgen berichtet hast. Damit sind sie in diesem Augenblick beschäftigt.« Sie trank an ihrem Kaffee. »Ich berichte euch schnell alles Wichtige, Einzelheiten folgen irgendwann später. Meine Tante Clarissa ist die Chefin hier. Sie kauft Drogen vom Syndikat als eine Art selbst ernannte Pharma-Beauftragte der Klinik. Mein Vater hatte keine Ahnung, dass die Drogen illegal sind. Er dachte immer, es handle sich um neu entwickelte Medikamente. Er ist überhaupt völlig uninformiert, was hier abläuft, und hat sämtliche juristischen Angelegenheiten schon vor Jahren delegiert.«

»An wen?«

»An Ian Block. Er ist für alles verantwortlich. Er ist in meine Wohnung eingedrungen, hat mir eine Pistole an die Nase gehalten und mir angedroht, Audrey umzubringen, wenn ich ihn nicht ins Institut begleite. Er schafft in den nächsten Tagen alles beiseite, was das Institut belasten könnte, damit hier alles sauber ist, wenn das FBI mit einem Durchsuchungsbefehl vor der Tür steht. Er und seine Genossen sind vermutlich gerade im Krematorium und verbrennen Behälter und Disketten.« Sie wandte sich Zach zu und tat, als plauderten sie freundlich. »Aber ich habe noch einen Joker. Ian glaubt, dass ich lüge, was die Zusammenarbeit mit dem FBI angeht.«

»Weil Mr. Zigarre und die Telefonwanzen das nicht bestätigen«, überlegte Zach laut.

»Genau. Das alles bedeutet, dass du Meyer sofort anrufen musst, ehe es Ian gelingt, das Beweismaterial zu vernichten.«

Zach nickte, steckte ein Stück Truthahn in den Mund und kaute nachdenklich. »Die Zimmer hier sind alle voll. Wo hat Block dich untergebracht?«

»Bei Audrey. Meine Schwester hat keine Ahnung, was hier läuft. Sie weiß lediglich, dass es ihr hier nicht gefällt. Und sie glaubt, ich sei nur zu Besuch hier.«

»Das ist gut so.« Zach beugte sich vor, um sich etwas Milch in den Kaffee zu gießen, und verbarg dabei sein Gesicht. »Geh zurück in ihr Zimmer. Ich werde Meyer anrufen. Er braucht eine Weile, ehe er einen Durchsuchungsbefehl hat. Das heißt, bis dahin muss ich Blocks Aufräumarbeiten behindern und ihm ein paar Knüppel zwischen die Beine werfen.«

»Was hast du vor?«

»Lass uns jetzt keine Zeit mit Erklärungen verschwenden. Wenn mein Plan gelingt, wirst du es in wenigen Minuten selber sehen. Vertrau mir. In der Zwischenzeit solltest du Audrey vorbereiten, damit wir hier verschwinden können. Erzähl ihr, du hättest dafür gesorgt, dass sie mit dir nach Hause fahren kann. Das wird sie beruhigen. Ich weiß, wo ihr Zimmer ist. Ich komme zu euch.« Zach musterte Victoria aufmerksam. »Bist du sicher, dass du okay bist? Dieses Schwein hat dir doch nicht wehgetan?«

Ein müdes Lächeln umspielte Victorias Lippen. »Welches Schwein meinst du? Ian? Oder diesen Typen, der mich hier bewacht?«

Zach erwiderte ihr Lächeln nicht. »Reiz diesen Harper bloß nicht, Victoria. Er gehört offenbar zu Blocks engsten Vertrauten, genau wie Mr. Zigarre. Nur dass Harper viel gefährlicher ist. Das sagt mir mein Gefühl. Ich wäre nicht überrascht, wenn er derjenige wäre, der uns von der Straße geschoben hat.«

Victoria hätte ihn am liebsten mit Fragen bombardiert, aber dann traf sie Zachs Blick und schwieg. Später. Dann konnten sie sich alles Weitere erzählen. Also nickte sie. »Okay. Und um deine Frage zu beantworten, mir geht es gut. Niemand hat mir etwas getan. Aber Zach, Harper steht wie ein Dobermann vor meiner Tür. Also sei vorsichtig, wenn du auftauchst.« Sie stellte ihre Tasse ab. »Jetzt verschwinde ich besser wieder.« Sie tätschelte Beatrices Hand. »Sie sind sensationell«, flüsterte sie. »Es ist bald vorbei.«

Beatrice seufzte tief. »Gott sei Dank.«

Victoria erhob sich und sagte laut: »So, jetzt muss ich mich wieder um meine Schwester kümmern. Es war nett, Sie kennen zu lernen, Mr. Karr. Und Miss Groves, Ihnen nochmals herzlichen Dank für die liebevolle Betreuung meiner Schwester. Ihr Zustand war sehr kritisch. Sie haben ihr sehr geholfen.«

Freundlich lächelnd verließ sie das Zimmer. Frank Harper, der vor der Tür herumhing, straffte sich, als sie herauskam. Er bedachte sie mit einem düsteren Blick und führte sie zum Aufzug zurück.

Zach sah ihnen nach und schnitt sich ein weiteres Stück Truthahn ab. Dann sah er Beatrice an und machte eine Kopfbewegung in Richtung Bad. »Ich verschwinde rasch, um Meyer anzurufen. Ich werde nicht lange brauchen. Halten Sie die Tür im Auge, obwohl ich nicht glaube, dass jemand vorbeikommt. Und bereiten Sie meinen Rollstuhl vor. Ich werde eine kleine Spazierfahrt unternehmen.«

Beatrice nahm ihre Serviette und tupfte sich die Mundwinkel ab. »Wohin?«

»In den Keller.«

35

So, Sir, jetzt sind Sie drin.« Harvey Lakeman, der EDV-Beauftragte von Waters, Kensington, Tatem & Calder, trat vom Computer in Ians Büro zurück und machte Walter Kensington Platz. »Jetzt müssten Sie eigentlich an alles, was Sie von Mr. Block brauchen, herankommen.«

Walter nickte, trat vor und schaute auf den Bildschirm. Er hob den Blick und sah Lakeman und Miss Hatterman der Reihe nach an. »Hören Sie mir bitte beide zu. Ich möchte, dass Sie jetzt in den Sekretariatstrakt gehen und dort warten.

Niemand darf in die Nähe dieses Zimmers kommen. Niemand. Das gilt auch für Mr. Block. Das ist meine Anweisung, und ich übernehme die volle Verantwortung für alles, was Sie zu tun haben, um sie auszuführen. Außerdem bleibt alles, was hier geschieht, unter uns. Ich möchte Sie bitten, mit niemandem darüber zu sprechen. Es ist höchst vertraulich, auch innerhalb der Kanzlei. Haben Sie das verstanden?«

»Natürlich«, versicherte Miss Hatterman neugierig, aber ohne weitere Fragen zu stellen.

Lakeman murmelte ebenfalls seine Zustimmung.

»Gut. Wenn Sie mich dann bitte entschuldigen würden. Ich habe zu arbeiten.«

Die beiden Angestellten zogen sich eilig zurück.

Walter schloss die Tür hinter ihnen. Dann kehrte er zum Computer zurück. Konzentriert beugte er sich über den Bildschirm, in der einen Hand die Maus, in der anderen das Keyboard. Er musste die Fakten haben. *Alle* Fakten.

Er hatte gerade geplant, Victoria anzurufen und ihr Clarissas Namen zu nennen, als er Harpers Anruf erhalten hatte, mit der Bitte, sofort zum Institut zu kommen. Er hatte gehofft, das Treffen mit Ian würde ihm einige Antworten liefern. Stattdessen hatte es noch mehr Fragen aufgeworfen.

Aber vielleicht waren diese Fragen ja die Antworten.

Er konnte Ian Block lesen wie ein Buch. Vielleicht weil er ihn so sehr daran erinnerte, wie er selber in diesem Alter gewesen war. Er hatte Ians außergewöhnliches Potenzial sofort erkannt und auf seine Einstellung gedrängt. Wie Walter war auch Ian klug, ehrgeizig und verfügte über eine Harvard-Ausbildung. Er war knallhart, hatte wache Instinkte. Kurzum, er besaß alles, um eines Tages ein guter Seniorpartner zu werden. Er war ein erstklassiger, brillanter Anwalt.

Zu brillant, um die Aktivitäten seiner Mandanten nicht

wahrzunehmen. Vor allem die einer so wichtigen Mandantin wie Clarissa.

Aber vielleicht täuschte er sich. Vielleicht war er doch nicht so klug. Vielleicht war sein Egoismus sogar größer als sein Intellekt. Denn er hatte den Mann unterschätzt, der ihn ausgebildet hatte, den Mann, dessen Verstand ihm immer noch ein Stück voraus war.

Er war ein Idiot, wenn er sich einbildete, Walter hätte ihm seine Geschichte abgekauft.

Das hatte er nicht.

Walter sah die Dateien durch und suchte nach Patentrecherchen, die Ian in den letzten sechs oder sieben Jahren durchgeführt hatte. Nichts. Als Nächstes überprüfte er die archivierte Korrespondenz, hielt Ausschau nach einer Notiz, einem Brief oder einer E-Mail, die Ian vielleicht mit einem der prominenten Patentanwälte Manhattans geführt haben könnte. Wieder nichts. Er ging sogar so weit und kontrollierte Patentanträge für die spezifische Drogenkombination, die das Hope Institute schützen lassen wollte.

Aber er fand nicht den geringsten Hinweis auf ein solches Gesuch.

Als er schließlich doch noch eine Datei entdeckte, die im Zusammenhang mit dem Hope Institute stand und ihm unbekannt war, öffnete er sie sofort. Und bei dem, was er sah, drehte sich ihm der Magen um.

Ein Genehmigungsgesuch des Hope Institutes an das Center for Disease Control (Amt für Seuchenschutz, Anm. d. Übers.). Darin ging es um die Erlaubnis, Körperflüssigkeiten aus Südamerika importieren zu dürfen. Dazu gab es einen Brief an ein südamerikanisches Pharmaunternehmen, offenbar ein Begleitschreiben zu dem genehmigten Antrag der CDC. Er begann folgendermaßen: »Anbei erhalten Sie die Kopien des Genehmigungsgesuchs für den Import der vereinbarten medizinischen Proben …« Im Folgenden wurde das Pharmaunternehmen genauestens instruiert, wie die Unterlagen der Lieferung beigefügt werden sollten, um Probleme mit dem US-amerikanischen Zoll zu vermeiden.

Walter starrte den Bildschirm eine lange Zeit an.

Dann nahm er die Maus, markierte die entsprechenden Seiten und klickte auf den Druckbefehl. Während der Drucker seinen Auftrag erledigte, beugte er sich vor und griff zu Ians Telefon. Er stellte die Verbindung mit seiner Sekretärin her. »Miss Hatterman, sind Sie noch da?«

»Selbstverständlich, Mr. Kensington«, antwortete sie diensteifrig.

»Gut. Verbinden Sie mich bitte mit Charlie Boughman.«

»Dem Staatsanwalt? Natürlich.«

»Sagen Sie ihm, es ginge nicht darum, unsere Golfpartie zu verschieben. Es geht um etwas Geschäftliches – etwas Dringendes. Ich muss ihn treffen. *Sofort.*«

Victoria fand Audrey im Bett sitzend vor, den Zeichenblock auf den angewinkelten Knien. Erstaunt und zornig zugleich stellte sie fest, wie viel stärker und klarer ihre Schwester war, sobald die Wirkung ihrer Medikamente nachzulassen begann.

Nun, diesmal war es endgültig.

Audrey erblickte sie, legte den Zeichenblock aus der Hand und lächelte.

»Du malst«, bemerkte Victoria und schloss die Tür sorgfältig zwischen ihnen und Frank Harper.

»Hm. Nichts Besonderes, nur ein paar Skizzen. Für mehr fehlt mir noch die Kraft. Aber es ist ein Anfang.«

»Und ob es das ist.« Victoria zog sich einen Stuhl neben Audreys Bett. Sie musste jetzt überlegt vorgehen und Audrey so weit einweihen, dass sie ihre Instruktionen, ohne zu zögern, befolgte, sich jedoch nicht ängstigte. »Süße, ich muss über ein paar Dinge mit dir reden.«

Audrey stützte sich auf den Ellbogen, und die Anstrengung erschöpfte sie mehr, als Victoria lieb war. »Welche Dinge?«, fragte sie mit schleppender Stimme.

»Gute Dinge.« Plötzlich wusste Victoria, zu welcher Taktik sie greifen würde. Sie steckte die Hand in ihre Jackentasche, und ihre Finger umschlossen ihren Verlobungsring. »Erinnerst du dich an Zachary Hamilton?«

Audrey nickte. »Du warst mit ihm zusammen, bevor ich nach Europa gegangen bin. Es ist der einzige Typ, bei dem ich je erlebt habe, dass du deine Coolness verloren hast. Aber das kann ich dir nachfühlen. Er war wirklich supersexy, mit seinen unergründlichen Augen und seinem dunklen Aussehen. Ganz klar der Typ Mann, der einem eine Gänsehaut über den Rücken jagt. Ich war ziemlich überrascht, als du damals mit ihm Schluss gemacht hast. Aber warum fragst du? Hast du ihn wiedergesehen?«

»Ich werde ihn heiraten.« Victoria zog den Ring hervor und hielt ihn Audrey entgegen.

Sie hielt die Luft an. »Oh, Victoria.« Vorsichtig berührte sie den Stein. »Er ist wunderschön.« Sie nahm alle Kraft zusammen und beugte sich vor, um ihre Schwester zu umarmen. »Ich freue mich riesig für dich.«

»Ich mich auch.« Victoria spürte Tränen in ihren Augen. Sie hatte gar nicht gewusst, wie gut es tat, das mit ihrer Schwester zu teilen. »Ich liebe ihn so sehr, dass es fast beängstigend ist.«

»Nein, ist es nicht. Es ist wunderbar.« Dann sah Audrey sie plötzlich erstaunt an. »Warum trägst du den Ring nicht? Warum hast du ihn in der Tasche?«

Victoria schaute den Stein an. »Aus verschiedenen Gründen. Erstens weil ich es Mutter und Vater genauso sagen möchte, wie ich es dir gesagt habe, ehe sie den Ring sehen. Und zweitens ...« Sie schluckte und sah ihre Schwester an. »Ich wollte dich hier heraushaben. Und das wirst du sein, innerhalb einer Stunde.«

Audrey blinzelte verständnislos. »Wie meinst du das?«

»Ich habe dafür gesorgt, dass du entlassen wirst. Aber Audrey«, fügte sie rasch hinzu, als sie die Freude im Gesicht ihrer Schwester sah. »Du darfst das niemandem erzählen, nicht solange wir im Institut sind. Ich werde dir später alles genau erklären. Vertrau mir. Zach wird bald hier sein. Du wirst ihn nicht erkennen, erst später. Auch das werde ich dir erklären. Jetzt ist bloß wichtig, dass wir alles vorbereiten – unauffällig, sodass niemand etwas merkt. Du bist noch schwach, deshalb sagst du mir jetzt, was du brauchst, und ich packe es ein. Nimm nur das Allernötigste mit. Den Rest lassen wir uns nachschicken. Okay?«

Audrey hatte die ganze Zeit schweigend zugehört. Jetzt lehnte sie sich in ihr Kissen zurück und studierte Victorias Gesicht. »Ich hatte Recht, oder? Hier passieren irgendwelche seltsamen Dinge, oder?«

»Ja. Aber nicht mehr lange.« Victoria blickte über ihre Schulter und sah Harper auf dem Gang sitzen. »Jetzt beeil dich.«

Im zweiten Stock war es relativ still.

Beatrice schob Zachs Rollstuhl in Richtung des Treppenschachts und lächelte den beiden Pflegern freundlich zu, die ihnen begegneten.

Sie blieb stehen, als sie die Damentoilette in der Nähe des Treppenhauses erreichten. Alles war verlassen.

»Das Wartungspersonal scheint mit den Aufräumarbeiten beschäftigt zu sein«, flüsterte Zach. »Alle verfügbaren Personen sind wahrscheinlich unten in dem Raum mit den medizinischen Kühlbehältern. Ich weiß nicht, was Block ihnen gesagt hat – vielleicht, dass die Medikamente kontaminiert sind –, aber sie werden eifrig alles zusammensuchen, was vernichtet werden muss. Block und seine Leute werden Drogen in der Toilette hinunterspülen und Behälter im Krematorium verbrennen.«

»Der Raum mit den Drogen und das Krematorium befinden sich beide im Keller«, erinnerte Beatrice ihn flüsternd. »Sie müssen sehr vorsichtig sein.«

»Sie befinden sich am entgegengesetzten Ende des Kellers, also machen Sie sich keine Sorgen. Aber ich bin vorsichtig.« Zach schaute sich um. »Sie gehen in die Toilette, wie abgesprochen. Bleiben Sie dort. Kommen Sie nicht heraus, bevor die Lichter ausgehen und Panik ausbricht. Ich werde dann bereits wieder auf dem Weg nach oben sein.«

»Aber …«

»Tun Sie, was ich Ihnen sage. Wenn ich erwischt werde, muss ich allein sein. Das ist meine einzige Chance, mich da herauszureden. Sie wissen schon, David Karr, der Wahnsinnige. Wenn Sie bei mir sind, gibt es keine Erklärung, warum wir im Keller herumirren. Außerdem fällt Ihre weiße Uniform in der Dunkelheit viel zu sehr auf. Ich habe Straßenkleidung an, weil ich mich erfolgreich gegen das Tragen der Krankenhauskleidung gewehrt habe. Ich werde nicht gesehen werden. Jetzt gehen Sie.«

Beatrice nickte. »Viel Glück.« Mit einem letzten Blick über den Flur verschwand sie in der Damentoilette.

Zach verharrte eine Sekunde regungslos und versicherte sich noch einmal, dass niemand kam.

Es kam niemand.

Er reagierte.

Er sprang aus dem Rollstuhl und lief die paar Schritte zum Treppenschacht. Er stieß die Tür auf, schlüpfte hindurch und rannte in den Keller hinunter. Als er unten angekommen war, öffnete er vorsichtig die Tür und spähte hinaus.

Er konnte Leute umhereilen hören, hastige Gesprächsfetzen drangen an sein Ohr. Aber alles schien von dem Ende zu kommen, wo sich das Krematorium befand. Der Gang vor ihm war verlassen.

Er ging hinaus und lief den Gang in entgegengesetzter Richtung. Er erreichte die Tür mit der Aufschrift »Versorgungsraum. Zutritt nur für berechtigte Personen«.

Er griff in seine Hosentasche und zog einen Satz Dietriche heraus, die Meyer ihm während des Crashkurses im FBI-Hauptquartier gegeben hatte.

Zwei Minuten später befand er sich in dem Raum.

Er steckte die Werkzeuge wieder in die Tasche, schaltete das Licht ein und schloss die Tür hinter sich.

Rasch suchte er die Wand des Raums nach dem Haupt-Stromverteilerkasten ab, der den Strom im gesamten Hope Institute verteilte. Da. Ein großer grauer Kasten, an dessen Vorderseite ein roter Aufkleber mit der Warnung *Achtung Lebensgefahr! Starkstrom!* prangte. Daneben hing ein kleinerer Kasten, der mit dem größeren verbunden war. Ein Isolierrohr führte von dem kleineren Kasten zu einem Dieselgenerator in der Ecke des Raums. Perfekt. Genau, was er erwartet hatte – und erhofft. Das Hope Institute verfügte über ein Notstromaggregat, das die lebenserhaltenden medizinischen Apparate im Notfall weiter mit Strom versorgte. Also konnte er seinen Plan umsetzen, ohne das Leben der ernstlich erkrankten Patienten zu gefährden.

Okay, zunächst brauchte er ein paar Grundwerkzeuge, von der Art, wie man sie gewöhnlich in Versorgungsräumen fand. Er ließ den Blick schweifen, bis er eine Werkbank entdeckte, daneben standen eine große Werkzeugtruhe, ein Materialschrank und eine Leiter. Er ging zu der Truhe und versuchte, sie zu öffnen. Abgeschlossen. Wieder griff er zu seinen Dietrichen. In weniger als einer Minute vernahm er das leise Klicken, mit dem das Schloss aufsprang. Er hob den Deckel und fand sofort, was er brauchte: zwei Schraubenzieher, eine Isolierzange, eine Brechstange, einen Hammer und ein paar Nägel.

Er nahm einen langen Nagel, spannte ihn in einen Schraubstock auf der Werkbank ein und entfernte den Kopf. Mit der Zange bog er ihn zu einem U. Danach wühlte er im Materialschrank, bis er ein Stück alte Kordel fand.

Mit seinem Werkzeug in der Hand packte er die Leiter und kehrte zurück zum Stromkasten. Er stieg auf die Leiter und begann, den Nagel in einen Deckenbalken direkt über den Stromkasten zu hämmern. Dabei ließ er so viel Platz, dass sich die Kordel in dem selbst konstruierten Haken frei hin und her bewegen konnte. Er kletterte die Leiter wieder hinab und griff nach der Isolierzange. Er knipste ein weiteres, kürzeres Stück Kordel ab und band das Mittelstück an die längere Kordel, sodass sie direkt über dem Verteilerkasten hing. Dann band er die beiden Enden des kürzeren Stücks an die entsprechenden Enden der Brechstange und richtete sie so aus, dass sie parallel zum Boden hing und genau über dem Kasten schwebte.

Er hatte nur eine einzige Chance.

Sorgfältig übte er, die Brechstange mit Hilfe der Kordel herabzusenken. Zufrieden über den selbst erfundenen Mechanismus band er sein Ende der Kordel an eine Leitersprosse und bewegte die Leiter von dem Kasten fort, sodass sich die Brechstange hob, und zwar genau an die Stelle, an der er sie haben wollte – ganz genau über dem oberen Ende des Verteilerkastens.

Er ging zu der schweren Werkzeugtruhe zurück, schleppte sie ebenfalls in Richtung des Stromkastens und positionierte sie zwischen Kasten und Tür. Das würde ihm als Schutzschild dienen. Er zog eine Sicherheitsbrille aus der Werkzeugtruhe und zog sie auf. Als Nächstes griff er nach einem Schraubenzieher und begann, die Schrauben zu lockern, die die Schutzabdeckung des Verteilerkastens hielten. Er hob den Deckel ab und fand die beiden Sammelschienen, die den Kasten mit Elektrizität versorgten.

Ein winziger Fehler, und er wäre innerhalb einer Sekunde gegrillt.

Mit diesem Gedanken wühlte er in seinen Taschen und suchte nach den Gummihandschuhen, die er sich zuvor in der Nähe seines Zimmers vom Wagen der Putzkolonne geklaut hatte. Er zog sie über. Vorbereitungen beendet.

Er nahm die zwei Schraubenzieher, steckte sie jeweils in die linke und die rechte Kupfer-Sammelschiene und überprüfte sorgfältig, dass sie miteinander verbunden waren. Er neigte den Kopf und prüfte ihre Verbindung mit dem Brecheisen. Perfekt.

Die Show konnte beginnen.

Mit einem tiefen Atemzug löste Zach die Kordel von der Leiter. Er hielt sie in der Hand und duckte sich hinter die Werkzeugtruhe. Ganz vorsichtig bewegte er die Kordel, senkte das Brecheisen Millimeter für Millimeter auf die beiden Schraubenzieher und den bevorstehenden Kurzschluss zu.

Das Brecheisen bekam Kontakt.

Der Raum explodierte in einem Wirbel aus Licht und Funken. Zach duckte sich noch tiefer. Er drehte sich um, sodass er sich mit dem Rücken zu dem spuckenden Stromkasten befand, kroch in Richtung Tür und stieß sie auf. Der Versorgungsraum und der Gang davor lagen nun im dämmrigen Licht der Notbeleuchtung.

Das Letzte, was Zach hörte, als er die Tür schloss, war das Geräusch des anspringenden Dieselgenerators.

In dem Augenblick, als der Strom ausfiel, sprang Victoria auf.

Zach, dachte sie und musste trotz der enormen Nervenanspannung lächeln. Was für ein cleverer Schachzug. Das elektrische System lahmzulegen bedeutete auch, das Krematorium lahmzulegen, sämtliche Computer, alles, was Ian brauchte, um seine Spuren zu verwischen. Das Einzige, was ihm jetzt noch blieb, war die Toilettenspülung – bei schummriger Notbeleuchtung.

Perfekt.

Ein großes Chaos brach auf den Gängen aus, Schwestern und Pfleger liefen aufgeregt hin und her, kümmerten sich um die Patienten und versuchten, sie zu beruhigen, während sie laut und hektisch überlegten, was geschehen war.

Audrey setzte sich im Bett auf. »Ist das unser Zeichen?«

»Nein.« Victoria stand auf und ging Richtung Tür. »Zach ist unser Zeichen. Wir rühren uns nicht von der Stelle, bis er kommt.«

Audrey schien plötzlich zu begreifen. »Er hat das gemacht, stimmt's? Ich erinnere mich jetzt, dass er eine Menge Abschlüsse hatte. Und Elektrotechnik gehört auch dazu.«

»Erraten.« Victoria legte warnend den Zeigefinger auf die Lippen. »Aber denk dran. Kein Wort.« Sie öffnete die Tür und trat hinaus. »Was ist denn passiert?«, fragte sie Harper. »Haben wir einen Stromausfall?«

Er war extrem angespannt, schien nicht so recht zu wissen, ob er seinen Posten weiter besetzt halten oder sich um die Lösung des Problems kümmern musste. »Weiß ich nicht«, schnappte er. »Schließlich habe ich die ganze Zeit auch nur hier gesessen.«

»Was ist mit den Patienten, die auf elektrische Geräte angewiesen sind?«, bestürmte Victoria ihn. »Sind die in Gefahr?«

»Nein. Wir verfügen über eine Notstromversorgung.« Harper warf Victoria einen ungeduldigen Blick zu. »Gehen Sie wieder ins Zimmer. Ich habe andere Sorgen, als Ihre blöden Fragen zu beantworten.«

»Ach ja? Und warum stehen Sie dann noch hier herum?«

Sie war zu weit gegangen. Sie sah das wütende Funkeln in seinen Augen, und da packte er sie schon, und seine Finger gruben sich in ihren Arm. »Hör zu, du kleines Miststück. Entweder gehst du jetzt sofort in dein Zimmer zurück, oder ich schlage dir den …«

»Mr. Harper!«

Es war Beatrice. Sie kam den Gang entlanggerannt und wedelte wild mit den Armen. »Mr. Block möchte, dass Sie sofort zu ihm in den Keller kommen«, rief sie atemlos. »Die gesamte Stromversorgung ist zusammengebrochen. Sie werden dringend im Versorgungsraum gebraucht. Ich soll so lange auf Victoria und ihre Schwester aufpassen.«

»Gern.« Das brauchte sie ihm nicht zweimal zu sagen. Harper ließ Victorias Arm los und rannte davon, ohne sich noch einmal umzuschauen.

»Gut gemacht, Beatrice.« Aus dem Nichts war Zach aufgetaucht. »Nehmen Sie Audreys Sachen«, verlangte er. »Ich trage sie.« Er strich Victoria kurz über die Wange und lächelte. »Hi.«

»Selber hi. Du bist ein Genie.«

»Ich dachte, das hättest du gewusst.« Er betrat das Zimmer und ging direkt auf Audreys Bett zu.

Audrey sah ihn an und blinzelte. »Entweder bist du ziemlich stark gealtert oder ziemlich gut verkleidet.«

»Beides.« Er grinste und hob sie auf seine Arme. »Halt dich an mir fest. Wir machen, dass wir hier wegkommen.«

Er ging voraus, Victoria und Beatrice folgten ihm. Der Korridor war praktisch leer, denn das Personal kümmerte sich entweder um die verstörten Patienten oder war im Keller mit den Reparaturarbeiten beschäftigt. Die paar Pfleger, die ihnen begegneten, hatten es so eilig, dass sie sie kaum beachteten.

Sie nahmen die Treppe und liefen rasch die drei Stockwerke hinunter. An jeder Etage hielten sie kurz an und lauschten auf Fußtritte – oder sonst etwas, das ihnen signalisieren würde, dass sich jemand näherte.

Im Treppenhaus war es ruhig.

Endlich hatten sie das Erdgeschoss erreicht.

Zach drehte den Kopf, als sie sich dem Ausgang näherten, und rief Victoria und Beatrice über die Schulter zu: »Ich kann die schweren Glastüren manuell öffnen. Sie führen uns direkt zum Ausgang. Sollte Miss Evans aus irgendeinem Grund noch an ihrem Schreibtisch sitzen, ignoriert sie einfach. Bleibt nicht stehen, ganz gleich, was sie sagt oder tut. Wir sind in einer Minute draußen. Ich habe uns ein Taxi bestellt. Es müsste an der Ecke auf uns warten. Der Fahrer hat Anweisung, sofort vorzufahren, wenn er uns sieht.«

Der schlaue Zach. Er hatte an alles gedacht.

Sie erreichten die Tür. Zach legte einen Arm schützend

um Audrey und warf sich mit seinem ganzen Gewicht gegen die elektronisch gesteuerte Tür, sodass sie aufsprang.

Sie flogen geradezu in die Rezeption.

Miss Evans saß an ihrem Schreibtisch und versuchte hektisch, ihren Computer wieder zum Laufen zu bringen. Sie schaute hoch, als sie vorbeistürmten, und sprang auf, als sie das Quartett erkannte.

»Wo wollen Sie hin?«, rief sie. »Mr. Karr, wieso tragen Sie Miss Kensington? Was tut ihre Schwester hier? Beatrice! Mein Gott, Beatrice, ist Mr. Karr durchgedreht? Hat er eine Waffe? Was passiert hier? Werden Sie gekidnappt?« Instinktiv drückte sie eine Notruftaste auf ihrem Schreibtisch, die aber aufgrund des Stromausfalls nicht funktionierte.

Mit hektischem Fluchen rannte sie hinter ihnen her, aber die vier nahmen keine Notiz von ihr, sondern liefen weiter Richtung Ausgang. »Bleiben Sie stehen! Bleiben Sie sofort stehen!«, befahl Miss Evans.

Zach stieß die Tür auf und den Türsteher zur Seite und rannte die Stufen zur Straße hinunter.

Victoria folgte ihm auf den Fersen. Sie hielt Ausschau nach dem Taxi. Als sie es sah, riss sie den Arm hoch und winkte heftig.

Der Wagen kam angerast und hielt genau vor dem Institutseingang.

Zach öffnete die Tür und drückte Audrey auf den Sitz hinter dem Beifahrer, während Victoria und Beatrice auf der Fahrerseite einstiegen.

Nachdem Zach die Tür zugeknallt hatte, lief er vor und öffnete die Beifahrertür.

Er wollte gerade hineinspringen, als hinter ihnen drei Zivilfahrzeuge hielten und ein Team aus FBI-Agenten ausstieg.

Meyers und Zachs Blicke trafen sich. Triumphierend hielt

Meyer den Durchsuchungsbefehl hoch und reckte den Daumen in die Höhe. Dann sprintete er in Richtung Institut, um diesen Ableger des Drogensyndikats hochgehen zu lassen – ein Ableger, der sie hoffentlich zu der Quelle führte, nach der sie seit fünfzehn Jahren suchten.

36

FBI-Hauptquartier, Federal Plaza 26
Freitag, 5. Mai
10.00 Uhr

Also, wie ist der momentane Stand der Dinge?« Zach sah Meyer gespannt an und schlug ein Bein über das andere.

Der Special Agent blätterte seine Notizen durch, schaute auf und sah erst Zach, dann Victoria an. »Wir haben alles, was wir brauchen, und noch ein bisschen mehr«, versicherte er ihnen. »Wir haben die Kühlbehälter, wir haben die Drogen, die Tonbänder, sogar ein oder zwei Urnen aus diesem Stahlschrank, gefüllt mit der Asche angeblich noch lebender Patienten. Glauben Sie mir, uns ist nichts entgangen. Weiterhin haben wir die belastenden Dateien aus dem Computer und Dr. Kensingtons private medizinische Aufzeichnungen, die sie in dem Aktenschrank in ihrem Privatbüro aufbewahrt, wo sie und Block sich zu ihren Stelldicheins auf der Couch trafen.« Er merkte plötzlich, was er da sagte, räusperte sich umständlich und warf Victoria einen zerknirschten Blick zu. »Tut mir leid, Miss Kensington.«

»Das muss es Ihnen nicht«, antwortete Victoria. »Ich

weiß, dass meine Tante mit Ian Block geschlafen hat. Aber im Vergleich zu ihren übrigen Vergehen ist das eher harmlos. Übrigens war ich sehr erleichtert über die Sensibilität, mit der Sie vorgegangen sind. Es war gut, dass Sie Clarissa erst allein mit meinem Onkel sprechen ließen, ehe Sie taten, was Sie tun mussten. Sie hatte ihm eine Menge zu offenbaren, und er hatte eine Menge zu schlucken. Es war sehr rücksichtsvoll von Ihnen, ihm dabei die Privatsphäre zu gewähren, die er brauchte.«

Ein knappes Nicken. »Ich habe Ihren Onkel kennen gelernt, als wir die Wohnung durchsucht haben. Er macht einen sehr netten Eindruck. Wie geht es ihm inzwischen?«

»Gut.« Victoria schluckte und sah wieder das fassungslose Gesicht ihres Onkels vor sich, nachdem man Clarissa abgeführt hatte. Er war aschfahl gewesen und völlig am Boden zerstört. Anschließend hatten sie eine Stunde zusammengesessen, geredet, ein Glas Wein getrunken, versucht, Ordnung zu bekommen, zu begreifen, wie ihnen beiden sämtliche Hinweise entgehen konnten, die Clarissa ihnen möglicherweise gegeben hatte – Hinweise auf das, was sie tat und mit wem sie es tat. Aber es gab keine Antwort, nur noch mehr Fragen. Fragen, Schock und das Gefühl des grenzenlosen Betrugs.

Später hatte Victoria ihrem Onkel etwas zu essen gemacht, Clarissas Pflanzen gegossen und sich dabei im Stillen vorgenommen, sie gleich am nächsten Tag in ihre eigene Wohnung zu holen. Ihr Onkel brauchte nicht auch noch ständig erinnert zu werden an die Leidenschaft seiner Frau, Leben zu erhalten. Außerdem hatte sie so einen guten Vorwand, wiederzukommen und nach ihm zu sehen.

Sie war so lange bei ihm geblieben, bis sie das Gefühl hatte, dass er gern ein wenig allein sein wollte. Darauf hatte sie ihm von ihrer Absicht erzählt, am nächsten Tag wiederzukommen und die Pflanzen abzuholen, und ihm das feste Versprechen abgenommen, sie nach dem Aufstehen sofort anzurufen. Dann war sie gegangen.

Es tat gut, ihm ein wenig von der Kraft und der Unterstützung zurückgeben zu können, die sie so lange Jahre von ihm bekommen hatte.

Onkel Jim würde über die Sache hinwegkommen. Er zeigte schon jetzt erste Anzeichen der Besserung – er hatte eingewilligt, ihr Trauzeuge zu sein, kümmerte sich wieder um die Praxis und um seine Patienten, hatte Audrey an Dr. Osborne zurückvermittelt. Ja, Onkel Jim würde darüber hinwegkommen. Mit ein wenig Zeit und einer neuen Perspektive würde er sein Leben wieder in den Griff bekommen. Dafür würde Victoria sorgen.

Sie merkte, dass Zach den Arm ausstreckte, ihre Hand in seine nahm und leicht drückte.

Sie lächelte. »Mein Onkel ist ein Überlebenskünstler. Das sind wir Kensingtons alle. Er wird die ganze Sache gut überstehen.« Sie sah Meyer fragend an. »Sie sagten, Sie hätten die privaten medizinischen Aufzeichnungen meiner Tante gefunden. Was stand darin?«

»Eine Menge Dinge, die wir bereits wussten – die Ziele, die sie hatte, mit dem Hope Institute und den Patienten, deren Leben sie retten wollte, sowie die Mittel, mit denen sie das tun wollte. Außerdem enthielten sie eine Liste ihrer engsten Mitarbeiter, eine Gruppe, die sie ›Desinfektionsteam‹ nannte. Wir haben alle einzeln vorgeladen und ihre Aussagen zu Protokoll genommen.«

»Wer sind sie?«

»Da gab es keine Überraschungen, aber wir haben jetzt die nötigen Beweise, um sie alle zur Verantwortung zu ziehen.« Meyer zählte an den Fingern auf: »Dr. Kensington selbst, Ian

Block, Gloria Rivers, Leaman – der Ihnen übrigens nicht nur auf Schritt und Tritt gefolgt ist, sondern auch Ihre Post regelmäßig überprüft hat – und ein paar Techniker: einer, der das Krematorium betrieb, einer, der sich um die Elektrik kümmerte, und ein Computerhacker, der Ihre PCs und den Laptop angezapft hat. Ach, und natürlich Frank Harper. Sie hatten Recht. Er war derjenige, der von Block beauftragt war, diesen kleinen Unfall auf dem Merritt Parkway zu inszenieren.«

»Das stand auch in den Notizen meiner Tante?« Victoria schloss gequält die Augen.

»Nein. Das war eine Sache, die Ian Block sich selbst ausgedacht und Ihrer Tante verheimlicht hat. Er hatte Angst, sie würde da nicht mitmachen, wie ich aus zuverlässiger Quelle erfahren habe. Harper hat ausgepackt, in der Hoffnung auf Strafminderung. Er sollte Sie nicht umbringen, sondern Ihnen nur einen gehörigen Schrecken einjagen. Er hat sich riesig geärgert, dass ihm das nicht gelungen ist.« Ein leichtes Grinsen. »Ich glaube, er mag Sie nicht besonders.«

»Das beruht auf Gegenseitigkeit«, erwiderte Victoria trocken. Aus irgendeinem Grund war sie unendlich erleichtert, dass ihre Tante wenigstens in dieser Angelegenheit unschuldig war. Es war so, wie Ian es geschildert hatte. Clarissa hatte weder ihr noch Audrey Schaden zufügen wollen. Sie wollte nur Leben erhalten, trotz ihrer unentschuldbaren Methoden. Auf seltsame Weise war das beruhigend, auch wenn es nicht die Schwere ihrer Verbrechen minderte.

»Wir haben noch einige andere interessante Einzelheiten aus den Aufzeichnungen Ihrer Tante erfahren«, fuhr Meyer fort. »Erinnern Sie sich, dass die Patienten sich verpflichten mussten, ihre ambulante Nachbehandlung nur im Hope Institute durchführen zu lassen? Dr. Kensingtons Aufzeichnungen zufolge bestand diese Nachbehandlung aus Injektionen von ›nicht offiziell genehmigten pharmazeutischen Wirkstoffen‹, wie sie sie nannte, sowie einer Tablettenkur zu Hause. Und raten Sie mal, was das für Tabletten waren? Placebos. Nicht lebenserhaltender als Smarties. Aber eine geniale Verdienstquelle für das Hope Institute und, so formulierte Ihre Tante es wörtlich, ›Balsam für die Patientenpsyche‹. Ein weiterer Hinweis auf diese absurde Verquickung von Mitleid und Verbrechen bei ihr. Injiziere den Patienten regelmäßig die Medikamente, die sie brauchen, und schicke sie mit Zuckerpillen nach Hause, an die sie glauben und für die sie bezahlen, die aber keinen Schaden anrichten. *Und* die das Institut nicht belasten können, für den Fall, dass sie jemand anders in die Hände fallen sollten. Vergessen Sie nicht, innerhalb des Instituts wurden die Drogen sehr vorsichtig verabreicht. Da konnte Dr. Kensington ihre ambulanten Patienten nicht mit Drogen in der Tasche herumlaufen lassen.« Meyer schüttelte den Kopf. »Entweder sie oder Block oder sie beide sind wahre Genies.«

Victoria wurde übel. »Sonst noch was?«

Meyer blickte auf seine Akte. »Nur noch eines, was Sie vielleicht interessant finden. Sie kennen doch diese Fotos in der Rezeption mit den glücklichen Patientengesichtern. Alles Schauspieler. Nicht dass die Patienten nicht glücklich gewesen wären. Die, die wir in den zurückliegenden Tagen vernommen haben, waren mehr als zufrieden – bisher. Aber um ihre Patienten zu schützen, hat Clarissa Schauspieler engagiert, die für die Fotos posiert haben. Auf diese Weise konnte keiner der Patienten erkannt werden. Ich versichere Ihnen, sie hat an alles gedacht.«

Er blätterte das letzte Blatt in seinem Ordner um. »Tja, nun hat das Hope Institut seine Pforten endgültig geschlossen. Die Vermögenswerte werden liquidiert, das Geld dazu benutzt, um die millionenschweren Strafen zu zahlen, die auf das Unternehmen zukommen. Es gibt eine Menge Familien, die betrogen und belogen wurden. Die restlichen Patienten wurden inzwischen in die umliegenden Krankenhäuser verteilt. Dazu war nicht viel Überzeugungsarbeit nötig; keiner wollte gern an diesem Ort bleiben, wo sie als lebende Meerschweinchen missbraucht wurden.«

»Das kann ich mir vorstellen.« Victoria war froh, als Meyer mit seinem Bericht zu Ende war. Die Verbrechensliste ihrer Tante war auch so abstoßend genug. Mehr konnte sie einfach nicht mehr ertragen.

»Was ist mit dem Syndikat?«, wollte Zach wissen, der sich für den großen Zusammenhang der Geschichte interessierte.

Meyers Augen leuchteten triumphierend auf. »Wir haben jetzt Namen und Orte – Kolumbien, Mexiko und ein paar weitere Schlüsselorte. Interpol wurde bereits informiert und dürfte sich zur Stunde bereits auf den Einsatz vorbereiten. Geben Sie uns noch eine Woche, höchstens zwei. Dann wird das ganze verdammt Syndikat ausgehoben sein.«

»Ich möchte gern, dass Sie mich auf dem Laufenden halten«, bat Zach. »Ich möchte erfahren, wenn es zu Verhaftungen kommt. Und ich möchte gern wissen, wann der Abschaum, der in diesem Syndikat das Sagen hatte, vor Gericht gestellt wird. Denn ich habe vor, dabei zu sein und zuzusehen, wie sie für ihre Verbrechen zur Rechenschaft gezogen werden.«

Meyer zögerte nicht. »In Ordnung. Das ist das Mindeste, was ich für Sie tun kann.« Er sah Zach aufmunternd an. »Dann ist die Sache endlich ausgestanden.«

»Ja«, meinte Zach mit rauer Stimme. Endlich fand er die lang ersehnte Vergeltung für den Mord an seinem Vater. »Dem Himmel sei Dank.«

Victoria spürte, wie aufgewühlt er war. Erleichterung überkam sie. Jetzt hatte Zach es doch noch geschafft, die Sache zu einem Abschluss zu bringen. Seine Eltern konnten in Frieden ruhen. Er konnte seine Vergangenheit loslassen, und der ganze Albtraum war endlich, *endlich*, vorbei.

»Ja, dem Himmel sei Dank«, wiederholte sie. Diesmal war sie diejenige, die ihm liebevoll die Hand drückte. Niemand außer ihnen beiden wusste, wie viel ihm das tatsächlich bedeutete. Umso mehr, weil sie zusammen waren, das Kapitel gemeinsam beschließen konnten und einen neuen wunderbaren Anfang vor sich hatten.

Zachs Finger schlossen sich um ihre.

»Dann war es das also?« Victoria sah Meyer fragend an.

Der Agent reagierte auf ihr Stichwort. Er klappte den Aktenordner zu, legte die Hände vor sich auf den Schreibtisch und nickte. »Ja, das war es. Der Fall wäre erledigt, zumindest von unserer Seite. Glauben Sie, Sie finden sich in Ihrem bürgerlichen Leben mit nur einer Identität überhaupt noch zurecht?«

»Das werden wir schon hinkriegen«, versicherte Zach trocken. »Außerdem bezweifle ich, dass unser Leben so richtig bürgerlich sein wird.«

»Ja.« Meyers Blick fiel auf Victoria. »Das bezweifle ich auch. Wann soll denn die Hochzeit sein?«

»In zwei Wochen«, antwortete Victoria. »Ich wollte warten, bis meine Schwester noch ein wenig belastbarer wird. Sie ist meine Brautjungfer.« Eine kurze Pause. »Außerdem wollte ich sicher sein, dass mein Vater mich auch wirklich zum Altar führen kann.«

Meyer betrachtete sie nachdenklich. »Ich nehme an, das soll eine Frage sein. Also gut, hier ist meine Antwort. Ihr Vater hat verdammt viele ethische Grenzen überschritten.«

»Hier geht es nicht um Ethik. Es geht um das Gesetz.«

»Darauf wollte ich gerade kommen.« Meyer wandte sich stirnrunzelnd an Zach. »Lässt sie Sie je einen Satz zu Ende bringen?«

Zach verzog die Lippen. »Gelegentlich.«

»Tatsächlich?« Meyer klang äußerst skeptisch. »Also, der Staatsanwalt meint, Ihr Vater käme mit einem blauen Auge aus der Sache raus. Er hatte weder Ahnung von dem Drogenschmuggel noch von den Verbrechen, die sich im Institut abgespielt haben, und er hat Block und Dr. Kensington auch keine aktive Beihilfe geleistet. Trotzdem hat er sich natürlich moralisch äußerst fragwürdig verhalten. Aber er hat uns wesentliche Beweise geliefert. Um ehrlich zu sein, hatte ich bereits einen Anruf vom Staatsanwalt erhalten, ehe Sie sich meldeten, Hamilton. Das bedeutet, dass Walter Kensington die Papiere, die den letzten Nagel in Blocks Sarg getrieben haben, freizügig herausgerückt und uns die Arbeit damit wesentlich erleichtert hat. Natürlich wissen wir genau, dass er das in erster Linie getan hat, um seine eigene Haut zu retten und seine Kanzlei vor Schaden zu bewahren. Aber er war uns am Ende behilflich. Ich schätze, er wird ein paar ernste Worte zu hören bekommen und eine Abmahnung von der Anwaltskammer erhalten, dann wird man ihn nach Hause schicken, damit er sich mit den Klagen beschäftigen kann, die auf Waters, Kensington, Tatem and Calder zukommen werden.« Meyers Stimme wurde ein wenig wärmer. »Also, Miss Kensington, demnach können Sie wohl damit rechnen, dass Ihr Vater Sie zum Altar geleitet.«

»Danke.« Victoria räusperte sich. »Und die anderen?«

»Wenn Sie damit Ihre Tante meinen, sie wird wohl keine medizinischen Forschungen mehr unternehmen, weder am Mount-Sinai-Hospital noch sonst wo. Ich vermute, sie wird eine Weile im Gefängnis verbringen müssen. Drogenschmuggel und -handel sind sehr ernste Vergehen, ganz gleich, aus welchen Gründen sie begangen werden.« Meyer zuckte mit den Schultern. »Aber ich bin mir sicher, Ihr Vater wird ihr einen guten Strafverteidiger besorgen. Sie wird es also überleben.«

»Und Block?«

Jegliches Zeichen von Milde verschwand aus Meyers Gesicht. »Er ist Abschaum – der klassische Machtmensch, skrupellos und rücksichtslos – und gewissenlos. Man wird ihm wohl seine Zulassung als Anwalt entziehen und ihn für lange Zeit aus dem Verkehr ziehen.«

»Also ist es mit seiner Teilhaberschaft bei Waters, Kensington, Tatem and Calder wohl vorbei«, kommentierte Zach trocken.

»Das würde ich auch so sehen.« Meyer schob seinen Stuhl zurück und stand auf. »Ich denke, jetzt wird es Zeit, dass ich Sie beide wieder in Ihr normales Leben entlasse. Vielen Dank, im Namen des FBI und von mir persönlich, für alles, was Sie für uns getan haben.« Er hielt Victoria die Hand hin. »Sie sind eine sehr kluge und mutige Frau, Miss Kensington.«

»Obwohl ich so ein sturer Esel bin?«, fragte Victoria und schüttelte lächelnd seine Hand.

»Ja, trotzdem.« Ein breites Grinsen. »Ich wünsche Ihnen und Hamilton ein langes und glückliches gemeinsames Leben.« Dann wandte er sich an Zach und schüttelte ihm ebenfalls die Hand. »Tja, ich schätze, die haben Sie im Sack. Ich wusste es von Anfang an. Von dem Augenblick, als ich gesehen habe, wie Sie sie angeschaut haben.«

»An jenem Morgen in Ihrem Büro?«, fragte Victoria überrascht. »Aber da waren wir doch viel zu aufgewühlt, um …«

»Nein, das Mal davor.«

Sie stockte völlig irritiert. »Aber Sie und ich sind uns doch vor diesem Tag noch nie begegnet.«

»Vielleicht nicht, aber ich habe Hamiltons Gesichtsausdruck gesehen, als er sie auf diesem Überwachungsvideo erkannte. Lassen Sie sich von einem glücklich verheirateten Mann sagen, Ihr Glück ist eine abgemachte Sache.«

»Eine abgemachte Sache, hm?«, murmelte Victoria. Sie lag nackt in Zachs Armen. Sie waren in seiner Hotelsuite, die ein wenig näher am Hauptquartier lag als ihre Wohnung. Deshalb hatte sie sich entschieden, dorthin zu gehen.

Eine kluge Entscheidung, denn bis zum Bett hatten sie es gar nicht mehr geschafft. Victoria hatte Zachs Hemd bereits aufgeknöpft und ungeduldig an seiner Hose zu nesteln begonnen, als er mit letzter Kraft die Tür zugestoßen hatte.

Dann hatten sie sich zum ersten Mal dort geliebt, wo sie gerade standen. Zach hatte sie gegen die Wand gedrückt und war hart und fordernd in sie eingedrungen. Er brachte sie zu einem sofortigen, heftigen Höhepunkt und ergoss sich Sekunden später in ihr, während ihn sein eigener Orgasmus durchtoste.

Bebend vor Lust hatte er sie zum Bett getragen, sich auf sie und in sie gesenkt, und das Verlangen brannte noch immer ungezügelt in seinen Augen. Sie hatten ihr Liebesspiel fortgesetzt, so wild und leidenschaftlich, wie es immer gewesen war, seit sie vor sechs Tagen aus dem Hope Institute entkommen waren.

Vielleicht lag es daran, dass ihnen jetzt besonders klar geworden war, wie zerbrechlich das Leben war, wie glücklich sie sich schätzen konnten, dass sie sich wieder gefunden hatten und sich lebendig und sicher in die Arme schließen konnten.

Und sie hatten sich geschworen, das niemals wieder zu vergessen.

Zach zog Victoria an sich und lächelte. Es war das Lächeln eines sehr glücklichen, sehr zufriedenen Mannes. »Ja. Eine abgemachte Sache. Und Glück ist ein viel zu schwaches Wort. Wie wäre es mit Euphorie? Oder Hochstimmung? Ich finde, diese Worte passen viel besser zu unserer Zukunft.« Er ließ ihr Haar durch seine Finger gleiten. »Meinst du nicht auch?«

»Oh, doch, zweifellos.« Victoria lächelte zurück und verspürte mehr Freude, mehr Zufriedenheit, als sie sich hätte vorstellen können. Sie legte ihren Oberschenkel auf seinen und rieb den Fuß an seinem Schienbein. »Lass uns zwei Wochen lang im Bett bleiben, ja?«

Er lachte leise, und seine Fingerspitzen glitten langsam ihre Wirbelsäule hinab. »Wir sind heute Abend mit deinem Onkel zum Essen verabredet. Morgen haben wir einen Termin mit einem Immobilienmakler und nachmittags mit einem Jack-Russell-Züchter. Und am Sonntag treffen wir uns zum Brunch mit deiner Schwester. Hast du das etwa vergessen?«

Sie küsste seinen Nacken, und dann ließ sie die Finger seinen Körper hinabgleiten, in Richtung eines ganz bestimmten Ziels. »Ich vergesse immer alles, wenn du in mir bist«, flüsterte sie.

Er stöhnte leise und bewegte sich, um sie besser an sich heranzulassen. »Das geht mir auch so.« Ein Schauer durchfuhr ihn, als sie seine Erektion fand und zu streicheln begann. »Wir sagen alles ab«, raunte er mit zusammengebissenen Zähnen. »Das Essen, den Makler, den Züchter, alles.«

»Das können wir nicht«, murmelte sie und intensivierte ihre Liebkosungen bis zu einem Maß, das ihn gefährlich dicht ans Ziel brachte. »Mein Onkel freut sich schon darauf, dir seine neuen Lautsprecherboxen vorzuführen. Ich freue mich schon darauf, mein Traumhaus und meinen Traumwelpen zu finden. Und meine Schwester freut sich schon darauf, uns von ihren vielen Fortschritten zu berichten. Stell dir vor, sie isst inzwischen drei richtige Mahlzeiten am Tag. Sie geht regelmäßig zu Dr. Osborne, und, glaub es oder glaub es nicht, sie versucht, eine anständige halbwegs gesunde Beziehung zu unserem Vater aufzubauen. Das, was passiert ist, scheint ihn ein wenig milder gestimmt zu haben, das ist selbst meiner Mutter aufgefallen. Ihre Depressionen sind fast verschwunden. Du siehst also, in Greenwich geht es allmählich bergauf.«

Sie beugte sich vor, und ihre Lippen verfolgten den Weg, den ihre Finger zuvor genommen hatten. »Apropos aufwärts gehen …«

Das genügte.

Mit einem lauten Stöhnen stieß Zach in sie hinein. Später stützte Zach sich auf den Ellbogen und strich ihr eine feuchte Haarsträhne aus dem Gesicht. »Ich bin einfach unersättlich, wenn ich in deiner Nähe bin. Wie soll ich dich je aus diesem Bett lassen?«

Sie lächelte und schlang die Arme um seinen Nacken. »Gar nicht. Wie wäre es mit Flitterwochen im Bett?«

Er dachte nach. »Ja, richtig. Unsere Flitterwochen. Wir fliegen nach Europa und fahren von einem Land zum anderen, um meine Geschäfte zu regeln.«

»Irrtum. Wir fliegen nach Europa, aber nicht geschäftlich. Und wir fahren auch nicht von einem Land zum anderen. Wir fliegen eigentlich gar nicht in das Europa, das du dir vorstellst.«

»Jetzt komme ich nicht mehr mit.«

Ihre Augen funkelten. »Du bist nicht der Einzige, der hier etwas zu sagen hat. Ich habe auch gern ein Wörtchen mitzureden, wenn du dich erinnerst.«

Er verzog die Mundwinkel. »Ich erinnere mich. Was schwebt dir also vor?«

»Ich habe bereits Kontakt zu sämtlichen europäischen Niederlassungen von Hamilton Enterprises aufgenommen. Alle waren sehr kooperativ, als sie von unseren Plänen erfuhren. Ich soll dir übrigens herzliche Glückwünsche bestellen. Sie kümmern sich um alles. Alles, was du brauchst – Aktenordner, Bankauszüge, deine Anzüge und Krawatten –, wird zusammengepackt und hierhergeschickt. Unsere Flugtickets sind bereits storniert, ebenso unsere Hotelreservierungen – und alles wird sehr vertraulich behandelt. Für unsere Umwelt reisen wir nach Europa.«

»Wirklich?« Zach grinste nun über das ganze Gesicht. »Und wo werden wir stattdessen sein?«

»Das habe ich dir doch gesagt, in diesem Bett.« Victoria klopfte auf die Matratze. »In unserem eigenen ganz privaten Stück Europa. An dem Ort, wo wir uns zum ersten Mal geliebt haben und wo wir uns erneut ineinander verliebt haben. Das Plaza Athénée. Ich weiß, dass du eigentlich diese Woche auschecken wolltest. Aber ich habe den Manager überredet, den Geschäftsmann, der die Suite eigentlich bekommen sollte, woanders unterzubringen. Ich habe ihm erklärt, dass wir uns in den Flitterwochen befinden, dass die Suite 1010 für uns eine ganz besondere Bedeutung hat und dass er uns eine Riesenfreude machen würde, uns dieses kleine Hochzeitsgeschenk zu machen. Ich war *äußerst* überzeugend und *äußerst* hartnäckig. Wie auch immer, die Suite gehört bis zum dritten Juni uns. Überraschung!«

Zach starrte sie ungläubig an. Dann begann er schallend zu lachen. »Du bist wirklich ein sturer Esel. Ein ganz seltenes Exemplar.«

»Aber du liebst mich doch trotzdem.«

»Mehr als mein Leben.«

»Dann gefällt dir also mein Vorschlag?«, fragte sie mit gespielter Unschuld und hob die Hüften, um ihn noch tiefer in sich aufzunehmen.

Seine Augen wurden dunkel, und er senkte seine Lippen auf ihre. »Was glaubst du?«